James Clemens, né à Chicago en 1961, a grandi dans le Midwest et la campagne canadienne, rêvant des grandes aventures qui l'attendaient de l'autre côté du champ de maïs et du ruisseau. Vétérinaire installé en Californie, il n'a cessé d'inventer des histoires depuis son enfance. Cette série traduite en une douzaine de langues est déjà un énorme succès en France.

Du même auteur, aux éditions Bragelonne :

Les Bannis et les Proscrits :

1. *Le Feu de la Sor'cière*
2. *Les Foudres de la Sor'cière*
3. *La Guerre de la Sor'cière*
4. *Le Portail de la Sor'cière*
5. *L'Étoile de la Sor'cière*

Chroniques des dieux :

1. *L'Ombre de l'assassin*

En poche, chez Milady :

Les Bannis et les Proscrits :

1. *Le Feu de la Sor'cière*
2. *Les Foudres de la Sor'cière*
3. *La Guerre de la Sor'cière*
4. *Le Portail de la Sor'cière*

www.milady.fr

James Clemens

La Guerre de la Sor'cière

Les Bannis et les Proscrits – 3

Traduit de l'anglais (États-Unis) par Isabelle Troin

Bragelonne

Milady est un label des éditions Bragelonne

Cet ouvrage a été originellement publié en France par Bragelonne.

Titre original : *Wit'ch War*

Illustration de couverture :
Anne-Claire Payet

ISBN : 978-2-8112-0208-8

1re édition : octobre 2009
2e tirage : janvier 2011

Bragelonne – Milady
60-62, rue d'Hauteville – 75010 Paris

E-mail : info@milady.fr
Site Internet : www.milady.fr

À Carolyn McCray,
pour son amitié, pour ses conseils et
pour m'avoir donné les dragons.

Remerciements

Nul n'écrit dans le néant. Je ne fais pas exception à la règle. Ce roman n'existerait pas sans l'assistance précieuse et considérable de nombreux amis, collègues et lecteurs enthousiastes.

Derrière la production se cache l'une des meilleures équipes éditoriales du métier : Veronica Chapman, Jenni Smith et Steve Saffel. Je ne les remercierai jamais assez pour leur compétence. Sans compter mon ardent et infatigable agent, Pesha Rubinstein.

Dans un domaine plus privé, un groupe d'amis et d'experts dont le regard affûté a poli la première version de ce manuscrit : Inger Aasen, Chris Crowe, Michael Gallowglass, Lee Garrett, Dennis Grayson, Debbie Nelson, Jane O'Riva, Chris Smith et Caroline Williams. Remerciements tout particuliers à Judy et Steve Prey, pour nous avoir poussés de l'avant, et à Dave Meek, pour les longues discussions autour d'une table de billard.

Et personne ne peut écrire sans des fondations solides : merci, John, d'être toujours là.

Enfin, à tous les fans qui m'ont envoyé des messages félicitations aussi bien que critiques : vous êtes entendus… et appréciés.

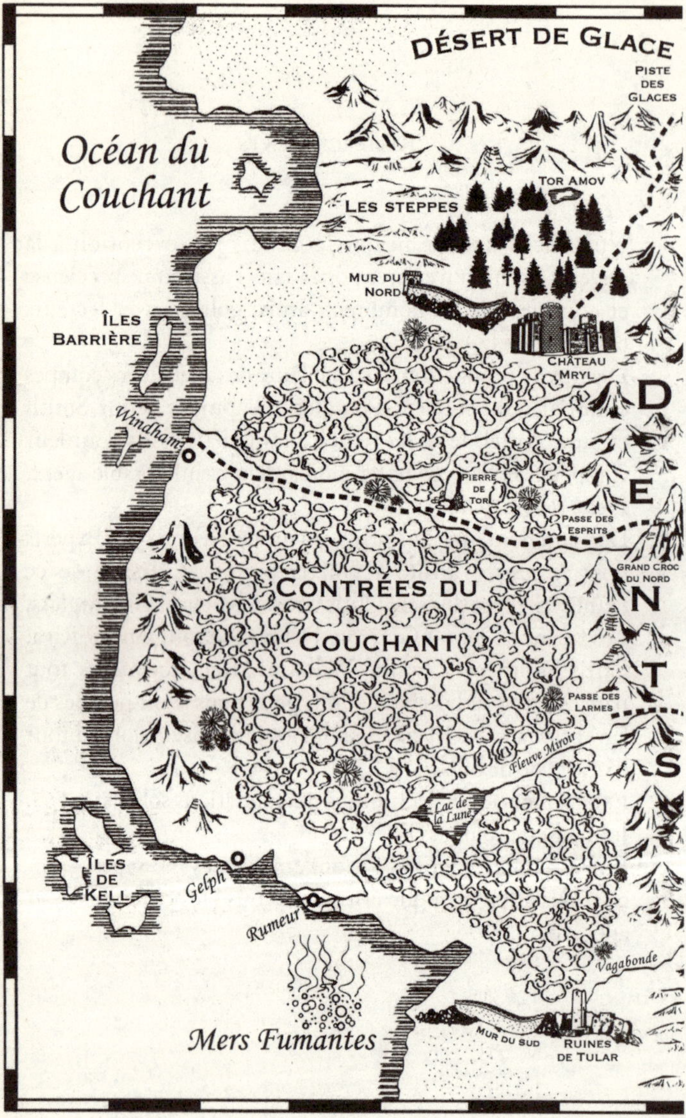

DÉSERT DE GLACE
PISTE DES GLACES
Océan du Couchant
TOR AMOV
LES STEPPES
MUR DU NORD
ÎLES BARRIÈRE
CHÂTEAU MRYL
D
Windham
PIERRE DE TOR
E
PASSE DES ESPRITS
GRAND CROC DU NORD
CONTRÉES DU COUCHANT
N
T
PASSE DES LARMES
Fleuve Miroir
S
Lac de la Lune
ÎLES DE KELL
Gelph
Rumeur
Vagabonde
Mers Fumantes
MUR DU SUD
RUINES DE TULAR

N
O
E
S
ÎLES SKREE
GUL'GOTHA
FORÊT DE PIERRE
NOIRCASTEL
Baie de T'lek
Grand Océan
Penryn
Casterville
PLAINES DE STANDI
Tourrune
Gelbourg
Boudumonde
ARCHIPEL
Ruissombre
HAUTS-BOIS
FAILLE
Port Rawl
GRAND CROC DU SUD
MARAIS
Lac Noyé
RÉCIFS RAVAGÉS
BOURBIER
COLLINES EFFRITÉES
DÉSERT DE SABLE

PRÉAMBULE À LA GUERRE DE LA SOR'CIÈRE

[NOTE : Le texte ci-dessous est une lettre ouverte du professeur J. P. Clemens, traducteur de la série Les Bannis et les Proscrits.]

Chers étudiants,

Vous voici de retour parmi nous pour poursuivre la lecture des Parchemins Kelvish. Bienvenue. En tant que traducteur de ces textes, je sollicite quelques minutes de votre temps pour vous faire part de mes commentaires sur mon travail et sur certaines des rumeurs qui l'entourent.

Comme chacun sait, les Parchemins originaux ont été emportés par les âges. De ce récit antique, il ne demeure que des copies manuscrites découvertes voici plus de cinq siècles dans les cavernes des îles de Kell, et tombant désormais en poussière. Parce que la langue dans laquelle elles furent rédigées est morte depuis un bon millénaire, des centaines d'historiens et de linguistes ont vainement tenté de les reconstituer et de les traduire. Mais, sous ma supervision, à l'université de Da'Borau, une équipe d'experts distingués a enfin réalisé l'impossible : une retranscription complète et exacte de l'histoire d'Elena Morin'stal.

Vous tenez dans vos mains l'œuvre de ma vie. Et je tiens à dire ma conviction que cette œuvre se suffit à elle-même.

Pourtant, en dépit de mes objections, mon collègue Jir'rob Sordun a été chargé de rédiger un préambule aux deux premiers textes et de mettre les lecteurs en garde contre la duplicité de l'auteur des originaux.

Ces funestes avertissements étaient-ils bien nécessaires ? Pour autant que je respecte le professeur Sordun, il me semble que les histoires situées durant l'« âge noir » d'Alaséa se passent d'enjolivements et d'introductions extravagantes. Bien que cette époque antique soit drapée de mystère, et que les événements survenus alors soient souvent relatés de manière contradictoire, toute personne saine d'esprit saura que les récits afférents ne sont que des fictions perverses issues d'un esprit dément. Était-il vraiment nécessaire que Sordun le précise ?

Examinons les faits.

Que savons-nous réellement de cet « âge noir » ? Nous savons qu'Elena Morin'stal fut bel et bien un personnage historique – les références contemporaines sont trop nombreuses pour le nier –, mais le rôle qu'elle joua dans le soulèvement contre le Gul'gotha n'est, de toute évidence, que pure élucubration. Elena n'était pas une sor'cière. Elle n'avait pas le poing souillé par la magie sanglante. Je suis prêt à parier que des charlatans lui avaient peint la main en rouge afin de la faire passer pour un messie ayant reçu l'onction divine, et ainsi soutirer à de crédules villageois leurs pièces de cuivre durement gagnées. Parmi lesdits charlatans devait se trouver un écrivain de talent modéré, qui aura inventé ces histoires abracadabrantes pour ajouter plus de poids à leur imposture. Je suppose qu'il régalait les paysans de ses fables en leur faisant croire qu'elles étaient réelles, et qu'ainsi fut forgé le mythe de la sor'cière.

J'imagine aisément les fermiers aux dents écartées le regardant fixement, bouche bée, tandis qu'il leur parlait d'og'res féroces, de nymphes farouches, de fiers montagnards et d'el'phes aux cheveux argentés. J'entends presque leurs hoquets de stupéfaction face à la magie de feu et de glace brandie par Elena. Mais, dans l'Alaséa éclairée d'aujourd'hui, il n'est sûrement nul besoin d'avertir les lecteurs que de telles choses sont pure fiction.

Cela dit, je dois vous faire une confession. Pendant que je traduisais les Parchemins, j'ai commencé à y croire. Qui n'aurait pas envie de croire qu'une jeune fille ayant grandi dans un verger isolé puisse changer le monde ? Et ce qu'elle a, selon l'auteur, fini par accomplir : qui n'espérerait pas que ce soit vrai ?

Bien entendu, en tant qu'érudit, je sais que tout cela est impossible. La nature possède des lois immuables ; ce que l'auteur affirme en conclusion des Parchemins est un mensonge flagrant, qui ne peut qu'affaiblir notre société. Pour cette raison, j'en suis venu à accepter le fait que ma traduction devait être proscrite et réservée aux esprits éclairés – ceux qui ne risquent pas de se laisser duper par son message final.

Toutefois, en dépit de ces restrictions sévères, j'ai entendu des rumeurs absurdes concernant les empreintes qui lient chaque exemplaire de ces textes à son propriétaire. Dans certains cercles, on chuchote que les lecteurs ayant marqué les cinq tomes et relié toute la série à l'aide de rubans de soie sont tombés sous l'emprise d'une magie antique canalisée par ma traduction. C'est une idée parfaitement ridicule, dont je tiens responsable l'imprimerie universitaire qui a fabriqué ces livres. Exiger que chacun des volumes soit marqué avec un doigt différent de la main droite ne fait qu'entretenir le mythe. Requérir une telle chose, tout particulièrement quand l'histoire contenue dans ces livres suggère que la main d'une sorcière peut manipuler une puissante magie, constitue une négligence quasi criminelle de la part d'un éditeur.

Même si je suis flatté que l'on attribue un tel pouvoir à mon œuvre, je ne peux qu'être choqué et confondu par une stupidité aussi flagrante.

Peut-être ai-je trop sévèrement jugé mon illustre collègue. En fin de compte, peut-être vaut-il mieux avertir tous les lecteurs potentiels. Laissez-moi donc répéter l'ultime mise en garde de Jir'rob Sordun, telle qu'elle figure dans le préambule du premier texte :

« Et de jour comme de nuit, dans la veille comme dans vos rêves, souvenez-vous… L'auteur est un menteur. »

Sincèrement et humblement,

J. P. Clemens,
Professeur d'histoire ancienne

ASSIGNATION DE RESPONSABILITÉ

pour le troisième Parchemin

Cet exemplaire vous a été personnellement attribué. Vous en êtes seul responsable. En cas de perte, de détérioration ou de destruction, vous ferez l'objet de sanctions sévères (telles que fixées par vos lois locales).

Toute transmission, copie ou lecture à voix haute en présence d'un non-initié est strictement interdite.

Par la présente, vous reconnaissez avoir été informé de vos obligations et dégagez l'université de toute responsabilité pour les dommages éventuels que la lecture du Parchemin pourrait occasionner – à vous ou à ceux qui vous entourent.

Signature Date

Apposez ici l'empreinte de votre majeur droit :

AVERTISSEMENT

Si vous êtes entré en possession de ce livre autrement que par les canaux universitaires officiels, veuillez le refermer sans attendre et alerter les autorités compétentes afin qu'elles le récupèrent. Toute désobéissance pourra entraîner votre arrestation et votre incarcération immédiate.

VOUS AUREZ ÉTÉ PRÉVENU.

LA GUERRE DE LA SOR'CIÈRE

Annoncée par le rugissement d'un dragon et engendrée par un maelström de flammes et de glace, ainsi débuta la guerre.

Par la fenêtre ouverte me parviennent le bourdonnement d'une lyre et la voix assourdie d'un ménestrel, montant comme de la vapeur depuis les rues en contrebas. Ici, dans la cité de Gelph, le carnaval d'été bat son plein. Tandis que la chaleur brûlante de la journée cède la place à la moiteur étouffante du début de soirée, les citoyens se rassemblent sur la grand-place pour la fête du Dragon – un moment de réjouissances et de libations.

Pourtant, leur gaieté m'irrite. Comme ces idiots ont la mémoire courte ! Alors que, papier devant moi et plume à la main, je m'apprête à rédiger la suite de l'histoire de la sorcière, j'entends encore hurler les mourants et rugir les dragons par-dessus la musique et les joyeux éclats de voix qui résonnent au dehors.

La véritable signification de cette fête s'est perdue au fil des âges. Le premier carnaval d'été fut un événement bien sombre, conçu pour réconforter les rares survivants de la guerre des Îles – leur donner l'occasion de panser les blessures de leur corps tailladé par les épées ennemies et de leur esprit déchiqueté par la trahison de leurs alliés. Les fêtards d'aujourd'hui ont oublié jusqu'à l'origine de l'échange rituel de dents de dragon factices et de perles peintes en noir. Jadis, celui-ci symbolisait le lien existant entre…

Ah, mais je vais trop vite ! Après tant de siècles, et avec tant de souvenirs qui se bousculent dans ma mémoire, je me surprends sans cesse à décrocher de l'implacable marche du temps. Assis dans cette chambre de location, au milieu de mes parchemins et de mes encres, je revois Elena, debout sur les falaises aux Ampoulées, observant son armée draconique déployée devant elle dans la lumière du couchant – et il me semble que c'était hier.

Comment se fait-il que plus on vieillit, plus on accorde de valeur au passé ? Ce que j'ai fui jadis est désormais ce dont je rêve. Est-ce là la véritable malédiction que m'a jetée la sor'cière : vivre éternellement, mais rester enfermé dans le passé ? Tout en trempant ma plume dans l'encre, je prie pour que l'ultime promesse qu'elle me fit se révèle vraie, et que je meure après avoir fini de raconter son histoire.

Même si la chaleur de la journée s'attarde encore dans ma chambre tandis que la fraîcheur nocturne se répand au dehors, je ferme la fenêtre et barricade mon cœur contre le bruit des festivités. Je ne puis relater un tel carnage en écoutant la joyeuse mélodie des ménestrels et les éclats de rire tonitruants. Cette partie de l'histoire d'Elena Morin'stal ne peut être retranscrite qu'avec un cœur froid.

Ainsi, alors que la fête du Dragon débute dans les rues de Gelph, je vous invite à tendre l'oreille et à vous concentrer. Entendez-vous une autre sorte de musique ? À l'instar de nombreuses grandes symphonies, les doux accords d'ouverture sont souvent oubliés lorsque claironnent les cors et grondent les tambours. Mais cet oubli est une insulte faite au compositeur, car c'est durant ces moments de calme que la scène est dressée pour la tempête à venir.

Alors, écoutez bien. Prêtez l'oreille, non pas à la lyre ou aux tambourins qui résonnent dehors, mais au murmure du ressac alors que la marée se retire aux premières lueurs de l'aube. Car telle est l'ouverture de la symphonie que je m'apprête à vous chanter.

LIVRE PREMIER

LARMES ET MARÉES

I

Debout au bord de la falaise, avec le fracas des vagues pour seule compagnie, Elena scrutait le bleu de l'océan. À l'horizon, le soleil se levait à peine, nimbant les lointaines îles de l'Archipel d'un halo de brume rosée. Plus près de la côte, un petit chalutier luttait contre la marée pour effectuer sa besogne parmi les brisants. Mouettes et sternes tournaient au-dessus de son unique mât, se disputant tandis qu'elles pêchaient dans les mêmes eaux généreuses. Plus près encore, au pied de la paroi escarpée, la plage rocailleuse était déjà envahie par les corps affalés des otaries. L'aboiement d'une mère qui réprimandait son petit ou le rugissement d'un mâle jaloux de son territoire montaient parfois jusqu'à Elena.

Avec un soupir, la jeune fille tourna le dos à l'océan. Les dragons des mer'ai étaient partis quinze jours plus tôt, et, le long de la côte, la routine habituelle avait déjà repris le dessus. Telle était la résilience de la nature.

Comme pour souligner cette dernière, une brise matinale souffla les cheveux d'Elena dans ses yeux. Irritée, la jeune fille repoussa les mèches importunes de ses doigts gantés et tenta de les coincer derrière ses oreilles, mais le vent mit tous ses efforts en échec. Deux lunes s'étaient écoulées depuis la dernière fois où Er'ril lui avait coupé les cheveux, et ceux-ci avaient atteint une longueur pénible : encore trop courts pour que la jeune fille les attache avec des rubans et des épingles, mais trop longs pour qu'elle dompte facilement les boucles qui commençaient à se former. Elena se gardait pourtant de se plaindre, craignant qu'Er'ril la tonde de nouveau.

Cette perspective lui arracha un froncement de sourcils. Elle en avait assez de ressembler à un garçon. Bien qu'elle ait accepté de se déguiser pendant que ses compagnons et elle traversaient les contrées d'Alaséa, ici, dans la solitude des falaises aux Ampoulées, il n'y avait pas d'yeux pour l'épier, et donc aucune nécessité de se faire passer plus longtemps pour le fils d'Er'ril. Du moins, c'était ce qu'elle se répétait sans cesse. Mais elle n'était pas certaine que son protecteur soit du même avis.

À titre de précaution, elle avait donc pris l'habitude de porter un bonnet quand Er'ril était dans les parages. Elle espérait cacher à son protecteur que ses cheveux repoussaient et que leur teinture noire s'estompait. Aux racines, le feu naturel de sa crinière réapparaissait enfin.

Elena tira son bonnet de sa ceinture, l'enfila et coinça ses mèches éparses dessous avant de remonter le sentier qui menait au cottage. Elle aurait été bien incapable de dire pourquoi elle accordait autant d'importance à sa chevelure. Ce n'était pas seulement de la coquetterie, même si elle ne pouvait nier que cela jouait un petit rôle dans le subterfuge qu'elle entretenait vis-à-vis d'Er'ril. Après tout, elle était une jeune fille – une jeune femme, presque. Il était bien normal qu'elle répugne à passer pour un garçon.

Mais il n'y avait pas que cela. La véritable raison de l'attitude d'Elena venait justement à sa rencontre, les sourcils froncés et l'air mécontent. Vêtu d'un pull de laine pour se protéger contre la fraîcheur matinale, Joach arborait la même chevelure flamboyante que sa sœur – à ceci près que la sienne était retenue en arrière par un lien de cuir noir. Parce que la présence de son frère lui rappelait leur famille, Elena ne voulait plus dissimuler ses origines. En continuant à se teindre, elle aurait eu l'impression de renier ses parents.

Comme Joach approchait d'elle, Elena distingua son rictus exaspéré et l'affliction dans ses yeux verts – une expression qu'elle avait souvent vue sur le visage de leur défunt père.

— Tante My te cherche partout, lança le jeune homme en guise de bonjour.

— Mes leçons ! (Elena s'élança vers son frère.) J'avais presque oublié.

— Presque ? la taquina Joach alors qu'elle le rejoignait.

Elena se rembrunit, mais ne réfuta pas ses accusations. De fait, elle avait complètement oublié ses leçons du matin. Ce devait être sa dernière séance d'entraînement à l'escrime avant que Mycelle parte à Port Rawl récupérer l'autre moitié de leur groupe. Kral, Tol'chuk, Mogweed et Méric avaient rendez-vous avec la guerrière dans deux jours. Pour la centième fois, Elena se demanda comment ses amis s'en étaient tirés à Ruissombre. Elle espéra qu'ils étaient tous indemnes.

Tandis que son frère et elle rebroussaient chemin vers le cottage, Joach marmonna :

— El, tu as toujours la tête dans les nuages.

Irritée, la jeune fille pivota vers lui... et vit son sourire en coin. C'étaient les mêmes mots que leur père employait pour la réprimander, quand elle perdait la notion du temps. Elle prit la main de son frère. À présent, il était toute la famille qui lui restait.

Joach serra la main gantée de sa sœur. En silence, ils traversèrent le petit bois de cyprès et de pins battus par les vents. Alors que le cottage de Flint apparaissait au sommet de la falaise, devant eux, le jeune homme se racla la gorge.

— El, je voulais te demander quelque chose.

— Mmmh ?

— Quand tu partiras pour l'île...

Elena grogna intérieurement. Elle ne voulait pas penser à la dernière partie de leur quête, la récupération du Journal Sanglant sur l'île de Val'loa – et encore moins depuis que son frère lui avait décrit les horreurs qui l'attendaient là-bas.

— J'aimerais t'accompagner, acheva Joach.

Elena faillit trébucher de surprise.

— Tu sais que c'est impossible. Tu connais le plan d'Er'ril.

— Oui, mais il suffirait d'un mot de toi…

— Non, coupa-t-elle. Il n'y a pas de raison que tu viennes.

Lui posant une main sur le bras, Joach l'arrêta.

— El, je sais que tu veux me tenir à l'écart de tout danger supplémentaire, mais je dois retourner là-bas.

La jeune fille se dégagea et regarda son frère dans les yeux.

— Pourquoi ? Pourquoi penses-tu que tu dois y retourner ? Pour me protéger ?

— Non. Je ne suis pas stupide. (Joach baissa le nez ; il refusait de soutenir le regard de sa sœur.) Mais j'ai fait un rêve, chuchota-t-il. Deux fois pendant la dernière demi-lune.

Elena continua à le regarder fixement.

— Tu crois que c'est un tissage ?

— Oui.

Joach releva enfin les yeux. Ses joues étaient roses d'embarras. Peu de temps auparavant, il avait découvert qu'il partageait l'héritage de magie élémentale de leur famille. Il possédait le pouvoir de tissage, un art oublié que seuls quelques rares membres de la Fraternité pratiquaient encore, et qui lui montrait en rêve des bribes d'événements futurs. Frère Flint et frère Moris travaillaient avec lui pour déterminer le niveau exact de son pouvoir.

— Je n'en ai parlé à personne d'autre.

— Ce n'est peut-être qu'un rêve ordinaire, suggéra Elena.

Mais sa moitié sor'cière avait commencé à s'agiter en entendant les paroles de son frère. Une simple allusion à la magie suffisait à embraser son sang. La Rose de ses deux poings était fraîche, et elle croyait presque entendre le pouvoir chanter dans son cœur. Déglutissant, elle ferma son esprit à l'appel de la magie.

— Qu'est-ce qui te fait croire que c'était un tissage ?

Joach grimaça.

— Je… Je ressens un truc bizarre quand je tisse. Comme une onde dans mes veines, une tempête intérieure qui mettrait le feu à tout mon être. Et je l'ai ressentie pendant ce rêve-là.

Une tempête intérieure, songea Elena. Elle éprouvait la même chose quand elle touchait sa propre magie sauvage. Il lui semblait qu'un ouragan faisait rage dans son cœur, et que, faute de pouvoir s'en échapper, il hurlait d'énergie contenue. Au seul souvenir des flots de pouvoir brut qui l'avaient parcourue, la jeune fille se surprit à se tordre les mains. Elle se força à les détacher l'une de l'autre.

— Parle-moi de ton rêve.

Joach hésita et se mordit la lèvre.

— Allez, raconte, insista Elena.

Il baissa la voix.

— Je t'ai vue au sommet d'une haute tour à Val'loa. Une bête noire ailée décrivait des cercles autour du parapet…

— Une bête noire ailée ? C'était Ragnar'k ? demanda Elena, nommant le dragon aquatique qui partageait la chair du sanguinaire Kast et était lié par le sang à la mer'ai Sy-wen.

Machinalement, Joach toucha la dent de dragon en ivoire que Sy-wen lui avait offerte, et qu'il portait pendue à un cordon autour du cou.

— Non, ce n'était pas un dragon. (Ses mains tentèrent d'esquisser une silhouette ; très vite, il capitula avec un haussement d'épaules.) C'était plus une ombre qu'une créature de chair et de sang. Mais ce n'est pas important. L'important, c'est que…

Sa voix mourut, et son regard dériva vers l'océan. *Il me cache quelque chose*, réalisa Elena. *Quelque chose qui l'effraie profondément.* La jeune fille passa la langue sur ses lèvres sèches, se demandant soudain si elle voulait savoir.

— Qu'est-ce que c'était, Joach ?

— Tu n'étais pas seule en haut de la tour.

— Qui d'autre était là ?

Joach reporta son attention sur elle.

— Moi. J'étais debout près de toi, et je tenais dans ma main le bâton de pol'bois que j'ai volé au mage noir. Quand la bête a piqué vers nous, j'ai brandi le bâton et je l'ai abattue d'un éclair.

— Ça prouve bien que ça n'était qu'un cauchemar, argumenta Elena. Tu ne pratiques pas la magie noire. Tu as juste rêvé que j'avais besoin de ta protection. L'onde que tu as ressentie était probablement due à l'inquiétude et à la peur plutôt qu'à une manifestation de ton pouvoir.

Les sourcils froncés, Joach secoua la tête.

— Honnêtement, j'ai pensé comme toi la première fois. La dernière chose que papa m'a dite, c'est de te protéger ; c'est un fardeau qui pèse lourdement sur mon cœur depuis. Mais après avoir refait le même rêve, hier, je n'en étais plus aussi sûr. Alors, je suis sorti discrètement. Il devait être minuit. Je suis venu ici et… et, en brandissant le bâton, j'ai lancé le sort de mon rêve.

Un mauvais pressentiment tordit l'estomac d'Elena.

— Joach ?

Son frère désigna quelque chose derrière elle. La jeune fille pivota. À quelques pas d'eux se dressait un pin foudroyé, à l'écorce noircie et aux branches brisées.

— Ça a fonctionné.

Elena écarquilla les yeux. Ses jambes flageolèrent, pas seulement à l'idée que le rêve de Joach puisse être prémonitoire, mais parce que son frère avait réussi à invoquer un pouvoir obscur. Elle frissonna.

— Il faut en parler aux autres, chuchota-t-elle. Er'ril doit être prévenu.

— Non, contra Joach. Ce n'est pas tout. Et c'est pour ça que je n'ai rien dit jusqu'à maintenant.

— Pourquoi ?

— Dans mon rêve, après que j'eus foudroyé la bête, Er'ril surgissait des profondeurs de la tour, son épée à la main. Il se précipitait vers nous ; je braquais le bâton sur lui et… et je le tuais. Comme la bête, il succombait dans une explosion de feu obscur.

— Joach !

Le jeune homme refusa de se laisser interrompre ; les mots jaillissaient de sa bouche en une irrépressible cascade.

— Dans mon rêve, je savais qu'il te voulait du mal. Qu'il avait l'intention de te tuer. Je n'avais pas le choix. (Il fixa sa sœur d'un regard douloureux.) Si je ne vous accompagne pas à Val'loa, Er'ril te tuera. J'en suis sûr !

Elena se détourna des absurdités proférées par son frère. Jamais Er'ril ne lui ferait de mal. Il l'avait protégée pendant toute leur traversée d'Alaséa. Joach devait se tromper.

Pourtant, la jeune fille ne pouvait détacher son regard des restes calcinés du pin. Le sort noir de Joach – celui qu'il avait appris dans un rêve – avait fonctionné.

— Ce que je viens de te dire doit rester un secret, Elena, lança son frère derrière elle. Ne fais pas confiance à Er'ril.

Non loin de là, Er'ril s'éveilla en sursaut de ses propres rêves agités. Des visions d'araignées venimeuses et d'enfants morts déchirèrent les derniers lambeaux de son sommeil, le laissant épuisé et courbaturé, comme s'il avait contracté ses muscles toute la nuit. Il repoussa ses couvertures et s'extirpa prudemment de son lit en duvet d'oie.

Torse nu, vêtu de ses seuls sous-vêtements en lin, il frissonna dans l'air frais. L'automne approchait, et même si une chaleur humide subsistait encore pendant la journée, les matins annonçaient déjà les lunes froides à venir. Pieds nus sur le sol dallé, Er'ril se dirigea vers le bassinet de toilette et le petit miroir en argent accroché au-dessus. Il s'aspergea le visage d'eau fraîche pour dissiper la toile d'araignée de ses cauchemars.

Il avait vécu tant d'hivers que ses nuits étaient toujours envahies par des souvenirs.

Se redressant, il détailla les traits anguleux, ombrés par un début de barbe, qu'il devait à ses ancêtres standi. Ses yeux gris le regardaient fixement depuis un visage qu'il ne reconnaissait plus. Comment cette apparence juvénile pouvait-elle dissimuler si totalement le vieillard qu'il était à l'intérieur ?

Er'ril se passa la main sur la figure. Extérieurement, il n'avait pas changé. Pourtant, il se demandait parfois si son défunt père reconnaîtrait l'homme qui lui rendait son regard dans le miroir. Cinq siècles d'existence l'avaient marqué, même s'ils n'avaient pas ridé sa peau ni fait grisonner ses cheveux. Er'ril laissa ses doigts descendre jusqu'au moignon de son épaule. Oui, le temps marquait les hommes de bien des façons.

Soudain, une voix s'éleva depuis un coin obscur de la pièce.

— Si tu as fini de t'admirer, on pourrait peut-être se mettre au boulot.

Parce qu'il connaissait bien cette voix, Er'ril ne sursauta pas. Il se détourna et se dirigea vers le pot de chambre. Ignorant le vieil homme assis dans un fauteuil rembourré, il prit le temps de se soulager de ses urines matinales. Alors seulement, il lança :

— Flint, si tu voulais que je me lève plus tôt, il te suffisait de me réveiller.

— Étant donné la manière dont tu grognais et te tournais dans tous les sens, j'ai estimé qu'il valait mieux te laisser d'abord en finir avec ce qui troublait ton sommeil.

— Dans ce cas, tu devrais me laisser dormir dix ou vingt ans de plus, répliqua aigrement Er'ril.

— C'est vrai. Pauvre Er'ril. Le Chevalier errant. L'éternel gardien de Val'loa. (Du menton, Flint désigna ses vieilles jambes.) Quand tes articulations craqueront autant que les miennes, nous verrons qui de nous deux se plaindra le plus fort.

Er'ril ricana. Même sans magie, le temps n'avait guère érodé la vigueur du vieux frère. En vérité, les nombreux hivers que Flint avait passés en mer semblaient lui avoir endurci le corps, comme un chêne assailli par les tempêtes n'en devient que plus robuste.

— Le jour où tu ralentiras, vieillard, est celui où je raccrocherai mon épée.

Flint soupira.

— Chacun de nous a son propre fardeau à porter, Er'ril. Si tu as fini de t'apitoyer sur ton sort, c'est déjà le milieu de la matinée, et nous devons encore charger le *Fend-les-Flots* pour notre prochain voyage.

— Je sais très bien ce que nous avons à faire, dit le guerrier sur un ton mordant.

Son sommeil agité l'avait laissé de méchante humeur, et la langue acérée de Flint l'irritait encore plus que d'habitude.

Le vieil homme dut le sentir, car il se radoucit.

— Je sais que ça n'a pas été facile de faire traverser tout Alaséa à la gamine avec les sbires du Gul'gotha aux trousses. Mais, si nous voulons nous débarrasser du joug de ce bâtard, nous ne pouvons pas laisser le désespoir nous accabler. Le Seigneur Noir jettera encore bien des obstacles en travers de notre chemin ; il trouvera bien d'autres moyens de tourmenter nos cœurs sans que nous fouillions le passé pour raviver d'anciennes afflictions.

Er'ril acquiesça. Il se dirigea vers l'armoire en chêne qui se dressait dans le coin de la pièce, tapant sur l'épaule de son ami au passage.

— Comment es-tu devenu si sage parmi les pirates et les brigands de l'Archipel, vieillard ?

Flint grimaça et toucha sa boucle d'oreille en argent du bout de l'index.

— Parmi les pirates et les brigands, seuls les sages vivent jusqu'à un âge aussi avancé que le mien.

Er'ril sortit ses vêtements, enfila son pantalon et se tortilla pour faire de même avec sa tunique. Pas évident de s'habiller avec un seul bras. Après tous ces siècles, il restait certaines choses que le temps n'avait guère améliorées. Le visage rougi par l'effort, il réussit enfin à passer la tête par le col de sa tunique, dont il tira l'ourlet vers le bas.

— Des nouvelles de Sy-wen ? demanda-t-il en saisissant ses bottes.

— Non, pas encore.

Le ton inquiet de Flint fit hausser les sourcils à Er'ril. Depuis qu'il l'avait repêchée en mer, le vieil homme se comportait de manière très protectrice à l'égard de la jeune fille. Celle-ci avait accompagné le reste de l'armée mer'ai au sud des Récifs Ravagés, en quête de la flotte dre'rendi. Surnommés « Sanguinaires », les Dre'rendi étaient les plus cruels des redoutables pirates qui naviguaient dans ces eaux. Mais un serment très ancien les liait aux mer'ai, et Flint espérait obtenir leur soutien durant la guerre à venir.

— La seule chose que m'ont rapportée mes agents en mer, ce sont d'épouvantables rumeurs en provenance de Val'loa, poursuivit Flint. Il semble qu'un nuage noir enveloppe perpétuellement l'île, que des squales vicieux tiennent toutes les embarcations à l'écart et que des vents de tempête charrient les cris d'âmes torturées. Même au large, les pêcheurs remontent dans leurs filets d'étranges créatures pâles telles qu'ils n'en avaient encore jamais vu, des bêtes à la forme grotesque et au dard venimeux. D'autres parlent de hordes de démons ailés aperçus au lointain dans le ciel…

— Des skal'tum, cracha Er'ril d'une voix tendue en enfilant une de ses bottes en cuir. Mon frère est en train de lever une armée de Carnassires.

Flint se pencha en avant et tapota le genou du guerrier, qui s'était assis sur le lit.

— La créature qui se fait passer pour le Praetor de Val'loa n'est plus ton frère, Er'ril. Ce n'est qu'une illusion cruelle. N'y pense pas.

Mais comment Er'ril aurait-il pu ne pas y penser ? Il ne cessait de revivre la nuit où le Journal Sanglant avait été lié, cinq siècles plus tôt. Cette nuit-là, tout ce qui existait de bon et de noble chez son frère Shorkan et chez le mage Greshym avait été aspiré pour permettre la création du grimoire maudit. Ce qui restait des deux hommes – la partie corrompue, mauvaise, de leur esprit – avait été donné au Cœur Noir, afin qu'il les utilise comme pions dans ses machinations infernales. Er'ril serra les dents. Un jour, il détruirait l'abomination qui portait les traits de son frère bien-aimé.

Flint se racla la gorge, ramenant l'homme des plaines dans le présent.

— Mais ce n'est pas tout ce que j'ai entendu. Des nouvelles du sud de la côte me sont parvenues ce matin par pigeon. C'est pourquoi je suis venu te tirer du lit.

— Quel genre de nouvelles ? s'enquit Er'ril en luttant pour enfiler sa seconde botte, le front plissé.

— Mauvaises, hélas. Hier, une petite flotte de pêche est arrivée à Port Rawl. Tous les marins avaient été corrompus. Ils étaient comme des chiens enragés. Ils ont attaqué les habitants à coups de dents ou de couteau, et ils ont violé leurs femmes. La garnison entière a dû se mobiliser pour les repousser. La plupart d'entre eux ont été tués, mais un des bateaux maudits a réussi à lever l'ancre et à s'échapper, emmenant plusieurs femmes et quelques enfants.

Er'ril entreprit de lacer ses bottes.

— Magie noire, commenta-t-il d'une voix tendue. Un sort d'influence, peut-être. J'ai déjà vu ça… il y a longtemps.

— Non, le détrompa Flint. Je sais de quelle magie tu veux parler. Mais ce qui a été fait à ces pêcheurs est bien pire qu'un simple sort. Les blessures ordinaires ne suffisaient pas à les tuer. Le seul moyen de les arrêter était de leur couper la tête.

Er'ril leva la tête, les yeux plissés d'inquiétude.

— Un guérisseur a examiné les corps et découvert un trou de la taille d'un pouce à la base de leur crâne, révéla Flint. En leur fendant la tête, il a trouvé une petite créature pleine de tentacules à l'intérieur. Quelques-unes de ces abominations remuaient encore. Après ça, tous les cadavres ont été immédiatement incinérés sur les quais.

— Douce Mère, marmonna Er'ril. Combien de nouvelles horreurs le Cœur Noir peut-il encore engendrer ?

Flint haussa les épaules.

— La ville entière empeste la chair brûlée. Du coup, les gens sont nerveux, et la moindre ombre les fait sursauter. Ce qui fait de Port Rawl un endroit encore plus dangereux que d'habitude. Mycelle prend beaucoup de risques en allant chercher vos amis là-bas.

En silence, Er'ril finit de lacer ses bottes. Il rumina longuement les nouvelles avant de déclarer :

— Mycelle est capable de se débrouiller. Mais je me demande si nous ne devrions pas partir plus tôt que prévu avec le *Fend-les-Flots*. (Il se redressa pour regarder Flint en face.) Si la corruption de Val'loa a déjà atteint la côte, peut-être vaut-il mieux ne pas traîner dans les parages.

— C'est aussi ce que je me disais. Mais si tu veux attendre que vos amis nous rejoignent, nous ne pourrons pas mettre les voiles avant la nouvelle lune. De toute façon, il nous faudra au moins ce temps-là pour préparer le bateau, et qui peut dire si nous serons davantage en sécurité sur l'océan qu'ici ?

Er'ril se leva.

— Tout de même, je n'aime pas rester assis là sans rien faire, à attendre que le Seigneur Noir nous débusque.

— En nous précipitant, nous risquons de jeter Elena dans ses pattes monstrueuses, fit remarquer Flint. Je suggère que nous nous en tenions à notre plan initial : partir à la nouvelle lune et retrouver l'armée mer'ai dans les Marasmes le jour dit. Face à la menace grandissante de Val'loa, nous devons laisser à Sy-wen et à Kast le temps d'atteindre la flotte dre'rendi et de lui demander d'honorer son antique serment. Nous aurons besoin de la force des Sanguinaires.

Er'ril secoua la tête.

— Ces pirates n'ont pas d'honneur.

Flint se rembrunit.

— Kast est un Sanguinaire. Même s'il partage son esprit avec le dragon Ragnar'k, c'est quelqu'un de fiable. Les gens de son peuple ont été façonnés par les tempêtes et les carnages. Ils connaissent l'importance du devoir et des dettes, si anciennes soient elles.

Er'ril doutait de la sagesse de ce plan.

— Ça revient à faire surveiller nos arrières par une meute de loups pendant que nous affronterons l'armée du Seigneur Noir.

— Possible. Mais pour réussir, nous aurons besoin de tous les crocs capables de lacérer les flancs de notre ennemi, fit valoir Flint.

En soupirant, Er'ril se passa les mains dans ses cheveux ébouriffés pour y remettre un semblant d'ordre.

— Très bien. Nous attendrons jusqu'à la nouvelle lune. Mais après ça, nous mettrons les voiles – que nous ayons reçu des nouvelles de Sy-wen et de Kast ou non.

Flint acquiesça et se leva. La question ainsi réglée, il sortit une pipe de sa poche.

— Assez parlé, grommela-t-il. Trouvons une flamme pour accueillir dignement le jour nouveau.

— Une nouvelle preuve de ton immense sagesse, sourit Er'ril.

Fumer lui semblait un parfait moyen de rattraper une matinée bien mal commencée. Il ne se fit pas prier pour suivre le vieil homme.

En arrivant dans la cuisine, il entendit des éclats de voix familiers résonner par la fenêtre ouverte, près de l'âtre. Ces exclamations mécontentes étaient ponctuées, de temps à autre, par un tintement métallique. De toute évidence, la guerrière Mycelle n'était pas satisfaite du comportement de son élève à l'occasion de la dernière leçon de celle-ci.

Décidément, la matinée commence mal pour tout le monde, songea Er'ril.

Mycelle dévia l'épée courte d'Elena. Puis, d'un revers de poignet, elle fit voler au loin l'arme de son élève.

Bouche bée, Elena regarda sa petite lame tournoyer dans les airs avant de retomber quelques mètres plus loin. Le mouvement avait été si vif que sa main gantée était toujours levée, comme pour tenir une poignée invisible. Lentement, la jeune fille baissa le bras tandis que le rouge lui montait aux joues.

Les poings sur les hanches, Mycelle secoua la tête d'un air navré. Elle était aussi grande que beaucoup d'hommes, et tout aussi large d'épaules. Une épaisse natte blonde descendait jusqu'à sa taille. Avec son attirail de cuir et d'acier, elle offrait une vision impressionnante.

— Ramasse ton épée, ma petite.

— Désolée, tante My, dit Elena, chagrinée.

Mycelle ne lui était pas apparentée par le sang, mais toutes deux étaient si proches que ça revenait au même. Les véritables origines de la guerrière la liaient aux métamorphes des contrées du Couchant, les si'lura. Longtemps auparavant, Mycelle avait renoncé à son héritage quand le destin et les circonstances l'avaient convaincue de se figer sous sa forme humaine, abandonnant à jamais sa capacité de métamorphose.

— Où as-tu donc la tête ce matin, fillette ?

Elena se dirigea rapidement vers son épée et se baissa pour la ramasser. Elle connaissait la réponse à la question exaspérée de sa tante. Elle était obnubilée par les révélations de Joach, ce qui l'empêchait de se concentrer sur la danse des lames. Revenant à sa place, elle brandit son épée.

— On va réessayer la feinte de l'épouvantail, dit Mycelle. C'est un mouvement très simple, mais une fois maîtrisé, c'est l'une des méthodes les plus efficaces pour pousser un adversaire à baisser sa garde.

Elena acquiesça et tenta d'oublier les doutes pernicieux que Joach avait fait naître dans son esprit. En vain. Elle n'imaginait pas qu'Er'ril puisse la trahir. L'homme des plaines s'était toujours montré d'une loyauté absolue envers elle comme envers leur quête. Ils avaient passé de nombreux après-midi ensemble, Er'ril guidant la jeune fille dans son apprentissage des manipulations les plus simples de son pouvoir. Au-delà des mots et des leçons, un lien plus profond, mais toujours enfoui, les unissait.

Parfois, tandis qu'elle se concentrait sur un nouvel aspect de sa magie, Elena jetait un coup d'œil en biais à Er'ril, et surprenait l'ombre d'un sourire rempli de fierté sur son visage d'ordinaire si maussade. Certes, c'était un homme complexe, mais elle pensait bien connaître son cœur. Er'ril ne portait pas seulement le surnom de « chevalier » : il en avait aussi l'âme et le comportement. Non, il ne la trahirait jamais.

Soudain, les doigts d'Elena la brûlèrent. Elle baissa les yeux vers sa main vide.

— Fillette, fulmina Mycelle. Si tu refuses de te concentrer sur cette leçon, je vais sur-le-champ seller ma monture pour partir à Port Rawl.

— Je suis désolée, tante My.

Une fois de plus, Elena alla ramasser son épée abandonnée sur le sol.

— La magie est imprévisible, Elena, mais une lame bien affûtée sera toujours prête à abattre tes ennemis. C'est pourquoi tu dois apprendre à manier les deux. Quand tu sauras te servir d'une épée aussi bien que de ton pouvoir, tu seras une arme à double tranchant. Plus difficile à arrêter, plus difficile à tuer. N'oublie jamais, mon enfant : quand la magie a échoué, le fer peut encore prévaloir.

— Oui, tante My, acquiesça docilement la jeune fille.

Elle connaissait déjà ce discours par cœur. Levant son épée courte, elle mit de côté toutes ses interrogations concernant Er'ril.

Mycelle s'approcha souplement, les talons décollés de la terre battue du jardin, une épée brandie dans sa main gauche. Sa seconde lame reposait toujours dans l'un des fourreaux qui se croisaient entre ses omoplates. Armée de ses deux lames jumelles, la guerrière était un démon d'acier et de muscles.

Armée d'une seule lame, elle était encore bien assez dangereuse. Elena réussit tout juste à parer une brusque feinte. La botte suivante de sa tante la déséquilibra. Bien décidée à prouver à Mycelle que celle-ci n'avait pas gaspillé son temps pendant deux semaines, la jeune fille lutta pour ne pas tomber.

Mycelle poursuivit son assaut furieux. Elena leva maladroitement son épée pour bloquer une attaque. La lame de la guerrière chanta le long de celle de son élève et frappa sa garde avec fracas. L'impact résonna dans tous les os de la main d'Elena, engourdissant les doigts de la jeune fille.

Elena vit sa tante retourner le poignet pour la désarmer une fois de plus. Ravalant sa frustration, elle força ses doigts gourds à imiter le mouvement de Mycelle. Son pouce frotta contre le tranchant de l'épée de sa tante. Elle sentit la lame mordre à travers le cuir de son gant et lui entailler le pouce. La sensation fut aussi vive qu'une piqûre de guêpe.

Ignorant la coupure, Elena continua à brandir son épée tandis que Mycelle reculait d'un pas pour préparer son coup suivant.

— C'est très bien, mon en..., commença la guerrière.

Ce fut alors qu'Elena contre-attaqua, prenant l'offensive pour la première fois.

L'énergie libérée par la coupure de son pouce s'était engouffrée dans ses veines et avait embrasé son sang. Contenant son pouvoir de son mieux, Elena se battit avec une vigueur renouvelée. Sa tante voulait qu'elle soit une arme à double tranchant ? Soit ! Désormais, l'acier et la magie se mêlaient en elle.

Visiblement surprise par la soudaine audace de son élève, Mycelle testa sa résistance de quelques coups inquisiteurs. Puis elle entreprit de briser son assaut et de la forcer à reprendre une posture défensive.

Elena contra chaque attaque et riposta dans la foulée. Le tintement de l'acier résonnait à travers le jardin aussi distinctement qu'un carillon. L'espace d'un instant bref et cristallin, Elena goûta le véritable rythme de la danse. Il n'y avait plus rien d'autre au monde. C'était une chorégraphie d'une précision parfaite, un poème de mouvement et de synchronisation, un chant lyrique auquel se mêlait la voix de sa magie sauvage.

Elena exécuta une double feinte et baissa la pointe de son épée. Elle vit Mycelle hésiter et mordre à l'hameçon. D'un revers de poignet, elle rabattit sa lame sur celle de sa tante, bloquant l'arme adverse au niveau de la garde. Dans un éclair d'acier, ce fut terminé.

Une main vide se dressait entre les deux combattantes. Mais, cette fois, ce n'était pas celle d'Elena.

Mycelle secoua son poignet endolori et adressa un léger signe de tête à sa nièce.

— C'était la feinte de l'épouvantail la plus parfaite dont j'aie jamais eu le plaisir d'être témoin. Même en sachant ce que tu faisais, je n'ai pas pu résister.

Le compliment de sa tante arracha une grimace béate à la jeune fille. Puis des applaudissements lui firent tourner la tête vers Er'ril et frère Flint, plantés dans l'encadrement de la porte de derrière. Intrigués par les bruits de combat, les deux hommes étaient venus voir ce qui se passait. La surprise et l'approbation écarquillaient leurs yeux. Même Joach, qui se tenait près de la pile de bois pour le feu, semblait avoir perdu l'usage de la parole.

— Bien joué, El, lâcha-t-il enfin comme les applaudissements s'espaçaient.

Fardale était couché aux pieds du jeune homme. La lumière du soleil faisait ressortir les reflets roux et cuivrés de sa fourrure noire. Le si'lura coincé sous sa forme de loup revenait juste de sa chasse matinale aux lapins et aux musaraignes. Il aboya ses félicitations, et ses yeux ambrés étincelèrent tandis qu'il envoyait une image à Elena : *Un louveteau se bat contre son frère pour devenir chef de la meute.*

Elena sourit et hocha la tête, mais ne lâcha pas son épée. Le chant des sirènes de la magie résonnait encore dans ses oreilles, noyant presque les bruits alentour.

— Encore, dit-elle avidement à Mycelle.

Sa tante eut un petit rire.

— Je pense que c'est un bon moment pour arrêter, contra-t-elle. À mon retour de Port Rawl, nous passerons au niveau supérieur.

Elena dut se mordre la lèvre pour ne pas supplier sa tante de continuer. La magie avait enflammé son sang ; elle se sentait prête à affronter tout un bataillon.

— Elena, tu saignes ! s'exclama soudain Joach. Ta main !

La jeune fille baissa les yeux. De grosses gouttes rouges s'échappaient de son pouce entaillé et coulaient le long de son épée baissée. Elle cacha sa main dans son dos.

— Ce n'est qu'une égratignure. Je ne m'en étais même pas aperçue.

Er'ril se dirigea vers elle.

—Les petites blessures qu'on ignore sont souvent les plus dangereuses. Fais-moi voir.

À contrecœur, Elena remit son épée à sa tante et ôta son gant souillé, dégainant la plus redoutable de ses armes. Des spirales couleur rubis tourbillonnaient lentement sur la peau de sa main.

Er'ril examina la coupure.

—Le muscle n'a pas été atteint, se réjouit-il. Rentrons. Je vais nettoyer ça et te faire un pansement.

Elena acquiesça et suivit l'homme des plaines dans la cuisine. Assise sur un tabouret, elle se laissa faire en silence. Er'ril pressa un tampon imbibé d'huile de doucerbe sur sa plaie. Sous l'influence de la magie, celle-ci avait déjà commencé à se refermer.

Er'ril étudia le pouce d'Elena en fronçant les sourcils. De sa main unique mais habile, il lui confectionna un pansement. Les autres s'étaient dispersés pour vaquer à leurs diverses corvées, laissant le guerrier seul avec sa protégée.

—Avec ça, tu ne pourras pas porter de gant pendant quelques jours, marmonna Er'ril. (Il noua adroitement les deux bouts de la bande de gaze, puis s'assit sur ses talons pour fixer Elena dans les yeux.) Passe-moi ton autre gant.

—Pourquoi ? s'étonna la jeune fille. Je ne me suis pas blessée à la main gauche.

Le regard d'Er'ril s'assombrit brusquement.

—Ton gant, exigea-t-il en tendant la main.

Lentement, Elena ôta son gant en peau d'agneau et le lui remit en cachant sa main gauche.

—Montre-moi.

—Je ne comprends pas ce que tu…

—Ton entaille était déjà en train de se refermer, coupa Er'ril d'une voix dure. Ça n'arrive que quand tu te sers de ta magie. Maintenant, montre-moi tes deux mains.

Elena obtempéra à contrecœur. Pour ne pas regarder le guerrier en face, elle fixa ses mains, qu'elle venait de poser sur ses cuisses. La droite et la gauche n'étaient plus le reflet l'une de l'autre. La première – celle dont la jeune fille se servait pour manier l'épée – semblait légèrement plus pâle, signe qu'une partie de sa magie avait été consommée. Le soleil qui entrait à flots par la fenêtre de la cuisine révélait le subterfuge d'Elena : elle avait utilisé son pouvoir durant le combat contre Mycelle.

— Ça s'appelle une épée de sang, commenta Er'ril sur un ton las. J'espérais que tu n'apprendrais jamais cette forme de magie.

Elena déroba de nouveau ses mains au regard du guerrier.

— Pourquoi ? Ça ne coûte presque rien en terme de pouvoir.

Posant la main sur un genou de la jeune fille, Er'ril se rapprocha d'elle.

— Ça coûte bien plus que tu ne le crois. Je l'ai vu dans tes yeux. Tu ne voulais pas que ça s'arrête. De mon temps, les mages entendaient eux aussi l'appel de la magie sauvage. Mais seuls les mages noirs cédaient à son chant des sirènes sans se préoccuper des dégâts qu'ils pourraient causer. (Du menton, il désigna les mains d'Elena.) Et tu es doublement marquée. Je ne peux qu'imaginer la force de cet appel dans ton sang. Tu dois absolument combattre la tentation.

— Je comprends, acquiesça Elena.

Depuis la première fois qu'elle avait utilisé son pouvoir, la mélodie de la sor'cière l'accompagnait constamment. Elle savait qu'il était dangereux de l'écouter ; aussi résistait-elle en s'accrochant à la femme en elle – à sa moitié humaine. C'était comme marcher en permanence sur une corde raide. Durant l'année écoulée, Elena avait appris l'art et l'importance de l'équilibre.

— C'est pourquoi une épée de sang est si dangereuse, reprit Er'ril. En l'utilisant, tu offres à la magie un instrument grâce auquel échapper à ton contrôle. Si tu verses assez de sang, l'épée elle-même devient l'hôte de ton pouvoir : une chose presque vivante et impossible à maîtriser. Elle n'a ni conscience ni moralité – juste une insatiable soif de meurtre. Et elle finit généralement par prendre le dessus sur son porteur. Seuls les mages les plus doués et les plus accomplis sont capables de dompter une épée de sang.

Elena était horrifiée par ce qu'elle avait failli faire.

— Mais ce n'est pas le pire, poursuivit Er'ril. À partir du moment où cette épée est pleinement ensanglantée, la magie fusionne avec l'acier de manière définitive et permanente. Alors, n'importe qui peut l'utiliser et se servir de son pouvoir. De nombreuses histoires circulent au sujet de mages noirs qui avaient fourni une épée de sang à des hommes et des femmes ordinaires, incapables de résister à l'appel de la magie. Ces malheureux devenaient les esclaves de leur arme et de sa soif de meurtre.

Elena pâlit.

— Que leur arrivait-il ?

— Ils étaient traqués et tués, et on faisait fondre leur lame pour neutraliser son pouvoir. Beaucoup de vies ont été perdues ainsi. Alors, prends garde à ce que tu forges avec tant d'insouciance, Elena. Ça peut causer plus de dégâts que tu ne l'imagines.

Elena renfila son gant intact et tripota le pansement de son autre main. À présent que la plaie se refermait, l'appel de la magie s'estompait.

— Je ferai plus attention. Promis.

Er'ril dévisagea la jeune fille, comme pour jauger sa sincérité. Ce qu'il vit dut le satisfaire, car l'éclat d'acier de ses yeux gris s'adoucit.

— Encore une chose, Elena. À propos de ton dernier échange avec ta tante. Malgré l'épée de sang, la magie n'était pas la seule chose qui guidait ton bras. Tu t'améliores vraiment. (La voix du guerrier se fit plus ferme.) Il y a en toi une force qui ne doit rien à ta magie. Ne l'oublie jamais.

Ces simples mots touchèrent Elena bien plus profondément que les exclamations du reste de ses compagnons. Soudain, les yeux de la jeune fille se remplirent de larmes.

Comme s'il avait perçu son émotion, Er'ril se redressa.

— Je dois y aller, dit-il, gêné. Le soleil est déjà haut dans le ciel, et j'ai promis à Flint de jeter un coup d'œil au *Fend-les-Flots*. Si nous voulons partir à la nouvelle lune, il reste encore beaucoup à faire.

Elena acquiesça et se leva de son tabouret.

— Er'ril, dit-elle en reniflant un peu et en capturant le regard du guerrier avec le sien. Merci. Pas seulement pour ça… (Elle leva sa main bandée.) Mais pour tout. Je crois que je ne t'ai jamais dit à quel point tu comptais pour moi.

Les joues d'Er'ril s'empourprèrent, et il baissa timidement les yeux.

— C'est… Je… (Il se racla la gorge.) Tu n'as pas à me remercier, balbutia-t-il d'une voix rauque en se hâtant de sortir de la pièce. Je ne fais que mon devoir.

Elena regarda fixement son dos tandis qu'il s'éloignait. Que le rêve de Joach soit prémonitoire ou non, Er'ril était un chevalier, et elle ne pourrait jamais douter de lui.

Jamais.

Le temps que Mycelle soit prête à partir pour la cité côtière de Port Rawl, le soleil de l'après-midi avait tiédi les falaises. Dans la chaleur humide, les vêtements collaient à la peau moite, et le scintillement de l'océan blessait les yeux.

Impatiente de se mettre en route, la guerrière ajusta ses paquetages et resserra la sous-ventrière de son cheval. Puis, les yeux plissés et une main en visière, elle se tourna vers ses compagnons, qui s'étaient rassemblés pour lui dire au revoir et lui souhaiter un bon voyage. Mycelle menait une vie essentiellement solitaire ; aussi n'était-elle guère portée sur les grandes effusions. Elle poussa un soupir et, bien décidée à en finir au plus vite, se dirigea vers Elena pour lui donner une brève accolade.

— Entraîne-toi en mon absence, lui recommanda-t-elle. À mon retour, je veux que tu aies perfectionné ta parade plume.

— Promis, tante My.

Elena eut l'air de vouloir ajouter quelque chose, mais Mycelle était déjà passée à Er'ril.

— Veille bien sur ma nièce, homme des plaines. Un orage approche ; je compte sur toi pour l'abriter.

— Toujours, acquiesça Er'ril avec raideur. Et toi, sois prudente à Port Rawl. Tu as entendu ce qu'a dit Flint.

Mycelle hocha la tête.

— Je connais bien la cité des marais, répondit-elle.

Cernée par des marécages dangereux côté terre, et protégée côté mer par les courants traîtres que généraient les milliers d'îles de l'Archipel voisin, Port Rawl constituait un sanctuaire rêvé pour tous ceux qui fuyaient la loi. Elle était gouvernée par un système de castes aussi véreux que cruel, qui avait fait de la justice une notion obscène. Une seule règle prévalait dans ses rues : *Surveillez vos arrières.*

Avant que Mycelle puisse se détourner, Er'ril lança :

— Tu es sûre de pouvoir déceler si les autres ont été corrompus par le Seigneur Noir ?

— Pour la millième fois, oui ! grogna Mycelle, prête à exploser. Aie foi en mon pouvoir ! S'ils ont été souillés par la magie noire, mes perceptions élémentales me le diront. Je suis une sourcière. C'est mon métier.

Elle foudroya Er'ril du regard. L'homme des plaines frémit et n'insista pas.

Elena prit sa défense.

— Er'ril essaie juste d'être prudent, tante My. Si l'un d'eux est devenu un malegarde…

— Je le tuerai de mes propres mains, acheva Mycelle, se détournant et mettant fin à la discussion.

Elle connaissait son devoir. Depuis des siècles, le Cœur Noir pervertissait la magie élémentale que des innocents portaient en eux afin de se constituer une armée d'iniques combattants. À Port Rawl, Mycelle chercherait le reste de leurs compagnons – le montagnard Kral, le si'lura Mogweed, l'el'phe Méric et le demi-og're Tol'chuk. Elle sonderait leurs énergies respectives. Si tous quatre étaient encore purs, elle leur révélerait l'endroit où Elena était cachée. Dans le cas contraire…

D'une main qui ne tremblait pas, Mycelle rajusta ses fourreaux. *Dans le cas contraire, je réglerai le problème*, songea-t-elle. Mais elle ne cessait de penser à Tol'chuk. Malgré sa moitié si'lura, il ressemblait tellement à son père og're… Serait-elle capable de tuer son propre fils s'il avait été corrompu ?

Mycelle mit cette inquiétude de côté. Le dernier membre de leur groupe attendait qu'elle lui dise au revoir.

Joach se tenait devant elle, se dandinant d'un pied sur l'autre, le bâton de pol'bois serré dans son poing. À la vue du bois noir et noueux, Mycelle se rembrunit. Depuis quelques jours, son neveu ne se séparait pas de cet ignoble talisman. Elle l'étreignit très vite, en évitant de toucher le bâton. Chaque fois qu'elle approchait de ce dernier, elle avait l'impression que des insectes rampaient sous sa peau, et elle n'aimait pas du tout la fascination qu'il semblait exercer sur Joach.

— Tu ferais mieux de… ranger ce truc, dit-elle en le désignant du menton. Il porte malheur.

Joach serra le bâton contre lui.

— Mais c'est un trophée : le symbole de notre victoire contre le mage noir Greshym. Comment pourrait-il me porter malheur ?

— C'est comme ça.

Les sourcils froncés, Mycelle se tourna vers sa monture, un hongre pie au regard inquiet.

Pour ne pas perturber celui-ci avec son odeur, le futur compagnon de voyage de la guerrière attendait à bonne distance, assis sur son arrière-train. Pourtant, le cheval fit un écart lorsque Mycelle se dirigea vers lui. De toute évidence, la proximité d'un énorme loup le rendait nerveux. Sa cavalière tira sur sa bride.

— Ça suffit. Calme-toi, ordonna-t-elle.

Puisque Fardale venait aussi, il fallait bien qu'il s'habitue à sa présence.

Le loup se leva et s'étira, indiquant qu'il était prêt à partir. Une lueur amusée brillait dans ses yeux, dont la couleur ambrée trahissait son héritage si'lura. Si Mycelle s'était volontairement figée sous sa forme humaine, renonçant à jamais aux droits que lui conférait son héritage, Fardale n'avait pas eu le choix. C'était une malédiction qui les avait fait prisonniers, lui et son frère jumeau Mogweed, de leur forme actuelle. Ils avaient quitté leur forêt des contrées du Couchant en quête d'un remède et, sur la route de Val'loa, leur chemin avait croisé celui de la sorcière.

Apparemment, chacun des membres de leur petit groupe était – pour des raisons différentes – attiré par la cité insulaire enfouie.

Mycelle monta en selle et pivota vers les autres.

— Si tout va bien, je serai de retour avant la nouvelle lune. Sinon…

Haussant les épaules, elle fit face à la route. Finir sa phrase était inutile. Si elle n'était pas de retour dans six jours, ce serait parce qu'elle avait été capturée ou tuée.

— Sois prudente, tante My ! s'exclama Elena derrière elle.

La guerrière leva une main pour saluer ses compagnons. Puis elle fit claquer sa langue et talonna son cheval, qui se mit en marche le long de la route côtière. Elle ne jeta pas le moindre coup d'œil en arrière.

Bientôt, elle contourna un escarpement rocheux qui la dissimula aux yeux des autres. Ses épaules se détendirent légèrement. La route était son véritable foyer. Fardale trottinait une dizaine de mètres sur sa gauche, filant à travers l'herbe, telle l'ombre d'un requin dans une mer verte, si bien qu'elle pouvait aisément se croire seule.

Mycelle avait passé le plus clair de sa vie à arpenter les contrées d'Alaséa, battant la campagne en quête de gens qui possédaient un don élémental. C'était une existence rude et solitaire, mais elle avait fini par s'y habituer. Une épée et un cheval, voilà toute la compagnie dont elle avait besoin.

Oubliant ses inquiétudes, elle se laissa bercer par l'allure nonchalante de sa monture. La route vérolée d'ornières serpentait au milieu de bosquets de pins et de cyprès. Parfois, un groupe de chevreuils détalait à l'approche de Mycelle. À part ça, la guerrière ne croisa pas âme qui vive.

Elle avait l'intention d'atteindre le hameau côtier de Grimarais avant la tombée de la nuit. Ensuite, il ne lui resterait qu'une petite journée de voyage jusqu'à Port Rawl.

La journée s'écoula au rythme des pas de son cheval. La route demeura déserte, et une fraîcheur agréable se répandit dans l'air lorsque l'après-midi chaud et étouffant céda la place au crépuscule.

Le soleil déclina vers l'horizon plus rapidement que Mycelle ne s'y était attendue. Si sa carte était fiable, la guerrière ne devait plus se trouver qu'à une ou deux lieues de Grimarais. Elle avait progressé à bonne allure depuis son départ, se félicita-t-elle.

Autour d'elle, le sous-bois se fit un peu plus dense, et les collines plus escarpées. Puis un grondement s'éleva sur sa gauche, et Fardale revint vers elle en courant.

Mycelle tira sur les rênes de sa monture pour l'arrêter. Le loup communiquait avec les autres métamorphes en les regardant dans les yeux et en leur envoyant des images mentales, mais, parce qu'elle avait renoncé à son héritage si'lura, Mycelle ne pouvait plus recevoir les images en question. Elle ne connaissait qu'une humaine qui en était capable : Elena, grâce à sa magie sanglante.

Fardale gronda de nouveau et pivota vers la route.

— Quelqu'un approche ? demanda Mycelle.

Le loup acquiesça.

— Un ennemi ?

Il poussa un gémissement. Autrement dit, il n'en était pas certain, mais il lui recommandait la prudence.

Mycelle fit claquer sa langue et talonna son cheval. Elle ajusta sa position en selle pour libérer les deux fourreaux croisés dans son dos et mettre les poignées de ses épées à sa portée. Fardale s'enfonça de nouveau dans le sous-bois. Il resterait caché pour attaquer et bénéficier de l'effet de surprise en cas de besoin. Mycelle le chercha du coin de l'œil. Plus tôt, elle n'avait eu aucun mal à le repérer. À présent, l'énorme loup semblait avoir purement et simplement disparu. Pas une ombre ne bougeait, pas une brindille ne craquait dans le sous-bois.

Mycelle entendit une voix douce qui chantait, quelque part devant elle. Son cheval franchit une courbe. Au-delà, les arbres étaient plus touffus, mais la route filait droit sur une bonne distance. Quelqu'un se tenait sur le bord, à demi dissimulé par l'ombre que projetaient les branches épaisses d'un cyprès sculpté par le vent. Sans réagir à l'apparition de Mycelle, il continua à fredonner une balade dans une langue inconnue.

À cause de sa cape en patchwork, qui semblait cousue à partir de haillons, impossible de dire s'il s'agissait d'un homme ou d'une femme. Mycelle regarda autour d'elle. Il n'y avait personne d'autre dans les parages. Alors que la guerrière se dirigeait vers la silhouette, les sabots de sa monture claquant sur la terre battue, le rythme de la chanson se modifia subtilement, comme pour inclure ce contrepoint dans la mélodie.

Lorsqu'elle fut assez près, Mycelle leva un bras, main tendue et paume ouverte pour montrer qu'elle n'avait pas d'intentions belliqueuses. L'interprète ne broncha pas, se contentant de poursuivre sa chanson lancinante. À cette distance, Mycelle aurait dû voir si c'était un homme ou une femme, s'il était jeune ou vieux, dangereux ou pas. Mais sa capuche loqueteuse dissimulait son visage, ne laissant pas entrevoir la moindre parcelle de peau.

— Bonjour à vous, lança Mycelle. Quelles sont les nouvelles de la route ?

C'était un salut très répandu entre voyageurs, une offre de partager des informations et, pourquoi pas, de troquer des biens.

L'interprète continua à chanter. Mais sa mélodie ralentit et s'estompa, la voix semblant s'éloigner. Pourtant, l'effet que la musique produisait sur Mycelle s'amplifia. La guerrière se sentait attirée par chaque note ténue ; elle cherchait désespérément la signification de paroles qu'elle ne comprenait pas. Sur l'ultime accord, alors que la chanson mourait, elle crut distinguer trois mots chuchotés – une supplique : *« Retrouvez mes enfants »*.

Les yeux plissés, Mycelle avança encore. Avait-elle bien entendu, ou ses oreilles confuses lui jouaient-elles des tours ?

Elle s'arrêta face à l'interprète dans la ferme intention de le questionner. Qu'avait-il essayé de lui dire ? Mais, à l'instant où son cheval s'immobilisa, la silhouette s'évanouit à l'instar de sa chanson. Sa cape tomba mollement sur le sol, comme si elle n'avait jamais été portée par personne. Et ce que Mycelle avait d'abord pris pour un patchwork de haillons s'avéra être un manteau de feuilles de diverses teintes – du vert printanier au roux automnal flamboyant.

Une rafale souffla brusquement à travers le sous-bois, éparpillant les feuilles sur la route. *Quel genre de magie est-ce là ?* se demanda Mycelle. Voulant se prouver qu'elle n'avait pas été victime d'une hallucination, elle appela :

— Fardale !

Le loup apparut aussitôt à côté d'elle. La vue de sa silhouette robuste, bien réelle, rasséréna la guerrière. Celle-ci mit pied à terre et entreprit d'examiner les feuilles éparses. Elle en ramassa quelques-unes et les identifia sans mal : chêne des montagnes, aulne du Nord, érable occidental... Des arbres qui poussaient à des centaines de lieues de là. De plus en plus perplexe, elle laissa retomber les feuilles.

Près d'elle, Fardale fouillait la pile du museau. Il semblait avoir trouvé quelque chose au milieu de celle-ci. D'une patte habile, il dégagea un petit objet qu'il fit rouler au milieu de la route. Il l'observa, la tête penchée sur le côté, et poussa un gémissement plaintif.

— Qu'y a-t-il ? demanda Mycelle en se penchant pour regarder.

Elle ne comprenait pas ce qui perturbait le loup. Ce n'était qu'un gland de la taille d'un pouce, semblable à tous ceux qui jonchaient le sol de beaucoup de forêts. Mais une petite pousse verte jaillissait d'une de ses extrémités.

Avec beaucoup de douceur, Fardale prit le gland dans ses mâchoires et le tendit vers Mycelle. La guerrière ouvrit la main pour le recevoir. Alors, le loup poussa sa poche du museau pour indiquer qu'elle devait le garder en sécurité.

Intriguée par l'étrange comportement du loup, Mycelle obtempéra et remonta en selle, les sourcils froncés. Elle talonna son cheval et se remit en route, s'interrogeant sur le tour de magie dont elle venait d'être témoin. Elle n'avait perçu aucune souillure en l'apparition, pas la moindre trace de pouvoir obscur. Alors, qu'est-ce que ça signifiait ?

Secouant la tête, elle mit ce mystère de côté. Elle avait une mission à accomplir et pas de temps à perdre en vaines questions. Tandis qu'elle poursuivait sa route vers le hameau de Grimarais, elle remarqua que Fardale la suivait, mais qu'il n'arrêtait pas de regarder derrière lui, vers l'endroit où la silhouette s'était tenue.

Le froncement de sourcils de Mycelle s'accentua. Elle tapota la petite bosse dure dans sa poche. Qu'est-ce qu'un gland ordinaire pouvait bien avoir de si important ?

Le sixième drak'il s'extirpa des flots en rampant sur le sable encore tiède. La nuit était tombée depuis longtemps ; personne ne le vit rejoindre cinq de ses congénères sur l'étroite plage qui séparait l'océan des falaises.

Il se redressa sur ses pattes postérieures griffues et s'étira. À peine plus grands que des gobelins, auxquels ils étaient apparentés, les drak'il vivaient eux aussi dans des cavernes, mais au fond de la mer – plus précisément, parmi les îles lointaines de l'Archipel. Bien que dotés d'une intelligence rudimentaire, ils frayaient peu avec les autres créatures, préférant vivre isolés.

Mais une impérieuse nécessité les avait poussés jusqu'à la côte. Une impérieuse nécessité et un serment très ancien. La nouvelle leur était parvenue qu'une sor'cière, responsable de la mort de centaines de gobelins des roches, se cachait non loin de là. Avec elle, elle avait amené la lumière affamée, la voleuse d'esprits. Comme le voulait la tradition, elle devait être lapidée et aveuglée, et sa magie devait être rapportée à la reine des drak'il. Au nom de tous les clans de gobelins, ils avaient le devoir de venger le meurtre de leurs cousins des montagnes.

La queue du sixième drak'il frémissait et s'enroulait spasmodiquement autour de ses chevilles. Ces rivages inconnus le rendaient nerveux. Il salua la femelle dominante de leur cellule en touchant, de sa langue fourchue, le dard venimeux qui terminait sa queue. Seules les femelles drak'il possédaient un *rhyst*, capable de dispenser une mort brûlante et de tuer même un requin. Les quatre autres mâles s'étaient déjà prosternés devant leur cheftaine et attendaient ses ordres.

Plus grosse et plus musclée que ses congénères, la femelle grogna et siffla ses instructions. Ses crocs reflétaient le clair de lune, et ses yeux rouges flamboyaient de haine. Les mâles tremblaient devant elle. Aucun d'eux n'aurait osé désobéir à une cheftaine.

Quand elle se tut, ils s'élancèrent vers la falaise et l'escaladèrent hâtivement jusqu'à la hauteur voulue. Puis chacun d'eux planta ses griffes dans la roche et se plaqua contre la paroi pour verrouiller sa position tandis que la femelle attendait en contrebas. Ils sentaient son regard brûlant les balayer, et n'osaient pas même frémir, de peur de lui déplaire.

Tel un nuage de vapeur, un grondement sourd monta jusqu'à eux, et un feu familier embrasa leur peau. Bientôt, ils se confondirent parfaitement avec la falaise, disparaissant si bien que même la lumière du jour à venir ne permettrait pas de les distinguer contre le grès rougeâtre qui les entourait.

Les mâles devaient servir d'yeux et d'oreilles à l'armée drak'il. D'autres cellules s'étaient déployées le long du rivage, sur des centaines de lieues. La côte serait surveillée par des milliers d'yeux noirs bridés, et des milliers d'oreilles à l'ouïe affûtée guetteraient des nouvelles de la sor'cière. Dès que la démone aurait été localisée, tout le clan ferait mouvement pour s'en emparer. Il éteindrait sa lumière affamée et s'approprierait sa magie.

Depuis sa position sur la paroi rocheuse, le sixième drak'il sentait l'avidité de la cheftaine, en contrebas. Il captait l'odeur de son excitation – musc et semence mêlés. Cela lui donnait envie de se prosterner devant elle, d'implorer qu'elle le touche. Aussi demeura-t-il parfaitement immobile. Seule une obéissance absolue permettait aux mâles drak'il de gagner les faveurs d'une femelle. Il lui montrerait combien il pouvait être stoïque. Même quand le soleil brûlerait sa peau et dessécherait sa chair, il ne bougerait pas.

En contrebas, il entendit la cheftaine retourner vers le bord de l'eau. Il entrouvrit un œil et le fit pivoter vers l'arrière pour regarder l'imposante femelle se traîner sur le rivage. Son dos était arqué de manière provocante, et son arrière-train épanoui remuait, lançant une invitation. Le sixième drak'il aurait aimé croire qu'elle se pavanait ainsi pour lui, mais il ne se faisait pas d'illusion. Il savait qui arrivait : celui qui les avait informés du massacre perpétré par la sor'cière parmi les gobelins des roches, celui qui portait une magie terrifiante en son cœur. Son pouvoir incitait toutes les cheftaines à parader devant lui, les yeux embrasés par le désir, leur *rhyst* dur comme du silex martelant avidement la pierre des cavernes. Même leur reine était incapable de résister à la séduction exercée par la magie de l'étranger. Elle l'avait nommé général de leur armée, aussi longeait-il la côte pour passer en revue chacune de leurs cellules.

Suspendu à la falaise par la seule force de ses griffes, le sixième drak'il sentit une braise de rage flamboyer en son cœur. C'était injuste que lui et ses semblables soient dirigés par un mâle qui n'appartenait pas à leur clan – ni même à leur race ! Pourtant, il se garda bien de protester.

Soudain, l'excitation de la cheftaine redoubla. Une odeur musquée, humide, se répandit dans l'air. Le général devait être tout près.

Le sixième drak'il avait vu juste. Une bulle argentée émergea des flots et roula jusqu'à la plage. Là, elle s'ouvrit pour révéler celui qu'elle abritait. Aussi sec que s'il n'avait jamais séjourné dans l'eau, l'homme prit pied sur le rivage rocailleux. Il ignora la femelle qui se tortillait à ses pieds, ne remarquant même pas l'appel rythmique et avide de son *rhyst*. Sans lui accorder le moindre coup d'œil, il s'approcha de la paroi de grès.

— Elle est tout près, dit-il dans la langue commune.

Cette simple phrase blessa les oreilles du sixième drak'il. Que cette langue était répugnante !

L'homme ouvrit son ample chemise, révélant son cœur magique. Son torse pâle était fendu comme une cosse éclatée ; ses côtes brisées saillaient par la plaie aux bords racornis. Ce n'était pas lui qui déclenchait la convoitise de la cheftaine prosternée, mais ce qui se tapissait dans sa poitrine.

Depuis la cavité béante et humide, des yeux d'un rouge sanglant scrutaient la nuit. Un flot de magie, grouillante comme les tentacules d'une pieuvre des grands fonds, s'échappait de la plaie. Elle monta à l'assaut de la falaise. Elle était si puissante, si fétide…

Une voix issue des océans les plus sombres et les plus glaciaux résonna à l'intérieur de la cavité.

— Tiens-toi prêt. Le malegarde que j'ai nommé « Légion » va l'attirer dans notre piège. Exécute ma volonté ou subis mon courroux.

Le feu qui couvait dans les entrailles du général se raviva brusquement. La bouche ouverte comme un poisson échoué sur du sable chaud, l'homme lutta pour réitérer ses promesses d'allégeance.

— Je… Je ne vous décevrai plus.

Puis la magie s'évanouit. Le sixième drak'il jeta un coup d'œil vers la plage.

En gémissant, l'homme referma sa chemise et rebroussa chemin d'un pas chancelant. Dès que ses pieds touchèrent l'eau, la bulle argentée se reforma autour de lui.

La cheftaine fit une dernière tentative désespérée pour attirer l'attention du général. Elle l'appela dans l'ignoble langue commune. Sa voix était rauque de désir, et sa langue fourchue peinait à former les syllabes. Tandis que la bulle et son passager s'abîmaient dans les flots, elle éructa le nom de l'homme :

— R-r-rockingham.

2

— Tu t'y habitueras, tu verras, promit Er'ril en guidant Elena vers la jetée de pierre et de bois.

Le soleil venait juste d'apparaître à l'horizon, projetant une maigre lumière sur l'océan. Devant eux, le *Fend-les-Flots* tanguait au bout du quai. Le vent avait forci pendant la nuit. Des vagues vigoureuses ballottaient l'embarcation, faisant craquer ses drisses et ses écoutes comme le chanvre huilé frottait contre les taquets métalliques.

Le *Fend-les-Flots* était amarré dans une crique peu profonde, cernée par des falaises de grès qui dissimulaient ses mâts jumeaux et ses voiles ferlées. Seul un autre bateau passant devant l'entrée de cette baie minuscule aurait pu le découvrir. Des centaines de ports secrets, semblables à celui-ci, vérolaient la côte. Dans cette région de pirates et de brigands, ils étaient précieux et soigneusement entretenus.

Fébrile, Elena suivit Er'ril le long de la jetée. Plus elle observait le bateau, plus elle avait la désagréable sensation que le quai remuait sous ses pieds. Le mouvement des vagues ne faisait qu'accentuer cette impression. Pour ajouter aux tourments de son estomac, l'odeur des planches huilées se mêlait à celle des algues et de l'eau salée.

La jeune fille déglutit avec difficulté, et ses joues pâlirent. Elle avait combattu des démons et des monstres, manipulé une magie dévastatrice, traversé un marécage dangereux à bord d'une minuscule bélandre, mais elle redoutait plus que tout le voyage à venir. Élevée dans les contreforts des immenses Dents, sur un sol de granit et de terre battue, Elena avait découvert, durant une brève sortie pour rendre visite aux dragons aquatiques, que le roulis de l'océan lui donnait la nausée et lui faisait perdre l'équilibre. Contre cet assaut-là, elle n'avait aucune défense. La magie ne pouvait pas lui donner le pied marin. C'était un obstacle dont elle devrait triompher seule.

Pour aider sa protégée, Er'ril avait décidé de s'installer à bord avec elle. En l'exposant prématurément à son mal de mer, il espérait qu'elle vaincrait celui-ci avant leur départ.

— Quelques jours devraient suffire à endurcir ton estomac, avait-il affirmé.

Elena avait accepté à contrecœur.

Sur le pont du *Fend-les-Flots*, un colosse à la peau d'acajou poli, vêtu d'une veste en peau de phoque, leva une main pour les saluer. Comme il pivotait vers eux, les premiers rayons du soleil firent étinceler sa boucle d'oreille en argent, identique à celle de frère Flint. Les deux hommes appartenaient au même ordre. Mais, si Flint avait la langue bien pendue et un sens de l'humour sarcastique, Moris était plutôt du genre taciturne et stoïque. Elena ne s'était jamais sentie à l'aise en sa présence. La silhouette imposante de Moris, l'étrange couleur de sa peau, son regard pénétrant et le silence qu'il brisait si rarement – tout cela lui donnait envie de se recroqueviller sur elle-même ou de se sauver.

Er'ril fit signe à Elena de monter la première sur la passerelle. La jeune fille sentit Moris la scruter, comme s'il tentait de voir la moelle de ses os. Elle détourna les yeux, et son regard se posa sur la surface agitée de l'océan. Déséquilibrée, elle trébucha. Er'ril la rattrapa avant qu'elle tombe à l'eau.

— Elena, qu'est-ce que je t'ai dit ? la rabroua-t-il.

Les joues de la jeune fille s'empourprèrent. Prenant pied sur le pont, elle s'accrocha au bastingage de ses deux mains gantées.

— Tiens-toi tout le temps.

Moris prévint toute remontrance supplémentaire.

— Er'ril, je vous ai préparé deux cabines dans le gaillard d'avant. Je les ai aérées et j'ai sorti des draps propres. Dès que tu auras installé la petite, nous devrons mettre la dernière main à nos plans de départ. La nouvelle lune approche.

Er'ril acquiesça.

— Où est Flint ?

— Dans la cambuse, en train de préparer du porridge et de la morue séchée. On se retrouve là-bas quand tu seras prêt.

À la pensée du poisson salé et de l'épaisse bouillie d'avoine, l'estomac d'Elena se souleva. Sous ses pieds, le pont oscillait lentement ; les deux mâts se balançaient comme pour suivre le vol des mouettes. Elle ne lâcha pas le bastingage de chêne, mais ses paumes se couvrirent d'une sueur froide.

Er'ril l'arracha à sa contemplation des mouvements du bateau.

— Viens. Allongée sur ta couchette, tu te sentiras mieux.

— Ça m'étonnerait, marmonna la jeune fille.

Pourtant, elle le suivit à travers le pont. D'épais rouleaux de corde menaçaient de la faire trébucher à chaque pas, mais elle observa les conseils d'Er'ril, ne lâchant une prise que pour en saisir aussitôt une autre.

Lorsqu'ils atteignirent le gaillard d'avant, Er'ril ouvrit une lourde porte de ferréol. Au-delà, la lumière d'une lanterne révélait un court passage conduisant aux cabines supérieures, et une volée de marches abrupte descendant vers le pont inférieur. Du menton, Er'ril fit signe à Elena d'entrer. La jeune fille remarqua qu'aucune ouverture ne se découpait dans la porte pour laisser entrer la lumière, et que la face intérieure du battant était renforcée par trois énormes barres métalliques. Cela lui fit penser à l'entrée d'un donjon humide.

Er'ril dut percevoir la nervosité de sa protégée.

— Pendant les tempêtes, les vagues s'écrasent parfois sur le pont principal avec une grande violence, expliqua-t-il. Ces barres servent alors à condamner l'écoutille pour garder le pont inférieur au sec.

Elena jeta un coup d'œil sur le côté, évaluant la hauteur à laquelle culminait le pont principal. Elle ne pouvait concevoir de vagues assez monstrueuses pour l'atteindre. Le cœur dans la gorge, elle baissa la tête et entra dans le gaillard d'avant.

Aussitôt, une forte odeur de kérosène et de résine l'assaillit. Dans l'étroit passage, le balancement de la lanterne et l'inclinaison du plancher la rendirent encore plus malade. S'appuyant contre le mur, elle suivit Er'ril vers une petite porte au fond du couloir.

— Voici ta cabine, annonça le guerrier en poussant le battant, qui alla heurter la minuscule couchette chevillée au mur du fond.

Le cœur d'Elena se serra. La pièce n'était pas plus grande qu'une armoire. Bien que son ameublement se réduise à un petit lit, un coffre et une lanterne, il n'y avait presque pas de place pour se retourner.

— Je ferai apporter tes affaires cet après-midi, dit Er'ril.

— Et où veux-tu que je les mette ? grommela Elena.

Du menton, Er'ril désigna la couchette.

— Assieds-toi. J'ai quelque chose à te dire.

Elena se laissa tomber sur le lit minuscule, qui émit un craquement de protestation. Au-dessus d'elle, la lanterne se balançait, projetant des ombres dansantes sur le mur. Le mouvement retourna l'estomac de la jeune fille, qui se concentra sur le bout de ses sandales pour ne pas vomir.

Face à elle, Er'ril se tenait voûté pour ne pas se cogner la tête contre les poutres du plafond bas. Il avait légèrement écarté les jambes, et utilisait ses genoux pour contrebalancer le roulis.

— C'est à propos de Joach, commença-t-il. Hier soir, il a demandé à Flint la permission de venir avec nous.

Elena leva les yeux. Elle avait pris Joach à part et tenté de le convaincre que son rêve n'était qu'un cauchemar ordinaire. De toute évidence, son frère ne l'avait pas crue, et il était bien décidé à l'accompagner.

D'un geste vague, Er'ril désigna la cabine.

— Comme tu peux le voir, le *Fend-les-Flots* n'est pas exactement spacieux. Flint a constitué un petit équipage d'hommes fidèles à notre cause, mais nous n'avons pas de cabine en rab pour un garçon inquiet.

— Il a de bonnes raisons de l'être, marmonna Elena, hésitant à trahir la confidence de Joach.

Er'ril s'accroupit près d'elle et lui posa la main sur le genou.

— Lesquelles ? Tu as peur de le laisser derrière toi ? Tu lui as dit que tu préférerais qu'il vienne ?

— Non ! se récria vivement Elena. Je préférerais qu'il reste au cottage, loin de moi. (Elle eut un sourire amer.) Au cas où tu n'aurais pas remarqué, je porte la poisse aux gens de ma famille.

Er'ril lui pressa le genou.

— Donc, nous sommes d'accord. Si tu lui parlais, il renoncerait peut-être…

Elena planta son regard dans celui du guerrier. Même si elle savait que le rêve de son frère ne pouvait pas être vrai, Joach y croyait, lui. Il ne pouvait pas la laisser partir sans lui, et rien de ce qu'elle pourrait dire n'apaiserait ses craintes.

— J'ai déjà essayé, révéla-t-elle sur un ton las. Mais il refuse de m'écouter, et je ne crois pas…

Soudain, une vague plus grosse que les autres frappa le bateau. Elena parvint tout juste à atteindre le pot de chambre avant que son estomac restitue son contenu en une gerbe tiède. Toujours penchée au-dessus du seau, elle se força à respirer profondément. Une fois son ventre calmé, elle se redressa, les joues flamboyantes, incapable de soutenir le regard d'Er'ril.

Le guerrier avait reculé d'un pas.

— C'est normal qu'il te faille du temps pour t'habituer, dit-il en guise de consolation. D'ici quelques jours, tu verras, tu auras le pied marin.

— Je me fiche de mes pieds, répliqua Elena. Ce que je voudrais, c'est un estomac marin.

— Je vais aller te chercher un peu d'eau et un croûton de pain. Ça t'aidera. On parlera de Joach plus tard.

Er'ril se détourna pour sortir, mais Elena l'arrêta.

— Non. Joach s'inquiète depuis assez longtemps.

Soudain, la jeune fille en eut assez de tous ces secrets. À qui faire confiance ? Tout ça était absurde ; elle voulait régler le problème avant leur départ. L'estomac momentanément apaisé, elle raffermit sa résolution et dit tout de go :

— Er'ril, Joach se méfie de toi. Il a fait un rêve dans lequel tu me trahissais.

Er'ril fit volte-face, les yeux jetant des éclairs de colère et d'incrédulité blessée.

— Hein ? Mais c'est n'importe quoi !

— Il croit que son rêve était prémonitoire, que c'était un tissage.

Elena rapporta tout ce que son frère lui avait raconté la veille.

— Tu dis qu'il a invoqué la magie noire du bâton ? s'enquit Er'ril, le regard noir et les sourcils froncés.

— En utilisant l'incantation qu'il avait entendue dans son rêve, confirma Elena. Maintenant, tu comprends pourquoi il pense devoir me protéger contre toi.

Er'ril secoua la tête.

— Le bâton est un talisman maudit. Jamais je ne prêterai foi à ce que rapporte la magie noire. Elle est capable de duper même l'esprit le plus affûté.

— Comment allons-nous en convaincre Joach ?

— Je l'ignore. Je ne connais pas grand-chose au tissage, mais Flint et Moris sont experts en la matière. Nous devons leur parler du rêve de ton frère.

Elena frémit. Elle avait déjà brisé la promesse faite à Joach, et répugnait à mettre davantage de personnes dans la confidence. Mais la véracité du rêve de son frère devait être testée plus avant. Elle acquiesça.

— Je vais demander à Moris d'amener Joach ici ce soir. Nous réglerons la question à ce moment-là, trancha Er'ril. (Il sortit, non sans jeter par-dessus son épaule :) Tu as eu raison de m'en parler, Elena.

Quand la porte se fut refermée derrière le guerrier, Elena étudia le grain du bois en s'interrogeant. Avait-elle vraiment bien fait ? Comme elle se mordait la lèvre, sa nausée revint à la charge – mais, cette fois, ce ne fut pas juste à cause du roulis. Depuis quand sa foi en Er'ril surpassait-elle la foi qu'elle plaçait en sa famille ? Elena revit le visage de Joach lorsqu'il s'était ouvert à elle de ses soupçons et lui avait fait jurer de garder le secret : l'amour dans ses yeux, la confiance implicite d'un frère envers une sœur…

Pour la seconde fois, elle se rua vers le pot de chambre.

Halte, voyageuse ! appela le garde.

Il se tenait sur le chemin de ronde qui surplombait la porte de la ville, à demi dissimulé par un parapet de pierre.

Mycelle fit reculer son cheval pour mieux détailler la sentinelle. Sur sa gauche, Fardale s'était raidi comme s'il avait perçu la tension de la guerrière.

Après avoir passé la nuit dans une auberge de Grimarais, Mycelle était repartie aux premières lueurs de l'aube, sachant qu'il valait mieux atteindre Port Rawl avant la tombée de la nuit. À son arrivée, elle avait été surprise de trouver la porte sud close. L'après-midi touchait à sa fin, mais le soleil était encore bien au-dessus de l'horizon – et dans cette ville célèbre pour son agitation nocturne, les portes étaient rarement fermées avant le lever de la lune… Quand elles ne restaient pas ouvertes toute la nuit.

Une barrière en pierre haute de deux étages, que les gens du coin appelaient le « mur des Marais », encerclait tout Port Rawl, à l'exception du côté qui donnait sur l'océan. Elle n'était pas tant conçue pour protéger la population contre les maraudeurs que pour servir de rempart entre la ville et les créatures venimeuses qui peuplaient les marais alentour. Par conséquent, il était exceptionnel que ses herses soient gardées, ou même juste baissées. En cas de fuite précipitée, les habitants de Port Rawl souhaitaient avoir le moins d'obstacles possible à franchir pour atteindre le salut.

— J'ai à faire en ville, lança la guerrière d'une voix forte. Je dois entrer. Pourquoi les portes sont-elles fermées ?

— Qu'est-ce qui vous amène à Port Rawl ? demanda le garde.

C'était un homme bedonnant qui, de toute évidence, devait dépenser sa solde en bière et en bonne chère. Une vilaine cicatrice, probablement récoltée dans l'un des pubs qu'il devait affectionner, courait de son oreille droite jusqu'à son nez.

— Quelle caste se porte garante de vous ?

Cette question surprit Mycelle. À Port Rawl, personne ne s'occupait des affaires d'autrui – du moins, pas s'il voulait vivre jusqu'au coucher de soleil suivant. Ici, la curiosité était souvent un défaut fatal.

— En quoi cela concerne-t-il le guet ? répliqua la guerrière en mettant toute la menace appropriée dans sa voix.

— Depuis l'attaque du port, il y a deux jours, tous ceux qui veulent entrer doivent être inscrits dans un registre et affiliés à l'une des seize castes de la ville, répondit le garde.

— Première nouvelle. J'ai été engagée comme guide par un groupe de voyageurs que je dois retrouver dans le centre, mentit Mycelle.

Le garde parut consulter une liste.

— J'imagine que ça vous range dans la catégorie des mercenaires. Rendez-vous immédiatement au quartier général de leur caste pour signaler votre présence et vous placer sous l'autorité de leur chef.

— Je n'appartiens à aucune caste. Je veux juste…

— Vous finirez en prison si on vous contrôle dans la rue et que vous n'avez pas les papiers nécessaires.

Mycelle se rembrunit. Une telle exigence allait à l'encontre de tous les principes de fonctionnement de Port Rawl. L'anonymat était l'une des règles tacites mais fondamentales qui présidaient à toute forme de commerce dans la cité portuaire. L'attaque des pêcheurs possédés avait secoué les habitants bien davantage que Flint et Er'ril ne le supposaient.

Les yeux plissés, la guerrière passa en revue les options qui s'offraient à elle. Elle soupçonnait les nouvelles lois de ne pas tant viser la protection des citoyens que l'extorsion de pots-de-vin supplémentaires aux voyageurs. Sachant néanmoins qu'elle n'avait pas le choix, elle se redressa sur sa selle.

— Entendu, lança-t-elle. Ouvrez les portes !

Le garde acquiesça et fit signe à quelqu'un, caché en contrebas. Un cliquetis de chaînes et un craquement de cordes signalèrent que la herse se levait. Dès qu'elle fut assez haute, Mycelle talonna son cheval. Fardale lui emboîta le pas, prenant bien garde à demeurer dans l'ombre du hongre.

Deux autres gardes flanquaient la porte de l'autre côté du mur. Celui qui se trouvait le plus près du loup recula d'un pas et fit mine de dégainer son épée.

— Touchez à mon chien, et la pointe de mon épée vous transpercera l'estomac avant que vous l'ayez entendu hurler, prévint Mycelle.

L'homme remit sa lame au fourreau et s'écarta d'un pas supplémentaire pour laisser passer Fardale.

Son camarade se racla la gorge. Il avait les jambes arquées d'un marin, mais son bras gauche manquant et sa mine maussade suggéraient que son infirmité l'empêchait de trouver un travail décent dans sa branche, et que, pour gagner ses pièces de cuivre, il en était désormais réduit à surveiller les portes de la ville.

Il détailla Mycelle d'un air approbateur.

— J'appartiens à la caste des mercenaires, dit-il d'une voix pâteuse, les yeux légèrement plissés. Vous trouverez maître Fallen dans Drury Lane, dans le quartier est. Contre un petit dédommagement, je peux vous emmener là-bas.

Il lui tendit des papiers.

Mycelle se doutait qu'en échange de son argent elle ne réussirait qu'à se faire conduire dans une impasse obscure où un complice de cet homme lui sauterait dessus.

— Je connais la ville, dit-elle en prenant les papiers. Je trouverai mon chemin.

— Ce n'est qu'un laissez-passer temporaire, insista le garde sur un ton de conspirateur. Il expirera au crépuscule. Si vous n'avez pas réussi à obtenir le sceau de maître Fallen d'ici là, le guet vous arrêtera. Mais, avec mon aide, vous aurez tout le temps d'atteindre le quartier général des mercenaires et de réclamer une audience.

Oh, songea Mycelle, *bien sûr, je l'atteindrai – couverte de chaînes et prête à être jetée dans une fosse à esclaves pour attendre qu'on me vende.* Elle eut une grimace menaçante.

— Je me débrouillerai.

Talonnant son cheval, elle pénétra dans le quartier sud de la cité, celui qu'occupaient les artisans. Si peu recommandables que soient les habitants de Port Rawl, ils avaient les mêmes besoins que les honnêtes gens. Mycelle dépassa une échoppe de cordonnier sur sa droite. Une odeur familière de teinture et de peaux tannées lui chatouilla les narines. Les pirates aussi devaient se chausser.

Plus loin, le tintement d'un marteau sur une enclume lui annonça qu'elle approchait d'un atelier de maréchal-ferrant bien avant qu'une porte ouverte lui révèle une forge et un colosse en tablier de cuir. Parmi les autres boutiques, elle remarqua une chandellerie à la vitrine pleine de bougies de toutes les tailles et de toutes les formes, une échoppe de tailleur à l'entrée encombrée par des rouleaux de tissu, et même une joaillerie dont la principale activité consistait sans doute à fondre des bijoux de provenance douteuse pour leur donner une tout autre apparence.

Mais, si ordinaires que soient ces activités, nul n'aurait pu prendre Port Rawl pour une ville comme les autres. Même le tailleur, dont les mains minuscules devaient être un atout dans son métier, avait posté un garde massif sur le seuil de sa boutique. Apparemment, la confiance n'était pas vendue avec les marchandises exposées. Et, à en juger par le comportement de la clientèle, c'était, de toute façon, une denrée peu recherchée.

Un groupe de passantes décharnées resserrèrent leur cape autour d'elles. Réalisant que le cavalier dont l'approche les avait effrayées était en réalité une femme, elles se détendirent et la fixèrent ouvertement. Certaines se mirent à chuchoter derrière leur main ou désignèrent le loup. Sans doute pensaient-elles que cette voyageuse était stupide de se promener seule à Port Rawl, fût-ce dans le quartier le plus calme de la ville. Rares étaient les femmes qui se déplaçaient sans quelqu'un pour les protéger. Mycelle soupçonnait celles-ci de dissimuler une dague ou un poignard sous leurs vêtements. Et, si l'une d'elles se faisait attaquer, toutes les autres lui viendraient en aide, au nom d'un pacte de survie officieux.

Comme elle passait devant elles, Mycelle remarqua le regard dangereux de ces femmes endurcies. Pacte ou non, elle savait qu'aucune d'entre elles n'hésiterait à se retourner contre les autres si on la payait assez cher pour ça. À Port Rawl, les alliances étaient éphémères, nées d'une nécessité immédiate. La solidarité affichée par ce groupe était aussi intangible que la brume matinale.

Mycelle poursuivit sa route à travers le quartier sud, se dirigeant vers le bazar central nommé « Les Quatre Coins » : l'endroit où les quatre quartiers de la ville convergeaient. À l'exception de quelques regards furtifs, personne ne lui prêtait grande attention. Elle ne baissa pas sa garde pour autant. Seule la présence d'un loup énorme et des deux fourreaux croisés dans son dos faisaient hésiter ses agresseurs potentiels.

Les oreilles et les yeux grands ouverts, Mycelle observait la circulation autour d'elle. Le poil de Fardale était hérissé sur son échine, et un grondement montait de sa gorge quand quelqu'un s'approchait trop de lui.

Alors que la guerrière longeait la boutique d'un apothicaire, ses perceptions furent soudain assaillies par un mélange de différentes magies élémentales. Son don de sourcière s'affola. Elle fit ralentir sa monture. Par la porte ouverte, elle avisa des tas d'étagères couvertes de fioles minuscules et de bocaux remplis d'onguents et de plantes variées. Ce n'était pas une herboristerie ordinaire, vendant de l'écorce de saule ou de la tisane de pissenlit. La personne qui tenait cet établissement possédait un don élémental de guérison. Et, à en juger par la façon dont réagissait le pouvoir de Mycelle, elle devait être sacrément douée dans sa partie.

Intriguée, la guerrière arrêta son cheval.

Dans la pénombre de la boutique, elle distingua une silhouette derrière un comptoir. Une demi-douzaine de bougies éclairait le visage ridé d'une vieille femme. Vêtue d'une simple robe grise et d'un châle noir, celle-ci avait des cheveux blancs comme neige, tressés et enroulés autour de sa tête ainsi qu'un serpent assoupi. Malgré son grand âge et sa petite taille, Mycelle sentait que le passage des hivers l'avait endurcie, tel un cyprès battu par les vents. Même sa peau avait la teinte du bois poli.

La guérisseuse parut rendre son regard à Mycelle, comme si elle se demandait qui était cette cavalière plantée devant sa porte. Mais la guerrière savait que ce n'était qu'une illusion, un tour joué par la maigre lumière. Cette femme ne pouvait pas la voir : elle n'avait pas d'yeux. Sous ses arcades sourcilières, il n'y avait ni orbites vides ni hideuses cicatrices : juste de la peau lisse. Mycelle devina qu'elle avait dû naître ainsi. *Pauvre femme*, se dit-elle.

Pour ajouter à l'impression qu'elle pouvait voir Mycelle, la guérisseuse se redressa et lui fit signe d'entrer.

Fardale grogna soudain, détournant l'attention de la guerrière. Une tête suspendue à l'envers venait d'apparaître sous le linteau de la porte. Elle faisait la taille d'une grenade mûre. Bien qu'encadré par une fourrure couleur de flammes sourdes, son visage était aussi glabre que celui d'un humain, dominé par deux yeux noirs brillants et une large bouche grimaçante. La créature se mit à babiller et à descendre le long de l'encadrement, révélant de petites mains griffues et des pieds préhensiles qui agrippaient le bois. Même sa longue queue, au panache cerclé d'or et de noir, l'aidait à se maintenir en position.

— Il s'appelle Tikal, annonça la vieille femme derrière le comptoir. (Elle avait un accent mélodieux que Mycelle ne parvint pas à situer.) Comme moi, il vient de la jungle d'Yrendl.

Mycelle haussa les sourcils. Elle avait entendu parler de l'épaisse forêt tropicale située au sud du désert de Sable, mais n'avait jamais rencontré quiconque qui affirme y être allé. Même par la mer, le voyage devait facilement prendre tout un hiver.

— Qu'est-ce qui vous a conduite si loin de votre pays natal, guérisseuse ? demanda-t-elle.

Elle savait qu'elle devait se rendre au plus vite au quartier général des mercenaires, mais sa curiosité la retenait sur le seuil de la boutique.

— Des esclavagistes, répondit la vieille femme, sans la moindre trace d'amertume ou de colère. Il y a très longtemps.

Embarrassée par sa question indiscrète, Mycelle voulut lui souhaiter une bonne fin de journée et reprendre sa route, mais la vieille femme lui fit de nouveau signe d'entrer.

— Venez, venez.

— Je n'ai pas besoin de soins, protesta Mycelle.

— Et je n'ai pas toute la journée, répliqua la vieille femme. (Tournant le dos à la guerrière, elle fit courir ses doigts sur les étagères derrière elle.) Je sais que vous cherchez des amis à vous, que vous essayez de remonter à la *source* de leur piste.

Cette curieuse formulation et la manière dont elle avait appuyé sur le mot « source » firent comprendre à Mycelle qu'elle connaissait son pouvoir.

Qui était cette vieille femme, et que savait-elle exactement ? Mycelle ne percevait aucune trace de magie noire dans cette boutique. Méfiante mais intriguée, elle mit pied à terre.

— Fardale, garde ma monture.

Le loup vint se placer entre le cheval et la rue, le poil hérissé sur l'échine. Satisfaite, Mycelle entra dans la boutique. La créature à la fourrure flamboyante était toujours suspendue au chambranle de la porte ; elle babilla de plus belle sur le passage de la guerrière. Avant de s'approcher du comptoir, Mycelle sonda les quatre coins de la pièce. Elle ne perçut aucune autre présence, ni rien de louche.

— Que savez-vous de moi et de ce que je suis venue faire en ville ? demanda-t-elle en s'avançant vers la guérisseuse.

Celle-ci ne répondit pas.

Derrière Mycelle, la porte se referma avec un cliquetis sonore. La guerrière se souvint tout à coup que la curiosité était souvent un défaut fatal à Port Rawl. Elle repensa au tailleur et à son imposant garde du corps. Depuis quand une aveugle tenait-elle une boutique toute seule dans ce repaire de brigands ?

Une voix bourrue résonna dans le dos de Mycelle.

— Touche ton épée et tu mourras.

— Souvent, un rêve ordinaire peut passer pour un tissage, expliqua Moris à Joach. Même les pratiquants les plus doués confondent parfois les deux.

Dans la cambuse du *Fend-les-Flots*, Er'ril et le frère à la peau noire étaient assis face au jeune homme, de l'autre côté de la table de pin. Tous deux arboraient une expression sévère. Mais Joach n'allait pas se laisser intimider par la présence de l'homme des plaines.

— C'était un tissage, s'obstina-t-il. Er'ril nous trahira.

Près du foyer, Flint goûta la sauce du ragoût qui mijotait sur le feu. Il poussa un soupir de satisfaction avant de lancer :

— Joach, tu n'es qu'un petit imbécile.

Sous le coup de sa franchise brutale, les joues du jeune homme s'empourprèrent.

Flint touilla son ragoût une dernière fois et remit le couvercle sur la marmite.

— Plutôt que d'accabler ta sœur avec ton secret, c'est à nous que tu aurais dû t'adresser en premier lieu. Le fardeau d'Elena est déjà bien assez lourd sans que tu l'encombres davantage avec des craintes infondées.

Le sang de Joach bouillait encore d'indignation. Il n'en revenait pas qu'Elena ait trahi sa promesse et ait tout raconté à l'homme des plaines. La jeune fille n'assistait pas à cette réunion ; elle était trop malade pour quitter sa couchette, mais Joach soupçonnait que sa honte la maintenait également à l'écart. Il serra les poings sur le bâton de pol'bois posé en travers de ses genoux. C'était une preuve bien suffisante pour lui. Sous ses paumes, il sentait une magie redoutable couler à l'intérieur du bois comme de l'huile sur sa peau.

— Le sort de mon rêve a fonctionné, argumenta-t-il. Donc, c'était forcément un tissage.

— La magie noire est trompeuse par essence, répondit Er'ril. L'immonde bâton de Greshym aurait dû être brûlé depuis longtemps.

— Forcément. Tu aimerais bien qu'il disparaisse, cracha Joach, puisque dans mon rêve c'était lui qui t'empêchait d'atteindre ma sœur !

Les yeux d'Er'ril s'assombrirent, et ses sourcils se froncèrent d'un air menaçant.

— Jamais je ne trahirais Elena. Jamais.

— Comme tu viens de le dire, la magie noire est trompeuse par essence, marmonna Joach.

Les deux hommes se foudroyèrent du regard.

— Ça suffit ! tonna Flint, ponctuant son exclamation d'un coup de louche sur la table. J'ai entendu assez de bêtises pour aujourd'hui. Magie noire ou non, il existe un autre moyen de tester la véracité de ton rêve.

— Laquelle ? s'enquit Joach.

De sa louche, Flint désigna Moris.

— Dis-leur. J'ai un ragoût à surveiller si je ne veux pas qu'il brûle. Je refuse que ces sornettes gâchent mon dîner.

Moris était resté silencieux pendant la prise de bec d'Er'ril et de Joach, comme s'il voulait laisser mourir le feu de leurs paroles avant de leur impartir son savoir.

— À présent que votre attention m'est acquise, dit-il en tripotant sa boucle d'oreille, je vais finir de vous expliquer ce que j'ai commencé tout à l'heure. D'abord, Joach a une bonne raison de penser que son rêve était prémonitoire. Le sort noir a bel et bien fonctionné.

Joach se redressa sur son banc. Enfin quelqu'un qui disait quelque chose de sensé !

— Mais pour qu'un rêve puisse être considéré comme un tissage, poursuivit Moris, tous ses aspects doivent se révéler véridiques. Le sort n'était qu'un seul élément. Et, comme Er'ril vient de nous le rappeler, la magie noire peut être trompeuse. Ce n'était peut-être pas l'incantation apprise dans ton rêve qui a embrasé le bâton, mais seulement ta propre volonté. Ne place pas toute ta foi en ce rêve avant que nous ayons procédé à un examen approfondi.

Une graine de doute commença à germer dans le cœur de Joach. Il avait confiance en Moris. Le frère à la peau noire lui avait sauvé la vie à Val'loa, et son discours était très persuasif.

— Comment pouvons-nous juger de la véracité de mon rêve alors qu'il dépeint des événements encore à venir ?

— Tout est dans les détails, affirma Moris.

— *Tous* les détails, ajouta Flint depuis sa place près de la cheminée.

Moris acquiesça.

— Raconte-nous de nouveau ton rêve. Je t'interrogerai sur certains de ses aspects au fur et à mesure. Si un seul élément se révèle faux, c'est qu'il ne s'agissait pas d'un tissage.

Joach lâcha le bâton et posa ses mains sur la table.

— Je vois. Donc, si tout n'est pas vrai, rien ne l'est.

Flint ricana.

— Enfin, tu te décides à réfléchir avec ta tête plutôt qu'avec tes tripes.

Joach se mordilla la lèvre inférieure. Ses amis avaient peut-être raison. Il tripota la dent de dragon pendue à son cou.

—Au début, j'étais avec Elena en haut d'une des tours de Val'loa. Nous…

—Stop, coupa Moris. Décris-moi cette tour.

Joach ferma les yeux pour mieux se la représenter.

—Elle était assez étroite, avec un sommet plat entouré par un muret.

—Et puis ? De quelle couleur étaient les pierres ? À quoi ressemblaient les tours voisines ? insista Moris.

À ce souvenir, le visage de Joach s'éclaira.

—Les pierres étaient orange brûlé et, face à moi, il y avait une immense statue de femme tenant une branche en fleur.

—Dame Sylla et le rameau de l'unité, dit Flint.

—Mmmh. Et non loin d'elle se dresse la flèche des Défunts, qui est bien d'un orange rougeâtre, ajouta Moris.

Les deux frères s'entre-regardèrent d'un air entendu.

—Il se peut que le gamin les ait aperçues par une des fenêtres de l'Édifice durant sa captivité, suggéra Moris.

Flint poussa un grognement qui n'engageait à rien.

—Continue, Joach.

Le jeune homme décrivit l'attaque du monstre ailé.

—On dirait une wyverne, commenta Moris, mais aucune de ces infâmes créatures n'a été aperçue depuis des siècles.

—Qui sait ce que le seigneur du Gul'gotha a conjuré pour protéger l'île ? marmonna Flint, les sourcils froncés par l'inquiétude.

Il ne se souciait plus du tout de son ragoût, ni de la fumée qui commençait à s'échapper par les bords du couvercle. Joach surprit son regard en biais vers Er'ril. Était-ce du doute qu'il décelait dans les yeux du vieil homme ?

Flint braqua sa louche vers Joach.

—Raconte-nous comment Er'ril a attaqué ta sœur.

Des émotions contradictoires s'agitaient dans la poitrine de Joach. Au début, il avait craint que les deux frères ne le croient pas. À présent, il craignait davantage qu'ils le croient. Si Er'ril était un traître, à qui pouvaient-ils faire confiance ?

Joach regarda fixement l'homme des plaines, qui conservait son habituelle expression stoïque. Il déglutit avant de reprendre :

— Après avoir éliminé la bête, j'ai entendu du bois craquer derrière moi. En me retournant, j'ai vu Er'ril pousser la porte. Il avait une expression à moitié démente, et il brandissait déjà son épée. Je savais qu'il nous voulait du mal. Il a claqué la porte et l'a verrouillée pour nous empêcher de nous enfuir.

— Je ne vous ferais jamais de mal, affirma Er'ril sur un ton brûlant. Ni à toi ni à ta sœur. Ce rêve est ridicule.

Flint s'approcha de la table, abandonnant son ragoût sur le feu.

— Jusqu'ici, tous les détails concordent avec la réalité, Er'ril. Peut-être étais-tu sous l'influence d'un sort noir.

Er'ril fulmina, mais ne trouva rien à rétorquer.

Moris s'en chargea à sa place.

— Non. Le rêve de Joach était faux. Nous pouvons désormais l'affirmer en toute certitude.

— Pourquoi ? s'étonna Flint.

— Joach, redis-nous de quelle façon Er'ril vous a empêchés de vous enfuir, Elena et toi.

Perplexe, le jeune homme obtempéra néanmoins.

— Il a brandi son épée d'un air menaçant, puis il a passé la main derrière lui pour verrouiller la porte. (Soudain, comme si le soleil venait de réapparaître entre deux nuages orageux, la lumière se fit dans l'esprit de Joach.) Douce Mère, mon rêve est peut-être faux !

— Pourquoi ? répéta Flint, frustré.

— Parce qu'Er'ril avait deux bras ! s'exclama Joach. Il tenait son épée avec le premier, et il fermait la porte avec le second ! Et ce n'était pas un bras fantôme, mais un membre de chair et de sang !

— Deux bras. (Les épaules tendues de Flint s'affaissèrent.) La Mère en soit remerciée. Ce détail est de toute évidence faux, donc, le reste doit l'être aussi. Telle est la loi du tissage.

Joach était encore sceptique.

— Tu en es bien sûr ?

Ce fut la voix grave de Moris qui répondit :

— Même la plus puissante des magies ne saurait faire repousser un bras disparu. Et Flint a raison : un tissage ne contient aucun élément erroné.

— Alors, c'est peut-être moi qui me souviens de travers, insista Joach. Peut-être qu'Er'ril avait un seul bras dans mon rêve, et que mon esprit a changé ce détail mineur à la lumière du jour.

Moris secoua la tête et se leva.

— Ce serait une preuve supplémentaire que ton rêve n'était pas prémonitoire. Un véritable tissage se grave dans ton esprit et y demeure éternellement.

En soupirant, Joach observa les deux frères. Ainsi, son rêve n'était qu'un cauchemar ordinaire. Il se tourna vers Er'ril. L'homme des plaines avait gardé le silence durant tout cet échange, mais son expression stoïque s'était teintée d'angoisse.

— Donc, inutile d'emmener le gamin avec nous, conclut Flint. Il peut rester ici et nourrir mes bêtes.

— Non, contra Er'ril d'une voix étrangement tendue. Mieux vaut qu'il nous accompagne… à titre de précaution.

— Pourquoi faire ? demanda Moris. Il a fait un mauvais rêve né des souvenirs de sa captivité sur l'île. Une réminiscence fâcheuse, rien de plus.

— Peu importe. Je préfère qu'il vienne.

Er'ril se leva, indiquant que la question était réglée et la discussion close.

Avant que quiconque puisse l'interroger, un cri perçant résonna à travers le navire.

Joach bondit sur ses pieds, le bâton à la main.

— Elena !

3

— Retourne-toi… Lentement, ordonna la voix dure derrière Mycelle.

La vieille femme avait fini de passer en revue le contenu de ses étagères. Elle se tourna vers Mycelle, un flacon rempli d'herbes séchées à la main. À cause de son absence d'yeux, la guerrière avait beaucoup de mal à déchiffrer son expression. Mais elle crut voir frémir les coins de sa bouche.

— Laisse-la tranquille, Tikal, ordonna la vieille femme sur un ton mi-désapprobateur, mi-amusé.

Mycelle pivota lentement. Il n'y avait personne derrière elle. Juste la petite créature, suspendue par la queue à la poignée de la porte. C'était son poids qui avait dû refermer le battant. Mais qui venait de parler ? Mycelle scruta les recoins de la boutique – en vain.

Tikal remonta le long de la porte sans la quitter de ses yeux noirs.

— Touche ton épée et tu mourras, répéta-t-il de la même voix bourrue.

Mycelle écarquilla les yeux.

— Ne faites pas attention à lui, gloussa la vieille femme dans son dos. Tikal ne sait pas ce qu'il raconte. Il se contente de répéter ce qu'il entend dans la rue.

— C'est combien, les oranges ? lança la créature avec une voix aiguë de femme. Pour ce prix-là, je pourrais en avoir trois boisseaux ailleurs ! (Elle se hissa jusqu'à une balançoire accrochée au plafond, et s'y suspendit par la queue et par un pied ; puis, plantant son regard dans celui de Mycelle, elle dit avec une petite voix d'enfant :) J'aime les chevaux.

Mycelle cligna des yeux, le cœur battant encore la chamade.

— De quel genre de bête s'agit-il ?

— D'un tamrink, répondit la vieille femme. Un tamrink doré de la jungle d'Yrendl, pour être plus précise. L'imitation n'est que l'un de ses nombreux talents – même si je considère plutôt ça comme une nuisance que comme un don.

Secouant la tête, Mycelle reporta son attention sur la guérisseuse.

— On m'appelle Mama Freda, se présenta celle-ci.

Bien qu'aveugle, elle empoigna sans hésiter une canne appuyée contre le mur et s'en servit pour contourner le comptoir.

— Vous avez fait allusion à mes amis, lui rappela Mycelle.

— Oui, ils sont arrivés hier. Ils avaient besoin d'une guérisseuse.

L'inquiétude fleurit dans la poitrine de la guerrière. Qui avait été blessé ?

— Savez-vous où ils logent ?

La vieille femme tourna la tête vers elle comme pour étudier son expression.

— Bien sûr. Venez.

Elle se dirigea vers une petite porte dans le fond de la boutique et l'ouvrit, révélant un escalier obscur qui montait.

Tikal se laissa tomber derrière Mycelle.

— Tikal… Tikal… Tikal…, chantonna-t-il en se précipitant vers l'étage.

Mycelle étudia les marches plongées dans la pénombre. Elle projeta ses perceptions et ne sentit rien d'inquiétant.

Mais, se souvenant de l'imprudence dont elle avait fait preuve quelques minutes plus tôt, elle lança :

— Freda, sans vouloir vous vexer, comment une femme aveugle se protège-t-elle dans une ville aussi dangereuse que Port Rawl ?

La vieille femme se tourna vers elle en ricanant.

— Me protéger ? Inutile. Je suis la seule guérisseuse digne de ce nom dans la cité des marais, et tout le monde le sait. (Elle agita le bout de sa canne.) La ville entière veille sur ma boutique. Sans moi, qui soignerait les entailles d'épée et les morsures venimeuses ? Les gens d'ici sont violents et cruels, mais ne commettez pas l'erreur de les croire stupides. (Par-dessus son épaule, elle eut de nouveau l'air de détailler Mycelle.) Et puis, qui a dit que j'étais aveugle ? (Sur ces mots, elle commença à monter l'escalier.) Suivez-moi.

Mycelle n'hésita qu'un instant avant de lui emboîter le pas. Cette femme étrange en savait plus qu'elle ne le disait. Le doute et la méfiance accompagnèrent la guerrière jusqu'à l'étage.

Le palier donnait sur un petit couloir flanqué de plusieurs portes. Comme Mama Freda se dirigeait vers celle du fond, Mycelle examina les autres au passage. *Ce serait facile de tendre une embuscade ici*, songeait-elle.

Une des portes était entrouverte sur des étagères remplies de caisses et de seaux. La guerrière eut juste le temps d'apercevoir une clayette sur laquelle diverses plantes étaient en train de sécher. Une odeur entêtante d'épices et de terre humide s'échappait de la pièce.

Ce n'était qu'une simple réserve. Pourtant, alors que Mycelle la dépassait, quelque chose titilla ses perceptions, hérissant le duvet de ses avant-bras. Ce n'était pas une magie puissante : juste un frémissement de pouvoir élémental tel qu'elle n'en avait encore jamais ressenti. Mais, en tant que sourcière ayant arpenté en tous sens les contrées d'Alaséa,

Mycelle fut assez intriguée pour ralentir. L'odeur ressemblait à celle de la glaise et d'un minerai profondément enfoui. Du charbon, peut-être.

Mama Freda dut être alertée par le changement de rythme des pas de Mycelle.

— Venez. Ne traînez pas.

Mycelle pressa le pas pour la rattraper. Nombreux étaient les mystères qui entouraient cette femme, mais, pour le moment, la guerrière avait d'autres préoccupations plus urgentes.

Mama Freda s'arrêta devant la porte du fond et, par trois fois, frappa le battant de chêne avec le pommeau de sa canne. *Tap tap tap.* De toute évidence, c'était un signal pour le ou les occupants de la pièce.

Tout excité, le minuscule tamrink gambadait autour des jambes de sa maîtresse.

— Tikal… Tikal est un gentil garçon.

Du bout de sa canne, Mama Freda écarta la créature.

— Il adore avoir des invités, dit-elle en souriant.

Mycelle sentit plus qu'elle n'entendit quelqu'un s'agiter à l'intérieur. Elle fléchit les doigts, prête à dégainer ses épées jumelles.

Au moment où la porte s'ouvrit, une bourrasque de magie élémentale s'engouffra dans le couloir. L'assaut sur les perceptions de Mycelle fut si soudain que ses genoux faillirent céder sous elle.

Une rafale de vent, le grondement des nuages orageux, le cri perçant d'un faucon. Et, par-dessus tout, un arôme tenace de granit et le crissement sourd de rochers qui frottent les uns contre les autres.

Mycelle reconnut ce torrent d'impressions. Ses jambes se raffermirent.

Une silhouette familière s'encadra sur le seuil.

— Mère ?

— Tol'chuk !

Mama Freda s'écarta hâtivement. Mycelle fonça vers son fils et l'étreignit avec force tandis que Tikal escaladait la jambe de l'og're aussi facilement qu'un tronc d'arbre.

— Tu es sain et sauf, la Mère en soit remerciée ! chuchota Mycelle contre la poitrine de Tol'chuk.

Ses bras ne parvenaient pas à faire le tour du torse massif de son fils. Même courbé à la manière des og'res, Tol'chuk la dépassait largement. Elle renversa la tête en arrière pour le dévisager. *Il ressemble tant à son défunt père*, songea-t-elle. Même nez épaté, mêmes arcades sourcilières proéminentes, mêmes crocs saillants sous la lèvre supérieure, même crête de fourrure descendant le long de sa colonne vertébrale... Seuls ses yeux – de larges orbes dorés aux pupilles fendues comme celles d'un félin – trahissaient l'héritage si'lura qu'il tenait de sa mère.

Tol'chuk rendit son étreinte à Mycelle avec un enthousiasme similaire, mais se dégagea plus vite que la guerrière ne l'aurait souhaité.

— Tu as réussi à traverser les marais. Comment vont Elena et Er'ril ?

Se méfiant toujours de Mama Freda, Mycelle répondit prudemment :

— Ma nièce va bien. Nous nous en sommes tous sortis. Avec quelques plaies et quelques bosses supplémentaires, mais globalement indemnes.

Tol'chuk se rembrunit.

— J'aimerais pouvoir en dire autant de nous. Entre.

Le ton funeste de l'og're rappela ses devoirs à Mycelle. La sourcière sonda la pièce avec ses perceptions, en quête d'une souillure éventuelle. Mais, même en se concentrant, elle ne captait que de la magie élémentale d'une pureté immaculée. Et aussi une grande douleur. Elle suivit son fils à l'intérieur.

La pièce la surprit. Elle s'était attendue à une cellule sombre, vaguement sinistre. Au lieu de ça, elle découvrit une pièce qui, bien que dépourvue de fenêtre, était joyeusement éclairée par des lampes et par les braises brûlant dans un petit foyer. Pour ajouter au confort ambiant et à l'atmosphère chaleureuse, un épais tapis de laine recouvrait le plancher de chêne. Deux lits solides se dressaient contre les murs de droite et de gauche, et trois fauteuils flanquaient la cheminée.

L'un d'eux était occupé par un individu maigrichon, vêtu d'habits usés, qui se leva pour saluer Mycelle. Il avait des traits pincés, des lèvres minces et grimaçantes – et, sous ses cheveux d'un châtain terne, les mêmes yeux ambrés que son frère jumeau.

—Mogweed. Fardale est en bas; il garde mon cheval, révéla Mycelle, espérant lui redonner le sourire. Il sera ravi de voir que vous allez bien.

La nouvelle ne modifia guère l'expression du si'lura. À vrai dire, elle parut même accentuer sa morosité.

—Je me réjouis de revoir mon frère, répondit Mogweed d'une voix atone.

Mycelle jeta un coup d'œil interrogateur à Tol'chuk. L'og're entraîna sa mère vers l'un des lits.

—Ne fais pas attention à Mogweed, gronda-t-il tout bas. Nous avons tous le cœur lourd.

En approchant, Mycelle vit que le lit était occupé, et le frémissement de la magie élémentale de l'air chatouilla ses perceptions un peu plus fort. Elle devina qui était allongé là: Méric, le seigneur el'phe. Pourtant, elle eut du mal à le reconnaître.

La silhouette élancée à demi dissimulée par les draps de lin ne ressemblait guère à l'homme qu'elle avait quitté à Ruissombre. Des bandages enveloppaient sa poitrine, et une puanteur de chair brûlée émanait de lui. Ses lèvres étaient craquelées et boursouflées; ses beaux cheveux argentés s'étaient consumés sur son crâne. Miséricordieusement, il dormait. Ses yeux étaient clos et son souffle profond et régulier. Mycelle devina que c'était uniquement grâce aux baumes et aux élixirs de Mama Freda.

Incapable de le regarder plus longtemps, elle détourna les yeux.

— Que lui est-il arrivé ?

— Il a été capturé et torturé par un des sourciers du Seigneur Noir.

Tol'chuk relata à sa mère les événements qui les avaient conduits jusque-là. Il lui raconta comment, à la dernière minute, il avait sauvé Méric des griffes d'un ignoble seigneur n'ain, et comment une ruse de Mogweed leur avait permis d'échapper aux malegardes jumeaux qui vivaient dans le château de Ruissombre.

— Nous nous sommes enfuis vers les quais tandis que les tours de la Citadelle s'écroulaient derrière nous. Mais Méric est tombé malade. Si nous lui avons épargné la corruption, nous n'avons pas pu empêcher ses blessures de s'infecter. Nous avons eu de la chance qu'un aubergiste nous envoie chez Mama Freda peu de temps après notre arrivée ici.

— À mon avis, la chance n'avait rien à voir là-dedans, marmonna Mycelle.

La générosité était rare dans la cité portuaire – et la générosité gratuite plus encore. Craignant la contagion, l'aubergiste avait sans doute préféré se débarrasser de Méric et compagnie en les envoyant à une guérisseuse avant qu'ils contaminent le reste de sa clientèle.

— Chance ou pas, peu importe. Nous sommes ici, c'est tout ce qui compte, dit Tol'chuk en glissant un morceau de biscuit à Tikal, qui était en train de lui faire les poches.

Le tamrink l'avala tout rond et se lécha soigneusement les doigts.

— Oh, c'était bien de la chance, intervint Mama Freda. La Douce Mère en personne doit veiller sur vous. (Elle récupéra Tikal sur l'épaule de l'og're et le porta jusqu'à un fauteuil, dans lequel elle s'assit.) Pour faire tomber la fièvre de votre ami, j'ai eu besoin d'une herbe rare qui ne pousse qu'à Yrendl – mais que je cultive ici. Une journée de plus, et il serait sûrement mort.

Tol'chuk acquiesça.

—Il va déjà beaucoup mieux.

Mycelle fronça les sourcils. Si l'el'phe allait mieux, elle ne voulait même pas imaginer dans quel état il était la veille. Elle promena un regard à la ronde.

—Et Kral ? Où est-il ?

Le montagnard était le seul membre du groupe encore manquant.

Ce fut Mogweed qui répondit.

—Il vous guette à la porte nord de la ville. Nous ne savions pas par où vous arriveriez.

—D'habitude, il ne rentre que bien après la tombée de la nuit, ajouta Tol'chuk.

—Depuis que nous avons quitté Ruissombre, il ne tient pas en place, poursuivit Mogweed. Il sort presque toutes les nuits ; il furète partout en quête de traces de l'ennemi.

—Ce n'était pas la peine qu'il me cherche, fit remarquer Mycelle. Je vous aurais trouvés grâce à mon pouvoir de toute façon. Je croyais avoir été claire.

Mogweed se rassit dans le fauteuil voisin de celui de Mama Freda, un sourire condescendant aux lèvres.

—Avez-vous senti Méric depuis la rue ? demanda-t-il. Ou même quand vous étiez dans la boutique, en bas ?

Mycelle se rembrunit. Le métamorphe venait de soulever un point préoccupant. Elle n'avait pas capté la moindre bribe du pouvoir pourtant unique de Méric jusqu'à ce que la porte de la chambre s'ouvre devant elle.

—Comment… ? J'aurais dû…

Elle se tourna vers Mama Freda.

La vieille guérisseuse lui sourit.

— Il est beaucoup de choses que vous ignorez, ma jeune dame. Dans ma jungle natale, où la magie de la terre est aussi fertile que le sol lui-même, nous avons développé des moyens de nous protéger. Il y a bien longtemps, j'ai badigeonné ces murs avec une huile aromatique de bouclière, qui dissimule mes dons élémentaux aux curieux.

Mycelle tenta de projeter ses perceptions hors de la pièce et échoua. C'était comme s'il n'existait rien au-delà de ces quatre murs.

— Ce doit être pour ça que je ne vous ai pas repérée lors de ma dernière visite à Port Rawl, marmonna-t-elle. Et c'est sans doute grâce à ça que vous avez échappé au contact corrupteur de la malegarde jusqu'ici. Vous vous êtes créé un sanctuaire.

Mama Freda ricana.

— Le concept de sanctuaire est inconnu à Port Rawl. La cité des marais ne saurait tolérer une chose pareille. Mais je suis ici chez moi.

Mycelle sentit croître sa méfiance. Chaque moment passé près de cette vieille femme semblait apporter de nouvelles découvertes – et elle n'aimait pas ça du tout! Elle avait l'impression de se battre dans des sables mouvants, face à une adversaire armée d'une épée plus longue que la sienne.

— C'était très généreux à vous de recueillir mes amis, mais…

Mama Freda acheva pour elle :

— … Mais à Port Rawl, la générosité a toujours un prix.

Le visage de Mycelle se durcit.

Mama Freda s'enfonça dans son fauteuil et, de la main, désigna le dernier siège libre.

— Si votre expression s'assombrit encore, je vais avoir besoin d'une lanterne pour vous voir. Asseyez-vous, je vous en prie.

Mycelle resta debout et dit brusquement :

— Assez tourné autour du pot. Parlez clairement. Vous ne pouvez pas voir mon expression : vous n'avez pas d'yeux.

— À quoi me serviraient-ils ? rétorqua la vieille femme. Je vois très bien la petite tache de boue séchée sur votre joue droite et le brin de paille pris dans vos cheveux au-dessus de votre oreille gauche.

Machinalement, Mycelle leva la main pour essuyer la tache de boue et enlever le brin de paille.

— Comment est-ce possible ?

Mama Freda ébouriffa le poil de son familier et le gratta derrière une oreille. Le tamrink tenta de repousser sa main, puis se roula en boule dans son giron et se mit à se sucer un orteil. Pendant tout ce temps, jamais ses yeux ne quittèrent le visage de Mycelle.

— Le don d'imitation mis à part, les tamrinks possèdent bien des talents merveilleux, commença Mama Freda. Dans la jungle, ils se déplacent en larges groupes familiaux. Ils sont élevés dans une telle intimité que chacun d'eux devient une partie du tout. Ce qu'un tamrink entend, ses frères l'entendent aussi. Ce qu'un tamrink voit, ses frères le voient aussi. D'une certaine façon, le groupe forme une entité unique, qui entend tout et qui voit tout.

— Ils ont des perceptions liées ? s'exclama Mycelle, choquée. Certains des textes de la Sororité évoquaient ce pouvoir.

Mama Freda ignora la question.

— Je suis née sans yeux et, parmi les miens, cette difformité était considérée comme un mauvais présage. Pour apaiser les dieux, ma tribu m'a abandonnée dans la jungle afin que j'y meure.

La vieille femme dut remarquer l'expression horrifiée de Mycelle.

— Ne vous inquiétez pas pour moi. Je ne me rappelle pas grand-chose de cette période. Dans mon premier souvenir, je bondissais d'arbre en arbre. Je voyais à travers les yeux d'une énorme femelle tamrink qui se déplaçait de branche en branche au-dessus de moi, intriguée par la créature sans poils qui braillait près de son nid.

— Vous ?

— Oui. Son groupe m'a recueillie. Au fil du temps, j'ai développé un lien très étroit avec les tamrinks, et je me suis mise à voir par leurs yeux à tous.

— Vous avez été élevée par ces créatures ? s'étonna Mycelle.

Mama Freda éclata de rire.

— Non, je doute d'avoir passé plus d'une lune avec le groupe. Un jour, un des chasseurs de ma tribu m'a découverte près du nid de la femelle tamrink. Il m'a ramenée au village, où tout le monde s'est mis à me vénérer. Les gens pensaient que les dieux de la jungle m'avaient marquée et protégée. Ainsi, j'ai grandi parmi mon peuple sans jamais perdre mon lien avec les tamrinks. Je suis devenue une excellente guérisseuse. Toutes les tribus d'Yrendl venaient me consulter. (La vieille femme détourna les yeux et baissa la voix.) Mais un jour, notre village a été attaqué par des esclavagistes. Je crois qu'ils avaient été attirés par une rumeur sur une femme sans yeux capable de voir. J'ai été enlevée avec le bébé tamrink que j'élevais.

— Tikal ?

— Oui. Trois hivers durant, nous avons voyagé vers le nord, nous arrêtant dans les ports et les villes côtières pour faire une démonstration de mon talent. Nous avons fini par arriver dans vos contrées.

— Mais comment vous êtes-vous échappée ? s'étonna Mycelle.

Les esclavagistes avaient la réputation de surveiller étroitement leur marchandise.

Mama Freda fit face à la guerrière.

— Il vaut mieux oublier certaines histoires – les enfermer au fond de son cœur et jeter la clé, dit-elle sur un ton farouche.

Mycelle respecta cette réponse. Elle aussi, elle avait fait des choses qu'elle préférait passer sous silence.

— Donc, vous avez débarqué à Port Rawl, résuma-t-elle. Mais pourquoi avez-vous recueilli mes compagnons ?

— Comme je vous l'ai dit tout à l'heure, la générosité a toujours un prix dans cette ville.

— Que voulez-vous ? J'ai de l'argent – et même une pièce d'or.

— Ça ne m'intéresse pas.

— Alors, quoi ?

— Quand votre ami sera en état de voyager, je voudrais partir avec vous.

Mycelle se raidit. C'était un prix plus élevé qu'elle n'était prête à payer.

— Pourquoi ? Pourquoi souhaitez-vous nous accompagner ?

— J'aimerais rencontrer votre sor'cière, la jeune Elena.

Mycelle recula d'un pas. Elle dévisagea ses compagnons, cherchant qui d'entre eux était le traître – qui avait révélé leurs secrets avec tant d'insouciance.

Tol'chuk se redressa, et ce fut comme si un rocher se dépliait.

— Nous n'avons rien dit, gronda-t-il.

Mogweed resta assis dans son fauteuil, les yeux écarquillés. Seul un couinement de dénégation franchit ses lèvres quand Mycelle se tourna vers lui.

— Ne soyez pas si prompte à les soupçonner, dit Mama Freda à la guerrière sur un ton de reproche. Aucun d'eux n'a trahi la confiance placée en lui.

— Alors, comment êtes-vous au courant de nos affaires ?

La guérisseuse caressa son familier, qui s'enfouit dans son giron en babillant de ravissement.

— Hier, j'ai laissé Tikal dans la boutique pendant que je préparais le thé médicinal pour votre ami brûlé. Je connais assez bien mon officine et mes réserves pour ne pas avoir besoin de ses yeux. Pendant mon absence, les autres ont parlé de vous, d'Elena et du livre que vous cherchez, le Journal Sanglant.

— Tout de même, comment avez-vous… ?

— Tikal et moi ne sommes pas seulement liés par la vue. (La vieille femme remua une des oreilles de son familier.) Ce qu'un tamrink entend, tous les autres l'entendent aussi.

Dans une impasse de Port Rawl, le monstre étanchait sa soif en dévorant le cœur palpitant de sa proie, une enfant qui venait de saigner pour la première fois. Quand il eut terminé, il leva son museau noir de la poitrine ravagée de sa victime et hurla à la lune, alors dans sa phase ascendante. L'annonce que sa faim n'était pas rassasiée résonna dans les tavernes malfamées et les bordels miteux des environs.

Le monstre se laissa tomber à quatre pattes et battit en retraite dans l'ombre, ses griffes s'enfonçant dans la crasse de la ruelle. Il aurait voulu chasser toute la nuit, mais il connaissait la volonté de son maître. Personne ne devait se douter…

Le souvenir du contact de son maître lui arracha un gémissement. Quelque part dans les profondeurs de son esprit affamé, il sentait encore la brûlure des flammes noires, le bouillonnement de son sang. Il obéirait.

Il renifla la rue sur laquelle débouchait l'impasse. *Déserte.* Seuls les ivrognes ou les inconscients bravaient les artères de Port Rawl après le coucher du soleil. Les portes étaient barrées, les volets tirés.

La créature massive s'éloigna en bondissant dans la rue boueuse. Même si la lune se levait à peine, sa chasse était finie pour ce soir. En s'attardant dehors, elle ne réussirait qu'à éveiller les soupçons de ceux à qui elle tentait de dissimuler son existence.

Alors qu'il traversait la rue, le monstre aperçut son reflet dans la vitrine d'une taverne. Une gueule dégoulinante de bave, des rangées de crocs faits pour déchiqueter la chair, des muscles noueux, de la peau nue couleur d'ecchymose. De chaque côté de son nez, des replis de peau s'écartaient pour respirer le vent marin. Tant de sang, tant de cœurs palpitants…

Le monstre rebroussa chemin. L'étroite impasse empestait l'urine et les excréments. Dans son recoin le plus obscur, il trouva la pile de vêtements abandonnés et fouilla jusqu'à ce qu'il mette à jour l'objet caché dessous. À l'aide de ses dents, il dégagea son butin et l'étudia – d'abord avec l'un de ses yeux noirs et froids, puis avec l'autre. Un frisson le parcourut. Il résista à l'envie de remettre l'objet dans sa cachette. Tout ce qu'il désirait, c'était courir et se repaître de chair et de sang. Il hurla de nouveau à la lune.

Dans la rue voisine, quelqu'un glapit :

— Faites taire votre putain de clébard, ou je descends et je l'égorge !

La faim lui picotant la peau, le monstre fit un pas vers la rue, mais le souvenir des flammes noires arrêta ses pattes. Il ne pouvait se dérober à la volonté de son maître. Il revint vers les vêtements et l'objet allongé qu'il venait de mettre à jour. Il se pencha, puis arracha la peau tannée qui recouvrait le métal de l'arme. Et l'exposition de celui-ci mit fin à la chasse pour cette nuit-là.

Le monstre sentit la brûlure de la chair qui coule comme de la cire, des os qui se remodèlent. Il s'écroula parmi les ordures et se tordit sur le sol de l'impasse, ses mâchoires ouvertes sur un cri silencieux tandis que son museau se résorbait et que ses crocs rentraient dans ses gencives. Ses pattes redevinrent des doigts ; ses griffes se rétractèrent pour céder la place à des ongles jaunis. En l'espace de quelques inspirations haletantes, la transformation fut achevée.

Nu, Kral s'extirpa de la boue et des détritus dans lesquels il gisait. Il frotta son menton recouvert d'une épaisse barbe noire et se redressa. Son cœur continuait à pomper le sang de la fille qu'il venait de tuer. Grimaçant dans l'obscurité de l'impasse, il fit un pas vers ses vêtements abandonnés. Ses grandes dents blanches étincelaient au clair de lune. La chasse avait été bonne. Mais la lune poursuivait son ascension dans le ciel, et il devait se dépêcher pour ne pas éveiller les soupçons de ses compagnons.

Kral se pencha et saisit sa hache. Le cuir à l'aide duquel il avait enveloppé la lame tomba. Il le ramassa. C'était un bout de la peau violacée d'un renifleur. Il l'avait déniché sur l'étal d'un fourreur, au bazar des Quatre Coins, et avait attendu avec impatience une occasion de le tester. Il n'avait pas été déçu. Cette nuit passée à chasser dans la peau d'un renifleur des contrées du Couchant avait fait bouillir son sang comme nulle autre chasse.

Maintenant encore, son cœur battait plus vite que d'habitude. Jusque-là, il avait utilisé des peaux de chien ou de loup pour provoquer sa transformation. Et ça avait été excitant – mais rien de comparable avec ce soir. Les odeurs avaient été tellement plus fortes ; ses dents, tellement plus aiguisées ! Kral replia soigneusement le cuir et le mit de côté pour une prochaine chasse.

Il lécha les traces de sang sur ses lèvres. Sur l'étal du marchand des Quatre Coins, il avait également repéré la fourrure argentée d'une panthère des neiges. À la perspective de chasser sous la forme d'un monstrueux félin, ses poings se serrèrent, et sa virilité se mit à palpiter.

Son maître s'était montré généreux quand il avait brûlé l'esprit veule du montagnard pour faire de lui un de ses malegardes. La nuit de la seconde naissance de Kral, le seigneur du Gul'gotha l'avait nommé « Légion » et lui avait accordé un grand pouvoir obscur : celui d'adopter la forme et les capacités de toute créature dont il enroulerait la peau ou la fourrure autour du cœur noir de sa hache.

Le sang encore bouillonnant, Kral se rhabilla.

Empoignant sa hache, il fit courir ses doigts sur le métal récemment forgé. Son arme originelle avait été détruite ; elle s'était brisée sur la peau de pierre d'un des démons du Seigneur Noir, à Ruissombre. Cette nuit-là, Kral avait ramassé les débris de sa lame et, chez un maréchal-ferrant des environs, il s'était fait forger une nouvelle hache… mais pas seulement avec du métal. Car, dans la boue de la cave, il avait trouvé un éclat d'éb'ène. Le sang de son doigt sectionné avait oint la pierre.

Au souvenir du contact huileux de l'éb'ène, la main mutilée de Kral caressa sa hache. Se conformant aux instructions du Seigneur Noir, il avait inclus le fragment de pierre dans sa nouvelle lame. Le fer de celle-ci, encore souillé par le sang d'un skal'tum, masquerait son secret aux yeux de Mycelle et de ses semblables.

Et, sans le savoir, la guerrière le guiderait jusqu'à sa proie.

Rhabillé et armé, Kral entama la longue marche qui devait le ramener de l'autre côté de la ville, à l'endroit où l'attendaient ses compagnons. Sous son déguisement d'ami fidèle, il était un piège conçu pour tuer une sor'cière. Son sang grondait dans ses oreilles à l'idée de planter ses dents dans le cœur tendre d'Elena. La jeune fille ne soupçonnerait rien avant que les griffes du montagnard se referment sur sa gorge frêle.

Que ce soit sous la forme d'un chien, d'un ours, d'un renifleur ou d'une panthère, Légion capturerait sa proie.

4

Elena tituba à reculons jusqu'à la porte de sa cabine. Par le minuscule hublot au-dessus de sa couchette, une paire d'yeux rouges et luisants la regardait fixement. Malgré la distorsion due au verre grossier, les deux orbes aux pupilles fendues semblaient irradier la haine et la faim.

Elena était en train de somnoler lorsque, telle une démangeaison, ce regard brûlant l'avait arrachée à son sommeil. L'espace d'une demi-seconde, elle était restée figée, comme pétrifiée. Puis des griffes s'étaient mises à gratter à la vitre. Le grincement du verre l'avait arrachée à sa paralysie. Elle avait bondi hors de son lit, un cri jaillissant de sa gorge.

Enfin, ses doigts trouvèrent la poignée de la porte. Elle crut un instant qu'Er'ril l'avait enfermée dans sa cabine. Cette pensée n'avait pas plus tôt traversé son esprit que le pêne céda, et que le battant de chêne s'ouvrit. Elena chancela dans le couloir tandis que, derrière elle, le grattement se faisait plus frénétique. La créature sentait que sa proie lui échappait.

Soudain, le silence revint. Par-dessus son épaule, Elena jeta un coup d'œil à l'intérieur de la cabine. Son regard croisa celui de la créature. Un sifflement furieux, pareil à celui d'un millier de serpents, s'éleva de l'autre côté du hublot.

Elena s'immobilisa. Elle connaissait bien ce bruit. Elle ne l'avait pas entendu depuis longtemps, mais jamais elle ne pourrait l'oublier. Les yeux écarquillés et les lèvres glacées, elle nomma la créature accrochée à la coque du *Fend-les-Flots* :

— Un gobelin…

Ce simple mot chuchoté suffit à briser l'enchantement. Les deux orbes rouges disparurent à la façon d'un fragment de cauchemar se dissolvant dans les contrées du rêve. Mais l'écho du sifflement continua à résonner dans la tête d'Elena. La créature était bien réelle.

La jeune fille s'élança dans le couloir, le roulis l'obligeant à tendre un bras pour se retenir au mur. Elle atteignit l'écoutille qui conduisait au pont principal, mais, avant qu'elle ait pu la pousser, la porte bardée de fer s'ouvrit devant elle. Une silhouette massive s'encadra sur le seuil.

— Elena ?

Ce n'était qu'Er'ril. Avec un hoquet de soulagement, Elena se précipita vers l'homme des plaines et l'étreignit de toutes ses forces.

— À ma fenêtre… Dehors… (Elle lutta pour contrôler sa respiration et sa panique.) Je me suis réveillée, et j'ai vu…

Er'ril la repoussa en lui agrippant une épaule de sa main.

— Calme-toi, Elena. Que s'est-il passé ? Tu es blessée ?

Alors, la jeune fille remarqua que Joach, Flint et Moris se tenaient derrière Er'ril. Tous étaient armés : Joach avait son bâton, et les deux frères brandissaient chacun une épée courte. Cette démonstration de force apaisa le cœur et la langue d'Elena.

— Un gobelin. J'ai vu un gobelin dehors. Il me regardait par la fenêtre de ma cabine.

— Un gobelin ? (La main d'Er'ril se détendit sur l'épaule de la jeune fille.) Elena, il n'y a pas de gobelins dans cette région.

Les deux frères baissèrent leur épée et s'entre-regardèrent.

— Un drak'il ? marmonna Moris.

— Peut-être dans les profondeurs de l'Archipel, mais pas ici, répliqua Flint.

Er'ril jeta un coup d'œil par-dessus son épaule, étudiant le pont désert et l'océan qui s'étendait au-delà.

— C'était peut-être juste le reflet du clair de lune sur l'eau. Avec le roulis, ça peut jouer des tours à tes yeux. Et le frottement de la coque contre la jetée résonne bizarrement dans les entrailles d'un navire.

Elena se dégagea.

— Ce n'était pas mon imagination !

Moris se dirigea vers le bastingage et se pencha pour examiner le flanc tribord du bateau.

— Je n'ai pas rêvé, insista Elena. (Elle ne savait pas comment expliquer l'impression étrange qu'elle avait eue dans sa cabine – l'impression que le gobelin et elle s'étaient reconnus.) Il est venu se venger de moi. Il veut me faire payer le massacre de tous ces gobelins des roches, dans les cavernes, sous le cottage d'oncle Boln. Il sait qui je suis !

Comme pour confirmer les propos de la jeune fille, un doux sifflement s'éleva soudain tout autour du bateau. Les compagnons se figèrent. On aurait dit que l'océan lui-même fumait.

— Sur la jetée ! cria Moris.

Il se précipita vers la passerelle et se mit à actionner frénétiquement le treuil qui permettait de la remonter.

Er'ril attira Elena contre lui et se dirigea vers le bastingage. De petits corps noirs s'extirpaient des flots et escaladaient le quai de pierre, leur queue fouettant l'air comme un serpent en colère. Même s'ils étaient plus gros que des gobelins des roches, leurs yeux énormes, leurs orteils griffus et leur peau grise ne laissaient aucun doute sur leur nature.

— Là-bas, marmonna Flint en tendant un doigt.

Des dizaines de créatures se massaient sur la plage. C'était comme si les rochers avaient pris vie. Des silhouettes voûtées entraient dans l'eau ; certaines rejoignaient leurs semblables sur la jetée, tandis que d'autres disparaissaient sous les flots noirs.

— C'est quoi ? demanda Er'ril.

— Des drak'il, répondit Flint. Des gobelins des mers.

Un bruit sourd retentit de l'autre côté du bateau. En se retournant, Elena vit un énorme drak'il atterrir sur le pont principal. À quatre pattes, il se ramassa sur lui-même en découvrant des crocs aussi pointus que des aiguilles. Sa longue queue s'agita devant lui de façon menaçante. À son extrémité, le clair de lune révélait une pointe noire longue comme la main.

Er'ril poussa Elena vers Joach.

— Emmène-la à l'intérieur ! ordonna-t-il

Puis il dégaina son épée argentée et se précipita vers la créature.

— Prends garde à son dard ! le prévint Flint. Il est venimeux !

Joach entraîna sa sœur vers le gaillard d'avant, une main tenant le coude de la jeune fille et l'autre serrant son bâton. D'autres gobelins prirent pied sur le pont principal. La plupart d'entre eux étaient bien plus petits que le premier et dépourvus de dard, mais très musclés et dotés de crocs et de griffes redoutables.

Écartant la queue de son adversaire, Er'ril força celui-ci à reculer vers le bastingage.

— Largue les amarres ! lança Flint à Moris tout en faisant de grands moulinets d'épée. Si nous restons ici, cette crique deviendra notre tombeau !

Le colosse à la peau noire s'élança vers la poupe, abattant au passage tous les gobelins qui se dressaient sur son chemin. Flint manœuvra pour se rapprocher d'un des mâts et empoigna une hachette. Maintenant les gobelins à distance avec son épée, il attaqua les cordes solidement nouées aux épontilles métalliques. Chaque fois qu'il en sectionnait une, un contrepoids s'écrasait sur le pont tandis que la voile principale se déroulait en claquant et que le vent s'engouffrait dans la toile.

Er'ril porta un coup sauvage qui eut enfin raison de son adversaire. Il dégagea son épée et fit un bond en arrière comme la créature l'attaquait une dernière fois avec sa queue avant de s'écrouler sur le pont. Mais, avant qu'il puisse se détourner, deux autres gros drak'il enjambèrent le bastingage. L'un d'eux siffla et gargouilla un ordre à l'adresse d'un groupe de créatures plus petites qui se dirigeaient vers Flint. Celles-ci pivotèrent pour prendre Er'ril à revers tandis que leurs chefs l'assaillaient de face.

— Dépêche-toi, El ! pressa Joach.

Les deux adolescents venaient d'atteindre l'écoutille qui donnait sur le gaillard d'avant et le pont inférieur. Joach avait lâché le coude de sa sœur pour ouvrir le battant.

— Il faut qu'on se barricade à l'intérieur.

— Non. (Elena avait déjà ôté ses gants, et ses mains couleur de rubis brillaient au clair de lune.) Si les autres se font submerger, nous serons acculés.

Soudain, le bateau tangua violemment sous ses pieds, et elle tomba sur Joach. Son frère perdit l'équilibre ; en glapissant, tous deux s'écroulèrent dans le couloir, bras et jambes enchevêtrés.

Joach fut le premier à se relever. Il tendit un bras vers l'écoutille. Juste avant qu'il la referme, Elena entendit Flint crier :

— Nous dérivons ! Il faut que je prenne le gouvernail, sans quoi, nous nous écraserons sur les brisants !

Elena lutta pour se redresser.

— Joach, ne fais pas ça ! Ils ont besoin d'aide !

Ignorant sa supplique, son frère ferma la porte et tira les barres.

— Non, dit-il en se tournant vers elle. Tu ne connais rien à la navigation.

Elena conjura sa magie sauvage et leva les mains. Une lumière écarlate en jaillit et se répandit dans le couloir.

— Mais je ne suis pas impuissante pour autant.

Joach brandit son bâton.

— Je ne te laisserai pas sortir. C'est trop dangereux.

La magie sauvage chantant dans ses veines, Elena fit mine de saisir le bâton de son frère pour l'écarter. Mais, lorsque ses doigts touchèrent le bois, celui-ci la brûla comme de la lave en fusion. Dans un éclair aveuglant, les bras de la jeune fille furent projetés en arrière avec tant de force que ses jointures heurtèrent les murs de chaque côté du passage. Haletante, elle recula.

— El ?

Elena se frotta les doigts pour s'assurer qu'ils n'avaient pas été calcinés. Non – ils étaient toujours là, mais pas indemnes. À l'endroit où ils avaient touché le bois, des taches blanches marbraient la souillure rouge vif de sa peau. Sous les yeux éberlués de la jeune fille, l'écarlate se répandit pour combler ces brèches, mais son éclat global s'en trouva terni.

Elena leva les yeux.

Joach fixait son bâton d'un air émerveillé. C'était comme si le bois avait absorbé une partie de la magie de sa sœur.

Par-dessus son épaule, Elena entendit un léger raclement de griffes sur du bois. Un sifflement s'éleva derrière elle.

— Elena ! Attention !

Avant même de pouvoir se détourner, la jeune fille sentit une dague enflammée lui transpercer le dos.

Alors que Mycelle aidait Mama Freda à changer les pansements de Méric, de lourds bruits de pas résonnèrent dans l'escalier, à l'extérieur de la chambre. Sans un mot, la guerrière dégaina une de ses épées et se dirigea vers la porte.

— Calmez-vous, ma jeune dame, lui dit Mama Freda. Ce n'est que votre compagnon manquant, l'homme des montagnes.

Mycelle ignora les paroles apaisantes de la guérisseuse. Un excès de prudence n'avait jamais nui à personne.

Des coups vigoureux annoncèrent l'arrivée du visiteur. Comme en réponse, Méric gémit et s'agita faiblement dans son lit. Mycelle se pencha vers la porte. Elle voulut projeter ses perceptions à l'extérieur, mais les murs imbibés d'huile de bouclière l'en empêchèrent.

— Qui est-ce ? siffla-t-elle.

Il y eut une courte pause, puis une voix bourrue mais familière s'exclama :

— C'est vous, Mycelle ?

Impossible de se méprendre sur cet accent rocailleux.

— C'est Kral, dit Tol'chuk bien inutilement.

Toujours méfiante, Mycelle garda son épée dans une main tandis qu'elle saisissait la poignée de l'autre. Rien ne certifiait que Kral soit seul sur le palier. Parce que la bouclière neutralisait son pouvoir, Mycelle ne pouvait se permettre la moindre imprudence. Elle ouvrit la porte.

L'énorme montagnard lui adressa un sourire grimaçant. Il n'y avait personne derrière lui. Mycelle l'étudia rapidement. Sa barbe noire était encore plus longue et plus broussailleuse que lorsqu'ils s'étaient séparés, mais ses yeux pareils à des silex et l'odeur de magie minérale qui émanait de lui n'avaient pas changé. Mycelle s'écarta pour le laisser entrer. Elle ne percevait nulle souillure en lui. Même sa main blessée était guérie ; à l'endroit où le rat-démon lui avait arraché un doigt, il ne restait qu'une cicatrice rose.

Kral dut rentrer la tête dans les épaules et se tourner sur le côté pour franchir la porte.

— Je pensais bien vous trouver ici. En bas, j'ai croisé Fardale qui gardait votre monture. (Comme il se redressait, son regard se posa sur l'épée nue de Mycelle.) Ce n'est pas ce que j'appellerais un accueil chaleureux, commenta-t-il. (Mais avant que Mycelle puisse se justifier, il se radoucit.) Cela dit, étant donné ce qu'on voit dans les rues de Port Rawl en ce moment, peut-être feriez-vous mieux de la garder à la main même pour dormir. (Il tapota la hache pendue à sa ceinture.) Dans la cité des marais, une arme est toujours la salutation la plus sûre.

Mycelle referma la porte et la verrouilla.

— Fardale est toujours devant la boutique ?

Kral ôta sa cape couverte de poussière et la suspendit à un crochet.

— J'ai demandé à un palefrenier d'une écurie voisine d'emmener votre cheval au même endroit que mon destrier. Fardale les a suivis pour garantir l'honnêteté du bougre. J'imagine qu'il dormira là-bas, histoire de garder un œil sur votre monture et vos affaires.

— Tant mieux, se réjouit Mycelle. Je veux repartir aux premières lueurs de l'aube.

— Voire avant, intervint Mama Freda, qui venait de finir les pansements de Méric. (Elle tira le drap sur la poitrine de l'el'phe et fit face aux autres.) Chaque jour, l'atmosphère de la ville devient un peu plus tendue. L'attaque des pêcheurs a mis tout le monde sur les nerfs. Depuis, les gens gardent une main en permanence sur leur épée. Il suffirait d'une minuscule étincelle pour mettre le feu à cette poudrière.

— Néanmoins, contra Mycelle, avant de partir, je dois passer au relais de la Ligne de partage des eaux. Un ami devait arriver aujourd'hui depuis les marais, avec les montures et l'équipement que nous avons été forcés d'abandonner à Eau-Sèche.

Mama Freda secoua la tête.

— Ces autres chevaux valent-ils vraiment la peine que vous preniez le risque de vous attarder ici ?

— Aux yeux d'Elena, oui, répondit Mycelle.

— J'imagine que Brume fait partie du lot, dit Kral en souriant.

Mycelle acquiesça.

—Cette petite jument grise compte beaucoup pour Elena. La savoir en sécurité raffermira le moral et le courage de ma nièce pour le voyage à venir, expliqua-t-elle à Mama Freda. Ça justifie bien un petit délai.

—Mais cela justifierait-il que nous nous fassions tous tuer ? répliqua la vieille femme.

Mycelle se rembrunit.

—Il vaudrait mieux nous reposer. Une longue route nous attend demain.

—Et où irons-nous exactement ? s'enquit Mogweed, toujours affalé dans son fauteuil près du feu.

Mycelle se raidit et promena un regard à la ronde. Même si la magie élémentale contenue dans la pièce lui apparaissait comme le plus pur des torrents, une petite partie d'elle-même rechignait toujours à révéler où se trouvait Elena. La corruption du Seigneur Noir n'avait pas touché ses compagnons ; pourtant, quelque chose d'autre éveillait sa méfiance – quelque chose qu'elle ne pouvait pas nommer.

—Je préfère garder le secret jusqu'au dernier moment, marmonna-t-elle, les joues en feu.

Mais Mogweed insista. Il se redressa dans son fauteuil.

—Et s'il vous arrivait quelque chose ? Comment ferions-nous pour retrouver Elena et les autres ?

Honteuse, Mycelle baissa les yeux vers le tapis. Le métamorphe avait raison. Ces gens étaient les amis d'Elena ; ils avaient prouvé leur valeur et leur loyauté à de nombreuses reprises. Elle devait leur faire confiance. Et, si elle se faisait capturer ou tuer, mieux valait qu'ils puissent rejoindre la sor'cière pour grossir les rangs de ses défenseurs. N'était-elle pas en train de pécher par excès de prudence ?

Mycelle ouvrit la bouche. Elle allait s'excuser et révéler l'emplacement du cottage de Flint lorsqu'une voix coléreuse l'interrompit.

— Non.

Toutes les têtes se tournèrent vers le lit, depuis lequel Méric fixait ses compagnons. Ses yeux d'azur étaient ouverts ; des nuages orageux voilaient ses prunelles.

— Ne dites rien, ordonna-t-il d'une voix faible mais impérieuse, en transperçant la guerrière du regard.

Mycelle se dirigea vers lui.

— Pourquoi, Méric ? Un secret partagé entre gens de confiance est en sécurité dans davantage de cœurs.

Avant que l'el'phe puisse ajouter quoi que ce soit, des coups violents se firent entendre. Les compagnons sursautèrent et pivotèrent vers l'unique issue de la pièce. La robuste porte tremblait dans son chambranle. Une voix autoritaire claironna :

— Par ordre du maître des castes de Port Rawl et au nom du guet de la cité, je vous somme de vous constituer prisonniers. Toute résistance sera écrasée à la force des armes.

Il y eut une pause. Puis quelque chose de lourd percuta la porte. Dans un craquement de mauvais augure, le battant se fendit. Un coup de plus, et il céderait. Ce fut alors que Mycelle le sentit : un filet de magie élémentale filtrant depuis le couloir entre les panneaux de chêne brisés. Et, cette fois, il ne s'agissait pas d'énergie pure comme celle de ses compagnons, mais d'un pouvoir ténébreux, corrompu.

Mycelle dégaina ses deux épées. Maudite soit la bouclière de la guérisseuse ! Jusque-là, elle avait aidé à dissimuler les autres, mais elle venait de les trahir en masquant l'approche du fléau qui avait monté l'escalier sur la pointe des pieds pour ne révéler sa présence qu'au dernier moment. Mycelle projeta ses perceptions. Elle reconnut immédiatement la puanteur caractéristique des malegardes. Alors, elle sut ce qu'elle avait à faire.

Mycelle lâcha ses deux épées. Les lames d'acier tintèrent en heurtant le sol.

— Je ne dois pas me laisser prendre, chuchota-t-elle.

Portant une main à son cou, elle saisit la minuscule fiole de jade pendue à un cordon.

— Non ! protesta Kral, qui avait remarqué son geste.

Il voulut lui saisir le bras, mais Mycelle se déroba.

— C'est un malegarde qui dirige l'assaut, expliqua-t-elle très vite. Je ne peux pas courir le risque de me faire capturer. Le Cœur Noir ne doit pas savoir où se cache Elena. (Elle ôta le fragment de jade qui servait de bouchon à la fiole.) La Mère en soit remerciée, Méric m'a empêchée de divulguer mon secret.

Un second fracas résonna dans la pièce. La porte explosa. Des débris de planches volèrent tandis que des formes noires se ruaient par l'ouverture.

— Sauvez-vous si vous le pouvez ! cria Mycelle à ses compagnons. J'emporte le secret d'Elena dans la tombe !

Elle leva la fiole et versa le poison dans sa gorge. La brûlure se propagea rapidement de son estomac à ses membres.

— Je suis désolée, Elena, chuchota Mycelle.

Elle lâcha la fiole vide, qui s'écrasa sur le sol.

Tol'chuk se précipita.

— Mère !

Alors que les ténèbres se refermaient sur elle, Mycelle s'écroula dans les bras robustes de son fils.

Elena tomba à genoux dans le couloir. Par-dessus l'épaule de sa sœur, Joach aperçut le monstre qui venait de l'agresser. Près de l'escalier descendant vers le pont inférieur était accroupi un gros gobelin à la peau couleur de lait tourné et aux yeux d'un rouge sanglant. La créature siffla en agitant deux pattes griffues. Son haleine empestait le poisson pourri. Elle fit un pas vers les deux adolescents.

— Recule, démon !

La fureur réduisant son champ de vision à un tunnel, Joach abattit une extrémité de son bâton sur la tête du drak'il.

Des os craquèrent, et le monstre hurla. La force du coup le fit dégringoler dans l'escalier.

— Joach ? gémit Elena.

Le jeune homme se précipita vers sa sœur, qui essayait de se traîner vers l'écoutille.

— Je suis là, El.

— Ça brûle…

Elena s'affaissa dans les bras de Joach. Le dos de sa tunique était humide et poisseux. À la lumière de la lanterne, Joach distingua la tache sombre qui grandissait à hauteur de ses reins. Tant de sang…

— Elena !

Il la serra contre lui et lâcha son bâton pour comprimer la plaie.

Un sifflement monta depuis le pont inférieur. Provenait-il du drak'il blessé ou d'un nouvel adversaire ? Joach n'aurait su le dire. Il souleva Elena et, titubant sous son poids, la porta jusqu'à la cabine du capitaine. Il la laissa tomber sur l'étroite couchette et déchira un drap pour lui confectionner un bandage, en prenant bien garde à maintenir la pression sur sa plaie.

Quand il eut fini, Joach rebroussa précipitamment chemin. Sur le seuil de la cabine, il jeta un coup d'œil pardessus son épaule, une prière aux lèvres. Puis il fit la chose la plus difficile de toute sa vie : il abandonna sa sœur. Il sortit et referma la porte derrière lui. Elena avait besoin d'aide, une aide qu'il ne pouvait pas lui apporter. Il devait aller chercher les autres.

Dans le couloir mal éclairé, Joach repéra son bâton qui gisait en travers du sol, tel un serpent noir. Et, au-delà, s'interposant entre lui et l'écoutille qui donnait sur le pont principal, se dressait son adversaire. Les yeux rouges du monstre luisaient dans la pénombre ; ses griffes jetaient des reflets argentés. Sa queue, qui s'agitait comme pour poignarder Joach avec son dard, était noire du sang d'Elena. Son nez épaté dégoulinait encore à l'endroit où s'était écrasé le bâton de pol'bois.

Désarmé, Joach n'avait aucune chance de vaincre ce redoutable prédateur. Instinctivement, il tendit une main ensanglantée vers le bâton – et, comme pour répondre à sa supplique muette, le talisman se rapprocha de lui.

Le raclement du bois noueux sur les planches résonna dans l'étroit passage, attirant l'attention du gobelin. Celui-ci fit un pas en avant et baissa son museau blessé pour mieux voir de quoi il retournait. Mû par la curiosité ou irrésistiblement attiré par la magie, il tendit une patte griffue.

Joach serra les poings. Il ne devait pas laisser le drak'il s'emparer de son unique arme.

— Non ! cracha-t-il avec force.

Il n'avait cherché qu'à attirer l'attention de la créature. Mais le résultat qu'il obtint fut beaucoup plus spectaculaire.

Le bâton bondit dans les airs, comme apeuré par son brusque éclat de voix. Un scintillement de flammes noires courut à sa surface. Le drak'il se figea. Et Joach aussi. Il n'avait encore jamais vu le talisman réagir de la sorte. Le pol'bois était-il alimenté par l'énergie puisée un peu plus tôt au pouvoir d'Elena, ou simplement par son besoin impérieux ? Joach plissa les yeux. Peu lui importait. Il avait besoin d'une arme, et le bâton en était une.

Il tendit le bras vers le talisman en lévitation.

— Viens à moi ! tonna-t-il avec toute la conviction dont il était capable.

Rien ne se produisit. Le bâton continua à flotter dans les airs.

Bien qu'inefficace, le cri de Joach avait au moins eu le mérite d'effrayer le drak'il. Le monstre recula pour se dérober aux flammes noires, à cette magie obscure qui ne lui inspirait que méfiance. Joach songea qu'il pouvait peut-être tourner la situation à son avantage. Sans aucun plan précis, il se jeta sur le gobelin, les bras levés et un hurlement de rage aux lèvres. Surprise, la créature battit en retraite jusqu'à ce que son dos heurte l'écoutille.

Joach atteignit le bâton et l'empoigna à deux mains en frémissant. Il s'attendait à être brûlé par les flammes noires. Mais, à son contact, celles-ci s'éteignirent, ne laissant derrière elles qu'une sourde lueur rougeâtre – comme si le pol'bois était une braise encore ardente qu'on venait de retirer du feu. Il ne dégageait pourtant aucune chaleur ; bien au contraire, Joach avait l'impression de tenir un pic de glace. Le froid se communiqua aux doigts du jeune homme et parut imprégner sa chair et envahir ses artères, comme si le talisman était un cœur palpitant qui envoyait de la glace dans ses veines.

Ignorant cette désagréable sensation, Joach brandit le bâton sous le nez du monstre qui lui barrait la route. Les mots de pouvoir qu'il avait appris dans son rêve surgirent inopinément dans son esprit et montèrent vers ses lèvres. Sa langue prononça les premières syllabes de l'incantation.

Le drak'il tomba à genoux et se prosterna devant lui, le front pressé contre les planches. Un miaulement monta de sa gorge. De toute évidence, il implorait la miséricorde de Joach.

Mais la glace avait déjà atteint le cœur du jeune homme. L'heure n'était plus à la grandeur d'âme, pas alors que sa sœur se vidait de son sang par une blessure que lui avait infligée ce monstre. Comme le sort antique engourdissait les lèvres de Joach, une rose de flammes noires fleurit à l'extrémité du bâton. Avec un sourire glacial, le jeune homme prononça l'ultime syllabe de l'incantation et pointa son talisman sur le gobelin.

Les pétales de la rose noire s'ouvrirent brusquement, et une lance de feu jaillit de son cœur. Le drak'il dut sentir que sa mort était imminente. À la dernière seconde, il releva la tête, et les flammes se reflétèrent dans ses yeux. Puis la lance le frappa de plein fouet.

Il fut projeté en arrière avec tant de force que son corps passa au travers de l'écoutille verrouillée. Les barres métalliques s'arrachèrent au mur; le bois endurci par les tempêtes se brisa comme des brindilles sèches. La carcasse du gobelin dévoré par les flammes glissa sur le pont principal et le temps que Joach s'extirpe des débris de l'écoutille, il n'en restait plus que des os calcinés.

Joach se redressa et vit que tout le monde l'observait, les humains comme les drak'il. L'air empestait la chair brûlée. Le pont était recouvert de sang de gobelin, et partout où se portait son regard horrifié gisaient les restes tailladés des prédateurs. Le *Fend-les-Flots* était devenu un ignoble charnier.

Joach détailla les restes pitoyables du drak'il qu'il avait tué. Son squelette recroquevillé en une petite boule fumait encore dans l'air frais de la nuit. Chacun de ses os semblait hurler la douleur que les flammes noires lui avaient infligée. Ce spectacle macabre rappela à Joach la nuit où un feu de ténèbres avait consumé son père et sa mère. Mais, cette fois, c'était lui qui venait de dispenser une mort atroce. Douce Mère, qu'avait-il fait?

Brandissant le bâton au-dessus de sa tête, Joach poussa un long cri de détresse. Le froid reflua de ses veines tandis que quelques flammèches s'échappaient de chaque extrémité du bâton, soubresauts d'agonie d'un feu mourant.

Cette démonstration de pouvoir arracha l'armée des drak'il à sa paralysie. Les gobelins apeurés s'élancèrent vers le bastingage et sautèrent dans les flots obscurcis. Bientôt, le pont fut désert, à l'exception des quatre hommes et des innombrables carcasses.

— Joach! (Er'ril se dirigea vers lui; des traces de griffes sanglantes se détachaient sur sa joue gauche.) Qu'as-tu fait?

L'émerveillement le disputait à l'horreur dans la voix du guerrier. Rengainant son épée, il tendit le bras vers Joach.

Le jeune homme recula. Il ne supportait pas l'idée qu'on le touche – pas maintenant. Il secoua la tête et désigna l'écoutille en miettes.

— Elena. Elle… Elle est gravement blessée. Dans la cabine du capitaine.

Les yeux écarquillés, Er'ril laissa retomber son bras et fonça dans le passage sans rien ajouter.

Joach savait qu'il aurait dû le suivre. Elena était sa sœur. Mais ses jambes étaient engourdies. Il tomba à genoux.

D'un pas vif, Flint traversa le pont ruisselant de sang et jonché de cadavres. Il regardait Joach, mais ce ne fut pas à lui qu'il s'adressa en premier.

— Moris, prends la barre et fais-nous sortir de la crique, ordonna-t-il. Attention aux brisants sur bâbord ; la marée est encore basse. Nous devons atteindre le large au plus vite. Le petit numéro du gamin ne maintiendra pas éternellement les drak'il à l'écart.

Bientôt, les voiles se gonflèrent et claquèrent au-dessus de leur tête comme le frère à la peau noire faisait virer le *Fend-les-Flots*.

Flint atteignit Joach et lui agrippa l'épaule.

— Écoute, mon garçon, j'apprécie ton intervention. Les drak'il nous cernaient, et nous avons eu beaucoup de chance que les rochers du fond ne transpercent pas notre quille. Mais je connais la magie dont tu t'es servi. Elle…

— Un globe incendiaire, marmonna Joach.

Flint s'agenouilla pour regarder le jeune homme dans les yeux.

— Oui, et le fait que tu connaisses son nom signifie qu'il t'a touché – marqué. C'est l'un des pouvoirs les plus noirs qui soient, et je préférerais perdre le bateau que de te voir succomber à son attrait.

— Je n'ai pas eu le choix, répliqua Joach. Il fallait que je protège Elena.

Flint soupira.

— Ta sœur a déjà suffisamment de protecteurs. Elle a besoin d'un frère plus que d'un garde du corps supplémentaire. Ne l'oublie pas.

Joach se dégagea.

— Une sœur assassinée n'a plus besoin de personne.

Il se redressa et recula d'un pas, plaçant le bâton noir entre lui et le vieil homme.

Flint se releva à son tour, les yeux rivés sur le talisman.

— C'est possible. Mais sois honnête avec toi-même, mon garçon. Sonde ton cœur ; interroge-toi sur tes motivations. Bientôt, ce bâton deviendra plus important pour toi que ta sœur.

— Jamais ! s'exclama farouchement Joach. Je suis tout à fait capable de...

Une voix leur parvint depuis les profondeurs du gaillard d'avant.

— Flint, descends ! Tout de suite !

Le vieil homme se dirigea vers l'ouverture, mais jeta pardessus son épaule :

— Puisque tu es si sûr de toi, que fais-tu encore dehors quand ta sœur a besoin de ton aide à l'intérieur ?

Et, baissant la tête, il enjamba les débris de l'écoutille.

Joach observa le bâton noir qu'il serrait dans son poing. Le bois avait repris une température normale, et la glace dans ses veines s'était dissipée quand il avait réalisé ce qu'il venait de faire. Cependant, il sentait qu'une graine venait de s'enraciner dans son cœur. Un petit fragment de glace était toujours enfoui en lui.

« Le pouvoir te marquera. » Flint l'avait prévenu. Joach jeta un coup d'œil aux débris de la porte. Peut-être était-ce déjà fait. Mais, corrompue ou pas, il aurait risqué son âme pour préserver Elena.

Sans lâcher le bâton de pol'bois, il s'engagea dans l'étroit passage.

Kral plongea sur le soldat du guet. Sa hache lui sectionna le bras au niveau de l'épaule ; du sang éclaboussa son visage comme il enfonçait sa lame dans les côtes de l'homme suivant. La fureur alimentait sa rage. Il avait été si près de découvrir le secret que son maître désirait : l'endroit où se cachait la sor'cière ! À présent, la seule personne qui aurait pu le lui révéler gisait morte sur le tapis de la chambre. Maudite soit la loyauté aveugle de cette guerrière. Quelques secondes de plus, et elle aurait involontairement trahi sa nièce.

Pivotant sur ses talons, Kral fit passer sa hache dans son autre main et l'abattit avec précision sur la tête d'un nouvel adversaire. Mais si vif soit-il, d'autres hommes armés ne cessaient de s'engouffrer dans la pièce. Il para un coup qui visait son estomac, puis utilisa le manche de sa hache pour écarter son assaillant.

Un regard rapide par-dessus son épaule lui apprit qu'il était seul à se battre. Tol'chuk gardait le corps de sa mère et l'el'phe alité. Mogweed s'était réfugié, tremblant, dans le coin le plus reculé de la chambre. Kral allait devoir se débrouiller seul pour les faire sortir de là.

— Tol'chuk ! Prends Méric et suis-moi ! rugit-il.

Dans un moulinet de fer et de muscles, il se découpa un chemin jusqu'à la porte. Sur son passage, des hommes s'écroulèrent en hurlant et en se tordant de douleur, tandis que sa barbe absorbait leur sang et que ses dents très blanches étincelaient au milieu du carnage. Une vieille chanson de guerre lui monta aux lèvres.

Nul ne pouvait le vaincre. Sa soif de sang suffisait presque à conjurer la magie noire enfouie dans sa lame. Il brûlait de planter ses dents dans la gorge des défenseurs de la cité. Mais ses compagnons le regardaient. Il devait refréner ses appétits monstrueux et se contenter de les assouvir avec le tranchant de sa hache. Son cœur grondait dans ses oreilles, sourd aux supplications des agonisants.

Kral se serait facilement débarrassé de la dernière poignée de soldats sans la brusque apparition de leur chef. Plus petit que les autres et d'apparence assez frêle, l'homme n'avait pas grand-chose d'intimidant au premier abord. Mais un seul regard lui suffit pour arrêter le montagnard. Une magie inique dansait dans ses yeux. Kral l'identifia aisément. Cet homme était un malegarde, un élémental perverti par le pouvoir obscur de son maître. Mais le chef du guet ne pouvait pas se rendre compte de leur nature similaire, parce que le Cœur Noir avait trop profondément enfoui le secret du montagnard.

Comme Kral s'immobilisait, le malegarde leva une main vers lui et griffa l'air de ses doigts recourbés. À son signal, un nuage noir provenant du couloir envahit la chambre. Un tourbillon d'ailes et de becs pointus fondit sur le montagnard.

Une nuée de corbeaux et de corneilles ! Kral se défendit à grands renforts de moulinets sauvages. Mais une hache n'était pas l'arme idéale pour lutter contre des adversaires si petits et si nombreux.

Par chance, Méric lui prêta main-forte depuis sa couche. L'el'phe utilisa le peu de pouvoir qu'il put conjurer pour déclencher des bourrasques de vent magique. Les oiseaux-démons furent repoussés par cette attaque inattendue. Même le chef des soldats recula d'un pas.

Kral, qui s'était contenté de se défendre jusque-là, en profita pour passer à l'offensive. Il espérait atteindre le malegarde et se débarrasser de l'imbécile qui venait d'interférer avec ses plans.

Soudain, un des corbeaux franchit sa garde et piqua vers sa jambe. Son bec pointu s'enfonça dans la cuisse du montagnard. La douleur fut négligeable, et Kral écrasa aussitôt l'oiseau avec le manche de sa hache. Mais les dégâts étaient déjà faits. Sa jambe gauche s'engourdit presque instantanément. Il s'écroula.

Le nuage noir s'abattit sur lui dans un tintamarre de croassements aigus. Des becs et des griffes le lacérèrent. Il sentit que quelqu'un expédiait sa hache au loin d'un coup de pied.

— Assez ! rugit le malegarde. J'ai besoin d'eux vivants !

Les oiseaux glapirent leur mécontentement, mais obéirent à leur maître. Sautillant ou voletant, ils s'éloignèrent de Kral. Paralysé par la magie noire, le montagnard ne put pas même tourner la tête en entendant des pas approcher. Du coin de l'œil, il vit que Tol'chuk ne s'en était pas mieux tiré : l'og're gisait sur le tapis, immobile. Lui non plus n'avait pas pu résister à la magie des oiseaux-démons.

Le visage pincé du malegarde se pencha vers Kral.

— Personne n'échappe à mon attention dans cette ville, clama-t-il.

Kral poussa un grognement. Maudit soit cet imbécile ! Il ne se rendait pas compte de la virtuosité avec laquelle il venait de contrer les véritables désirs de son maître. La seule chose qui réconforta le montagnard, ce fut d'imaginer combien le malegarde souffrirait quand le Cœur Noir aurait vent de son intervention.

Le chef du guet se redressa, toisant Kral de toute sa modeste hauteur.

— Enchaînez ce monstre et traînez-moi toute la bande à la garnison.

— Monsieur, lança l'un des soldats, qu'est-ce qu'on fait de la femme morte ?

Kral vit une botte donner un coup de pied dans les côtes de Mycelle.

— Mes oiseaux ont toujours faim de viande, répondit le malegarde. Elle fera un repas de choix.

À son signal, les corbeaux fondirent sur Mycelle.

—Maître Parak, intervint Mama Freda. Je préfère vous prévenir que cette femme a pris du poison pour se suicider. Si vos superbes oiseaux se repaissent de sa chair et de son sang, ils pourraient être empoisonnés eux aussi.

Kral put tout juste distinguer l'expression alarmée du malegarde. D'un claquement de doigts, celui-ci rappela ses corbeaux. Puis des soldats empoignèrent les bras de Kral et luttèrent pour le redresser. À demi assis entre eux, le montagnard vit que d'autres hommes mettaient des fers à Tol'chuk et que Mogweed gisait déjà, saucissonné à l'aide de cordes.

La tête inclinée, Mama Freda se tenait près du chétif Parak. Tikal était accroupi sur son épaule, la queue enroulée autour du cou de la vieille femme. Il écarquillait ses grands yeux noirs en frissonnant de panique contenue et en émettant des gémissements presque inaudibles.

—Merci, Mama Freda, dit le chef du guet. En tant qu'amie des animaux, je suis sûr que vous comprenez combien je suis attaché à mes oiseaux.

Mama Freda gratta distraitement son tamrink derrière l'oreille pour le calmer.

—Évidemment. Mon devoir est de servir cette cité et de veiller au bien-être de ses habitants.

—Néanmoins, vous auriez dû nous prévenir que vous hébergiez des étrangers. Vous connaissez les nouvelles lois. Aucun d'eux ne s'est inscrit dans sa caste ni n'a payé sa dîme. Sans notre ami manchot… (Parak désigna le cadavre d'un soldat vêtu aux couleurs des sentinelles qui gardaient l'entrée de Port Rawl) qui a si adroitement suivi la guerrière et rapporté qu'elle se trouvait ici, nous n'aurions jamais découvert ce groupe de criminels. Ils sont désormais esclaves du guet.

Le sang de Kral rugissait dans ses oreilles. Ainsi, cette attaque n'avait pas d'autre but que d'acquérir de nouveaux esclaves. À Port Rawl, même les malegardes n'étaient guidés que par l'appât du gain.

— Mille pardons, maître Parak. Mais vous connaissez ma règle : je guéris, je ne pose pas de questions.

Parak eut un ricanement amusé.

— Certes. C'est pourquoi vous êtes une citoyenne si précieuse. (Il se tourna vers ses hommes, qui finissaient d'attacher les bras de Kral derrière son dos.) Emmenez-les à la garnison.

— Et celui qui est malade ? demanda un des soldats en désignant Méric.

— Laissez-le. Il a l'air d'avoir déjà un pied dans la tombe. Il ne nous rapportera rien. (Parak promena un regard à la ronde.) Mais le reste de la bande devrait se vendre un bon prix sur le marché aux esclaves.

Les soldats entraînèrent leurs prisonniers vers la porte. Les bras de Kral furent cruellement tordus dans son dos, mais leur engourdissement masqua toute douleur.

Parak fit face à Mama Freda et désigna la pièce d'un large geste.

— Navré pour cette intrusion, Mama Freda. J'enverrai quelqu'un faire le ménage demain matin.

Debout au milieu des cadavres, dans la puanteur du sang et des excréments, la vieille femme inclina la tête.

— Comme toujours, vous êtes trop bon, maître Parak.

Er'ril s'agenouilla près du lit d'Elena. Des huiles aromatiques embaumaient la cabine, mais, sous leur parfum pugnace, le guerrier percevait des relents de sang et de potions médicinales. Des bandages souillés gisaient au pied de l'étroite couchette ; des pots d'écorce de saule et d'herbe-à-plaies s'alignaient sur le sol.

Er'ril tenait la main de la jeune fille assoupie dans la sienne. Sa peau était si froide, ses lèvres si pâles ! Quand il lui frotta le poignet, elle ne réagit pas ; ce fut à peine si un murmure s'échappa de sa gorge.

— Elle ne se réveille pas, dit Er'ril à Flint.

Le vieil homme avait rassemblé ses maigres connaissances en médecine pour sauver Elena, pendant que Joach et Moris faisaient de leur mieux pour manœuvrer leur bateau et le guider le long de la côte.

— Il vaut peut-être mieux qu'elle dorme, répondit Flint en tirant une épaisse couverture de laine sous le menton de la jeune fille. Son corps a besoin de toute son énergie pour guérir. Quand j'ai essayé de recoudre la plaie, les bords se refermaient déjà. Sa magie la protège.

— Alors, elle vivra.

— Elle devrait être morte. (L'air sombre, Flint se rassit sur ses talons et regarda Er'ril.) Il suffit d'une égratignure pour que le poison de la queue d'un drak'il soit fatal à sa victime. Si Elena dort profondément, c'est sans doute parce que son corps rallie toutes ses ressources pour la maintenir en vie. Mais même sa magie a des limites. (Il fit glisser une des mains d'Elena hors de la couverture.) Sa Rose pâlit à vue d'œil.

De fait, le rouge vif de la peau de la jeune fille avait viré au rose soutenu. Er'ril leva les yeux vers Flint.

— Et quand elle disparaîtra complètement ?

Le vieil homme soutint le regard du guerrier sans ciller, puis secoua tristement la tête.

— Que devons-nous faire ?

— J'ai déjà fait tout ce qui était en mon pouvoir. Les guérisseurs qui étudiaient jadis à Val'loa auraient peut-être pu l'aider, mais…

Flint haussa les épaules. L'île était tombée entre les mains des séides du Seigneur Noir.

— Et le sang de dragon ? suggéra Er'ril, faisant allusion aux vertus curatives de ce fluide. Si les mer'ai sont au rendez-vous…

— Elena sera morte bien avant que nous arrivions là-bas, coupa Flint. Mais tu viens de me donner une idée. Il y a une guérisseuse très douée à Port Rawl. Son officine est bourrée d'herbes et de potions en tout genre. J'ignore si elle aura du sang de dragon : c'est une substance rare et coûteuse. Mais peut-être disposera-t-elle d'un autre antidote.

— « Port Rawl » ? répéta Er'ril, sceptique.

Il était très rare qu'on ressorte de la cité des marais en meilleur état qu'on y était entré.

— Je connais également de bons marins qui vivent là-bas et qui pourront compléter notre équipage. Seuls, nous ne parviendrons pas à manœuvrer le *Fend-les-Flots* dans les courants traîtres de l'Archipel. Et si nous étions attaqués de nouveau…

Flint n'acheva pas sa phrase. Seules la chance et la magie noire les avaient sauvés cette fois.

Er'ril tira une chaise près du lit d'Elena, s'assit et soupesa les options qui s'offraient à eux. Il toucha la joue de la jeune fille. Sa chair était glacée. Une froideur similaire enveloppa le cœur du guerrier. Il ne pouvait pas la regarder mourir.

— Très bien. Nous allons tenter le coup.

Flint hocha la tête et se releva.

— Je vais prévenir Moris que nos plans ont changé et informer le gamin de l'état de sa sœur.

— En parlant de Joach…, dit Er'ril. La magie qu'il a utilisée tout à l'heure…

— Je sais, acquiesça Flint. Il n'aurait pas dû pouvoir conjurer une telle puissance. Le phénomène mérite d'être étudié en profondeur. Dans tous les cas, je pense que nous devrions brûler ce bâton et répandre ses cendres dans la mer.

— Non, contra Er'ril. Laisse-le-lui.

Flint haussa les sourcils d'un air surpris.

— Comme tu voudras, capitula-t-il néanmoins.

Il tendit la main vers la poignée de la porte.

— Flint ! le rappela Er'ril.

Le vieil homme jeta un coup d'œil par-dessus son épaule.

— Surveille-le de près, acheva Er'ril.

L'expression de Flint se durcit. Comme Er'ril, il était bien placé pour savoir quelle emprise la magie noire pouvait exercer sur un homme – assez forte pour corrompre même la plus pure des âmes. Il hocha brièvement la tête, puis il sortit de la cabine et referma la porte derrière lui.

Resté seul avec Elena, Er'ril se laissa aller sur son siège et mit de côté ses inquiétudes au sujet de Joach. Son souci le plus immédiat gisait devant lui, sous une grosse couverture de laine.

Il étudia l'adolescente, le poing crispé d'appréhension. Si elle mourait, l'ultime chance de sauver Alaséa disparaîtrait avec elle. Au fond de son cœur, Er'ril savait pourtant que ce n'était pas le sort de ces contrées qui l'angoissait, mais une peur beaucoup plus simple : celle de perdre Elena elle-même. Il avait vécu très longtemps sans jeune sœur à protéger, sans fille à gâter. Mais, durant le sombre périple qui les avait conduits jusqu'ici, Elena était devenue les deux pour lui – et peut-être davantage.

Mais qui était-elle vraiment : femme, sor'cière ou messie ?

Er'ril soupira. Il ne connaissait pas la réponse à cette question.

Sur les traits pâles d'Elena, les premiers signes de féminité commençaient à transparaître sous les rondeurs de l'enfance : la courbe saillante d'une pommette, le renflement des lèvres charnues. Er'ril tendit la main pour repousser une mèche flamboyante qui tombait sur son front marmoréen. Depuis quand la teinture noire s'était-elle estompée ? Elena avait dû le lui cacher en espérant qu'il ne s'en apercevrait pas. L'ombre d'un sourire effleura le visage du guerrier. Le sort d'Alaséa reposait sur ses épaules, mais ça ne lui faisait pas oublier la coquetterie naturelle des filles de son âge. Quelque part, il trouvait ça réconfortant.

Comme il s'adossait de nouveau à sa chaise, son sourire s'évanouit. Son regard se posa sur la lune qui brillait dans le ciel, de l'autre côté du hublot.

— Messie ou non, marmonna-t-il, je ne te laisserai pas mourir, Elena.

5

S'arrachant aux ténèbres, Mycelle ouvrit les yeux sur une lumière si rayonnante qu'elle l'aveugla. Elle cligna des paupières. Était-ce le Grand Pont qui conduisait vers l'au-delà ? Jamais elle n'aurait imaginé que le passage soit si douloureux. Tout son être était embrasé par une démangeaison intense qui la brûlait de l'intérieur comme de l'extérieur... Mais l'intérieur et l'extérieur de quoi ? Elle n'avait conscience d'aucune forme physique, seulement d'une douleur qui définissait ses contours.

— Ne vous agitez pas, recommanda une voix désincarnée dans sa tête.

— Où... Où suis-je ? balbutia Mycelle, sans savoir si elle parlait avec ses lèvres ou avec son esprit.

Dans un cas comme dans l'autre, sa question fut entendue.

— Vous êtes en sécurité – du moins pour le moment.

Cette voix... Elle connaissait cette voix.

— Mère ? (À peine eut-elle prononcé le mot qu'elle sut qu'il n'était pas juste ; elle fit une nouvelle tentative.) Mama... ?

Puis ses souvenirs lui revinrent en un torrent d'images, de sons et d'odeurs qui s'ordonnèrent rapidement. Toutes les pièces du puzzle se remirent en place. Elle revit la chambre accueillante, l'el'phe brûlé, la petite créature à fourrure dorée qui ne quittait pas la vieille guérisseuse.

— Mama Freda.

— Exact. Et maintenant, calmez-vous. Le paka'golo n'a pas encore fini d'œuvrer.

Mycelle ne sentait toujours pas son corps. Gisait-elle sur le ventre ou sur le dos ? La lumière aveuglante emplissait tout son esprit. Soudain, un spasme violent ébranla jusqu'aux fondements de son être. Elle eut un haut-le-cœur.

— Tenez-lui la tête sur le côté, ordonna Mama Freda. Sinon, elle s'étranglera. Oui, comme ça. Très bien.

Mycelle toussa et cracha. Que lui arrivait-il ? La dernière chose dont elle se souvenait, c'était d'avoir avalé le poison de sa fiole de jade, puis de s'être écroulée – satisfaite à l'idée que sa mort protégerait Elena, soulagée que le poison n'ait pas de goût et ne lui laisse pas le temps de souffrir. Pourquoi était-elle toujours en vie ? L'espace d'un horrible instant, elle songea qu'elle avait échoué, qu'on pouvait encore lui arracher le secret de la cachette d'Elena.

— Non… Je ne dois pas… Elena…

— Cessez de vous débattre ! aboya Mama Freda. Je vous ai dit que vous étiez en sécurité. Les soldats du guet sont partis avec leurs trophées. Ils ont cru que vous étiez morte.

Une nouvelle voix s'éleva.

— Elle *était* morte.

— Chut. La mort n'est pas aussi irréversible que beaucoup le supposent. C'est un peu comme la diphtérie chez un enfant. Si on la prend à temps, on peut en guérir.

Il y eut un ricanement moqueur.

— En ce qui me concerne, elle a toujours l'air aussi morte. (Alors, Mycelle reconnut cette voix qui suintait l'arrogance : c'était celle de Méric.) Combien de temps ça va encore prendre ?

— Le soleil se lève. C'est presque terminé. Ou bien elle va revenir à elle, ou bien nous la perdrons à jamais.

Les voix furent soudain englouties par un rugissement monstrueux. Si Mycelle avait pu bouger, elle se serait bouché les oreilles. Que se passait-il ? Elle avait un millier de questions à poser, mais le bruit, la lumière et la brûlure l'empêchaient de réfléchir.

Ses perceptions ainsi saturées, Mycelle prit conscience de quelque chose au-delà de la douleur et de la confusion. Une présence. Elle se projeta vers sa source comme une noyée vers un tronc flottant auquel se raccrocher – un objet solide dans ce plan intangible.

Aussi étincelante qu'un joyau dans la lumière du soleil, la chose traversait lentement son corps. Mycelle sentait la magie qui irradiait d'elle comme la chaleur d'une cheminée ; elle la sentait se répandre dans le noyau de son être et apaiser la brûlure sur son passage. De quoi s'agissait-il donc ?

Une vague clarté se fit dans l'esprit de Mycelle. Luttant pour dissiper les brumes de l'oubli, elle sonda cette magie inédite à l'aide de son propre pouvoir. Quelle était cette odeur étrangement familière ? Elle la renifla. La signature élémentale était inhabituelle, mélange de glaise et de charbon. Mycelle réalisa brusquement où elle l'avait déjà sentie : dans la réserve de Mama Freda, parmi les herbes séchées et les bocaux d'onguents. Cette magie était étrangère aux contrées d'Alaséa.

Tandis que Mycelle l'étudiait, la magie enfla et devint une partie d'elle-même. La source du pouvoir élémental s'éleva comme depuis un abysse, sinuant vers l'endroit où se tapissait l'esprit de la guerrière. Et plus elle approchait de celui-ci, plus son pouvoir s'intensifiait. Des volutes bleues et vertes tourbillonnaient autour d'elle, repoussant la lumière aveuglante.

Soudain, elle fut sur Mycelle et la submergea. La sourcière sentit qu'on lui arrachait quelque chose de vital.

Incapable de respirer, elle s'étrangla. La magie inconnue la remplit et l'enveloppa. Mycelle se tordit de douleur comme la conscience de son corps lui revenait en une vague brûlante.

— Tenez-lui les bras et les jambes ! Immobilisez-la !

— Je ne peux…

— Débrouillez-vous ! Asseyez-vous sur elle si vous le devez, espèce de gringalet !

Suffocant, Mycelle luttait pour respirer.

— Tikal… Tikal… Tikal…, gémit une petite voix.

— Pousse ta queue de là ! (Un couinement outré.) Vite, Méric ! Le paka'golo est en train de remonter dans sa gorge ! Son sort se joue maintenant.

— Douce Mère !

— Aidez-moi à maintenir ses mâchoires ouvertes. Passez-moi ce bâillon. Non, pas ça ! Là-bas !

Mycelle entendit la vieille femme jurer tout bas. Puis elle sentit des lèvres près de son oreille.

— Ne luttez pas. Laissez-le passer.

Mycelle ne savait pas de quoi parlait Mama Freda. Soudain, une convulsion arqua son dos. Des larmes jaillirent de ses yeux.

— Tenez-la !

Ce fut alors que Mycelle hurla. Elle poussa un cri déchirant, comme si elle expulsait la vie même de son corps. Ce qui était le cas, d'une certaine façon. Elle sentit quelque chose se tortiller dans sa gorge, ramper le long de sa langue et s'extirper de sa bouche grande ouverte. Elle hoqueta et haleta tandis que la créature à laquelle elle venait de donner naissance se laissait tomber sur sa poitrine.

Dès que sa gorge fut dégagée, son corps torturé s'affaissa. L'obscurité céda la place à des images floues : visages aux contours mal définis, mouvements vagues, lumière ondulante. Mycelle porta une main à son visage. Elle était trempée de sueur. À chaque nouvelle inspiration, sa vision se focalisait.

— Reposez-vous. Gardez les yeux fermés.

Trop faible pour protester, Mycelle s'exécuta. Elle sentait une surface dure sous elle – des planches nues plutôt qu'un matelas. Pourtant, elle ne bougea pas. Elle attendit que cessent les spasmes qui agitaient encore ses membres. Petit à petit, son souffle s'apaisa et sa peau sécha. Quelqu'un ouvrit une fenêtre ; une brise fraîche lui donna la chair de poule, lui faisant prendre conscience de sa nudité.

Sa pudeur embarrassée finit par lui faire rouvrir les yeux. Elle cligna des paupières deux ou trois fois, mais seule la douce lumière du soleil levant éclairait la pièce. Non loin d'elle, Mycelle entendit des gens chuchoter :

— … vivra, mais elle aura besoin de la morsure du paka'golo pour la sustenter.

Elle se redressa sur ses coudes. Un grognement s'échappa de ses lèvres. Ses muscles étaient aussi endoloris que si elle avait passé toute la nuit à se battre avec ses deux épées.

Jetant un regard à la ronde, Mycelle vit qu'elle se trouvait dans la réserve de la boutique. Des rangées d'étagères chargées de bouteilles, de fioles et de bourses en peau occupaient toute la pièce, à l'exception du fond, où la guerrière gisait sur une table en chêne.

Plusieurs petites cages en fil de fer s'alignaient contre le mur voisin. Depuis ces prisons minuscules, d'étranges créatures observaient la convalescente en plissant les yeux dans la lumière du jour. C'était une ménagerie étonnante : animaux à plume mais sans ailes, lézards au dos hérissé de piquants, petits rongeurs gonflés d'air qui sifflaient à chacun de ses mouvements. Pour avoir beaucoup voyagé, Mycelle savait qu'ils n'étaient pas originaires d'Alaséa, mais de contrées bien plus lointaines.

Elle se redressa lorsque Mama Freda s'approcha d'elle. La poitrine encore bandée, Méric se traînait derrière la vieille femme en s'appuyant sur une canne. Fardale marchait souplement près de l'el'phe. Dormant à l'écurie avec le cheval de Mycelle, le loup avait, par chance, échappé à la rafle du guet.

Mama Freda enveloppa Mycelle dans une couverture et l'aida à s'asseoir sur le bord de la table.

— Vous devriez très vite reprendre des forces, promit-elle.

— C… comment est-ce… ? balbutia Mycelle, la langue encore pâteuse. Le poison…

— De l'extrait de belladone. Une substance assez commune. Et j'ai mes petits trucs.

Mycelle sentit l'hésitation de la vieille femme.

— Expliquez-moi, la pressa-t-elle.

Mama Freda jeta un coup d'œil à Méric, qui acquiesça.

— Il faudra bien qu'elle sache, à un moment ou à un autre, ajouta-t-il.

La guérisseuse se tourna vers l'une des cages. Le corps toujours meurtri, Mycelle pivota prudemment pour voir le contenu de celle-ci.

— À Yrendl, commença Mama Freda en soulevant le minuscule loquet et en glissant une main à l'intérieur de la cage, la jungle regorge de poisons variés. Mais, comme en toute chose, la nature respecte un équilibre. Les dieux ont créé une race spéciale pour aider à protéger nos tribus.

La vieille femme revint face à Mycelle. Autour de son poignet et de ses doigts s'enroulait un serpent violet rayé de bleu et de vert.

— Nous les appelons « paka'golo », ce qui, dans notre langue, signifie « souffle de vie ». Ils sont imprégnés de magie élémentale. La morsure de la plupart des serpents dispense du venin ; celle des paka'golo le neutralise.

Mama Freda tendit le serpent à Mycelle pour que celle-ci puisse l'examiner. Curieuse, la guerrière avança une main. Une petite langue rouge darda hors de la gueule du paka'golo et lécha l'un de ses doigts. Puis, lentement, le serpent étira son corps pour glisser depuis les doigts de Mama Freda jusque dans la paume de Mycelle. La guerrière s'attendait à le trouver froid, mais sa peau écailleuse était étrangement lisse et tiède. D'une reptation paresseuse, il remonta le long de son avant-bras, autour duquel il s'enroula tel un bijou précieux.

Fardale se rapprocha pour renifler le serpent.

Mycelle leva les yeux vers Mama Freda. Quelque chose clochait.

— J'avais concocté ce poison moi-même. Je connais sa puissance. Bien souvent, il tue avant d'atteindre l'estomac – trop vite pour administrer un quelconque antidote à la victime.

Mama Freda soupira et acquiesça.

— C'est exact. Mais les paka'golo n'ont pas usurpé leur nom. Outre le fait qu'ils neutralisent le poison, ils peuvent ramener à la vie une personne récemment morte empoisonnée.

— Comment est-ce possible ? s'émerveilla Mycelle.

Mama Freda haussa les épaules.

— Pour cela, une simple morsure ne suffit pas. Le paka'golo tout entier doit pénétrer le corps du défunt.

Mycelle plissa les yeux, mais ne frémit pas. Elle n'était pas du genre à se laisser dégoûter par les dures réalités de la vie. Elle se souvint de l'agitation dans son estomac, de la nausée qui l'avait assaillie, de l'impression qu'une magie inconnue la traversait. Le serpent avait été en elle. Elle se rappelait même l'avoir senti se glisser hors de sa bouche.

— Une fois à l'intérieur, il utilise sa magie pour purger les tissus morts et projeter son esprit dans le corps de la victime. Il devient une partie de celle-ci.

Ce dernier détail semblait préoccuper Mama Freda. La vieille femme détourna les yeux.

Méric boitilla jusqu'à la table.

— Dites-lui tout.

Les lèvres pincées, Mama Freda reporta son attention sur Mycelle.

— Le paka'golo et vous ne faites plus qu'un, lâcha-t-elle. Vous partagez une seule et même vie.

— Qu'est-ce que ça signifie ? s'enquit Mycelle, soudain effrayée.

— Désormais, vous êtes liée à lui. Il a besoin de votre sang pour survivre, et, de votre côté, vous avez besoin de la magie de ses crocs pour vous sustenter. C'est pourquoi il devra vous mordre la première nuit de chaque pleine lune. Sans quoi, vous mourrez tous les deux.

Les yeux écarquillés, Mycelle détailla le serpent. La vieille femme devait être folle. Projetant ses perceptions élémentales, la sourcière chercha la magie du paka'golo en elle. Et ne trouva rien. Soulagée, elle se concentra un peu plus fort, juste pour être sûre. Toujours rien. Elle reporta son attention sur le serpent pour mieux l'étudier. Mais, tandis qu'elle sondait sa chair, ses sourcils se froncèrent. Là non plus, elle ne sentait rien.

Relevant la tête, elle regarda Méric et projeta ses perceptions vers lui, cherchant son odeur familière de vent et de foudre. Ses yeux s'écarquillèrent d'horreur. Choquée, elle se redressa.

— Je… Je suis aveugle, chuchota-t-elle.

Méric se rapprocha, les sourcils froncés d'inquiétude.

Pour la première fois, Mycelle réalisa que la sensation cotonneuse dans sa tête n'était pas une contrepartie temporaire de son rétablissement, mais qu'elle provenait de l'amputation d'une partie de son esprit. Elle tourna un regard effrayé d'abord vers Mama Freda, puis vers Méric.

— Mon pouvoir, marmonna-t-elle. Mon pouvoir élémental a disparu. Je ne perçois plus la magie.

— Il y a toujours un prix à payer, dit la guérisseuse tout bas.

Méric s'approcha de la table et leva une main pour réconforter Mycelle. Soudain, il sursauta. Il se pencha vers la guerrière pour étudier son visage.

— Vos yeux ! s'exclama-t-il. Ils ont changé.

Mycelle se palpa le visage comme pour vérifier quelle autre transformation horrible s'était produite en elle. Son geste brusque fit siffler le serpent enroulé autour de son poignet.

— Maintenant, ils sont dorés avec des pupilles fendues, dit Méric en jetant un coup d'œil au loup assis non loin de là. Comme ceux de Fardale.

Les poings de Mycelle se crispèrent sur ses joues. C'était impossible. Elle n'osait pas espérer…

— Je n'avais encore jamais vu ça, commenta Mama Freda. Elle…

Mycelle cessa d'écouter. Prudemment, elle sonda les tréfonds de son être, touchant une partie de son esprit qui s'était flétrie bien des années auparavant. Là où il n'y avait plus rien la veille encore, elle sentait de nouveau une résistance familière. Elle poussa doucement. Ses os et ses tendons, si longtemps figés dans une seule forme, ployèrent et se déboîtèrent. Telle une mare gelée au printemps, sa chair fondit. Debout sur des jambes d'argile près de la table, Mycelle sentit la couverture tomber de ses épaules comme son squelette mollissait.

Le paka'golo siffla et resserra instinctivement ses anneaux tandis que son perchoir se dérobait sous lui.

Mycelle leva le serpent jusqu'à ses yeux. Quel était donc ce miracle ? En plus de lui rendre la vie, le paka'golo avait ressuscité son héritage défunt. Elle ordonna à sa chair de redevenir solide, de reprendre la forme qui lui était la plus familière.

— Je… Je peux de nouveau me métamorphoser, expliqua-t-elle à ses compagnons stupéfaits. (Des larmes de joie coulèrent sur ses joues, et sa voix se brisa.) Non seulement je suis vivante, mais je suis si'lura!

Les yeux de Fardale projetèrent leur éclat ambré dans sa direction, et, pour la première fois depuis d'innombrables hivers, des images mentales défilèrent dans l'esprit de Mycelle. *Un loup mort, cajolé par ses frères en deuil, revient à la vie. La meute hurle sa joie.*

À l'est, le soleil se levait lentement au-dessus de l'océan. Debout près du bastingage tribord du *Fend-les-Flots*, Joach étudiait la lisière occidentale de l'Archipel tandis que le bateau longeait la côte en direction du nord. L'aube changeait la masse noire menaçante des îles en immenses montagnes vertes. La brume drapée autour des pics scintillait d'une lueur mauve dans la lumière du matin. Malgré la distance, Joach captait le parfum sucré de la végétation luxuriante, qu'une brise marine apportait jusqu'à lui.

— Cette région abrite beaucoup de beauté, commenta une voix sévère derrière lui.

Joach n'eut pas besoin de se retourner pour savoir que c'était Moris, le grand frère à la peau noire.

— Et beaucoup de danger, ajouta-t-il sur un ton aigre.

— Telle est la loi de la nature, marmonna Moris en rejoignant le jeune homme contre le bastingage. J'arrive juste du chevet de ta sœur. Son état est stationnaire. Elle est vivante, mais toujours sous l'emprise du poison.

La gorge nouée par l'inquiétude, Joach garda le silence un moment avant de demander :

— Pourquoi ces gobelins l'ont-ils attaquée ? Étaient-ils envoyés par le Seigneur Noir ?

Moris fronça les sourcils.

— Nous n'en sommes pas certains. Les gobelins sont connus pour leur esprit de famille et leur rancune tenace. Ils vengent systématiquement ceux de leur sang. Lorsque ta sœur a détruit le clan de gobelins des roches dans les ruines de l'ancienne école de magie, la nouvelle a dû parvenir à tous les membres de leur ignoble engeance, y compris les drak'il qui vivent le plus près de la côte.

— Et ils la pourchassent depuis ?

— C'est ce qu'il semblerait. Je soupçonne néanmoins le Cœur Noir de n'être pas étranger à cette attaque. Elle était trop coordonnée, trop bien orchestrée. Quelqu'un guide ces créatures.

La main gauche de Joach se crispa sur son bâton de pol'bois.

— Encore combien de temps avant d'atteindre Port Rawl ?

Moris pivota pour étudier la côte qui défilait sur bâbord, puis leva le nez vers les voiles gonflées.

— Si le vent se maintient, nous entrerons au port juste avant le coucher du soleil.

Joach fit face au colosse.

— Elena tiendra-t-elle jusque-là ?

Moris posa une main réconfortante sur l'épaule du jeune homme. Joach voulut d'abord se dérober. Puis sa courageuse résolution tomba en morceaux, et il se laissa aller contre Moris, comme le petit garçon qu'il était encore peu de temps auparavant.

— La magie de ta sœur est puissante, et sa volonté l'est plus encore, affirma Moris.

— Je ne peux pas la laisser mourir, gémit Joach contre l'épaule du colosse. J'ai promis à mon père de veiller sur elle. Et, au premier signe de danger, elle se fait pratiquement tuer sous mes yeux.

— Ne culpabilise pas. En invoquant ta magie, tu as repoussé les drak'il et tu nous as permis de nous échapper. Maintenant, au moins, elle a une chance de s'en tirer.

Joach se raccrocha à cette minuscule brindille d'espoir. Moris avait peut-être raison. Sa magie noire avait effectivement aidé à protéger sa sœur. Il se dégagea de l'étreinte du colosse et se redressa. D'un revers de manche, il s'essuya le nez en reniflant.

— Méfie-toi tout de même de ce bâton, recommanda Moris. C'est un talisman inique, au pouvoir infiniment séduisant.

Joach étudia le morceau de pol'bois, si huileux qu'il semblait presque lisse sous ses doigts. Séduisant ? Ce n'était pas l'adjectif qu'il aurait utilisé pour le décrire. Seule l'impérieuse nécessité de protéger Elena l'avait poussé à invoquer sa magie noire. Il laissa courir un index sur la surface polie du bâton. Était-il vraiment honnête avec lui-même ? Une partie de lui savait que son attaque avait été alimentée par la fureur plus que par son amour fraternel.

— Sois prudent, mon garçon, ajouta Moris. Certaines armes ont un prix beaucoup trop élevé.

Joach garda le silence. Mais, au fond de son cœur, il savait qu'il aurait payé n'importe quel prix pour garder sa sœur en vie. Il revoyait la confiance dans les yeux de son père quand celui-ci avait placé le fardeau de la sécurité d'Elena sur ses épaules encore si frêles. Telle était la dernière mission que Bruxton Morin'stal avait confiée à son fils : « Sauve ta sœur ». Joach ne déshonorerait pas la mémoire de son père en échouant.

Avant de retourner à ses occupations, Moris lui donna une claque sur l'épaule.

— Ta sœur et toi êtes tous deux très volontaires. C'est dans la vigueur de vos jeunes cœurs que je puise l'espérance.

Le compliment fit rougir Joach, qui tenta de balbutier un remerciement et ne parvint à émettre qu'un gargouillis embarrassé.

Moris se dirigea vers la poupe. Resté seul avec ses pensées, Joach se remit à contempler l'océan. Il se pencha par-dessus le bastingage pour scruter les flots bleus. Parfois, des dauphins folâtraient dans le sillage du *Fend-les-Flots*, mais, ce matin-là, l'eau semblait aussi vide que l'esprit du jeune homme.

— Nous avons fait bien du chemin tous les deux, Elena, murmura-t-il.

Ce fut alors qu'il vit un visage lui rendre son regard sous la surface de l'océan. Il crut d'abord que c'était son reflet. Puis sa gorge se serra comme il réalisait son erreur. Quelqu'un montait vers lui, enveloppé par une bulle scintillante de magie.

Joach venait d'ouvrir la bouche pour hurler un avertissement quand le choc le priva de l'usage de sa langue. Il connaissait cet homme : ce visage étroit, cette fine moustache brune sous un nez aquilin, et même ce regard méprisant. Ce visage hantait ses cauchemars depuis des lunes.

C'était l'assassin de ses parents !

L'homme souriant jaillit des flots. Ses cheveux bruns et raides étaient parfaitement secs ; pas une goutte d'eau salée ne les avait touchés. Derrière lui, le grouillement de plusieurs centaines de drak'il faisait bouillonner l'océan.

— Alors, tu crois avoir fait du chemin, mon garçon ? ricana Rockingham. (De toute évidence, il avait espionné Joach.) Malheureusement, tu n'en as pas fait assez pour m'échapper.

Kral faisait les cent pas dans sa cellule exiguë, foudroyant les gardes du regard entre les épais barreaux métalliques. L'endroit empestait la sueur rance, et l'écho d'un cliquetis de chaînes se répercutait depuis les cellules voisines. Plus loin dans l'allée, un prisonnier sanglotait tout bas.

Mais Kral se moquait de tout cela. Ses mains le démangeaient de sentir le manche en noyer de sa hache. Maudit soit l'imbécile qui était intervenu ! De frustration, le montagnard lança son poing dans le mur.

— Te casser la main ne nous aidera pas à sortir d'ici, commenta Tol'chuk derrière lui.

La voix de l'og're était pareille au crissement d'une meule de granit : dure et rocailleuse. Les deux autres occupants de la cellule étaient restés si silencieux pendant toute la nuit que Kral les avait presque oubliés. Tol'chuk était accroupi sur le sol jonché de paille. Autour de ses poignets et de ses chevilles, il portait d'énormes fers, comme ceux que l'on utilisait pour entraver les chevaux de trait. Quant à Mogweed, il gisait affalé sur l'étroite couchette, un bras replié sur les yeux.

— Nous étions si près du but, grinça Kral, les dents serrées. (Il laissait transparaître sa colère, mais pas la véritable raison de celle-ci.) Elena a besoin de toute la protection que nous pourrons lui apporter. Et maintenant, non seulement nous ne pouvons pas la rejoindre, mais sa tante est morte. S'ils ne nous avaient pas découverts, nous aurions quitté la ville avant l'aube.

— Nous avons tous subi une grande perte aujourd'hui, acquiesça Tol'chuk sur un ton chagriné.

Kral se rappela soudain qu'en plus d'être la tante adoptive d'Elena, Mycelle était également la mère de l'og're. Il n'avait pas songé à l'impact que son suicide pouvait avoir sur l'énorme créature. Il força ses traits à se détendre et à adopter une expression compatissante.

— Je suis désolé, Tol'chuk. Je n'ai pas réfléchi. Ta mère a fait ce qu'elle devait pour protéger l'enfant.

— Nous trouverons un moyen de rejoindre les autres, affirma Tol'chuk sur un ton morne.

— Lequel ?

— Il faut récupérer ma sacoche. Le Cœur de mon peuple me guidera jusqu'à Elena.

Kral plissa les yeux. Il avait oublié ce talisman : un précieux morceau de sanguine au pouvoir duquel Tol'chuk était lié. La pierre servait de calice à l'âme des défunts qui, de leur vivant, avaient appartenu au clan de l'og're. En temps normal, elle agissait comme un pont spirituel vers l'au-delà.

Mais, à cause d'un crime commis par l'un des ancêtres de Tol'chuk, elle avait été maudite par la Terre elle-même. La malédiction s'était incarnée sous la forme d'un ver noir serti dans le cristal. Le « Fléau », ainsi qu'on le nommait, consumait l'âme des morts sans leur permettre de passer dans l'au-delà.

Tol'chuk avait été chargé de lever la malédiction. Il ignorait comment il devait s'y prendre ; il n'avait que l'impulsion de la magie contenue dans le Cœur pour le guider.

— Tu crois vraiment que la pierre pourra nous conduire jusqu'à la cachette d'Elena ? Sans que Mycelle ne nous ait rien dit ? demanda Kral, avide.

Tol'chuk traîna son énorme carcasse vers le fond de la cellule. Le tintement de ses fers résonna dans la pièce minuscule.

— Si on arrive à s'échapper, tempéra-t-il.

Kral se détourna de ses compagnons et s'approcha de la porte. Du poing, il tapa sur les barreaux pour attirer l'attention des deux gardes postés au bout du couloir.

— Hé, vous ! Il faut que je parle à votre chef !

L'un des deux hommes, un individu corpulent qui avait des cheveux noirs, un nez cassé et un strabisme prononcé, agita une main dédaigneuse en direction du montagnard.

— La ferme, ou je te découpe la langue avec mon couteau.

Et il retourna à sa conversation avec son partenaire, un ruffian au crâne rasé et au visage vérolé.

— Tu fais quoi au juste ? lança Mogweed.

Kral regarda par-dessus son épaule. Le métamorphe blafard s'était redressé sur les coudes et l'observait.

— J'essaie d'utiliser l'intimidation pour nous faire sortir d'ici, répondit Kral.

— Tu comptes impressionner un malegarde ? Tu es cinglé ou quoi ? s'exclama Mogweed. Le mieux que nous puissions espérer, c'est qu'ils nous oublient.

— Peu probable. Les esclavagistes veillent de près sur leur marchandise.

— Dans ce cas, peut-être est-il préférable que nous les laissions nous vendre. Une fois hors de cette prison, loin du malegarde et de ses maudits oiseaux, nous aurons une meilleure chance de nous échapper.

En temps normal, Kral se serait incliné face à la sagesse du conseil de Mogweed. Mais il ne pouvait pas courir le risque d'être séparé de l'og're. Tol'chuk était désormais son seul lien avec la sor'cière.

— Non, on reste ensemble, contra-t-il. Et puis, on n'a pas le temps. Si on ne rejoint pas les autres, ils partiront à la nouvelle lune.

Mogweed s'affala de nouveau sur la couchette et replia un bras sur ses yeux fatigués.

— C'est peut-être mieux ainsi, marmonna-t-il.

Face à tant de couardise, Kral se rembrunit. Il se tourna de nouveau vers la porte et se remit à marteler les barreaux avec son poing.

— J'ai des choses à dire à votre chef, cria-t-il aux gardes. Des informations qui lui rapporteront bien davantage que ma vente sur le marché aux esclaves.

Mécontent d'être interrompu, l'homme aux cheveux noirs grogna et porta une main à sa dague, mais l'autre lui saisit le bras.

— Quel genre d'informations ? demanda-t-il en retenant son partenaire.

— Je ne les révélerai qu'à votre chef, l'homme aux corbeaux apprivoisés.

Un torrent de jurons se déversa par la bouche du premier garde. Il se dégagea et sortit sa dague. Son camarade secoua la tête, et une vive discussion s'engagea. Les deux hommes chuchotaient, mais l'ouïe de Kral, affûtée par de nombreux hivers passés à chasser dans les montagnes, parvint à capter leurs paroles.

— Du calme, Jakor. Écoutons ce que le gros tas a à nous dire. Le seigneur Parak pourrait nous attribuer une jolie commission.

Avec une grimace moqueuse, le dénommé Jakor rangea sa dague.

— Tu es un imbécile, Bass. Il ne sait rien : il essaie de sauver sa peau, voilà tout. Il a probablement entendu que la secte de Yuli cherchait des eunuques, et il tient à garder ses noix.

— Je ne peux pas l'en blâmer, ricana Bass. Mais qu'avons-nous à perdre ? Faisons-le parler avant l'arrivée des marqueurs. Il sait peut-être quelque chose qui pourrait nous être utile.

Jakor haussa les épaules.

— Attrape un jeu de fers.

Gloussant sous cape, Bass saisit une paire de menottes rouillées suspendues à un crochet. La chaîne tinta comme les deux gardes se dirigeaient vers la porte de la cellule.

Jakor fit un signe de tête à son partenaire.

— Lance-les-lui.

Se tenant à bonne distance des barreaux, Bass jeta les menottes à Kral. Puis Jakor fit un pas en avant, bombant le torse pour affirmer son autorité.

— Enfile-les.

Kral se pencha vers les barreaux. Il laissa un peu de la bête en lui remonter jusqu'à la surface et faire briller ses yeux étrécis. Blême, Jakor battit en retraite. Kral eut un sourire féroce. Il aurait adoré égorger ce crétin avec les dents. Au lieu de ça, il se détourna et ramassa les fers sur la paille souillée.

— Ferme-les d… dans ton dos, bredouilla Jakor.

Il avait déjà dégainé son épée courte. Il commençait sans doute à regretter sa décision de s'embêter avec ce prisonnier, mais se sentait tenu d'aller jusqu'au bout pour ne pas perdre la face devant son collègue, supputa Kral.

Craignant que le cœur de pleutre du garde ne défaille, le montagnard exécuta ses instructions. Quand il eut fini, il fit face à la porte et attendit.

Jakor saisit maladroitement un trousseau de clés pendu à sa ceinture, déverrouilla la porte et fit signe au prisonnier de sortir.

Kral n'opposa aucune résistance. Il s'avança, et Jakor lui enfonça son épée dans les côtes avec tant de vigueur qu'il sentit un filet de sang couler le long de son flanc.

Après avoir refermé la porte, Bass prit la tête de la petite procession.

—Suis-moi, prisonnier.

Jakor garda son épée braquée dans le dos de Kral tandis qu'ils longeaient le couloir. Deux hommes ronflaient dans la cellule voisine; la suivante était occupée par une femme et par deux enfants décharnés, pelotonnés les uns contre les autres sur l'unique couchette. La femme jeta un regard désespéré à Kral comme il passait non loin d'elle.

Puis geôliers et prisonnier pénétrèrent dans la salle de garde. Celle-ci était vide, et il ne restait que des cendres froides dans l'âtre. Apparemment, Jakor et Bass étaient seuls de service cette nuit-là. Au lever du soleil, ils seraient sans doute relevés par une garnison plus nombreuse. Si Kral voulait s'échapper, c'était maintenant ou jamais.

Bass jeta un coup d'œil par-dessus son épaule.

—Je viens d'avoir une idée. Au lieu de déranger le seigneur Parak, pourquoi ne pas enchaîner ce salopiot dans la salle de torture? Elle devrait être vide à cette heure-ci. Ce vieux fainéant d'inquisiteur arrive toujours bien après le lever du soleil.

Jakor éclata d'un rire qui ne parvint pas tout à fait à masquer sa nervosité.

—Bonne idée, Bass. Ça nous donnera l'occasion de lui faire remuer la langue.

Kral se rembrunit. Ainsi, les gardes voulaient lui arracher son secret par la force. À Port Rawl, c'étaient les plus malins et les plus prompts à dégainer qui monopolisaient toutes les occasions.

Il se laissa conduire à la pointe de l'épée jusqu'à un dédale de passages voisin. L'odeur métallique du sang séché et celle, plus fétide encore, de la décomposition planaient dans l'air. Des cellules aux murs de pierre bordaient le couloir. Par leurs portes en chêne bardées de fer filtraient des gémissements étouffés et un léger cliquetis de chaînes qui n'échappèrent pas à l'ouïe fine de Kral. Ici, la terreur et la torture étaient la monnaie que l'inquisiteur distribuait généreusement pour acheter les secrets des prisonniers.

Au bout du couloir s'ouvrait une salle dénuée de fenêtres, que ne fermait aucune porte : les hurlements des victimes servaient à affaiblir la volonté des autres prisonniers. Un large brasero éteint se dressait au centre de la pièce. Des fers à marquer étaient suspendus au-dessus, prêts à emmagasiner la chaleur des flammes et à la restituer sur de la chair. Contre le mur du fond s'alignaient des couteaux et autres instruments tranchants utilisés pour écorcher un homme ou sectionner ses ligaments. Dans un coin, Kral aperçut un chevalet muni de lanières de cuir soigneusement enroulées. Le bois semblait presque noir, tant il était imprégné de sang séché.

Le montagnard réprima un sourire. L'horreur et la terreur qui imprégnaient les murs de cette pièce étaient absolument délectables. Elles l'excitaient et lui asséchaient la bouche de désir.

Bass se dirigea vers le mur de droite. Des chaînes étaient profondément scellées dans la pierre. Le garde au visage vérolé en saisit une et fit bruyamment tinter ses maillons.

— Ces trucs-là sont assez solides pour immobiliser même un taureau dans ton genre, dit-il à Kral.

Le montagnard lutta pour conserver une expression neutre et dissimuler le bouillonnement de la magie noire dans ses veines.

—Aucune lame ne forcera ma langue à parler.

Jakor lui enfonça la pointe de son épée dans le flanc.

—Alors, mon couteau te délestera de cet appendice inutile. J'ai un chien qui adore que je lui rapporte des restes du travail.

Kral se laissa pousser vers les fers. Il ne craignait pas les sévices que ces deux-là pourraient lui infliger. Tout au fond de lui, il se souvenait s'être tordu dans les flammes du feu obscur comme son maître lui conférait le pouvoir de Légion dans les caves de la citadelle de Ruissombre. La plus tranchante des lames, le plus brûlant des feux ne pouvaient rivaliser avec l'agonie qu'il avait endurée tandis que le Cœur Noir reforgeait son esprit pour faire de lui son instrument.

Adossé à la pierre fraîche, Kral laissa les deux gardes lui attacher les poignets et les chevilles, puis le débarrasser de ses fers précédents. Cela fait, Jakor recula, et ses épaules se détendirent. Voir le prisonnier ainsi entravé le rassurait visiblement.

Bass se dirigea vers une poulie et actionna vigoureusement la poignée. Les chaînes de Kral se tendirent, élongeant son corps contre le mur et lui tirant les poignets si haut que seul le bout de ses bottes usées continua à toucher la grille à ses pieds. Le montagnard baissa les yeux vers la gueule sombre du puits qui s'ouvrait sous lui. Combien d'âmes torturées s'étaient vidées de leur sang dans ce trou ? Un frisson le parcourut, hérissant ses poils sur tout son corps. Le moment était mal choisi pour s'adonner à cette plaisante rêverie.

Kral reporta son attention sur les gardes. Le soleil devait être levé à présent, et il en avait fini de jouer avec ces deux crétins.

Jakor commit l'erreur de regarder le montagnard dans les yeux à ce moment-là. Tel un cerf qui vient de se faire plaquer à terre par un loup, il dut percevoir l'imminence de sa propre mort. Il ouvrit la bouche comme pour avertir son partenaire. Mais que pouvait-il bien dire ?

Kral laissa ses paupières se fermer tandis qu'il se mordait la lèvre inférieure pour faire couler son sang. La saveur cuivrée du liquide explosa sur sa langue comme le plus fin des vins arthuriens. Alors, il projeta son pouvoir vers la pierre d'éb'ène qui le liait. Harmonisé avec sa magie minérale, il sentait le métal de sa hache. Il savait où elle était cachée : dans un débarras voisin, avec le reste du butin récolté par le guet cette nuit-là. Il sentait la peau de loup qui enveloppait sa lame souillée. Personne ne s'était donné la peine d'examiner une arme aussi commune.

Loin des yeux de ses compagnons, Kral n'avait plus peur de révéler son secret. De sa langue ensanglantée, il prononça les mots nécessaires pour invoquer sa magie.

Bass dut l'entendre.

— Que dit-il ?

Les talons de Jakor raclèrent le sol comme le garde aux cheveux noirs reculait.

— Je n'aime pas ça du tout.

Kral sourit. Non, il n'allait pas du tout aimer la suite. Le sort embrasa le sang du montagnard ; les flammes firent fondre sa chair et ployèrent ses os comme du métal chauffé à blanc.

— Mère d'en haut ! hurla Bass.

Kral s'arracha à ses fers et tomba à quatre pattes, ses doigts raccourcissant et ses ongles se changeant en griffes. De la fourrure jaillit de ses pores cependant que sa barbe se rétractait dans ses joues et que ses mâchoires s'allongeaient.

Les gardes avaient déjà fui. Il s'élança sur leurs traces, se fiant désormais plus à son odorat qu'à sa vue. Les lambeaux de ses vêtements le ralentirent jusqu'à ce qu'il arrache cuir et laine avec ses dents. La métamorphose se poursuivit tandis qu'il courait. Les muscles de ses jambes s'attachèrent différemment à ses os. Sa gorge se contracta ; son larynx se déforma. Il ouvrit la gueule et annonça le début de la chasse avec sa nouvelle voix.

Son hurlement se répercuta dans le couloir. Une fois de plus, il était redevenu Légion.

Le monstre repéra ses proies qui filaient un peu plus loin dans le passage. Il huma leur sang, entendit les battements affolés de leur cœur. D'une langue épaisse, il testa la pointe de ses crocs avides de déchirer leur chair.

Quelques instants plus tard, il était sur les talons du garde au visage vérolé. Il grogna et fit claquer ses mâchoires, lui sectionnant les jarrets. L'homme hurla de surprise et de douleur avant de s'écrouler. Un craquement d'os ponctua sa chute. Mais Légion ne s'arrêta pas. Laissant sa victime gémir et se tordre sur le sol, il l'enjamba d'un bond pour rattraper l'autre. Il connaissait la volonté de son maître. Aucun avertissement ne devait sortir de cette prison, car Légion avait encore une proie bien plus importante à y débusquer : une créature qui partageait sa magie noire. Un autre malegarde, mais qui s'interposait entre lui et la piste de sa proie ultime, l'enfant-sor'cière Elena.

Au dernier moment, le garde se retourna en brandissant de l'acier. Mais, sous sa forme de loup, Légion ne craignait aucune arme faite de métal. Il bondit et s'empala de lui-même sur la courte lame. L'homme plongea sur le côté avec son arme ensanglantée, une expression triomphante sur le visage.

Légion ignora l'affreuse blessure : déjà, sa magie réparait les tissus déchiquetés. Il pivota et sauta à la gorge de l'homme. La terreur fleurit dans les yeux de sa proie. Le coin des babines de Légion se retroussa en un sourire carnassier, exposant ses crocs redoutables.

Puis le loup-démon fut sur l'homme. Du sang chaud jaillit, emplissant sa gorge assoiffée. Un cri étouffé s'échappa des lèvres du garde comme il mourait en se débattant faiblement sous le poids de son agresseur. Réprimant une furieuse envie de l'éventrer pour se repaître de ses tendres organes, Légion fit volte-face et retourna vers son autre proie blessée.

— Non, pitié ! Par la Mère, non !

Le garde vérolé leva un bras devant sa figure et hurla. Légion lui sectionna le bras d'un grand coup de crocs. Rien ne s'interposerait entre lui et la gorge de sa proie. L'homme poussa un cri de terreur et de douleur qui se répercuta le long du passage. Légion lui arracha la figure sans se soucier de ce raffut. Des bruits largement aussi atroces devaient résonner chaque jour dans cet endroit où l'on écorchait les prisonniers et où l'on brûlait leur chair.

Comme la vie quittait le corps encore tiède de sa proie, Légion s'élança dans le couloir. Il arriva au bout et, d'une patte, fit jouer le loquet de la porte. Il entra prudemment dans la salle de garde déserte. Humant l'air de son museau dressé, il capta une odeur distante de semence de corbeau et de magie noire.

Il suivit la piste olfactive.

Le loup-démon filait dans les couloirs chichement éclairés. Quelques lampes à la mèche réglée au plus bas ponctuaient les passages ; cela mis à part, l'obscurité était une cape qui enveloppait Légion.

Des escaliers défilèrent à toute allure sous ses pattes. Il passa furtivement devant une salle à l'entrée dénuée de porte, dont émanaient des éclats de voix et un tintamarre de casseroles. Le petit déjeuner ne tarderait pas à être servi. Mais Légion ignora les odeurs appétissantes. S'il voulait s'échapper avec l'og're et le métamorphe, il ne pouvait pas se permettre d'abandonner ce fichu malegarde derrière lui. Et puis, il se souvenait de la piqûre paralysante du bec des corbeaux, et la soif de vengeance affûtait ses appétits.

Il ne mit guère de temps à atteindre le coin nord-est de la forteresse. S'arrêtant devant une porte, il en renifla le pied. De la semence de corbeau. Il avait atteint sa destination. De légers ronflements lui firent dresser les oreilles.

D'une patte, Légion testa le loquet. Verrouillé. À Port Rawl, nul ne dormait derrière une porte ouverte, pas même au cœur de la garnison.

Rejetant la tête en arrière, le loup-démon poussa un hurlement qui fit trembler les pierres autour de lui et ébranla le battant de bois. De l'autre côté de la porte, il entendit sa proie se réveiller avec un hoquet de surprise. À travers toute la forteresse, des hommes ouvrirent les yeux, baignés de sueur froide : l'obscurité d'une forêt profonde venait de s'introduire dans leur chambre.

Le malegarde reconnaîtrait forcément la voix de son maître dans ce hurlement – et il ne pourrait pas refuser d'y répondre. Légion entendit approcher un bruit de pieds nus sur la pierre. La porte s'entrouvrit. Un œil méfiant apparut dans l'entrebâillement, puis un autre.

Légion n'attendit pas qu'on l'invite à entrer. Il bondit à l'intérieur, repoussant le battant avec une violence qui fit tomber le seigneur Parak sur son chétif séant. Des corneilles et des corbeaux, perchés un peu partout dans la pièce, s'envolèrent dans un nuage de plumes noires et de glapissements.

Avant que le malegarde puisse réagir, les crocs de Légion le tenaient déjà par la gorge. Le seigneur Parak réalisa enfin qu'il avait affaire à l'un de ses semblables.

— Non, gémit-il. Nous servons le même maître.

Pour toute réponse, un grognement affamé s'échappa de la gueule du loup-démon. Puis, avec un hurlement qui déchira l'air comme un coup de fouet, Légion arracha la gorge du seigneur Parak. Et, pour la première fois, il goûta le sang noir d'un autre malegarde.

La magie de sa victime l'emplit en même temps que le liquide chaud. Il avait cru que sa soif ne pouvait pas être plus dévorante que pendant une chasse – mais il s'était trompé ! Comparé au pouvoir qui se déversait en lui tandis que ses crocs lacéraient la chair du malegarde, même le sang d'une vierge était une boisson bien fade. Enivré par cette énergie obscure, Légion leva le museau de la gorge ravagée de sa victime et hurla son extase de toute la force de ses robustes poumons.

Le feu et le plaisir ravageaient son corps. Ses pattes se mirent à trembler comme son sang absorbait la magie de l'autre malegarde. Reflétant cette transformation intérieure, la nuée de corneilles et de corbeaux s'abattit sur lui. Mais, au lieu d'atterrir sur son dos, les oiseaux plongèrent dans sa chair, tels des cormorans disparaissant sous les flots pour y pêcher leur subsistance. Et Légion sentit qu'il devait en être ainsi. De la même façon que son sang avait absorbé la magie du seigneur Parak, sa chair consumait les créatures de l'autre malegarde.

Légion poussa un hurlement vibrant de faim et de pouvoir. À présent, il entrevoyait ce que ce serait de se repaître de la sor'cière, de s'approprier l'énergie qui coulait dans ses veines. Sur cette pensée, il rebroussa chemin en bondissant. Rien ne l'empêcherait de connaître cette extase suprême.

Tandis qu'il filait dans les couloirs de la garnison, tous ceux qui entendirent son cri s'écroulèrent, inertes, sur le sol. La magie paralysante du seigneur Parak était désormais à la disposition de Légion. Avec un tel pouvoir, ce fut un jeu d'enfant de gagner le débarras et de récupérer le talisman de son maître. Ses crocs ensanglantés arrachèrent la peau de loup qui enveloppait la hache, mettant un terme au sort. Sa chair ondula, et son corps redevint celui d'un homme nu.

Se redressant sur la pierre froide, Kral saisit un des uniformes noir et doré suspendu à une patère. Il était trop petit pour lui, mais une cape permit de le dissimuler en grande partie. En revanche, le montagnard ne trouva pas de chaussures susceptibles de lui aller. Parmi la pile d'objets confisqués se trouvaient les sacoches de ses compagnons, qui n'avaient pas encore été fouillées. Il les jeta sur son épaule, puis fixa sa hache à sa ceinture. Satisfait, il sortit de la pièce.

Le chaos régnait dans les couloirs de la garnison. On se serait cru dans une fourmilière retournée. Des hommes couraient dans tous les sens ; l'un d'eux fonça vers Kral.

— Attrape une épée ! Il y a une meute de loups en liberté dans la forteresse !

Puis il s'éloigna au pas de charge.

D'un pas vif, Kral se fraya un chemin à travers la confusion ambiante.

Il atteignit la prison. Par chance, aucun garde n'était venu remplacer les deux qu'il avait tués. Il saisit un trousseau de clés pendu à un crochet et se dirigea vers la cellule de ses compagnons.

Mogweed et Tol'chuk étaient tous les deux pressés contre les barreaux. Le vacarme avait dû les réveiller. Quand il reconnut l'imposant garde qui approchait, le métamorphe écarquilla les yeux.

— Kral !

Le montagnard introduisit une clé dans la serrure rouillée et ouvrit la porte. Puis il défit les fers de Tol'chuk. L'og're sortit de la cellule en titubant.

— Comment as-tu… ?

— Je n'ai pas le temps de vous raconter, dit simplement Kral. Venez, pendant que la voie est libre.

Il rendit à Tol'chuk la sacoche que l'og're portait toujours à la cuisse, et à Mogweed son encombrant paquetage.

L'og're ouvrit sa sacoche et, plongeant une main dedans, en sortit le morceau de sanguine caché dans une poche intérieure.

— Elle est toujours là.

— La chance est de notre côté, se réjouit Kral. (Du menton, il désigna la pierre rouge.) Tu es sûr qu'elle peut nous conduire à Elena ?

Tol'chuk leva le Cœur de son peuple. Sous les facettes du cristal, un éclat écarlate se déployait comme les pétales d'une rose. L'og're pivota légèrement vers l'est, et la pierre flamboya comme un soleil de rubis miniature.

— Oui, dit Tol'chuk en tendant un doigt dans la direction qu'elle indiquait. Elle nous guidera jusqu'à la sor'cière.

Kral sourit. Un goût de sang et de pouvoir s'attardait dans sa gorge.

— Parfait. Que la chasse commence.

6

Joach s'écarta précipitamment du bastingage et brandit son bâton devant lui.

— Moris ! Flint ! Nous sommes attaqués ! glapit-il.

La brise matinale emporta sa voix.

En contrebas, un rire moqueur fit écho à son appel au secours.

— Tu protèges toujours ta sœur, à ce que je vois.

L'apparition souriante émergea des flots, portée par une tour d'eau solide. Quand cette dernière fut assez haute, Rockingham – assassin et infâme traître – enjamba le bastingage et prit pied sur le pont du *Fend-les-Flots*. Il portait un pantalon marron et une ample chemise de lin déboutonnée. Le vent jouait avec les pans de celle-ci, révélant la cicatrice noire irrégulière qui barrait sa poitrine pâle.

Moris accourait déjà depuis le pont arrière. Il tenait une épée longue dans une main et une massue dans l'autre. Derrière lui, près de la poupe, Flint bloquait le gouvernail pour la bataille à venir. Des raclements de griffes montaient depuis les deux côtés de la coque, accompagnés par le sifflement de centaines de gorges gobelinoïdes. Les créatures étaient sur le point d'envahir le bord.

Joach regarda Rockingham dans les yeux. Il sentait que la main de cet homme était celle qui dirigeait les légions drak'il, que son poing était celui qui cherchait à détruire sa sœur. Il brandit son bâton un peu plus haut.

Rockingham détailla le talisman de pol'bois, et la confusion lui fit froncer les sourcils.

— C'est la canne de Dismarum, non ?

— Tu veux dire, le bâton de ton ancien maître ? Oui. Je l'ai vaincu, et j'ai arraché son arme à ses doigts morts, se vanta Joach, espérant que son mensonge ferait hésiter le démon et donnerait aux autres le temps de se préparer. Et, maintenant, c'est toi que je vais terrasser.

Il chuchota l'incantation qu'il avait apprise dans son rêve. Des flammes noires embrasèrent la surface polie du bois.

Moris s'immobilisa près de Joach dans une embardée, ajoutant son épée à la flamboyante défense du *Fend-les-Flots*.

Ignorant leur posture menaçante, Rockingham salua Moris d'un calme hochement de tête. Derrière lui, des gobelins escaladèrent le bastingage en sifflant et en trépignant ; de toute évidence, ils n'attendaient que le signal de leur chef. Celui-ci reporta son attention sur Joach.

— Le mage noir – Dismarum, Greshym, peu importe comment tu l'appelles – n'a jamais été mon maître. Laisse-moi te montrer mon véritable seigneur.

Il empoigna les pans de sa chemise à l'instant où Flint se précipitait vers ses compagnons.

— Ne regardez pas ! s'époumona le vieil homme.

Trop tard. Rockingham avait déjà exposé la cicatrice aux bords déchiquetés qui fendait sa poitrine en deux. Sous les yeux de Joach, la plaie se rouvrit, telle la gueule d'un requin, révélant des bouts de côtes brisées pareilles à des crocs. Des ténèbres huileuses s'échappèrent de la cavité, tentacules d'ombre vivante accompagnés par une puanteur de crypte.

— Voici mon véritable seigneur.

Derrière le monstre, les gobelins se massaient toujours plus nombreux. Leurs griffes se plantaient dans les planches du pont ; leur queue s'agitait avec un cliquètement d'os. Mais ils demeuraient à bonne distance, redoutant sans doute le pouvoir obscur de Joach et de Rockingham.

— Prends garde, grogna Moris à Joach. Cet homme est un golem, une enveloppe vide. Seule la magie noire sustente sa chair.

Le souffle coupé par l'horreur, Joach s'étrangla sur les paroles de son sort. Les flammes de son bâton moururent. Il ne tenait plus qu'un morceau de pol'bois inerte – une bien maigre protection contre le mal qui palpitait dans la poitrine de Rockingham.

Dans les profondeurs de la cavité résonnaient des hurlements d'esprits torturés ; de plus loin encore s'élevait le rire glacial de leur bourreau.

— Après la bataille contre les skal'tum dans les landes au-dessus de Gelbourg, j'ai été laissé pour mort. J'ai moisi dans ma tombe jusqu'à ce que des serviteurs du Cœur Noir me sortent de la terre froide et me rendent la vie.

— Ce n'est pas la vie qu'ils vous ont rendue, contra Moris d'une voix tonitruante. C'est un esprit inique qui vous possède, vous dissimule la vérité et étouffe votre âme. Rappelez-vous qui vous étiez autrefois !

Joach vit frémir le coin de l'œil gauche de Rockingham.

— Me souvenir de quoi ? Qui croyez-vous que j'étais ?

Entre-temps, Flint les avait rejoints, une hache à la main. Ils étaient désormais trois face à l'ennemi.

— Nous connaissons votre engeance, affirma le vieux loup de mer. Il y a très longtemps, vous avez mis un terme à votre existence. Les golems ne peuvent être forgés qu'à partir de l'âme désespérée des suicidés. En renonçant à la vie, vous avez également renoncé à vos droits sur votre propre corps.

Moris baissa sa lame de quelques pouces.

— Alors, le Seigneur Noir s'est emparé de ce que vous aviez abandonné, et il l'a réduit en esclavage, poursuivit-il sur un ton pressant et consolateur à la fois. Mais souvenez-vous de cette autre vie! Souvenez-vous de la douleur qui vous a plongé dans un abysse si sombre que vous avez décidé de vous supprimer pour en sortir. Même la magie la plus puissante ne saurait effacer un souvenir si aigu. Sondez vos rêves éveillés. Souvenez-vous!

Joach étudia leur adversaire. Il vit Rockingham tourner son regard vers l'intérieur, cherchant, malgré sa méfiance, si les paroles des deux frères contenaient quelque parcelle de vérité. Le jeune garçon foudroya le golem du regard. La magie noire mise à part, qu'est-ce que ce démon pouvait bien abriter en lui? Pourtant, Rockingham trouva quelque chose – Joach le vit à son expression, au tressaillement des muscles de son visage tandis qu'il luttait pour ramener son passé oublié à la surface.

Des mots se déversèrent en cascade de la bouche du golem.

—Je me souviens… d'un rêve… une falaise au-dessus de l'océan… quelqu'un… des cheveux couleur de soleil au zénith… et une odeur de lilas… non, de chèvrefeuille, ou de quelque chose d'approchant…

Soudain, les yeux de Rockingham s'écarquillèrent, fixant l'horizon d'un regard aveugle. Les doigts qui tenaient sa chemise ouverte lâchèrent le tissu. Même sa plaie commença à se refermer sur les ténèbres mouvantes.

—Et un nom… Linora!

Une voix dure s'éleva soudain derrière Joach, faisant sursauter tout le monde.

—Oui, moi aussi, je me souviens de ce nom, Rockingham. Tu l'as hurlé la dernière fois que nous t'avons tué. La fois où tu nous as tous trahis.

Rockingham émergea brusquement de sa transe.

—Er'ril!

Les gobelins, qui arrivaient toujours plus nombreux, rugirent, faisant écho à la colère de leur maître. Masse de griffes et de queues venimeuses, ils sifflèrent et s'agitèrent derrière Rockingham, se bousculant et se grimpant les uns sur les autres dans leur frustration.

— Toujours au bon moment, grommela Flint en foudroyant Er'ril du regard.

Mais le guerrier ignora ses compagnons. Il n'avait d'yeux que pour Rockingham. Il s'avança, son épée magique à la main, le visage empourpré et déformé par la fureur.

— Nous t'avons aidé à échapper aux skal'tum, et tu nous as remerciés en nous trahissant ! Quelque vie que tu aies pu mener jadis – honorable ou inique –, celle-ci est sur le point de s'achever.

— Paroles bien arrogantes de la part de quelqu'un qui va enfin mourir au bout de cinq cents hivers, rétorqua Rockingham.

Il arracha sa chemise de ses épaules. La plaie de sa poitrine se rouvrit toute grande, telle une gueule béante dont se déversèrent d'abominables ténèbres.

Joach regarda fixement l'obscurité ondulante, hypnotisé. Depuis les profondeurs du golem, des yeux écarlates, flamboyants de magie noire, lui rendirent son regard.

Accompagné par le hurlement des gobelins, le Cœur Noir était venu assister au massacre.

Elena était baignée de lumière. Quelque part dans le lointain, elle entendait des éclats de voix et les cris de bêtes étranges, mais elle-même se tenait sur un îlot de calme et de sérénité. Le léger tintement d'un carillon cristallin emplissait ses oreilles, et une odeur évoquant celle des clous de girofle embaumait l'air. Où se trouvait-elle ? Elle avait du mal à se souvenir comment et pourquoi elle était venue ici. Prudemment, elle fit un pas en avant.

— Coucou ! lança-t-elle dans la clarté radieuse. Il y a quelqu'un ?

Une silhouette apparut face à elle : une femme enveloppée de volutes de lumière, qui se manifesta comme si elle sortait juste du néant.

— Mycelle aurait dû t'apprendre à mieux surveiller tes arrières, dit-elle sévèrement, tandis que ses traits se précisaient et adoptaient une expression austère mais familière.

— Tante Fila ?

Elena se précipita vers sa tante morte pour l'étreindre. Mais, quand elle l'atteignit, ses bras lui passèrent au travers. Consternée, la jeune fille recula.

Fila leva une main scintillante pour caresser la joue de sa nièce. Seule une douce traînée de chaleur marqua le passage de ses doigts spectraux.

— Tu ne devrais pas être ici, mon enfant.

Elena jeta un coup d'œil à la ronde. Dans le passé, grâce à une amulette magique, elle avait parfois pu communiquer avec le fantôme de sa tante. Mais que lui arrivait-il à présent ? Autour d'elle, la lumière aveuglante s'adoucit, laissant entrevoir d'autres dimensions et un tourbillon d'images. Des bribes de conversation lointaines parvinrent à ses oreilles.

— Où suis-je ? demanda-t-elle enfin.

— Tu as traversé le pont des Esprits, mon enfant. Le poison du gobelin est en train de consumer ta vie. Tu es assez près de la mort pour que ton âme puisse se déplacer entre le monde des vivants et l'au-delà.

— Vais-je mourir ?

Tante Fila n'avait jamais été portée sur les mensonges réconfortants.

— C'est possible.

Des larmes montèrent aux yeux d'Elena, troublant sa vision.

— Mais je dois sauver Alaséa !

Elle leva ses mains pour montrer à Fila les deux taches jumelles de pouvoir écarlate. Hélas ! Sa peau était redevenue pâle et blanche. Sa magie avait disparu.

— Tu as utilisé tout ton pouvoir pour te maintenir en vie, expliqua tante Fila. Mais n'aie crainte, mon enfant. Même ici, tu peux régénérer. N'importe quelle lumière, fût-elle spectrale, peut rallumer le feu de la magie en toi. Souviens-toi de ton ancêtre Sisa'kofa : c'est pour une bonne raison qu'on l'a surnommée « sor'cière de l'esprit et de la pierre ». Néanmoins, tu dois te dépêcher. (Elle caressa de nouveau la joue de sa nièce et, cette fois, Elena sentit le contact de ses doigts.) Maintenant que tu as épuisé ta magie, la mort se rapproche de toi, et tu te rapproches de moi.

Horrifiée, Elena fit un pas en arrière.

— Tu dois régénérer, la pressa sa tante. Vite !

Levant son bras droit vers le ciel, la jeune fille pria pour qu'on lui rende sa magie et appela le pouvoir de tous ses vœux. Face à elle, le visage de tante Fila devenait de plus en plus distinct. De petits détails qu'elle avait presque oubliés – la petite fossette sur le menton de sa tante, les fines rides au coin de ses yeux – commençaient à apparaître. Le temps pressait.

Elena leva son bras un peu plus haut. Sa main disparut dans une bourrasque fraîche.

— Hâte-toi, mon enfant ! l'exhorta tante Fila. De cette lumière naîtra une nouvelle magie que tu rapporteras en ton monde. La lumière du soleil t'a donné le feu ; la lumière de la lune t'a donné la glace. La lumière spectrale te donnera…

Elena baissa le bras, et la dimension des esprits s'évanouit autour d'elle. Elle fut brutalement ramenée dans un monde résonnant de cris de douleur et d'agonie. Levant son bras de la couverture sur laquelle il reposait, elle examina sa main.

L'horreur écarquilla ses yeux. Son hurlement noya tous les autres.

— *Non !*

S'appuyant sur sa béquille, Méric clopina à travers la réserve. Les deux femmes étaient parties préparer leur sac et leur monture pour le voyage à venir. Bien qu'en voie de guérison, les blessures de l'el'phe l'empêchaient de participer au transport des plantes et des onguents médicinaux prélevés dans l'officine de Mama Freda. Il se dirigea vers les cages qui abritaient les diverses créatures dont la vieille guérisseuse se servait pour exercer son art.

Très vite, il ouvrit celle qui contenait un faucon-trille. Le plumage vert vif du rapace indiquait qu'il venait d'une jungle lointaine. Méric avait l'intention de l'envoyer encore plus loin que sa contrée d'origine. Comme l'el'phe tendait la main vers lui, le faucon déploya ses ailes et émit un sifflement menaçant. Mais Méric projeta une volute de magie élémentale qui alla s'enrouler autour de la créature sauvage. Lié par son pouvoir, le faucon se calma et grimpa sur son poignet tendu.

Méric boitilla jusqu'à la petite fenêtre ouverte de la réserve. Puis il modela sa magie élémentale autour de l'oiseau perché sur son bras. Les el'phes étaient les maîtres de l'air et de toutes les créatures ailées. Aucune d'entre elles ne pouvait rester sourde à l'appel d'un seigneur el'phe. Le faucon-trille pencha la tête sur le côté pour écouter les instructions de Méric.

Mycelle avait raconté à l'el'phe ce qu'il était advenu d'Elena et des autres : la traversée des marais, la bataille contre le malegarde n'ain, la chute de Val'loa. Il était clair que le Seigneur Noir avait profondément planté ses griffes dans la cité enfouie, et que toute tentative pour récupérer le Journal Sanglant était vouée à l'échec. Comment les autres pouvaient-ils seulement envisager d'exposer Elena à un tel péril ?

Méric connaissait son devoir. Il protégerait la jeune fille, fût-ce au prix de la destruction d'Alaséa. En quoi la disparition éventuelle de ces contrées concernait-elle son peuple ? Les el'phes en avaient été bannis depuis fort longtemps. La seule chose qui comptait, c'était la mission que sa reine lui avait confiée : ramener l'héritière légitime de leur roi.

Il ne faillirait pas.

— Va, chuchota-t-il au faucon. Va à Fort-Tempête. Trouve ma reine. Dis-lui que le temps presse. Elle doit libérer ses Nuages Orageux et envoyer son armada.

Puis il projeta l'oiseau par la fenêtre ouverte. Avec un glapissement aigu, le faucon étendit ses ailes pour se laisser porter par la brise marine. Il vira au-dessus des toits d'ardoise de Port Rawl et disparut dans la lumière du soleil.

Méric le suivit de son regard bleu azur et souffla :

— Nous devons arrêter Elena.

Le cœur lourd comme une pierre, Tol'chuk suivit les autres dans les rues de Port Rawl tandis que le soleil grimpait vers son zénith au-dessus de leur tête.

L'og're avait passé toute la nuit à pleurer sa mère. Telle une chandelle, Mycelle avait brièvement illuminé sa vie, et s'était éteinte avant qu'il puisse goûter la chaleur et la lumière véritables d'une famille.

Mais le temps n'était ni aux regrets ni à la mélancolie. Tol'chuk s'endurcit contre le vide de son âme afin de poursuivre la mission que lui avaient confiée les anciens de son peuple. L'étape suivante de son voyage consistait à fuir cette ignoble cité. Il en avait plus qu'assez de sa puanteur et des âmes perdues qui se faufilaient dans ses ombres crasseuses.

Enveloppé des couleurs noir et or du guet de Port Rawl, Tol'chuk se déplaçait courbé pour dissimuler sa taille et son visage monstrueux. Mais, dans un endroit pareil, il doutait que même la présence d'un og're des hautes terres suscite une réaction autre que l'estimation du prix de sa peau écorchée.

Kral marchait en tête, sa hache bien en évidence. Mogweed se faufilait dans l'ombre de Tol'chuk telle une souris flanquant un bœuf. Au bout d'un moment, Kral s'arrêta au croisement de deux rues étroites et regarda dans toutes les directions. Ici, les routes n'étaient guère que des pistes boueuses, pleines de crottin de cheval et des ordures ménagères produites par les maisons qui les bordaient.

Quelques femmes maussades étaient accoudées à leur fenêtre, au premier étage. L'une d'elles cracha sur le montagnard, qui s'essuya la joue avec l'ourlet de sa cape.

— Virez votre cul d'ici, lança l'insolente. On n'a pas besoin que le guet nous colle aux basques. On a payé notre dîme la lune passée. Alors, fichez le camp de notre rue.

Tol'chuk tira sa capuche plus bas sur son front. De toute évidence, les citoyens de Port Rawl ne pensaient pas grand bien du corps chargé de leur protection.

Ignorant la femme, Kral jeta un coup d'œil à l'og're pardessus son épaule.

— Je crois que nous ne sommes plus très loin de la porte sud, dit-il.

Mais le doute perçait dans sa voix.

Mogweed s'avança prudemment, son regard fébrile faisant la navette entre l'ouverture des ruelles sombres et les femmes qui les surplombaient.

— Et mon frère ? demanda-t-il. Fardale doit toujours être avec les chevaux.

— Je sais, acquiesça Kral. Ma monture, Rorshaf, est logée dans la même écurie que le hongre de Mycelle. Mais la garnison est en alerte. Nous avons eu de la chance de lui filer entre les doigts. Il ne faudra pas longtemps pour que quelqu'un donne l'ordre de fermer les portes de la ville et de fouiller les rues une par une en quête des esclaves évadés. Nous devons filer avant que cela se produise.

— Mais Fardale… ?

— C'est un loup. La nuit, il n'aura pas de mal à s'échapper. Il sait où se cache Elena ; il pourra facilement la rejoindre. Pour ce que nous en savons, il est peut-être parti juste après notre capture.

Tol'chuk posa une main griffue sur l'épaule de Mogweed.

— Je comprends que tu t'inquiètes pour ton frère, mais Kral a raison. Un loup seul attirera moins l'attention.

Mogweed se dégagea en grommelant tout bas et fit signe à Kral d'avancer. Mais le montagnard avait déjà reporté son attention sur le croisement. Immobile, il se grattait la tête, hésitant sur le chemin à prendre.

À cet instant, une vieille femme au dos voûté, qui marchait en s'aidant d'une canne presque aussi tordue qu'elle, franchit l'angle de la rue et faillit percuter la large poitrine de Kral. Elle recula d'un pas, écartant quelques mèches de cheveux gris pour jeter un regard soupçonneux à l'obstacle.

Les sourcils froncés, elle agita sa canne sous le nez du montagnard.

— Écarte-toi de mon chemin, gros lard.

Kral ne cilla pas face à cette pitoyable menace.

— Grand-mère, dit-il poliment, je m'écarterai volontiers si vous avez la gentillesse de nous indiquer où se trouve la porte sud.

— Vous quittez la ville, pas vrai ? (Tel un oiseau méfiant, la vieille femme pencha la tête sur le côté pour dévisager Tol'chuk et Mogweed, puis elle pivota vers la rue de gauche et s'y engagea en traînant les pieds.) Je connais un raccourci. Je vais vous le montrer, à condition que vous fassiez le chemin avec moi. J'ai une fille et un gendre qui habitent dans les parages, et je comptais leur rendre visite de toute façon.

Kral étudia sa silhouette voûtée d'un air dubitatif.

— Montrez-nous juste la direction, ça suffira.

Tol'chuk donna un coup de coude au montagnard.

— Nous serons plus discrets si nous nous déplaçons avec elle, dit-il tout bas. La garnison ne songera pas à chercher une vieille femme et ses gardes du corps.

Kral soupira, et les poils de sa barbe frémirent. Mais il emboîta le pas à la vieillarde qui s'éloignait lentement.

— Tu pourrais peut-être la porter, grommela-t-il entre ses dents à l'adresse de Tol'chuk.

— J'ai entendu ! claironna la vieille femme sans se retourner. Ce n'est pas parce que la cataracte voile mes yeux que mes oreilles n'entendent plus. Et mes jambes me portent depuis presque un siècle. Elles tiendront bien jusqu'aux portes de la ville.

Les compagnons réglèrent leur allure sur celle de la frêle vieillarde qui enfilait les petites rues en sifflotant. De temps en temps, elle tournait la tête vers eux et les gratifiait d'un sourire grimaçant, presque dépourvu de dents.

Tol'chuk détailla leur guide. Il la soupçonnait de n'avoir guère besoin de leur protection. Si faible et vulnérable soit-elle, même le plus cupide des pirates de la cité aurait eu du mal à trouver un objet de valeur sur elle. Sans doute avait-elle juste envie de compagnie, de gens avec lesquels bavarder.

— Si vous aimez les bonbons aux algues et le kafé, lança-t-elle à Mogweed qui marchait près d'elle, il y a une petite boutique qui en vend, pas loin d'ici. On pourrait s'y arrêter.

— Non, merci, répondit le métamorphe.

— Nous sommes assez pressés, ajouta Kral, son impatience commençant à transparaître sur son visage rocailleux.

— Oh, ce n'est plus très loin. Plus très loin du tout, marmonna la vieille femme.

Tournant au coin d'une rue, elle s'engagea dans un nouveau dédale sans cesser de siffloter.

Ici, les maisons décrépites étaient plus hautes et plus rapprochées. Pour ajouter à l'impression d'exiguïté, leurs fondations étaient tellement rongées par l'âge et le sel que certaines penchaient en avant, comme pour observer les passants, ou s'affaissaient contre leurs voisines, tels des ivrognes.

Kral grommela. *La vieille femme nous a si profondément entraînés dans les boyaux de la ville que le montagnard doit être aussi perdu que moi*, songea Tol'chuk.

— Tu sais par où se trouve la porte sud ? chuchota l'og're à son compagnon.

— Je suppose que je pourrais la trouver… si j'avais du temps devant moi.

Kral scrutait les portes cochères et les ruelles latérales comme s'il s'attendait à tomber dans une embuscade à tout moment.

Bientôt, le soleil fut à leur aplomb, et la brise fraîche du matin s'évanouit. Pourtant, les compagnons n'étaient toujours pas sortis du labyrinthe. Kral ne cessait de porter une main, puis l'autre, à sa hache. La chaleur de l'après-midi leur rappelait que l'été régnait encore dans les ruelles crasseuses et nauséabondes de Port Rawl. La puanteur de poisson pourri le disputait aux relents d'excréments humains, comme si d'innombrables hivers s'étaient écoulés sans qu'un seul souffle d'air pur traverse ces rues.

— Assez ! aboya tout à coup Kral.

Les autres s'arrêtèrent, et la vieille femme pivota vers lui en s'appuyant lourdement sur sa canne.

— Quoi ? demanda-t-elle, irritée.

— Je croyais que vous connaissiez un raccourci vers la porte sud ! dit Kral sur un ton accusateur.

Elle soupira bruyamment.

— Si vous voulez éviter le guet, c'est le chemin le plus sûr.

Tol'chuk haussa ses sourcils broussailleux. Cette femme en savait plus que ce qu'elle ne voulait dire.

Avant que l'un des compagnons puisse ouvrir la bouche, elle poursuivit :

— Vous vous baladez dans des uniformes du guet qui ne vous vont pas du tout, et vous ignorez où se trouvent les portes de la ville. Me prenez-vous pour une imbécile ? J'ai entendu dire qu'il y avait eu du grabuge à la garnison ce matin. Je suppose que vous y êtes pour quelque chose.

— Vieillarde, gronda Kral, toute gentillesse envolée. Si tu envisages de nous trahir…

— De vous trahir ? ricana leur guide. Sans moi, vous auriez déjà été recapturés. La ville grouille de gens prêts à vous revendre au guet pour une vulgaire pièce de cuivre ternie. Et à quoi ai-je droit en remerciement de mon aide ? (Elle les foudroya du regard.) À de la grossièreté et à des menaces.

Tol'chuk s'avança.

— Excusez-nous. Nous avons une dette envers vous, et nous ne voulions pas vous manquer de respect. Mais il est urgent que nous quittions la ville.

La vieille femme lui tourna le dos.

— Alors, venez, dit-elle en s'engageant dans une rue perpendiculaire.

Les compagnons la suivirent. À l'angle d'une cordonnerie lépreuse, Tol'chuk faillit trébucher de surprise. L'immense mur des Marais se dressait à un jet de pierre à peine, et ses portes étaient grandes ouvertes.

— Nous y sommes, lâcha Kral, stupéfait.

De la main, leur guide les pressa d'avancer.

— Si vous tenez à vous enfuir, ne restez pas plantés là.

Ils lui emboîtèrent le pas. Comme ils approchaient du but, leur impatience parut gagner la vieille femme, qui accéléra soudain jusqu'à les précéder d'une bonne longueur.

Elle fut la première à atteindre la porte et à saluer de la tête la sentinelle postée sur le chemin de ronde. Mais le jeune homme aux cheveux couleur de sable ne lui prêta qu'une attention distraite. Son regard était braqué vers le cœur de la ville.

— Vous apportez des nouvelles ? demanda-t-il, les yeux brillants d'excitation, lorsqu'il avisa Kral et les autres. Que s'est-il passé à la garnison ?

Toujours vêtu d'or et de noir, Tol'chuk réalisa que la sentinelle les prenait pour des collègues. Ce fut Kral qui se chargea de lui répondre.

— Ça ne te regarde pas. Concentre-toi sur ton boulot, ordonna-t-il sèchement.

Le chant grave d'une corne se fit soudain entendre depuis la garnison, sa voix lugubre se répercutant de manière caverneuse à la surface de la baie toute proche. Trois longues notes se propagèrent au-dessus des toits d'ardoise de la ville.

— C'est le signal de fermeture des portes, lâcha le jeune homme, ahuri. (Il baissa les yeux vers le trio en uniforme.) Vous croyez qu'un autre bateau maudit vient de jeter l'ancre dans le port ?

Kral jura.

— Tiens ton poste et occupe-toi de tes oignons. On nous a chargés de reconnaître les abords de la ville. Baisse la herse derrière nous et ne laisse personne – je dis bien : personne – franchir cette porte à notre suite.

— Oui, monsieur !

Le jeune homme salua promptement et se dirigea vers son treuil.

Drapé dans sa cape, Tol'chuk s'engagea dans le tunnel qui passait sous le mur d'enceinte. Les autres l'imitèrent. La vieille femme les attendait de l'autre côté, appuyée sur sa canne. Tol'chuk la dévisagea, les sourcils froncés.

— Ne devriez-vous pas rentrer avant de vous retrouver enfermée dehors ?

Derrière lui, il entendait déjà les leviers et les poulies abaisser la herse métallique.

La vieille femme haussa les épaules et, de sa démarche incertaine, s'éloigna en direction des bois qui bordaient la côte. Tol'chuk se surprit à la suivre comme il l'avait déjà fait toute la matinée.

Kral rattrapa l'og're.

— Par la Douce Mère, où cette vieille croulante croit-elle aller ?

Leur guide pressa l'allure. Arrivée à la lisière des arbres, elle se débarrassa de sa canne. Son dos semblait se redresser à chaque pas. On aurait dit qu'elle grandissait, que ses épaules s'élargissaient comme si les années fondaient en libérant sa jeunesse enfouie sous les maux de l'âge.

— Je n'aime pas ça, marmonna Mogweed, les yeux brillants d'inquiétude.

Une fois à l'abri des frondaisons, la vieille femme pivota vers le trio. Elle se tenait très droite à présent. Arrachant son châle grisâtre, elle secoua une chevelure que le soleil filtrant à travers le feuillage fit étinceler comme de l'or pur. D'autres silhouettes remuèrent dans les ombres du sous-bois derrière elle. Un gros chien – non, un loup – contourna le tronc d'un cyprès et vint s'asseoir à ses pieds.

— C'est impossible ! bredouilla Mogweed, sonné.

— Impossible ! répéta Kral tel un écho.

Tol'chuk fit un pas en avant. Et encore un autre. Ça ne pouvait être qu'une illusion cruelle, un spectre revenu de l'au-delà pour le tourmenter, songea-t-il, tremblant.

La femme qui se tenait sous les branches du cyprès n'était pas une vieillarde, mais bel et bien Mycelle. Avec un large sourire, elle ouvrit les bras à son fils. Ses yeux brillaient d'une lueur ambrée.

Des mots se formèrent dans l'esprit de l'og're. *Viens, mon fils. Contemple ton véritable héritage.*

— Mère ? dit Tol'chuk à voix haute, trébuchant presque de stupéfaction.

Mycelle poussa un soupir, et l'éclat de ses yeux s'estompa. Sans se départir de son sourire, elle lança à voix haute :

— Viens ici, Tol'chuk, et embrasse ta mère.

Tandis que des bruits de bataille se répercutaient à travers le navire, Elena observa sa main droite, les yeux écarquillés d'horreur. Ses doigts et sa paume n'étaient plus écarlates comme d'habitude, mais mauve comme l'horizon au crépuscule. Cependant, ce changement de teinte n'était pas ce qui perturbait le plus la jeune fille. Ce qui enserrait son cœur dans un étau glacial, c'est que sa main semblait désormais translucide. À travers sa peau vitreuse, elle distinguait l'antique sextant accroché au mur de la cabine.

— Sor'cière de l'esprit et de la pierre, marmonna-t-elle, se souvenant des paroles de sa tante Fila.

Si éthérée que sa chair lui paraisse, Elena percevait la magie accumulée à l'intérieur de sa main, une magie qui palpitait et chantait aussi fort que n'importe quelle énergie née du soleil ou de la lune. Mais quel aspect revêtait donc ce nouveau pouvoir ?

Alors que les battements affolés de son cœur ralentissaient, des cris parvinrent aux oreilles d'Elena. Elle entendit la voix autoritaire d'Er'ril aboyer des ordres qu'elle ne put comprendre à travers les parois de bois. Ses compagnons étaient-ils toujours en train de combattre les drak'il ? La jeune fille porta une main à son ventre et palpa le bandage qui lui ceignait la taille. Soudain, elle se souvint du dard du gobelin, de la brûlure du venin. Et elle sentit que son corps avait triomphé du poison.

Elena se redressa.

De l'autre côté du hublot, le soleil brillait dans le ciel. La bataille avait-elle fait rage toute la nuit ? La jeune fille se mit debout sur ses jambes cotonneuses, encore affaiblies par les effets résiduels du venin.

Prenant appui d'une main sur le mur, elle se dirigea vers le hublot. Au-delà de la vitre, elle ne voyait que l'océan – et, dans le lointain, quelques îles qui piquetaient l'horizon. Le *Fend-les-Flots* n'était plus à quai ; il naviguait à travers l'Archipel !

Le fracas de la bataille ne diminuait pas. Affaiblie ou non, Elena devait aider ses amis. Elle regarda sa main droite spectrale, redoutant de conjurer une magie qu'elle ne comprenait pas. Mais on était en plein jour ; elle n'avait qu'à régénérer son feu de sor'cière dans son autre main et chasser les immondes créatures qui avaient envahi le bateau.

Levant sa main gauche, Elena la posa sur la vitre du hublot. Les rayons du soleil passèrent entre ses doigts blancs. Elle pria la Mère d'en haut de lui envoyer du pouvoir, de faire rejaillir les flammes en elle. Ses paupières se fermèrent à demi tandis qu'elle s'ouvrait pour le rituel de la régénération.

Aussi immobile qu'une pierre, elle attendit. Mais rien ne se produisit.

Elena écarquilla les yeux. Sa main gauche était toujours posée sur le hublot dans la lumière vive du soleil – aussi blanche que si elle n'avait jamais manipulé la moindre magie. Fronçant les sourcils, la jeune fille se concentra. Jusque-là, une bouffée de désir avait suffi à provoquer la transformation. Ses yeux s'emplirent de larmes, et son cœur de désespoir. Jamais elle n'avait autant voulu régénérer qu'en ce moment ; alors, pourquoi cela ne marchait-il pas ?

Elena continua à attendre. Toujours rien. Au-dessus de sa tête, une bataille féroce faisait rage. Le sifflement des gobelins s'amplifiait. Elle ne pouvait patienter plus longtemps.

Tournant le dos au hublot, la jeune fille baissa son bras et étudia les motifs mauves qui tourbillonnaient à la surface de sa main spectrale. Elle serra le poing. La sensation était bien celle de la chair pressée. Mais si elle se coupait, quel genre de magie libérerait-elle ?

Secouant la tête, Elena laissa retomber son bras. Il n'y avait qu'un seul moyen de le découvrir. Elle se dirigea vers la porte. En déglutissant, elle actionna la poignée et poussa avec mille précautions. Les gonds rouillés grincèrent, et les bruits de bataille enveloppèrent la jeune fille comme une présence tangible. La puanteur du sang et de la peur frappa ses perceptions telle une bourrasque glaciale. À son aplomb, Elena entendit un rire dément. Que se passait-il donc ?

Fonçant dans le couloir, elle poussa une porte sur sa gauche et s'engouffra dans sa cabine. Elle fouilla rapidement son paquetage et en tira sa dague de sor'cière. La lame d'argent étincela dans la lumière du soleil qui pénétrait par le hublot. Quelque magie qu'elle porte en elle, Elena était bien décidée à en faire usage contre les gobelins.

En pivotant, la jeune fille aperçut un mouvement dans un petit miroir accroché à un clou, sur le mur d'en face. Elle hoqueta et s'immobilisa. C'était comme si ses vêtements flottaient tout seuls au milieu de la pièce. Elle brandit sa dague. Celle-ci parut se soulever dans les airs sans qu'aucune main la manipule. Elena se pencha vers le miroir et fit courir la pointe de la lame le long de sa joue. Le couteau parut s'agiter dans le vide.

La jeune fille se redressa en se palpant le visage. Elle observa ses mains. La gauche au moins lui paraissait normale, faite de chair palpable. Pourtant, elle ne se reflétait pas dans le miroir. C'était comme si elle était devenue un fantôme.

— Sor'cière de l'esprit et de la pierre, répéta-t-elle tout bas.

Était-ce un aspect de son nouveau pouvoir ? Lui conférait-il le don d'invisibilité ?

Elena se souvint de son incapacité à régénérer quelques minutes plus tôt. Le contact du soleil sur sa peau était nécessaire pour rallumer la flamme de sa magie. Avait-elle échoué parce que sa chair ne possédait plus de substance ?

Les implications de ce nouveau pouvoir étaient claires. Elena se déshabilla, trancha ses bandages et les jeta dans un coin. À présent, elle se tenait nue devant le miroir, et elle ne voyait plus que sa dague qui flottait à un mètre du sol.

Agrippant l'arme dans sa main droite spectrale, Elena toucha la nouvelle magie nichée en son cœur. Elle la testa, la goûta comme on déguste un bon vin, la laissa enfler entre ses doigts crispés. *Pas trop vite,* s'exhorta-t-elle. Jamais elle ne laisserait son pouvoir la contrôler. Comme la pression de l'énergie mystique augmentait, une froide lumière violacée jaillit de son poing, engloutissant sa dague. Et, sous ses yeux, le reflet de son arme s'estompa lentement – consumé par sa magie.

Dans le miroir, la cabine semblait désormais vide. Les vêtements d'Elena gisaient à ses pieds, à la manière des morceaux de coquille d'un poussin fraîchement sorti de l'œuf. La jeune fille les enjamba.

Un sourire glacial se forma sur ses lèvres. Elle ne tenta pas de le réprimer. Comme tout le monde, Elena avait un côté obscur assoiffé de pouvoir, et le sien aspirait à déchaîner sa magie sauvage sans aucune retenue. Ce côté obscur, que la jeune fille avait nommé « sor'cière », faisait partie d'elle, tout autant que la femme qui tempérait et contrôlait ses appétits. Elle refusait de le réprimer. Elle avait appris que nier la dualité de sa nature ne faisait qu'alimenter les ténèbres en elle. Aussi laissa-t-elle la magie galoper dans son sang tout en gardant une main ferme sur les rênes.

Comme Elena s'approchait de la porte, l'énergie pure qui coulait en elle hurla pour qu'elle la libère, pour qu'elle entaille sa peau à l'aide de sa lame spectrale et laisse son pouvoir se déverser hors d'elle.

— Pas encore, répondit la jeune fille.

Elle n'eut pas de mal à ignorer les suppliques de sa magie, car une voix beaucoup plus sourde venait de capter son attention.

Le murmure de la sor'cière la fascinait. Elle tendit l'oreille, mais ne réussit à capter que deux mots : « *feu spectral* ».

7

Accroupi sur le pont, les vêtements et la peau lacérés par d'innombrables coups de griffes, Er'ril étudiait le mur de gobelins qui se dressait devant lui. Sa lame argentée dégoulinait de sang ennemi ; il la brandit pour la centième fois en prévision de l'assaut suivant. Ses compagnons et lui protégeaient l'écoutille défoncée qui conduisait au gaillard d'avant. Nul ne devait franchir le seuil qui conduisait vers Elena.

— Elles sont combien, ces putains de bestioles ? ronchonna Flint, haletant entre ses dents serrées. Chaque fois qu'on en achève une, deux autres enjambent le bastingage pour venir grossir leurs rangs.

— Tiens bon, grogna Er'ril.

Mais lui aussi commençait à fatiguer. Il regrettait de ne pas avoir pris la clé métallique dans son sac avant de se précipiter sur le pont. La force supplémentaire de son bras fantôme n'aurait pas été de trop pour combattre leurs adversaires. Du regard, il balaya ses compagnons pour jauger leur état.

Flint et Moris gardaient son flanc droit, tandis que Joach prouvait que même la magie noire pouvait parfois être utile. Les lances d'énergie obscure projetées par son bâton avaient empêché la horde d'approcher le flanc gauche d'Er'ril. À présent, une odeur de chair brûlée flottait autour de lui.

— Mon bâton commence à perdre son pouvoir, annonça le jeune homme d'une voix aussi blanche que son visage. Je ne sais pas combien de temps encore je pourrai l'utiliser.

Er'ril hocha la tête.

— Fais de ton mieux. Quand sa magie sera épuisée, descends protéger ta sœur.

Les yeux plissés, le guerrier continuait à surveiller la horde qui lui faisait face. Ses compagnons et lui bénéficièrent d'un bref répit lorsque les gobelins se regroupèrent, traînant leurs camarades morts ou grièvement blessés vers le bastingage pour les jeter par-dessus bord. Des centaines d'ailerons de requins appâtés par l'odeur du sang tournaient autour du bateau.

Un étau comprimait la poitrine d'Er'ril, et sa paume en sueur glissait sur la poignée de son épée. Ses compagnons ne semblaient guère plus vaillants que lui. Le soleil approchait de son zénith ; la fraîcheur de la matinée avait cédé la place à une chaleur humide qui sapait encore davantage leurs forces. La horde drak'il ne tarderait plus à les submerger.

D'un revers de poignet, Er'ril essuya le sang qui coulait sur sa joue. Pour l'instant, ce n'était que celui de ses adversaires. Mais le guerrier savait que cela ne durerait pas. À supposer que ses compagnons et lui parviennent à repousser l'armée gobelinoïde, ils devraient encore affronter leur principal adversaire.

Rockingham était adossé au mât principal, torse nu. Des ombres se déversaient de sa plaie béante et, depuis l'intérieur de la cavité, deux yeux écarlates fixaient les compagnons. Er'ril se déroba à leur regard meurtrier, qui semblait ronger sa volonté et obscurcir sa propre vision. Il commençait à entrevoir le plan du démon. Celui-ci sacrifiait les drak'il. Il ne s'attendait pas à ce que la horde réussisse ; simplement, il se servait d'elle pour affaiblir les protecteurs d'Elena, pour épuiser leur bras et entamer leur détermination.

Er'ril dévisagea leur véritable ennemi. Les yeux flamboyants semblaient se rire de lui. Le démon savait qu'Er'ril comprenait la situation. Mais que pouvait bien faire l'homme des plaines ? Même si les drak'il n'étaient que de la chair à canon destinée à éroder les défenses du groupe, il ne pouvait pas les épargner. Il les aurait tous exterminés jusqu'au dernier pour protéger Elena.

Le sifflement des gobelins enfla et prit une tonalité frénétique – signal d'une nouvelle attaque imminente. Sur le pont, les créatures se massaient, plus nombreuses que jamais. Er'ril soupçonnait que ce serait l'assaut final – celui pendant lequel ses compagnons et lui triompheraient ou succomberaient.

— Tenez-vous prêts, ordonna-t-il aux autres.

Une énorme créature émergea du grouillement en agitant sa queue venimeuse. Elle portait des bandes de corail poli autour de ses biceps, et un diadème de perles sur le front. Dans ses mains, elle tenait une lance terminée par une dent de requin effilée. De toute évidence, c'était l'un des commandants de l'armée drak'il. Sa queue se tortilla de plus belle tandis qu'elle poussait des gargouillis étranglés.

— Puis-je vous présenter la reine des drak'il ? lança Rockingham d'une voix forte pour couvrir le sifflement des gobelins. Elle vous explique de quelle façon ses enfants dévoreront votre corps, et comment elle se fera un tambour avec le crâne et les tibias de la sor'cière pour annoncer sa victoire à tous les autres clans de gobelins.

— Au moins, nos cadavres ne se gaspilleront pas, marmonna Flint.

Adressant un ultime signal à son armée, la femelle massive brandit sa lance au-dessus de sa tête et poussa un hurlement de rage meurtrière.

Er'ril se raidit, prêt à encaisser l'assaut.

Soudain, le hurlement s'interrompit, comme si quelqu'un venait de le trancher net – ce qui était exactement le cas, réalisa Er'ril, stupéfait. En travers du cou de la reine drak'il s'ouvrait une plaie béante. Et ses fluides vitaux s'échappaient par ce sourire sanglant.

Un instant, l'énorme créature demeura debout. Un frisson la parcourut tandis que tous les regards se braquaient sur elle. Puis elle s'écroula.

Un silence de mort s'abattit sur les deux camps. On n'entendait plus que les criaillements des goélands affamés qui se disputaient des miettes de viande. Que venait-il de se passer ? Er'ril jeta un coup d'œil à Joach, qui secoua la tête. Ce n'était pas un nouveau tour de son bâton.

Au-delà de la mare de sang noir qui grandissait sur le pont, la horde gobelinoïde se tenait figée, choquée par la mort brutale de sa souveraine. Même Rockingham s'était redressé, les yeux plissés de méfiance. Au fond de sa poitrine, les yeux écarlates brillaient plus fort, comme si l'entité qui animait le golem avait du mal à croire ce qu'elle voyait. Des ombres épaisses se déversèrent de la plaie, formant un lac autour des pieds de Rockingham.

Elena surplombait la carcasse de la reine drak'il. Dans sa main tremblante, elle tenait toujours sa dague dont le manche violacé gouttait de sang.

L'énorme femelle gobelin était la première créature que la jeune fille tuait de sa propre main. Dans le passé, elle avait déjà détruit des sbires du Seigneur Noir à l'aide de sa magie. Mais, cette fois, elle n'avait fait appel à aucun de ses pouvoirs – feu sor'cier, feu glacial ou feu céleste. Ça avait été de la boucherie pure et simple.

Quelques instants plus tôt, Elena avait contourné Er'ril et les autres et s'était dirigée vers la reine drak'il. Brandissant sa dague argentée, elle avait plongé son regard dans les yeux étincelants de fureur du monstre. Aucun talent particulier, ni d'épéiste ni de mage, ne lui avait été nécessaire. Tandis que la créature hurlait, elle avait tout bêtement tendu la main pour lui trancher la gorge. Seul le sang chaud qui avait giclé sur son bras et sa figure avait marqué le meurtre.

À présent, Elena contemplait la silhouette effondrée de la créature qu'elle venait de tuer. Comme celle-ci poussait son dernier souffle, une de ses pattes griffues agrippa son ventre. Alors, Elena remarqua le renflement caractéristique de son abdomen.

La reine drak'il était enceinte !

Oh, Douce Mère, qu'avait-elle fait ? D'un coup abject, elle venait d'assassiner et la mère et son enfant innocent. Qu'était-elle en train de devenir ? Elena pivota vers ses protecteurs. Elle tendit sa dague vers Er'ril, implorant silencieusement le guerrier de la prendre. Mais nul ne la vit. Tous les regards étaient encore braqués sur le cadavre de la reine des drak'il.

Les jambes d'Elena se mirent à trembler. Le chant de sa magie s'amplifia dans ses oreilles, noyant tous les autres bruits. Le choc causé par son geste sapa le peu de contrôle qu'elle exerçait sur son pouvoir. Profitant de sa faiblesse, la sor'cière en elle brisa ses chaînes et s'engouffra dans son sang. Elena ne put résister à la noirceur de son esprit. Une partie d'elle n'avait même pas envie de la combattre.

Elle tomba à genoux dans la mare de sang de gobelin et s'ouvrit à la sor'cière, laissant cette part glaciale de son esprit apaiser sa honte et sa culpabilité brûlantes.

Enfin libre, la sor'cière exulta. Un rire incontrôlable s'échappa des lèvres d'Elena – mélange de triomphe et de folie. La mince frontière entre femme et sor'cière se brouilla. Elena réalisa qu'elle se redressait. Une joie cruelle continuait à se déverser de sa gorge comme le sang de la femelle gobelin assassinée s'était déversé de sa plaie béante.

Elena lutta pour incorporer sa propre voix au son dément qui sortait de sa bouche. Elle cria son horreur et son regret, son chagrin et sa douleur ; elle implora que quelqu'un l'en délivre. Mais sa voix n'était qu'un murmure dans un ouragan. La jubilation de la sor'cière jaillissait de son cœur même, chantant la liberté recouvrée et la gloire du pouvoir.

Elena ne pouvait pas l'arrêter.

Elle regarda sa main gauche empoigner sa dague et s'apprêter à trancher sa paume mauve. La sor'cière voulait déchaîner la magie enfermée dans sa main droite, laisser le feu spectral ravager le bateau.

— Non, gémit Elena. Il ne faut pas.

Bien que recroquevillée tout au fond de son cœur et submergée par les remords, sa moitié femme était encore assez lucide pour penser aux gens qu'elle aimait et qui se trouvaient à bord du *Fend-les-Flots* : Er'ril, Joach, Flint et Moris. Ils allaient tous être tués !

Elena lutta contre la sor'cière. La dague trembla dans sa main. Mais c'était comme se battre contre un fleuve en crue. Elle ne parvenait pas à progresser contre les courants impétueux qui déferlaient dans son sang. La sor'cière refusait d'abandonner le contrôle.

Pendant toute sa bataille intérieure, un rire dément continua à se déverser de la bouche d'Elena. Et, derrière cette hilarité sinistre, personne n'entendit l'appel au secours de la jeune fille.

— Que se passe-t-il ? demanda Flint.

— Je n'en suis pas certain, répondit Er'ril en gardant un œil sur la horde gobelinoïde.

Quelques instants plus tôt, ses compagnons et lui faisaient face aux créatures, de part et d'autre du cadavre de la reine assassinée. Les deux camps étaient pareillement abasourdis ; personne ne bougeait ni ne pipait mot.

Puis un rire cruel avait éclaté au milieu du pont, brisant le silence tendu. D'abord assez doux, il avait vite enflé. À présent, il se répercutait contre les voiles et à la surface de l'eau. Sa tonalité exprimait deux choses : de la folie, et une faim dévorante. Mais une faim de quoi ?

La horde des drak'il s'agita et siffla face à cet étrange phénomène. Quelques gobelins reniflèrent l'air. Une poignée d'entre eux s'enfuit – et il n'en fallut pas davantage. L'armée tout entière battit en retraite. Les créatures étaient si pressées de quitter le bord qu'elles se grimpaient les unes sur les autres. Bientôt, des bruits d'éclaboussures résonnèrent tout autour du bateau.

Er'ril et les autres gardèrent leur position. Même si l'étrange rire lui donnait la chair de poule et torturait ses oreilles, le guerrier savait que la bataille n'était pas finie. Rockingham – et l'esprit démoniaque qu'il abritait – se tenait toujours près du mât principal. Dans leur fuite, les gobelins le dépassaient tel un torrent déferlant autour d'un rocher.

Mais ce n'était pas la présence du golem qui empêchait Er'ril de bouger. L'espace d'un très bref instant, il avait cru reconnaître une note familière dans la voix désincarnée.

— Joach, va jeter un coup d'œil à ta sœur, ordonna-t-il tout bas.

— Mais…

Le jeune homme avait toujours le regard fixé sur la horde en fuite.

D'un coup de coude, Er'ril le poussa vers l'écoutille défoncée.

— Vas-y !

Joach hésita, puis pivota et, s'engouffrant dans l'ouverture, descendit rapidement les marches de bois. Les yeux plissés, Er'ril continua à écouter le rire dément qui semblait s'élever du pont même pour se répandre à travers tout le navire.

— Qu'est-ce que c'est ? s'enquit de nouveau Flint.

Er'ril déglutit, mais ne répondit pas.

À présent, seuls les gobelins morts demeuraient à bord du *Fend-les-Flots*. Même les blessés s'étaient traînés jusqu'au bastingage et jetés à l'eau : ils préféraient tenter leur chance avec les requins plutôt que risquer le courroux du spectre qui venait de tuer leur reine.

Elena luttait férocement contre la sor'cière, s'efforçant de reprendre le contrôle de sa magie sauvage. Mais la pointe de la dague piquait déjà sa paume droite. Autour d'elle, les gobelins semblaient avoir perçu la menace. Ils s'étaient éparpillés dans toutes les directions, n'abandonnant que leurs morts derrière eux.

Elena redoubla d'efforts. Puisque les drak'il étaient partis, elle n'avait nul besoin de déchaîner son pouvoir. Elle ne réussirait qu'à tuer ses compagnons.

Pourtant, la jeune fille ne pouvait empêcher ce qui était sur le point de se produire. Un rire dément continuait à s'échapper de sa gorge.

Elle chercha de l'aide – et la trouva au plus improbable des endroits.

Plus loin sur le pont, debout près d'un des mâts, se dressait une silhouette qu'Elena avait à peine remarquée parmi le grouillement des gobelins. La magie noire l'enveloppait comme de la brume. À présent que le pont était dégagé, la jeune fille la voyait plus clairement. Et elle la reconnaissait. Ses yeux s'écarquillèrent d'incrédulité, puis se plissèrent.

C'est impossible ! Et pourtant, elle ne pouvait nier l'évidence. *Rockingham !*

Un feu depuis longtemps réduit à des cendres froides se ralluma dans les entrailles d'Elena. Le monstre était toujours vivant ! Un cri de rage jaillit de son cœur et se répandit dans ses veines.

Le rire de la sor'cière mourut brusquement dans sa gorge comme la femme en elle s'embrasait de haine et de colère. La frontière entre les deux moitiés de sa nature n'était plus brouillée : elle avait cessé d'exister. Dans la forge de sa fureur incendiaire, la sor'cière et la femme avaient fusionné.

Un silence inquiet s'abattit sur le pont. La dague toujours brandie au-dessus de sa paume, Elena avait repris le contrôle de ses membres. Mais, à présent, elle ne voulait plus résister à l'emprise glaciale de la sor'cière : elle voulait s'y abandonner.

Le meurtrier de ses parents ne lui échapperait pas une nouvelle fois.

Elena planta la pointe de sa dague dans sa paume.

Le rire s'évanouit aussi brusquement qu'il avait retenti.

Er'ril tendit l'oreille, mais un silence de mort régnait désormais sur le bateau. Même les goélands avaient fui. Rien ne bougeait – jusqu'aux voiles que n'agitait pas le moindre souffle d'air, comme si le vent avait pris peur et décidé d'aller souffler un peu plus loin.

Les deux camps – Rockingham et les protecteurs de la sor'cière – s'observaient par-dessus le pont jonché de cadavres. Le golem n'avait pas bronché. Il se tenait toujours immobile au milieu d'un lac de ténèbres grandissantes, un rictus aux lèvres.

— Maintenant que nous en avons fini avec ces enfantillages, lâcha-t-il sur un ton désinvolte, nous pourrions peut-être revenir au sujet qui nous intéresse : la sor'cière.

Il écarta les bras, et ses yeux s'embrasèrent, prenant la même teinte écarlate que ceux qui flamboyaient à l'intérieur de sa poitrine. Son maître le possédait. Sa voix se fit glaciale.

— Assez joué. Préparez-vous à mourir.

Par la plaie aux bords déchiquetés, des ombres bouillonnantes, semblables à des nuages d'orage, se déversaient comme de la gueule d'un puits noir. En guise de foudre, elles étaient accompagnées par des cris d'âmes torturées et des hurlements de démons. Et elles vomissaient des tentacules de ténèbres qui se déployèrent dans toutes les directions : non vers Er'ril et ses compagnons, mais vers les dizaines de gobelins morts gisant sur le pont.

Chaque fois que ces tentacules touchaient de la peau froide, les cadavres tressaillaient, comme dégoûtés par l'immonde caresse. Puis la chair fondait sur les os tandis que l'obscurité aspirait la substance même des corps. En l'espace de quelques battements de cœur, il ne resta des drak'il que des squelettes desséchés, tout en articulations saillantes. Leurs crocs et leurs griffes paraissaient plus proéminents que jamais, d'une blancheur d'ossements dans la lumière du soleil.

Mais, très vite, ce qui semblait être une illusion d'optique se révéla réel.

Les crocs et les griffes des cadavres touchés par les tentacules d'ombre s'allongèrent, se changeant en faux plus longues qu'un avant-bras d'homme. Bientôt, les gobelins morts ne furent plus que des appendices tranchants reliés par des os et de la peau racornie.

— Et maintenant ? chuchota Flint.

Ce fut Moris qui répondit d'une voix lugubre :

— J'ai lu des textes sur ces créatures. Le golem crée des ravageurs – des démons du monde d'en dessous qui prennent possession de cadavres pour traquer les vivants.

— Comment pouvons-nous les combattre ? demanda Er'ril.

Moris secoua la tête.

Un bruit de pas précipités interrompit cet échange. Le visage effrayé de Joach réapparut dans l'encadrement de l'écoutille brisée.

— Elena… Elle a disparu ! dit très vite le jeune homme, les joues rouges de panique. J'ai trouvé ses vêtements dans sa cabine et… ça.

Il tendit une poignée de bandages ensanglantés.

Er'ril prit une profonde inspiration, et sa main se crispa sur la poignée de son épée. Ainsi, il n'avait pas imaginé cette note familière dans le rire dément.

— Elena…

Face à eux, les créatures mortes-vivantes se dressèrent sur leurs pattes griffues telles de monstrueuses araignées de corne et d'émail. Elles firent claquer leurs dents en direction d'Er'ril – et le guerrier eut l'impression qu'un couteau à lame dentelée lui raclait la colonne vertébrale sur toute sa longueur. Des yeux le regardaient fixement ; une lueur jaune malsaine brillait à l'intérieur des orbites vides des gobelins, comme si leur crâne était rempli de champignons phosphorescents.

Er'ril savait pourtant que les démons étaient le moindre de ses soucis.

— Elena, marmonna-t-il entre ses dents. Qu'as-tu fait ?

Serrant son poing ensanglanté contre sa poitrine, Elena s'accroupit et regarda les ombres sinueuses se répandre depuis la poitrine de Rockingham. Face à elle, la chair de la reine des gobelins s'était flétrie sur ses os ; ses dents et ses griffes avaient poussé comme des mauvaises herbes dans un champ abandonné. Tous les autres cadavres subissaient la même transformation. Ils devenaient des « ravageurs » – tel était le nom qu'Elena avait entendu Moris prononcer.

Le corps de la reine drak'il devint le plus énorme de ces démons. Ses crocs traînaient sur le pont. La possession achevée, la créature leva la tête. Ses yeux jaunes maléfiques cherchèrent l'essence vitale de sa proie. Partout sur le pont, ses immondes semblables se redressèrent et vinrent se masser autour d'elle. Tandis qu'ils sifflaient et faisaient claquer leurs mâchoires, le ravageur qui habitait le corps de la reine demeura aussi immobile et froid qu'une tombe.

Elena sentit que c'était lui le chef de la meute, que la reine des drak'il avait été possédée par le roi des ravageurs. Le monstre braqua son regard affamé sur la jeune fille.

Il était capable de la voir.

Tant mieux, songea Elena. *Qu'il contemple celle qui va tailler son esprit en morceaux et se repaître de son énergie.*

Elena tendit son poing droit devant elle et l'ouvrit lentement, exposant l'entaille sanglante en travers de sa paume. Des flammes argentées s'élevèrent de la plaie, comme si son sang était en feu. Dansant et tourbillonnant, elles remontèrent le long de son bras nu. Elena devina qu'elles allaient consumer son sort d'invisibilité, mais elle n'était plus en état de s'en soucier.

Dans son dos, elle entendit ses protecteurs hoqueter. Elle les ignora.

La sor'cière en elle sourit au roi des ravageurs, étirant les lèvres d'Elena en un rictus cruel, semblable à celui d'un squelette.

Que les démons se combattent entre eux.

Er'ril regarda l'apparition ardente se matérialiser entre lui et les ravageurs massés sur le pont. Ce fut d'abord une flamme argentée, de la taille d'une petite torche, qui jaillit dans les airs à hauteur de taille. En un clin d'œil, cette graine de feu grandit et se mua en rideaux brûlants.

— Reculez, hurla Flint en faisant signe à ses compagnons de se replier vers l'écoutille.

Seul Er'ril refusa de bouger. Il se tenait face au brasier, son épée levée devant lui. Contrairement à Flint, il savait que ça n'était pas une nouvelle manifestation du pouvoir de Rockingham, mais… quelque chose d'autre.

Comme les compagnons se rassemblaient derrière l'homme des plaines, les flammes montèrent encore plus haut vers le ciel. Des reflets argent et azur miroitaient à leur surface. Soudain, une silhouette naquit au cœur du brasier. Elle émergea de la fournaise aussi nue qu'un bébé ; pourtant, ce n'était pas un fragile nourrisson, mais une femme d'une terrible beauté. Et ce n'était pas un vagissement qui montait de sa gorge, mais un rire dément.

Er'ril sentit sa peau le picoter. Le son halluciné lui rongeait l'esprit, s'insinuant à l'intérieur de son crâne comme des vers dans la chair d'un cadavre. Il recula d'un pas. Son instinct lui commandait de fuir. Au lieu de cela, il agrippa son épée un peu plus fort et refusa de céder davantage de terrain. Il savait que l'apparition n'était pas entièrement de ce monde, qu'elle venait de l'obscurité qui sépare les étoiles. Mais, si étrange qu'elle semblât, il reconnaissait la femme qui se cachait derrière cette magie sauvage et ce rire effrayant.

Il prononça son nom.

— Elena.

La femme lui jeta un bref coup d'œil. Puis elle fit un pas en avant. À l'instant où elle sortit du brasier, le feu qui l'avait engendrée se volatilisa, comme aspiré par le vide dont il avait jailli. À présent, il ne restait plus que la femme sur le pont, nue à l'exception des flammes qui dégoulinaient le long de son corps comme de l'huile.

Er'ril planta son regard dans celui de l'apparition. La femme qui se tenait devant lui n'était pas Elena – du moins, pas entièrement. Sa silhouette familière semblait sculptée dans de la pierre de lune, comme si quelqu'un avait substitué une statue marmoréenne à la jeune fille qu'Er'ril connaissait.

Qui pouvait dire ce qui se cachait désormais en elle ?

Comme leurs regards se croisaient et que le rire dément se taisait, Er'ril vit la réponse à sa question. Il hoqueta et tituba en arrière. C'était comme s'il scrutait l'intérieur d'un maelström d'énergie sauvage, un tourbillon dont la violence inouïe menaçait d'arracher son âme même à sa chair. Mais ce n'était pas le pire, pas la raison principale de sa consternation.

Car Er'ril distinguait ce qui se tapissait au centre de ce vortex. Il ne s'agissait pas d'une intelligence démoniaque issue d'une autre dimension. La seule personne qui manipulait ces forces colossales, c'était Elena.

— Qu'as-tu fait, petite ? gémit le guerrier.

— Recule, Er'ril, ordonna l'apparition, sa voix vibrant à la fois de rage humaine et d'un pouvoir aussi immense que le flux des marées. Ceci est mon combat.

Elle pivota vers les ravageurs.

— Non ! Laisse-les ! protesta Er'ril. Ce n'est pas ainsi qu'il faut les vaincre !

Elena l'ignora. Les flammes qui l'enveloppaient grandirent encore tandis qu'elle faisait face aux démons.

— Que se passe-t-il ? s'enquit Flint tout près d'Er'ril.

Le front du guerrier s'assombrit comme un ciel d'orage.

— La sor'cière en Elena a brisé ses chaînes. Elle coule librement dans son sang.

Joach se rapprocha, son bâton à la main.

— Qu'est-ce que ça signifie ?

— Ça signifie que ta sœur a cédé une partie de son esprit à la sor'cière, répondit Er'ril. Désormais, cette partie d'elle est aussi puissante, aussi incontrôlable et aussi dénuée de cœur qu'un cyclone.

Comme pour démontrer la véracité de ces propos, Elena projeta devant elle des flammes argentées qui firent reculer les ravageurs – à l'exception du plus gros qui demeura immobile, ses griffes profondément plantées dans le pont au bois durci par les intempéries. Lorsque Elena s'approcha de lui, ses yeux jaunes ne reflétèrent pas le feu de la sor'cière, mais semblèrent au contraire le consumer. Rejetant sa tête en arrière, il poussa un hurlement de défi.

Qui fut accueilli par un nouvel éclat de rire dément.

Près du mât principal, Rockingham observait les deux adversaires. Les ravageurs apeurés se massaient autour de ses pieds enveloppés d'ombre, et un sourire victorieux flottait sur ses lèvres. Er'ril savait pourquoi le monstre se réjouissait. Même si Elena triomphait des créatures du Seigneur Noir, une fraction de son esprit était morte aujourd'hui : elle n'avait pas été tuée par le poison des drak'il, mais avait librement cédé à une force étrangère à ce monde.

Elena n'était plus tout à fait humaine. Pour ses ennemis, cela constituait déjà une victoire partielle.

Er'ril sentit une gangue de glace lui emprisonner le cœur. Si la sor'cière parvenait à prendre le contrôle, tout serait perdu. Elena deviendrait aussi cruelle et impitoyable que le Seigneur Noir lui-même. Le guerrier leva son épée.

Moris le rejoignit.

— Elle marche en équilibre sur un fil ténu, déclara le frère à la peau noire. Si elle ne réprime pas sa magie très bientôt…

Er'ril acquiesça sans détacher son regard du sourire satisfait de Rockingham. Soudain, le plan de leur ennemi lui apparut clairement. Il comprenait pourquoi Rockingham avait été tiré de sa tombe humide et ramené dans le monde des vivants. De la même façon que le Seigneur Noir avait utilisé les drak'il pour saper les forces des protecteurs d'Elena, il utilisait maintenant le visage de l'assassin de ses parents pour frapper où la jeune fille était la plus vulnérable : au cœur.

Le Cœur Noir voulait faire basculer Elena dans une fureur aveugle, l'inciter à invoquer des forces si titanesques qu'elle serait consumée par sa propre passion. À la fin de la bataille, il ne resterait d'elle qu'une coquille vide, un corps d'adolescente débordant d'une magie que plus aucune émotion humaine ne viendrait tempérer.

Er'ril savait ce qu'il devait faire. Il fit signe aux autres d'approcher tandis qu'il contournait prudemment la silhouette enflammée d'Elena.

— Nous devons l'empêcher d'affronter le golem, dit-il.

— Pourquoi ? s'étonna Joach. Elle seule dispose du pouvoir nécessaire pour le détruire.

— Non. C'est exactement ce que souhaite le Cœur Noir. Pour Elena, Rockingham est un démon intérieur aussi bien que physique. En le combattant, elle risque de se faire autant de mal qu'à lui.

Flint et Moris se placèrent de l'autre côté d'Er'ril.

— Que proposes-tu ? demanda le colosse à la peau noire.

— Laissons-la attaquer les ravageurs pendant que nous nous chargerons de Rockingham.

Comme si elles avaient entendu ces paroles, les créatures mortes-vivantes se traînèrent vers Elena, irrésistiblement attirées par les flammes qui enveloppaient la sor'cière, tels des papillons se dirigeant vers la lumière. Ainsi la voie menant au golem se retrouva-t-elle dégagée.

Joach n'avait pas quitté sa sœur des yeux.

— Ces monstres vont la submerger, protesta-t-il.

— Tant mieux, répliqua Er'ril. (Choqués, tous ses compagnons braquèrent leur regard vers lui.) Qu'ils détournent son attention du véritable démon ici présent. Mieux vaut qu'elle meure sous les coups des ravageurs plutôt que de remettre son âme entre les mains du Seigneur Noir.

Abasourdis par la froideur de cette déclaration, les autres ne répondirent pas.

Le raclement de leurs bottes sur le pont avait fini par attirer l'attention de Rockingham, toujours planté près du mât principal.

— Ainsi, les rats espèrent triompher du lion, lança-t-il sur un ton venimeux. Je te croyais plus sage que ça, Er'ril.

— Même le plus féroce des lions a un point faible, répliqua le guerrier en brandissant son épée. Un coup au cœur peut le tuer aussi bien que n'importe quel autre animal.

— C'est possible, concéda Rockingham. (Il se débarrassa des lambeaux de sa chemise de lin, exposant à la vue de tous le puits noir qui béait dans sa poitrine.) Mais, vois-tu, je n'ai pas de cœur.

Elena se laissa encercler par les plus petits des démons. Le cliquetis de leurs griffes emplissait ses oreilles, mais elle les ignorait. Son regard demeurait fixé sur la plus grosse des créatures – le roi des ravageurs. Elle sentait qu'il était le cœur de la horde et que, s'il tombait, il entraînerait les autres dans sa chute.

Des rideaux de flammes émanaient du corps d'Elena en petites vagues, qui se propageaient sur le pont autour de ses pieds nus. Les ravageurs surveillaient leur progression avec méfiance ; ils se précipitaient en avant chaque fois que la magie de la jeune fille refluait, puis battaient en retraite quand le feu argenté revenait à l'assaut.

Jusque-là, le roi des démons avait tenu sa position, ses griffes profondément plantées dans le bois du pont. Il ne semblait guère affecté par la démonstration de pouvoir d'Elena.

Un petit ravageur, plus agressif ou plus audacieux que les autres, fit claquer ses crocs et passa à l'attaque. Il bondit par-dessus la mare de feu spectral et plongea vers la gorge d'Elena, ses griffes affûtées tendues devant lui, tel un piège à ours sur le point de se refermer.

Ignorant la menace, Elena se détourna. Elle savait que la sorcière protégerait ses arrières. Sa main droite se leva de son propre chef et se tendit vers le ravageur, lui intimant de s'arrêter. Une lance d'énergie fusa de sa paume et frappa la créature en plein vol.

Du coin de l'œil, Elena regarda son agresseur se faire consumer. Bientôt, il ne resta du ravageur que sa silhouette dessinée par des flammes argentées – et un esprit torturé, mais captif du feu spectral. Puis la brûlure se fit plus intense, plus profonde, et elle marqua l'esprit du démon comme au fer rouge. Elena entendit le ravageur hurler tandis que la sor'cière prenait possession de lui et le pliait à sa volonté.

Aucun esprit ne pouvait résister à l'ardeur du feu spectral.

Elena sourit en voyant ses flammes recracher le démon. Celui-ci s'écrasa sur le pont pour se relever aussitôt, aussi scintillant qu'un fantôme argenté.

L'esprit, toujours sous sa forme bestiale, pivota et attaqua un autre ravageur. Il plongea sur sa nouvelle proie, qui ne se doutait de rien, et s'accrocha à elle comme une sangsue. Puis, lentement, il s'enfonça vers son cœur et disparut à l'intérieur de sa victime.

Le ravageur assailli se tordit de douleur. Ses griffes raclèrent vainement le pont ; sa tête partit en arrière, et un hurlement atroce jaillit de sa gorge, expulsant l'esprit envahisseur. Celui-ci roula sur le pont, se secoua et se redressa d'un mouvement fluide. Il était indemne.

L'autre ravageur ne pouvait pas en dire autant. Il frissonnait et tremblait de tous ses membres décharnés. La lueur jaunâtre de ses yeux vira à l'argenté. Puis son propre esprit jaillit hors de sa coquille de chair desséchée, crépitant de feu spectral. Derrière lui, son corps désormais vacant s'effondra en un pitoyable tas d'os et de peau flétrie. Abandonnant son ancien calice, le fantôme traversa le pont pour rejoindre son jumeau.

Tous deux se mirent à attaquer les autres ravageurs. Le contact ardent du feu spectral se propagea à travers la horde, tel un incendie dans une plaine déjà brûlée par le soleil. Bientôt, ce fut toute une armée fantomatique qui se pressa autour d'Elena.

La jeune fille ne leur prêta aucune attention. Elle savait que ce n'était que l'offensive initiale, que le plus gros de la bataille restait encore à venir. Le roi des ravageurs l'attendait de l'autre côté du pont, bavant du sang noir. L'air nullement ébranlé par le sort de ses troupes, il se contentait de la fixer.

Elena soupçonnait qu'il ne se laisserait pas si facilement vaincre par le feu spectral. C'était une créature forgée dans les abysses les plus insondables de l'au-delà. La lave en fusion était son élément ; à côté de lui, les autres ravageurs faisaient figure de simples pions. Pour triompher de ce démon-là, il faudrait bien davantage que le pouvoir à l'état pur d'une sor'cière. Le roi des ravageurs était un adversaire retors ; outre son pouvoir, Elena aurait besoin de toute sa sagesse pour le vaincre.

Soudain, un ravageur solitaire s'interposa entre son roi et la jeune fille. Ses griffes esquissèrent une chorégraphie de terreur tandis que la horde fantomatique se jetait sur lui, telle une meute de chiens sur un lapin effrayé. Quelques instants suffirent pour que son esprit rejoigne l'armée d'Elena.

Il ne restait plus d'autres ravageurs à bord du *Fend-les-Flots* – leur roi excepté.

Satisfaite, Elena rappela sa magie, la rassemblant autour d'elle à la manière de l'ourlet enflammé d'une très longue robe. Elle aurait besoin de tout le pouvoir qui lui restait pour la suite de la bataille. Déjà, la teinte mauve de sa main droite avait considérablement pâli. Elle ne pouvait en gaspiller davantage.

Face à elle, un de ses soldats s'approcha du roi des ravageurs. C'était comme si les esprits flairaient leur dernière proie. Dans une conflagration de feu spectral, toute l'armée se jeta sur son roi pour lui arracher son esprit – et le libérer.

Mais le roi des ravageurs tint bon. Il se dressa sur ses membres griffus au milieu de la horde, tel un rocher noir émergeant d'un maelström argenté. Ouvrant la gueule, il attaqua ses agresseurs à grands coups de crocs tranchants comme des rasoirs. De la même façon que ses yeux avaient repéré Elena quand elle était invisible, ses dents trouvaient prise là où elles auraient dû se refermer sur du vide. Il tailla son armée en morceaux flamboyants. Puis une langue noire serpenta hors de sa gueule, et il lécha ces fragments d'esprits comme un chat affamé.

Tandis qu'il se nourrissait, le démon grandissait et grossissait, utilisant la magie d'Elena pour augmenter sa propre masse. Des pattes articulées et caparaçonnées comme celles d'une araignée jaillirent sous lui. Ses crocs s'allongèrent jusqu'à atteindre la taille d'un bras humain. Ses yeux s'enfoncèrent sous ses arcades de plus en plus proéminentes, cependant que des pointes de corne luisante jaillissaient de sa peau à la texture de cuir.

Elena n'attendit pas la fin de sa transformation. Elle tendit sa main, paume en avant, banda sa volonté et projeta toute sa magie vers le roi des ravageurs. Des flammes argentées fusèrent au-dessus du pont. Lorsqu'elles l'enveloppèrent, le démon hurla pour la première fois. Il lutta contre l'emprise d'Elena, se traînant vers la jeune fille pour piétiner la source du feu spectral et éteindre celui-ci. Mais Elena recula, le bras toujours tendu devant elle.

— Va-t'en, démon ! glapit-elle comme la magie qu'elle venait de libérer chantait dans son sang. Retourne là d'où tu viens !

Hélas, le roi des ravageurs ne lui obéit pas. Là où ses séides avaient succombé rapidement, il continua à lutter avec obstination.

Quelque part derrière le brasier de feu spectral, un cri jaillit et parvint aux oreilles d'Elena.

— Tiens bon, El ! Je vais t'aider !

Le sourcil droit de la jeune fille se fronça.

Il lui fallut une demi-seconde pour reconnaître la voix de son frère. Enfin, elle remarqua qu'Er'ril et les autres s'étaient rassemblés de l'autre côté du pont, et qu'ils menaçaient Rockingham de leurs épées. Puis elle repéra la silhouette dégingandée de Joach qui, armé de son seul bâton, fonçait vers elle – et vers le roi des ravageurs.

— Joach, non !

Elena lutta contre l'emprise de la sor'cière, cette partie froide et indifférente de son esprit qui souhaitait juste que la bataille entre démons se poursuive. La sor'cière n'avait cure de l'amour d'une sœur pour son frère : une telle émotion n'avait pas sa place dans la danse de la magie. Pourtant, comme elle continuait à projeter son pouvoir vers le démon en difficulté, drainant toute l'énergie contenue dans le sang d'Elena, la jeune fille s'aperçut que sa domination sur elle faiblissait, qu'elle pouvait de nouveau réfléchir clairement.

Elle se souvint de ce qu'elle avait réalisé un peu plus tôt. Pour vaincre le roi des ravageurs, le pouvoir brut ne suffirait pas. Elle avait frappé sans réfléchir, et elle n'en avait pas retiré grand-chose : elle avait blessé son adversaire, rien de plus.

Tandis que sa magie se tarissait, Elena lutta pour reprendre le contrôle à la sor'cière. Très vite, elle étancha le flot de feu spectral, réabsorbant le peu de pouvoir qui lui restait avant que celui-ci soit dépensé vainement.

Face à elle, le roi des ravageurs se tordait toujours à l'intérieur des flammes, mais celles-ci ne dureraient pas. Elena n'avait que quelques instants pour réagir. Elle baissa les yeux vers sa main pâle. Que pouvait-elle faire ? Cet esprit démoniaque semblait immunisé contre le peu de pouvoir dont elle disposait encore.

— Recule, El ! hurla Joach de l'autre côté du ravageur torturé.

Il brandissait son bâton au-dessus de sa tête comme s'il avait l'intention d'assommer la créature avec.

Elena observa l'arme de son frère. Une idée germa dans son esprit. *Quand la magie a échoué…* Soudain, elle se souvint de la leçon de sa tante Mycelle, quelques jours plus tôt : *« Quand la magie a échoué, le fer peut encore prévaloir. »*

Elena se redressa.

— Joach ! Ne fais pas ça ! cria-t-elle.

Mais elle savait que rien de ce qu'elle pourrait dire ne convaincrait le jeune homme de se tenir à l'écart. Son frère mourrait en la défendant.

— Viens me rejoindre !

Tenant sa magie concentrée dans son poing droit, elle contourna le démon occupé à piétiner ses dernières flammes argentées.

Frère et sœur se précipitèrent l'un vers l'autre.

Le mouvement n'échappa pas au roi des ravageurs. Le monstre pivota sur ses pattes griffues, ouvrant de profondes ornières dans le bois du pont. Perplexe, il poussa un rugissement. Mais les deux jeunes gens ne se laissèrent pas distraire. Joach s'arrêta près de sa sœur, brandissant son bâton comme un bouclier entre Elena et le démon.

Le roi des ravageurs, qui s'était recroquevillé sous l'assaut du feu spectral, se redressa de toute sa hauteur. Debout, il surplombait ses adversaires. Une odeur de chair calcinée émanait de lui, et ses yeux jaunes lançaient des éclairs vengeurs.

— Achève-la ! hurla Rockingham à sa création.

De l'autre côté du pont, Er'ril abattit son épée sur la tête de Rockingham. Pour esquiver le coup, le golem fut forcé de s'écarter du mât.

— Elena ! appela Er'ril. Va te réfugier sur le pont inférieur ! Utilise ce qui te reste de magie pour te dissimuler !

C'était une tactique sensée, songea Elena. Elle avait encore assez de pouvoir à sa disposition pour se rendre invisible.

Comme elle ne disait rien, Joach pivota à demi vers elle.

— Fais-le, la pressa-t-il à voix basse.

Elena secoua la tête. Sa place était ici, avec ses compagnons.

Tandis que le frère et la sœur se communiquaient silencieusement leur détermination et leur amour, le roi des ravageurs attaqua dans un tourbillon d'appendices tranchants. Ses crocs firent mine de mordre Joach tandis que ses griffes tentaient d'empaler Elena.

Sans frémir, la jeune fille tendit sa main droite ensanglantée vers son frère et empoigna le bâton de pol'bois. Comme dans le couloir du gaillard d'avant, magie noire et magie blanche entrèrent en collision. La déflagration d'énergie qui en résulta fit reculer le démon. Pour ne pas être projetée en arrière comme la fois précédente, Elena verrouilla sa prise sur le bâton et s'y accrocha de toutes ses forces. Près d'elle, Joach hoqueta en sentant le pouvoir enfler brusquement lorsque le talisman absorba le sang et la magie d'Elena.

Les doigts crispés sur le bâton, la jeune fille déversa toute son énergie dans le pol'bois avide. Elle avait l'impression que celui-ci cherchait à l'aspirer tout entière. La tête lui tourna. Un instant, elle fila le long des veinures du bois, sentit le contact de ses fibres, entendit même l'écho lointain du chant de la forêt. Le talisman se nourrissait d'elle – et pas seulement de sa magie. Il buvait aussi une partie de son essence vitale.

— Non, gémit Elena, comprenant soudain ce qu'on exigeait d'elle.

Sous ses yeux, ses ongles s'allongèrent, se recourbèrent et jaunirent. Le prix à payer était beaucoup trop élevé !

— Elena ! Attention !

Le ton paniqué de Joach ramena la jeune fille à elle, l'empêchant de se perdre totalement dans le pol'bois. Son frère la poussa sur le côté, brisant son contact avec le bâton. Le bras droit d'Elena retomba mollement. Non seulement sa magie s'était consumée, mais ses forces physiques en avaient fait autant.

— El, que… Qu'as-tu fait à mon bâton ? balbutia Joach.

Elena lutta pour focaliser sa vision. Le bois noir brillait désormais d'une lueur argentée, comme celui d'un érable des neiges. Mais sa pureté toute neuve était souillée par des marbrures écarlates liquides. On aurait dit que du sang suintait par tous ses pores.

— Utilise-le, ordonna Elena d'une voix forte.

— Quoi, son pouvoir ? demanda Joach.

Elena secoua la tête et s'affaissa contre le bastingage. Juste avant de s'évanouir, elle poussa son frère vers le monstre.

— Utilise-le comme papa te l'a appris.

Perplexe, Joach fronça les sourcils. Mais il n'eut pas le temps de discuter. Sentant que sa proie était affaiblie, le roi des ravageurs passa à l'attaque. Ses griffes fusèrent vers le jeune homme pour l'embrocher. Joach leva son bâton. Il espérait juste bloquer le coup meurtrier, et fut aussi choqué que son adversaire par le résultat de son geste.

La patte du démon explosa en une nuée d'échardes brûlantes. Le roi des ravageurs ramena son moignon contre sa poitrine et recula d'un pas en sifflant. Accroupi sur ses pattes caparaçonnées, il étudia Joach de ses yeux jaunes. De toute évidence, il avait sous-estimé sa proie.

Tout en surveillant son adversaire du coin de l'œil, Joach examina le bâton qu'il tenait dans sa main. Le blanc neigeux du bois luisait faiblement ; les veines rouges dessinaient comme un réseau de ruisselets à sa surface. Soudain, Joach sursauta. Au lieu de se cantonner au bâton, les marbrures gagnaient sa chair. À travers sa peau pâle, il les vit escalader ses jointures, remonter le long de son poignet et disparaître sous la manche de sa chemise.

Que se passait-il ?

Avant que le jeune homme puisse émettre une quelconque hypothèse, un grognement sifflant ramena son attention sur le danger le plus immédiat.

Il leva son bâton imprégné de magie. L'épais morceau de bois était devenu aussi léger qu'une branche de saule. Un subtil mouvement des doigts, un infime pivot du poignet suffisaient à le faire tournoyer. Joach lui fit décrire un arc vicieux, si rapide que ses yeux ne purent le suivre.

Jadis, son père lui avait expliqué qu'entre des mains expertes un simple bâton de bois pouvait s'avérer plus meurtrier que la plus tranchante des épées. Sur le coup, Joach était resté dubitatif. Mais à présent... Il fit virevolter le talisman autour de son poignet et le rattrapa habilement. Jamais il n'avait éprouvé une telle impression de contrôle ; jamais il n'avait si bien compris le pouvoir du pol'bois. Le bâton était devenu une extension de son bras, l'instrument mortel de sa volonté.

Le talisman et lui ne faisaient plus qu'un.

Le roi des ravageurs bondit, bien décidé à les séparer. D'une simple pensée, Joach imprima une demi-rotation à son arme et propulsa une de ses extrémités dans la figure du démon. Celui-ci fut arrêté net. Les vibrations de l'impact remontèrent le long du bois et se communiquèrent à l'épaule de Joach.

En temps normal, le choc aurait engourdi les doigts du jeune homme et fait sauter le bâton de sa main. Pourtant, Joach le sentit à peine. D'un revers de poignet, il fit tournoyer le talisman et abattit son autre extrémité sur le crâne du démon.

Des os craquèrent. Le roi des ravageurs s'écroula sur le pont, brisant plusieurs planches sous lui. Le coup aurait été assez fort pour tuer un taureau – mais le démon vivait encore. Ses pattes griffues cherchèrent des prises, d'abord faiblement et à tâtons, puis avec une détermination renouvelée.

Joach n'attendit pas que la créature parvienne à se redresser. Il s'élança et, utilisant son bâton comme une perche, se propulsa par-dessus le tourbillon d'appendices acérés.

Il atterrit sur le dos de son adversaire. Sans marquer de pause, il empoigna son bâton à deux mains et positionna une de ses extrémités contre la colonne vertébrale du démon. Puis, jetant tout son poids et toute sa volonté dans la manœuvre, il poussa. Le bois traversa proprement la peau et les os de la créature avant de se planter dans le pont.

Telle une araignée épinglée sur du liège, le roi des ravageurs se tortilla désespérément. Joach lutta pour conserver son équilibre, mais la menace des griffes et des crocs était trop proche. Prenant appui sur son talisman fiché dans le pont, le jeune homme se propulsa de nouveau par-dessus le monstre et se reçut maladroitement deux mètres plus loin. Son élan l'emporta jusqu'au bastingage, à une longueur de bras d'Elena.

Roulant sur lui-même, il se tordit le cou pour observer le résultat final de son attaque. Le roi des ravageurs s'affaiblissait à chacune de ses tentatives pour se libérer. Le morceau de bois argenté le clouait au pont. Ses griffes raclèrent le bois une dernière fois, puis s'immobilisèrent. Avec un hurlement qui déchira les nuages et emporta un morceau de voile, l'esprit démoniaque s'enfuit.

Un petit nuage de fumée s'éleva autour du bâton et disparut. Il ne laissa derrière lui que la carcasse vide, calcinée et torturée de la reine drak'il. Sa magie blanche consumée, le bâton, toujours planté dans le pont, avait repris sa teinte sombre habituelle.

Joach s'assit et chercha à tâtons la silhouette évanouie de sa sœur. Sa main se figea comme ses yeux se posaient sur elle.

— Douce Mère… El…

Elena gisait inconsciente au pied du bastingage. Même si elle respirait toujours, sa peau arborait la blancheur des premières neiges. Mais ce n'était pas son teint livide qui venait d'arracher un hoquet de stupéfaction à Joach. Les cheveux jadis coupés court de sa sœur s'étalaient maintenant sous sa tête, en un épais coussin de boucles flamboyantes. De la teinture noire dont Er'ril s'était servi pour la déguiser, il ne restait que quelques traces sur les pointes.

Trop choqué pour appeler les autres, Joach se traîna à quatre pattes vers sa sœur. En approchant, il vit que les ongles d'Elena avaient connu la même croissance miraculeuse, formant des tire-bouchons de corne qui s'enfonçaient dans la paume de ses mains.

Les cheveux et les ongles d'Elena n'étaient pas les seules choses qui avaient poussé. Joach ne voulait pas jouer les voyeurs, mais la transformation était si ahurissante qu'il avait du mal à détacher son regard de sa sœur. Elena n'avait plus le corps d'une adolescence en pleine puberté. Sa silhouette se parait désormais des courbes voluptueuses d'une jeune femme. C'était comme si elle avait vieilli de quatre hivers en l'espace de quelques battements de cœur.

Très vite, Joach ôta son épaisse chemise de laine pour en draper la nudité de sa sœur. Le vêtement avait du mal à couvrir Elena. Elle devait faire une bonne tête de plus que lui à présent.

Le mouvement tira la jeune femme de son inconscience.

— J… Joach ? marmonna-t-elle, les paupières papillotant de fatigue.

— Chut, El. Dors, chuchota Joach, ne sachant trop quoi dire. Tu es en sécurité.

Une voix s'éleva pour clamer le contraire.

— Tu ferais mieux de me la remettre, mon garçon, lança Rockingham. Et peut-être te laisserai-je vivre.

Les yeux plissés, Joach se redressa et, à grandes enjambées furieuses, se dirigea vers le bâton planté dans la carcasse de la reine drak'il – sa seule arme.

De l'autre côté du pont, Er'ril et les autres encerclaient toujours Rockingham. Ils le menaçaient de leurs épées, mais des ombres protectrices enveloppaient le golem. Flint les avait avertis de ne surtout pas pénétrer ces ténèbres surnaturelles.

— Tu peux envoyer tous les démons de l'au-delà contre nous, espèce de monstre, répliqua Joach d'une voix brûlante de haine. Mais jamais tu ne toucheras Elena.

— Des paroles bien audacieuses venant de quelqu'un qui ne dispose plus de la magie de sa sœur, ricana Rockingham.

— N'importe quelle arme me conviendra pour t'affronter, cracha Joach.

Il tendit la main vers son bâton. Lorsque ses doigts se refermèrent sur le pol'bois, une violente secousse le parcourut. Ses genoux cédèrent sous lui. Utilisant le bâton comme une béquille, il parvint tout juste à conserver son équilibre.

Joach regarda sa main. À l'endroit où il tenait le talisman, les veines écarlates qui marbraient sa chair se déversaient dans le bois. Sous l'afflux de liquide rouge, celui-ci recommençait à virer au blanc. Chaque battement du cœur de Joach repoussait sa noirceur originelle.

Le jeune homme écarquilla les yeux, mais il ne pouvait nier ce qu'il ressentait. À présent, c'était son propre sang qui imprégnait le bois, qui nourrissait le talisman affamé. Il avait cru que la magie d'Elena s'était consumée ; il réalisait qu'elle s'était juste assoupie en attendant que son sang la réveille. Comme elle s'embrasait de nouveau, il entendit un chœur résonner à l'intérieur de son crâne : un bourdonnement qui exprimait une jubilation cruelle. Ses membres recouvrèrent leur vigueur.

— El, qu'as-tu fait ? marmonna-t-il.

— Je n'avais pas le choix, répondit une voix faible près du bastingage.

Joach jeta un coup d'œil à sa sœur et vit qu'elle avait rouvert les yeux. Fascinée, elle observait le bâton gorgé de sang, redevenu blanc d'une extrémité à l'autre.

— J'avais besoin d'une arme, expliqua-t-elle tristement, d'une voix lasse.

— Alors, tu as forgé ceci.

Joach dégagea le bâton du pont. Ce fut aussi facile que de retirer un couteau d'une motte de beurre.

— Non, le détrompa Elena. (Pour la première fois, elle plongea son regard dans celui de son frère.) Je t'ai forgé, *toi.*

Er'ril garda son épée brandie entre Rockingham et la sor'cière. Il entendait Joach et Elena parler tout bas derrière lui, mais il n'osait pas leur jeter le moindre coup d'œil, de peur que le golem en profite pour améliorer sa position.

Jusqu'ici, Er'ril et les deux frères avaient prudemment joué au chat et à la souris avec Rockingham. Après la création des ravageurs, la magie qui émanait du golem avait semblé s'affaiblir. Rockingham s'était replié sur une position défensive, conjurant un cercle d'ombres protectrices autour de ses chevilles. Les épées des compagnons l'empêchaient d'atteindre Elena, mais ses ténèbres empêchaient les compagnons de l'atteindre, lui.

La main d'Er'ril se crispa sur la poignée de son épée. Ombres protectrices ou pas, ses compagnons et lui devaient agir vite. Ils ne pouvaient pas laisser au monstre l'occasion de rassembler ses forces pour lancer un nouvel assaut.

Ce fut à ce moment-là que la fatalité intervint.

Un craquement rugissant déchira les entrailles du *Fend-les-Flots*. Le pont principal trembla sous les pieds des compagnons tandis qu'un hurlement de poutres et de planches torturées se répercutait à la surface de l'eau. Er'ril supposa d'abord qu'il s'agissait d'un nouveau tour du golem. L'expression surprise et vaguement inquiète de Rockingham le détrompa aussitôt.

Ce fut Flint qui fournit la solution du mystère.

— Un récif ! hurla-t-il.

L'indécision assombrit son visage buriné. Il jeta un regard angoissé vers la poupe. De toute évidence, il craignait d'abandonner la surveillance du démon, mais savait que le bateau et ses passagers étaient condamnés si personne ne prenait la barre.

Avant qu'il puisse réagir, le *Fend-les-Flots* se cabra, et un grondement sourd ébranla tout le navire. Les mâts se mirent à tanguer, comme ivres ; les voiles claquèrent comme en signe de protestation.

— Nous sommes échoués ! s'époumona Flint.

Le *Fend-les-Flots* s'immobilisa dans un immense frisson. Surpris, Er'ril tomba en arrière à l'instant où les ombres meurtrières balayaient l'endroit où il s'était tenu une seconde plus tôt. Rockingham, qui n'avait pas le pied plus marin que l'homme des plaines, venait de trébucher et de tomber à genoux.

Er'ril allait rouler sur lui-même pour s'éloigner du golem quand il s'immobilisa, horrifié.

Habitué à naviguer dans les eaux agitées de l'Archipel, Moris avait compensé la brusque secousse en se retenant au mât d'une main. Ainsi était-il demeuré sur la trajectoire de chute de Rockingham. Il ouvrit de grands yeux incrédules en voyant les ombres engloutir ses jambes.

Flint fit un pas vers lui.

Moris dut le voir.

— Non ! Va prendre la barre ! ordonna-t-il en levant la tête. (La douleur enrouait sa voix ; il brandit son épée.) Sauve le navire ! Je me charge de ce démon !

Déjà, les ténèbres consumaient son corps. L'éclat blanc de ses fémurs transparaissait entre les volutes d'ombre.

Toujours à genoux, Rockingham tenta de se traîner un peu plus loin, mais le colosse à la peau noire le surplombait. Comme les ténèbres dévoraient ses jambes musclées, Moris bascula en avant, tel un arbre abattu par un bûcheron. Il tenait son épée courte à deux mains, et son visage n'était qu'un masque de douleur. Pourtant, même les ombres meurtrières ne pouvaient saper son inébranlable volonté. Il fit en sorte de tomber vers la silhouette prostrée de Rockingham, orientant sa lame de façon à atteindre un endroit bien précis.

Le golem poussa un cri et leva un bras pour se protéger. En vain. L'épée de Moris lui transperça la poitrine, et le frère à la peau noire s'écroula sur lui tandis que les ombres les submergeaient tous deux.

—Moris ! hurla Flint.

Er'ril roula sur lui-même et se redressa dans l'élan. Les ténèbres huileuses formèrent une spirale et se mirent à tourbillonner de plus en plus serré sur elles-mêmes, ainsi que de l'eau aspirée par un siphon. Un cri strident jaillit du vortex et monta dans les aigus comme ce dernier rétrécissait. L'instant d'après, les ombres se volatilisèrent.

Joach rejoignit ses compagnons. Personne ne disait mot.

Sur le pont gisait un grand squelette blanchi, qui tenait encore une épée courte dans ses phalanges. Moris.

L'épuisement et le choc réduisaient les langues au silence. Dans le cœur des compagnons, l'horreur du prix de la victoire le disputait au soulagement d'avoir vaincu le monstre.

Ce fut Joach qui retrouva le premier l'usage de la parole.

—Douce Mère, recueille l'âme de notre ami en ton sein, chuchota-t-il.

Pris entre la rage et le chagrin, Er'ril ne vit rien à ajouter à cette prière. Combien de valeureux guerriers devraient encore mourir avant qu'Alaséa recouvre sa liberté ?

Flint se pencha vers le squelette. Il toucha respectueusement son crâne et ramassa quelque chose sur le pont. Puis il se releva et le tendit à Joach.

Er'ril regarda l'étoile en argent nichée dans la paume de Joach. C'était la boucle d'oreille de Moris, le symbole de l'ordre auquel Flint et lui appartenaient.

—Il aurait voulu que tu l'aies, déclara Flint, la voix enrouée par l'émotion.

—Je serai honoré de la porter, affirma Joach.

Flint s'essuya les yeux et redressa le dos.

—Il faut que je m'occupe du bateau, dit-il à Er'ril.

Déjà, le *Fend-les-Flots* commençait à gîter.

Er'ril acquiesça. Il sentait que le vieil homme avait besoin de solitude pour pleurer l'ami très cher qu'il venait de perdre.

Lorsque Flint se fut éloigné, Joach désigna le squelette de Moris.

— Et Rockingham ? demanda-t-il. Où sont ses os ?

Er'ril se souvint du hurlement torturé qui s'était évanoui en même temps que les ténèbres.

— Je ne sais pas. Je crains qu'il ait, une fois de plus, échappé à la mort, avoua-t-il, l'air sombre.

— Dans ce cas, Moris s'est sacrifié pour rien.

— Non. Même s'il n'a pas réussi à le tuer, il a chassé le monstre de notre bord. Je ne crois pas que nous aurions pu endurer un assaut magique supplémentaire.

Joach hocha la tête, le poing serré sur l'étoile d'argent.

— La prochaine fois, dit-il sur un ton si venimeux qu'Er'ril leva brusquement les yeux vers lui, je lui arracherai le cœur avec mes propres mains.

Er'ril posa la main sur l'épaule du jeune homme en un geste consolateur. Puis, pour la première fois, il remarqua le bâton blanc que Joach tenait dans son autre poing – et les filets rouges qui coulaient à la surface du bois.

— Fais-moi voir ton bâton, réclama-t-il.

Joach se dégagea en écartant le talisman d'un air soupçonneux.

— Pourquoi ?

Er'ril étudia le jeune homme et remarqua que les marbrures écarlates le reliaient à son bâton.

— Laisse tomber. Tu viens de répondre à ma question. (Il fit mine de se détourner et lança par-dessus son épaule :) À l'avenir, quand tu ne seras pas en train de te battre avec, je te suggère de porter un gant pour manier ce bâton. Tu n'as qu'une quantité de sang limitée dans les veines.

Ignorant les sourcils froncés et l'expression perplexe de Joach, Er'ril traversa le pont. Il semblait chercher quelque chose du regard. Enfin, il aperçut Elena, assise contre le bastingage. Les jambes repliées contre la poitrine, la jeune fille avait enfoui son visage dans ses bras croisés autour de ses genoux. Aux secousses qui agitaient ses épaules, Er'ril devina qu'elle pleurait.

Il se dirigea vers elle, le cœur lourd, remarquant au passage la crinière rousse qui cascadait dans son dos. Il était tout aussi responsable qu'Elena du geste impétueux de celle-ci – et de ses conséquences. Quelques jours plus tôt, dans la cuisine de Flint, il aurait dû lui décrire le sort de manière plus détaillée. Mais il avait craint de l'effrayer. Elle était déjà bien assez secouée… En soupirant, il la rejoignit près du bastingage.

Elena dut entendre approcher Er'ril. Elle ne releva pas la tête pour autant, et ses mots parvinrent étouffés au guerrier.

— Je suis désolée pour Moris. Je le connaissais à peine, et il a donné sa vie pour me protéger. J'aurais dû… J'aurais pu…

— Non, coupa sévèrement Er'ril. Nous avons perdu un combattant valeureux aujourd'hui, mais la responsabilité ne t'en incombe pas. En te l'appropriant, tu déshonorerais la mémoire de mon ami. Son sacrifice a été librement consenti ; accepte-le de bonne grâce. Honore Moris en sachant qu'il t'a sauvée et que tu n'aurais rien pu faire pour l'en empêcher.

Les sanglots d'Elena redoublèrent. Er'ril la laissa pleurer. Il avait encore beaucoup de choses à lui dire, mais il ne pouvait pas le faire avant qu'elle soit en état de l'entendre. Lorsqu'elle se fut enfin calmée, il reprit la parole.

— À propos de Joach… et du bâton.

Elena frémit comme si Er'ril l'avait giflée. Elle parut se recroqueviller encore davantage sur elle-même.

— Je croyais que je n'avais pas le choix, marmonna-t-elle sur un ton douloureux.

— Et c'était peut-être le cas. Mais, en prenant ta décision sans le consulter, tu as privé Joach du sien, fit valoir Er'ril.

Elena garda le silence.

—Comprends-tu ce que tu as fait ? insista Er'ril. Sais-tu ce que tu viens de créer ?

Le visage toujours enfoui dans ses bras, Elena acquiesça.

—J'ai… J'ai forgé une arme de sang. Comme les épées dont tu m'as parlé l'autre jour. Et… Et je l'ai liée à Joach.

—Oui, dit Er'ril, soulagé qu'à tout le moins la jeune fille réalise les implications de son geste. (Il avait craint un instant qu'elle ait agi sous l'emprise de la sor'cière.) Joach est solide, et tous les gens de ta famille ont une affinité avec la magie. Il est possible qu'il parvienne à contrôler le bâton sans entraînement. Mais il est aussi colérique et impulsif. Ces défauts pourraient le faire tomber sous la coupe de la magie contenue dans le bâton. Seul le temps nous le dira.

Elena se roula en une boule encore plus serrée.

—Je suis en train de détruire ma famille.

Er'ril s'agenouilla près d'elle.

—La liberté se paie toujours cher.

—Mais faut-il que toute ma famille supporte cette dette ? geignit Elena.

Er'ril l'entoura de son bras et la serra contre lui.

—Je suis désolé, Elena, dit-il doucement. C'est un fardeau très lourd, mais ta famille n'est pas la seule à le supporter. Tout Alaséa saigne.

Tremblante, la jeune fille se blottit contre sa poitrine.

—Je sais, chuchota-t-elle.

Il y avait tant de désespoir dans sa voix qu'Er'ril aurait voulu la garder contre lui éternellement, ne plus jamais la lâcher pour qu'elle demeure en sécurité dans son étreinte.

Ils restèrent ainsi l'un contre l'autre pendant quelques instants. Puis les tremblements d'Elena s'apaisèrent, et la jeune fille leva une main.

—Et ça ? demanda-t-elle en désignant du menton ses ongles d'une longueur insensée. D'où est-ce que ça vient ? Qu'est-ce que ça signifie ?

Enfin, elle leva son visage vers Er'ril. Ses yeux étaient bouffis de chagrin, ses joues blêmes et striées de larmes. Mais, pour la première fois, Er'ril vit la femme qui s'était cachée derrière les rondeurs enfantines de sa protégée.

Encadrés par ses boucles couleur de feu, les iris verts d'Elena étaient désormais piquetés de paillettes d'or qui lui donnaient un regard impérieux. Ses pommettes hautes appelaient la caresse d'un doigt qui descendrait ensuite le long de sa mâchoire bien dessinée et de son cou gracieux. Ses lèvres entrouvertes s'étaient épanouies comme les pétales d'une rose.

— Er'ril ?

Le guerrier cligna des yeux et s'écarta légèrement d'elle. Il se racla la gorge. Il connaissait le prix à payer pour forger une arme de sang ; il savait qu'Elena aurait subi des changements. Pourtant, il était choqué par son apparence. Il ne s'était pas attendu à ce qu'une femme lui rende son regard.

Percevant son brusque malaise, Elena baissa les yeux vers sa silhouette et tira sur l'ourlet de la chemise en laine de Joach.

— Que m'est-il arrivé ?

Déglutissant, Er'ril se força à articuler :

— Pour forger une épée de sang, ou toute arme magique de ce type, le mage doit faire librement don d'un morceau de lui-même. D'une partie de sa vie.

Elena fronça les sourcils.

— Que veux-tu dire ?

Er'ril voulait s'expliquer plus clairement, mais il avait du mal à mettre de l'ordre dans ses pensées. Son esprit était trop occupé à enregistrer les changements survenus chez Elena.

— Des années t'ont été volées et ont été données à l'artefact. Tu as vieilli, Elena. Dans l'instant qu'il t'a fallu pour créer le bâton de sang de Joach, j'estime que tu as pris quatre ou cinq hivers.

La jeune femme porta les mains à son visage comme si elle voulait éprouver la vérité de ces paroles, mais ses ongles démesurés l'empêchèrent de palper sa figure.

— Mes cheveux... Mes ongles...

— C'est comme si tu avais dormi quatre hivers et que tu te réveillais à peine.

Elena pâlit encore davantage, et ses yeux se remplirent de nouveau de larmes.

Avant qu'Er'ril ou elle puissent ajouter quoi que ce soit, Joach interrompit leur conversation. Il les appela depuis l'autre côté du pont, en agitant son bâton pour les pousser à se dépêcher. Derrière lui, la silhouette grisonnante de Flint s'extrayait de l'écoutille. Le vieux loup de mer était trempé de la tête aux pieds.

— Nous sommes complètement échoués ! lança Joach. L'eau de mer a envahi la cale. Il faut abandonner le navire ! (À bout de souffle, il rejoignit Er'ril et Elena ; son pantalon était imbibé d'eau de mer.) Nous devons récupérer nos affaires et embarquer dans le canot.

Comme pour souligner l'urgence de la manœuvre, le navire tangua soudain, et un craquement sinistre se réverbéra à travers les planches du pont. Er'ril aida Elena à se relever et la confia à Joach. La jeune femme chancelait. Er'ril se demanda dans quelle mesure c'était dû à la fatigue ou à sa brusque poussée de croissance. Il lui faudrait du temps pour s'habituer à l'allongement de ses jambes et aux autres transformations de son corps.

Joach détailla sa sœur avant de lui prendre le bras. À présent, il devait lever les yeux vers elle, alors que ça avait toujours été le contraire. L'adolescent de quatorze hivers se tenait à côté d'une jeune femme de dix-huit ou dix-neuf ans.

— Conduis-la au canot, ordonna Er'ril. Puis reviens m'aider à rassembler nos affaires.

Joach acquiesça et s'éloigna, entraînant Elena.

Er'ril se dirigea rapidement vers Flint, qui se tenait près du gouvernail, une longue-vue collée sur l'œil.

— Combien de temps avant le naufrage ? s'enquit le guerrier.

— Ça dépend, répondit Flint en étudiant l'océan alentour. Si le *Fend-les-Flots* s'arrache au rocher sur lequel il est échoué, il coulera en quelques secondes. S'il reste accroché là, il surnagera peut-être jusqu'au coucher du soleil. Mais c'est le dernier de nos soucis.

Le vieil homme baissa sa longue-vue.

— Que veux-tu dire ?

— Un autre navire a repéré nos mâts qui penchaient. Il vient de changer de cap et se dirige vers nous.

Er'ril fronça les sourcils.

— Dans ces eaux…

Flint acheva sa phrase.

— Ça ne peut être que des pirates en quête d'une proie facile.

Alors qu'il regardait approcher l'autre bâtiment, le vieil homme secoua la tête.

— Quoi encore ? s'inquiéta Er'ril.

— Je connais ces couleurs. Le capitaine de ce navire était jadis mon ami.

— C'est plutôt une bonne chose, non ?

Flint eut une grimace amère.

— J'ai dit « jadis ». Ce n'est plus le cas maintenant. Vois-tu, ce navire est le chasseur de requins du capitaine Jarplin.

— Le capitaine Jarplin ? répéta Er'ril, à qui ce nom était vaguement familier.

— Je t'en ai déjà parlé. C'est à lui que j'ai volé le dragon de Sy-wen – le trésor de toute une vie. Donc, ça m'étonnerait beaucoup qu'il soit content de me revoir. (Flint jeta un coup d'œil entendu à Er'ril.) Ou de faire la connaissance de mes compagnons, qui qu'ils soient.

— Avons-nous le temps de fuir à bord du canot ?

— Pas dans ces courants.

— Une autre idée ?

Er'ril savait que leur groupe était trop épuisé par une journée de bataille contre des démons pour affronter tout un équipage pirate. Elena, en particulier, tenait à peine debout. Faire appel à sa magie sans s'être dûment reposée menacerait le contrôle qu'elle exerçait sur son pouvoir – et, par ricochet, sa santé mentale.

Er'ril dévisagea Flint, l'implorant en silence de trouver une solution.

Le vieux loup de mer hocha la tête et poussa un long soupir.

— J'ai un plan.

Il pivota pour observer le large. Pendant un moment, il ne dit rien. Puis il haussa les épaules.

— Mais il va falloir donner au chasseur ce qu'il désire.

LIVRE DEUXIÈME

D'ANCIENNES DETTES

8

En silence, Mogweed s'enfonçait dans la forêt côtière à la suite de ses compagnons. Sur une piste tracée par des chevreuils, Mycelle les guidait vers l'endroit où elle avait caché les chevaux et où Méric les attendait. Elle leur avait déjà expliqué sa mystérieuse résurrection, et annoncé que Mama Freda se joignait à eux pour le voyage. Mais Mogweed n'avait pas écouté grand-chose : il était trop choqué par la brusque démonstration des capacités de métamorphe de la sourcière.

En tête du groupe, Tol'chuk marchait à côté de sa mère. Il ne la quittait pas d'une semelle. De temps en temps, il tendait la main pour la toucher, comme s'il craignait qu'elle s'évapore.

Derrière Mogweed, Kral et Fardale protégeaient les arrières de leurs compagnons. Ils avaient laissé Port Rawl loin derrière eux, mais nombre de bandits fréquentaient ces bois, aussi la prudence était-elle de mise. Mogweed se retrouvait fort bien encadré ; pourtant, il sursautait chaque fois qu'une brindille craquait ou qu'un buisson bruissait.

Sa nervosité n'était pas seulement due à la peur. D'étranges sentiments lui tordaient l'estomac alors qu'il regardait le dos de Mycelle. Après tant de saisons, il ne pouvait nier la joie qui faisait vibrer son sang à la vue d'une si'lura indemne, capable de contrôler pleinement ses métamorphoses. Mais, à côté de cela, la colère et la frustration le rongeaient.

Pourquoi elle ?

Un rictus amer tordit la bouche de Mogweed. Ce n'était pas juste ! La guerrière avait choisi de se fixer dans sa forme humaine. Elle l'avait fait de son plein gré – contrairement à Mogweed et à son frère. Le pouvoir des jumeaux leur avait été retiré parce qu'ils avaient abusé d'un sort très ancien. C'est pourquoi ils avaient quitté leur contrée natale en quête d'un remède. Depuis, ils avaient parcouru beaucoup de chemin et surmonté maintes épreuves. Si quelqu'un méritait d'être libéré de cette malédiction, c'était bien eux.

Comme s'il avait senti les émotions intenses et conflictuelles qui s'agitaient dans la poitrine de son frère, Fardale le rejoignit. Il se déplaçait parmi les fourrés sans faire le moindre bruit. Du bout du museau, il poussa le poing serré de Mogweed.

— Qu'est-ce que tu veux ? aboya Mogweed en lui jetant un coup d'œil furibond.

Dans la pénombre grandissante de la forêt, les yeux du loup émirent une lueur ambrée. *Une fleur qui pousse dans le sable du désert. Un oisillon qui éclôt dans un nid abandonné. Un louveteau mort-né ressuscité par la langue chaude d'une femelle.* Des images d'une vie nouvelle jaillissant dans l'adversité.

Mogweed savait ce que son frère tentait de lui communiquer. De l'espoir. Si Mycelle avait pu récupérer ses capacités, ils le pouvaient aussi. Mogweed s'accrocha à cette maigre possibilité. Il tendit la main pour caresser Fardale en guise de remerciement, mais le loup était déjà reparti : il avait fait demi-tour en silence pour rejoindre Kral.

Laissant retomber sa main, Mogweed tenta de nourrir l'étincelle de foi qui venait de naître en son cœur. Mais celle-ci s'évanouit comme de la fumée. Il se berçait d'illusions. Mycelle avait dû mourir pour recouvrer ses capacités. Était-il prêt à aller jusque-là ? Tout au fond de lui, Mogweed connaissait la réponse à cette question. La frustration et le désespoir le submergèrent.

Il avait une raison encore bien plus importante de se sentir consterné. Que ce soit de vive voix ou mentalement, Fardale avait toujours été un bon orateur. Mais le message qu'il venait d'envoyer à son frère était des plus grossiers, composé d'images floues sur les bords. Peut-être était-ce dû à son excitation, mais Mogweed en doutait. Il avait perçu quelque chose de plus sauvage dans les pupilles ambrées de son frère, quelque chose qui ressemblait à un hurlement assoiffé de sang. Fardale commençait à perdre ses capacités télépathiques, à devenir réellement la créature sylvestre dont il avait pris la forme.

Le temps dont disposaient les jumeaux touchait à son terme. Dans moins de trois lunes, la malédiction les consumerait tous les deux en les figeant à jamais dans leur forme actuelle. Leurs yeux perdraient cette lueur ambrée, et toute chance de recouvrer leur héritage si'lura serait perdue pour toujours. Fardale deviendrait un loup parmi tant d'autres, et Mogweed un humain comme les autres. Ils oublieraient leurs origines.

Les jambes de Mogweed flageolèrent. *Jamais !* S'il devait, pour éviter ce sort atroce, trahir tous ses compagnons, son propre frère inclus, il le ferait. Il jeta un coup d'œil à Mycelle, qui souriait affectueusement à Tol'chuk. Ses yeux se plissèrent de détermination. *Un jour, moi aussi, je jouirai de nouveau de ma liberté. J'en fais le serment.*

Occupé à se lamenter sur l'injustice de son sort, Mogweed ne remarqua le mouvement sur la droite du chemin que lorsqu'il fut trop tard.

Une silhouette émergea silencieusement d'un bosquet voisin. Mogweed hoqueta et trébucha, surpris non seulement par cette brusque apparition, mais également par l'aspect monstrueux de l'homme qui leur barrait le chemin. Une moitié de son visage n'était qu'une masse de tissu cicatriciel rose qui dévorait une de ses oreilles et la moitié de son crâne hérissé de cheveux noirs.

Épées et haches surgirent dans les mains des compagnons. Tol'chuk se jeta sur l'intrus avec une rapidité étonnante pour une créature aussi massive. À la vue de l'og're qui lui fonçait dessus, l'homme écarquilla les yeux et battit en retraite dans les fourrés. Derrière lui, au cœur de la végétation, Mogweed avisa d'autres silhouettes sombres et l'éclat d'une lame d'acier.

— Arrête ! cria soudain Mycelle.

Sa voix autoritaire fendit l'air telle une hache de lancer.

Tol'chuk s'immobilisa dans une embardée. En appui sur ses jambes épaisses et sur l'un de ses énormes poings, il regarda fixement l'homme en haletant et en découvrant ses crocs.

Mycelle se hâta de les rejoindre. Jouant des coudes pour se frayer un chemin jusqu'à eux, elle écarta sévèrement la hache de Kral, puis se planta entre Tol'chuk et l'inconnu.

— C'est un ami, dit-elle en foudroyant ses compagnons du regard. Je lui avais laissé un message en ville pour qu'il nous retrouve ici.

— Qui est-ce ? gronda Kral.

Les sourcils froncés, Mycelle ignora la question du montagnard. Elle se tourna vers l'homme et l'étreignit avec chaleur.

— Comment va Cassa Dar ? demanda-t-elle en s'écartant de lui.

L'inconnu lui adressa un sourire rendu hideux par les replis de sa peau scarifiée.

— Elle se repose à Château Drakk. L'attaque de la dernière lune a sapé ses forces, mais elle se remet lentement. (Soudain, il sursauta, dévisagea Mycelle et la tint à bout de bras pour mieux l'étudier.) Tes yeux… Ils ont changé ! Que s'est-il passé ?

Mycelle baissa la tête et parut se recroqueviller sur elle-même.

Mogweed réalisa que l'inconnu devait ignorer la véritable nature de la guerrière. Quand Mycelle se décida à répondre, elle ne mentit pas, mais elle contourna soigneusement la vérité.

— Je suis morte, expliqua-t-elle en révélant le serpent enroulé autour de son bras. Une guérisseuse m'a ramenée à l'aide de sa magie. Depuis, mes yeux sont comme ça.

L'homme se pencha vers elle.

— Tes pupilles sont fendues comme celles d'un reptile.

Avant que la situation devienne encore plus embarrassante, Fardale s'avança, agitant vigoureusement sa queue. L'inconnu le gratta derrière les oreilles et lui donna une tape amicale sur le flanc.

— Je vois que tes brûlures sont en bonne voie de guérison, Fardale, se réjouit-il.

Le loup acquiesça d'un aboiement.

Kral interrompit ces retrouvailles.

— Quelqu'un pourrait nous expliquer qui est cet homme ?

Mycelle se tourna vers le montagnard.

— Il s'appelle Jaston. C'est lui qui nous a servi de guide dans le marais.

Elle résuma brièvement leur traversée des Terres Inondées.

— Donc, cette sor'cière du marais est une n'aine, marmonna Kral, le regard brûlant d'une fureur que Mogweed n'avait encore jamais vue en lui.

— Oui, répondit Mycelle. Je sais ce que vous pensez, mais…

— Vous ignorez tout de ce que je pense, la coupa Kral sur un ton glacial. Vous ignorez comment son abominable engeance a chassé les clans de leurs terres ancestrales, près de Tor Amon. Ce sont les armées n'aines qui ont détruit nos foyers, empalé nos femmes et nos enfants sur leurs piques, et forcé mon peuple à devenir nomade.

— Cassa Dar n'est pas comme ça, insista Mycelle. Elle nous a sauvé la vie dans le marais.

— Vous n'auriez pas eu besoin qu'on vous sauve si elle n'avait pas maudit Elena pour vous forcer à aller la voir.

— Monsieur, intervint froidement Jaston, dont le visage s'était empourpré durant cet échange. Vous ne savez pas de quoi vous parlez. Cassa Dar ne mérite pas votre courroux.

Pour apaiser la tension ambiante, Tol'chuk marmonna son approbation :

— Si Er'ril et Elena lui ont fait confiance, nous pouvons en faire autant.

Kral ne se laissa pas ébranler.

— Un n'ain restera toujours un n'ain, cracha-t-il, furieux.

Puis il se détourna et s'éloigna de quelques pas.

Mycelle l'observa, les lèvres pincées, et poussa un long soupir.

— Les hommes, grommela-t-elle en reportant son attention sur Jaston. Donc, on t'a remis mon message ?

— À l'aube. (Le visage de l'homme retrouva sa couleur normale comme son indignation refluait.) J'ai réussi à m'échapper de justesse avant que toutes les portes de la ville soient barricadées.

— Et Brume ? s'enquit Mycelle. Elle va bien ?

Jaston se rembrunit.

— Oui, mais je vous aurais rendu un grand service à tous en la jetant à un kroc'an affamé. C'est la jument la plus entêtée, la plus fainéante et la plus mal embouchée que j'aie jamais connue. (Il se mit à compter sur ses doigts.) Pendant le voyage jusqu'ici, elle a bâfré tellement de marherbe qu'elle a chopé la colique. Quand Sammers a voulu lui masser le ventre pour la soulager, elle lui a mordu le bras. Puis elle a décoché une ruade à l'étalon de tête de notre attelage. Il en a boité pendant quinze jours. À cause de ça, nous avons dû abandonner un des chariots et le quart de nos marchandises.

Pour couronner le tout, la nuit dernière, elle a rongé sa bride, et nous avons dû la chercher dans les rues de Port Rawl. Nous l'avons retrouvée chez un vendeur de pommes. Elle avait défoncé son étalage et bouffé la moitié de sa marchandise. Ça m'a coûté une fortune pour le dédommager.

Cette histoire arracha une grimace amusée à Mycelle, et l'ombre d'un sourire passa sur le visage difforme de Jaston, contribuant à soulager la tension précédente.

— Donc, j'imagine que tu seras ravi de te débarrasser d'elle, lança la guerrière.

Jaston leva les yeux au ciel.

— Tu ne peux pas savoir comme j'ai été heureux de trouver ton message ce matin, au relais de la Ligne de partage des eaux.

Il fit signe à ses compagnons de sortir des bois.

Un bruit de sabots et quelques chuchotements annoncèrent l'approche d'un petit groupe. Mogweed compta six hommes et une femme au visage dur. Ils menaient trois chevaux par la bride. Le plus gros était un superbe étalon au pelage tacheté, dont la morphologie l'apparentait clairement aux troupeaux sauvages des steppes du Nord. Le suivant était un hongre au poil doré, à la démarche majestueuse et au regard brillant d'intelligence. Mycelle tendit une main pour lui flatter le museau.

— Grisson, le salua-t-elle.

De toute évidence, ce cheval était le sien. Le hongre fourra son museau dans la paume ouverte de la guerrière et hennit doucement.

Le dernier animal était la petite jument grise d'Elena. Ses grands yeux bruns détaillèrent les compagnons avec indifférence, et un de ses sabots gratta le sol comme pour manifester son irritation. Mogweed songea que son estomac semblait un peu plus renflé que celui des deux autres chevaux.

Mycelle dut le remarquer aussi.

— Je vois que vous avez bien nourri Brume.

— Comme si nous avions eu le choix ! répliqua Jaston.

Mycelle passa une main sur le flanc de la jument.

— À part ça, elle a l'air en forme.

— En fait… (Jaston hésita) elle l'est encore plus que tu ne l'imagines.

— Mais encore ? demanda Mycelle, intriguée.

Jaston passa une main dans ses cheveux coupés court. Son regard était chagrin.

— Tu sais, cet étalon auquel elle a donné une ruade ? C'est parce qu'il essayait de la saillir pour la deuxième fois. Apparemment, elle n'avait pas envie de remettre ça.

La main de Mycelle était toujours posée sur le flanc de Brume. Elle palpa le ventre distendu de la jument.

— Ne me dis pas que…

— Il l'a saillie pour la première fois pendant la dernière lune. Je crois qu'elle est déjà pleine, mais il est encore trop tôt pour en être sûr, grimaça Jaston.

Mycelle soupira et recula en détaillant Brume. Puis elle haussa les épaules.

— C'est pour ça que je monte toujours un hongre. Viens, Grisson, dit-elle en prenant la bride du cheval à la crinière dorée. Nous avons encore une demi-lieue à faire avant d'atteindre le camp.

Jaston ne bougea pas.

— Il nous reste des marchandises à vendre à Port Rawl. Peut-être vaut-il mieux que nous nous séparions ici, suggéra-t-il en jetant un coup d'œil à Kral.

Mogweed remarqua l'expression blessée qui passa dans les yeux de Mycelle.

— C'est idiot, répliqua la guerrière. Les portes de la cité sont déjà barricadées.

— Ils nous laisseront entrer. Le guet ne refuse jamais l'accès de la ville aux Maraîchins.

— Dînez au moins avec nous.

Jaston hésita avant de hocher lentement la tête.

— Je suppose qu'un moment de camaraderie ne sera pas du luxe avant d'affronter les marchands de Port Rawl.

— Dans ce cas, c'est réglé.

Avant que quiconque puisse intervenir, Mycelle entraîna Grisson à l'avant du groupe et se remit en marche.

Peu de temps après, les compagnons émergèrent dans une clairière au sommet d'une falaise escarpée. À l'abri des frondaisons, un petit feu brûlait joyeusement dans la pénombre grandissante du crépuscule. Quelques chevaux étaient attachés à des arbres. La lumière des flammes découpait deux silhouettes frêles qui faisaient face aux nouveaux venus, l'air visiblement sur la défensive.

Mogweed reconnut le visage ridé de la vieille guérisseuse, Mama Freda. Méric se tenait près d'elle. Le seigneur el'phe était enfin suffisamment remis de l'épreuve subie à Ruissombre pour sortir de son lit. Mais, comme les compagnons traversaient la clairière, Mogweed remarqua que Méric s'appuyait lourdement sur une épaisse canne pour venir à leur rencontre.

— Qui sont ces gens ? lança l'el'phe avec une mine renfrognée.

De toute évidence, il était mécontent que d'autres personnes se soient jointes au groupe.

Tol'chuk le prit à part et lui expliqua tout pendant que Mycelle distribuait ses instructions pour panser et attacher les chevaux. Mogweed se retrouva inactif, seul avec Fardale au milieu de cette agitation. Il se tourna vers son frère.

— Que penses-tu de ce Jaston ?

Les yeux du loup brillèrent. Une image d'un événement passé se forma dans l'esprit de Mogweed. Fardale soulevé par les tentacules blancs d'une créature ailée, dont le contact lui brûlait le poil. Et Jaston bondissant d'un petit bateau, un couteau entre les dents, pour sauver le loup.

Mogweed hocha la tête. Il comprenait. Jaston avait sauvé la vie de Fardale. Chez les si'lura, cela signifiait que le loup avait contracté une dette de sang envers l'homme. Et, en tant que frère de Fardale, Mogweed partageait cette dette, que cela lui plaise ou non.

Fardale poussa la main de son frère du museau, puis se dirigea vers le feu. Mogweed demeura en retrait. Il ne se sentait pas à l'aise parmi tous ces humains – surtout les nouveaux venus.

Soudain, Kral apparut à côté de lui, le faisant sursauter. Mogweed leva les yeux vers le colosse. Celui-ci contemplait le reste du groupe avec une expression maussade, comme s'il partageait les réserves du métamorphe au sujet des Maraîchins. Mogweed remarqua également que son poing était crispé sur le manche de sa hache. Au moins n'avait-il pas dégainé son arme.

Mogweed allait se détourner lorsqu'une nouvelle bûche s'embrasa, révélant la teinte violacée du cuir qui enveloppait la hache de Kral. Le dégoût retroussa le coin de ses lèvres. En tant que si'lura, il n'avait aucun mal à identifier l'origine de cette peau. C'était celle d'un renifleur, un des redoutables prédateurs qui chassaient dans les forêts des contrées du Couchant.

Avant qu'il puisse commenter le choix de fourreau du montagnard, celui-ci déclara, d'une voix aussi basse et vicieuse que le grondement d'un renifleur :

— Je ne fais pas confiance à ces gens, et surtout pas au type plein de cicatrices, Jaston.

Kral jeta un coup d'œil à Mogweed. Sous son regard intense, le métamorphe ne put qu'acquiescer. Il frémit. Ce n'était peut-être que le souvenir de l'attaque du renifleur, mais, l'espace d'un instant, il avait cru percevoir une menace intense dans les yeux de Kral, une faim aussi dévorante que celle des prédateurs. Il fut soulagé quand le colosse se détourna enfin et se dirigea vers le feu de camp.

Après plusieurs inspirations tremblantes, Mogweed emboîta le pas à Kral. Ses jambes étaient comme engourdies. Jamais encore il n'avait décelé cette facette du montagnard. Il rejoignit les autres en prenant bien garde à placer le feu entre lui et Kral. Dans la lumière dansante des flammes, les yeux du colosse brillaient d'une lueur rouge, et son visage était pareil à un masque indéchiffrable.

Mogweed l'étudia quelques instants, un sourcil froncé. Il regarda la main droite de Kral frotter la peau tannée qui dissimulait la lame de sa hache. Il aurait juré que le montagnard ne se rendait pas compte de la ferveur avec laquelle il caressait le cuir – d'un mouvement lent et avide, comme il aurait caressé le sein d'une amante.

Mogweed détourna la tête et déglutit. Un couteau de glace se planta dans ses entrailles. Comment Kral s'était-il débrouillé pour les faire évader de la prison de Port Rawl ? Il ne le leur avait jamais expliqué.

Mama Freda se traîna jusqu'au métamorphe, le tirant de ses pensées. Dans ses mains, elle tenait un plat de gibier et d'oignons sauvages. Tikal, le tamrink apprivoisé, était assis sur l'épaule de la vieille femme ; tout en grignotant un petit oignon, il observait Mogweed de ses yeux immenses.

Mama Freda offrit une fourchette à Mogweed.

— Servez-vous, petit homme.

Le métamorphe lui fit signe qu'il ne voulait rien. Tout à coup, la perspective d'ingérer quoi que ce soit lui donnait la nausée.

— Vous devriez manger, insista Mama Freda. Nous avons une longue route devant nous.

— Merci, dit doucement Mogweed. Plus tard, peut-être.

Haussant les épaules, la vieille femme s'éloigna comme Tol'chuk venait s'asseoir près de Mogweed.

— Tu dois être content de revoir ton frère sain et sauf, dit-il, agitant un cuissot de gibier en direction de Fardale qui reniflait le sol autour des chevaux.

Les doigts de l'og're étaient tout luisants de graisse.

Du menton, Mogweed désigna Mycelle, occupée à bavarder avec Jaston.

— Rien de tel que la famille pour te remonter le moral, hein ?

Tol'chuk abattit sa grosse main sur l'épaule du métamorphe en un geste affectueux.

— Ma famille, ce n'est pas seulement ma mère. Tu en fais partie toi aussi. Dans mon clan, j'étais un bâtard. On me tolérait à peine. Depuis que je suis parti de chez moi, j'ai trouvé deux demi-frères – peut-être pas par le sang, mais par l'esprit.

Mogweed étudia l'og're pour voir s'il plaisantait. Mais le visage de Tol'chuk n'exprimait que chaleur et sincérité tandis qu'il balayait le campement du regard.

— Fardale et toi, vous êtes mon nouveau clan, acheva-t-il.

Mogweed observa les flammes. Sans comprendre pourquoi, il se surprit à s'essuyer les yeux. C'était sûrement la fumée qui le faisait larmoyer…

Soudain, Tol'chuk porta une main à sa poitrine et poussa un grognement de douleur.

— Tol'chuk ?

Mogweed se leva d'un bond et se pencha vers l'og're.

Celui-ci se redressa et poussa un gros soupir. Son front luisait de sueur.

— Ça va aller. C'est juste que ça n'avait encore jamais été aussi fort.

— Qu'y a-t-il ? s'enquit Mogweed.

Tol'chuk secoua la tête.

— Un problème, je crois.

Depuis l'endroit où il montait la garde, à la lisière de la forêt, Kral regardait les autres manger.

Le temps qu'ils s'asseyent tous autour du feu et attaquent leur dîner, le soleil commençait à disparaître à l'horizon, projetant les ombres allongées des arbres en travers de la clairière. Kral savourait l'approche de la nuit. Ses perceptions déjà très développées avaient été encore affûtées par la magie noire de son maître. Le manteau des ténèbres ne lui dissimulait rien, et ses oreilles pouvaient capter les battements affolés du cœur d'une proie à une centaine de pas.

Néanmoins, le brouhaha des conversations et les éclats de rire occasionnels le distrayaient. Il détestait les Maraîchins, avec leur odeur étrange et leur regard vif. Comme lui, ces gens étaient des chasseurs, et il ne leur faisait pas confiance. Non parce qu'il s'attendait à une quelconque trahison de leur part, mais parce qu'ils étaient une inconnue dans ses plans soigneusement élaborés. Aussi les surveillait-il de près.

Pour cette raison, il ne perçut la présence de l'espion que lorsqu'une brindille craqua derrière lui. Il fit volte-face vers les bois.

— Qui va là ? aboya-t-il d'une voix forte.

Dans son dos, le silence se fit immédiatement autour du feu. Sa hache était déjà nue dans sa main mutilée, les derniers rayons du soleil couchant se reflétant sur la lame métallique.

Mais, face à lui, il n'y avait rien. Kral ne distinguait nul mouvement parmi les ombres de la forêt. Plissant les yeux, il pencha la tête sur le côté et tendit l'oreille. Quelque part dans les profondeurs de la végétation, sur sa gauche, il entendait les battements du cœur d'un chevreuil. Rien d'autre. Ses doigts se détendirent sur le manche de sa hache. Il n'y avait personne dans la forêt.

Soudain, une petite voix s'éleva, à quelques pas de lui.

— J'ai faim.

Kral écarquilla les yeux en voyant un petit enfant nu contourner le tronc d'un cyprès. Le garçonnet se gratta derrière une oreille crasseuse et s'approcha timidement.

— Tu n'aurais pas du gâteau ?

Kral fut décontenancé par sa subite apparition.

— Qui es-tu ? demanda-t-il d'une voix dure.

Il se sentait légèrement stupide de brandir une hache face à un enfant qui lui arrivait tout juste aux genoux. Néanmoins, il sentait qu'il ne s'agissait pas là d'un vulgaire galopin. Il n'entendait ni les battements de son cœur, ni le flux de son sang.

— Tu es drôlement grand, commenta l'enfant en se tordant le cou pour mieux le voir.

Il ne semblait guère impressionné par la hache du montagnard. S'approchant de Kral, il lui tendit sa petite main. Mais, au lieu de la prendre, le colosse recula.

Mycelle les avait rejoints. Rassurée, elle rangea ses épées jumelles.

— Tout va bien, Kral.

Le montagnard garda sa hache à la main.

— Ce n'est pas un petit garçon ordinaire.

— N'ayez crainte. C'est l'un des enfants des marais de Cassa Dar, un *construct* magique de mousse, de boue et de marherbe, expliqua Mycelle. (Elle s'agenouilla près du garçonnet.) Dis-moi, mon petit, qu'est-ce qui t'amène si loin de chez toi ?

Le Maraîchin défiguré arriva à son tour, bientôt suivi par le reste des compagnons.

Un pouce dans la bouche, l'enfant balaya le groupe du regard. Quand il avisa Tol'chuk, une expression effrayée se peignit sur son visage. Il se rapprocha de Mycelle et désigna l'og're.

— Un m… monstre !

Mycelle sourit et le souleva dans ses bras.

— Il n'y a pas de monstres ici.

Visiblement peu convaincu, l'enfant continua à fixer Tol'chuk. Kral suivit les autres tandis qu'ils rebroussaient chemin.

Quelques branches mortes supplémentaires furent jetées dans les flammes comme le soleil s'abîmait derrière l'horizon. Les compagnons se rassemblèrent autour du feu.

— Qu'est-ce que ça signifie ? demanda Méric en s'appuyant des deux mains sur sa canne. Pourquoi est-il venu ?

Jaston leva une main et se pencha vers le petit garçon que Mycelle tenait dans ses bras.

— Cassa ?

L'enfant lui tira la langue.

— T'es moche et tu pues !

Jaston ignora l'insulte.

— Cassa, tu es là ? insista-t-il.

Kral vit l'enfant se tortiller et se raidir dans l'étreinte de Mycelle. Puis son corps se détendit et son regard se voila. À présent, ses yeux ne reflétaient plus la lueur des flammes.

— Vous êtes loin, chuchota-t-il d'une voix qui semblait provenir d'un autre monde. J'ai eu beaucoup de mal à vous retrouver.

Le nez de Kral frémit. Le montagnard dut se retenir d'approcher discrètement pour renifler le petit garçon. C'était comme si quelqu'un d'autre parlait par sa bouche.

— Pourquoi es-tu venue ? demanda Jaston.

— Je sens un grand fléau se diriger vers Port Rawl. Je voulais vous mettre en garde. Ça a un rapport avec la petite.

— Lequel ?

— Elle porte toujours le Try'sil. La magie du marteau de guerre agit comme un aimant sur mon sang n'ain. Depuis de nombreux jours, le Try'sil restait à la même place, sur la côte. Mais, la nuit dernière, il est sorti de la portée de mon pouvoir. Comme s'il avait été englouti par une magie aussi obscure que le cœur d'un garde noir. Je crains le pire. Pas seulement pour le Try'sil, mais aussi pour la petite.

Le sang de Kral bouillait dans ses veines. Il soupçonnait quelque subterfuge n'ain, une ruse conçue pour le lancer sur une fausse piste et lui faire perdre la trace de sa proie. Bien que forgé par le Cœur Noir et incapable de se dérober à la volonté de son maître, Kral restait un montagnard. Et les membres de son clan avaient la mémoire longue. Comme le malegarde de Port Rawl dont la malhonnêteté profonde n'avait pu être totalement effacée, Kral ne pouvait lutter contre l'instinct qui le poussait à venger les atrocités commises par les armées n'aines. Un jour ou l'autre, il aurait sa revanche.

La bête tapie dans son sang brûlait de déchiqueter l'enfant. Quand il en aurait terminé avec Elena, Kral savait déjà quelle serait sa prochaine proie. Même les monstres des marais ne pourraient le tenir à l'écart de cette n'aine.

—Cassa, poursuivit Jaston, tu peux nous dire autre chose ?

—Juste que vous devez vous dépêcher. Le fléau se dirige vers Port Rawl. (Le petit garçon se mit à frissonner dans l'étreinte de Mycelle.) Je ne peux pas tenir davantage. Je suis encore trop faible. Hâtez-vous !

Sur ces derniers mots, l'enfant se mit à briller d'une lueur phosphorescente et disparut. À sa place, il ne resta qu'une pile d'algues humides et de boue.

Mycelle se redressa en époussetant ces débris d'un air dégoûté. Puis elle fit face aux autres.

—Il faut partir immédiatement. Le cottage de Flint se trouve encore à une grosse journée de marche. Mais, si Elena est en danger, nous ne pouvons pas ménager nos montures. Nous chevaucherons toute cette nuit et toute la journée de demain.

—Non. (Tol'chuk se releva à son tour.) Nous ne devons pas aller là-bas.

—Ainsi, cette n'aine nous a menti ! s'indigna Kral.

—Non, le détrompa Tol'chuk. Je pense qu'elle a dit la vérité, mais que nous interprétons mal ses paroles.

L'inquiétude et l'impatience durcissaient les traits de Mycelle.

— Parle, Tol'chuk. Qu'essaies-tu de nous dire ?

L'og're ouvrit la sacoche qu'il portait à la cuisse et en sortit le morceau de sanguine. À la vue de la précieuse pierre, les Maraîchins poussèrent des exclamations émerveillées. Tol'chuk tendit la sanguine vers la lisière sud des bois. Les derniers rayons du couchant se reflétèrent sur sa surface terne.

— Il y a quelques instants, j'ai senti la traction que la pierre exerce sur moi changer de direction. C'était comme si on m'avait arraché le cœur. La pierre ne peut pas se tromper. Ses instructions sont claires. Nous devons nous dépêcher, ainsi que la sor'cière des marais nous l'a enjoint. Mais ce n'est pas vers le sud qu'il nous faut aller. Elena ne s'y trouve plus.

Mycelle fronça les sourcils.

— Que veux-tu dire ?

— Elle fuit vers Port Rawl.

— Comment… ? commença Kral, interloqué.

Tol'chuk pivota vers le nord, en direction de la cité des marais. La sanguine s'embrasa instantanément. Son éclat aveuglant aurait pu rivaliser avec celui du soleil. Kral leva une main pour se protéger les yeux, et Tol'chuk lui-même hoqueta de douleur, comme si la radiance du cristal lui brûlait la main.

— La pierre nous ordonne de retourner là-bas.

Juchée sur son hongre gris, Mycelle guidait la « caravane » vers les portes de la cité. Elle ne portait plus son habituel attirail de cuir et d'acier. Comme les autres, elle avait revêtu la tenue simple et pratique des Maraîchins : une tunique grossière, un pantalon de chanvre, un pardessus à capuche en peau de reptile et des bottes de kroc'an qui lui montaient au-dessus du genou. Cette journée était décidément à la mascarade.

Machinalement, Mycelle porta la main à son bras et caressa le petit serpent enroulé autour de son poignet. La langue minuscule du paka'golo lui effleura le bout du doigt, comme pour la remercier de cette attention. Malgré elle, Mycelle se surprit à sourire. C'était étrange qu'un geste aussi insignifiant puisse réchauffer son cœur à ce point…

La guerrière tira sa manche par-dessus le serpent pour le tenir au chaud. Puis elle leva les yeux vers la lune qui s'élevait dans le ciel, croissant argenté se découpant au milieu des étoiles à demi masquées par les nuages. Les compagnons progressaient à bonne allure, mais cela suffirait-il ? Ils fonçaient tête baissée vers un danger inconnu, en se fiant aux seules instructions d'une pierre brillante.

Mais Mycelle avait foi en l'augure de son fils. Pour avoir vécu un certain temps parmi les tribus og'res, elle en était venue à respecter le cristal appelé « Cœur des og'res ». Puisque Tol'chuk percevait une menace dirigée contre Elena, elle acceptait de se laisser guider par la pierre – même si celle-ci les ramenait vers la cité malfamée de Port Rawl.

Sur sa droite, des jurons marmonnés attirèrent son attention. Jaston montait l'étalon tacheté d'Er'ril. Ou plutôt, il se battait contre lui pour le diriger. La difficulté manifeste qu'il éprouvait à tirer sur les rênes accrut le respect de Mycelle pour les talents de cavalier d'Er'ril. Acheté à Ruissombre, l'étalon n'avait posé que peu de problèmes à l'homme des plaines durant le voyage jusqu'aux marais.

— Maudit soit ce canasson, grommela Jaston.

L'étalon leva ses grands yeux noirs au ciel, puis secoua la tête en lâchant un nuage de vapeur blanche dans l'atmosphère qui se rafraîchissait.

— Laisse-lui la bride sur le cou, suggéra Mycelle. Il est intelligent. Il réagira peut-être mieux à la douceur qu'à la force.

— J'ai rencontré des kroc'an en rut qui m'ont posé moins de problèmes, grogna Jaston.

Mais il mit en pratique le conseil de la guerrière, et l'étalon réagit comme prévu.

Satisfaite, Mycelle pivota sur sa selle et se tordit le cou pour étudier la longue file de leur caravane. Tous ses compagnons montaient à cheval à l'exception de Méric et de Mama Freda, qui conduisaient le chariot ouvert, et de Tol'chuk et de Fardale, qui suivaient par leurs propres moyens. Mycelle soupira. Avec les Maraîchins de Jaston, ils étaient quinze. Trop peu nombreux pour repousser un véritable assaut, mais il faudrait bien que cela suffise.

La guerrière reporta son attention sur la route. Au détour du virage suivant, le mur des Marais apparut devant elle. La veille, il était plongé dans l'obscurité ; ce soir-là, des torches illuminaient ses portes.

Mycelle fit ralentir son cheval et, d'un signe de la main, ordonna au reste du groupe de l'imiter. Elle distinguait au moins une vingtaine de sentinelles sur le chemin de ronde. De toute évidence, l'incident survenu à la garnison avait affolé les autorités. À présent, Port Rawl bourdonnait comme une ruche.

— Faites monter Tol'chuk dans le chariot et cachez-le, siffla Mycelle par-dessus son épaule.

De simples vêtements ne suffiraient pas à déguiser son fils. Trop de citoyens de Port Rawl avaient dû entendre parler du prisonnier og're en fuite. Sa présence éveillerait forcément les soupçons.

Une fois Tol'chuk recouvert d'une bâche, Mycelle saisit fermement ses rênes et se dirigea vers les portes illuminées. La fumée âcre des torches lui piquait les yeux. Un peu plus loin, vers la côte, un épais brouillard montait de l'océan. Mycelle nota son approche avec satisfaction. Il ferait une parfaite couverture pour dissimuler les mouvements et le nombre des compagnons.

Jaston talonna sa monture pour prendre la tête de la procession.

— Il vaut mieux que je me charge des pourparlers, déclara-t-il. Les caravanes de Maraîchins constituent le seul lien entre Port Rawl et les villes voisines – l'unique moyen de faire du commerce avec elles. Les gardes ne sont pas assez stupides pour nous barrer le passage.

Mycelle hocha la tête. Elle se passerait volontiers d'une nouvelle confrontation avec les hommes rudes qui gardaient les portes. Et puis, si elle ne changeait pas de forme, il y avait un risque non négligeable pour que la sentinelle de la veille la reconnaisse. Or, Mycelle ne voulait utiliser ses capacités de si'lura qu'en cas d'absolue nécessité. Elle était encore fatiguée d'avoir pris l'apparence d'une vieille femme un peu plus tôt. Des métamorphoses trop fréquentes sapaient les forces ; il y avait des limites à ce que même la chair d'un si'lura pouvait endurer. Le corps avait besoin de temps pour récupérer.

Mais, épuisée ou pas, Mycelle ne pouvait nier la véritable raison pour laquelle elle répugnait à se transformer. Elle regarda Jaston se diriger vers les portes au petit trot. Elle s'était bien gardée de lui révéler ses capacités de métamorphe. Elle s'était dit qu'elle n'avait pas besoin de lui en parler et s'était convaincue que moins de gens seraient au courant et mieux ça vaudrait – d'autant que les si'lura n'inspiraient que dégoût à la plupart des humains.

C'était une décision purement logique. Pourtant, dans le plus profond de son cœur, Mycelle avait honte : non pas de son héritage, mais du secret qu'elle dissimulait à son ancien amant. Elle se souvenait de la peur et de la répulsion que ses capacités avaient jadis provoquées chez les hommes. Elle n'aurait pas supporté de lire la même chose dans les yeux de Jaston.

Irritée, elle talonna son hongre pour rattraper le Maraîchin.

Celui-ci s'était arrêté face à la lourde herse métallique. Il repoussa la capuche de son pardessus, exposant son visage couvert de cicatrices à la lumière des torches. Désormais, il ne redoutait plus le regard d'autrui. Les épreuves du marécage et l'amour d'une sor'cière l'avaient guéri de sa honte. Et celle de Mycelle crût encore face à tant d'audace tranquille.

— Holà ! Garde ! appela Jaston.

Une silhouette se pencha par-dessus le muret du chemin de ronde.

— Qui va là ? glapit une voix stridente.

D'un large geste, Jaston désigna ses compagnons.

— À votre avis ? Nous avons fait un long chemin pour amener nos marchandises jusqu'ici. Ouvrez-nous. Nous sommes moulus de fatigue, et nous n'aspirons qu'à rincer la poussière de notre bouche avec la pisse de chat que vous osez appeler bière.

Le garde gloussa.

— De la « pisse de chat » ? Ce n'est pas parce que vos mères vous ont cramé la langue avec le vitriol de la marbière que vous avez le droit d'insulter la bonne bière de nos tavernes.

— Alors, prouvez-nous que nous avons tort ! (Jaston tapota le petit tonneau attaché derrière sa selle.) J'ai justement apporté un échantillon de marbière pour que vous puissiez goûter à une vraie boisson d'hommes.

Mycelle observa la cérémonie familière sans intervenir : l'échange d'insultes et de pots-de-vin (ou, en l'occurrence, de tonneaux de bière) était un rituel ancestral. Jaston savait ce qu'il faisait. Rien de tel que de l'alcool gratuit pour huiler les gonds d'une porte solidement verrouillée. Déjà, la herse se soulevait.

Jaston remercia la sentinelle d'un signe de la main et entraîna ses compagnons vers l'ouverture. Une fois à l'intérieur, il se dressa sur ses étriers et se mit à aboyer des ordres, haranguant ses compagnons comme l'aurait fait n'importe quel chef de caravane un peu autoritaire.

Un jeune garde, à peine sorti de l'enfance, tenta de jeter un coup d'œil sous la bâche au moment où le chariot passait devant lui. Jaston le rabroua.

— On ne touche pas à la marchandise ! Si tu veux nous acheter quelque chose, passe aux Quatre Coins demain matin.

Mycelle vit la sueur qui perlait sur le front du Maraîchin. Si Tol'chuk était découvert, tous leurs plans tomberaient à l'eau. La guerrière porta discrètement la main à la dague passée dans sa ceinture.

— J'ai cru voir bouger quelque chose, couina l'adolescent.

Soudain, la tête d'un énorme serpent émergea de dessous la bâche et siffla à quelques centimètres de la figure du curieux, révélant de longs crocs menaçants. Le jeune garde blêmit et fit un bond en arrière. Ses camarades s'esclaffèrent et l'accablèrent de leurs moqueries tandis qu'il battait précipitamment en retraite.

— Hé, le bleu, le monsieur t'a pourtant dit de ne pas mettre ton nez dans ses affaires, le réprimanda le chef du guet.

Le chariot fut autorisé à passer sans que quiconque d'autre tente de le fouiller.

Lorsque toute la caravane l'eut dépassé et se fut engagée dans les rues sombres de la ville, Jaston trancha la corde qui attachait le tonnelet et laissa celui-ci tomber dans les mains de la sentinelle assoiffée.

— Avec les compliments des marchands d'Eau-Sèche.

L'homme acquiesça.

— Nous lèverons notre première chope à votre bonne fortune.

Jaston ricana.

— J'espère bien que ce sera la première. N'oubliez pas : c'est de la marbière. Le temps que vous la finissiez, vous aurez oublié jusqu'à votre propre nom.

Au milieu des éclats de rire qui saluèrent cette déclaration, il talonna son cheval pour rejoindre Mycelle à la tête de la caravane.

— Ça n'a pas été si difficile, dit-il en essuyant la sueur de son front.

Mycelle grimaça.

— Ce n'est jamais difficile de passer la tête dans un nœud coulant. La retirer, en revanche…

Jaston et elle entraînèrent leurs compagnons dans les artères étroites qui conduisaient vers le cœur de Port Rawl. La nervosité les contraignait au silence. Seuls le craquement des roues du chariot et le martèlement des sabots des chevaux sur les pavés marquaient leur progression.

Lorsqu'ils furent assez loin des portes de la ville, Tol'chuk s'extirpa de la bâche et remit l'inoffensif python des marais dans la cage où il l'avait pris. Comme il la rejoignait à l'avant de la procession, Mycelle lui sourit.

— Bien joué, mon fils. À présent, je sais que tu n'as pas seulement hérité de la prestance de ton père : tu as aussi son intelligence.

Tol'chuk s'essuya les mains sur les cuisses.

— Je déteste les serpents, dit-il en frissonnant.

Mycelle exposa le « bracelet » qu'elle portait autour du poignet.

— Même ce tout petit qui a sauvé la vie de ta mère ?

— Ce n'est plus un serpent, répliqua Tol'chuk. C'est une partie de toi. Je ne pourrai jamais le détester.

Mycelle toucha la joue de son fils, et ils partagèrent un bref instant de chaleur familiale.

— Alors, où va-t-on maintenant ? s'enquit Jaston.

Tol'chuk sortit la sanguine de sa sacoche et pivota lentement sur lui-même, jusqu'à ce que la pierre s'embrase.

Mycelle poussa un soupir exaspéré.

— Quoi ? demanda Jaston.

— Elle indique la direction du port.

L'expression du Maraîchin s'assombrit. Comme Mycelle, il connaissait bien la cité des marais. Le quartier du port était le plus dangereux de tous, bourré de pirates en goguette. Même les citoyens les plus retors hésitaient à s'y aventurer sans invitation, et aucune personne saine d'esprit n'y serait allée en pleine nuit.

— Qu'allons-nous faire ? s'enquit Jaston.

Du menton, Mycelle désigna la pierre étincelante.

— Suivre la lumière, garder une main sur notre épée et prier.

9

Elena testa ses liens. Nouées par des marins expérimentés, les cordes refusèrent de bouger. En se débattant, la jeune femme ne réussit qu'à les resserrer davantage.

Elle jeta un coup d'œil aux deux autres prisonniers avec qui elle partageait une cabine. À l'autre bout de l'étroite pièce, Er'ril gisait sur le ventre, son bras attaché à ses chevilles. Il avait reçu un coup de massue sur la nuque et n'avait pas encore repris connaissance. Malgré la distance qui les séparait, Elena vit le sang qui suintait entre ses cheveux noirs et coulait le long de sa joue.

— Il n'aurait pas dû résister autant quand ils ont emmené Flint, dit Joach, remarquant la direction du regard de sa sœur.

Le jeune homme était tout aussi bien saucissonné qu'Elena : les chevilles attachées aux pieds d'une chaise et les poignets derrière le dossier de celle-ci.

— Il voulait juste que ça ait l'air authentique.

— Ouais, et il s'est pris un authentique coup de massue.

Elena se mordit la lèvre inférieure. Elle avait dû faire appel à toute sa volonté pour ne pas carboniser le marin borgne qui avait frappé Er'ril. Même un tour mineur aurait suffi à brûler les cordes et à réduire la massue de l'homme en cendres. Mais Flint avait discrètement secoué la tête en lui jetant un regard sévère, et Elena s'était retenue. Chacun d'eux devait jouer son rôle s'ils voulaient que leur ruse porte ses fruits.

Le plan de Flint était le suivant. Er'ril et Elena devaient se faire passer pour un couple des hautes terres qui conduisait leur neveu boiteux, Joach, chez une guérisseuse réputée de Port Rawl. Après avoir régénéré son pouvoir, Elena avait coupé ses ongles et ses cheveux et enfilé des vêtements d'Er'ril. Avec les transformations que son corps avait subies, personne ne la prendrait plus jamais pour un garçon. Elle baissa les yeux vers l'ample renflement de sa poitrine. *Non, aucune chance,* songea-t-elle.

Mais le subterfuge avait fonctionné, d'autant que le capitaine pirate avait eu l'air plus intéressé par Flint que par ses passagers. Le but de la manœuvre, c'était qu'il dépose les compagnons à Port Rawl. Une fois à terre, ils utiliseraient la magie d'Elena pour s'échapper.

Soudain, Er'ril grogna et tenta de se redresser. Elena put respirer plus facilement. Même si elle était certaine que le coup n'avait pas été fatal, elle préférait en avoir la confirmation.

— Douce Mère, ce type était plus costaud qu'il n'en avait l'air, grommela Er'ril en roulant sur le flanc – un mouvement difficile dans sa position. Je ne pensais pas qu'il taperait aussi fort.

— Tu es tombé comme un arbre abattu par la foudre, acquiesça Joach. Tu aurais dû voir la tête de Flint !

— Elena, tu vas bien ? Ils ne t'ont pas fait de mal ?

L'inquiétude d'Er'ril semblait fort mal placée, car, des trois compagnons, il était le seul qui saignait.

— J'aurais bien aimé qu'ils essaient de me toucher, répondit la jeune femme d'un ton venimeux. Mais ils ne s'intéressaient qu'à Flint.

Son regard noir fit sourire Er'ril.

— Maintenant, je sais pourquoi je t'ai épousée.

Elena apprécia cette tentative d'humour. De toute évidence, Er'ril essayait de la détendre, mais il n'y parvint pas. Elle détestait attendre, surtout sans savoir ce qu'il était advenu de leur ami.

— Où ont-ils emmené Flint ? s'enquit Er'ril.

Elena baissa les yeux vers ses pieds.

Ce fut Joach qui répondit.

— Ils l'ont traîné dans la cabine du capitaine pour une « conversation » en privé. Nous l'avons entendu crier une fois, mais rien depuis.

— Ne vous en faites pas. Ces pirates ne le tueront pas. Pour eux, il est le seul à savoir ce qu'il est advenu du dragon aquatique, argumenta Er'ril.

— À moins qu'ils pensent qu'il l'ait perdu, contra Elena en levant les yeux vers le guerrier. J'ai entendu un marin dire que le dragon de Flint s'était forcément échappé, parce que le prix de son sang aurait dû suffire à acheter toute une flotte. (Elle planta son regard dans celui d'Er'ril.) Si c'est venu à l'esprit d'un simple marin, ça n'échappera sûrement pas au capitaine Jarplin.

Elle n'ajouta rien. Le cri de Flint résonnait encore à ses oreilles.

Après un moment de silence angoissé, Er'ril reprit la parole.

— Elena, tu peux te libérer ?

— Pas normalement. Ces nœuds sont trop serrés.

— Alors, utilise ta magie.

Joach se redressa.

— Et notre plan ?

— Je n'ai pas autant confiance que Flint en la logique des pirates. (Er'ril se tortilla pour faire face à Elena.) Libère-toi, puis détache-nous. Mais économise ta magie le plus possible.

Elena acquiesça. Elle n'avait pas besoin qu'on la pousse davantage. Conjurant son pouvoir, elle le canalisa dans son poing droit. Ses mains étaient gantées et attachées derrière son dos ; elle ne pouvait donc pas voir si son poing brillait, mais, au fond de son cœur, elle savait que c'était le cas. Elle sentait sa magie se concentrer, la pression augmenter.

La tête d'un clou de cuivre dépassait du dossier de sa chaise. Remuant les doigts, Elena fit glisser son gant, puis écorcha la chair tendre de son poignet sur le bord métallique coupant. Une vive douleur remonta le long de son avant-bras. Mais, avant même qu'elle puisse frémir, la brûlure de sa plaie fut balayée par un flot de magie et de sang. Le chœur du pouvoir résonna à ses oreilles.

— Doucement, Elena.

La jeune femme se rembrunit. Personne n'avait donc confiance en elle ? Pendant d'innombrables nuits, elle s'était entraînée à contrôler son feu sor'cier. Si elle se concentrait, elle était capable d'allumer une bougie neuve sans même faire fondre la cire de sa mèche.

Usant de toute sa précision, elle libéra un minuscule filament de magie, le dirigea vers les cordes qui l'immobilisaient et l'entortilla autour de celles-ci. Puis elle l'embrasa. Il y eut une petite explosion de lumière, et les cordes tombèrent en cendres.

Ignorant la protestation douloureuse de ses épaules, Elena ramena ses bras devant elle et épousseta ses poignets.

— Tu vas bien ? s'inquiéta Er'ril. Tu ne t'es pas brûlée ?

Les sourcils froncés, Elena secoua la tête. Elle leva son poing et libéra un autre filament de magie. Son gant disparut dans un bref éclair. Une petite pluie de cendres s'abattit à ses pieds tandis que la Rose de sa main fleurissait dans la pièce, chassant la pénombre devant elle.

Er'ril et Joach écarquillèrent les yeux.

C'était si simple. Elena examina les cordes qui attachaient ses jambes. Penchant la tête sur le côté, elle les incinéra en un clin d'œil. Des volutes de fumée s'entortillèrent autour de ses jambes.

Elle se leva et tendit son poing vers Joach.

— Non ! s'exclama Er'ril.

Elena pivota vers lui.

— Pourquoi ?

D'une certaine façon, la précision requise par ce tour était plus excitante que le déchaînement aveugle de sa passion. Il ne s'agissait pas de pouvoir à l'état brut, mais d'une force impétueuse qu'il lui appartenait de contrôler. C'était comme monter un étalon sauvage, en harmonie avec le moindre de ses mouvements.

— Contente-toi de nous détacher, ordonna Er'ril.

— Mais avec la magie, ça irait plus vite, marmonna Elena, un peu essoufflée.

— Obéis.

À contrecœur, elle se dirigea vers le guerrier et défit rapidement les cordes qui le ligotaient. Er'ril se redressa sur les genoux en faisant jouer ses doigts pour rétablir la circulation sanguine. Avant qu'Elena puisse libérer Joach, il l'arrêta en lui posant la main sur l'épaule.

— Écoute-moi bien, petite. De mon temps, la modération était l'une des premières choses qu'un mage apprenait. Et aussi une des plus difficiles à assimiler. En tant qu'homme lige de mon frère, j'avais le devoir de le mettre en garde contre l'utilisation de ses pouvoirs quand il disposait de moyens normaux pour accomplir une tâche donnée. Gaspiller de la magie pour allumer un feu si l'on a du bois sec et des silex sous la main, c'est mal. La magie est un don qui doit être employé avec prudence, et uniquement en l'absence d'autre solution.

Elena acquiesça. Elle ravala son pouvoir et se dirigea vers Joach. Tout en détachant son frère, elle médita les paroles d'Er'ril. Et, quand elle eut terminé, elle fit face au guerrier.

— Mais puisqu'un mage peut régénérer son pouvoir, qu'importe la fréquence à laquelle il l'utilise ?

Er'ril se leva et aida Joach à se remettre debout.

— Nous aurons tout le temps d'en discuter plus tard. Pour l'instant, sache juste qu'utiliser ta magie à tort et à travers ne fera que te rendre de plus en plus dépendante d'elle. Tu deviendras son instrument au lieu qu'elle reste le tien.

Joach se massa les poignets et rajusta nerveusement la dent de dragon pendue à son cou.

— Et maintenant ?

Er'ril désigna la porte du menton.

— Notre position ne me plaît guère. Il est temps de nous procurer des armes.

Joach ramassa son bâton dans le coin où les pirates l'avaient jeté. De toute évidence, il s'était montré assez convaincant dans son rôle d'infirme pour qu'on le laisse garder sa canne. Parce qu'il portait ses gants, le bois demeura noir dans sa main.

— J'ai déjà la mienne, clama-t-il en brandissant l'artefact.

Elena regarda son frère allumer une traînée de flammes noires le long du bâton. Ils avaient découvert que tant que Joach empêchait sa paume droite d'entrer en contact avec le bois, le bâton demeurait un instrument de magie noire. Mais, si le jeune homme ôtait son gant, le pol'bois aspirait son sang, et le bâton devenait un instrument de magie blanche. Un simple bout de bois poli s'était mué en arme à double tranchant.

— Ils ont posté un garde ? s'enquit Er'ril.

— Non, répondit Elena. Sur ce point, Flint avait raison. Après nous avoir enfermés, ils ne se sont plus souciés de nous. (Elle se dirigea vers la petite porte et colla son oreille au battant.) Je n'entends personne dans le couloir non plus.

Er'ril se rapprocha d'elle et se pencha pour écouter lui aussi. Elena sentit le souffle chaud du guerrier sur sa joue.

— Tu pourrais faire fondre la serrure sans mettre le feu à la porte ? demanda Er'ril.

Repoussant une mèche rousse qui lui tombait dans les yeux, Elena dévisagea le guerrier. Ça lui faisait bizarre d'être presque aussi grande que lui, à présent. Elle voyait bien qu'il la détaillait – qu'il la jaugeait, et pas seulement d'un point de vue magique. Soudain, elle se sentit terriblement consciente des transformations de son corps : la courbe de ses hanches et de sa poitrine, la longueur de sa chevelure flamboyante... Même ses réactions vis-à-vis d'Er'ril avaient changé. Le regard de ses yeux gris, le contact de sa main, la simple caresse de son souffle quelques instants plus tôt – tout cela remuait quelque chose de très profond en elle, l'irradiait d'une chaleur qui la revigorait et l'affaiblissait en même temps. En le regardant, elle sut qu'elle devait réussir.

— Je crois que oui, murmura-t-elle doucement.

Se passant la langue sur ses lèvres sèches, elle se tourna vers la porte et leva la main. Du bout de ses doigts, elle fit jaillir plusieurs filaments de magie incandescente qu'elle tressa entre eux pour en faire une cordelette plus épaisse. Puis, d'une pensée, elle guida celle-ci à l'intérieur de la serrure.

La froideur du métal enveloppa son cœur comme un linceul. L'espace d'un instant, Elena crut qu'elle allait se noyer dans l'inertie très ancienne du fer. Pour lutter contre la suffocation qui la menaçait, son sang se mua en forge ardente. Quelque part à l'extrême limite de ses perceptions, elle entendit Joach hoqueter.

— Ça marche, marmonna Er'ril d'une voix lointaine.

À chaque battement farouche de son cœur, la magie d'Elena se déversait dans le métal. Tel un amant réticent, celui-ci finit par se réchauffer et par céder sous ses attouchements.

— Tu as réussi, Elena. (Er'ril lui agrippa l'épaule.) Maintenant, ravale ta magie avant que le feu se propage.

Elena cligna des yeux pour reprendre ses esprits. Le contact d'Er'ril la fit frissonner. Elle ferma le poing, rompant la cordelette qui la liait à la serrure fondue. Du fer chauffé au rouge coulait le long des planches de la porte, laissant des traces noircies et fumantes derrière lui. Dès que la magie d'Elena s'évanouit, il refroidit rapidement.

— Soyez prudents, recommanda Er'ril à ses compagnons. À partir d'ici, on ne se quitte pas d'une semelle.

Il fit signe à Joach. Lentement, le jeune homme poussa la porte du bout de son bâton. Le craquement des gonds rongés par le sel résonna à leurs oreilles comme un cri d'agonie tandis qu'ils retenaient leur souffle.

Plié en deux, Er'ril s'approcha de l'entrebâillement en prenant bien garde à ne pas marcher dans les flaques de métal fondu. Il regarda d'un côté, puis de l'autre.

— Suivez-moi, souffla-t-il.

Il entraîna Joach et Elena dans un petit couloir sombre, éclairé par la minuscule flamme d'une unique lanterne.

Quelque part à bord, des hommes chantaient à tue-tête – et affreusement faux. Des rires durs ponctuaient leur performance. Le bruit semblait venir d'au-dessus de la tête d'Elena, qui frémit et se retint de se boucher les oreilles.

Er'ril se faufila jusqu'à la seule autre pièce qui donnait sur le couloir et jeta un coup d'œil à l'intérieur.

— Une pompe d'assèchement et des caisses, chuchota-t-il. Nous devons être au plus profond des entrailles du navire.

— Et maintenant, où allons-nous ? demanda Joach, les yeux brillants de peur.

— Avant toute chose, il me faut une arme. Une épée, une hache, n'importe quoi. (Frustré, Er'ril serra le poing.) Ensuite, nous délivrerons Flint.

Protégée par Joach, Elena suivit le guerrier vers l'autre bout du couloir. Une étroite échelle montait jusqu'à une écoutille fermée.

— C'est par là que nous sommes descendus, affirma Elena. Il y a une cuisine juste au-dessus.

Les braillements des marins s'étaient tus, mais des murmures et des éclats de rire résonnaient encore de l'autre côté de l'écoutille. Er'ril s'immobilisa au pied de l'échelle, l'air sombre. Elena pouvait pratiquement lire ses pensées sur son visage. En s'échappant par là, ils se jetteraient tout droit dans les bras des pirates.

— Il doit y avoir un autre chemin, marmonna Joach.

Er'ril fronça les sourcils. Il réfléchissait.

Soudain, quelque chose chatouilla la cheville d'Elena. La jeune femme sursauta et fit un petit bond en arrière. Un énorme rat poussa un couinement de protestation et détala dans le couloir. Son pelage empestait le poisson pourri.

— Suivez-le, ordonna Er'ril sur un ton pressant. Ceci est un bateau de pêche. D'une façon ou d'une autre, sa cale doit communiquer avec le pont inférieur.

Joach s'élança sur les traces du rat comme celui-ci disparaissait dans la salle de la pompe.

— J'ai besoin de lumière !

Elena leva la main, prête à conjurer une flamme. Mais Er'ril lui baissa le bras et saisit la lanterne suspendue à un crochet. Il la brandit sous le nez de la jeune femme en regardant celle-ci d'un air éloquent, puis alla rejoindre Joach.

En rougissant, Elena lui emboîta le pas. L'avertissement du guerrier résonnait encore dans sa tête. Peut-être était-il bel et bien dangereux d'utiliser sa magie sans discrimination. Chaque fois qu'il y avait de l'action, sa première impulsion était de conjurer son pouvoir au lieu d'exploiter son ingénuité et les ressources de son environnement. Or, se définir par sa seule magie, c'était limiter ses possibilités et sa valeur. Elena secoua la tête. Elle était bien plus qu'un poing rouge, et elle avait l'intention de le rester.

Dans la cabine, elle trouva Joach agenouillé près d'une grosse caisse. Er'ril le surplombait, la lanterne tendue à bout de bras.

—Il a filé par là, déclara Joach.

Er'ril se pencha pour éclairer l'espace réduit qui séparait la caisse du mur.

—Écarte-toi, petit.

Joach obtempéra.

—Je ne le vois pas, dit Er'ril au bout d'un moment.

—Je suis certain qu'il est passé par là, insista Joach, en agitant son bâton en direction du mur, comme pour débusquer le rongeur de sa cachette.

Er'ril lui fit signe de reculer et se redressa. Il confia la lanterne à Elena, puis prit un des coins de la caisse.

—Aide-moi à la déplacer, ordonna-t-il à Joach.

Le jeune homme utilisa son bâton comme levier pour écarter la caisse du mur tandis qu'Er'ril la poussait avec son épaule. Avec un raclement bougon, la caisse se déplaça sur les planches grossières du sol.

—Je me demande ce qu'il peut bien y avoir là-dedans, grommela Joach, les muscles bandés.

Une des lattes de pin dont était faite la caisse se brisa sous la pression de son bâton. Déséquilibré, Joach trébucha, se retint au mur et rentra la tête dans les épaules en frémissant. Le craquement du bois avait résonné comme un coup de tonnerre dans l'espace exigu de la cabine.

Les trois compagnons se figèrent. Aucun d'eux ne bougea jusqu'à ce que les pirates entonnent un nouveau chant paillard au-dessus d'eux. Ils ne les avaient pas entendus. Soulagée, Elena se rapprocha des deux autres en faisant un effort conscient pour respirer.

Levant la lanterne, elle éclaira la partie brisée de la caisse. Elle n'était pas tant curieuse d'en découvrir le contenu que de se distraire du péril tout proche. Comme son frère, elle avait entendu parler des monceaux de bijoux et de pièces d'or qu'étaient censés accumuler les pirates.

Elena tendit le cou et plissa les yeux pour mieux voir. À

l'intérieur de la caisse, il n'y avait pas le moindre trésor. Juste une paire d'yeux rouge sang qui la fixaient.

Une giclée d'eau de mer glaciale ramena Flint à lui. Le vieil homme hoqueta et s'étrangla. Arquant le dos, il rejeta la tête en arrière et se cogna au dossier de la chaise à laquelle il était attaché. Le sel brûla la coupure qu'il arborait sous l'œil et mordit ses joues meurtries par les poings de ses geôliers.

Le capitaine Jarplin se pencha vers le visage tuméfié de son prisonnier. C'était un homme aux épaules larges, aux cheveux argentés et aux yeux verts. De nombreux hivers passés en mer l'avaient rendu aussi dur qu'un roc.

Jadis, Flint avait respecté sa volonté de fer. Jarplin était un capitaine dur mais juste. Pourtant, quelque chose en lui avait changé. Extérieurement, il restait le même – le teint juste un peu plus pâle que dans le souvenir de Flint. Le vieil homme ne pouvait cependant se défendre contre l'impression que quelque chose clochait sérieusement en lui.

Il l'avait remarqué dès qu'on l'avait traîné dans la cabine du capitaine. D'ordinaire, les quartiers de Jarplin étaient toujours impeccablement rangés. Là, des cartes maritimes étaient éparpillées à travers la pièce ; des vêtements sales gisaient un peu partout sur le sol. De toute évidence, Jarplin ne sortait plus guère de sa cabine – alors qu'autrefois il dormait pratiquement sur le pont.

Flint lécha le sang qui coulait de sa lèvre inférieure fendue. Le vol du dragon aquatique avait-il bouleversé Jarplin à ce point ? Non. Il s'agissait d'autre chose. Jamais il n'aurait dû convaincre les autres de se laisser capturer.

De l'index, Jarplin souleva le menton du prisonnier.

— Les poings de maître Vael t'ont-ils délié la langue ? demanda-t-il sur un ton moqueur, fort différent de celui dont Flint se souvenait.

Le vieil homme cracha un peu de sang.

— Je vous baverai rien sur le dragon tant qu'on sera pas à Rawl, répondit-il en utilisant le même argot que du temps où il était le premier maître de la *Bonite*.

Mais Jarplin ne se laissa pas abuser par son déguisement.

— Cesse de jouer les pauvres pêcheurs avec moi, Flint. Tu n'es pas celui pour lequel je te prenais jadis, et tu ne peux plus m'abuser à présent. On m'a ouvert les yeux. (Il éclata de rire.) Oui, et bien ouvert.

Flint remarqua la bave aux commissures des lèvres de Jarplin. Qu'était-il arrivé à l'homme qu'il connaissait, l'homme qu'il considérait autrefois comme son ami ?

Jarplin se redressa et pivota vers son nouveau premier maître. Flint n'avait encore jamais rencontré maître Vael, mais, visiblement, celui-ci venait de contrées fort lointaines. Son crâne était rasé de près et sa peau pareille à du parchemin jauni. Ses yeux avaient une teinte étrange, violacée comme celle d'une ecchymose. Même leur blanc était un peu mauve, comme si la couleur de ses pupilles déteignait.

Du menton, Jarplin désigna un coffret ouvragé.

— Peut-être existe-t-il un autre moyen de délier la langue de Flint.

Pour toute réponse, maître Vael hocha imperceptiblement la tête, comme s'il signifiait son accord au capitaine. Flint fronça les sourcils. Lequel des deux commandait vraiment ?

Jarplin prit la clé d'argent pendue à une chaîne autour de son cou et se dirigea vers la petite boîte filigranée d'or.

— C'est ma dernière, annonça-t-il en introduisant la clé dans la serrure. Tu devrais te sentir honoré que je la partage avec toi.

Le large dos du capitaine empêchait Flint de voir le contenu du coffret. Mais, quand le couvercle s'ouvrit, il le sentit. Une puanteur d'entrailles pourrissant au soleil estival envahit soudain la cabine. Et ce n'était pas le pire. Tous les poils de Flint se hérissèrent sur son corps. L'atmosphère même semblait chargée d'électricité.

Quoi que puisse contenir cette boîte, Flint n'avait aucune envie de le voir. Mais on ne lui laissa pas le choix. Jarplin fit volte-face. Dans sa main, il tenait une masse brune gélatineuse. Flint songea d'abord que cela ressemblait à la gadoue qui s'accumule dans les tuyaux de la pompe d'assèchement après usage. Puis Jarplin se rapprocha de lui, et il vit que la chose était vivante. De fins tentacules s'agitaient autour de son corps. Chacun d'eux se terminait par une bouche minuscule, qui aspirait avidement l'air.

Flint ne put se retenir. La douleur, la tension, l'odeur – et maintenant, cette horreur. La nausée le saisit. Son estomac se convulsa, et il vomit de la bile dans son giron. Il devinait ce que Jarplin lui apportait. Il se souvenait des histoires qu'il avait entendues au sujet du bateau qui avait assailli Port Rawl, et des créatures retrouvées à l'intérieur du crâne des marins enragés. Oh, Douce Mère ! Pas ici ! Pas lui !

Une éternité parut s'écouler avant que les spasmes de son estomac s'apaisent. La tête ballottant sur la poitrine, il aspira de grandes goulées d'air fétide.

Jarplin éclata de rire.

—Ah, Flint, tu n'as rien à craindre ! Cette petite chérie te fera voir la vie sous un jour nouveau.

Levant la tête, Flint réalisa que vomir lui avait éclairci les idées. C'était comme si son corps avait eu besoin d'expulser tous les poisons qui s'y étaient accumulés depuis sa montée à bord de la *Bonite*.

—Jarplin, dit-il, renonçant à tout subterfuge. J'ignore ce qui vous est arrivé. Mais écoutez-moi ! Ce que vous faites est mal. Quelque part au fond de vous, vous devez vous en rendre compte.

—Quelque part au fond de moi ? (Le capitaine s'agenouilla et écarta les cheveux argentés qui dissimulaient sa nuque, puis il se tordit le cou pour montrer la base de son crâne à Flint.) Pourquoi ne vérifies-tu pas toi-même ce qu'il y a au fond de moi ?

Un petit trou se découpait proprement dans la boîte crânienne de Jarplin. Il ne saignait pas et présentait l'aspect d'une blessure ancienne, cicatrisée. Soudain, un tentacule pâle se faufila par l'ouverture, sa bouche minuscule s'ouvrant et se refermant tandis que la créature tapie dans la tête du capitaine respirait de l'air frais.

—Que vous a-t-on fait ? souffla Flint, horrifié.

Jarplin laissa retomber ses cheveux.

—Laisse-moi te montrer. (Il se tourna vers maître Vael.) Allez chercher la perceuse à os.

Flint reporta son attention sur le premier maître. Celui-ci s'était départi de son impassibilité. Ses lèvres s'étirèrent en une grimace avide, exposant de grandes dents taillées en pointes.

Il n'y avait absolument rien d'humain dans ce sourire.

Elena hoqueta et fit un bond en arrière. De surprise, elle faillit lâcher la lanterne.

Er'ril fut immédiatement à côté d'elle.

—Qu'y a-t-il ?

Joach les rejoignit, brandissant nerveusement son bâton contre la menace inconnue.

—Je… Je n'en suis pas certaine, marmonna Elena. J'ai cru voir quelque chose.

Elle s'était attendue à ce qu'un monstre aux yeux flamboyants jaillisse de la caisse pour lui sauter à la gorge. Mais, comme rien ne s'était produit, elle commençait à douter du témoignage de ses yeux. Elle porta une main à son visage.

—Une paire d'yeux rouges, précisa-t-elle.

Er'ril lui pressa le bras.

—Reste là.

Il prit la lanterne des doigts tremblants de la jeune femme et s'approcha de la caisse.

— Sois prudent, chuchota Elena.

Joach monta la garde auprès de sa sœur. Tous deux regardèrent Er'ril tendre la lanterne au-dessus de la partie brisée de la caisse. Lui aussi parut sursauter légèrement. Mais, au lieu de battre en retraite, il se pencha vers l'ouverture pour mieux en éclairer le contenu.

— Alors ? Qu'est-ce que c'est ? demanda Joach.

— Je ne sais pas, répondit Er'ril, les yeux plissés. Un genre de sculpture. Je crois qu'elle a des rubis en guise d'yeux.

Joach s'approcha, suivi par Elena. Il se dressa sur la pointe des pieds pour regarder à l'intérieur de la caisse obscure.

— Il y a quelque chose…

Er'ril lui fit signe de s'écarter.

— Nous n'avons pas de temps à perdre avec ça.

— Attends, dit Joach en jetant un coup d'œil au guerrier par-dessus son épaule. Je sens du pouvoir émaner de cette sculpture. Mon bâton chauffe quand je l'en approche. On devrait au moins l'examiner de plus près.

Er'ril hésita, puis acquiesça.

— D'accord, mais vite. Nous ne pouvons pas prendre le risque d'être découverts par l'équipage.

Utilisant le bâton de Joach, ils tentèrent d'ouvrir un côté de la caisse. Mais les planches étaient si bien clouées qu'elles refusèrent de bouger.

Elena s'avança.

— Laissez-moi faire.

Avant que ses compagnons puissent protester, elle projeta des rayons de feu sor'cier vers la caisse. Joach et Er'ril s'écartèrent précipitamment : ils ne voulaient pas se faire toucher.

Ils s'inquiétaient pour rien. Les filaments ardents étaient comme des extensions de la pensée d'Elena. Ils fusèrent droit vers les clous, à la manière de la limaille de fer vers un aimant. D'une simple poussée mentale, Elena fit fondre tous les éléments métalliques de la caisse. Le côté de celle-ci bascula. Er'ril et Joach le rattrapèrent avant qu'il tombe et le déposèrent doucement sur le sol.

Quand ils eurent fini, les trois compagnons se rassemblèrent devant la caisse ouverte. Elena avait ramassé la lanterne par terre. En silence, ils fixèrent la sculpture qu'ils venaient de mettre à jour.

— On dirait un gros oiseau noir, commenta Joach au bout d'un moment.

La statue était d'excellente facture, un peu plus haute qu'Er'ril. Seul un artiste remarquablement doué avait pu sculpter l'énorme bloc de pierre avec tant de détails. Chaque plume se détachait en relief ; le bec pointu semblait prêt à déchiqueter, et les yeux – deux rubis jumeaux – étincelaient avidement dans la lumière de la lanterne. Les griffes avaient l'air plantées dans le bas de la caisse, comme si la créature venait juste de se poser.

— Non, ce n'est pas un oiseau, contra Er'ril sur un ton chagrin.

Elena ne le contredit pas. Malgré son plumage et ses ailes, cette créature avait quelque chose de reptilien. Son cou était un peu trop long, et les articulations de ses pattes pliaient dans le mauvais sens.

— Qu'est-ce que c'est ?

L'air sombre, Er'ril se tourna vers Joach.

— C'est une wyverne.

La main du jeune homme se crispa sur son bâton. Il recula d'un pas.

— Comme dans mon cauchemar.

— De quoi parlez-vous ? demanda Elena.

Pour toute réponse, Er'ril secoua la tête. Joach et lui se fixèrent avec une expression étrangement méfiante, comme si chacun d'eux dissimulait quelque chose à l'autre.

Ce fut Joach qui finit par rompre le silence.

— Mais je n'ai pas rêvé d'une statue. Dans mon cauchemar, la bête volait.

Visiblement peu réconforté, Er'ril reporta son attention sur la créature de pierre. Son visage basané avait pâli.

— Je n'aime pas ça.

Elena n'aimait pas ça non plus. Elle avait vu trop de statues s'animer durant le long voyage qui l'avait conduite jusque-là.

— Tu as parlé de « pouvoir », Joach, dit-elle sans réussir à empêcher son inquiétude de transparaître dans sa voix. Cette statue est peut-être comme celle de De'nal. Elle va peut-être prendre vie.

Marchant sur le côté de la caisse posé par terre, Joach se rapprocha de la sculpture et tendit la main vers elle.

— Recule ! aboya Er'ril.

Les sourcils froncés, Joach laissa retomber son bras.

— Cette pierre est étrange. Bien que polie, elle ne renvoie aucun reflet, fit-il remarquer.

Er'ril et Elena s'approchèrent à leur tour, mais plus prudemment.

— Qu'en penses-tu ? demanda Joach au guerrier.

Ce fut Elena qui répondit.

— Nous devons la détruire. Tout de suite.

— Pourquoi ? protesta Joach. Mon rêve n'était pas prémonitoire. Moris et Flint l'ont dit. Cet oiseau ne va pas prendre vie.

Il le tapota avec son bâton.

D'une même voix, Er'ril et Elena s'exclamèrent : « Non ! » Mais rien ne se produisit. Seul un bruit sourd ponctua l'impact du bois sur la pierre. La statue demeura inerte.

Er'ril repoussa Joach.

— Tu es stupide ou quoi ? On ne joue pas avec la magie noire !

—Quelle magie noire ? Ce n'est que de la pierre ordinaire !

—Non, contra Elena. (Elle venait d'identifier le matériau qu'avait utilisé le sculpteur.) C'est de l'éb'ène. (Elle désigna les veines argentées qui couraient à la surface de la statue.) Cette pierre boit le sang.

Flint savait qu'il devait faire vite. Maître Vael était parti chercher la perceuse à os ; il ne tarderait pas à revenir. Si le vieil homme voulait rester lui-même, il n'avait pas de temps à perdre.

Son plan initial avait été d'endurer la torture jusqu'à ce que la *Bonite* atteigne Port Rawl. Un nez cassé, un peu de sang perdu – ce n'était pas grand-chose comparé à la sécurité d'Elena.

Mais, en regardant le capitaine Jarplin caresser la créature lovée dans sa paume, Flint comprit qu'il devait jeter son plan initial aux orties. Un fléau occupait ce navire, et même le plus adroit des baratins ne suffirait pas à les conduire indemnes à bon port. Si le vieil homme succombait et devenait l'esclave de cette immonde créature, le secret d'Elena éclaterait au grand jour.

Il avait besoin d'une nouvelle stratégie. Dont la première étape consisterait à se tirer de là le crâne intact.

Les bras attachés dans le dos, Flint tripota adroitement la manchette gauche de sa vareuse. Un couteau minuscule – une simple lame d'acier longue comme son pouce – avait été cousu dans le tissu. Chez les pirates, il était bon de toujours se promener avec une arme dissimulée sur soi, dans un endroit où personne ne penserait à la chercher.

Flint poussa la pointe du couteau à travers la laine usée. La lame jaillit à travers les fibres et, l'espace d'un instant atroce, faillit échapper à ses doigts frénétiques. Le vieil homme mordit sa lèvre fendue, utilisant la douleur pour focaliser son attention. Si jamais il lâchait son couteau, il était perdu.

Levant les yeux vers son ancien capitaine, Flint guetta un signe que celui-ci avait perçu son geste. Jarplin avait toujours eu l'œil vif, et il était très difficile de le berner. Même si un monstre se tapissait désormais dans sa tête, Flint ne pouvait pas compter sur une défaillance de son instinct.

Il lécha le sang sur ses lèvres.

—Alors, quand êtes-vous devenu l'esclave de cette créature ? demanda-t-il dans l'espoir de distraire Jarplin pendant qu'il attaquait ses cordes. Depuis combien de temps est-elle votre maîtresse ?

Comme il s'y attendait, le visage de son geôlier s'empourpra, et ses yeux lancèrent des éclairs. Possédé ou non, Jarplin conservait une grande partie de sa personnalité. Il était le capitaine de sa propre flotte depuis douze hivers. Suggérer qu'il ne la contrôlait plus était la pire insulte qu'on puisse lui faire. Un instant, la colère le suffoqua, et il dut faire un effort visible pour cracher :

—Je suis et serai toujours le capitaine de ce navire ! (De sa main libre, il désigna l'arrière de son crâne.) Je ne suis pas l'esclave de cette chose ; elle n'est qu'un vulgaire outil. Elle me permet de voir la vie telle qu'elle est réellement : un jeu de pouvoir où il ne saurait y avoir qu'un seul gagnant. En fin de partie, j'ai bien l'intention de me trouver du côté du vainqueur.

—Et où avez-vous déniché ce merveilleux « outil » ?

—C'est un cadeau.

—Je n'en doute pas, répliqua Flint d'une voix dégoulinante de sarcasme. J'imagine que vous l'avez accepté avec empressement.

Il vit la frustration déformer les traits de Jarplin. Malgré la sueur qui dégoulinait sur son front, il enfonça la lame de ses mots plus loin dans la plaie.

—Alors, qui commandait quand on vous a fait ça ? Maître Vael, peut-être ? C'est lui qui tire les ficelles de la marionnette que vous êtes devenue ?

De colère, Jarplin sursauta et faillit lâcher la créature qu'il tenait dans sa paume.

— Tu ne sais rien ! Tu ne peux pas comprendre…

— Je sais que le capitaine que je respectais jadis exécute désormais les quatre volontés de son premier maître – un putain d'étranger qui a l'air d'avoir la jaunisse, grinça Flint.

Jarplin avait toujours nourri de sévères préjugés à l'égard des non-Alaséens. Son visage était violet de rage. Et, à moins que Flint se méprenne, une certaine confusion commençait à se faire jour dans son regard.

Le vieil homme s'acharna fiévreusement sur ses cordes. Il n'avait plus beaucoup de temps.

Les yeux pleins de doute, Jarplin cligna des paupières à plusieurs reprises. Il porta une main hésitante à sa nuque.

— Qu'ai-je… ?

Soudain, il se plia de douleur. Un cri étranglé s'échappa de sa gorge.

Flint fut si surpris qu'il faillit s'interrompre. Une fois, durant une tempête monstrueuse, un harpon s'était planté dans la cuisse de Jarplin. Mais celui-ci avait continué à diriger son équipage jusqu'à l'accalmie, arpentant le pont de long en large avec un énorme crochet fiché dans la jambe. Il n'avait pas poussé le moindre gémissement. Pour se laisser aller à crier, il devait endurer une souffrance presque inimaginable.

— Capitaine ? appela Flint, inquiet, renonçant à aiguillonner son interlocuteur.

Les genoux de Jarplin cédèrent sous lui, et il tomba sur le bord de sa couchette. Il resta assis là, tête baissée, en proie à de violentes convulsions. Flint remarqua néanmoins qu'il n'avait pas lâché la créature – que, malgré sa douleur, il la serrait contre sa poitrine tel un bébé. Ce n'était pas bon du tout.

Le vieil homme se battait toujours contre ses liens quand Jarplin releva la tête. Du sang dégoulinait de sa lèvre inférieure là où il l'avait mordue.

— Tu… Tu comprendras bientôt, balbutia-t-il. C'est un cadeau merveilleux.

Flint écarquilla les yeux – non pas à cause de l'absurdité de ces propos, mais de ce qu'il voyait dans les prunelles de Jarplin. Il avait affronté de nombreuses épreuves avec son ancien capitaine, et il pensait bien le connaître. Non seulement Jarplin croyait dur comme fer à ce qu'il disait, mais il exultait littéralement.

Mère d'en haut, quel genre de créature ou de magie noire peut obtenir de ses victimes un tel dévouement au terme d'une telle torture ? Flint était bien décidé à ne jamais le découvrir. Il faillit hoqueter lorsque son couteau vint enfin à bout des cordes qui attachaient ses mains. Très vite, il referma ses doigts dessus pour les empêcher de tomber par terre et de le trahir. Pas encore. Il devait attendre le bon moment.

Le craquement de la porte fit sursauter Flint et son geôlier. Maître Vael entra dans la cabine. Dans une main, il tenait une des longues mèches utilisées pour percer le crâne des baleines – un instrument des plus ordinaires à bord d'un bateau de pêche. La partie métallique semblait avoir déjà beaucoup servi, et le manche luisait joyeusement dans la lumière de la lanterne.

Jarplin adressa à Flint un sourire presque chaleureux.

— Tu comprendras bientôt, répéta-t-il.

Flint ferma les yeux. Le temps qui lui était imparti venait de s'achever.

Elena referma son poing rouge. Elle sentait presque la malveillance qui palpitait à l'intérieur de la statue d'éb'ène.

— Comment faire pour la détruire ? demanda Joach. À vue de nez, il faudrait des masses et plusieurs types costauds pour en venir à bout.

Elena fronça les sourcils.

— Non, je doute que même la pleine puissance de mon feu sor'cier puisse égratigner sa surface.

—Alors, que faire ? On devrait peut-être la laisser.

Er'ril, qui observait la statue en silence, secoua la tête.

—Nous ne pouvons pas laisser cette chose derrière nous. Qui sait quelle menace couve en elle ?

Abaissant leur lanterne, Elena se tourna vers le guerrier.

—Si le Try'sil se trouve toujours dans l'une de mes malles...

Er'ril acquiesça, et son expression se fit pensive.

—Le Try'sil ? Qu'est-ce que c'est ? s'enquit Joach en touchant le bras de sa sœur.

—C'est le marteau sacré des clans n'ains, une arme couverte de runes dont le métal a été forgé par la foudre, expliqua Elena.

Er'ril redressa les épaules.

—Je sais que Cassa Dar vénère cette relique, mais nous ne sommes pas certains qu'elle pourra endommager la statue, fit-il remarquer.

—Elle a bien réussi à fendre l'armure du garde noir que nous avons affronté à Château Drakk, lui rappela Elena.

—Ce n'était qu'une gangue d'éb'ène. Cette statue semble avoir été sculptée dans de la pierre massive.

—Certes, mais je ne vois pas d'autre solution. Elle est immunisée contre mon pouvoir, et j'ai peur de laisser Joach l'attaquer avec sa magie noire.

Er'ril jeta un coup d'œil au jeune homme. Il ne fit pas de commentaire, mais son regard dit assez clairement qu'il partageait l'opinion d'Elena.

—Après que les pirates t'eurent assommé et emmené, je les ai vus transporter nos affaires dans la grande cale, déclara Joach.

—Dans ce cas, nous devons trouver un moyen de nous y rendre sans être vus.

Elena leva sa main gauche à la peau encore pâle.

—Si je pouvais régénérer ma magie spectrale, je n'aurais pas de mal à me faufiler jusque-là.

— Mais pour faire ça, tu devrais d'abord te projeter dans le monde des esprits, objecta Er'ril. Et j'aimerais autant que tu t'abstiennes de frôler la mort une nouvelle fois.

Elena acquiesça. À la vérité, elle n'avait aucune envie de retourner là-bas.

Joach avait contourné la caisse pour examiner l'espace qui la séparait du mur.

— N'oubliez pas le rat qui nous a attirés ici. Il n'était pas dans la caisse ; donc, il a dû s'enfuir par quelque part.

— Bonne remarque, approuva Er'ril. Il empestait comme si sa tanière se trouvait près de la cale à poisson. Le suivre est peut-être notre meilleure option.

Le guerrier fit signe à Joach de s'écarter. Puis il se glissa entre la caisse et le mur, s'adossa à ce dernier et poussa de toutes ses forces. Elena vit les muscles de ses cuisses gonfler et tendre le tissu de son pantalon. Joach fit mine de lui prêter main-forte, mais Er'ril leva la main pour l'en empêcher.

— Je ne veux pas que tu approches de cette maudite statue, ahana-t-il, les dents serrées et le visage rougi par l'effort.

Il continua à s'acharner. Enfin, avec un hoquet étranglé, il jeta tout le poids de son corps contre la caisse, et celle-ci glissa sur le plancher avec un raclement sourd.

Haletant de fatigue, Er'ril se redressa sur ses jambes flageolantes, la main posée contre le mur pour ne pas tomber.

— Apporte la lanterne, ordonna-t-il à Elena.

La jeune femme obtempéra. À la base du mur s'ouvrait un trou de la taille d'une citrouille mûre, dont les bords semblaient avoir été rongés. Elena s'agenouilla pour mieux l'éclairer. Une puanteur atroce l'assaillit. Elle cligna des yeux et fronça le nez de dégoût. Ça sentait les entrailles de poisson et le sel.

— Tu vois quelque chose ? s'enquit Er'ril.

— Non, mais je sens quelque chose, répliqua Elena.

Luttant pour réprimer sa nausée, elle posa la lanterne près d'elle, se mit à quatre pattes et regarda à l'intérieur du trou.

De l'autre côté du mur, elle n'aperçut guère que le bas de plusieurs tonneaux. Cependant, malgré la puanteur, elle sentit que la pièce voisine était très grande. Un léger bruit de goutte-à-goutte résonnait comme de la pluie dans une caverne.

— Je crois que tu avais raison. Ce trou doit donner sur la cale à poisson.

— Laisse-moi regarder, réclama Er'ril.

Elena et lui échangèrent leurs places.

— Poisson et saumure, déclara le guerrier au bout de quelques instants. Ce n'est pas la grande cale, mais ça ne doit pas en être loin.

— Alors, recule.

De ses doigts tendus, Elena fit jaillir des rayons de feu sor'cier. Er'ril s'écarta précipitamment tandis que la jeune femme entreprenait de faire fondre les clous et les vis qui assuraient l'intégrité de cette partie du mur. Des planches s'écrasèrent avec fracas sur une rangée de tonneaux dans la pièce voisine. Joach et Er'ril se hâtèrent de rattraper les autres avant qu'elles tombent et alertent l'équipage.

— Mère d'en haut, quelle infection ! s'étrangla Joach.

— Ce n'est que du poisson salé, contra Er'ril.

Mais Elena remarqua que lui aussi plissait le nez. La puanteur semblait imprégner jusqu'aux pores de leur peau.

— Respire par la bouche, conseilla le guerrier.

Avec l'aide de Joach, il fit basculer et rouler un baril d'huile sur le côté pour dégager un accès à la cale.

Les trois compagnons passèrent dans la pièce voisine et restèrent un moment pelotonnés dans l'ombre du mur. Er'ril ordonna à Elena de baisser la mèche de la lanterne au minimum. Ce n'était pas le moment de se faire repérer.

Ils se dirigèrent prudemment vers le centre de la pièce. Là, un puits s'ouvrait dans le plancher. En se penchant, ils aperçurent un océan de poissons morts qui baignaient dans du gros sel. L'odeur piquante leur fit monter les larmes aux yeux.

Er'ril fit signe à Elena de lever la lanterne.

— Puisque nous sommes dans la cale à poisson, l'écoutille principale doit se trouver juste au-dessus de nous.

— Et nos affaires? demanda Joach. Elles doivent être stockées quelque part à ce niveau.

Er'ril acquiesça.

— Vous deux, cherchez-les. Moi, je m'occupe de localiser l'accès aux ponts supérieurs.

Elena n'avait aucune envie qu'ils se séparent. La cale principale occupait tout le niveau médian du bateau ; elle était divisée en un tas de box et de compartiments. Ses compagnons et elle se perdraient sûrement de vue durant leur exploration, et cela l'effrayait davantage que toute une horde de ravageurs. Pourtant, elle ne protesta pas. Elle savait que le temps leur était compté.

Joach prit la main de sa sœur tandis qu'Er'ril rebroussait chemin vers le mur et que l'ombre l'engloutissait.

— Commençons par jeter un coup d'œil du côté des provisions sèches, chuchota-t-il.

Et il l'entraîna le long du puits.

Devant elle, Elena repéra la section où des sacs de farine et de grain étaient entassés comme des cordeaux de bois à brûler. Joach s'engagea dans les allées étroites. La jeune femme le suivit, sa lanterne brandie comme un bouclier. Ici, l'odeur du seigle et du poivre masquait presque la puanteur du poisson, mais il n'y avait aucun signe de leurs paquetages.

— Poussons un peu plus loin, dit Joach en promenant un regard nerveux à la ronde.

À l'instant où Elena hochait la tête, un sac remua près de son bras, et le bruissement de la toile de jute résonna aussi fort qu'un hurlement à ses oreilles fébriles. Dans sa hâte de s'écarter, elle faillit lâcher la lanterne.

Joach fut immédiatement à côté d'elle.

—Que… ?

Déjà, Elena braquait sa lanterne sur le sac qui venait de bouger, l'utilisant à la fois comme une arme et comme un moyen de révéler une menace éventuelle. De l'autre côté du sac, au milieu de la pile de provisions dont il faisait partie, se blottissait une petite créature à poil roux.

Elena crut d'abord que c'était un énorme rat lové sur lui-même. Un hoquet pareil à un sanglot se chargea très vite de la détromper. Levant sa lanterne un peu plus haut, la jeune femme réalisa son erreur. Ce n'était pas un rongeur, mais le haut du crâne de quelqu'un – quelqu'un qui se dissimulait dans un château de farine.

La tête d'un jeune garçon se dressa lentement dans la lumière. Son visage était crasseux, ses joues striées de larmes, et il roulait de grands yeux terrifiés.

—Me faites pas de mal, geignit-il.

—Qui es-tu ? demanda Joach sur un ton un peu dur, la voix étranglée par sa propre angoisse.

Elena posa une main sur le poignet de son frère.

—Ce n'est qu'un enfant.

Le jeune garçon ne devait pas avoir plus de dix ou onze hivers. Écartant la lanterne, elle se rapprocha de lui. Il frémit et eut un mouvement de recul.

—N'aie pas peur, lui chuchota-t-elle gentiment. Que fais-tu ici ?

L'enfant semblait au bord des larmes.

—Je me cache, gémit-il.

—Tout va bien, poursuivit Elena sur un ton apaisant. Nous sommes des amis. Pourquoi te caches-tu ici, dans le noir ?

—C'est le seul endroit sûr. L'odeur empêche les monstres de me sentir.

Elena jeta un coup d'œil inquiet à Joach. Elle n'aimait pas

du tout ce que cette phrase impliquait. D'un geste, son frère lui enjoignit de continuer à faire parler l'enfant.

Elle fit encore un pas en avant.

— Des « monstres » ?

Le jeune garçon acquiesça en frissonnant et en se tenant le ventre des deux bras, comme s'il avait la colique.

— Je me cache ici depuis que maître Vael a ensor'celé le bateau. Lui et les créatures qui l'accompagnaient. Ils ont… Ils ont… (Soudain, il se mit à sangloter et enfouit son visage dans ses mains.) Je me suis enfui et je suis venu me cacher au milieu des rats. Ils ne m'ont pas trouvé.

Elena posa sa lanterne par terre et tendit une main vers la joue de l'enfant. Il était glacé.

— Nous ne permettrons pas qu'il t'arrive quoi que ce soit, promit-elle.

Elle fit signe à Joach de déplacer quelques-uns des sacs qui dissimulaient le jeune garçon.

— Comment t'appelles-tu ? demanda-t-elle pendant que son frère obtempérait.

— Tok, répondit l'enfant en s'essuyant les yeux. J'étais le mousse.

Joach et Elena l'aidèrent à s'extirper de sa cachette. Il portait des haillons déchirés et souillés. Lorsqu'il se redressa, ses jambes tremblèrent, et ses doigts tripotèrent nerveusement sa chemise en lambeaux.

Elena s'agenouilla pour se mettre à sa hauteur et prit ses mains tremblantes entre les siennes.

— Depuis combien de temps es-tu ici ?

— Presque une lune, répondit Tok. Je me sers dans les provisions quand il n'y a personne dans les parages. J'espérais qu'on finirait par arriver dans un port, et que je pourrais en profiter pour me sauver.

À présent qu'il semblait plus calme, Elena aborda la question qui la préoccupait entre toutes.

— Que s'est-il passé ici ?

Les yeux de Tok s'arrondirent de frayeur. De toute évidence, le seul fait d'en parler le terrorisait. Mais Elena le cajola jusqu'à ce que sa langue se délie.

— De l'autre côté de l'Archipel, le capitaine Jarplin a repéré une île qu'on n'avait encore jamais vue. Il a ordonné que la *Bonite* mette le cap dessus pour l'explorer.

Elena jeta un coup d'œil entendu à Joach. *Val'loa.*

— Mais pendant qu'on faisait voile vers la terre, poursuivit Tok d'une voix de plus en plus faible, une horrible tempête a éclaté. On aurait dit que la foudre nous poursuivait dans le ciel. On a bien cru qu'on allait tous y passer. Et puis un bateau a jailli des ténèbres – un bateau bizarre, tout illuminé par des étincelles bleues et vertes qui crépitaient dans ses voiles, comme si c'était l'orage qui le faisait avancer. On n'a pas pu s'échapper. Des créatures se sont jetées sur nous. Elles avaient des ailes osseuses et la peau tellement claire qu'on pouvait voir leurs boyaux au travers.

L'enfant dévisagea Elena pour voir si elle le croyait.

— Des skal'tum, chuchota la jeune femme à son frère.

— Et puis, reprit Tok, il y avait un étranger avec l'air malade et des dents aussi pointues que celles d'un requin. Il s'appelait Vael. Après ce qu'il a fait au capitaine et aux autres, Jarplin l'a nommé premier maître.

— Qu'est-il arrivé à l'équipage, exactement ? s'enquit Joach.

Tok secoua la tête et se mordit la lèvre inférieure.

— C'était affreux. (Il dégagea ses mains de celles d'Elena et se couvrit les yeux comme pour effacer les images qui défilaient dans sa mémoire.) Ils ont fait monter tous les hommes sur le pont. Ils leur ont mis la tête sur le billot et ils leur ont creusé un trou dans la nuque avec le foret à baleine. Si vous les aviez entendus hurler… Ça a duré un jour et une nuit. Certains marins ont tenté de sauter à la mer, mais les monstres ailés les ont repêchés. (Tok laissa retomber ses mains ; son regard était à moitié fou.) Je les ai vus manger M. Fasson. Ils l'ont coupé en deux et ils l'ont bouffé alors qu'il criait encore.

Elena prit l'enfant dans ses bras. De violents sanglots secouaient son petit corps. Peut-être n'aurait-elle pas dû l'inciter à parler si vite.

Après avoir pris quelques inspirations frissonnantes, Tok repoussa la jeune femme.

— Mais c'était pas le pire. Après avoir fait un trou dans la tête des hommes, ils y mettaient des créatures qui ressemblaient à des pieuvres – sauf que j'ai jamais rien vu de pareil dans un filet de pêche. Les hommes se sont tordus en gémissant sur le pont pendant presque une journée entière. Après ça, ils ont fait tout ce que maître Vael leur demandait. Sur ses ordres, ils ont même massacré ceux qui se réveillaient pas assez vite. Ils les ont coupés en morceaux et ils les ont donnés à bouffer aux bestioles ailées.

L'estomac d'Elena se révulsa. Mère d'en haut, comment cet enfant avait-il pu survivre à une horreur pareille ? Elle le serra très fort dans ses bras comme il se remettait à pleurer.

— J'ai rien pu faire d'autre que me cacher, gémit Tok contre sa poitrine. Je les ai vus vous capturer aussi, et j'ai même pas essayé de vous prévenir. J'aurais dû vous dire de sauter à l'eau et de vous noyer plutôt que de monter à bord de ce navire maudit. Je suis tellement lâche !

Elena berça le jeune garçon comme sa mère la berçait autrefois quand elle venait de faire un cauchemar. Mais, cette fois, il ne s'agissait pas d'une simple terreur nocturne, et ses bras ne pouvaient effacer le souvenir des atrocités dont Tok avait été témoin – des atrocités qui auraient rendu fous la plupart des hommes adultes.

— Va chercher Er'ril, demanda-t-elle à son frère par-dessus la tête de l'enfant.

Joach acquiesça et s'éloigna.

Lorsqu'il fut parti, Elena chuchota à l'oreille de Tok :

— Tu ne pouvais pas arrêter ces monstres tout seul. Tu n'aurais réussi qu'à te faire tuer. En te cachant, tu as pu survivre et nous prévenir.

Le jeune garçon releva la tête en ravalant ses larmes.

— Mais qu'est-ce que vous allez faire ? Ils sont si nombreux…

Elena lui posa un doigt sur les lèvres.

— Chut. Il existe des moyens. (Une idée lui vint : si Tok avait assisté à leur capture…) Tu ne saurais pas où ils ont mis nos affaires, par hasard ?

L'enfant acquiesça.

— Par là-bas, dans le fond. Je peux vous y amener.

Soudain, il se raidit dans l'étreinte d'Elena. Alors, la jeune femme prit conscience d'un bruit de pas qui se dirigeait vers eux. Tok se tortilla pour tenter de s'enfuir, mais elle le retint. Elle reconnaissait les voix basses qui accompagnaient ce martèlement de bottes.

— N'aie crainte. C'est juste mon frère qui revient avec un ami.

Er'ril émergea des ténèbres dans la minuscule flaque de lumière dispensée par la lanterne. Il détailla le jeune garçon comme il eût jaugé un morceau de viande.

— Joach m'a raconté son histoire, dit-il sur un ton bourru.

— Et il sait où sont nos paquetages, ajouta Elena.

— Bien, approuva le guerrier. Avec un peu de chance, il pourra nous guider à travers ce bateau.

Elena reporta son attention sur l'enfant pour l'interroger, mais Tok hochait déjà la tête.

— Je connais la *Bonite* comme ma poche.

Er'ril s'approcha de l'enfant. Elena crut qu'il voulait le réconforter ; au lieu de cela, il lui baissa la tête et lui palpa la nuque sans douceur.

Son verdict tomba.

— Il n'a pas l'air contaminé.

Le souffle d'Elena s'étrangla dans sa gorge. Après tout ce que ce pauvre petit avait enduré, comment Er'ril pouvait-il se montrer aussi indifférent, aussi froid ? D'un autre côté, une partie de la jeune femme frémit en songeant qu'elle n'avait jamais considéré Tok comme une menace. Elle avait poussé l'inconscience jusqu'à éloigner Joach et rester seule avec cet enfant inconnu.

À l'expression coléreuse d'Er'ril, elle devina que le guerrier avait suivi une ligne de raisonnement identique. Même Joach avait les yeux baissés et l'air penaud. Il avait dû se faire passer un sacré savon pour avoir abandonné sa sœur.

— Il ne faut pas traîner davantage, lâcha enfin Er'ril.

Soudain, un cri perçant traversa les cloisons du navire et se répercuta dans la cale caverneuse.

Tok gémit dans les bras d'Elena et se recroquevilla sur lui-même.

— Non, pas encore !

Par-dessus la tête de l'enfant, Elena observa Er'ril. Elle voyait dans son regard que lui aussi avait reconnu cette voix.

C'était celle de Flint.

10

— Qui va là ? tonna une voix dans l'obscurité.

Le brouillard dissimulait la sentinelle postée sur le seuil de la taverne. Derrière elle, de l'autre côté de la porte fermée, le roulement d'un tambour et les notes aigrelettes d'une lyre mal accordée se mêlaient à des rires gras. *À la Fourrure de loup*, clamait, au-dessus du linteau, une pancarte délavée qu'éclairait une unique lanterne.

— Nous venons parler à Tyrus, lança Jaston.

Mycelle se tenait au côté du Maraîchin. Ils avaient laissé le reste du groupe près des quais, sous la protection de Tol'chuk et de Kral. La sanguine de l'og're les avait conduits jusqu'au bord de l'eau ; là, son éclat écarlate les avait pressés de continuer – ce qu'ils ne pouvaient pas faire sans bateau. Après une discussion animée, ils avaient décidé de contacter le maître de caste du port pour louer une embarcation et engager un équipage réduit. Mais le titre de maître de caste n'était qu'un mince vernis de respectabilité sous lequel se cachait le chef sanguinaire des pirates de Port Rawl. Et aucune transaction ne pouvait être conclue sur les quais sans qu'une « taxe » appropriée ait été versée à ce brigand.

— Que lui voulez-vous, à cette heure indue ?

Mycelle ricana. À Port Rawl, c'était sous le manteau des ténèbres que tous les pirates négociaient leurs accords, généralement dans des tavernes enfumées comme celle-ci et devant maints pichets de bière.

— Ça ne vous regarde pas, répliqua-t-elle froidement.

— Comme vous voudrez. Mais si vous ennuyez maître Tyrus avec des problèmes qui ne le concernent pas, il vous coupera la langue pour vous apprendre à ne pas le déranger inutilement. Croyez-moi, il vaut mieux ne pas vous le mettre à dos.

— Nous apprécions votre avertissement, dit Mycelle, jetant une pièce d'argent dans l'ombre de la porte cochère.

La pièce disparut, mais elle ne l'entendit pas retomber. L'argent attirait toujours le regard – et la main – des pirates.

Une série de coups résonna dans l'obscurité : le bruit d'un pommeau frappant du bois selon un code préétabli. Un petit judas s'ouvrit dans le battant.

— Tyrus a des visiteurs, annonça la sentinelle. Des étrangers qui ont de l'argent.

Le judas se referma, et la porte s'ouvrit en grand. Des rires et de la musique s'échappèrent depuis la grande salle de la taverne, portés par un nuage de fumée de pipe et l'odeur d'une multitude de corps mal lavés.

— Entrez, ordonna la sentinelle.

Dans la lumière des torches, Mycelle et Jaston purent voir leur interlocuteur pour la première fois. C'était un homme au teint basané et au visage à peine moins abîmé que celui du Maraîchin.

Comme Mycelle passait devant lui, il lui fit un clin d'œil salace. La guerrière lui sourit – non d'une manière amicale, mais pour lui révéler l'acier dissimulé derrière sa blondeur et ses traits avenants. Il détourna très vite les yeux et referma la porte derrière elle.

Mycelle balaya la salle du regard. Celle-ci était pleine à craquer de tables grossières, qui semblaient avoir été fabriquées avec des morceaux d'épaves. Certaines arboraient même le nom du bateau dont provenait leur bois : *Chant du cygne*, *Esymethra*, *Aileron de requin*. Mycelle soupçonna la météo de ne pas être pour grand-chose dans leur naufrage. Ces tables ressemblaient à des trophées, et la guerrière était certaine qu'elles avaient une histoire sanglante.

Les sièges étaient occupés par des hommes au visage dur, originaires de toutes les contrées d'Alaséa – et de plus loin encore. Parmi eux, Mycelle repéra des guerriers à la peau noire du désert de Sable, des hommes des steppes tatoués au nez percé de plusieurs anneaux, des géants au front bas que l'on trouvait d'habitude dans les Collines Effritées, ainsi que deux individus pâles et maigres qui devaient appartenir aux tribus de Yunk, vivant dans les lointaines îles de Kell. On aurait dit que la fange du monde entier était venue s'échouer ici, à Port Rawl.

Si diverse que soit leur apparence, ces hommes avaient tous deux choses en commun : un regard dur et calculateur, même quand leur bouche souriait, et un splendide assortiment de cicatrices. Mycelle ne vit pas un seul visage qui ne soit défiguré par une brûlure ou un coup d'épée, et certaines blessures paraissaient encore toutes fraîches.

Alors qu'elle louvoyait entre les tables derrière Jaston, la guerrière réalisa que la clientèle de la *Fourrure de loup* n'était pas exclusivement masculine. Elle en fut si surprise qu'elle trébucha. Le paka'golo enroulé autour de son poignet siffla, apeuré par ce brusque mouvement.

Dans un coin sombre, Mycelle venait de repérer un trio de femmes pareillement vêtues de cuir noir et d'une cape. Trois paires d'épées jumelles reposaient sur la table entre leurs chopes de kafé fumant. Chacune d'elles avait des cheveux blonds tressés dans le dos. Mycelle aurait pu être leur sœur – et, d'une certaine façon, elle l'était. Ces femmes étaient des mercenaires Dro venues de Château Mryl, où la guerrière avait appris à manier l'épée bien des années auparavant.

À l'époque, pendant sa formation, elle avait changé de forme pour ressembler aux grandes femmes blondes des forêts du Nord. Et comme cette apparence lui allait bien, elle l'avait gardée.

Que faisaient trois Dro ici, parmi ces pirates ? Certes, en tant que mercenaires, les Dro louaient leurs services, mais uniquement à des causes assez nobles pour être considérées dignes de leur entraînement sacré. Pourquoi se seraient-elles abaissées à prêter leur force et leurs talents à ces bandits ?

L'une des femmes remarqua Mycelle. Ses yeux bleus s'écarquillèrent légèrement – ce qui, chez une Dro, équivalait à un hurlement.

Jaston se rapprocha de Mycelle et lui toucha le bras.

— On vient de me dire que Tyrus était dans l'arrière-salle, annonça-t-il. Nous avons de la chance : il accepte de nous recevoir immédiatement.

Mycelle acquiesça. Elle était si choquée par sa découverte qu'elle n'avait pas remarqué l'absence de Jaston. L'interlocuteur du Maraîchin se tenait toujours non loin d'eux. C'était un individu frêle, à la mine empressée, qui portait un chapeau conique de scribe. Tapant du pied pour manifester son impatience, il agita un registre usé afin d'inviter Jaston et Mycelle à se presser. Mycelle remarqua que ses doigts étaient tachés d'encre noire. De toute évidence, même les pirates avaient besoin de comptabiliser leur butin.

Mycelle laissa de côté le mystère de la présence des Dro. Pour l'instant, elle avait besoin de louer un bateau. Si Elena était en danger, comme Cassa Dar le sentait et comme la pierre de Tol'chuk semblait le confirmer, elle n'avait pas le temps de s'interroger sur les raisons qui avaient bien pu amener les trois guerrières jusque dans cette taverne malfamée de Port Rawl.

— Allons le voir et fichons le camp d'ici, grommela-t-elle.

Repoussant sous son chapeau les mèches brunes qui ne cessaient de s'en échapper, le scribe entraîna les deux visiteurs vers le fond de la grande salle. De l'autre côté d'un rideau s'étendait un couloir privé, au bout duquel se dressait une petite porte. Le scribe toqua au battant.

— Entrez ! rugit quelqu'un à l'intérieur.

Le scribe se retourna et adressa un sourire hypocrite à Jaston et Mycelle avant d'ouvrir la porte.

— Le seigneur Tyrus va vous recevoir.

Jaston fut le premier à entrer. D'un geste presque imperceptible – un signal couramment utilisé entre chasseurs des marais –, il indiqua à Mycelle que l'endroit paraissait sûr, mais que mieux valait quand même rester sur le qui-vive.

Mycelle sentait le poids de l'acier qu'elle portait sur le dos. Elle était surprise qu'on ne lui ait pas demandé de se défaire de ses épées... Même si aucune fouille, si méticuleuse soit-elle, n'aurait pu l'empêcher de garder une dague ou deux sur sa personne. Ce manque de précautions élémentaires l'inquiétait davantage que de se retrouver privée de toutes ses armes. L'homme que Jaston et elle s'apprêtaient à rencontrer devait être un adversaire redoutable, ou avoir tout un bataillon de gardes du corps, raisonna-t-elle.

Aussi fut-elle surprise de découvrir que le seigneur Tyrus était assis à une table, seul, une assiette à moitié vide devant lui et un livre ouvert près de son bras. Il n'y avait pas le moindre garde dans la pièce. Pourtant, Mycelle sentait que cet homme était bien protégé. Elle percevait le danger qui irradiait de lui comme la chaleur d'une cheminée. Malgré la perte de ses capacités de sourcière, elle devinait que le pouvoir de Tyrus n'était pas né de la magie noire, mais simplement de son talent et d'un long entraînement. Il était son propre garde du corps, et il n'avait rien à redouter de ses visiteurs.

Passant la langue sur ses lèvres sèches, Mycelle réalisa que Tyrus observait chacun de ses mouvements comme s'il tentait d'évaluer ses forces et ses faiblesses. Il lui sourit et hocha la tête ainsi qu'un guerrier qui reconnaît une semblable. Elle lui rendit son salut.

Dangereux ou pas, le plus surprenant chez Tyrus, c'était la séduction qui émanait de sa personne. Il était plus jeune que Mycelle l'imaginait – une trentaine d'hivers à tout casser –, avec des épaules larges et un sourire plus large encore. Sous ses cheveux couleur de sable, gominés et coiffés en arrière, il arborait une moustache soigneusement taillée et un petit bouc qui lui donnaient l'allure d'un prince alaséen.

— Je vous en prie, asseyez-vous, dit-il poliment. Je me suis permis de commander une chope de marbière pour le monsieur, et il me semble que les Dro ont une préférence pour le kafé. Vous n'avez aucune raison de craindre pour la sécurité de vos amis restés sur les quais. Ils sont sous ma protection pendant que nous discutons.

Jaston jeta un coup d'œil à Mycelle. Cet homme en savait déjà beaucoup sur eux.

Se raclant la gorge, Mycelle remercia le seigneur Tyrus pour son accueil. Jaston et elle s'assirent.

— Puisque vous êtes si bien informé, vous devez également savoir que nous cherchons un bateau à louer.

— De fait. Pour sauver une jeune fille.

Tyrus marqua une pause, les invitant à remplir les blancs. Comme le silence se prolongeait, son sourire s'élargit.

Alors, Mycelle remarqua un autre détail perturbant chez ce séduisant roi des pirates. Il n'arborait aucune cicatrice. Comment était-il arrivé au sommet de la hiérarchie informelle de Port Rawl sans récolter quelques vilaines balafres au passage ? Il devait être encore plus doué qu'elle ne le soupçonnait.

Elle ne put s'empêcher de poser la question à voix haute.

— Où avez-vous appris à vous battre si bien ?

Le sourire de Tyrus se flétrit légèrement. Il ne s'attendait pas à ça. Mais il se ressaisit très vite.

— Ah, vous êtes perspicace ! Même si vous avez quitté Château Mryl depuis longtemps, vous continuez à exercer vos facultés d'observation. « Un œil exercé compte souvent davantage qu'une épée bien affûtée. »

Mycelle sursauta. C'était un adage que lui avait appris son ancienne maîtresse d'armes.

Le seigneur Tyrus tendit la main vers son verre de vin rouge. Simultanément, une épée longue apparut dans son autre main. Mycelle recula d'un bond, renversant sa chaise et dégainant ses deux lames. Trop tard. La pointe de l'épée de Tyrus reposait déjà au creux de la gorge de Jaston. Le Maraîchin n'avait même pas eu le temps de lever un bras pour se protéger.

Le roi des pirates éclata d'un rire joyeux, presque bon enfant, et laissa retomber son arme.

— Je voulais juste voir si vous étiez rapide pour une Dro. Désolé, mais je n'ai pas pu résister à la tentation.

Mycelle tremblait encore. Cet homme se mouvait avec la grâce et la fulgurance d'un serpent qui attaque. Elle décida de ne pas rengainer ses épées. Être armée ne l'empêcherait pas de négocier, et elle refusait de se laisser surprendre une nouvelle fois.

Tyrus lui jeta un coup d'œil amusé. Son regard n'avait rien de dur ni de calculateur. Lui non plus n'avait pas rangé son épée. Il la posa sur la table. À en juger par le lustre du métal, c'était une arme très ancienne, dont l'acier avait dû être plié au moins une centaine de fois durant sa fabrication – une pratique que les forgerons avaient abandonnée depuis des siècles. L'un dans l'autre, elle rivalisait de charme avec son porteur. Mycelle se demanda à quel riche propriétaire Tyrus avait dérobé une arme aussi exquise.

La main du pirate lâcha la poignée, exposant celle-ci pour la première fois. Nul joyau n'y était incrusté ; nulle dorure, nul filigrane n'en ornait la surface. C'était un simple arc d'acier sculpté en forme de léopard des neiges.

Mycelle en resta bouche bée. Douce Mère ! Elle se souvint du trio de Dro dans la grande salle. Soudain, la lumière se fit dans son esprit. Elle tomba à genoux et croisa ses épées devant elle, inclinant la tête entre les lames.

— Mycelle ? lança Jaston, perplexe.

— Votre Grâce, dit la guerrière, ignorant la question du Maraîchin.

— Oh, pitié, relevez-vous ! ordonna Tyrus. Je refuse que vous vous prosterniez devant moi. Vous ne me devez rien. C'est à mon père que vous avez juré allégeance, pas à moi.

Mycelle rengaina ses épées. À l'aveuglette, elle tâtonna derrière elle en quête de sa chaise et la redressa.

Tout en se rasseyant, elle détailla le visage amusé de son interlocuteur. À présent, elle voyait la ressemblance avec son père. La dernière fois qu'elle avait posé les yeux sur lui, Tyrus n'était encore qu'un petit garçon. De vieux souvenirs resurgirent dans sa mémoire.

— Prince Tylamon Royston, dit-elle, lui donnant son nom véritable.

— Je vous en prie. Ici, tout le monde m'appelle « Tyrus ».

Une centaine de questions se bousculaient dans la tête de Mycelle.

— Que… Que s'est-il passé ? Que faites-vous ici ?

— Le mur du Nord s'est écroulé. Château Mryl est tombé, répondit simplement Tyrus.

— Quoi ?

Mycelle n'aurait pas été plus choquée s'il lui avait annoncé que le soleil ne se lèverait pas le lendemain. Château Mryl surplombait le grand mur du Nord, une antique barricade de granit qui n'avait pas été construite par la main de l'homme ni de tout autre mortel, mais qui avait tout bonnement jailli de la Terre elle-même. Haut d'une lieue et long d'un millier, le mur du Nord marquait la frontière septentrionale des contrées du Couchant. Sa masse impénétrable se dressait entre la verdure de ces dernières et les profondeurs obscures de la forêt Noire. Mais s'il s'était écroulé…

— C'est arrivé il y a combien de temps ? s'enquit Mycelle, saisie par un vertige.

Pour la première fois, l'expression de Tyrus se fit grave.

— Presque dix ans.

Mycelle pâlit.

— Et la forêt Noire ?

— Mes espionnes Dro me font des rapports réguliers. Le Sinistre s'étend désormais jusqu'à la pierre de Tor.

— Si loin, déjà ? Ça représente un quart de la grande forêt !

Tyrus regarda Mycelle sans répondre pour lui laisser le temps d'assimiler la nouvelle.

L'esprit de la guerrière se tourna vers son peuple. Les contrées du Couchant étaient le foyer des si'lura, leur berceau de verdure. Si le Sinistre continuait à étendre son inique emprise, bientôt, les tribus de métamorphes seraient condamnées à fuir et mourraient probablement parmi les pics des Dents.

— C… comment Château Mryl est-il tombé ?

— Depuis de nombreux hivers, les éclaireuses que nous envoyions dans la forêt Noire revenaient avec des descriptions de lumières étranges et de créatures difformes qui arpentaient les hauteurs près de Tor Amon et de la Citadelle, non loin des anciennes terres natales du peuple des montagnes. Puis, un hiver, elles ne revinrent pas.

— Les n'ains ?

Mycelle ne put s'empêcher de jeter un coup d'œil à Jaston, qui conserva son expression stoïque.

Tyrus acquiesça.

— Les armées n'aines retranchées se tenaient tranquilles depuis si longtemps que nous ne savions plus à quoi nous attendre de leur part. Du coup, mon père rappela toutes ses guerrières Dro afin qu'elles reviennent honorer leur serment.

— Je n'ai jamais rien su de tout cela, dit Mycelle, les joues brûlantes de honte.

Tyrus l'ignora. Son regard semblait perdu dans le passé.

— Cet hiver-là, quelque chose descendit des montagnes – quelque chose qui venait du cœur noir de Tor Amon. Alimenté et aiguillonné par la magie noire, le Sinistre crut rapidement en puissance. Les armées Dro de mon père ne purent lui résister, et mon père lui-même périt en défendant la dernière tour du château.

Ses yeux s'emplirent de larmes et de colère.

— Je suis désolée, dit Mycelle. (Mais ses mots sonnaient creux.) Votre père était un grand homme.

Tyrus ne réagit toujours pas. Son histoire se déversait hors de lui tel un torrent s'engouffrant dans un ravin asséché.

— La nuit avant sa mort, il me renvoya avec les dernières Dro. Il savait qu'il périrait le lendemain, et il ne voulait pas que notre lignée disparaisse avec lui. Pour avoir une chance de reconquérir nos terres et de réparer le mur du Nord, un des héritiers du Sang devait survivre.

Mycelle comprenait la nécessité de cette mesure. Le mur du Nord n'était pas une vulgaire crête de granit. Elle avait posé ses mains dessus pour jurer fidélité au Léopard des neiges, le père de Tyrus. Tandis qu'elle prêtait serment, la pierre avait chauffé sous ses paumes jusqu'à la brûler, ou presque. Le mur du Nord était une créature vivante – elle avait même senti son cœur avec ses capacités de sourcière. Il ne se trouvait pas dans la pierre, mais dans l'homme auquel elle venait d'offrir son allégeance – le roi de Château Mryl. Tous deux étaient à jamais liés : le Sang et la Pierre.

Mycelle dévisagea Tyrus. Face à elle se dressait le nouveau sang du Mur.

— Donc, j'ai fui, cracha-t-il, laissant mon père mourir sous les racines du Sinistre. J'ai couru aussi vite, aussi loin que j'ai pu – et je suis arrivé ici. Lorsque j'ai dû m'arrêter, ma colère a explosé. J'ai laissé mon sang bouillonnant se déverser dans ces rues et dans l'océan glacé. Durant cette période, je n'ai pas fait que des choses nobles et bonnes. Nul ne pouvait se dresser en travers de mon chemin. (Il éclata d'un rire dur, très différent de celui qu'il avait fait entendre quelques minutes plus tôt.) Au bout de deux années de carnage, mon sang s'est enfin apaisé, et j'ai découvert que j'étais le roi de ces pirates.

Il se tut. Récupérant l'épée antique de sa famille, il la remit au fourreau. Le silence planait dans la pièce, telle une quatrième présence.

— J'aurais dû être là, lâcha enfin Mycelle.

— Non, répondit simplement Tyrus. (Son regard n'était plus ni amusé ni brûlant : juste las.) Contrairement aux apparences, vous n'êtes pas une Dro.

Ces paroles blessèrent Mycelle. Mais elle ne pouvait pas en vouloir à leur auteur. Même si l'appel du Léopard des neiges ne lui était jamais parvenu, il lui semblait avoir trahi son serment.

— Pourquoi êtes-vous venu à Port Rawl ? demanda-t-elle.

— Parce que c'est ici que mon père m'avait dit d'aller. Il était le sang du Mur ; la Terre lui avait parlé et lui avait dit de m'envoyer ici, pour y languir pendant près de dix ans parmi ces hommes sans cœur.

— Pourquoi faire ?

— Attendre le retour de celle qui donnerait son sang pour sauver les contrées du Couchant.

Mycelle devina que Tyrus parlait d'Elena et de sa magie sanglante. Les prophéties concernant la jeune fille semblaient se multiplier chaque jour, et elles provenaient des quatre coins d'Alaséa.

Tournant un regard dur vers Mycelle, Tyrus piétina toutes ses suppositions.

— Je suis venu ici pour attendre celle qui était Dro mais pas Dro, celle qui pouvait changer de visage aussi facilement que les saisons. (Le cœur de Mycelle se glaça dans sa poitrine.) Je suis venu vous attendre.

— M… mais c'est impossible, bredouilla-t-elle.

— Vous êtes si'lura, répliqua Tyrus sans se soucier de son affolement.

À côté de Mycelle, Jaston sursauta sur sa chaise.

— Vous êtes fou, protesta-t-il. Je connaissais déjà Mycelle bien avant que…

La guerrière lui posa une main sur le bras et secoua la tête pour confirmer que Tyrus disait vrai. Dans les yeux de Jaston, elle ne vit pas l'horreur à laquelle elle s'était attendue – juste de la confiance trahie.

— Je suis désolée, Jaston.

Le Maraîchin se dégagea.

Mycelle reporta son attention sur Tyrus.

— Qu'attendez-vous de moi ?

— Je veux que vous veniez avec moi – que vous m'accompagniez jusqu'à Château Mryl.

Un bruissement de tissu se fit entendre derrière eux. Jaston se retourna, mais Mycelle ne broncha pas. Elle savait que le bruit avait été fait à dessein pour signaler une présence. Quand elles le désiraient, les Dro pouvaient se mouvoir aussi silencieusement que des ombres. Les trois guerrières se tenaient sans doute là depuis le début de l'entretien.

— Serment d'allégeance ou pas, je ne peux pas abandonner Elena, répondit-elle succinctement.

Le sourire amusé de Tyrus réapparut.

— Je crains que vous ne le deviez. Sans quoi, la sor'cière que vous protégez mourra. (Le roi des pirates se leva, et Mycelle aperçut le granit dans ses prunelles.) Ainsi l'a déclaré le Mur.

Tol'chuk s'inquiétait pour Mycelle. Elle n'était pas partie depuis longtemps, et même s'il se doutait qu'il valait mieux ne pas brusquer les négociations avec les pirates, l'og're ne pouvait empêcher son cœur de tressaillir. Il avait perdu sa mère quand il était encore tout petit, et ne l'avait retrouvée que pour la voir mourir dans ses bras. À présent qu'il l'avait récupérée, il répugnait à la laisser s'éloigner de lui, fût-ce pour quelques minutes ou pour la plus impérieuse des nécessités.

Fardale, qui patrouillait le long de leur campement, sur les quais, revint vers Tol'chuk. Ses yeux brillaient d'une lueur ambrée dans les ténèbres brumeuses. Tout en approchant, il envoya une image floue à l'og're : *un louveteau blotti contre le ventre de sa mère.* Il voulait juste exprimer l'absence de danger, mais cette image ne fit qu'accroître l'angoisse de Tol'chuk.

Se dressant sur ses jambes, l'og're suivit Fardale qui continuait à longer leur campement. Il avait besoin de bouger, de s'occuper l'esprit. Aussi se réjouit-il quand Mogweed sortit de l'ombre pour venir à leur rencontre.

Le frêle métamorphe salua son frère d'un signe de tête, et le loup poursuivit sa ronde. Tol'chuk demeura avec Mogweed. De toute évidence, celui-ci voulait lui parler.

— Je suis certain que Mycelle va bien, déclara Mogweed.

— Je sais, acquiesça Tol'chuk. Elle est douée avec ses épées. Elle n'a rien à craindre des pirates.

Mogweed jeta un coup d'œil vers les ruelles envahies par la brume qui débouchaient sur le port.

— Mais tu t'inquiètes quand même.

Tol'chuk garda le silence. Le si'lura avait le don de lui hérisser le poil, mais, une fois de temps en temps, il le surprenait en faisant preuve d'une étonnante empathie.

— Tu n'as pas à t'en faire pour elle, Tol'chuk. Outre ses talents de bretteuse, Mycelle est une métamorphe accomplie.

Maintenant qu'elle a récupéré ses capacités, elle peut échapper à n'importe quel piège – en volant, si besoin est.

La voix de Mogweed était vibrante de regret. Tol'chuk lui posa une main sur l'épaule. L'espace d'un instant, il réalisa combien le si'lura devait se sentir à l'étroit dans ce corps humain, prisonnier de cette forme physique. Alors, il voulut lui offrir un peu d'espoir.

— Si ma mère a pu récupérer ses capacités…

— Ce n'est pas la même chose, coupa amèrement Mogweed. Pour me guérir – je veux dire, pour *nous* guérir, Fardale et moi –, il faudrait bien plus que la morsure d'un serpent magique.

— Nous trouverons un moyen.

Le métamorphe tourna des yeux humides vers Tol'chuk.

— J'ai vraiment envie de te croire, mais il ne reste plus beaucoup de temps.

Soudain, Fardale revint vers eux en courant. Les images qu'il projetait étaient vagues et se succédaient à toute vitesse, mais on ne pouvait se méprendre sur leur signification. Un groupe de gens approchait.

Tol'chuk suivit le loup jusqu'à une rue sombre qui s'enfonçait vers le cœur noir du quartier. Kral apparut à côté de lui, la hache à la main. Méric, Mama Freda et les autres demeurèrent en retrait. Mogweed rebroussa chemin pour les rejoindre près des chevaux et du chariot.

Plusieurs silhouettes émergèrent du brouillard. D'abord floues et spectrales, elles se précisèrent et gagnèrent très vite en substance. Tol'chuk reconnut sa mère à la tête du groupe. Mycelle était flanquée d'un côté par Jaston et de l'autre par un inconnu de haute taille. Elle salua ses compagnons d'une main levée, paume en avant pour indiquer que les gens qu'elle ramenait avec elle ne leur voulaient aucun mal. Pourtant, Tol'chuk nota que Kral ne rangeait pas sa hache.

Mycelle avait l'air grave. Elle apportait de bien funestes nouvelles. Par-dessus son épaule, Tol'chuk avisa un trio d'ombres quasi identiques : de grandes femmes aux cheveux dorés et tressés comme ceux de sa mère, arborant les mêmes épées croisées dans le dos. Elles auraient pu être les sœurs de Mycelle.

Tol'chuk remarqua une ressemblance similaire chez l'homme qui se tenait à droite de Mycelle – dont il aurait très bien pu être le jeune frère. Lui aussi portait des vêtements de cuir noir usé, mais, au lieu d'épées jumelles entre les omoplates, il n'exhibait qu'une épée longue pendue à sa ceinture.

— Nous avons un bateau, annonça Mycelle sur un ton dénué de satisfaction.

Tol'chuk se désintéressa des étrangers pour reporter son attention sur sa mère.

— Et qui sont ces gens ? intervint Kral.

— Les marins et les guerriers qui vont vous ramener sains et saufs auprès d'Elena, répondit Mycelle d'une voix tendue.

La nuance n'échappa pas à Tol'chuk.

— Comment ça, *nous* ramener ? demanda-t-il.

Mycelle se déroba à son regard inquisiteur.

— Je n'ai pas l'intention de vous accompagner. Je suis appelée à suivre un autre chemin.

Le choc se propagea dans les rangs à la vitesse de la foudre et avec la même force.

— Quoi ? s'exclama Tol'chuk, blessé.

L'inconnu blond fit un pas en avant.

— Nous avons fait affréter un petit sloop et réuni un équipage de confiance.

Il désigna quatre hommes à la peau noire qui se tenaient derrière lui. Les marins portaient des plumes dans les cheveux, et leurs yeux avaient le vert incisif du jade. Leur front était couvert de cicatrices. Apparemment, celles-ci n'avaient pas été reçues au combat, mais lors d'un rituel quelconque, car elles traçaient des motifs pâles, différents pour chacun d'entre eux, sur leur peau sombre. *Des runes*, songea Tol'chuk.

L'inconnu blond poursuivit :

— Ils vous serviront bien durant le voyage. Les Zo'ol sont des marins et des guerriers émérites, très familiers avec les canaux de l'Archipel.

— Et vous, qui êtes-vous ? gronda Kral.

Mycelle s'avança.

— Je vous présente le seigneur Tyrus.

— Le chef des brigands de cette ville ? lâcha Kral avec un mépris évident.

— Et aussi le prince de Château Mryl, ajouta Mycelle sur un ton entendu.

Cette nouvelle eut pour effet de calmer instantanément le montagnard.

— Château Mryl ? En dessous de la forêt Noire ?

— Oui, acquiesça Mycelle en évitant toujours le regard de Tol'chuk. Vous devez en avoir entendu parler. Jadis, vos ancêtres s'y sont réfugiés quand ils ont fui devant les armées n'aines.

Kral rangea enfin sa hache.

— Oui, pendant la dispersion de nos clans, acquiesça-t-il. Nous avons envers le sang du château une dette qui ne pourra jamais être remboursée.

Tyrus s'avança.

— « Jamais », c'est un terme beaucoup trop définitif, homme des montagnes.

À ces paroles sibyllines, Kral fronça les sourcils, mais le dénommé Tyrus n'offrit pas d'autre précision. Il se détourna pour observer le reste de leur groupe tandis que Mycelle et Jaston procédaient à leurs préparatifs de départ. Tol'chuk ne put que fixer sa mère sans réagir. Elle s'en allait ? L'og're n'avait pas encore tout à fait assimilé la nouvelle – et il craignait ce qui se passerait lorsqu'il réaliserait pour de bon.

En soupirant, il s'affaira à charger le chariot et à atteler les chevaux.

Lorsque les compagnons furent prêts, Tyrus et ses pirates les entraînèrent le long des quais, vers une jetée au bout de laquelle était amarré un sloop à deux mâts. Son nom, *Étalon pâle*, était peint en rouge sur le bois blond. Ce n'était pas un gros bateau, mais il suffirait à transporter les voyageurs et leurs chevaux.

Grâce aux efforts de tous les bras valides, paquetages et provisions furent rapidement montés à bord. L'*Étalon pâle* partirait avec la marée du matin. Déjà, des oiseaux s'agitaient dans leur nid sous les planches de la jetée, saluant l'approche du jour de leurs pépiements.

Tout le monde se rassembla au pied de la passerelle. Tol'chuk remarqua que sa mère parlait avec Jaston. Comme elle lui tournait le dos, il se rapprocha discrètement pour entendre leur conversation.

— ... J'aurais dû t'en parler, disait-elle. Je suis désolée.

— Non, tu ne me dois pas d'excuses. Quand nous étions ensemble, je sentais bien que tu me cachais quelque chose, qu'une partie de toi me demeurait inaccessible – et, à cause de ça, je savais que nous ne partagerions jamais vraiment nos vies. Tu éprouvais une affection sincère pour moi, et c'était réciproque. Mais tu ne pouvais pas m'ouvrir ton cœur comme l'aurait exigé un amour véritable, capable de durer jusqu'à ce que nos cheveux deviennent gris.

Mycelle avait des larmes plein les yeux.

— Et avec Cassa Dar, c'est différent ?

Jaston sourit et embrassa la guerrière sur la joue.

— Seul le temps le dira. D'une certaine façon, elle est tout aussi blessée que toi.

Mycelle lui rendit son baiser.

— Quelque chose me dit que tu trouveras un moyen de la guérir.

Jaston eut un sourire un peu triste et baissa la tête.

— Il faut que j'aille m'occuper du chariot et des chevaux.

Mycelle acquiesça. Elle lui toucha le bras une dernière fois avant qu'il se détourne et s'éloigne. Pendant quelques instants, elle le suivit des yeux. Puis elle fit volte-face et découvrit Tol'chuk, planté derrière elle. Enfin, elle se décida à soutenir son regard. Sa douleur était visible sur ses traits.

Mais avant que la mère et le fils puissent échanger le moindre mot, Tyrus s'interposa.

— Quelque chose cloche, affirma-t-il.

— Quoi ? aboya Mycelle, le prenant pour cible de tout son chagrin et de toute sa frustration.

Tyrus écarquilla les yeux, mais parut comprendre. Sa voix se radoucit.

— Votre groupe compte d'autres métamorphes, dit-il en désignant Mogweed et Fardale du menton. Leurs yeux les trahissent. (Il examina de plus près ceux de Tol'chuk.) Quant à ce grand gaillard, j'ignore ce qu'il en est de lui.

— Ce grand gaillard est mon fils. Un demi-og're, révéla Mycelle sur un ton maussade. Qu'est-ce que ça peut faire ?

— Les deux autres métamorphes doivent venir avec nous, répondit fermement Tyrus.

— Pourquoi ?

Leur discussion avait dû parvenir aux oreilles du loup, car Fardale et Mogweed se rapprochèrent pour mieux écouter la suite. Tyrus leur adressa un signe de tête.

— La prophétie de mon père parlait de plusieurs autres personnes qui devaient également venir à Château Mryl. Je pensais que nous les rencontrerions pendant le voyage du retour, dans les contrées du Couchant – pas qu'elles seraient déjà avec vous.

— Qui ça ?

— D'abord, deux frères métamorphes – des jumeaux, je crois.

Le sursaut de Mogweed révéla à Tyrus qu'il ne s'était pas trompé.

— Comment savez-vous… ?

Tyrus leur fit face.

— Des jumeaux figés par une malédiction.

Mogweed se rapprocha de Tol'chuk. C'était la première fois qu'une prophétie les mentionnait, son frère et lui. Et, de toute évidence, cela l'effrayait. Un grondement sourd monta de la gorge de Fardale.

— Est-ce que votre prophétie parlait d'un remède ? chuchota Mogweed d'une voix étranglée.

— « Deux arriveront figés ; un repartira entier », récita Tyrus.

Les deux frères s'entre-regardèrent. L'espoir et la fatalité se mêlaient dans cette phrase. Il semblait que seul l'un des jumeaux survivrait à la levée de la malédiction. Quelque chose passa silencieusement entre Fardale et Mogweed. Tol'chuk capta une image mentale et comprit. Un seul, c'était toujours mieux qu'aucun des deux.

Entre-temps, tout le groupe s'était rassemblé autour d'eux.

Mogweed toucha l'épaule de son frère. Fardale lui tourna le dos et s'assit sur son séant, signifiant que la question était réglée.

— Très bien. Nous vous accompagnerons, déclara Mogweed.

Cette décision eut l'air de contrarier Mycelle.

— Nous ne pouvons pas tous venir avec vous, Tyrus. Elena a besoin de leur force pour la protéger.

Tyrus haussa un sourcil dubitatif.

— Un gros chien et un gringalet ? Si le destin de la gamine repose sur leurs épaules, elle est déjà foutue, répliqua-t-il sans ambages. (Il se détourna.) Et puis, ils ont fait leur choix.

Mycelle resta plantée là, rouge de colère et de frustration.

Plus calme que sa mère, Tol'chuk lança au roi des pirates :

— Vous avez mentionné « plusieurs personnes ; d'abord deux frères métamorphes… » Et ensuite ?

— Un troisième métamorphe, répondit Tyrus sans se retourner.

Le cœur de l'og're fit un bond dans sa poitrine. Tyrus voulait sûrement parler de lui. Même Mycelle jeta un coup d'œil plein d'espoir à son fils. Tol'chuk frémit. Il ne pouvait pas l'accompagner. En ce moment même, la sanguine le poussait à faire voile vers l'Archipel. C'était une pression sourde qui s'exerçait sur son cœur et sur ses os, une pression à laquelle il ne pourrait jamais se dérober – fût-ce pour rester avec sa mère.

Quoi qu'il en soit, le choix ne lui fut pas présenté. D'un geste fluide, Tyrus dégaina son épée et, pivotant, en braqua la pointe vers la poitrine de Kral.

— Ce troisième métamorphe, c'est vous, homme des montagnes.

Tous les regards se tournèrent vers Kral. Celui-ci lutta pour ne pas manifester le choc qu'il éprouvait. Bien que forgé dans le feu obscur, il ne faisait toujours qu'un avec la Pierre. Ses traits conservèrent une immobilité minérale.

— Vous avez trop forcé sur la bouteille, pirate, gronda-t-il. Je ne suis pas plus métamorphe que vous.

— Le montagnard dit la vérité, intervint Mycelle. Il n'a pas de sang si'lura. Mon fils…

— Non, coupa Tyrus, ses yeux jetant des éclairs. Le sang ne révèle pas toujours ses véritables couleurs. Je suis pirate et prince. Vous êtes Dro et vous ne l'êtes pas. (Il désigna Fardale et Mogweed.) Ils sont métamorphes, et ils ne le sont pas. Dans la vie, peu de gens sont ce dont ils ont l'air. Nous portons tous un masque.

— Pas moi, claironna Kral.

— Vraiment ? (Tyrus ne se départit pas de sa grimace condescendante.) Alors, dites-moi… Êtes-vous un nomade des montagnes ou l'un des héritiers du trône de Tor Amon ?

Kral en fut stupéfié. Au sein même de son peuple, peu de gens se souvenaient que son clan, la flamme de Senta, avait jadis composé la maison royale, et que sa propre famille, les a'Darvun, descendait en ligne directe du dernier occupant du trône. Ce secret faisait à la fois la fierté et la honte des siens, car c'était un de leurs ancêtres qui, dix générations auparavant, avait capitulé devant les armées n'aines et condamné l'ensemble des clans à une vie nomade. Aujourd'hui encore, ce souvenir enflammait le sang de Kral, faisant gronder en lui la bête assoiffée de vengeance.

Tyrus dut lire dans ses pensées.

— Votre cœur brûle-t-il toujours de reprendre les terres de votre peuple, de rallumer les foyers de vos clans dans les tours de garde de la Citadelle ?

— Ne me provoquez pas, petit homme, dit Kral d'une voix brisée. D'où sortez-vous ces idioties ?

Tyrus ferma à demi les yeux et récita de mémoire :

— « Avec les jumeaux viendra un homme pareil à une montagne qui arborera bien des visages, et une forme aussi changeante que des congères pendant une tempête de neige. Tu le reconnaîtras à ses yeux durs et à sa barbe aussi noire que son cœur. Mais ne t'y trompe pas. En lui, tu trouveras un roi qui ceindra son front d'une couronne brisée et s'assoira de nouveau sur le trône de la Citadelle. »

Kral n'osait espérer que les paroles du pirate contiennent la moindre vérité. C'était un rêve trop cruel. Après avoir été chassés par les hordes n'aines, les montagnards étaient devenus des nomades – non parce qu'ils aimaient vivre sur les routes, mais parce qu'ils refusaient de croire que leurs terres ne leur seraient pas rendues un jour. Kral pouvait-il concrétiser tous leurs espoirs – mettre un terme à l'errance de son peuple et le ramener chez lui ?

Mycelle expliqua pourquoi c'était impossible.

— Il doit rejoindre Elena.

La mention de la sor'cière repoussa les rêves royaux de Kral dans un coin de son esprit. Il ne pouvait se dérober à la volonté de son maître.

— Si le montagnard retourne auprès de votre protégée, il la tuera, dit simplement Tyrus.

Personne ne bougea. Tous les regards étaient fixés sur Kral. À en juger par leur expression inquiète, les compagnons s'attendaient à ce que le sang coule en réponse à l'insulte faite au colosse. Ils ne pouvaient pas deviner combien Tyrus avait vu juste. Le pirate lui-même ne pouvait s'en rendre compte.

— Je ne veux pas dire que Kral trahirait votre jeune amie et la tuerait avec sa hache, poursuivit Tyrus, révélant les limites de son savoir. Mais s'il ne vient pas avec nous, elle mourra tout aussi sûrement. Mon père a été formel sur ce point. « Trois doivent venir, sans quoi, la sor'cière périra. »

Il rengaina son épée et croisa les bras sur sa poitrine.

Mycelle se tourna vers Kral.

— Le mur du Nord est riche en magie élémentale ; c'est une source de pouvoir à l'état pur, en provenance directe du cœur de la Terre. Jusqu'à ce que je perde mes capacités de sourcière, elle agissait sur moi comme un aimant. C'est elle qui m'a attirée dans le Nord, où j'ai fini par apprendre le maniement de l'épée à Château Mryl. J'y ai également découvert que le roi Ry possédait un don de voyance quand il se liait à la Pierre. Les prophéties du vieil homme étaient rares, mais jamais fausses. (Elle jeta un coup d'œil à Tyrus.) Parfois, en revanche, leur interprétation l'était. Aussi, ne vous appuyez pas seulement sur ces paroles pour prendre votre décision, homme des montagnes.

Kral se sentait tiraillé entre deux désirs impérieux et contradictoires. La partie de son esprit forgée dans le feu obscur et soumise à l'emprise du Seigneur Noir refusait d'abandonner sa quête de la sor'cière. Mais en tout malegarde subsistait un fragment de son identité véritable, une étincelle du feu élémental qui alimentait le sort du Cœur Noir. Et ce fragment d'identité ne pouvait ignorer l'appel de ses terres ancestrales. Il se sentait porteur de tous les espoirs de son clan.

Chez n'importe qui d'autre, cette lutte se serait achevée par une défaite, car la marque du Seigneur Noir était infligée par une flamme si ardente que rien ne pouvait l'effacer. Mais Kral n'était pas un homme ordinaire. Dans son sang coulait la magie qui imprégnait les racines granitiques des montagnes. Et le granit pouvait résister même à la plus ardente des flammes. Si l'âme de Kral était noircie par le feu obscur, la marque laissée par celui-ci n'était pas assez profonde pour lui faire ignorer les cris de plusieurs générations de nomades.

Le trône de Glace était le siège de sa famille, et il se réapproprierait son héritage ! Gare à quiconque oserait se dresser sur son chemin !

Pivotant vers Tyrus, Kral se passa une main dans sa barbe broussailleuse et dévisagea le pirate.

— Je viens avec vous, grogna-t-il d'une voix rauque.

Tyrus sourit et hocha la tête, comme s'il n'en avait jamais douté.

Le front de Kral s'assombrit. La compulsion implantée par le Seigneur Noir continuait à s'agiter en lui, affaiblissant sa détermination. Mais il apaisa ses exigences brûlantes avec une pensée pareille à un baume : après avoir récupéré son trône, il traquerait Elena et se repaîtrait de son jeune cœur en guise de récompense. Il n'oubliait pas ses devoirs envers son maître, il ne faisait que retarder leur accomplissement.

Kral dissimula un sourire dur dans sa barbe.

Rien ne serait refusé à Légion – ni son trône, ni même le doux nectar des veines de la sor'cière.

L'*Étalon pâle* était prêt à larguer les amarres. Le groupe se trouvait désormais scindé en deux : les compagnons qui souhaitaient un bon voyage aux autres depuis le quai, et ceux qui regardaient leurs amis s'apprêter à retraverser la moitié d'Alaséa dans l'autre sens. Personne ne se sentait de très bonne humeur. Les visages étaient maussades dans le meilleur des cas, bouleversés dans le pire.

Mycelle fixait dans les yeux celui qui semblait le plus seul et le plus perdu de tous. Devant elle, Tol'chuk se tenait au pied de la passerelle, l'air ravagé. La plupart des gens pensaient que les og'res étaient des créatures stoïques, capables de peu d'émotions. Mais Mycelle reconnaissait les signes qui clamaient le contraire. Les coins de la bouche de Tol'chuk étaient tournés vers le bas, dissimulant ses crocs ; ses yeux avaient perdu leur subtil éclat, et même ses épaules s'étaient affaissées, comme des falaises après un tremblement de terre dévastateur.

— Tu pourrais venir avec moi, suggéra Mycelle doucement, comme une supplique venue du cœur.

Tol'chuk poussa un soupir pareil au grondement de rochers instables.

— Tu sais bien que non, répliqua-t-il à regret. Le Cœur de mon peuple ne m'y autoriserait pas.

Mycelle lui toucha la joue.

— Oui, je sais. Mais je voulais que tu comprennes une chose : pour rester avec toi, je serais prête à priver Elena de ta force. À présent que je t'ai retrouvé, je pourrais jeter ces contrées en pâture aux ténèbres pour te garder près de moi.

Tol'chuk eut un sourire triste.

— Tu mens bien, mère. Et je ne t'en aime que davantage.

Mycelle s'avança et posa ses mains sur les joues de l'og're. Elle le força à baisser la tête pour l'embrasser.

— Ne sois pas si certain de ce que tu crois savoir, mon fils.

Une voix s'immisça dans leur intimité. C'était Méric qui, penché par-dessus le bastingage du navire, criait :

— Le capitaine dit que nous devons partir avec la marée. Nous ne pouvons plus attendre.

Mycelle agita la main pour signifier qu'elle avait entendu. Son devoir accompli, Méric s'éloigna en boitant et en s'appuyant sur sa canne, suivi par Mama Freda et par son tamrink. À bord du bateau, l'équipage réduit se mit au travail, s'affairant à arrimer des bouts et à hisser les voiles.

Mycelle n'avait pas beaucoup de temps non plus, mais elle pouvait encore consacrer quelques instants à son fils. Tyrus et elle avaient fini d'organiser leur groupe. Son hongre, Grisson, était sellé et bâté. Mogweed et Fardale avaient pris place dans le petit chariot où se trouvait déjà leur équipement, flanqués par Tyrus et par son trio de guerrières Dro à cheval. Kral était déjà juché sur Rorshaf, son destrier noir ; cavalier et monture semblaient aussi impatients de partir l'un que l'autre. Les deux derniers chevaux – l'étalon des steppes d'Er'ril et la jument grise d'Elena – avaient été parqués dans une petite cale à bétail à bord du sloop. Il ne restait rien à faire… sinon échanger un ultime adieu.

Mycelle plongea son regard dans celui de Tol'chuk. Aucun mot n'aurait pu apaiser cette douleur. La mère et le fils se tombèrent tout simplement dans les bras. Mycelle eut l'impression d'étreindre un rocher, mais elle le serra de toutes ses forces contre elle. Elle voulait ne jamais oublier ce moment.

Comme elle pressait Tol'chuk contre sa poitrine, des souvenirs de lui bébé brouillèrent sa vision, et son héritage si'lura répondit à cet appel du passé. Mycelle sentit sa chair fondre, ses os se remodeler et, bientôt, elle réalisa que ses bras faisaient tout le tour de l'og're. Elle se souvint du père de Tol'chuk, de la joie qu'ils avaient jadis partagée, et son corps continua à se transformer. Cuir et tissu se déchirèrent ; elle les entendit murmurer à ses oreilles, mais les ignora.

Ce n'était plus une femme et un og're qui s'étreignaient, mais une mère et son fils – deux og'res. Percevant la métamorphose de Mycelle, Tol'chuk recula légèrement. Il la dévisagea, les yeux écarquillés et brillants de larmes.

— Mère ?

Mycelle savait ce qu'il voyait. Une petite femelle og're. Sa véritable mère. Elle lui adressa un sourire plein de crocs.

— Tu es mon fils, dit-elle d'une voix pareille au grondement d'une avalanche. Mon cœur. Ne l'oublie jamais. Tu es ce que j'ai fait de mieux dans ma vie, ce dont je suis le plus fière. En te regardant, je sais que ma dure existence a servi à quelque chose.

Ils s'étreignirent de nouveau tandis que les premières lueurs de l'aube réchauffaient l'horizon et que les goélands criaient pour saluer le lever du jour. Même les oiseaux semblaient partager la douleur de Mycelle – car la guerrière savait que c'était la dernière fois qu'elle serrait son fils contre elle.

11

Flint haletait de douleur. Il savait qu'il n'aurait qu'une seule chance. Il avait besoin que maître Vael et le capitaine Jarplin se tiennent tous les deux près de lui. Tandis que ses bourreaux préparaient la perceuse, il fléchit discrètement les doigts pour rétablir la circulation sanguine dans ses mains détachées. Des étincelles d'agonie dansaient devant ses yeux.

Il n'avait poussé qu'un seul cri pendant la première étape du traitement. Quelques minutes plus tôt, Jarplin s'était approché de lui avec une dague. Flint avait craché et juré, feignant d'être toujours attaché. Neutraliser le seul capitaine ne l'aurait avancé à rien. Aussi avait-il laissé Jarplin lui entailler la peau à la base du crâne, en faisant racler cruellement la pointe du couteau contre ses vertèbres. Il avait enduré la douleur, mais n'avait pu retenir un cri.

L'espace d'un instant, sa vision avait viré au noir. Il avait lutté contre les ténèbres qui menaçaient de l'engloutir en se mordant la lèvre et en agrippant ses cordes. À présent, il sentait d'épais filets de sang lui couler dans la nuque, et la pièce se mettait à tourner chaque fois qu'il remuait la tête trop vite.

— Jarplin, ne faites pas ça, hoqueta-t-il. Redevenez vous-même !

Pour toute réponse, le capitaine lui sourit.

Son premier maître au teint jaunâtre se tourna vers lui.

— Nous sommes prêts.

Sa voix sifflait légèrement entre ses dents pointues.

Flint avait entendu parler des tribus qui peuplaient les îles situées au large des côtes gul'gothanes. Leurs membres se nourrissaient de la chair d'autres hommes et se taillaient les dents en pointe pour mieux déchirer la viande crue. On racontait qu'ils vénéraient les skal'tum – les démons ailés du Seigneur Noir –, et qu'ils se comportaient ainsi pour leur ressembler. Flint soupçonnait le dénommé Vael d'être l'un de ces affreux sauvages. Il avait déjà remarqué que le premier maître n'arborait aucun trou à l'arrière de son crâne rasé. Nulle créature ne le manipulait. C'était de son propre chef qu'il perpétrait toutes ces atrocités.

Il était donc le véritable ennemi de Flint.

Jarplin déposa la créature fétide dans la main ouverte de maître Vael. Celui-ci s'approcha de Flint et essuya le sang qui dégoulinait dans sa nuque. Au contact des doigts glacés de son bourreau, le vieil homme frémit. Puis Vael baigna la créature dans son sang. Les tentacules s'agitèrent et se mêlèrent à l'aveuglette aux doigts qui les caressaient.

— Préparez-le, ordonna Vael.

Jarplin s'approcha à son tour, la longue mèche à la main. À présent, les deux hommes encadraient Flint. Il ne pouvait plus attendre.

Agrippant son petit couteau dans une main et les barreaux de la chaise en bois dans l'autre, Flint passa à l'attaque. Avec un hurlement, il bondit sur ses pieds, souleva sa chaise et la projeta à la figure de maître Vael. Le sauvage, qui était plutôt du genre maigrichon, vola en arrière. Sans marquer de temps d'arrêt, Flint pivota vers le capitaine. Avant que celui-ci puisse brandir sa perceuse, il se jeta sur lui et lui décocha un bon coup de poing. L'impact fit tourner Jarplin sur lui-même, et Flint en profita pour lui sauter sur le dos.

Les deux hommes s'écrasèrent sur le plancher, dont une latte craqua sous leur poids. Flint saisit une poignée des cheveux gris de Jarplin et, haletant, cogna la figure de son ancien capitaine sur le sol – encore et encore. Il devait neutraliser son adversaire très vite, car il sentait que ses forces l'abandonnaient.

— Rendez-vous, Jarplin, lui cria-t-il à l'oreille.

Mais le capitaine refusa. Il lui donna un coup de coude qui atteignit Flint au menton et fit tournoyer des étincelles dans son champ de vision. Le vieil homme lâcha les cheveux de son adversaire. Celui-ci s'arc-bouta et parvint à se redresser légèrement. À présent, Flint était juché sur son dos comme sur un cheval. Si Jarplin parvenait à le désarçonner…

Flint leva son autre bras. Un vieil instinct l'avait poussé à s'accrocher à son couteau. Il avait vécu trop longtemps parmi des pirates pour se laisser désarmer durant un combat. Sans réfléchir, il empoigna de nouveau les cheveux de Jarplin et tira vers le haut, exposant le trou à la base du crâne de son adversaire. Puis il planta la minuscule lame de son couteau dans l'ouverture et poussa avec le talon de sa paume pour mieux l'enfoncer.

Une violente convulsion secoua Jarplin. Projeté à terre, Flint roula sur le plancher et s'immobilisa près d'un petit bureau. Un second spasme parcourut Jarplin tandis que celui-ci essayait de se mettre à quatre pattes. Des bulles de sang se formèrent autour du manche du couteau. Une douleur atroce déformait les traits du capitaine.

Puis, comme si une corde tendue à fond venait de se rompre, Jarplin s'affaissa mollement sur le sol, la tête tournée vers Flint. Son visage torturé se détendit à l'approche de la mort. Ses lèvres remuèrent, mais aucun son n'en sortit. Pourtant, Flint sut ce que lui disait son ancien capitaine : « Je suis désolé. » Au moins Jarplin pousserait-il son dernier souffle en homme libre.

Flint tendait la main vers lui lorsque quelque chose s'abattit sur sa tête. Il vit noir et bascula en avant. Lorsque sa vision s'éclaircit, maître Vael le contournait, une massue dans une main et la créature à tentacules dans l'autre.

— Non, gémit-il comme le sauvage ramassait la perceuse.

Vael s'agenouilla sur son dos, le clouant au sol.

— Tu seras mon nouveau chien, et moi ton maître, lui siffla-t-il à l'oreille. Quand j'en aurai fini avec toi, tu me lécheras les bottes.

Trop faible et étourdi pour résister, Flint ne put que grogner en sentant la mèche s'enfoncer dans le trou de sa nuque.

— Puisque tu vas recevoir le dernier ul'jinn du bord, tes amis me serviront d'une autre manière. À mon avis, la donzelle fera des rôtis bien juteux, ricana Vael.

Flint tenta de se débattre, mais il était encore trop sonné. Il sentit qu'on lui appuyait le front contre les lattes du plancher.

— Maintenant, tiens-toi tranquille, mon vieux chien grisonnant.

Puis l'acier mordit dans l'os, faisant voler en éclats les dernières bribes de conscience de Flint.

Le Try'sil à la main, Elena toisait le corps affaissé du cuisinier du bord. Son tablier couvert de taches était déchiré à l'endroit où Er'ril l'avait empoigné pour le projeter contre le mur. L'homme grassouillet s'était effondré comme un sac de patates. Après quoi, Er'ril et Joach s'étaient faufilés dans le couloir pour vérifier si la voie était libre, laissant Elena monter la garde dans la cambuse. Si le cuisinier revenait à lui, la jeune femme était chargée d'y remédier avec son marteau.

Tok se tenait près de la porte, pressant un poing inquiet sur sa gorge.

— Gimli est mort ?

La poitrine du cuisinier se soulevait et s'abaissait régulièrement. Elena secoua la tête.

— Il en sera quitte pour une grosse bosse sur le crâne.

Elle caressa le marteau n'ain, faisant courir ses doigts sur les runes gravées dans son long manche de ferréol. Si la situation la contraignait à faire usage du Try'sil, le cuisinier ne s'en tirerait pas avec un simple mal de crâne. Elle pria pour qu'il reste évanoui.

Non loin de là, un ragoût de poisson gargouillait dans un chaudron, sur le feu. L'estomac d'Elena réagit à la bonne odeur. Ça faisait un moment que ses compagnons et elle n'avaient rien avalé. Mais ils n'avaient pas le temps de se soucier d'un problème aussi trivial : ils n'avaient rien entendu depuis l'unique cri poussé par Flint un peu plus tôt. Le silence qui était retombé juste après leur avait tapé sur les nerfs pendant que Tok les conduisait jusqu'à leurs affaires, puis les entraînait vers la cambuse en les faisant ramper dans d'étroits passages.

Joach réapparut sur le seuil.

— La voie est libre, chuchota-t-il. Tok, conduis-nous à la cabine du capitaine.

L'enfant acquiesça, s'arrachant à la contemplation du cuisinier assommé.

— Ce n'est pas très loin.

Il s'éloigna dans le couloir. Elena le suivit, flanquée de Joach.

Ils retrouvèrent Er'ril un peu plus loin. Le guerrier était agenouillé près du corps d'un autre pirate – mais celui-ci ne respirait plus. Elena comprit aussitôt pourquoi : un petit poing de métal sculpté serrait son cou maigre. L'homme avait été étranglé.

À l'approche des trois jeunes gens, les doigts de fer se déplièrent et lâchèrent prise. Er'ril se redressa ; le poing s'éleva dans les airs d'un même mouvement. Alors que le guerrier pivotait vers eux, Elena le vit fléchir les doigts métalliques comme si c'étaient les siens – ce qui, d'une certaine façon, était le cas. Habité par l'esprit du jeune mage De'nal, le talisman était lié à Er'ril. En cas de grand besoin, et à condition de se concentrer, le guerrier pouvait l'utiliser comme sa véritable main.

—Il a surgi au détour d'un couloir et s'est jeté sur moi, expliqua Er'ril avec un haussement d'épaules. Il m'a surpris. J'ai réagi plus violemment que je ne l'aurais dû.

—C'est Samel, murmura Tok, fixant le cadavre de ses yeux écarquillés. Il partageait toujours son dessert avec moi.

—Je suis désolée, souffla Elena.

Tok secoua la tête.

—Après qu'ils lu… lui ont mis cette chose dans la tête, je l'ai vu tuer Jeffers. Il lui a tranché la gorge sans hésiter, alors que c'était son meilleur ami autrefois. (Le jeune garçon pivota vers Er'ril.) Ça vaut peut-être mieux qu'il soit mort. Je crois pas qu'il supporterait ce qu'il a fait.

Soudain, un spasme agita le corps de Samel. Une masse pâle et gélatineuse s'extirpa de dessous sa tête, traînant des tentacules derrière elle. Elle rampait sur les planches, telle une limace.

Avec un rictus de dégoût, Er'ril abattit le talon de sa botte sur la créature et l'écrasa rageusement. Ses appendices se tordirent comme des serpents, cherchant une prise et n'en trouvant aucune sur le cuir usé. Enfin, ils s'affaissèrent. Une odeur de viande pourrie emplit le couloir.

Er'ril jeta un coup d'œil à Tok.

—Conduis-nous à la cabine du capitaine.

Tok enjamba le cadavre en faisant bien attention à ne pas le regarder.

—Par ici.

Son marteau à la main, Elena le suivit. Joach resta à côté de sa sœur dans l'étroit passage, le poing crispé sur son bâton.

Après avoir monté une courte échelle et tourné dans un autre couloir, ils s'arrêtèrent devant une double porte. Tok articula :

— Là-dedans.

Er'ril acquiesça. Il balaya les autres du regard pour s'assurer qu'ils étaient prêts, puis leva le poing et toqua au battant. Les coups résonnèrent dans l'espace exigu du couloir.

— Fichez le camp ! aboya une voix à l'intérieur. J'ai ordonné qu'on ne nous dérange pas !

— C'est maître Vael, chuchota Tok.

Er'ril éleva la voix.

— Maître Vael, monsieur ! Nous avons capturé un clandestin ! Vous feriez mieux de venir voir !

— Allez tous au diable ! J'ai presque fini ; je ne tarderai à pas à remonter sur le pont. En attendant, mettez le prisonnier avec les autres.

— Oui, monsieur.

Er'ril fit signe à Elena. La jeune femme s'avança et brandit le Try'sil. Grâce à la magie qui imprégnait son manche, l'arme était aussi légère qu'un balai. Elena l'abattit de toutes ses forces sur le battant de chêne.

Le bois se fendit et explosa. Er'ril fonça dans l'ouverture ainsi ménagée avant même qu'Elena ait ramené le marteau vers elle. Joach suivit le guerrier de près.

Elena enjamba les débris de la porte, Tok sur ses talons. À l'intérieur, elle vit beaucoup trop de sang. Le capitaine gisait, face contre terre, dans une mare rouge sombre. L'étrange premier maître était accroupi sur le dos de Flint, une perceuse à la main et le front luisant de sueur. Il leva des yeux écarquillés de surprise vers les intrus.

Avant même qu'il ait pu battre des paupières, Er'ril lui plaqua son épée sur la gorge.

— Un mot, et tu goûteras l'acier de ma lame, gronda-t-il. Maintenant, lâche mon ami.

Elena se précipita vers Flint. Le vieil homme respirait encore, mais il avait perdu tant de sang… La blessure dans sa nuque continuait à saigner abondamment. Elena tendit sa main gantée pour arrêter l'hémorragie. À cet instant, un serpent très fin et très pâle émergea de la plaie, ouvrant sa gueule comme pour respirer. Horrifiée, la jeune femme retira très vite sa main.

— Vous arrivez trop tard, dit le premier maître au teint jaunâtre, avec un sourire qui révéla ses dents limées en pointe. L'ul'jinn a déjà pris racine. Cet homme m'appartient. Si je meurs, il me suivra dans la tombe. Tout comme le reste de l'équipage.

— Qu'il en soit ainsi, répliqua Er'ril.

Son visage était un masque de résolution implacable. Il se prépara à empaler le laquais du Seigneur Noir.

— Attends ! hurla Joach. Il sait peut-être quelque chose – quelque chose qui pourrait nous servir.

Vael cracha.

— Je ne vous dirai rien.

Le bras d'Er'ril tremblait ; la pointe de son épée dessinait une ligne rouge en travers de la gorge de Vael. Elena devinait sans peine le dilemme dont il était la proie. Il voulait désespérément tuer le démon qui avait torturé son ami, mais ne pouvait nier la sagesse des paroles de Joach. Tant qu'ils détiendraient Vael, le reste de l'équipage ne les menacerait pas. Et si le monstre à la peau jaune disait la vérité, lui trancher la gorge tuerait l'ensemble des pirates.

— Joach, attache les bras de ce salaud derrière son dos, ordonna enfin Er'ril. Et serre bien.

— Et Flint ? s'enquit Elena.

Le vieux loup de mer n'avait pas bougé. Il était aussi immobile qu'un cadavre. Dans sa nuque, le tentacule de la bête s'agitait entre ses cheveux grisonnants, tel un ver de terre aveugle.

Ce fut Tok qui répondit.

— La ch… chose met une demi-journée à prendre le contrôle. Quand elle aura fini, il sera pris de convulsions. Et, si ça ne le tue pas, il se réveillera.

Elena leva sa main gantée.

— Er'ril ?

L'homme des plaines savait ce qu'elle lui demandait. Il acquiesça. Quel mal y avait-il à utiliser la magie pour essayer de soigner Flint ?

Elena ôta son gant, révélant la souillure écarlate de sa main. À cette vue, Vael siffla et se débattit. Mais Joach l'avait déjà soigneusement ligoté, et Er'ril lui plaquait toujours son épée sur la gorge.

— Toi ! cria Vael. C'est toi la sor'cière !

Elena l'ignora et se tourna vers Flint.

— Mon maître m'a ordonné de chercher une gamine aux cheveux courts et teints en noir, poursuivit Vael, hébété. Pas une femme. S'il découvre que j'ai failli à ma mission…

Elena se réjouit d'apprendre que les ressources du Cœur Noir n'étaient pas illimitées. Mais cette supercherie ne pourrait fonctionner qu'une fois. Si Rockingham avait survécu à la bataille du *Fend-les-Flots*, le Gul'gotha serait bientôt informé de la transformation de la sor'cière.

Elena secoua la tête. Elle s'inquiéterait de ça plus tard. Posant le Try'sil, elle sortit sa petite dague en argent, s'entailla le pouce et mit ses préoccupations de côté. Elle avait un ami à sauver.

Elle tint son pouce ensanglanté au-dessus de la plaie dans la nuque de Flint. Une grosse goutte écarlate se détacha de son doigt et tomba sur l'appendice du monstre. Celui-ci se tortilla comme si on venait de le brûler, puis battit précipitamment en retraite dans le crâne de son hôte. Satisfaite, Elena pinça les lèvres. Ainsi, la magie résiduelle contenue dans une goutte de son sang suffisait à blesser cette créature.

— Pas si vite, mon petit bonhomme, marmonna-t-elle en conjurant son pouvoir.

À présent, elle était certaine de pouvoir tuer le monstre tapi à l'intérieur de Flint. Mais y parviendrait-elle sans tuer également son ami ? Détruire le premier sans affecter le second requerrait la plus grande précision.

Elena enchaîna sa magie à sa volonté. Des langues de feu dardèrent de son pouce entaillé et se tendirent vers Flint.

— Doucement, les exhorta-t-elle.

Les yeux à demi clos, elle utilisa son pouvoir pour sonder les bords de la plaie. Aux endroits où elle les touchait, les tissus déchirés guérissaient. Elle sentit le flux de son sang se tarir. Avec la plus grande prudence, elle projeta un filament enflammé à l'intérieur de la plaie.

Elena devait maintenant s'en remettre à son seul instinct. Elle projeta ses perceptions le long du filament, telle une araignée courant sur sa toile vers une mouche dissimulée. Retenant son souffle, elle ferma les yeux pour bloquer toutes les distractions extérieures.

Autour d'elle, même le bruissement des habits de ses compagnons s'estompa. Elle n'avait plus conscience que d'un camaïeu de lumière et d'obscurité. Elle venait d'entrer dans un monde de tiède phosphorescence, et elle savait que c'était l'essence de Flint. Elle savait aussi qu'en temps normal cette essence brillait plus fort : l'assaut subi et l'invasion subséquente avaient terni son éclat.

Le filament de magie flamboyait à la manière d'une torche écarlate. Elena devait faire attention à ce que sa brillance ne submerge pas la lueur alentour ; sinon, elle risquait de brûler tout ce qui faisait l'identité de son ami, et de ne laisser derrière elle qu'une coquille vide. Cette horrible pensée l'aida à affiner son instrument pour le changer en une simple étincelle.

Elena s'enfonça dans ce monde étrange, brandissant sa magie devant elle pour éclairer sa route. Elle ne tarda pas à repérer l'ennemi : une souillure noire se détachant sur la douce lueur qui émanait de Flint. L'ul'jinn était recroquevillé sur lui-même, enchevêtrement de ténèbres pareil à un amas de racines plongées dans un terreau luminescent. Déjà, des tentacules très fins se déployaient en étoile pour contaminer tout l'être de Flint.

Cette ignoble vision raviva la colère dans le cœur d'Elena. Ces ténèbres étaient malsaines. Non seulement elles représentaient une menace envers son ami, mais elles semblaient mettre en péril la notion même de vie. Leur proximité lui donnait la nausée. Un désir brûlant de les incinérer fit vaciller le contrôle de la jeune femme. Sa torche de feu sor'cier flamboya plus vivement.

Non!

Elena lutta pour diminuer l'intensité de sa magie. Elle ne laisserait pas cette immonde créature prendre le contrôle de ses actions.

De nouveau, elle concentra son pouvoir en une étincelle vive et fondit vers l'intrus. Elle réalisa alors que toutes les racines de ténèbres ne s'achevaient pas à la lisière de l'esprit de Flint : deux d'entre elles se poursuivaient au-delà. Et Elena sentait un pouvoir vigoureux couler en elles. Elle se rapprocha. Ces racines irradiaient le danger et le mal. Prise de nausée, elle les trancha avec un éclair de feu sor'cier.

Ce faisant, elle remarqua deux choses. Elle perçut que l'une des racines était liée à un esprit pervers, qu'elle devina être celui de Vael. Sa haine envers le sauvage crut encore. Il était si corrompu que le simple fait d'avoir effleuré son essence donnait à Elena l'envie de se frotter la peau jusqu'au sang. Mais ce bref contact avec Vael n'était rien comparé à l'impression qu'elle eut en sectionnant la seconde racine. Ce fut comme si elle se noyait dans un océan de mal. Un esprit incommensurablement cruel tenta de submerger le sien. Elena se rebella, sa magie flamboyant de plus belle.

Par chance, l'assaut cessa aussi vite qu'il avait commencé. Mais Elena eut le temps de sentir une paire d'yeux rouges et malveillants la regarder fixement – des yeux sculptés dans du rubis. Les yeux de la wyverne. Alors, elle comprit la présence de la statue à bord.

Se rejetant en arrière, Elena regarda les racines se flétrir et se racornir. Malgré l'angoisse et la panique qui enserraient son cœur, elle ne perdit pas le contrôle de son pouvoir. Elle se tourna vers la masse de ténèbres restante et, d'une brusque poussée, déploya un filet de feu sor'cier dont elle se servit pour envelopper l'ul'jinn. En quelques instants, elle consuma toute trace d'obscurité de l'esprit de Flint.

Elle ne s'attarda pas pour admirer son œuvre. Une bataille de plus grande envergure devait encore être livrée avant qu'aucun de ses compagnons puisse se considérer comme libre.

Elena retira son feu sor'cier, et sa conscience suivit. Clignant des yeux, elle mit quelques instants à reprendre pied dans le monde réel. Une fois totalement dégagée de l'esprit de Flint, elle libéra sa magie contenue, et son poing s'enflamma. Les autres reculèrent précipitamment. Sans se soucier de la peur qu'elle venait de leur faire, elle se redressa et marcha sur Vael, qu'Er'ril tenait toujours sous la menace de son épée.

— Est-ce que Flint… ? lança la petite voix de Tok derrière Elena. Est-ce qu'il va vivre ?

— L'ul'jinn est parti, répondit-elle sur un ton glacial.

— Qu'y a-t-il, Elena ? demanda Er'ril.

Il la connaissait trop bien.

En guise de réponse, la jeune femme saisit Vael à la gorge, de sa main enflammée. Le premier maître hurla tandis qu'une odeur de chair brûlée se répandait dans la pièce. Ç'aurait été si simple de carboniser son cou maigre – et, l'espace d'un instant, Elena l'envisagea sérieusement.

Vael dut le sentir.

— Non, croassa-t-il.

— Pourquoi ? siffla la jeune femme. Pourquoi as-tu fait ça ?

Le regard terrorisé de Vael dit clairement qu'il comprenait la question. Il savait qu'Elena ne se préoccupait ni des ul'jinn ni des pirates réduits en esclavage. Tout cela n'était rien comparé à la menace tapie dans les entrailles du navire.

Vael se mit à trembler sous la main d'Elena. La jeune femme le souleva par la gorge : la magie lui donnait la force de dix hommes.

— Réponds-moi ! rugit-elle.

L'épée inerte au bout de son bras ballant, Er'ril regarda sa protégée secouer Vael comme un chien l'eût fait avec un lapin. Les yeux verts d'Elena flamboyaient de fureur. Jamais encore il ne l'avait vue dans une telle rage.

— Pourquoi l'as-tu amenée ici ? gronda la jeune femme en se penchant vers Vael.

De la fumée montait depuis le cou du premier maître, et des larmes dégoulinaient sur ses joues.

— Le serviteur du maître des Ténèbres… Celui qui vit dans la tour… Le Praetor… Il l'a exigé.

Er'ril savait de qui parlait Vael. Il se rapprocha.

— Mon frère.

Elena leva sa main libre pour lui intimer le silence. Puis elle reprit son interrogatoire.

— Où l'emmenais-tu ? À Port Rawl ?

Suspendu dans l'étreinte brûlante de la sorcière, Vael tenta d'acquiescer.

— Oui, et ensuite, vers l'intérieur des terres avec une barge fluviale.

Er'ril ne pouvait plus attendre.

— Elena, qu'as-tu découvert ? (Il désigna Joach et Tok qui montaient la garde près de la porte.) Parle. Les autres pirates ne tarderont pas à constater notre évasion.

Pour toute réponse, Elena projeta le sauvage fluet à travers la cabine. Vael heurta le mur du fond et retomba en tas sur le sol. Voyant les flammes de la sor'cière remonter le long de son bras, il se recroquevilla sur lui-même d'un air terrorisé. Mais Elena l'ignora et se tourna vers Er'ril.

— La statue dans la cale… Ce n'est pas seulement de l'éb'ène. Pendant que j'étais dans l'esprit de Flint, j'ai perçu son lien avec l'ul'jinn et entrevu sa véritable nature – le noir secret tapi en son cœur.

Elle se mit à trembler de fureur.

Joach fit un pas vers sa sœur.

— De quoi s'agit-il, El ?

— La statue est une matrice. Son ventre abrite un fléau si abominable que la plus minuscule émanation de son esprit a failli éteindre le mien. (Elena traversa la cabine et alla ramasser le Try'sil ; tenant le manche sculpté de runes dans sa main, elle fit de nouveau face à Vael.) Même si le marteau parvenait à briser la gangue de pierre, je crains que la chose qu'elle contient soit déjà trop puissante pour moi. Si nous la libérions maintenant, elle nous détruirait tous.

— Mais de quel genre de créature s'agit-il ? insista Joach, la gorge sèche.

Elena secoua la tête et s'accroupit près de Vael, toujours roulé en boule contre le mur du fond.

— *Lui*, il le sait.

Vael tenta de se fondre dans le mur. Levant sa main écarlate, Elena fit jaillir de nouvelles flammes du bout de ses doigts recourbés. Puis elle les tendit vers le premier maître, telles des griffes de feu.

— Dis-nous ce qui se tapit à l'intérieur de la statue d'éb'ène.

— Je… Je ne sais pas, bredouilla Vael. Je vous le jure ! Le serviteur du Seigneur Noir a lié mon sang à son pouvoir pour que je puisse contrôler les ul'jinn. Je devais conduire la statue à Port Rawl, puis dans les montagnes. On ne m'a rien dit d'autre.

Elena rappela sa magie à elle. Sa colère s'évanouissait sous l'effet de sa fatigue grandissante. De profondes rides creusaient son visage las.

— Il dit la vérité, lâcha-t-elle sur un ton morose.

— Pas tout à fait, contra Er'ril. Il omet plus de choses qu'il n'en révèle.

Le guerrier s'accroupit près de Vael. L'étranger à la peau jaune empestait la peur et le sang séché. De la pointe de son épée, Er'ril lui leva le menton pour le forcer à le regarder dans les yeux.

— À quel endroit précis des montagnes devais-tu livrer cette matrice de pierre ?

Vael frémit sous la menace de l'épée et le regard intense de son porteur.

— Dans une petite ville… Près des hautes terres.

— Son nom ?

— Gelbourg.

Elena et Joach hoquetèrent. Er'ril se contenta de fixer Vael en s'interrogeant sur ce choix de destination. Pourquoi la ville où Elena avait grandi ?

Un grognement arracha les compagnons à leur stupeur. Tous les regards se tournèrent vers Flint. Trop faible pour se redresser, le vieil homme roula sur le flanc. Er'ril garda son épée braquée sur Vael tandis que Joach aidait Flint à s'asseoir. Le vieil homme balaya la pièce de ses yeux rougis et larmoyants. Il parut saisir très vite la situation. Instinctivement, il porta une main à sa nuque.

— N'aie crainte, le rassura Joach. Elena t'a débarrassé de la bête.

Flint grogna de nouveau.

— J'ai quand même… l'impression qu'on m'a fendu la caboche en deux.

Er'ril reporta son attention sur Vael.

— La statue – que devais-tu en faire une fois à Gelbourg ?

Le premier maître rentra la tête dans les épaules.

— La porter jusqu'à des ruines et l'y laisser. C'est tout ce que je sais.

Flint lutta pour se redresser dans les bras de Joach.

— Quelle statue ?

Joach lui expliqua la découverte de la sculpture d'éb'ène et les plans que le Seigneur Noir avait conçus pour elle. Le visage de Flint s'assombrit. Er'ril lui laissa quelques instants pour digérer ces révélations : il avait confiance en l'intelligence de son vieil ami.

— Je dois la voir, déclara enfin Flint. (Repoussant Joach, il se leva maladroitement et fit face à Elena.) Tu peux nous ouvrir un chemin jusqu'à la cale ?

La jeune femme acquiesça lentement.

Soudain, la voix de Tok s'éleva depuis le seuil de la cabine.

— Quelqu'un arrive ! siffla le jeune garçon.

Il fit un pas dans le couloir, puis battit très vite en retraite. Une cloche se mit à sonner frénétiquement sur le pont principal.

— Ils se sont rendu compte que vous vous étiez évadés !

— Elena ? appela Flint.

— Tu veux que je t'ouvre un chemin ? (La jeune femme tourna son regard vers Vael.) Il a dit lui-même que l'équipage ne lui survivrait pas.

Avant que quiconque ait pu réagir, elle leva le bras, et un torrent de flammes se déversa de sa main.

Er'ril plongea sur le côté – et sentit le souffle du feu sor'cier contre sa joue. Affolé, Vael recula le long du mur pour tenter d'échapper aux flammes. En vain. L'extrémité de la lance de flammes se déploya tel un filet incendiaire dont les mailles emprisonnèrent le premier maître aussi sûrement qu'une toile d'araignée immobilise une mouche. Vael se tordit en hurlant tandis que ses vêtements se consumaient et que sa chair fumait.

Joach avait rejoint Tok près de la porte.

— Il y a au moins cinq hommes au bout du couloir, rapporta-t-il. Ils ont des épées et des torches. Et il en arrive d'autres. Ils doivent savoir que nous nous cachons ici.

— Elena, que fais-tu ? s'exclama Er'ril.

— Cet homme nous a dit tout ce qu'il savait. Je le sens avec ma magie, répondit la jeune femme d'une voix morne. (Ce fut sans la moindre passion qu'elle guida les filaments enflammés à l'intérieur de la bouche grande ouverte de Vael.) Et étant donné qu'il est lié à tous les ul'jinn du bord…

Le bras tendu, elle ferma le poing et tourna son poignet. Une secousse agita Vael, comme si on venait de lui briser le cou, et son corps s'affaissa.

— Si tu coupes la tête d'un serpent, ses anneaux deviennent inoffensifs, marmonna Elena.

Elle baissa la main. Le feu sor'cier s'éteignit comme une chandelle qu'on vient de souffler.

Er'ril se dirigea vers Vael. Un peu de fumée s'élevait encore de sa chair noircie. Elena l'avait tué.

Horrifié, Er'ril pivota vers la jeune femme. Celle-ci le regarda en silence pendant quelques secondes, puis lâcha :

Tu n'as pas touché son esprit. Moi, si.

Et elle se détourna.

— Tous les pirates viennent de s'écrouler dans le couloir, s'exclama Joach, stupéfait, depuis le seuil de la cabine.

Flint acquiesça.

— Vael était le lien de sang. Les ul'jinn sont morts avec lui.

Tok, qui s'était faufilé dehors en reconnaissance, revint en courant, le visage rouge de panique.

— Leurs torches et leurs lanternes sont tombées par terre ! Elles sont en train de mettre le feu ! La moitié du couloir brûle déjà !

Er'ril se redressa et se précipita vers la porte défoncée. La *Bonite* était un vieux bateau, dont le bois bien sec flamberait à merveille. Un incendie vigoureux ne mettrait que quelques minutes à le réduire en cendres jusqu'à la ligne de flottaison.

Joach prêta son épaule à Flint pour sortir.

Tok s'attarda dans la cabine, détaillant le cadavre de Vael. Soudain, il courut vers lui et lui donna un coup de pied.

— C'était ma famille ! hurla-t-il, les joues dégoulinantes de larmes.

Er'ril s'approcha du jeune garçon et lui passa le bras autour des épaules. Tok s'accrocha à lui comme s'il était en train de se noyer. Ils n'avaient pas de temps à perdre en lamentations ou en paroles réconfortantes. Pourtant, Er'ril rengaina son épée et souleva l'enfant de terre.

Comme il se dirigeait vers la porte, Tok blotti contre sa poitrine, Er'ril surprit Elena en train de le fixer depuis le seuil de la pièce. Le chagrin et l'impuissance se mélangeaient dans l'expression de la jeune femme. Si Er'ril avait eu un deuxième bras, il le lui aurait volontiers prêté pour qu'elle s'appuie dessus. Mais il ne put que la presser d'une voix douce.

— Il faut nous dépêcher.

Elena acquiesça. Son regard se posa sur le jeune garçon sanglotant, et son air perdu céda de nouveau la place à une détermination de fer. Elle emboîta le pas à Er'ril en marmonnant quelque chose.

Er'ril fit semblant de ne pas comprendre. Mais, en vérité, il avait très bien entendu ce qu'elle venait de dire – ou plutôt, de répéter. C'étaient les paroles qu'il lui avait dites un peu plus tôt :

— … « Tout Alaséa saigne. »

Elena émergea des couloirs envahis par la fumée à la suite de ses compagnons. Derrière eux, des flammes s'élançaient déjà vers le ciel, ajoutant leur éclat à celui du jour naissant. Le pont principal était jonché de corps épars, semblables à des poupées de chiffon abandonnées. Trois hommes pendaient au bout de drisses emmêlées ; ils avaient dû tomber pendant qu'ils travaillaient dans le gréement.

Sous les yeux d'Elena, une langue de flammes toucha la misaine. Avec un chuchotement avide, le feu remonta le long de la toile, huilée jusqu'aux cordes et aux mâts qui la soutenaient. Des cendres brûlantes plurent sur les compagnons. Elena détourna la tête lorsque l'un des corps, qui se balançait au-dessus de sa tête telle une lanterne, s'embrasa en un clin d'œil.

Près d'elle, Er'ril posa Tok sur le pont.

— Nous devons abandonner le navire, déclara-t-il. Tout de suite. L'incendie se propage à toute allure.

Comme pour donner plus de poids à ses propos, une explosion retentit dans les profondeurs de la *Bonite*. Un tonneau d'huile enflammée jaillit à travers les planches du pont et décrivit un arc de cercle au-dessus de l'eau, laissant derrière lui une traînée fumante.

La tête rentrée dans les épaules, Elena suivit Er'ril vers la poupe.

— Et la statue d'éb'ène ? demanda-t-elle. On ne peut pas la laisser là.

Tout en faisant signe à Flint et Joach de les rejoindre, Er'ril répondit :

— Quelque fléau qu'elle abrite en son ventre, c'est à la mer qu'il appartient désormais. Nous ne pouvons pas faire mieux.

Elena n'était pas convaincue. Tant de mal ne se noierait pas aussi facilement, fût-ce dans un bateau en flammes. Le marteau à la main, elle jeta un coup d'œil vers l'écoutille principale.

Er'ril dut lire dans ses pensées.

— Non, Elena. J'ignore ce que le Seigneur Noir espérait en faisant transporter la statue à Gelbourg, mais, au moins, nous avons déjoué cette partie de son plan.

Flint se traîna jusqu'à eux. Il avait le teint gris et s'appuyait toujours lourdement sur Joach. Avant de parler, il toussa pour expulser la fumée et les cendres qui encombraient ses poumons.

— On a un problème, haleta-t-il. Il n'y a aucun moyen de descendre de ce bateau, sinon en se jetant par-dessus bord.

Er'ril se rembrunit et scruta l'océan à travers la fumée. Elena l'imita. Ils étaient très loin du continent, et encore plus loin de la première des îles de l'Archipel.

Flint tendit un doigt vers la côte.

— Là-bas. Vous voyez ces lumières ?

Elena plissa les yeux.

— Où... ? commença-t-elle.

Puis elle repéra les lampes éparses qui éclairaient le rivage rocailleux au nord de leur position.

— C'est Port Rawl, révéla Flint, s'interrompant pour laisser passer une quinte de toux. Ici, les courants sont forts, mais en nous accrochant à des morceaux de l'épave, nous parviendrons peut-être à nous propulser jusqu'à la terre ferme et à gagner la ville.

Er'ril dévisagea ses compagnons. Elena savait qu'il jaugeait leurs forces par rapport au froid de l'eau et à la puissance des courants marins. L'épuisement qu'il lisait sur leur visage lui fit froncer les sourcils. Il n'était pourtant pas en meilleur état qu'eux.

— Nous n'aurons peut-être même pas besoin de nager jusqu'au rivage, insista Flint. Nous sommes assez près de Port Rawl pour qu'ils repèrent l'incendie et envoient des charognards.

— Encore des pirates ? s'enquit Joach.

Flint haussa les épaules et porta la main à sa nuque.

— Tant que ce sont des pirates ordinaires, je suis prêt à leur baiser les pieds.

Soudain, la grand-voile s'enflamma, illuminant le nuage de fumée qui enveloppait le navire. Elena sentit de la chaleur traverser les semelles de ses bottes comme l'incendie du pont inférieur commençait à cuire les planches.

— Nous n'avons pas beaucoup de temps, fit remarquer Flint.

— Restez ici, ordonna Er'ril.

Se couvrant le nez et la bouche avec un morceau de toile, il s'élança à travers le pont envahi par la fumée. Flint et Tok se positionnèrent près du bastingage, prêts à sauter.

Joach se rapprocha de sa sœur. Elena prit la main qu'il lui tendait.

— C'est toujours la même chose, grommela le jeune homme.

— Quoi ?

Il grimaça.

— Chaque fois qu'on est quelque part ensemble, on doit fuir devant un incendie.

Elena lui rendit un sourire las. Elle savait qu'il faisait référence au feu qui les avait chassés de leur verger natal. Il avait raison, songea-t-elle. Son chemin était toujours tracé par des flammes.

Soudain, Er'ril jaillit de la fumée en toussant. Sous son bras, il tenait une petite porte de bois.

— On pourra l'utiliser pour se maintenir à flot, dit-il en la posant contre le bastingage. (Il se détourna.) Je vais chercher autre chose. J'ai repéré une table cassée dans la cambuse.

Avant que quiconque puisse protester, il disparut de nouveau dans la fumée.

Sur le pont, personne ne disait mot. Tous les regards exprimaient la même angoisse. Elena étudia les vagues qui clapotaient contre la coque du navire. Réussirait-elle à nager sur une si grande distance ? Elle scruta l'eau en quête de nageoires de requins ou toute autre menace similaire.

Quelque part dans le lointain, un cor mugit – d'abord doucement, puis de plus en plus fort. Le son se répercuta à la surface de l'océan. On aurait dit la plainte d'une créature aquatique agonisante.

—Les gens de Port Rawl nous ont repérés, commenta Flint avec un mélange de soulagement et d'inquiétude. Ils donnent l'alarme. Si nous parvenons à…

Soudain, une violente secousse agita le pont. Tok tomba à genoux. Un rugissement jaillit des profondeurs du navire, comme si celui-ci exhalait son dernier souffle. La vergue du mât, à demi carbonisée, s'écrasa au milieu du pont en défonçant une partie du bastingage. La *Bonite* gîta et tangua, un sifflement montant des endroits où l'eau salée éteignait les flammes.

Flint rejoignit Elena et Joach d'un bond.

—Nous ne pouvons pas attendre plus longtemps, les pressa-t-il. Nous devons abandonner le navire. Tout de suite ! Il est en train de se désagréger ! (Le vieux loup de mer poussa Elena vers la porte ramenée par Er'ril.) Reste avec ton frère. Je m'occupe du gamin. Nagez vers la côte et, si vous voyez un bateau, signalez-vous.

—Mais… Et Er'ril ? protesta Elena.

Elle fit un pas dans la direction où le guerrier avait disparu.

Flint lui agrippa l'épaule d'une poigne de fer pour la retenir.

—Il se débrouillera. Il s'est déjà tiré de situations bien pires que celle-ci.

Joach se planta devant sa sœur pour lui barrer le chemin.

—Frère Flint a raison, El. Aide-moi à jeter cette porte à l'eau.

Elena fronça les sourcils, mais obtempéra. Les deux jeunes gens firent passer leur radeau improvisé par-dessus bord. Le battant de bois gifla l'eau, sombra à demi, remonta à la surface et commença aussitôt à s'éloigner. Le courant était vraiment fort.

Flint avait réussi à arracher un morceau de bastingage cassé. Tok et lui s'apprêtaient à sauter en le tenant dans leurs bras.

— Vite ! aboya-t-il.

Joach aida sa sœur à enjamber le bastingage.

— Vas-y, hurla-t-il à Flint. On s'en sortira !

La peur figeait le visage de Tok, mais Flint lui pressa le bras pour l'encourager, et ils sautèrent.

À son tour, Joach escalada le bastingage et se tourna vers Elena.

— Prête ?

— Oui, répondit la jeune femme en le poussant dans le vide.

Joach heurta violemment la surface de l'eau. Les vagues l'engloutirent, mais il émergea très vite, toussant et crachant. Penchée vers lui, Elena lui désigna la porte qui flottait non loin.

— Va la chercher et attends-moi ! ordonna-t-elle. Je ne partirai pas sans Er'ril !

— Elena ! Non ! protesta Joach.

Mais la jeune femme ne l'écouta pas. Elle enjamba le bastingage en sens inverse et s'éloigna. Elle refusait d'abandonner Er'ril. Le bateau tombait en morceaux autour d'eux. Le guerrier était peut-être coincé sous des débris, et, grâce à sa magie, elle pourrait facilement le libérer.

Elena fonça vers l'écoutille du gaillard d'arrière. Er'ril avait dit quelque chose à propos de la cambuse. Un bras replié devant le bas de son visage, la jeune femme s'engouffra dans l'ouverture. Les cendres lui piquaient les yeux ; des larmes dégoulinaient sur ses joues.

Elle dévala l'escalier en pente raide, risquant de se cogner la tête lorsqu'une marche céda sous son poids. Sans s'accorder de temps pour se ressaisir, elle fonça vers la cambuse. À travers la fumée, elle repéra un corps inerte. Elle se précipita vers lui, le cœur dans la gorge, et découvrit que c'était juste le cuisinier.

Elena se redressa. La cambuse n'était pas grande, mais la fumée l'empêchait d'en distinguer tous les recoins – d'autant que les larmes brouillaient sa vision. C'est pourquoi elle ne repéra la trappe béante que lorsqu'elle faillit tomber dedans.

Elle s'accroupit et scruta l'obscurité. Une échelle éclairée par une vague lueur rougeâtre s'enfonçait dans les entrailles du navire. Elena savait où elle conduisait. Un peu plus tôt, Er'ril, Joach et elle s'étaient tenus quelques mètres plus bas, écoutant brailler les pirates. C'était dans cette cale qu'ils avaient été emprisonnés – dans cette cale que se trouvait la statue de la wyverne.

— Er'ril ! hurla Elena dans l'ouverture. Tu m'entends ?

Elle attendit en retenant son souffle. Pas de réponse.

Sans se laisser le temps de réfléchir, elle empoigna les montants de l'échelle et commença à descendre dans les boyaux du navire. La lueur, réalisa-t-elle, ne provenait pas d'une lanterne mais d'un feu qui couvait au fond du petit couloir. Et la chaleur lui brûlait les poumons à chaque inspiration. Il fallait qu'elle se dépêche.

D'un pas prudent mais rapide, Elena s'avança dans le couloir. Plus elle se rapprochait du feu, plus la chaleur devenait infernale. Mais en cinq pas, elle eut atteint la porte du réduit qui abritait la pompe d'assèchement. Elle entra, un poing dressé devant elle et déjà embrasé par sa magie sanglante.

Ce qu'elle découvrit la stupéfia au point de la paralyser. Au centre de la pièce gisaient les débris de la caisse – morceaux de planches brisées et noircies. Rien d'autre. La statue avait disparu.

À en juger par l'éparpillement des débris, la caisse devait avoir implosé. Elena promena un regard à la ronde, comme si elle s'attendait à voir la wyverne tapie dans un coin ou suspendue au plafond. Mais il ne restait pas le moindre signe de la créature d'éb'ène.

Elena fit un pas en avant. Le bout de sa botte heurta un objet qui roula sur les lattes du plancher. Le mouvement attira son attention, et un hoquet s'échappa de sa gorge comme elle reconnaissait l'objet. Elle se précipita pour le ramasser. C'était le poing de fer – la clé de Val'loa. Donc, Er'ril était venu ici !

Essuyant ses larmes et la sueur qui lui coulait dans les yeux, Elena se mit à quatre pattes pour mieux chercher. Elle trouva l'arme d'Er'ril, l'épée d'argent que lui avait confiée De'nal. Horrifiée, elle réalisa que les bouts de tissu éparpillés autour appartenaient à la chemise et au pantalon d'Er'ril. Les vêtements du guerrier avaient été taillés en pièces. Puis Elena avisa le lien de cuir qui avait servi à attacher ses cheveux. Il était complètement noirci.

Sous le choc, la jeune femme se releva. Elle tremblait de tous ses membres. Son horreur et son chagrin étaient trop grands pour qu'elle puisse pleinement les appréhender.

— Non, gémit-elle enfin.

Elena recula vers la sortie, ne s'arrêtant que pour ramasser le poing de fer et l'épée d'argent. Arrivée dans le couloir, elle fit volte-face et s'élança vers l'échelle. Entre le choc qu'elle venait de subir et les reliques dont elle s'était encombrée, la remontée s'annonçait délicate. Mais Elena serait morte asphyxiée plutôt que d'abandonner les affaires d'Er'ril.

Elle lutta pour grimper les barreaux tandis que ses vêtements et sa peau commençaient à brûler sous l'effet de la chaleur. Enfin, elle s'extirpa de la trappe ouverte et s'étala sur le plancher. Au sortir de la cale, chaude comme un four, la cambuse paraissait presque fraîche. Elena ferma les yeux. Elle voulait juste se reposer un instant, mais bascula aussitôt dans une somnolence hébétée.

Quand elle reprit connaissance, la jeune femme était entourée par un épais nuage de fumée suffocante. En toussant, elle se redressa.

Les flammes la cernaient.

Au-dessus de sa tête, des planches se brisèrent dans un grand craquement. Elena se tordit le cou. Une silhouette noire monstrueuse tendait sa patte vers elle.

— Non, geignit-elle, trop accablée pour résister.

Des griffes acérées se refermèrent sur elle à l'instant où sa vision s'obscurcissait.

Au-delà de tout espoir et de toute conscience, les ténèbres l'engloutirent.

12

Elena revint lentement à elle. Elle se débattit contre les liens qui l'immobilisaient, puis réalisa que c'étaient juste de grosses couvertures étroitement bordées autour d'elle.

— Du calme, mon enfant. Tu es en sécurité.

Elena tourna la tête. Une femme s'affairait dans la petite pièce où elle était couchée. Comme la frêle silhouette se retournait, elle poussa un hoquet de surprise. Entre le front et le nez de l'inconnue, il n'y avait que de la peau sombre. Pas d'yeux. Cette vision la fit frissonner.

— Qui… ? Où… ? balbutia Elena.

Elle lutta pour se redresser. Le roulis de son estomac lui disait qu'elle devait être à bord d'un navire. Elle promena un regard à la ronde. Un coffre, une table et le lit. Il n'y avait même pas de hublot.

Elena tenta de parler, mais une brusque quinte de toux l'en empêcha. Elle prit plusieurs inspirations étranglées et éructa, faisant remonter une glaire noire de sa gorge. Les yeux pleins de larmes, elle s'affaissa dans l'édredon en duvet d'oie, trop faible pour opposer la moindre résistance.

La vieille femme, dont les cheveux gris étaient attachés en chignon au sommet de son crâne, s'approcha en touillant le contenu d'une chope fumante avec une brindille de saule. Le breuvage sentait la cannelle et les plantes médicinales.

— Bois ça, dit-elle en tendant la chope à Elena. Je sais que ta magie finira par te guérir, mais toute aide est toujours bonne à prendre.

Méfiante, Elena s'écarta. Et ce faisant, elle sentit quelque chose remuer au pied de son lit. Elle replia vivement les jambes.

Un petit visage encadré par une crinière de feu jaillit de dessous les couvertures. Ses immenses yeux noirs fixèrent Elena en cillant. Puis il dégagea une queue annelée d'or et de brun.

— Tikal… Tikal… Vilain garçon, chantonna-t-il tristement.

Une odeur âcre parvint aux narines d'Elena depuis l'autre extrémité du lit. La créature avait adopté une posture penaude : la tête baissée et la queue enroulée autour de son cou. La vieille femme la réprimanda et la chassa.

— Je suis navrée, ma chérie, dit-elle en s'asseyant au bord du lit. (Elle tenait toujours la chope qu'Elena n'avait pas prise.) Tikal est perturbé par ce voyage en mer. D'habitude, il utilise un pot de chambre. J'irai chercher des draps propres dans un instant.

Elle adressa une grimace féroce à son familier, qui fila se percher sur la table sans demander son reste. Puis elle reporta son attention sur Elena.

— C'est normal qu'il soit nerveux, dit-elle en guise d'excuse. La dernière fois que lui et moi nous sommes trouvés à bord d'un bateau, c'est quand nous avons été capturés par les esclavagistes.

Aucune menace n'émanait de cette femme, mais, parce qu'elle était nue sous les couvertures, Elena se sentait vulnérable.

— Moi aussi, je suis prisonnière de ces esclavagistes ? demanda-t-elle, la gorge à vif.

La vieille dame lui sourit.

— Tu ne te souviens vraiment de rien ? (Elle eut un petit rire amical.) Nous t'avons sauvée du bateau en flammes. Du moins, Tol'chuk t'a sauvée. Il t'a trouvée pratiquement inconsciente sur le pont inférieur. Par chance, les og'res y voient bien dans la pénombre, et la pierre qui le guide lui a permis de te localiser rapidement. Sans ça, tu serais morte asphyxiée.

Elena se souvint de la silhouette sombre qui s'était penchée sur elle et l'avait saisie d'une patte griffue, dans la cambuse de la *Bonite*.

— « Tol'chuk » ?

— Oui. (La vieille femme tapota le genou d'Elena à travers les couvertures.) Nous faisions déjà voile vers le large quand nous avons repéré la fumée de votre navire, ce qui nous a donné une bonne longueur d'avance sur tous les autres bateaux envoyés par Port Rawl.

» Maintenant, bois cette décoction d'émonde et de racerbe. Ça nettoiera ta poitrine de toute la fumée que tu as avalée. Ta toux risque d'empirer pendant la prochaine heure, mais les herbes liquéfieront le mucus pour que tu puisses l'expulser. (Avec un gentil sourire, elle tendit de nouveau la chope à Elena.) À part ça, tu as juste besoin de repos.

Cette fois, Elena prit la chope. La pierre était d'une tiédeur apaisante entre ses mains moites. Elle pouvait presque sentir les vertus curatives du breuvage au travers.

— Mon frère ? demanda-t-elle craintivement.

— Nous avons repêché tout le monde, à l'exception de…

Des coups frappés à la porte les interrompirent.

— Entrez ! répondit la vieille femme.

Une silhouette familière pénétra dans la pièce. Ces membres déliés, ce nez recourbé… Malgré sa chevelure réduite à un duvet argenté, Elena ne pouvait que reconnaître Méric.

— J'ai apporté une autre casserole d'eau chaude, commença l'el'phe. (À la vue d'Elena, il écarquilla les yeux.) Tu es réveillée ! s'exclama-t-il sur un ton ravi.

Il était rare que cet homme hautain manifeste une telle émotion. Comme Méric s'approchait d'elle, Elena remarqua qu'il se déplaçait désormais avec une canne, et qu'il traînait les pieds.

— Je vois que tu as déjà fait la connaissance de Mama Freda, dit l'el'phe en s'appuyant contre le pied du lit. Sans ses dons de guérisseuse, ni toi ni moi ne serions encore là.

— Que t'est-il arrivé, Méric ? demanda Elena en remarquant les cicatrices sur son visage.

L'el'phe ouvrit la bouche pour répondre, mais Mama Freda l'interrompit.

— Vous aurez tout le temps de vous raconter des histoires plus tard. Pour l'instant, je voudrais que la petite se lève et marche un peu. Elle est couchée depuis près d'une journée. Sans compter qu'un peu d'air frais lui fera le plus grand bien.

Méric acquiesça, mais ne bougea pas. Il fixait toujours Elena.

Mama Freda soupira.

— Un peu d'intimité serait la bienvenue, monsieur.

L'el'phe écarquilla les yeux.

— Oh, bien sûr ! Désolé, marmonna-t-il en se redressant. C'est juste que… Elle a tellement changé ! Flint nous avait prévenus, mais c'est encore plus… flagrant maintenant qu'elle est réveillée.

Mama Freda le chassa comme elle l'eût fait d'un animal domestique importun.

— Laissez-la finir son élixir en paix.

Méric jeta un dernier coup d'œil à Elena avant de sortir de la cabine.

— Elle pourrait aussi bien être la fille aînée du vieux roi Dresdin, marmonna-t-il entre ses dents. La ressemblance avec les tapisseries est stupéfiante.

Lorsqu'il fut parti, Mama Freda alla prendre une épaisse robe de chambre dans le coffre.

—Quand tu auras fini de boire, je t'emmènerai sur le pont.

Elena acquiesça. Elle sirota lentement son thé. Le goût de la cannelle ne parvenait pas à masquer complètement l'amertume des plantes médicinales. Mais le breuvage était chaud, et il apaisait sa gorge à vif. Fermant les yeux pour se remplir de son odeur, Elena tenta de ne pas penser à Er'ril et à ce qu'elle avait découvert dans la cale de la *Bonite*. Le souvenir était encore trop récent. Aucun élixir au monde ne pouvait apaiser cette douleur-là.

—Ça va? s'enquit Mama Freda sur un ton plein de sollicitude. C'est trop chaud, peut-être?

Elena rouvrit les yeux et réalisa que des larmes brouillaient sa vision.

—Non, c'est parfait, murmura-t-elle.

Comment une aveugle avait-elle pu remarquer qu'elle pleurait? Laissant ce mystère de côté, Elena soupira et finit le contenu de sa chope.

—J'ai fini, annonça-t-elle.

Mais, déjà, la vieille guérisseuse tendait la main pour récupérer la chope vide.

—Dans ce cas, allons te faire prendre l'air.

Elle aida Elena à se lever et à enfiler la robe de chambre. Puis elle l'étreignit brièvement et lui chuchota à l'oreille:

—Le temps est le meilleur remède pour guérir certaines blessures.

Elena comprit que l'aveugle sentait son chagrin. Elle lui rendit son étreinte.

—Je prie pour que vous ayez raison, chuchota-t-elle.

Mama Freda lui posa une main tiède sur la joue avant de se détourner pour la guider vers la sortie. Tikal était perché sur l'épaule de la guérisseuse. Elena se réjouit que la canne de la vieille femme l'empêche de marcher trop vite: ses propres jambes lui semblaient aussi faibles et mal assurées que celles d'un nourrisson. Par chance, il n'y avait pas loin à aller: il suffisait de longer un petit couloir et de monter une volée de marches incroyablement raides.

Tenant l'écoutille ouverte, Mama Freda aida Elena à émerger sur le pont principal, dans la clarté d'une fin de matinée. Une brise fraîche s'engouffra dans les poumons de la jeune femme. Celle-ci resta immobile quelques instants, savourant la douceur du soleil et du vent. Elle sentait déjà la vigueur de ses membres lui revenir.

— Tu as l'air d'aller beaucoup mieux, gronda une voix rocailleuse derrière elle.

Elena pivota. Tol'chuk se tenait près du bastingage, arborant un sourire gêné qui découvrait ses crocs jaunis. La jeune femme se dirigea vers lui et l'étreignit.

— Merci d'avoir risqué ta vie pour me sauver.

Après qu'elle l'eut lâché, Tol'chuk tapota la sacoche qu'il portait autour de la cuisse.

— La pierre ne m'a pas laissé le choix. Et puis il faudrait plus que quelques misérables flammes pour entamer la peau épaisse d'un og're.

Attendrie par son humilité, Elena lui pressa affectueusement le bras.

— Merci quand même. (Elle regarda autour d'elle.) Où est Mycelle ?

Une ombre passa sur le visage de Tol'chuk.

— Partie.

Le cœur d'Elena se serra. Elle ne supporterait pas de perdre encore un de ses proches.

— Elle est… morte ? demanda-t-elle d'une voix étranglée.

Tol'chuk leva une patte griffue en signe d'excuse et se hâta de rectifier :

— Non, non. C'est moi qui me suis mal exprimé. Elle est partie avec Kral et les métamorphes pour arrêter les armées du Seigneur Noir dans le Nord. Elle t'a laissé une lettre dans laquelle elle t'explique tout.

Elena poussa un soupir de soulagement. Ses amis étaient vivants, et elle avait l'esprit encore trop embrumé pour saisir les implications de leur départ. Elle y réfléchirait plus tard. Pour l'instant, elle ne voulait rien ressentir. Son cœur était trop meurtri.

Une autre voix familière lui parvint depuis la poupe. Regardant par-dessus son épaule, Elena aperçut Flint en compagnie de quelques marins à la peau noire. Le vieux loup de mer avait les joues rouges et l'air agité, comme s'il était en train de se disputer avec eux. Il agita la main pour saluer Elena et retourna à sa discussion.

—El ! (Joach, qui était en train de s'entraîner au maniement du bâton avec Tok, se précipita vers sa sœur.) Tu es debout !

Elena se laissa étreindre. Elle se réjouissait de voir que ses compagnons étaient indemnes, mais toute cette attention commençait à la fatiguer.

Joach se redressa.

—Si tu me pousses encore par-dessus bord..., dit-il sur un ton faussement menaçant. (Puis un sourire fleurit sur ses lèvres.) Enfin, tu es saine et sauve – la Mère en soit remerciée.

Mama Freda dut sentir l'épuisement d'Elena.

—Allons, laisse-la tranquille, réprimanda-t-elle Joach.

Elle agita sa canne pour forcer le jeune homme à reculer tandis que, sur son épaule, Tikal poussait des couinements désapprobateurs. Lorsque Joach eut capitulé, elle reporta son attention sur Elena.

—Marchons un peu. Puis je te ramènerai en bas.

Elena acquiesça. Elle traversa le pont en toussotant de temps à autre. Mama Freda lui tâta le front et hocha la tête, rassurée.

Les deux femmes s'arrêtèrent près du bastingage pour contempler l'océan. Des îles vertes, bordées de falaises abruptes, jaillissaient des flots tout autour du navire. Celui-ci avait dû pénétrer dans l'Archipel pendant son sommeil, se dit Elena. Elle balaya l'horizon du regard. Pas une seule volute de fumée noire en vue.

— Votre bateau a coulé très vite, expliqua Mama Freda. Nous avons fouillé les environs pendant une demi-journée sans en retrouver la moindre trace.

— De toute façon, il était déjà parti, marmonna Elena.

Mama Freda ne dit rien. Elle se contenta de poser une main sur celle de la jeune femme.

Dans le ciel, les goélands s'interpellaient. Elena les écouta, fixant les ondulations des vagues sans les voir vraiment.

Soudain, le familier de Mama Freda, qui babillait tout bas en essayant de défaire le chignon de sa maîtresse, se mit à pousser des glapissements aigus. Elena leva les yeux à l'instant où les goélands s'indignaient à leur tour. Le nez en l'air et les yeux écarquillés par la frayeur, Tikal agrippa le cou mince de la guérisseuse.

— Qu'est-ce qu'il a ? s'enquit Elena, intriguée.

Mama Freda avait elle aussi tourné son visage vers le ciel.

— Je vois ce que voit Tikal, dit-elle sur un ton inquiet. Il a une vision plus perçante que celle d'un humain. Un étrange oiseau se dirige vers nous.

— La wyverne. (Elena scruta le ciel en quête d'une tache noire.) Elle a dû revenir.

— C'est bizarre, marmonna la guérisseuse.

Puis Elena la vit. La créature jaillit de l'éclat du soleil, comme si elle venait juste de naître de ses feux. Son plumage flamboya tandis qu'elle filait à travers l'azur et disparaissait par intermittences derrière des nuages blancs.

Comme elle piquait droit vers les deux femmes, celles-ci battirent précipitamment en retraite. Elena trébucha sur la canne de Mama Freda et tomba. Des cris résonnèrent derrière elles, signalant que leurs compagnons avaient eux aussi repéré l'agresseur, mais le regard de la jeune femme était rivé sur le prédateur ailé. Celui-ci était beaucoup trop petit pour être la wyverne. Alors, de quoi pouvait-il bien s'agir ?

Elena leva sa main rouge, tâtonnant autour d'elle en quête d'un objet sur lequel se blesser pour libérer sa magie.

Puis ce fut trop tard.

L'oiseau déploya ses larges ailes étincelantes. Croyant qu'il allait l'attaquer, Elena hoqueta et rentra instinctivement la tête dans les épaules. Mais l'oiseau se contenta de se poser gracieusement sur le bastingage. Il resta perché là, le bec ouvert et les ailes écartées pour se rafraîchir. La brillance de son plumage s'estompa juste assez pour révéler sa blancheur neigeuse. La tête penchée sur le côté, il étudia Elena de ses yeux ronds et noirs.

—Le faucon de soleil, lâcha Méric sur un ton respectueux.

Elena se releva avec prudence. Elle ne voulait pas faire de mouvement brusque face à l'énorme rapace, qui devait mesurer quatre pieds de haut.

—« Le faucon de soleil » ? répéta-t-elle.

Elle se souvenait du petit faucon de lune qui avait conduit Méric à elle, si longtemps auparavant.

—C'est l'oiseau de la reine Tratal, répondit l'el'phe. Le héraut de la maison Étoile-du-Matin.

Flint les avait rejoints. Perplexe, il demanda :

—Mais que fait-il ici ?

Méric se tourna vers ses compagnons.

—Elle arrive. La reine en personne a quitté Fort-Tempête.

—Mais pourquoi ? s'étonna Elena.

L'inquiétude voila le regard de Méric.

—Elle vient reprendre les terres dont nos ancêtres ont été bannis. (De la main, il désigna le rapace.) Son faucon de soleil annonce le début imminent d'une guerre.

Ses sensations lui revinrent tel un vieux cauchemar.

Ce fut d'abord un murmure sur sa peau, une caresse si glaciale qu'elle le brûla presque. Puis des sons : un chœur de hurlements à la fois lointains et proches, comme le souffle d'une amante. Ils se répercutèrent à l'intérieur de sa tête, l'implorant de se laisser de nouveau sombrer dans l'oubli.

Mais il lutta contre la tentation et s'arracha à l'obscurité liquide dans laquelle il était en train de se noyer. En récompense de ses efforts, il fut assailli par une puanteur de mort qui le suffoqua, puis par une explosion de lumière blanche qui fit voler les ténèbres en éclats.

— Il se réveille, annonça une voix au-delà de la clarté aveuglante.

Se débattant dans un océan de sensations, le noyé fit enfin surface. Des fragments d'images s'assemblèrent comme les pièces d'un puzzle. Il gisait sur le dos, sur une dalle de pierre aussi dure et froide que le marbre d'une crypte. La caresse glaciale sur sa peau révélait qu'il était nu.

Comme sa tête basculait mollement sur le côté, il découvrit des murs faits de blocs de granit empilés. En hauteur, des meurtrières laissaient entrer très peu de soleil et beaucoup de vent froid.

De nouveau, la voix rauque résonna derrière lui.

— Il résiste.

Une autre voix répondit. Elle lui parut étrangement familière – un murmure exhalé par un passé mort et enfoui depuis longtemps.

— Sa magie le protège toujours. Il ne se laissera pas convertir par les arts obscurs.

Le dormeur luttait pour comprendre ces paroles. Mais, pour l'instant, il ne vivait que dans ses sensations. Peu lui importait qui étaient ces gens. Son esprit embrumé ne se demandait même pas qui il était, lui.

—Alors, que faisons-nous de lui ? Il aurait dû mourir quand il a pénétré dans le Weir.

—C'est à cause de son poing de fer, répondit la voix dont la familiarité perturbait le dormeur. Le talisman avait le pouvoir de l'ouvrir. Pour ce qui est d'avoir survécu à ce sombre chemin... Là encore, la magie du Journal Sanglant l'a protégé.

Tandis que le dormeur poursuivait son ascension vers la conscience, son esprit se mit à relever des informations autres que les odeurs ambiantes et les frissons qui l'agitaient. Il commença à se focaliser sur des sujets plus importants. Qui étaient ces gens ? Il porta sa main à sa figure et fit courir un doigt sur ses lèvres. *Et moi, qui suis-je ?*

—Oublie ton nouveau plan. On devrait le tuer, un point c'est tout, affirma la voix rauque.

... Rauque parce que durcie par de nombreux hivers, réalisa le dormeur. Elle devait appartenir à un homme âgé.

—Non, répondit l'autre d'une voix beaucoup plus jeune et plus vigoureuse.

—Pourquoi ? Quelle différence cela fait-il ? La sor'cière le croit déjà mort. Et elle viendra quand même.

—Qu'elle vienne ou non, cela n'influera en rien sur ma décision.

—Mais Elena devrait...

Autour du dormeur, la pièce et les voix s'estompèrent. Un seul mot demeura, aussi flamboyant qu'une torche, à la surface de sa conscience. « *Elena* ». Une image s'épanouit dans la clarté : celle d'une jeune femme aux yeux d'un vert pénétrant, au cou gracieux et aux cheveux couleur de flammes. Ce souvenir libéra tous les autres.

Au début, ce ne furent que quelques bribes éparses qui resurgirent dans sa mémoire. Un poing de fer dressé vers une sculpture noire. La réalité qui se déchire lorsque la statue se change en vortex d'énergie maléfique. Son corps irrésistiblement attiré par la gueule noire du vortex. Et puis… des ténèbres si anciennes et si abyssales qu'il n'existait pas de mot pour les décrire.

Frissonnant, il repoussa ce souvenir.

Alors, d'autres images s'engouffrèrent dans son esprit – un torrent de visages et d'histoires. Cinq siècles de vie remplirent presque instantanément le vide béant de sa conscience.

Mère d'en haut, qu'avait-il fait ?

Er'ril hoqueta. Ses pensées étaient enfin redevenues siennes. Sa peau nue brûlant de colère et de douleur, il lutta pour s'asseoir.

— Elena, marmonna-t-il en guise d'excuse.

Deux silhouettes entrèrent dans son champ de vision : une de chaque côté de lui.

Il connaissait bien le vieillard en robe noire, aux yeux vitreux et au visage ravagé par le temps.

— Greshym.

Le mage noir inclina la tête d'un air moqueur et leva le moignon de son poignet droit en un salut grossier.

— Ainsi, ton esprit aussi est réveillé, constata-t-il.

Er'ril l'ignora et se tourna vers le deuxième homme. Là où Greshym avait le dos courbé et les jambes arquées, son compagnon était grand, large d'épaules et se tenait très droit. Sous ses cheveux noirs soigneusement coupés, des yeux du même gris que ceux d'Er'ril soutinrent le regard du guerrier. Leurs iris avaient la teinte d'un matin d'hiver neigeux – la marque d'un véritable homme des plaines de Standi. Pourtant, ils n'irradiaient aucune chaleur fraternelle : juste de la froideur et des ténèbres.

Er'ril avait l'impression de scruter une tombe ouverte. Le choc le priva de l'usage de la parole.

L'homme qui lui faisait face ne semblait, lui, nullement incommodé.

— Bienvenue, mon cher frère, dit-il. Ça faisait longtemps.

— Shorkan, put enfin articuler Er'ril.

Le sourire de son cadet n'exprimait aucune joie : juste une promesse de douleur.

— Il était temps qu'on se retrouve.

Er'ril lui cracha à la figure.

— Tu n'es pas mon frère – juste un monstre qui arbore son visage.

Shorkan ne prit pas la peine d'essuyer la salive qui coulait sur sa joue.

— Tu réapprendras à m'aimer, soupira-t-il. Je te le promets.

— Jamais ! gronda Er'ril.

Shorkan leva une main. En réponse à ce signal, un troisième individu s'avança – un espion qui, jusque-là, était resté caché derrière Er'ril.

À sa vue, le guerrier manqua défaillir de nouveau.

— Non ! s'exclama-t-il, se souvenant de la nuit où, cinq siècles plus tôt, il lui avait passé son épée au travers du corps. Je t'ai tué !

L'enfant haussa les épaules. Une lueur meurtrière brillait dans ses yeux.

— Ne t'inquiète pas, homme des plaines. Je ne t'en tiens pas grief. Il faudrait bien plus qu'une lame ordinaire pour trancher ce qui me lie à ce monde.

C'était le jeune mage De'nal, dernier membre du trio qui avait forgé le Journal Sanglant un demi-millénaire auparavant. Ou, du moins, c'était ce qui restait de lui – le mal libéré par le sort. À l'époque, Er'ril avait cru avoir tué sa moitié maléfique. De toute évidence, il s'était trompé.

Shorkan fit un pas vers lui.

— À présent que tous les protagonistes de cette fameuse nuit d'hiver à Gelbourg sont de nouveau réunis, nous pouvons commencer.

Er'ril regarda les trois mages.

— Je ne vous laisserai pas faire de mal à Elena.

— Tu te méprends sur mes intentions, mon frère. Puisque te voilà enfin parmi nous, la sor'cière ne compte plus. Si nous réussissons, elle deviendra un vulgaire jouet pour notre maître.

— Si vous réussissez à quoi faire ?

Ce fut Greshym qui répondit de sa voix éraillée :

— À corriger notre erreur.

Er'ril détailla les trois visages à l'expression dure et au regard impitoyable.

Shorkan se chargea d'achever l'explication.

— Ensemble, avec ton aide, nous allons lancer le sort une seconde fois et délier le livre. Ainsi le Journal Sanglant sera-t-il détruit à jamais.

LIVRE TROISIÈME

FRÈRES DES DRAGONS

13

Dans les profondeurs de l'estomac du léviathan, Kast se sentait prisonnier – cerné par des murs vivants. Il suivait Sy-wen le long d'un couloir tortueux, laissant courir une main sur la paroi. La peau de la créature aquatique était tendue entre des traverses osseuses. Sous sa paume, Kast sentait les vibrations du cœur du léviathan.

Avec un léger frisson, il retira sa main. Habiter à l'intérieur d'un être vivant était un concept si étranger à son esprit dre'rendi qu'il avait du mal à le concevoir, et encore plus à l'accepter. L'océan et l'air libre étaient le véritable foyer des Sanguinaires – pas cette succession de passages exigus et de cellules minuscules tapis sous la peau d'une bête gigantesque qui nageait à plusieurs lieues de profondeur.

Sy-wen parut sentir le malaise du jeune homme. Elle lui jeta un coup d'œil par-dessus son épaule mince et, repoussant ses longs cheveux verts en arrière, dit :

— Nous ne sommes plus très loin. La chambre du Conseil est au bout du couloir.

Mais la tension de sa bouche trahissait son inquiétude.

Kast acquiesça, peu réconforté, et continua à suivre la mer'ai. Autour de lui, les murs irradiaient une douce phosphorescence perpétuelle – mais, en l'absence d'autre lumière, ses yeux commençaient à lui faire mal. Sous ses pieds nus, le plancher vivant s'enfonçait à chacun de ses pas, ajoutant à sa désorientation. Marcher sur un sol aussi spongieux réclamait un certain entraînement.

Comme il se concentrait sur sa démarche, Kast remarqua que même l'air clochait. Il était trop humide. Le Sanguinaire avait appris que les léviathans filtraient l'air présent dans l'océan et s'en servaient pour remplir les cavités corporelles qu'ils partageaient avec les mer'ai. Frissonnant de nouveau, il pressa le pas pour se rapprocher de Sy-wen. Il ne voulait plus penser au lieu répugnant dans lequel il se trouvait.

— Crois-tu que ta mère acceptera ton plan ? demanda-t-il en rejoignant la jeune fille.

Sy-wen haussa les épaules.

— Peu importe. Les anciens sont cinq. Il nous faut leur accord à tous.

— Mais si nous réussissons à convaincre ta mère, les quatre autres se rangeront peut-être à son avis, fit valoir Kast. Elle représente notre meilleur espoir de mettre le conseil dans notre poche sur ce point.

Sy-wen ralentit.

— Je crains que ma mère soit celle qui nous donnera le plus de fil à retordre, avoua-t-elle. Après que j'eus pratiquement tué Cérite…

Elle n'acheva pas sa phrase.

— Au final, tu as sauvé la vie de son dragon, lui rappela Kast.

— Non. C'est le sang de Ragnar'k qui a guéri ses blessures. (Sy-wen s'arrêta et se tourna vers le Sanguinaire.) Depuis mon retour de Val'loa, ma mère ne m'a pas regardée une seule fois dans les yeux, et encore moins adressé la parole. Elle éprouve une haine féroce envers toutes les choses associées aux ter'restres. Et, maintenant, je fais partie du lot. Elle craint que j'appartienne désormais au monde de pierre et de poussière.

Alors, ne compte pas trop sur nos liens de sang pour influencer son opinion.

— Pourtant, le conseil a accepté de nous aider durant la bataille à venir.

— Oui, pour honorer l'ancienne dette de notre peuple envers les mages de Val'loa qui nous ont aidés à échapper au Gul'gotha – pas par loyauté ou compassion vis-à-vis des peuples d'Alaséa. (Sy-wen se détourna et se remit en marche dans l'étroit couloir.) Ma mère n'est pas l'amie des ter'restres.

Ils poursuivirent leur trajet en silence. Kast ne savait pas comment remédier à l'humeur maussade de Sy-wen. Depuis qu'ils avaient quitté la côte pour se mettre en quête des Sanguinaires et de leurs navires de guerre, la jeune fille avait sombré dans une profonde mélancolie, dont rien ne parvenait à la tirer. Kast pouvait mettre sa propre morosité sur le compte de son environnement : il n'avait pas vu le ciel depuis presque une lune, et son anxiété grandissait un peu plus chaque jour. Mais le léviathan était le foyer de Sy-wen. Être là aurait dû la réconforter.

Tout en suivant la jeune fille, Kast détailla la courbe de son dos nu et les rondeurs soulignées par le pantalon en peau de requin qui moulait ses jambes. Il avait encore du mal à accepter l'idée que cette mer'ai et lui étaient liés. Portant une main à sa joue, il effleura le tatouage de magie et d'encres empoisonnées qui courait depuis son cou jusqu'à son oreille. Il savait ce que ce motif dissimulait : un énorme reptile aux écailles noires et aux yeux rouges, le dragon aquatique Ragnar'k. C'était lui, le véritable Lié de Sy-wen – le monstre tapi sous sa peau.

Comme ses doigts caressaient machinalement le tatouage, Kast sentit une légère chaleur affluer à la surface de sa chair. Des émotions conflictuelles s'agitaient en son sein. Une partie de lui enrageait contre la malédiction dont il était victime, celle qui le condamnait à jamais à être mi-homme, mi-dragon.

Une autre partie voulait juste que Sy-wen le regarde dans les yeux et lui touche la joue, voulait juste sentir de nouveau la brûlure et l'extase de ce contact – puis redevenir véritablement le Lié de la mer'ai. Mais était-ce son souhait à lui ou le rêve du dragon Ragnar'k, qui n'aspirait qu'à recouvrer sa liberté ?

Kast secoua la tête. Dragon ou pas, il était avant tout un homme. Et, dans le tumulte de ses pensées, une chose se détachait clairement. Depuis leur première rencontre, Sy-wen faisait bouillir son sang. Pas à cause d'une vieille dette ou d'un lien magique ; c'était comme si la jeune fille remplissait un trou dans son cœur, un vide dont il n'avait jamais eu conscience auparavant. Il savait que, d'une certaine façon, Sy-wen le complétait. De là naissait le ressentiment qu'il éprouvait envers sa malédiction. Il ne voulait pas partager sa bien-aimée avec le dragon caché en lui. Et cela suscitait d'autres questions, d'autres inquiétudes qui le tenaient éveillé jusqu'au milieu de la nuit. À qui Sy-wen était-elle réellement liée : Kast ou Ragnar'k ? Et, en l'absence du dragon, s'intéressait-elle encore au Sanguinaire ?

Kast sentait que Sy-wen était en proie aux mêmes interrogations. Souvent, il la surprenait à lui jeter un regard en biais quand elle pensait qu'il ne faisait pas attention à elle. Ses yeux d'argent le jaugeaient. Et, dans ses prunelles, Kast décelait de la confusion. Il était clair qu'elle se méfiait de ses propres sentiments. Quelle part de son désir était commandée par la magie, et quelle part venait de son propre cœur ?

Kast aurait aimé connaître les réponses. Mais, depuis les épreuves qu'ils avaient traversées ensemble sur Val'loa, Sy-wen se montrait distante. Elle refusait de discuter de ça avec lui, n'était pas encore prête à explorer les ramifications de leur lien.

— Nous sommes arrivés, déclara la jeune fille, une pointe d'anxiété dans la voix. (Elle s'était arrêtée et tendait un doigt vers le bout du couloir.) La chambre du Conseil.

Un garde mer'ai se tenait, très raide, devant un rideau. Comme Sy-wen, il ne portait qu'un pantalon en peau de requin. Sa poitrine huilée et glabre scintillait presque dans la douce lueur des murs. Une longue crinière vert clair aux reflets cuivrés pendait librement jusqu'à sa taille. Dans sa main, il tenait une lance terminée par une dent de requin.

— Maîtresse Sy-wen, bienvenue, lança-t-il à l'approche des deux visiteurs. Votre mère et les autres vous attendent.

Il ne jeta pas le moindre coup d'œil à Kast. Le Sanguinaire avait eu le temps de s'habituer à ce genre d'affront : les mer'ai n'éprouvaient que dédain pour ceux qui vivaient en surface. Dans leur bouche, le mot « ter'restre » était la pire des insultes.

Mais Sy-wen se hérissait chaque fois que l'on manquait de respect à son compagnon. Ses joues s'empourprèrent, et elle regarda sévèrement le garde, refusant de répondre à son salut tant qu'il n'aurait pas remédié à sa grossièreté.

— Et bien sûr, maître Kast, finit par ajouter l'homme, les dents serrées. Le conseil vous attend tous les deux.

Sy-wen acquiesça froidement.

— Merci, Bridlyn. Si vous voulez bien nous annoncer aux anciens – nous annoncer *tous les deux*…

Le garde s'inclina et posa une main au centre du rideau. Au lieu de s'écarter ou de pivoter tel un battant sur ses gonds, celui-ci s'ouvrit comme une bouche, ses tissus se rétractant pour se replier le long des murs. Bien que courant, ce phénomène mettait toujours Kast mal à l'aise. Impossible de se croire dans un endroit normal quand les portes s'ouvraient de cette façon.

Le garde franchit le seuil et pénétra dans la pièce au-delà. Il les présenta de manière cérémonieuse, mais Kast était trop stupéfait par la vision qui s'offrait à lui pour l'entendre.

Bien que relativement petite, la chambre du Conseil paraissait immense : une illusion créée par le mur de droite, où la peau du léviathan était transparente comme du verre soufflé. Le bleu profond de l'océan semblait s'étendre à l'infini. Autour et au-dessus, des bancs de poissons et des amas d'algues ondulantes dépassaient le très lent et très imposant mastodonte. En dessous, le fond de roche et de corail était festonné d'anémones pareilles à des joyaux vivants, dont certaines irradiaient leur propre lumière intérieure. Au loin, Kast remarqua plusieurs patrouilles de mer'ai montés sur des dragons aquatiques de toutes les couleurs : jade, albâtre, cuivre ou or.

Le spectacle coupa le souffle à Kast. Le Sanguinaire ne réalisa pas qu'il s'était arrêté jusqu'à ce que Sy-wen lui touche le bras et l'entraîne vers un petit escalier d'os qui descendait. Même alors, il ne put que suivre la jeune fille, les yeux écarquillés et l'air hébété.

Lorsqu'il arriva au bas des marches, sa stupéfaction initiale se mua en simple émerveillement. Il put de nouveau se concentrer sur les conversations autour de lui. Bridlyn battait déjà en retraite vers le haut de l'escalier. La vue de sa grimace dédaigneuse aida Kast à se ressaisir tout à fait. Il ne voulait pas se comporter comme un enfant qui découvre le monde.

Tournant le dos à la baie transparente, le Sanguinaire détailla le reste de la chambre. Les cinq anciens étaient assis derrière une table incurvée en corail poli. Parmi eux, Kast reconnut une femme au port de tête majestueux dont les traits lui rappelaient Sy-wen. Cependant, la chaleur du regard de la jeune fille s'était depuis longtemps changée en cendres dans le regard de sa mère.

— C'est la mort de mon père, avait expliqué la jeune fille à Kast un peu plus tôt. Ça a tué quelque chose en elle aussi.

Même la présence de sa fille ne suffisait pas à rallumer la moindre étincelle dans les yeux froids de cette femme.

Sy-wen se tenait face à la table. À la façon dont elle voûtait légèrement les épaules et tordait ses mains dans son dos, Kast devina qu'elle était blessée par l'attitude de sa mère. Au lieu de s'adresser directement à celle-ci, elle se tourna vers le plus âgé des membres du Conseil, maître Edyll.

— Nous venons vous soumettre une requête, dit-elle sans préambule.

— C'est ce qu'il semblerait, mon enfant, acquiesça le vieil homme.

Maître Edyll était très âgé pour un mer'ai. Ses cheveux avaient viré à l'argent, mais on ne pouvait se méprendre sur l'intelligence qui brillait dans ses yeux, ni sur la douceur de son sourire.

— Pourquoi tant de raideur et de formalité ? ajouta-t-il. As-tu déjà oublié qu'il n'y a pas si longtemps je te faisais sauter sur mes genoux ?

— Bien sûr que non, oncle... maître Edyll.

Kast rejoignit la jeune fille, qui avait rougi, et lui posa une main sur l'épaule.

— Puis-je prendre la parole ? demanda-t-il en voyant qu'elle hésitait à continuer.

Un peu de la bonne humeur d'Edyll s'évapora – mais pas la totalité.

— Nous vous écoutons, maître Kast.

— Sy-wen et moi sollicitons la permission de quitter le léviathan.

— Dans quel but ?

— Les légions mer'ai fouillent les Récifs depuis près d'une lune ; pourtant, les Sanguinaires continuent à nous échapper. Le temps presse.

— Et avez-vous une idée de l'endroit où les vôtres pourraient se cacher ? s'enquit Edyll.

Kast se passa la langue sur ses lèvres sèches.

— Non, monsieur. Mais les mer'ai se déplacent trop lentement dans ces eaux.

Des murmures indignés s'élevèrent de la table du Conseil. Les mer'ai n'aimaient pas qu'on leur rappelle leurs limitations. Seuls Edyll et la mère de Sy-wen gardèrent le silence.

— Une fois de plus, maître Kast, que proposez-vous ? demanda le vieil homme après que les autres se furent calmés.

— Je propose que Sy-wen libère Ragnar'k. Sa capacité à voler facilitera grandement nos recherches, et…

Pour la première fois, la mère de Sy-wen prit la parole.

— Non. Nous en avons déjà discuté au moment de quitter la côte. Ce n'est pas prudent. Un dragon seul ne peut rien face à la flotte dre'rendi. À moins d'être devenus très négligents, les Sanguinaires n'auront pas de mal à remarquer une grosse tache noire en train de les survoler. Et même si vous échappez à leurs flèches, vous trahirez notre présence. Or, pour avoir une chance de coincer les Dre'rendi et de les soumettre à notre volonté…

Ce fut au tour de Kast de se hérisser.

— De les soumettre à votre volonté ? Vous prenez-vous toujours pour les maîtres, et nous pour vos esclaves ? Les Dre'rendi ont rougi ces eaux de leur sang afin que les mer'ai puissent s'échapper dans les Profondeurs. Ce sont nos navires qui ont retenu les forces du Gul'gotha pour vous permettre de vous enfuir. Et vous voudriez revenir pour nous réduire de nouveau en esclavage ? Nous avons payé notre liberté au prix du sang !

L'expression glaciale de la mère de Sy-wen ne changea pas d'un iota.

— Nous connaissons l'histoire de nos deux peuples. Nous savons également que les Dre'rendi ont plus d'une dette à payer avant de pouvoir être véritablement libres. (Elle désigna sa propre joue.) Continuez-vous à marquer vos fils avec l'effigie du faucon des mers ?

— Oui. Nous n'avons pas oublié nos anciens serments.

— Mais savez-vous pourquoi nous vous avions demandé de le faire ?

Kast se souvint du moment où Sy-wen s'était liée à lui. Pendant le sort, ils avaient partagé une vision du passé, un accord conclu à bord d'un navire à la proue en forme de dragon. L'ancêtre de Kast avait accepté de marquer chaque enfant mâle parvenu à maturité avec un faucon des mers tatoué à l'encre de poisson-lune et de poulpe des récifs.

Les doigts du Sanguinaire effleurèrent sa joue et son cou. Jadis, un faucon des mers s'était bel et bien détaché sur sa peau à cet endroit. Et la première fois que Sy-wen l'avait touché – avant que le dragon s'empare de lui et change son tatouage –, elle l'avait soumis à sa volonté, réduit en esclavage pour la durée de ce contact.

Kast balaya le Conseil du regard.

— Pourquoi ? demanda-t-il sur un ton dur. Que voulez-vous encore de mon peuple ? Je suis sûr que les Dre'rendi accepteront librement de combattre le Gul'gotha. Vous n'aurez pas besoin de les y forcer.

— Vous vous méprenez, maître Kast, déclara Edyll.

— Sur quel point ?

Un sourire amusé releva les coins de la bouche du vieil homme.

— Ne vous en êtes-vous jamais douté ? (Comme Kast gardait le silence, il poursuivit :) Dans la langue de jadis, votre nom même révèle votre secret. « Dre'rendi » signifie « Frères des dragons ».

Edyll attendit que Kast réalise. Mais le Sanguinaire secoua la tête.

Le vieil homme soupira.

— Le tatouage n'est pas destiné à réduire les Dre'rendi en esclavage, maître Kast, mais à les ramener chez eux. Nos deux peuples doivent être réunis.

Le Sanguinaire avait du mal à respirer.

— Que voulez-vous dire ?
— Que vous et les vôtres êtes des mer'ai, maître Kast.

Debout près du beaupré, Pinorr di'Ra, le vieux chaman de l'*Éperon de dragon*, observait l'océan désert.

La brise matinale agitait ses longs cheveux blancs. Il repoussa les mèches qui lui tombaient dans les yeux. Jadis, quand sa chevelure était encore noire, il la portait tressée, à la manière des guerriers. Mais c'était il y a bien longtemps, avant que le *rajor maga* s'empare de lui. Les dieux de la mer avaient réclamé ses services. On lui avait pris son épée ; il avait dû défaire sa tresse et enfiler des robes de chaman. Ce jour-là, il avait connu simultanément la honte et les honneurs. À ce souvenir, il pinça les lèvres. Puisse-t-il ne jamais souffrir une autre journée comme celle-là.

En soupirant, Pinorr étudia les vagues. Depuis son réveil, la mer l'appelait – et cet appel se manifestait par une douleur sourde à l'intérieur de son crâne. À son âge, il connaissait bien ce phénomène.

— Que veux-tu ? murmura-t-il à l'immense étendue d'eau qui se déployait devant lui. Ne peux-tu laisser un vieillard à son lit douillet et à ses rêves du passé ?

Mais il connaissait la réponse à cette question. Nul ne pouvait se dérober à la volonté de l'océan.

Fermant les yeux, Pinorr projeta ses perceptions. Il mit de côté le parfum de l'iode et ignora la caresse de la brise sur ses joues rasées. Il fouilla beaucoup plus loin que sa propre peau. Déployant ses perceptions jusqu'à l'horizon, il trouva enfin ce qu'il cherchait : un soupçon d'électricité dans l'air, un gémissement lointain. Il connaissait les signes avant-coureurs. Une tempête féroce se préparait dans le sud.

Les sourcils froncés, Pinorr rouvrit les yeux. La journée était claire et le ciel bleu ; pourtant, d'ici la tombée de la nuit, l'océan rugirait et le vent hurlerait. Ces orages méridionaux étaient les pires : ils fouettaient les nuages venus des tropiques, les envoyant déverser leur chargement de pluie et de foudre sur les bateaux qui naviguaient dans les Récifs. Les oreilles emplies du grondement du tonnerre, Pinorr fixa l'endroit où l'océan et le ciel se rejoignaient. Ce qui couvait à l'horizon était l'une des pires tempêtes possible : une naufrageuse.

Sale nouvelle pour la flotte.

Pinorr cracha dans la mer, ajoutant son eau et son sel aux siens afin de remercier les dieux d'en dessous pour leur avertissement.

— Papa, dit une petite voix près de son genou. Ils arrivent.

Pinorr continua à fixer l'horizon. L'enfant assise à ses pieds n'était pas sa fille, mais celle de son fils aîné, dont l'esprit était retourné aux vagues avant même la naissance du bébé. Et, parce que sa mère était morte en couches, Sheeshon n'avait pas connu d'autre gardien que Pinorr. Au début, le vieil homme avait tenté de lui faire comprendre qu'il n'était pas son père. Mais la pauvre enfant était simple d'esprit, incapable de saisir la différence. Il avait fini par la laisser croire ce qu'elle voulait.

Qui arrive, Sheeshon ? demanda-t-il d'une voix douce, entrant dans le jeu de la fillette.

Il s'agenouilla près d'elle. Sheeshon avait presque dix hivers, mais elle était toujours aussi naïve qu'une enfant de trois ou quatre ans. Quand sa mère était morte dans les bras de la sage-femme, on avait dû lui ouvrir le ventre pour extirper le bébé de son corps qui refroidissait déjà. Malheureusement, les guérisseurs n'avaient pas été assez rapides. L'esprit de la fillette avait été endommagé par ce contact prématuré avec la mort.

De la manche de sa robe, Pinorr essuya la bave qui coulait sur le menton de l'enfant et lissa ses longs cheveux noirs en arrière. Bien qu'innocent, son visage ne pourrait jamais être considéré comme joli. La paupière de son œil gauche était à demi affaissée, et elle ne contrôlait que partiellement sa bouche du même côté. C'était comme si la moitié de son visage avait fondu ainsi que de la cire. Pinorr lui toucha la joue. *Qui s'occupera de toi quand je ne serai plus là ?* songea-t-il tristement.

Sheeshon ignora sa caresse comme elle avait ignoré sa question. Elle était concentrée sur le morceau d'os de baleine qu'elle sculptait à l'aide d'un petit couteau.

— J'ai presque fini, papa.

Le sérieux de son expression fit sourire Pinorr. Bien que simple d'esprit, Sheeshon était très habile de ses mains. Ses doigts agiles palpaient l'os, le creusaient, le lissaient. Une enfant aussi douée aurait facilement pu devenir l'apprentie d'un maître sculpteur ; hélas, l'infirmité de Sheeshon lui rendait ce rêve inaccessible. Pinorr se pencha vers elle.

— Qu'est-ce que tu sculptes, ma chérie ?

L'enfant le repoussa.

— Ne regarde pas ! Je dois me dépêcher. Ils arrivent !

Ses sourcils froncés et ses traits crispés trahissaient une intense détermination.

— Viens, ma chérie, je dois aller voir le maître de quille. Une tempête approche.

Pinorr voulut prendre l'enfant par l'épaule.

— Non ! s'exclama Sheeshon en le piquant avec son petit couteau pour l'éloigner. Je dois finir !

Pinorr frotta l'égratignure qu'elle venait de lui faire sur le dos de la main. Il se rembrunit – non de colère, mais de surprise. En temps normal, Sheeshon était extrêmement docile, très facile à diriger. Ce comportement inhabituel inquiétait Pinorr. Pour y faire face, il prit sa voix la plus cinglante, celle qui avait fait et faisait encore trembler maints maîtres de quille.

— Sheeshon, tu reprendras ta sculpture après le déjeuner. J'ai du travail. Tu veux que je te laisse avec Mader Geel ?

Les doigts de l'enfant se figèrent. Enfin, elle leva vers lui un visage aux yeux tristes et aux joues baignées de larmes.

— Non, papa.

Pinorr se sentit instantanément plus minable qu'un cafard. En soupirant, il se pencha vers Sheeshon et lui prit les mains dans ses grands doigts osseux. Les menottes de la fillette étaient pareilles à deux braises dans ses paumes. Elle devait avoir de la fièvre. Était-ce la raison de sa brusque impétuosité ? Pinorr regretta encore davantage de lui avoir parlé durement.

— Je suis désolé, Sheeshon, mon petit cœur.

Il la prit dans ses bras et l'embrassa sur le dessus de la tête. L'enfant marmonna quelque chose contre sa poitrine. Il l'écarta doucement de lui et demanda :

— Qu'est-ce que tu dis, ma chérie ?

— Ils sont presque là, répéta Sheeshon en se dérobant à son regard.

Elle tenait toujours la figurine qu'elle était en train de sculpter, mais n'essayait plus de la terminer.

— Je peux voir ? demanda Pinorr en la désignant du menton.

Sheeshon hésita, puis déplia lentement ses doigts crispés.

— Je n'ai pas fini, dit-elle avec une moue boudeuse. Je ne vois pas bien ce que ça va donner tant que je n'ai pas fini

— Ce n'est pas grave. Tu auras tout le temps après le repas du zénith.

Pinorr prit le morceau d'os de baleine que la fillette lui tendait et se rassit sur ses talons en le levant dans la lumière du soleil.

Stupéfait, il cligna des yeux. C'était une figurine magnifique – et dire que Sheeshon la considérait inachevée ! La finesse des détails, l'esthétique des courbes, la symétrie des ailes fragiles, tout était absolument parfait. Pinorr fit pivoter la sculpture pour l'examiner sous tous les angles. Ç'aurait pu être l'œuvre d'un maître artisan.

— Je voulais peindre le dragon en noir, papa. Il doit être noir ! (Sheeshon tapa du poing sur les planches du pont ; la frustration faisait trembler sa voix.) Et les cheveux de la fille doivent être verts comme les algues !

— Quelle fille ? demanda Pinorr.

Puis il réalisa qu'une frêle silhouette était juchée sur le dos du dragon, si minuscule par rapport à l'énorme créature qu'il ne l'avait pas remarquée jusque-là.

— Qui est-ce ? demanda-t-il à Sheeshon.

L'enfant fit une grimace en coin, l'un des côtés de sa bouche demeurant flasque.

— Papa, c'est la fille qui arrive ! Tu m'écoutes, oui ou non ?

Son imagination fit sourire Pinorr.

— Ah, donc, son dragon et elle viennent te rendre visite. (Il lui rendit la petite sculpture.) D'où viennent-ils ?

Serrant la figurine contre sa poitrine, Sheeshon promena un regard à la ronde pour s'assurer que personne ne les écoutait. Le pont était désert. Satisfaite, elle tourna des yeux écarquillés vers Pinorr.

— De dessous les vagues.

— Ah, donc, c'est un dragon aquatique, comme dans les histoires sur les mer'ai.

— Mais en plus de nager, celui-ci peut voler dans le ciel, précisa Sheeshon.

Elle leva la figurine et la fit piquer puis redresser dans les airs.

— Je vois, acquiesça Pinorr sans la contrarier. Tu crois qu'ils t'emmèneront avec eux dans leurs grandes aventures ?

Sheeshon s'immobilisa et planta son regard dans celui du vieil homme. Elle avait l'air choqué.

— Oh non, papa ! Ils vont nous tuer.

Puis elle se remit à jouer.

Assis sur ses talons, Pinorr observa la malheureuse enfant de son fils. Il se frotta les mains comme pour chasser la poussière d'os de baleine incrustée dans sa peau. Et aussi – surtout – pour chasser le froid qui venait de l'envahir.

Ce ne sont que les divagations d'un esprit malade, se raisonna-t-il en se levant. Mais, dans ses oreilles, il entendait encore le grondement lointain de l'orage à venir. Il regarda l'océan paisible tandis que la foudre et le tonnerre se répercutaient dans sa tête.

À présent, il en était certain. Que ce soit sur les ailes d'une tempête ou sur celles d'un dragon, leur fin à tous se précipitait vers eux.

Sy-wen regarda le Sanguinaire à l'expression stupéfaite. Elle était tout aussi choquée que lui. Comment Kast pouvait-il être un mer'ai ? Le jeune homme s'écarta de la table de corail, comme pour échapper aux paroles de l'ancien. Tout le sang avait reflué de son visage, faisant ressortir le tatouage de Ragnar'k, à la manière d'une flamme noire sur sa joue et dans son cou.

— Ça n'a pas de sens, marmonna-t-il.

Sy-wen fit face au Conseil. Maître Edyll devait sûrement plaisanter aux dépens du pauvre Sanguinaire. Kast ne possédait aucune des caractéristiques de son peuple : il n'avait ni doigts palmés ni paupières internes. Même son teint bronzé contrastait avec la peau des mer'ai, si pâle qu'elle en devenait luminescente.

C'étaient ces différences qui avaient tout d'abord attiré Sy-wen vers lui. Aujourd'hui encore, voir Kast suffisait à lui remuer le cœur. Ses traits endurcis par les intempéries, sa peau hâlée, ses cheveux noirs comme l'océan à minuit le démarquaient radicalement des mer'ai. Il était pareil à une île de granit au milieu d'une mer tiède.

Percevant la confusion de Sy-wen, maître Edyll resta assis en silence, l'ombre d'un sourire aux lèvres. À côté de lui, la mère de Sy-wen était aussi immobile qu'une statue. Les autres membres du Conseil marmonnaient entre eux, visiblement perturbés par la révélation de leur aîné.

Maîtresse Rupeli, une petite femme arrogante qui se maquillait les joues avec des couleurs criardes, pivota dans son siège pour faire face à Edyll.

— Vous parlez trop, le prévint-elle. Vous êtes peut-être le chef du Conseil, mais ça ne vous donne pas le droit de révéler les secrets des mer'ai à ce… cet étranger.

— Ce n'est pas un étranger, contra Edyll. C'est un homme de la mer, comme tous les Dre'rendi. Et surtout, que cela vous plaise ou non, c'est aussi un mer'ai.

Sy-wen ne put se contenir plus longtemps.

— Mais Kast ne nous ressemble en rien ! protesta-t-elle. Regardez-le ! Comment pouvez-vous dire que c'est un mer'ai ?

Elle sentit le Sanguinaire tourner la tête vers elle. Son regard lui brûla les joues. Elle n'avait pas voulu formuler son objection de manière aussi hautaine, comme s'il était indigne d'être qualifié de mer'ai.

En lui adressant une petite grimace d'excuse, elle vit dans ses yeux combien il était blessé. Jamais elle n'aurait dû parler sans réfléchir. Depuis quelques jours, elle sentait que Kast nourrissait des sentiments pour elle. Mais, faute de savoir où elle en était, elle faisait semblant de ne pas s'en rendre compte. Le Sanguinaire attendait un mot d'elle, un signe indiquant qu'elle partageait ses sentiments. Et voilà comment elle récompensait sa patience et sa gentillesse : par du dédain.

Très raide, Kast reporta son attention sur le Conseil.

— Sy-wen a raison. (Il leva ses mains, doigts écartés pour mettre en évidence l'absence de membrane entre eux.) Aucun de mes frères ne présente les caractéristiques des mer'ai. Vous vous trompez.

Maître Edyll se rembrunit.

— Puisque vous êtes si certain de vos origines, racontez-moi votre histoire. D'où viennent les Dre'rendi ? Dans quelle contrée vos clans ont-ils vu le jour ?

Sy-wen observa Kast, attendant sa réponse. Le Sanguinaire se dandina d'un pied sur l'autre.

— Nous n'avons pas de patrie, dit-il enfin. On raconte que nous sommes nés de la mer elle-même et que, par jalousie, la Terre nous a maudits – transformés en hommes ordinaires afin que nous ne puissions jamais regagner notre foyer aquatique. Exilés du sein de notre génitrice, nous chevauchons les vagues en cherchant un moyen de rentrer chez nous.

Le sourire de maître Edyll réapparut.

— Ce n'est qu'une de ces histoires qu'on raconte le soir au coin du feu, grogna Kast en le foudroyant du regard. Un mythe. Mais je vois ce que vous pensez. Selon vous, ça signifie que nos deux peuples partagent le même héritage. Je vous le répète : vous vous trompez. Nous ne partageons rien avec vous, sinon notre relation passée de maîtres et d'esclaves.

— Vous avez tout faux, même sur ce point, affirma calmement Edyll.

— Expliquez-vous, vieil homme, exigea Kast, une lueur inquiète dans le regard.

Au lieu de cela, Edyll se tourna vers Sy-wen.

— Je suis navré, ma chérie. À l'exception de quelques érudits et des membres du Conseil, personne n'est au courant de ce que tu t'apprêtes à entendre. Je dois te demander de garder le secret.

Sy-wen jeta un coup d'œil à sa mère, mais celle-ci était toujours aussi distante, et elle refusa de soutenir son regard. En déglutissant, la jeune fille reporta son attention sur maître Edyll et acquiesça.

— Qu-quel secret ?

— La véritable histoire de notre peuple.

Sy-wen plissa le front.

— Mais je la connais déjà.

— Tu ne connais que ce que nous t'avons enseigné. La honte peut pousser les gens à faire des choses stupides – à mentir, y compris à eux-mêmes.

Edyll jeta un regard entendu aux autres membres du Conseil.

— Je ne comprends pas, dit Sy-wen.

— D'abord, je te demande de m'écouter sans idées préconçues. (Edyll détailla le Sanguinaire qui se tenait près d'elle.) Vous aussi, maître Kast. Ensuite, vous jugerez si je raconte vraiment des sornettes.

Kast se contenta de hocher la tête, le visage dur et les bras croisés sur la poitrine.

Edyll se laissa aller dans son fauteuil.

— Il y a très longtemps, avant même que les contrées d'Alaséa soient colonisées par l'homme, les mer'ai étaient des pêcheurs. Nous vivions dans des îles au large du Grand Océan.

Sy-wen l'interrompit.

— Vous voulez dire que nous vivions dans la mer, près de ces îles.

— Non, ma chérie : sur les îles mêmes, la détrompa Edyll. Jadis, nous étions des ter'restres.

Le choc fut énorme pour Sy-wen. Bien qu'elle ait passé du temps parmi les gens qui habitaient le long de la côte, bien qu'elle ait découvert leur noblesse et leur courage, cette idée lui donnait la nausée. Elle leva les mains, exposant ses doigts palmés comme pour réfuter la théorie d'Edyll, et protesta :

— C'est impossible !

— Et pourtant, répliqua sereinement le vieil homme.

— Du moins, c'est ce qu'affirment les textes anciens, intervint le plus jeune membre du Conseil, qui s'était tu jusque-là. (Maître Serre portait des morceaux de nacre et de corail poli dans ses cheveux vert pâle ; tout en parlant, il tripota une mèche tressée de perles qui pendait sur son épaule.) Nous ne sommes pas tous d'accord pour admettre qu'ils disent vrai.

Maîtresse Rupeli acquiesça.

— Certains d'entre nous savent que ces vieilles histoires sont de pures inventions. Pour ma part, je n'accepte pas vos suppositions, maître Edyll.

— Mes « suppositions » ? Tous les érudits se sont entendus sur la validité de ces écrits.

— Les érudits peuvent se tromper, affirma Serre, rejetant sa tresse en arrière.

— Même si ces textes ont bel et bien été rédigés du temps de nos origines, rien ne prouve qu'ils racontent la vérité, renchérit Rupeli. Je propose que nous…

— Assez ! tonna le dernier membre du Conseil, le sombre maître Héron. (Pour plus d'emphase, il tapa du poing sur la table.) Le passé est le passé, dit-il aigrement, son début de calvitie luisant dans la phosphorescence des murs. Nous perdons notre temps avec ces sornettes. Qu'importent nos origines ? C'est de la situation actuelle que nous devons nous préoccuper. Le Gul'gotha occupe Val'loa, et les sbires du Seigneur Noir arpentent l'océan. Il ne leur faudra pas longtemps pour nous débusquer et tenter de nous soumettre, comme ils l'ont fait avec les peuples d'Alaséa. Voilà de quoi nous devrions nous préoccuper.

Pendant cette tirade, Sy-wen avait observé maître Edyll. Le vieil homme était resté assis sans rien dire, les mains croisées dans son giron. Quand les autres se turent, il reprit la parole.

— Cet homme a le droit de savoir, dit-il doucement. (Il agita deux doigts en direction de Kast.) Vous ne pouvez nier l'évidence qui se tient devant vous.

Tous les anciens reportèrent leur attention sur le Sanguinaire.

— Quoi ? aboya Kast, ses lèvres pincées et ses yeux plissés exprimant clairement son irritation.

Les anciens l'ignorèrent. La mère de Sy-wen se tourna vers Edyll.

— Continue. Finis ta lamentable histoire et passons à autre chose. En ce qui me concerne, je n'ai pas envie de m'attarder là-dessus plus longtemps que nécessaire.

Maître Edyll inclina légèrement la tête.

— Comme je le disais, reprit-il en observant Sy-wen et Kast, ces îles étaient jadis notre foyer. Mais elles n'avaient rien d'idyllique. Au contraire. Au fil du temps, leurs eaux agitées endurcirent notre peuple. Nous devînmes une nation de sauvages, qui attaquaient les tribus voisines et régnaient sur elles en tyrans. Nous sacrifiions des enfants à nos dieux et buvions dans le crâne des vaincus. Le cœur de nos ancêtres était aussi froid que les icebergs du Nord.

— C'est impossible, gémit Sy-wen.

Jamais encore elle n'avait entendu ces histoires. Comme elle scrutait le visage des anciens, elle crut déceler une trace de compassion dans les yeux de sa mère. Les autres membres du Conseil gardaient la tête baissée en une attitude où se mêlaient honte et colère.

— Un hiver, un homme apparut au sein de notre peuple. Certains disent qu'il était né dans une des tribus que nous avions soumises ; d'autres, que c'était le fils bâtard de notre roi. Quoi qu'il en soit, il décréta que nos mœurs étaient mauvaises et prononça des paroles de paix. Attirés par sa douceur et sa compassion, tous les indigents se rassemblèrent autour de lui. Il voyagea à travers nos îles, suivi par une foule de plus en plus nombreuse et passionnée. Le souverain mer'ai de l'époque, le roi Raff, ordonna à ses guerriers de massacrer ses fidèles et de lui rapporter la tête de cet homme.

— Qui était-ce ? demanda Sy-wen.

Maître Edyll but une gorgée de thé de varech.

— Il avait plusieurs surnoms: « Frère des dragons », l'« Esprit qui marche », le « Porte-Paix ». Mais son véritable nom s'est perdu dans les méandres de l'histoire.

— Une preuve supplémentaire que ça n'est qu'un mythe, ricana maître Serre.

Sy-wen ne voulait pas qu'ils recommencent à se disputer.

— Qu'est-il arrivé à cet homme ? demanda-t-elle.

Le regard d'Edyll se fit vague, comme perdu dans le passé.

— La poursuite fut longue et épique. Plusieurs îles virent leur population éradiquée. On raconte que la mer resta rouge pendant une lune entière. Finalement, l'homme se rendit de son propre chef. À l'apogée du massacre, il se présenta dans la salle du trône. « Je veux que ça s'arrête », dit-il. Et il se livra aux gardes du roi Raff. Ceux-ci le torturèrent pendant sept jours et sept nuits. Ils l'aveuglèrent avec des fers chauffés au rouge, lui broyèrent les mains et les pieds et, pour finir, ils l'amputèrent de sa virilité.

Sy-wen frémit. Comment cette histoire atroce pouvait-elle être vraie ? Comment son peuple avait-il pu se rendre coupable d'une telle barbarie ?

— Puis ils ligotèrent son corps brisé et ensanglanté, mais toujours vivant, sur un radeau pour l'envoyer aux requins, poursuivit maître Edyll sur le même ton. Tandis que les vagues l'emportaient vers le large, l'homme se mit à chanter. Et ce n'était pas un appel à la vengeance ou à la haine, mais au pardon. Ceux de ses fidèles qui avaient survécu, et beaucoup de gens qui l'entendaient pour la première fois, entrèrent dans les flots afin de le suivre.

» Parmi eux se trouvait la propre fille du roi. Certains racontent qu'elle était son amante ; d'autres qu'elle avait juste été touchée par sa chanson. Dans un cas comme dans l'autre, une chose était claire : elle portait la magie dans sa voix. Comme elle s'avançait dans l'eau, elle mêla son chant à celui de l'homme. Alors, les puissants dragons jaillirent des flots en réponse à son appel. Ils repêchèrent les exilés et les emmenèrent en sécurité.

Edyll marqua une pause et tendit une main tremblante vers sa tasse de thé. De toute évidence, son récit le fatiguait.

—Ainsi naquirent les mer'ai, acheva Kast à la place du vieil homme. (Sa bouche avait un pli amer.) Dragons aquatiques et mer'ai unis. Quelle noble histoire…

—Non, le détrompa Edyll en secouant la tête. Vous n'écoutez pas assez attentivement. L'histoire n'est pas terminée. (Il laissa passer quelques secondes avant de reprendre :) Après le sauvetage des exilés, le roi Raff envoya des bateaux à la poursuite de ses sujets en fuite. Il voulait tous les massacrer, dragons y compris. Mais, une fois de plus, l'homme brisé s'y opposa. Juché sur un grand dragon blanc, il se porta à la rencontre de l'armada royale et demanda que cesse le carnage. « Prenez ma vie en échange de leur liberté », cria-t-il. Son corps torturé était à peine capable de tenir assis sur le dos de sa monture. Le roi Raff lui éclata de rire au nez et ordonna à ses guerriers de lancer leurs épieux et leurs harpons. L'homme et le dragon furent transpercés par une centaine de lames. Mourants, ils s'enfoncèrent sous les flots, où leur sang se mêla à l'eau salée. (Le ton de maître Edyll devint funeste.) Mais ce meurtre brutal avait plongé les fidèles de l'homme dans une rage épouvantable. Aidés par les dragons, ils attaquèrent l'armada du roi Raff et inondèrent le pont de ses navires avec le sang des marins. Ils n'épargnèrent personne. La propre fille du roi planta la tête de son père sur une pique au-dessus de la proue du vaisseau amiral. Puis les exilés mirent le cap sur leurs îles natales. On raconte que pas un seul insulaire n'échappa à leur fureur. Avant de succomber, leurs victimes eurent le temps de les maudire et de les surnommer « Frères des dragons » – ou, dans la langue de jadis, « Dre'rendi ».

—Mon peuple, lâcha Kast sur un ton horrifié.

— Oui, acquiesça Edyll. Guidé par son premier chef.

Kast écarquilla les yeux.

— La reine guerrière Raffel.

Sy-wen voyait bien que la lumière venait de se faire dans l'esprit du Sanguinaire.

— Raff-*el*. Fille de Raff, précisa maître Edyll. Elles ne font qu'une seule et même personne.

Il y eut un silence choqué, que Sy-wen brisa en demandant :

— Mais comment cela a-t-il donné naissance à notre peuple ?

Maître Edyll soupira.

— Nous naquîmes tandis que le sang des victimes teintait l'océan de rouge. L'homme qui prêchait la paix, celui qui était tombé sous les coups d'une centaine d'épieux, ne mourut pas – et son grand dragon blanc non plus. Pendant trois jours, sous les vagues, leur sang se mêla au sel de l'océan. Et, au cœur de ce mélange, les propriétés curatives du sang draconique commencèrent à muter. La magie brouilla la frontière entre homme et dragon. Tous deux se retrouvèrent mélangés, liés à jamais.

— Ainsi, le martyr devint le premier véritable mer'ai, dit Sy-wen, une pointe d'émerveillement dans la voix.

Maître Edyll acquiesça.

— Une fois rétabli, il jaillit des flots sur le dos de sa monture. Ses cheveux noirs avaient viré au blanc, comme les écailles du dragon ; ses doigts et ses orteils étaient palmés comme les pattes du dragon. Désormais, son dragon et lui pouvaient communiquer entre eux comme des frères.

» Mais, malgré tous les changements qu'elle avait provoqués en lui, la magie avait épargné un aspect de l'homme : son cœur. Lorsqu'il vit le massacre perpétré en son nom, il hurla à la face des cieux cruels et détourna à jamais son regard de ce monde de terre et de soleil. Avant de disparaître, il alla trouver ses fidèles à bord de leurs navires sanglants et leur ordonna de renoncer à leurs mœurs barbares. Les Dre'rendi s'inclinèrent devant ce miracle et implorèrent la permission de se joindre à lui. « Pas avant que vos mains soient lavées de tout ce sang, répondit-il. Servez les enfants des dragons à venir. Protégez-les bien, et, un jour, je vous rappellerai à moi. » Sur ces mots, il s'en fut, emmenant les dragons aquatiques avec lui.

Kast se racla la gorge.

— Mais comment un homme seul a-t-il pu engendrer vos clans ?

— Notre ancêtre n'était plus seulement un homme. Il était partiellement devenu un dragon. (Edyll regarda le Sanguinaire dans les yeux.) Et sa monture était une femelle. De leur union naquirent les clans de mer'ai.

Ce fut à Sy-wen de ne pas en croire ses oreilles.

— Vous voulez dire que nous descendons des dragons eux-mêmes ? Que, jadis, nous nous sommes reproduits avec eux ?

— Il y a très longtemps, oui. Bien que nous ne puissions plus le faire désormais, nous partageons toujours avec eux un lien qui remonte à cette époque. Au fil des hivers, d'autres hommes et d'autres femmes originaires de maintes contrées ont ajouté leur sang à notre lignée, et nos clans se sont multipliés. Puis le Gul'gotha est arrivé, et nous avons dû fuir – quitter à jamais la terre de la côte.

Tout en achevant sa phrase, maître Edyll jeta un coup d'œil entendu à la mère de Sy-wen. Celle-ci détourna la tête comme si elle avait honte – mais sa fille eut le temps d'apercevoir la douleur et le chagrin qui brillaient dans ses yeux.

Kast se rembrunit.

— Et vous voudriez que je croie cette fable ?

Edyll reporta son attention sur le Sanguinaire.

— Croyez ce que vous voulez, mais une chose est certaine : le sort de nos deux peuples est lié.

— Et vous avez une preuve de ce que vous avancez ?

Maître Serre prit le vieil homme de vitesse :

— Juste des reliques poussiéreuses, auxquelles il accorde beaucoup trop de crédit.

Edyll se tourna vers son jeune collègue. Jamais Sy-wen n'avait vu ses yeux flamboyer avec tant de férocité.

— C'est à vos risques et périls que vous méprisez le passé. Vous avez vécu trop peu d'hivers pour vous rendre compte de la vitesse à laquelle il peut vous mordre par-derrière si vous vous bornez à regarder vers l'avenir.

Maître Serre grogna quelque chose, mais ne put soutenir le regard furieux de son aîné.

Toutes ces disputes commençaient à agacer Kast.

— Alors, quelle est cette fameuse preuve ?

Edyll pivota vers le Sanguinaire en haussant les sourcils.

— Mais… c'est vous, maître Kast.

— Que voulez-vous dire ?

— Il est temps que vous découvriez qui vous êtes vraiment.

Le vieil homme fit un geste, et un pan de mur glissa sur le côté, révélant un tableau accroché derrière la table du Conseil. La toile montrait un homme aux cheveux blancs juché sur un énorme dragon aux écailles couleur de perle.

— Frère des dragons, le nomma maître Edyll. Notre ancêtre.

Sy-wen hoqueta et fit un pas vers le tableau. Malgré l'étrange chevelure de l'homme, elle ne pouvait se méprendre sur ses traits familiers. C'était le jumeau de Kast – jusqu'au dragon tatoué sur la peau de sa gorge.

— Vous êtes la réincarnation de notre ancêtre, affirma Edyll dans le silence stupéfait des deux compagnons. L'homme et le dragon de nouveau réunis par la magie.

— C'est impossible, murmura Kast, les yeux fixés sur le tableau.

Tandis que le soleil approchait de son zénith dans le ciel bleu, Pinorr attendait patiemment que le maître de quille de l'*Éperon de dragon* finisse de donner le fouet à l'un des marins. Chaque claquement des lanières de cuir était aussitôt suivi par un cri déchirant. Dix coups, c'était la punition habituelle pour quiconque s'endormait pendant son tour de garde.

Le reste de l'équipage vaquait à ses occupations comme si les hurlements de douleur du malheureux ne différaient en rien du glapissement des mouettes. Pinorr avait découvert que ce genre de raffut était monnaie courante à bord d'un navire dirigé par un maître de quille sévère. Pourtant, alors qu'il regardait Ulster tremper les lanières de cuir dans l'eau salée, il remarqua la lueur avide dans les yeux du jeune homme. Tous les maîtres de quille n'employaient pas cette méthode pour augmenter la brûlure du fouet. Mais celui-ci le faisait systématiquement.

Ulster surprit le regard de Pinorr posé sur lui.

— « Du sel sur une plaie pour graver plus profondément le souvenir de la faute et de son châtiment », dit-il, récitant le code antique des Dre'rendi pour justifier la cruauté de la punition.

Mais son rictus démentait cette excuse. La vérité, c'est qu'il aimait faire souffrir.

Réprimant le dégoût que lui inspirait Ulster, Pinorr se contenta de hocher la tête. Il ne lui appartenait pas de discuter la façon dont le maître de quille gérait son équipage. Et puis, Ulster n'occupait sa position que depuis peu. Pour avoir servi à bord de maints navires et sous les ordres de maints maîtres de quille, Pinorr savait que beaucoup de jeunes capitaines tentaient d'asseoir leur autorité en brutalisant leur équipage. Seul le passage de nombreux hivers leur enseignait que la terreur n'engendrait pas le respect, que l'équité et la compassion étaient la véritable clé de la loyauté des marins.

Néanmoins, Pinorr soupçonnait que le manque d'expérience n'était pas l'unique raison de la cruauté dont Ulster faisait preuve. En maniant le fouet, le jeune homme révélait sa nature profonde. Il était même, nota Pinorr, obligé de se tortiller dans son pantalon pour ne pas révéler combien cette punition l'excitait.

Alors qu'Ulster se détournait pour porter son dernier coup, la grimace désapprobatrice que réprimait Pinorr fit brièvement surface, et fut aussitôt remplacée par l'habituelle expression placide du vieil homme. Pinorr détestait ce jeune chef – et pas seulement à cause de son sadisme. Tout en lui le hérissait, depuis sa mine arrogante jusqu'à son habitude de tresser ses cheveux de la manière réservée aux survivants de grandes batailles. Sans oublier qu'il ne devait pas son statut à ses propres mérites, mais au respect que les Dre'rendi éprouvaient pour son défunt père.

Le père d'Ulster avait été le haut maître de quille de la flotte pendant près de deux décennies. C'était grâce à lui que les Dre'rendi régnaient actuellement en maîtres sur les Récifs. Durant cette époque glorieuse, Pinorr avait été son chaman à bord du redoutable *Cœur de dragon*. Plus qu'un chef, le père d'Ulster était pour lui un ami très proche. Ensemble, ils avaient savouré bien des triomphes et surmonté bien des tragédies : la mort de l'épouse chérie de Pinorr, la noyade du fils aîné de son chef durant une tempête, la victoire de la flotte sur les Spectres Sanglants. Avec tant de vécu en commun, Pinorr ne pouvait rien refuser à son ami.

Sur son lit de mort, l'empennage d'une flèche jaillissant de sa poitrine ensanglantée, le haut maître de quille n'avait réclamé que deux choses. D'abord, avant de trépasser, il voulait voir son fils cadet recevoir la dent de dragon qui le désignerait comme capitaine d'un navire. Et, ensuite, il voulait que Pinorr serve son fils en tant que chaman. Nul ne pouvait déshonorer le mourant par un refus. Ce jour-là, avant le coucher du soleil, Ulster était devenu le maître de quille de l'*Éperon de dragon*, et Pinorr l'avait suivi à bord de ce navire plus petit que le *Cœur de dragon*.

Un cri déchirant arracha Pinorr à ses souvenirs. Le vieil homme regarda le marin fouetté s'écrouler dans ses fers. Des traces ensanglantées zébraient son dos. Les plaies étaient profondes ; à travers l'une d'elles, on devinait le blanc d'un os. Pinorr blêmit. Ulster n'avait aucune excuse pour employer une telle violence. Le fouet était censé punir et décourager des manquements ultérieurs à la discipline – pas tuer.

Tenant à la main le seau d'eau de mer dans lequel il avait trempé son fouet, Ulster se dirigea vers l'homme prostré. Celui-ci gémit et tenta de se rouler en boule comme s'il redoutait un nouveau coup. La douleur lui avait fait perdre le compte ; il ne savait pas si son châtiment était fini ou non. Il n'était plus qu'un animal à l'agonie. Ulster se planta près de lui et, lentement, versa le contenu du seau sur son dos lacéré. Le marin se remit à hurler, ses cris envahissant le pont et se propageant à la surface de l'océan.

Pinorr réprima un frisson. Il s'efforça de demeurer impassible tandis qu'Ulster lâchait enfin le seau vide et se tournait vers lui. Dans les yeux du jeune homme se lisait une intense satisfaction.

Pinorr serra les poings derrière son dos et garda le silence. Comment cette créature répugnante pouvait-elle être le fruit des entrailles d'un homme aussi admirable que l'ancien haut maître de quille ?

Essuyant ses mains trempées, Ulster se rapprocha de Pinorr.

— Quelles nouvelles m'apportes-tu, chaman ?

Le vieillard lutta pour adopter un ton égal et respectueux.

— Je sens une tempête approcher depuis le sud. Une grosse.

Ulster jeta un coup d'œil vers le ciel dégagé. Le scepticisme clairement inscrit sur sa figure donna à Pinorr envie de l'étrangler. Nul ne mettait en doute la parole d'un chaman, surtout d'un chaman aussi respecté que Pinorr di'Ra. Tous savaient que son *rajor maga* – le sixième sens avec lequel il percevait les humeurs de l'océan – était aussi développé que précis. Les dieux de la mer s'étaient montrés généreux avec Pinorr. En soupçonnant le chaman de se tromper, ce misérable mettait en doute la sagacité des dieux eux-mêmes. C'était une insulte que seul le tranchant d'une épée pourrait laver dans le sang.

Pourtant, Pinorr garda le silence. Ulster était le fils de son ami, et il honorerait la mémoire du défunt en servant cet imbécile de son mieux.

—Alors, que devons-nous faire? demanda Ulster en reportant son attention sur le chaman.

—La tempête frappera à la tombée de la nuit, répondit Pinorr. Il faut envoyer un avertissement aux autres vaisseaux de la flotte et chercher…

Ulster interrompit le vieil homme d'un geste impatient.

—Bien sûr, bien sûr. Je les ferai prévenir avant le crépuscule. Qu'as-tu d'autre à me dire? Mon repas est en train de refroidir.

Pinorr inclina légèrement la tête.

—Je m'excuse de ne pas m'être montré plus clair dès le début, maître de quille. Ce qui se dirige vers nous n'est pas une tempête ordinaire, de celles qui nécessitent seulement qu'on prenne des ris, qu'on mouille l'ancre et qu'on condamne les écoutilles. Cette tempête-là vient du Sud profond. C'est une naufrageuse.

Nouveau regard sceptique d'Ulster.

—Que veux-tu dire?

—Je veux dire, répondit froidement Pinorr, en laissant transparaître juste une pointe de colère dans sa voix, que le reste de la flotte doit être alerté *maintenant*. Pour que la flotte en réchappe saine et sauve, nous devons trouver un endroit où nous mettre à l'abri avant le début de la tempête.

Ulster se raidit et secoua la tête.

— Les vaisseaux dre'rendi ne fuient pas devant les tempêtes comme de vulgaires navires marchands à la coque renflée. Nos quilles sont capables d'essuyer n'importe quel grain.

Pinorr renonça à tout simulacre de déférence.

— Vous vous trompez, Ulster. Vous êtes trop jeune pour connaître ce que le Sud peut nous envoyer de pire. J'ai vu des tempêtes capables de couper un bateau en deux, des vagues si hautes qu'elles faisaient littéralement culbuter des galions, de la foudre si déchaînée qu'elle changeait la nuit en jour. Et ce qui approche de nous est pire que tout ce à quoi j'ai déjà été confronté. (Il se pencha vers Ulster.) Transmettez mon avertissement ou mourez au coucher du soleil. À vous de choisir, maître de quille, cracha-t-il, comme si les trois derniers mots étaient une insulte plutôt qu'un titre honorifique.

Ulster s'était empourpré, et sa colère faisait flamboyer le faucon des mers tatoué sur sa joue.

— Tu outrepasses tes prérogatives, chaman. Ne compte pas sur ton amitié avec mon défunt père pour te protéger de mon fouet.

Pinorr ne flancha pas – pas devant ce rampeboue.

— Transmettez mon avertissement, Ulster, ou je priverai ce navire de la bénédiction des dieux, et aucun chaman ne voudra plus jamais fouler son pont maudit. Alors, vous verrez combien de marins vous parviendrez à garder à bord !

Toute couleur déserta les joues d'Ulster.

— Tu oses me menacer ?

— Vous êtes un maître de quille, Ulster, pas un dieu. L'ordre des chamans ne souffrira aucun manque de respect, pas même de la part du haut maître de quille en personne. En ignorant ma vision, vous insultez les dieux de la mer qui nous ont envoyé cet avertissement. Je ne le tolérerai pas. Je ne laisserai pas un imbécile dans votre genre attirer la colère divine sur les Dre'rendi.

Durant l'altercation, plusieurs marins s'étaient approchés, feignant d'enrouler des cordes, de nettoyer le pont à sec ou de réparer des filets intacts. Ils sentaient la tempête qui couvait à bord, et ils étaient venus observer le spectacle du tonnerre.

Ulster avait conscience de leur regard. Il redressa le dos et carra les épaules.

— Je n'insulterai pas les dieux, dit-il avec raideur. Mais je ne te laisserai pas m'insulter pour autant. Tu connais la loi : le chaman conseille, mais le maître de quille conduit.

— Alors, écoutez mes conseils, maître de quille. Transmettez mon avertissement et conduisez notre flotte en sécurité avant qu'il soit trop tard.

Les deux hommes se tenaient presque nez à nez. Aucun d'eux n'était prêt à reculer. Dans l'haleine d'Ulster, Pinorr capta un léger parfum de gaillardine, l'herbe qui augmentait le plaisir masculin pendant les rapports. Une preuve supplémentaire de l'imbécillité du maître de quille. Non seulement la gaillardine émoussait l'intelligence et altérait le jugement, mais un usage prolongé pouvait entraîner une accoutumance. Alors, l'envie de gaillardine devenait plus forte que le désir sexuel. Seul un idiot aurait consommé une substance aussi dangereuse.

Soudain, une cloche retentit dans les entrailles du bateau, annonçant le repas du zénith. Ulster céda à son appel.

— Je ferai envoyer un signal aux autres navires, capitula-t-il, une froide promesse de vengeance dans la voix. Mais seulement après avoir goûté le poisson-pot grillé du chef.

Pinorr savait que ce délai était une tentative pour apaiser la fierté blessée d'Ulster, un moyen de s'opposer au chaman sans avoir l'air de dédaigner sa vision. Il lui accorda cette minuscule victoire. Que lui importait le décompte des points tant que le maître de quille transmettait son avertissement ? Il ne placerait pas son honneur au-dessus de la sécurité de la flotte.

Inclinant la tête, Pinorr recula d'un pas.

— Qu'il en soit ainsi, dit-il d'une voix redevenue placide. « Puissent les dieux vous accorder des vents vigoureux. »

Ulster acquiesça et se détourna, rejetant victorieusement sa tresse de guerrier par-dessus son épaule.

Pinorr le regarda s'éloigner en secouant la tête. Cette andouille n'avait même pas capté l'insulte contenue dans sa dernière phrase. La citation était extraite d'une ancienne prière chamanique implorant les dieux d'aider un homme incapable de rester assez dur pour honorer une femme.

Les lèvres pincées, Pinorr se détourna. Il laissa la colère se dissiper de son sang et passa un long moment à observer le ciel en direction du sud.

Tandis qu'il étudiait l'horizon lointain, il perçut de nouveau la tempête en préparation – plus proche, cette fois. Il sentit de la pluie, de la foudre et un murmure d'autre chose qu'il ne put identifier. Il porta une main au faucon des mers dessiné dans son cou. Quelle que soit la source de cette odeur étrange, ses relents même ténus suffisaient à faire brûler le tatouage comme une torche.

Pinorr était en train de suivre le contour des ailes du faucon avec son index lorsqu'il se souvint de la figurine en os de baleine et de la minuscule cavalière qui montait le dragon. « Ils arrivent », avait déclaré Sheeshon. Mais qui ? Les visions de la fillette étaient-elles autre chose que les hallucinations d'un esprit malade ? Sheeshon avait-elle hérité le don du *rajor maga* ? Ses paroles contenaient-elles quelque vérité ?

Soudain, une voix rauque et pressante s'éleva derrière Pinorr.

— Chaman Pinorr, il faut que vous veniez.

Le vieil homme s'arracha à sa rêverie. Il fut surpris de réaliser combien le soleil était bas dans le ciel. Combien de temps était-il resté en transe ?

En se retournant, il découvrit la silhouette voûtée de Mader Geel derrière lui. Les cheveux argentés de la vieille femme, attachés en une longue tresse, témoignaient qu'elle avait jadis été une maîtresse de l'épée.

— Qu'y a-t-il ? demanda Pinorr, irrité.

— C'est Sheeshon, siffla Mader en lui faisant signe de la suivre.

— Que s'est-il passé ?

— Le maître de quille Ulster s'est lassé de l'entendre marmonner dans les cuisines, et…

Le cœur de Pinorr se serra dans sa poitrine.

— Qu'est-ce qu'il lui a fait ?

— Il a juste lancé sa figurine contre le mur, où elle s'est brisée en mille morceaux, répondit Mader en l'entraînant le long du pont. La petite a hurlé, et elle s'est jetée sur lui, l'écume aux lèvres. Elle lui a même coupé la main avec son petit couteau. Je l'ai fait sortir avant que ça dégénère. Elle est indemne, mais je n'arrive pas à la calmer. Et je crains la réaction d'Ulster.

Pinorr dépassa la vieille femme et se mit à courir en direction de sa cabine. La haine étrécissait son champ de vision. Cette fois, Ulster était allé trop loin. Sheeshon était la dernière survivante de la famille de Pinorr ; il ne la laisserait pas devenir la cible de la cruauté du maître de quille. Avec une force surprenante pour son âge, il ouvrit à la volée l'écoutille qui conduisait vers le pont inférieur. Ulster voulait la guerre ? Il allait l'avoir.

Tout en fonçant vers sa cabine, Pinorr fit une promesse aux dieux de la mer : avant le prochain lever de soleil, Ulster ou lui aurait succombé.

14

Kast repoussa le plat de palourdes cuites à la vapeur. Il n'avait pas faim. Son esprit peinait encore à digérer tout ce qu'il avait appris le matin même. En face de lui, Sy-wen faisait rouler un morceau de tubercule marin dans son assiette. De toute évidence, la nourriture l'intéressait aussi peu que lui. Les deux jeunes gens se dévisagèrent par-dessus la table. Aucun d'eux ne dit mot.

Après la révélation du tableau, le Conseil avait suspendu l'audience le temps du déjeuner. Le garde Bridlyn avait emmené Sy-wen et Kast dans une salle à manger privée. La pièce était confortablement meublée, avec une petite table de corail poli et des sièges aux coussins de mousse. Les murs s'ornaient de tapisseries d'algues dépeignant des vues marines. Pourtant, Kast se sentait à l'étroit comme dans une cellule – d'autant qu'il venait de passer la matinée dans la chambre du Conseil, depuis laquelle il avait joui d'une vue unique sur le vaste océan. Le fait que Bridlyn se soit ostensiblement posté devant la porte n'arrangeait rien.

Kast frotta son menton mal rasé. Il devait rompre le silence grandissant avant que celui-ci les submerge tous les deux. Désignant le mur du menton, il posa la question qui le taraudait depuis son arrivée.

— Comment avez-vous fait pour que les léviathans acceptent d'accueillir vos clans ?

Sy-wen haussa les épaules.

— Les dragons peuvent communiquer avec eux. Les léviathans leur fournissent une source d'air frais ; en échange, les dragons les aident à se protéger et à se nourrir. Les mer'ai se sont juste intégrés à cette relation. Les léviathans nous abritent ; en contrepartie, nous veillons à ce qu'ils restent toujours propres et en bonne santé. (La jeune fille eut un petit sourire.) Mais qui sait ? Si ça se trouve, nos ancêtres se sont également accouplés avec eux. Qui peut dire ce qui faisait bander ton arrière-grand-père ?

Tant de crudité fit rougir Kast.

— Le Frère des dragons n'était pas mon ancêtre, se défendit-il.

— Peut-être pas directement, mais admets que la ressemblance…

— Comme l'a dit maître Serre, c'est sans doute une simple coïncidence. La plupart des Dre'rendi ont des traits similaires.

— Y compris le tatouage en forme de dragon ?

Kast ne voyait pas quoi répondre à cet argument-là. Les mâles de son peuple étaient toujours marqués à l'aide d'un faucon des mers, pas d'un dragon. Dans les entrailles de Val'loa, la magie de Ragnar'k avait transformé le tatouage du Sanguinaire, changeant le rapace en un dragon noir lové sur lui-même – le jumeau de celui qu'arborait l'homme du tableau. Ça n'avait pas de sens.

Sy-wen parut sentir que Kast était mal à l'aise. Elle passa à un autre sujet – ou plutôt, revint sur celui qui les avait conduits dans la chambre du Conseil le matin même.

— Quelle que soit la vérité historique, on devrait peut-être laisser ça de côté pour le moment et se concentrer sur notre idée de partir à la recherche de ton peuple. Nous avons rendez-vous avec les autres dans six jours à peine. Même si nous partions maintenant, il nous faudrait deux jours rien que pour gagner l'endroit des Marasmes où nous sommes censés les rejoindre. Le temps joue contre nous. Je ne vois aucun moyen de remplir notre mission, à moins de chercher par nous-mêmes. (Elle jeta un coup d'œil à la porte fermée.) Avec ou sans la permission du Conseil.

— Tu défierais tes anciens ? s'étonna Kast. Tu irais à l'encontre des vœux de ta mère ?

Sy-wen regarda le Sanguinaire.

— À ton avis, dans quelles circonstances t'ai-je rencontré ? Crois-tu qu'on m'avait autorisée à me rendre dans les îles avec Cérite, ou à poursuivre la flotte qui venait de le capturer ? Et puis, au fil du temps, ma mère et moi avons développé un arrangement. Elle me donne des ordres, et je n'obéis qu'à ceux qui me conviennent.

— Je vois.

Kast eut beaucoup de mal à réprimer un sourire identique à celui qui flottait sur les lèvres de la jeune fille. Les yeux argentés de Sy-wen pétillaient de malice.

— Bref, reprit-il. D'une façon ou d'une autre, tu veux qu'on regagne la surface.

Sy-wen haussa les sourcils.

— Et pourquoi pas ? Tu n'en as pas marre de respirer l'atmosphère croupie du léviathan ?

— Je suppose qu'un peu d'air frais ne me ferait pas de mal, concéda Kast en grimaçant.

Il adorerait sentir de nouveau le vent dans ses cheveux et de l'écume sur son visage. Ça faisait trop longtemps qu'il était confiné dans le ventre de ce mastodonte marin. Il se redressa sur son siège.

— Quand tu seras prête, je n'aurai aucune objection à m'envoler loin d'ici. Bien au contraire.

La joie fit étinceler les yeux de Sy-wen.

— J'imagine que Ragnar'k sera ravi de se dégourdir les ailes.

À la mention du dragon, le sourire de Kast se flétrit. Il avait oublié que ça ne serait pas lui qui fuirait avec Sy-wen, mais Ragnar'k. Même si tous deux s'échappaient du ventre du léviathan, Kast serait toujours prisonnier – cette fois, des écailles d'un monstrueux dragon noir.

Comme si elle avait perçu son changement d'humeur, Sy-wen tendit une main et toucha le bras de Kast. Le Sanguinaire se déroba à son regard.

— Je ne suis pas comme mon ancêtre, dit doucement Sy-wen.

— C'est-à-dire ? grommela Kast.

— C'est-à-dire que je ne partage pas son attirance pour les dragons. (Elle lui pressa le poignet.) Quand je me choisirai un époux, il n'aura ni ailes ni écailles.

Kast leva les yeux vers la jeune fille.

— Mais tu es liée à Ragnar'k !

— Et alors ? Ça ne signifie pas que mon cœur lui appartient. Si tu veux tout savoir, je suis plus attachée à Cérite, le dragon de ma mère, qu'à Ragnar'k. Sur beaucoup de points, le dragon qui est en toi m'effraie. Il a un côté sauvage qui ne pourra jamais être apprivoisé, et encore moins dompté – même par moi.

— Mais Ragnar'k et son côté sauvage feront toujours partie de moi.

Sy-wen eut un sourire triste.

— Je t'ai bien observé, Sanguinaire. Tu abrites peut-être un dragon en toi, mais ton cœur reste tien. Ça, j'en suis sûre.

— Pourquoi ? demanda Kast d'une voix éraillée.

Sy-wen lui toucha la joue – celle sur laquelle il ne portait pas de tatouage.

— Parce que je connais ton cœur, Sanguinaire.

Kast aurait aimé que la réciproque soit vraie. Sy-wen essayait-elle juste de le consoler, ou ses paroles avaient-elles un sens plus profond ? Il osa s'abandonner à la caresse de la jeune fille et laissa sa paume lui réchauffer la joue. Mais Sy-wen s'écarta alors que des murmures s'élevaient dans le couloir.

La porte s'ouvrit, et maître Edyll apparut sur le seuil.

— J'espère que je ne vous dérange pas, dit-il en congédiant Bridlyn d'un geste.

— N… non, mon oncle, répondit Sy-wen.

Kast lui jeta un coup d'œil, mais, une fois de plus, il ne put lire en elle. Était-ce le soulagement ou l'embarras qui la faisait bafouiller ?

Maître Edyll referma la porte et se dirigea vers la table. Kast se leva pour lui tirer une chaise, et ne se rassit qu'après que l'ancien eut pris place à côté de lui.

— Merci, maître Kast, dit le vieil homme en tapotant le poignet du Sanguinaire. (Pendant quelques instants, il dévisagea les deux jeunes gens en silence, puis il lança :) Alors, comme ça, vous voulez partir ?

Kast jeta un coup d'œil nerveux à Sy-wen, qui sut conserver son calme.

— Que voulez-vous dire, mon oncle ?

— J'aimerais discuter en privé des raisons pour lesquelles vous avez sollicité une audience avec le Conseil ce matin.

Kast expira lentement. L'espace d'une seconde, il avait cru que l'ancien était au courant de leur plan secret.

— Ne devrions-nous pas en parler devant l'ensemble du Conseil ?

Maître Edyll grimaça et secoua la tête.

— Dans trois jours, mes chers collègues seront encore en train de rouspéter parce que je vous ai révélé les origines des mer'ai. Pour des gens soi-disant convaincus que ma version des faits est fausse, ils s'emportent drôlement chaque fois qu'on évoque le sujet.

— Mais pourquoi dissimuler la vérité ? s'enquit Sy-wen.

Maître Edyll soupira.

— C'est ce que souhaitait le Frère des dragons. Tel fut son premier édit. Après s'être réfugié sous les flots et avoir donné naissance aux clans de mer'ai, il interdit tout contact avec les habitants de la surface. Il voulait créer une société idyllique et, pour cela, il lui semblait préférable que son peuple pense avoir toujours vécu dans l'océan.

Le vieil homme ricana.

— Et où s'est-il fourvoyé ? demanda Kast.

— Ah, vous aussi, vous avez remarqué que son plan a lamentablement échoué ? gloussa Edyll. (Puis son expression se fit pensive et son regard douloureux.) D'une certaine façon, notre ancêtre était un imbécile.

Sy-wen resta bouche bée face à un tel manque de respect.

Le vieil homme garda le silence quelques instants avant de reprendre :

— Il pensait fuir son héritage en se réfugiant dans les profondeurs de l'océan. Mais ce n'est jamais aussi simple. Sans le vouloir, il emmena notre violence innée avec lui. Bien qu'il tentât de le cacher, il descendait d'un peuple au tempérament de feu. Ses enfants, puis les enfants de ses enfants, manifestèrent la même impétuosité, la même méfiance à l'égard d'autrui que ses ancêtres. Et le sang de dragon qui, désormais, se mêlait à celui des insulaires dans leurs veines ne fit qu'alimenter les flammes de leur arrogance. Bientôt, ils en vinrent à se considérer comme le peuple régnant de l'océan, infiniment supérieur aux ter'restres. Sans cela, pourquoi auraient-ils évité tout contact avec eux ? (Maître Edyll secoua la tête et frissonna.) Avant même de fuir la côte, nous avions pris l'habitude de bannir ceux qui enfreignaient nos règles. C'était un acte cruel. Loin des dragons, la magie de la mer abandonnait ces pauvres hères. Ils se remettaient à marcher comme des hommes ordinaires ; leurs caractéristiques de mer'ai s'estompaient, les empêchant à jamais de regagner l'océan. Tel était le châtiment suprême que nous infligions aux nôtres.

Kast vit l'expression horrifiée de Sy-wen. Il ne pouvait qu'imaginer la signification de cette peine pour des gens qui vivaient dans une telle promiscuité et un tel isolement vis-à-vis du reste du monde.

Maître Edyll laissa les jeunes gens assimiler ce qu'il venait de dire. Quand il reprit la parole, ce fut d'une voix dure comme du granit.

— Je vous raconte tout cela à titre d'avertissement. Faites bien attention à ce que vous mijotez. Depuis que nous avons fui le Gul'gotha, nous avons cessé de bannir les nôtres pour ne pas révéler notre existence au Seigneur Noir, mais ça ne signifie pas que nous soyons devenus plus indulgents. Nous continuons à punir très sévèrement ceux qui enfreignent nos règles, dit-il en regardant d'abord Sy-wen, puis Kast.

— Maintenant, vous les tuez, s'emporta la jeune fille.

Maître Edyll sursauta, et son visage blafard s'empourpra.

— Tu es déjà au courant ?

— En discutant avec les gens de la côte, j'ai appris que j'étais la première mer'ai à sortir de l'océan depuis plus de cinq siècles. De toute évidence, les histoires de bannissement servaient à dissimuler une vérité encore plus atroce.

— Les mensonges sont souvent moins douloureux que la vérité.

— Comme les origines réelles de notre peuple…, marmonna Sy-wen.

— Je viens de te le dire : nous n'avons pas pu nous défaire de notre héritage. Quand tu ignores le passé, il finit toujours par t'étrangler.

Le silence retomba sur la pièce.

Finalement, maître Edyll se leva en poussant un petit grognement et en massant ses vieux genoux.

—Assez parlé. Il est temps de nous mettre en route.

Par respect envers l'ancien, Kast se leva automatiquement. Sy-wen demeura assise, le visage fermé. Mais elle ne parvint pas à masquer totalement sa colère.

—J'en ai marre des réunions du Conseil.

Edyll acquiesça.

—Moi aussi, certains jours. Tu as de la chance : ce n'est pas là que nous allons.

Sy-wen leva les yeux.

—Où, alors ? demanda-t-elle d'un air méfiant.

—Je vais vous aider à vous enfuir.

Kast, qui se dirigeait vers la porte, en trébucha de surprise.

—Quoi ?

—Le Conseil a déjà repris sa séance et rejeté votre requête. Il vous interdit de quitter le léviathan. Bien entendu, je n'étais pas d'accord. (Edyll haussa les épaules.) C'est pourquoi nous devons nous dépêcher de vous faire sortir d'ici.

Sy-wen se leva et rejoignit les deux hommes.

—Mais, mon oncle, vous êtes un ancien !

—Non, je ne suis qu'un vieillard – un vieillard sénile, diraient certains. Mais, en l'occurrence, la décision du Conseil est motivée par la peur de l'inconnu. Mes chers collègues préfèrent se cacher au fond de l'océan plutôt que de prendre le risque de changer.

—Que sommes-nous censés faire ? s'enquit Kast comme maître Edyll se tournait vers la porte.

Le vieil homme lui jeta un regard las.

—Trouvez votre peuple. Achevez la réalisation du rêve de notre ancêtre.

—Comment ?

—Une période de massacre se prépare, comme durant le règne du roi Raff. (Maître Edyll posa une main sur le bras de Kast.) Mais dans votre corps de guerrier bat le cœur d'un homme pacifique. Libérez notre peuple, nos deux peuples, de leur héritage de haine et de guerre. Montrez-nous la voie d'une paix durable.

Sur ces mots, le vieillard ouvrit la porte.

Comme ils le suivaient dans le couloir, Sy-wen rattrapa Kast et, pour la première fois, lui prit la main.

—Apparemment, je ne suis pas la seule à connaître le fond de ton cœur, murmura-t-elle.

Kast fixa la petite main à la peau veloutée qui reposait dans sa poigne de granit. Il était choqué et stupéfait. L'espace d'un instant, il imagina que l'improbable devenait possible.

Même l'amour.

Pinorr trouva Sheeshon sur son lit. Les bras enveloppant ses genoux repliés, la fillette se balançait d'avant en arrière. Il se dirigea vers elle, s'assit au bord de la couchette et la serra contre lui.

Des mots s'échappaient de la bouche de Sheeshon en un torrent chaotique. C'étaient tantôt des phrases compréhensibles et sensées, comme si elle dialoguait avec un interlocuteur invisible, tantôt une suite de marmonnements inintelligibles. Parfois même, sa voix changeait brusquement ; elle devenait beaucoup trop basse et trop grave pour sortir de la gorge d'une enfant. Pinorr savait d'expérience qu'il n'y avait rien à faire, sinon laisser passer la crise.

Ami, la petite-fille de Mader Geel, se tenait immobile dans un coin de la cabine. Les yeux écarquillés de frayeur, elle regardait Sheeshon sans ciller. Mader Geel entra à son tour et l'entoura de son bras. Indiquant Ami du menton, Pinorr foudroya la vieille femme du regard. La pauvre enfant n'aurait pas dû veiller seule sur Sheeshon pendant que sa grand-mère allait chercher le chaman. Les crises de Sheeshon avaient de quoi foutre la trouille même à un adulte.

Mais Mader Geel ne s'excusa pas.

— Je refuse de dissimuler à Ami les dures réalités de la vie, dit-elle, le visage dur. La folie fait partie de ces réalités.

Pinorr plissa les yeux.

— Sheeshon n'est pas folle, répliqua-t-il en passant ses doigts dans les cheveux de la fillette. Juste un peu simple d'esprit. (Il baissa la voix.) Je soupçonne même que si ses crises ont empiré ces derniers temps, c'est parce que… parce qu'elle approche d'une élévation.

L'étonnement brisa le masque de pierre de Mader Geel.

— Sa folie doit être contagieuse, lâcha la vieille femme sur un ton dédaigneux. Pourquoi les dieux élèveraient-ils une enfant infirme jusqu'au *rajor maga* ?

— Je ne prétends pas comprendre les sept dieux de la mer. Leurs voies ont toujours été impénétrables. J'ignore comment ils choisissent à qui attribuer leur bénédiction.

Les caresses et la voix de Pinorr semblaient apaiser Sheeshon. La fillette cessa de se balancer, et son babil désordonné se calma progressivement.

— Qu'est-ce qui vous fait croire qu'elle a le don de vue ? insista Mader Geel.

— Vous avez vu ses sculptures.

Le visage de la vieille femme s'assombrit.

— Elle est douée, je vous l'accorde, admit-elle à contrecœur. Mais beaucoup de fous, y compris ceux que l'on doit se résoudre à noyer un jour, possèdent un talent unique. Jadis, j'en ai connu un capable de se déplacer dans le gréement d'un navire sans utiliser ses mains. Même par temps de tempête, il marchait sur les cordes comme sur de la terre ferme. (Elle eut un geste insouciant.) Mais, au-delà de ce talent unique, tous ces pauvres diables restent des infirmes. Le don de Sheeshon pour la sculpture ne signifie pas qu'elle ait été choisie par les dieux.

— Il ne s'agit pas seulement de ça, s'obstina Pinorr. (Pour une raison indéfinissable, il avait besoin de partager avec quelqu'un la découverte qu'il venait de faire.) Moi-même, jusqu'à ce matin, je n'avais jamais soupçonné que son don puisse être lié au *rajor maga*. Mais, à présent, je sais !

Mader Geel poussa Ami vers les jouets entassés dans un coin de la pièce. La plupart étaient des figurines d'os sculptées par Sheeshon. Ami s'assit par terre et ramassa la minuscule effigie d'une séduisante jeune femme dont Sheeshon avait insisté pour peindre les mains en rouge.

Sa petite-fille ainsi occupée, Mader Geel contourna le lit et s'assit du côté opposé à celui de Pinorr.

— Je sais que vous avez peur pour elle…

Sa tentative de compassion ne fit qu'exacerber l'irritation de Pinorr.

— Nous devrions tous avoir peur pour elle, cracha-t-il. Un danger approche de la flotte. Il chevauche une tempête qui frappera cette nuit. Et je crois que Sheeshon est la clé qui nous permettra de le comprendre.

— Que voulez-vous dire ?

— Avez-vous jamais douté de la véracité de mes visions ?

Mader Geel eut un mouvement de recul.

— Jamais ! N'oubliez pas que j'ai servi sous le père d'Ulster, le haut maître de quille. Je sais que votre don nous a permis de remporter maintes batailles.

— Alors, sachez également ceci. En sculptant le dragon, Sheeshon m'a parlé d'une menace imminente qui provoquerait notre fin à tous, révéla Pinorr.

— Ce ne sont que des inventions de gosse, affirma la vieille femme.

Mais une hésitation perçait dans sa voix.

— C'est aussi ce que j'ai cru. J'avais déjà perçu une énorme tempête qui se dirigeait vers nous depuis le sud, et je n'avais pas la patience d'écouter ses élucubrations. Mais, après ma discussion avec Ulster, j'ai de nouveau sondé l'océan. Et j'ai senti quelque chose de nouveau dans la brise.

Marquant une pause, Pinorr serra Sheeshon contre lui. L'enfant émergeait lentement de sa transe. Le pouce dans la bouche, elle promena un regard à la ronde, puis se blottit dans les bras de son grand-père pour y puiser chaleur et réconfort.

— Quoi ? demanda enfin Mader Geel. Qu'avez-vous senti ?

— Des dragons.

L'horreur se peignit sur le visage de la vieille femme.

— Peut-être avez-vous été plus influencé que vous ne le pensiez par les divagations de Sheeshon.

Pinorr la fixa par-dessus la tête de l'enfant.

— Donc, vous mettez mes capacités en doute.

Mader Geel garda le silence. Le dilemme dont elle était la proie se reflétait sur ses traits. Elle ne voulait pas croire à ce que disait Pinorr, mais ne pouvait nier l'acuité de son *rajor maga*.

— Vous en êtes sûr ? chuchota-t-elle enfin.

Le vieil homme acquiesça simplement.

— Sheeshon l'a vu la première, puis moi. Les mer'ai viennent vers nous.

— Nos anciens maîtres esclavagistes, marmonna Mader Geel.

Depuis que Pinorr la connaissait, jamais cette femme dure n'avait donné le moindre signe de faiblesse – y compris durant des batailles qui avaient semblé perdues d'avance. Mais, à présent, la peur brillait dans ses yeux.

Ami était toujours occupée à jouer dans son coin. Sans lever les yeux, elle lança sur un ton indifférent :

— Sheeshie dit qu'on va tous mourir.

Mader Geel et Pinorr jetèrent un coup d'œil à la fillette, puis s'entre-regardèrent.

— Sheeshon est la clé, répéta Pinorr en caressant les cheveux de l'enfant. Le savoir nécessaire pour nous permettre d'échapper à la mort est enfermé dans sa tête.

Des coups retentissants ébranlèrent la porte des quartiers de Pinorr. Les deux vieillards sursautèrent. Ami leva les yeux, et Sheeshon poussa un gémissement.

— Ils arrivent, marmonna-t-elle contre la poitrine de Pinorr.

— Ouvrez la porte ! tonna une voix dans le couloir. Par ordre du maître de quille, la dénommée Sheeshon doit répondre de l'attaque perpétrée contre un membre de l'équipage.

Pinorr passa l'enfant à Mader Geel.

— Il ne faut pas qu'on lui fasse de mal, siffla-t-il. Vous comprenez ? Pas seulement pour moi, mais pour tous les Dre'rendi dont le sort est entre ses mains.

Mader Geel le regarda, hésitante, puis hocha la tête.

— Je vous crois.

Les coups retentirent de nouveau – moins forts et plus nerveux cette fois. Même si la porte n'était pas verrouillée, Pinorr savait que les gardes n'oseraient pas entrer sans y avoir été invités. La crainte du courroux d'un chaman les maintiendrait à distance quelques instants de plus.

Pinorr se tourna vers Mader Geel.

— Dans ce cas, vous savez ce qui nous reste à faire.

— Nous battre.

Malgré la peur qui lui serrait le cœur, Pinorr ne put réprimer un sourire en entendant le feu dans la voix de Mader Geel. Ils étaient deux vieillards grisonnants prêts à affronter tout un navire plein de combattants.

— Ulster croit que sa jeunesse et sa vigueur le rendent fort. Nous lui enseignerons que seul le passage des hivers forge un véritable guerrier. (Pinorr désigna son front.) L'outil suprême de la victoire, c'est la cervelle, pas l'épée.

Mader Geel acquiesça.

— J'ai toujours dit que vous étiez un sage.

Pinorr se leva et entreprit de rassembler les affaires dont Sheeshon aurait besoin.

— Ah oui ? Quand ça ?

Les yeux de la vieille femme pétillèrent d'amusement.

— Pas devant vous, bien entendu. Il n'est pas bon que le nez d'un chaman s'élève trop au-dessus de l'horizon.

Pinorr la foudroya du regard.

— Oh, assez de fausse humilité ! Vous avez toujours été têtu comme une mule, du genre à vouloir imposer votre façon de voir les choses à tout le monde. Même le père d'Ulster se demandait parfois qui dirigeait réellement la flotte.

— Quoi qu'il en soit, nous devons nous hâter.

Nouveaux coups, plus vigoureux que les précédents.

— Ne nous forcez pas à enfoncer votre porte, chaman ! rugit la voix d'Ulster. (La couardise de ses laquais avait dû finir par énerver le maître de quille.) La fille de votre fils n'est pas au-dessus de nos lois. Elle a passé dix hivers ; par conséquent, elle doit répondre de ses actes. Ouvrez immédiatement !

Pinorr savait que les paroles d'Ulster s'adressaient davantage aux gardes qu'à lui. Une fois de plus, le maître de quille utilisait la loi pour justifier sa cruauté. Tout le monde savait que Sheeshon n'avait pas dix hivers d'âge mental, loin s'en fallait. Ulster ne cherchait pas tant à faire justice qu'à blesser Pinorr dans ce que le chaman avait de plus cher. Pourtant, si douteuses que soient ses motivations, nul ne pouvait lui désobéir à bord.

Secouant la tête, Pinorr reporta son attention sur Mader Geel, qui avait déjà pris les deux fillettes par la main et les tenait serrées contre elle. Il la rejoignit et lui chuchota très vite son plan. Puis il lui remit les affaires de Sheeshon.

— Vous pourrez vous débrouiller ?

La vieille femme acquiesça avec un sourire dur.

— Je veillerai sur la petite. Personne ne lui fera de mal.

Pinorr se dirigea vers la porte.

—Dans ce cas, que la bataille commence.

Essoufflée, Sy-wen entra la première. Maître Edyll la suivit avec l'assistance de Kast. Lorsqu'ils furent tous à l'intérieur, Sy-wen scella la porte.

—Où sommes-nous? s'enquit Kast en jetant un coup d'œil méfiant à la petite pièce vide.

Sy-wen se tourna vers le Sanguinaire.

—Dans une capsule, sous le ventre du léviathan.

Elle désigna la seule chose qui rompait la monotonie des parois : un puits dans le plancher. Un peu plus bas dans l'étroit conduit, Kast vit bouillonner l'eau de l'océan.

—Nous appelons ça un « *obligatum* », expliqua Sy-wen, sachant que ce mot ne signifiait rien pour Kast.

Lorsque tous deux étaient montés à bord du léviathan, l'énorme créature avait déjà fait surface, si bien que Ragnar'k avait pu se poser sur son large dos. Sy-wen avait sauté à bas du dragon, rompant leur contact physique et permettant à Kast de reprendre sa forme humaine. À partir de là, des gardes mer'ai les avaient conduits à l'intérieur du léviathan.

Quitter celui-ci en secret ne s'annonçait pas aussi simple.

—Un « *obligatum* »? répéta Kast en scrutant les profondeurs du puits.

Sy-wen acquiesça.

—C'est ainsi que les mer'ai entrent ou sortent d'un léviathan immergé. Un dragon immergé peut aussi passer le cou à l'intérieur pour respirer de l'air sans devoir remonter jusqu'à la surface. (La jeune fille étudia le niveau d'eau dans le conduit.) La chance est avec nous. Le léviathan ne nage pas trop profond aujourd'hui. (Elle se tourna vers Kast.) Quand il plonge très bas, la pression croissante fait monter l'eau dans l'*obligatum* et emplit toute la chambre. Si tel était le cas, nous ne pourrions pas fuir.

Maître Edyll gloussa.

— La chance n'y est pas pour grand-chose, ma chérie.

— Que voulez-vous dire, mon oncle ?

— Quand j'ai entendu dire que tu avais sollicité une audience auprès du Conseil, j'ai deviné tes intentions et ordonné au léviathan de rester dans les hauts-fonds aujourd'hui.

Sy-wen fronça les sourcils.

— Lorsque mère l'apprendra, elle saura que vous avez joué un rôle dans notre évasion.

— Elle le soupçonnera seulement, corrigea Edyll. Sans preuve… (Il haussa les épaules.) Vois-tu, mes pauvres vieilles oreilles me faisaient mal. J'avais besoin de soulager la pression sur mes tympans, alors, j'ai demandé au léviathan de remonter un peu.

— Je vois, grimaça Sy-wen.

— Maintenant, filez.

Maître Edyll saisit une gourde en forme d'œuf, suspendue au mur et prolongée par une tige. Il la tendit à Kast, qui la retourna dans tous les sens.

— Qu'est-ce que c'est ?

— Une capsule à air, répondit le vieil homme. Vous en aurez besoin pour respirer sous l'eau. Sy-wen devrait réussir à retenir son souffle assez longtemps.

Il jeta un regard entendu à sa nièce.

— Assez longtemps pour quoi ? demanda Kast.

Du menton, Sy-wen désigna le puits.

— Maître Edyll a raison. Je ne peux pas conjurer Ragnar'k ici. Il est trop gros pour passer par là. Nous allons devoir sortir par nos propres moyens et conjurer le dragon une fois dans l'eau.

Kast écarquilla les yeux, mais ne protesta pas. Sy-wen vit qu'il luttait pour rester stoïque face à la perspective de s'effacer de nouveau devant le dragon. Même maître Edyll parut remarquer la tension du Sanguinaire.

— Il faut que j'y aille. Si je m'attarde trop, le Conseil va finir par se demander où je suis passé.

Sy-wen étreignit chaleureusement son oncle.

— Merci, lui dit-elle à l'oreille.

Edyll lui rendit son étreinte.

— Puissent les marées te porter en sécurité, chuchota-t-il.

C'était un vieil adieu mer'ai.

Ils se séparèrent. Edyll salua Kast et sortit, scellant la porte derrière lui.

Dès que Sy-wen et le Sanguinaire se retrouvèrent seuls, une gêne palpable s'installa entre eux. Il y avait trop de choses à dire, trop de choses à admettre. Sy-wen avait l'impression que le léviathan nageait désormais à mille lieues de profondeur. L'air lui semblait épais, difficile à respirer.

Elle dévisagea Kast, mais ne put le regarder dans les yeux. Le jeune homme évitait aussi de la fixer.

— On devrait y aller, croassa-t-il enfin.

Sy-wen acquiesça.

— Je vais descendre la première. Je t'attendrai à l'extérieur du léviathan.

Elle se rapprocha de Kast. En silence, elle lui montra comment casser l'extrémité de la tige et respirer l'air contenu dans la capsule.

— Je te conseille de te déshabiller quand je serai partie, ajouta-t-elle.

Kast hocha la tête. La métamorphose déchiquetait toujours ses vêtements.

— Vas-y.

Comme Sy-wen s'avançait pour l'étreindre, il recula et saisit son ample chemise afin de l'ôter. La jeune fille s'immobilisa, les bras ouverts. Elle l'avait déjà vu nu, mais ne l'avait jamais touché lorsqu'il l'était. Affreusement gêné, Kast interrompit son geste. Sy-wen baissa les yeux et se détourna.

— Je… Je t'attends dehors, bredouilla-t-elle.

— Je… J'arrive tout de suite.

La jeune fille se positionna au bord du puits en maudissant sa propre stupidité. Mais elle ne put se résoudre à sauter.

Comme si Kast avait perçu son hésitation, des bras puissants l'encerclèrent soudain par-derrière. Elle hoqueta de surprise et, l'espace d'un instant, se raidit dans l'étreinte du Sanguinaire. Puis elle se laissa aller contre son corps tiède. Les lèvres de Kast effleurèrent le creux de son cou. Aucun d'eux ne dit mot. Sy-wen n'osa même pas se retourner. En guise d'au revoir, ils échangèrent des caresses timides et de douces paroles.

Enfin, les bras de Kast retombèrent, ses doigts frôlant les bras nus de Sy-wen comme il reculait. La jeune fille trembla en sentant un souffle d'air frais sur sa peau brûlante. Sans un regard en arrière, elle plongea gracieusement dans le puits, et l'eau froide emporta les larmes qui commençaient à couler sur ses joues.

Une fois sortie du léviathan, elle fila sous son ventre et se retourna pour faire face au puits. Ses paupières internes s'étaient déjà refermées, aussi y voyait-elle clairement à travers l'eau cristalline. Tout en attendant, elle porta la main à l'endroit où les lèvres de Kast l'avaient touchée. Malgré le froid de l'océan, ce souvenir lui échauffa le sang. Elle n'avait pas de mots pour désigner le tourbillon d'émotions qui agitait son cœur.

Laissant retomber sa main, Sy-wen poussa sur ses jambes pour se rapprocher de l'ouverture dans le ventre du léviathan. Elle ne devait pas laisser ses sentiments interférer avec son devoir. Kast était la réincarnation de l'ancêtre des mer'ai. Selon son oncle, le destin de leur peuple reposait sur les épaules du Sanguinaire. Sy-wen remua les pieds et les mains pour demeurer stationnaire près de l'*obligatum*. Une éternité lui parut s'écouler avant qu'une explosion de bulles annonce la sortie de Kast.

D'une ruade, elle rejoignit le Sanguinaire. Celui-ci se débattait et se tortillait comme s'il avait toutes les peines du monde à s'orienter. Une fois près de lui, Sy-wen réalisa qu'il était aveugle dans l'eau. Il ne possédait pas de secondes paupières pour protéger ses yeux contre la morsure du sel et le brouillage de sa vision. Elle imaginait facilement la panique qu'il devait ressentir à se retrouver ainsi projeté dans un monde liquide et glacial, dans lequel il était obligé de s'en remettre à elle pour survivre.

Lorsqu'elle lui saisit la main, Kast se calma instantanément. Il ne chercha même pas à s'accrocher à elle : il la laissa venir à lui, confiant. Sa poitrine était nue, et seul un pagne de lin recouvrait sa virilité. Sy-wen avait beaucoup de mal à le supporter. La simple vision des membres robustes du Sanguinaire lui faisait presque oublier de retenir son souffle.

Elle se positionna face à lui et l'attira vers elle en se forçant à ne regarder que son visage. Pour les stabiliser tous les deux, elle dut enrouler ses jambes autour de la taille du jeune homme. Puis elle lui prit le menton et lui fit tourner la tête, exposant le tatouage sur sa joue.

Kast se raidit. Il savait ce qui allait suivre. L'emblème de Ragnar'k, un dragon noir lové sur lui-même, fixait Sy-wen de ses yeux rouge flamboyant. La jeune fille sentait presque la bête captive l'implorer de la libérer.

Elle lâcha le menton de Kast. Le Sanguinaire tourna de nouveau la tête vers elle, mais l'eau salée continuait à l'aveugler. À tâtons, il leva la main et toucha la joue de Sy-wen pour lui indiquer qu'il était prêt.

Sy-wen tendit une main vers lui – mais pas vers son tatouage. Avec douceur, elle ôta de sa bouche la tige qui permettait au Sanguinaire de respirer. Kast ne résista pas. Il avait toujours confiance en elle. Sy-wen se débarrassa de la capsule à air, attira le jeune homme vers elle et pressa ses lèvres sur les siennes. À son contact, Kast sursauta légèrement. Puis il la serra plus fort contre lui. Les deux jeunes gens s'enlacèrent avidement, partageant leur souffle par leurs bouches scellées.

Le temps suspendit son vol. Mais, si leurs cœurs se faisaient des promesses d'éternité, leurs poumons ne pouvaient tenir aussi longtemps sans air. À contrecœur, Sy-wen finit par toucher le tatouage de Kast avant qu'ils se noient.

Au revoir, Kast, lui dit-elle silencieusement. Et, pour la première fois, elle s'autorisa à ajouter ce que son cœur savait depuis le début. *Je t'aime.*

Alors, l'océan s'effaça devant un tourbillon de griffes et d'écailles. Un rugissement emplit les oreilles et l'esprit de Sy-wen comme le dragon tapi à l'intérieur de Kast jaillissait de sa prison de chair. Avant que les remous s'apaisent, Sy-wen se retrouva assise sur le dos d'une monstrueuse créature dont les ailes se déployaient comme des voiles de chaque côté d'elle, et dont le cou se tendait très loin dans les profondeurs bleues de l'océan.

Ragnar'k tourna la tête vers sa cavalière. Ses yeux de rubis brillèrent, et ses crocs argentés scintillèrent dans la lumière réfractée. *Sy-wen*, ronronna-t-il mentalement. *Ma Liée.* Sa jubilation d'être de nouveau libre submergea la jeune fille. Mais, sous le ravissement du dragon, Sy-wen percevait aussi sa faim, pareille à un puits sans fond.

Elle effleura le cou épais de Ragnar'k, glissant ses doigts sous les écailles rigides du dragon pour gratter la chair tendre que celles-ci recouvraient. *Nourris-toi*, lui enjoignit-elle par la pensée. *Nous avons une longue route à faire.*

Tendant la main, elle libéra le minuscule siphon qui lui permettait de partager l'air de Ragnar'k. La première goulée chassa les étincelles minuscules que le manque d'oxygène commençait à faire danser devant ses yeux. *C'est bon de respirer de nouveau*, songea Sy-wen. Mais une douleur sourde s'attardait encore en sa poitrine, et tout l'air frais du monde n'aurait pas suffi à dissoudre le chagrin qui alourdissait son cœur.

Ragnar'k renouvela sa provision d'air en passant brièvement la tête dans l'un des *obligatum* du léviathan. Lorsque ses poumons furent pleins, il se détourna et se mit en chasse.

Sy-wen se cramponna à sa monture. Où Kast était-il passé ? Entre ses cuisses, elle sentait les battements du cœur du dragon, pareils à des coups de tonnerre. Elle s'imagina que c'étaient ceux du Sanguinaire. Se penchant sur l'échine de Ragnar'k, elle posa une main sur l'une des veines qui pulsaient dans son cou. Puis elle laissa ses paupières externes se fermer à demi tandis que le dragon fendait les flots, gobant des scalaires et des albacores au passage. Le plaisir que lui procurait ce festin se mélangea, dans l'esprit de la jeune fille, au souvenir des lèvres de Kast sur sa peau.

Monture et cavalière glissaient au-dessus de récifs semblables à des chaînes de montagnes. Au loin, Sy-wen voyait d'autres dragons aquatiques piquer vers les profondeurs, tels des joyaux en train de couler. Derrière elle, l'énorme masse du léviathan s'estompait entre deux eaux.

Sy-wen ferma les yeux. Elle se laissa dériver dans un brouillard de chagrin et de plaisir mêlés jusqu'à ce que les pensées de Ragnar'k fassent irruption dans sa rêverie.

— *Mon estomac est plein. Où allons-nous maintenant ?* Se redressant, elle glissa ses pieds dans les replis de peau à la base du cou du dragon.

— *Vers le haut*, répondit-elle. *Vers la surface.*

Un frisson d'excitation parcourut monture et cavalière.

Après avoir resserré les plis de sa peau pour bloquer les pieds de Sy-wen, Ragnar'k déploya ses ailes et plongea, puis décrivit un arc serré afin de prendre de l'élan. Sy-wen dut s'agripper à une crête osseuse pour lutter contre la pression qui la poussait en arrière. À l'instant où elle allait se faire désarçonner, la longue queue du dragon se détendit comme la corde d'un arc. Ragnar'k fusa à la verticale, plaquant ses ailes le long de ses flancs tandis qu'il filait vers la lumière diffuse de la surface.

Sy-wen s'accrocha de toutes ses forces. Un rugissement emplit ses oreilles lorsque Ragnar'k jaillit des flots. De l'eau de mer cascada le long de son corps, tentant de la renverser. Mais les écailles du dragon enserraient fermement ses pieds, et ses doigts étaient plantés dans la chair de sa monture comme des griffes.

Soudain, ce fut terminé. Ragnar'k se redressa sous elle, et Sy-wen put se détendre. Elle rouvrit les yeux. Le dragon survolait les vagues, et le vent séchait déjà les cheveux verts de la jeune fille. Sy-wen scruta la courbure lointaine du monde à l'horizon. Devant elle, l'océan s'étendait, plaine immense et monotone. Le disque étincelant du soleil se cachait derrière des nuages blancs moutonneux, conférant à l'eau l'aspect de l'argent martelé.

—*Les cieux sont en colère*, dit Ragnar'k.

—Quoi ? cria Sy-wen pour couvrir le souffle du vent.

Une détonation retentit dans son dos. En tournant la tête, la jeune fille comprit ce que Ragnar'k avait voulu dire. Derrière elle, à une courte distance, le monde entier n'était que nuages noirs, trombes de pluie et éclairs menaçants. Un nouveau grondement de tonnerre résonna à la manière du rugissement d'une bête féroce.

—*Fuis*, ordonna Sy-wen à Ragnar'k. *Nous ne devons pas être pris dans cette tempête.*

Le dragon fit face aux cieux déchaînés. Ouvrant sa gueule noire, il poussa son propre rugissement de défi. Puis il vira sur l'aile et s'éloigna en rasant l'eau.

—*Dépêche-toi*, le pressa Sy-wen.

Le craquement du tonnerre et le hurlement du vent s'amplifiaient à ses oreilles. Elle se plaqua sur l'échine de Ragnar'k.

Le dragon accéléra, et Sy-wen sentit un feu couver sous son siège comme il luttait pour prendre la tempête de vitesse.

Alors, elle réalisa que Kast et elle avaient peut-être été imprudents de partir seuls à la recherche des Dre'rendi. Elle aurait dû écouter les conseils de sa mère. L'idée de rebrousser chemin l'effleura, mais elle la repoussa fermement et se concentra sur l'océan qui défilait en contrebas. Peut-être pourraient-ils se réfugier sous l'eau et laisser passer la tempête, bien à l'abri dans le ventre de l'océan…

Non, songea-t-elle farouchement. Et elle implora le dragon d'accélérer encore. Ils n'avaient déjà que trop tardé. Sy-wen n'osait pas prendre le risque de perdre une journée supplémentaire en s'abritant contre la tempête. Non seulement ils iraient plus vite en volant qu'en nageant, mais, en surface, ils pouvaient scruter le paysage d'un bord à l'autre de l'horizon. Ils n'avaient pas le choix. S'ils voulaient trouver les Dre'rendi à temps, ils devaient échapper à la tempête.

Comme pour narguer Sy-wen, une monstrueuse cascade de foudre se déversa du ciel derrière eux, projetant l'ombre du dragon à la surface de l'océan. Les flots devinrent immobiles et vitreux alors que la tempête féroce engloutissait la maigre lumière du soleil.

—*Les crocs du ciel sont sur nous*, déclara Ragnar'k.

Sur cette pensée, les nuages noirs rattrapèrent les deux compagnons et décochèrent une nouvelle volée d'éclairs pareils à des flèches déchiquetées. Le grondement du tonnerre assaillit les tympans de Sy-wen tandis que le vent hurlant menaçait de précipiter monture et cavalière dans les flots en contrebas.

Ils avaient perdu la course.

La tempête les tenait dans sa gueule.

Le mess de l'*Éperon de dragon* était bondé. La moitié de l'équipage s'était rassemblée là pour assister à la bataille entre le chaman et le maître de quille. En temps ordinaire, la grande pièce servait de cantine aux marins, mais, pour l'occasion, les bancs tachés de bière avaient été poussés le long des murs afin de dégager un espace devant la plus longue des tables. Malgré l'odeur de poisson bouilli qui imprégnait encore les murs, le mess faisait office de tribunal maritime.

Pinorr étudia ses juges. Jabib et Gylt avaient pris place derrière la grande table. C'étaient le premier et le second maîtres du navire – et accessoirement, les compères d'Ulster. Pinorr les détailla avec dégoût. Jabib était un géant aussi maigre que grand, avec un nez difforme qui saillait de son visage vérolé tel un chaland brisé. Par contraste, Gylt était petit et trapu, avec une expression perpétuellement renfrognée.

Sheeshon ne trouverait nulle miséricorde chez ces deux-là. À en juger par l'expression éminemment satisfaite d'Ulster, debout à côté de Pinorr, le sort de la fillette avait déjà été décidé. En théorie, un maître de quille était l'égal de n'importe quel autre membre d'équipage en cas de conflit à bord. En pratique, les sourires à peine voilés qu'Ulster échangeait avec les juges ne pouvaient échapper à Pinorr. Ce jour-là, la justice serait aussi aveugle qu'un rampeboue.

Tandis que Pinorr, maussade, s'interrogeait sur ses chances de réussite, Ulster s'avança pour commencer la procédure. Comme le voulait la coutume, il s'inclina profondément devant chacun des deux juges.

Lorsque vint son tour, Pinorr n'inclina que la tête – et une seule fois. Son insulte provoqua un marmonnement de la foule derrière lui. Le premier et le second maîtres s'empourprèrent face à un tel manque de déférence. Jabib ouvrit la bouche pour réprimander Pinorr, mais Ulster l'interrompit, prouvant par là qui dirigeait réellement l'audience.

— Chaman, la fille de ton fils devrait être présente devant ce tribunal.

Pinorr se tourna vers le maître de quille et répondit sur un ton respectueux :

— Je la représente, comme la loi m'y autorise. Par conséquent, je m'exprime en son nom.

— Néanmoins, elle devrait se trouver dans cette pièce, insista Ulster.

— Mader Geel veille sur elle dans mes quartiers. Vos gardes les ont bien en main toutes les deux. À moins que vous craigniez qu'une vieille femme et une enfant puissent neutraliser vos hommes. Si tel est le cas, je peux faire venir Sheeshon pour vous tranquilliser.

Ulster s'empourpra à son tour et bafouilla quelque chose d'inintelligible.

— Je pensais qu'il valait mieux éviter de vous mettre de nouveau en présence d'une guerrière aussi dangereuse, d'autant qu'elle vous a déjà vaincu une fois, poursuivit Pinorr, implacable, en désignant la main bandée du jeune homme.

Les marins gloussèrent – mais en se détournant pour ne pas qu'Ulster voie lesquels d'entre eux riaient des paroles du chaman.

Pinorr conserva son sérieux.

— Très bien, cracha Ulster. Qu'elle reste dans tes quartiers. Je ne voudrais surtout pas qu'on me taxe d'injustice.

Pinorr ravala un ricanement.

— Dans ce cas, nous pouvons procéder.

Ulster se racla la gorge et fit un pas en avant.

— J'accuse Sheeshon di'Ra d'avoir attaqué un autre membre d'équipage sans lui jeter un défi au préalable.

Jabib acquiesça d'un air sombre, comme s'il méditait les paroles du maître de quille, puis se tourna vers Pinorr.

— Qu'avez-vous à répondre ?

Pinorr resta où il était.

— Ceci est une mascarade. La fille de mon fils ne pourrait en aucun cas déclarer un *tekra*, un défi au sang, pour la bonne raison que ce mot ne signifie rien pour elle. Comme toutes les personnes ici présentes le savent, Sheeshon est attardée mentale. C'est un bébé dans un corps de petite fille. La faire comparaître devant ce tribunal au même titre qu'un membre d'équipage est pure lâcheté.

Derrière Pinorr, la foule poussa des exclamations de stupeur.

Ulster haussa la voix pour couvrir le brouhaha.

— Tu te trompes, chaman. Je n'ai jamais affirmé que la gamine était un membre d'équipage. Ça, c'est aux juges d'en décider. Je ne fais que suivre le code dre'rendi. Elle a passé dix hivers et elle vient d'enfreindre nos lois. Le code est très clair. Elle doit comparaître devant le tribunal, qui décidera ce qui est juste en la matière.

Le tumulte se réduisit à de simples murmures.

Pinorr vit les juges l'étudier d'un air amusé. Il aurait du mal à combattre la lettre du code dre'rendi. Ulster avait trouvé un point faible à exploiter ; il était certain de sa victoire. Mais Pinorr ne s'avouait pas vaincu pour autant. Il savait que, bien souvent, on ne peut combattre le feu que par le feu.

— Vous parlez beaucoup du code, lança-t-il. Mais vous n'avez pas dû remonter assez loin pour lire un de ses décrets les plus anciens : « Qui est accusé peut lancer un *jakra* à qui l'accuse. »

— Un duel au sang ? (Ulster pâlit, puis se ressaisit très vite et partit d'un rire dur.) Décidément, vieillard, tu deviens sénile. La folie du *rajor maga* t'aurait-elle enfin gagné, comme elle gagne tous les chamans tôt ou tard ?

— Je ne suis pas encore aveuglé par la main des dieux de l'océan. Mon esprit m'appartient toujours. Et, en tant que représentant de Sheeshon, je peux réclamer un *jakra* en son nom. (Pinorr tendit un index vers le maître de quille, qui faisait le double de son poids et avait la moitié de son âge.) Je vous défie en duel au sang contre Sheeshon.

Sur le visage d'Ulster, le choc avait balayé toute trace d'arrogance. Pinorr voyait les rouages de son esprit tourner, tentant de résoudre l'énigme qui se présentait à lui. Dans la tempête de cette audience, le maître de quille ne distinguait pas le cap adopté par le chaman. Aucune personne saine d'esprit n'aurait opté pour la voie du *jakra*. Ce décret archaïque n'avait pas été invoqué depuis plus d'un siècle. Tous savaient qu'il valait bien mieux accepter la sentence d'un tribunal, si sévère soit-elle, plutôt que de s'exposer à un duel au sang. Les probabilités étaient toujours contre celui qui lançait le défi : il devait affronter son adversaire à mains nues, tandis que ce dernier pouvait utiliser n'importe quelle arme disponible. Dans la longue histoire des Dre'rendi, aucun accusé n'avait jamais survécu au *jakra*.

— À quoi joues-tu ? siffla Ulster.

— Relèverez-vous le défi vous-même, maître de quille ? Ou souhaitez-vous désigner quelqu'un pour prendre votre place dans le cercle ?

À présent que Pinorr l'avait traité de lâche, Ulster ne pouvait se dérober sans perdre la face devant son équipage.

— Je relève le défi moi-même, répondit-il avec méfiance. Et qui sera assez fou pour m'affronter à mains nues au nom de Sheeshon ?

Pinorr haussa les épaules.

— Moi.

La foule hoqueta. Les chamans n'avaient pas le droit de se battre. Une fois que les dieux de la mer leur avaient conféré le don du *rajor maga*, ils devaient défaire leur tresse de guerrier et ne plus arborer que les robes de leur office. Ils ne pouvaient même plus porter d'épée. Un chaman qui se battait était la pire insulte possible envers les dieux de la mer – et un moyen très sûr d'attirer leurs foudres sur son navire.

— Tu ne peux pas entrer dans le cercle, protesta Ulster. C'est interdit. Désigne quelqu'un d'autre pour représenter Sheeshon.

— Le code est limpide, contra Pinorr. Celui qui invoque le *jakra* peut choisir n'importe quel volontaire pour le représenter – chaman ou pas. Telle est la loi.

Ulster fulminait.

Le taciturne Gylt prit la parole pour la première fois.

— Si vous vous battez, vous attirerez le courroux des dieux sur notre proue, bredouilla-t-il.

Jabib se contenta de foudroyer Pinorr du regard. Mais la foule fit écho aux craintes de Gylt, et Ulster fut bien forcé de réagir à la panique grandissante de son équipage.

— Si tu meurs, gronda-t-il, Sheeshon mourra aussi – par le fouet et par la hache. Le code du *jakra* est formel : le représenté subit le même sort que son représentant.

— Je préfère la savoir morte plutôt que vivante sur un bateau maudit par les dieux, répliqua Pinorr.

Et il tourna le dos à Ulster, laissant le maître de quille réfléchir au dilemme qui se présentait à lui. Sa réaction disproportionnée à l'attaque de Sheeshon menaçait désormais d'attirer la colère divine sur son navire, et, quand bien même il serait prêt à l'accepter, tel n'était visiblement pas le cas de son équipage. En s'obstinant à vouloir punir Sheeshon, il forcerait un chaman à se battre… et se retrouverait seul à bord. Aucun Sanguinaire ne mettrait les pieds sur un vaisseau maudit.

Pinorr attendit quelques instants pour permettre à Ulster d'atteindre cette conclusion. Puis il pivota de nouveau vers lui.

— La seule alternative qui s'offre à vous, c'est d'abandonner le chef d'accusation et de mettre un terme immédiat à cette audience.

Fou de colère, Ulster serra les poings. Il savait qu'il était vaincu, neutralisé par le code même avec lequel il espérait piéger Pinorr. La frustration tordait ses traits ; sous ses sourcils froncés, ses yeux lançaient des éclairs.

— Très bien, tu as gagné, cracha-t-il. Je…

— Attendez, coupa Jabib. Avant de prendre une décision, nous devrions amener Sheeshon devant le tribunal.

Ulster fit un geste qui signifiait en substance : « Laisse tomber. » Mais Jabib se leva. Il avait toujours été le cerveau du trio qu'il formait avec Ulster et Gylt. Comploter était une seconde nature pour lui. Pinorr devina qu'un plan venait de germer dans son esprit – mais lequel ?

Le premier maître leva une main.

— Le tribunal a le droit de demander à Sheeshon qui elle désire prendre comme champion. Voyons si elle souhaite vraiment que son grand-père meure pour elle.

La vision de Pinorr s'assombrit. Il ne comprenait que trop bien les intentions de Jabib. Il avait chargé Mader Geel de faire la leçon à Sheeshon, afin que celle-ci nomme son grand-père au cas où on lui demanderait de désigner un représentant. Mais, de toute évidence, Jabib comptait user d'intimidation pour dissuader la fillette. S'il n'y parvenait pas, Ulster pourrait toujours retirer sa plainte, et on en resterait là.

S'il y parvenait, en revanche… Sheeshon était perdue. Le défi avait été lancé, et Pinorr ne pouvait plus le retirer. Seul Ulster pouvait encore annuler le duel en abandonnant le chef d'accusation. Faute de quoi, Sheeshon devrait désigner un champion prêt à affronter le maître de quille à mains nues – ce que personne n'accepterait de faire.

Pinorr blêmit, et son sang se glaça dans ses veines. Par ses propres paroles, il venait sans doute de condamner sa petite-fille. Il s'était laissé aveugler par son orgueil et sa confiance en lui. Ulster avait dû parvenir à la même conclusion, car il arborait un large sourire.

Deux gardes partirent chercher Sheeshon.

Pinorr se racla la gorge.

—Ce n'est pas nécessaire, protesta-t-il sans grand espoir. Elle m'a déjà désigné, et j'ai accepté.

—C'est au tribunal d'en juger, pas à vous, répliqua sévèrement Jabib. Selon le code, les juges ont le droit d'interroger l'accusée et de lui demander de nommer elle-même son champion.

Pinorr savait qu'il serait vain de discuter. Tout en attendant, il pria les dieux de protéger sa petite-fille. Sheeshon ne méritait pas ce châtiment. Les yeux clos, il lui souhaita la force nécessaire pour affronter la tempête à venir.

Après ce qui lui parut une éternité, les marins – qui marmonnaient entre eux et prenaient déjà des paris sur l'issue de l'audience – s'agitèrent de plus belle lorsque les gardes poussèrent Sheeshon à travers la foule. Hommes et femmes continuaient à affluer dans le mess ; c'était maintenant les trois quarts de l'équipage qui se pressaient dans le tribunal improvisé.

Sheeshon fut conduite devant la longue table. Mader Geel l'accompagnait. Du menton, Jabib désigna la vieille femme.

—Nous n'avons plus besoin de vous.

Mais Mader Geel jeta un coup d'œil à Pinorr et ne bougea pas.

—Es-tu sourde ? aboya Ulster. Le tribunal vient de te donner un ordre !

Il fit signe aux gardes, qui s'approchèrent de la vieille femme à contrecœur.

—La petite a peur, se justifia Mader Geel en prenant la main de Sheeshon.

Les yeux écarquillés et la lèvre inférieure tremblante, Sheeshon regarda autour d'elle. Le côté paralysé de son visage semblait encore plus affaissé que d'habitude. Mader Geel fut emmenée de force, et l'enfant se retrouva seule devant la table. Elle voulut rejoindre Pinorr, mais un garde la retint en lui posant une main sur l'épaule.

Jabib avait contourné la table. Souriant, il s'agenouilla devant Sheeshon et se mit à lui parler tout bas. L'enfant l'écouta en jetant des coups d'œil nerveux à Pinorr. Lorsqu'il fut certain d'avoir capté son attention, Jabib haussa la voix afin que tout le monde puisse l'entendre.

—Ma petite chérie, sais-tu pourquoi tu es là?

Sheeshon secoua la tête. Elle voulut porter son pouce à sa bouche, mais Jabib lui prit le poignet pour l'en empêcher.

—Tu dois te choisir un champion. Tu sais ce que ça signifie?

—Mader a dit que je devais montrer papa, chuchota la fillette.

—Ah! Donc, tu veux faire mourir ton papa, susurra Jabib.

Les yeux de Sheeshon s'emplirent de larmes.

—Faire mourir mon papa?

Jabib acquiesça et la fit pivoter vers Ulster.

—Si tu choisis ton papa, ce grand gaillard lui ouvrira le ventre avec sa méchante épée. Tu veux vraiment choisir ton papa?

Des larmes ruisselèrent sur les joues de Sheeshon.

—Non, répondit-elle d'une voix étranglée. Je ne veux pas qu'on ouvre le ventre de papa.

C'était plus que Pinorr n'en pouvait supporter. Son cœur saignait pour la fillette.

—Laissez-la tranquille. Je vous en prie.

Jabib se releva en tapotant la tête de Sheeshon. Sa voix résonna clairement par-dessus les murmures de la foule.

—Vous avez tous entendu l'accusée. Elle ne veut pas du chaman comme champion.

Ulster fit un pas en avant.

—Le *jakra* a été déclaré. Elle doit choisir un autre champion ou m'affronter elle-même en duel.

— Finissons-en, Ulster. Tuez-moi si vous le désirez, mais laissez la pauvre Sheeshon à l'écart de notre querelle, réclama Pinorr.

— En te tuant, j'attirerais la malédiction des dieux sur mon bateau. Je ne crois pas que mon équipage l'accepterait.

— Alors, vous préférez assassiner une enfant innocente ? Devant tous vos hommes ?

— Ce n'est pas moi qui en ai décidé ainsi, se défendit Ulster. Je voulais juste qu'elle soit punie. Deux coups de fouet me paraissaient un châtiment approprié pour vous enseigner une leçon à tous les deux. C'est toi qui as réclamé un duel au sang.

Pinorr grimaça. Mais il ne pouvait pas contredire Ulster. Dire qu'il s'était félicité de sa sagesse acquise au fil des hivers ! Il s'était cru si malin !

— Si vous m'enlevez Sheeshon, je trouverai un moyen de vous détruire, gronda-t-il. J'en fais le serment.

Ulster haussa les épaules.

Mader Geel fut autorisée à revenir pour consoler Sheeshon. Elle serra la fillette contre elle et murmura des paroles apaisantes à son oreille minuscule.

Pinorr savait qu'il avait perdu. Il voulut rejoindre sa petite-fille, mais les gardes l'en empêchèrent.

Jabib s'agenouilla de nouveau près de Sheeshon.

— Tu dois choisir quelqu'un, ma chérie. Quelqu'un qui se battra à ta place.

Pinorr n'écoutait plus. C'était fini. Personne n'accepterait.

Sheeshon se dégagea de l'étreinte de Mader Geel. Ses yeux étaient vitreux, son regard lointain. La peur l'avait poussée à se retrancher en elle-même. Elle leva le nez vers les poutres du plafond.

— Ils sont là, marmonna-t-elle.

Soudain, un craquement sinistre se réverbéra à travers les planches du bateau, comme si la quille venait de se briser net. Tout le monde sursauta.

Jabib toucha l'épaule de Sheeshon.

— Choisis, la pressa-t-il.

Dans les affres de ses crises de démence, Sheeshon avait la force d'un homme adulte. Elle se dégagea et se dirigea vers la foule en titubant. Les marins s'écartèrent devant elle, baissant les yeux pour ne pas croiser son regard. Nul ne voulait être forcé de lui refuser son aide.

Jabib emboîta le pas à Sheeshon. La fillette se mit à courir. Pinorr et Ulster s'élancèrent sur les talons de Jabib ; la foule s'écarta pour les laisser passer. Sheeshon jaillit hors du mess et se rua vers l'escalier du pont principal. Comme elle grimpait les marches deux à deux, les marins s'engouffrèrent dans le couloir à la suite de ses poursuivants.

Le pont inférieur était exigu, et il y régnait une atmosphère étouffante. Lorsque Pinorr émergea à l'air libre, il reçut la gifle de l'air froid comme une douche glaciale. Il y eut un nouveau grondement de tonnerre. Au sud, le ciel n'était plus qu'un mur de nuages noirs compacts qui montait jusqu'au firmament. Le soleil, en train de se coucher à l'ouest, se faisait déjà grignoter par la lisière de la tempête. Certes, l'océan était calme autour du bateau – mais d'un calme surnaturel. Les vagues plates avaient une couleur métallique.

Au loin, des signaux lumineux indiquaient la position des autres navires de la flotte. Les marins arisaient les voiles, et des ordres tonitruants se répercutaient à la surface immobile de l'eau.

Pinorr se tourna vers Ulster.

— Vous n'avez jamais sonné l'alarme.

Au moins Ulster eut-il la bonne grâce de prendre un air coupable. Mais son regard demeura fixé sur le mur orageux.

Pinorr savait pourtant qu'il ne pouvait rejeter toute la faute sur le maître de quille. Préoccupé par le sort de Sheeshon, il avait lui aussi oublié l'avertissement des dieux.

Ils s'étaient tous deux conduits comme des imbéciles – et, maintenant, la flotte entière était en danger.

Debout près du bastingage, Sheeshon étudiait la tempête à venir. Jabib se tenait à côté d'elle. Ulster et Pinorr les rejoignirent.

Jabib jeta un coup d'œil au maître de quille.

— Il faut affaler les voiles et condamner toutes les écoutilles. Nous ne parviendrons pas à prendre la tempête de vitesse. Notre seul espoir, c'est d'attendre qu'elle passe en priant pour que le navire reste à flots.

Ulster acquiesça en silence. C'était la première fois qu'il se trouvait confronté à une naufrageuse, et l'appréhension le rendait muet.

Pinorr voulut en profiter.

— Seuls les dieux de la mer pourront nous protéger cette nuit. Dispensez Sheeshon du *jakra*, et je leur demanderai une faveur de sang. Refusez ma requête, et toutes vos prières resteront vaines. Les dieux de la mer sont peu enclins à écouter les hommes ordinaires ; vous le découvrirez à vos dépens.

Ulster fit volte-face.

— Tout ça, c'est votre faute ! gronda-t-il, la terreur allumant un brasier dans sa poitrine. C'est vous qui avez attiré ce fléau sur nous !

Jabib voulut poser une main sur le bras du maître de quille, mais celui-ci le repoussa si violemment qu'il tituba en arrière et heurta le bastingage.

— Nous aurons besoin des prières du chaman, déclara-t-il pourtant avec force.

Ulster saisit brutalement Sheeshon par l'épaule.

— Pinorr nous a maudits, cracha-t-il, fou de rage. Avant que la tempête frappe, je poignarderai ce traître à l'endroit où il est le plus vulnérable. (Il voulut entraîner Sheeshon, mais la fillette s'accrochait au bastingage comme une moule à son rocher.) Les dieux de la mer sauront que je respecte l'ancien code, et ils nous protégeront.

Jabib se rapprocha du maître de quille. Pinorr devinait très bien ce qu'il pensait. Ce qu'Ulster se proposait de faire était pure folie. Verser du sang sur le pont d'un navire juste avant une tempête portait malheur, parce que le sang appelait le sang. L'équipage ne le tolérerait pas.

— J'exige que le duel au sang ait lieu immédiatement ! s'époumona Ulster.

D'une secousse vicieuse, il fit enfin lâcher prise à Sheeshon. L'enfant poussa un couinement apeuré lorsqu'il la força à pivoter vers lui.

— Papa ? cria-t-elle, tendant les bras vers Pinorr.

Le vieil homme se planta face à Ulster. Il voyait la tempête imminente se refléter dans les yeux du maître de quille. Non pas à la surface de ses prunelles, mais à l'intérieur. Parfois, l'approche d'une naufrageuse brisait la raison des marins, qui avaient baptisé ce phénomène « fièvre des tempêtes ».

— Il faut d'abord qu'elle choisisse, Ulster, déclara fermement Pinorr. Selon le code, elle a jusqu'au coucher du soleil pour désigner un champion – comme vous avez jusqu'au coucher du soleil pour retirer votre plainte et mettre un terme à cette absurdité.

Sur ces mots, les nuages noirs commencèrent à dévorer le soleil, induisant un crépuscule précoce.

Ulster eut un grand geste brusque.

— Voyez ! Même les cieux nous disent qu'il est temps. Ils noient le soleil avant l'heure afin que le *jakra* puisse avoir lieu sur-le-champ.

Jabib vint se planter face à Pinorr, son épaule touchant celle d'Ulster.

— Il faut quand même qu'elle choisisse, maître de quille, dit-il sur un ton ferme.

La frustration et la fureur assombrirent le visage d'Ulster. Tremblant de rage, il saisit Sheeshon par ses deux bras raidis et la souleva à hauteur de son visage.

— Choisis ! lui hurla-t-il à la figure.

L'enfant gémit et se débattit.

— Lâchez ma petite-fille, exigea froidement Pinorr, ou je vous passe une épée au travers du corps sans attendre.

— Tu oses me menacer !

Ulster laissa tomber Sheeshon. L'enfant s'écroula à ses pieds telle une poupée désarticulée, puis rampa vers Pinorr.

Jabib sépara le chaman et le maître de quille. Il les surplombait tous deux d'une bonne tête.

— Assez ! tonna-t-il. (Il s'adressa d'abord à Pinorr.) Vous avez vous-même réclamé le *jakra*. (Puis il se tourna vers Ulster.) Et jusqu'à ce que cette affaire soit réglée, j'en suis toujours le juge. Par conséquent, ou vous vous inclinez devant mon autorité, ou je demande au haut maître de quille de vous déchoir de votre rang !

Ces mots parurent apaiser la flamme dans les yeux d'Ulster.

— Dans ce cas, force-la à choisir, dit-il en reculant d'un pas.

Pinorr baissa les yeux vers Sheeshon. De nouveau, le regard vacant de la fillette était fixé sur les cieux. Elle ne comprenait rien à ce qui se passait autour d'elle. Du doigt, elle désigna les nuages noirs au-dessus de leur tête.

— Ils sont là.

Pinorr ne put s'empêcher de scruter la direction qu'elle indiquait.

Soudain, une brèche s'ouvrit dans le plafond orageux, et un morceau de ténèbres dégringola vers eux telle une feuille morte. La foudre le poursuivit dans le ciel tandis que le tonnerre grondait sa colère.

Sheeshon n'était pas la seule à l'avoir remarqué.

— Qu'est-ce que c'est ? demanda Jabib, perplexe.

Pinorr retint son souffle. Ses perceptions de chaman hurlaient en lui.

Sous leur regard anxieux, le fragment de ténèbres grandit tandis qu'il zigzaguait entre les éclairs. Ses contours se précisèrent. C'était une énorme créature aux ailes déployées comme celles d'un goéland ou d'une mouette. Mais Pinorr ne risquait pas de la confondre avec un oiseau ordinaire. Il avait vu la figurine de Sheeshon.

— Reculez ! s'égosilla-t-il.

Alors qu'il tentait de l'entraîner, Sheeshon se dégagea et se mit à danser, la tête rejetée en arrière et les bras tendus vers le ciel.

— Ils sont là ! Ils sont là ! chantonna-t-elle en tournoyant sur elle-même.

Ulster avait porté la main à son épée.

— Elle invoque un démon !

Tous les marins présents sur le pont avaient interrompu leurs manœuvres hâtives pour préparer le navire à essuyer la tempête. Tous les yeux suivaient la descente de la monstrueuse créature noire.

— Ce n'est pas un démon, déclara Pinorr. C'est encore pire.

Quoi donc ?

— Un dragon.

Le tonnerre noya les voix des deux hommes et fit trembler le gréement.

Quelques instants plus tard, tous purent constater que le chaman avait vu juste. L'énorme créature survola le sommet des mâts. Ses écailles noires reflétaient la foudre comme de l'huile répandue à la surface de l'océan.

Soudain, elle ralentit et vira sur l'aile. Dans ses yeux rouges couvait toute la fureur de la tempête.

Des cris de terreur retentirent à travers le pont du navire. Un homme paniqué sauta même à l'eau.

— Aux harpons ! glapit Jabib d'une voix aiguë.

Puis le dragon plongea, se laissant tomber sur eux tel un rocher. Pinorr écarquilla les yeux. La créature visait le centre du pont principal – l'endroit où Sheeshon se tenait seule, comme hypnotisée par son apparition.

— Sheeshon ! hurla le vieil homme en se précipitant vers l'enfant.

Trop tard. Le dragon s'écrasa sur le pont, freinant avec ses ailes et ouvrant des sillons dans les planches avec ses griffes. Il s'immobilisa pesamment. Dans l'air froid, son souffle formait un nuage de vapeur devant sa gueule haletante. Ses yeux rouges balayèrent les marins qui s'étaient figés à leur poste. Ses dents argentées, longues comme l'avant-bras d'un homme, étincelaient dans les derniers rayons du soleil.

Soudain, il étendit son cou vers les voiles affalées et rugit à la face du ciel. Partout sur le pont, les marins tombèrent à genoux en gémissant et en implorant sa pitié. D'autres se précipitèrent vers les écoutilles. Quelques-uns furent assez courageux pour empoigner des épées et des lances. Pinorr leur fit signe de reculer. Sheeshon était toujours en danger. Il s'avança, les mains levées et ouvertes pour montrer qu'il ne constituait pas une menace.

Inclinant la tête, le dragon étudia le vieillard qui s'approchait de lui. Pinorr ignora la menace qui brillait dans ses yeux rouges : il voulait juste voir si Sheeshon était indemne. Lorsqu'il fut assez près, il aperçut une jeune fille à moitié affaissée sur l'échine du dragon. Elle avait des cheveux verts trempés et un teint livide, légèrement cendreux. Sa poitrine s'abaissait et se soulevait encore, mais elle semblait aux portes de la mort.

Que se passait-il donc ?

Soudain, Sheeshon jaillit de dessous l'aile du dragon. Surpris, celui-ci sursauta. Il siffla et replia ses ailes.

Ulster et Jabib s'avancèrent prudemment sur les talons de Pinorr. Le tonnerre s'était tu, comme si la nature retenait son souffle.

Avec un sourire qui ne releva qu'un seul coin de sa bouche, Sheeshon désigna le monstre qui la surplombait.

— C'est lui que je choisis, lança-t-elle d'une voix très claire, qui résonna à travers tout le pont.

Pinorr se tourna vers le maître de quille.

— C'est ce que vous vouliez, non ? grimaça-t-il. Sheeshon a désigné son champion.

15

Sy-wen entendait des voix et un accent rauque familier. *Kast.* Elle s'agita dans les ténèbres pour regagner un monde de pluie et de vent glacial. Où était-elle ? Tournant la tête sur le côté, elle vit des images floues, comme diluées par de l'eau. Des silhouettes sombres se mouvaient autour d'elle.

Puis un éclair fendit la nuit et le tonnerre gronda, faisant resurgir ses souvenirs. Sy-wen gémit en se remémorant le hurlement de la tempête et la fuite du dragon à travers des forteresses de nuages noirs. Elle s'accrocha convulsivement à sa monture. Le ciel béant déversait des trombes d'eau sur elle, mais, sous elle, la chaleur de Ragnar'k était pareille à celle d'un brasier.

— *Liée,* appela mentalement le dragon. Sa faim était une pulsation douloureuse dans le ventre de Sy-wen. Comme Ragnar'k, la mer'ai sentait la chair et le sang frais qui les entouraient.

Elle se redressa, se forçant à déplier ses doigts crispés sur une crête écailleuse. La pluie cinglait son dos nu, et l'impact de chacune de ses gouttes lui faisait l'effet d'une morsure. La peau du dragon fumait sous l'averse, créant un mince brouillard qui s'élevait autour de Sy-wen.

La jeune fille promena un regard à la ronde. Sa vision s'était suffisamment éclaircie pour lui montrer que Ragnar'k et elle se trouvaient sur le pont d'un bateau. Au-dessus de sa tête, une voile sécurisée trop hâtivement avait fait sauter le cabillot qui retenait ses drisses ; elle ondulait et claquait au vent.

Mais toute l'attention de Sy-wen était mobilisée par les gens qui l'entouraient. Des hommes et des femmes à l'aspect dangereux avaient formé un cercle à une distance prudente. Certains étaient à genoux, d'autres brandissaient des armes. Les lanternes suspendues au bastingage et aux vergues éclairaient leur visage buriné. Tous partageaient une caractéristique : un faucon des mers tatoué sur la joue et dans le cou.

— Des Sanguinaires, marmonna Sy-wen.

Le peuple de Kast.

Un homme s'avança. Il portait une robe bleue trempée, qui collait à son grand corps maigre. Ses cheveux étaient aussi blancs que ceux de maître Edyll. Il détailla Sy-wen d'un regard qui ne trahissait nulle peur : juste un respect émerveillé. Puis il tendit la main, et une petite fille jaillit de dessous l'aile de Ragnar'k.

— Il est énorme, papa ! s'exclama-t-elle en écarquillant les yeux comme le vieillard l'attirait contre lui et passait ses bras autour d'elle en un geste protecteur.

L'homme en robe observait toujours Sy-wen.

— Vous êtes une mer'ai.

Sy-wen acquiesça.

— *J'ai faim*, se plaignit vainement Ragnar'k.

Sy-wen sentait la brûlure de son estomac. Le dragon se pencha vers les deux humains les plus proches – le vieillard et la fillette –, qu'il renifla avidement.

— *Il n'y a pas grand-chose à manger là-dessus, mais ça devrait être de la bonne viande.*

— *Non,* contra silencieusement Sy-wen. *Tu ne mangeras personne ici. Ce sont les gens que nous cherchions. Ceux dont nous espérons nous faire des alliés.*

— *Nous n'avons pas besoin d'alliés, mais d'un estomac plein,* protesta le dragon.

Pourtant, Sy-wen sentit qu'il capitulait. Elle se racla la gorge, tentant d'imiter l'attitude et le ton autoritaire de sa mère.

— Je suis venue parler aux Dre'rendi, lança-t-elle d'une voix forte, et leur rappeler leur promesse de nous servir une dernière fois.

La dignité qu'elle s'efforçait de conjurer fut balayée par une violente bourrasque qui faillit la désarçonner. Sy-wen eut tout juste le temps de se retenir au dragon. Elle se redressa et repoussa en arrière les cheveux détrempés qui lui tombaient devant la figure. En vérité, elle n'avait pas l'impression d'être un héraut de son peuple – plutôt un bébé phoque rejeté par la marée.

— Je suis Pinorr, le chaman de ce navire. Je vous souhaite la bienvenue à bord de l'*Éperon de dragon*, dit le vieil homme, l'ombre d'un sourire aux lèvres.

Peut-être était-ce à cause de sa ressemblance avec maître Edyll, mais il fut immédiatement sympathique à Sy-wen.

Deux autres hommes s'avancèrent, flanquant le chaman.

— Voici le premier maître Jabib et le maître de quille Ulster, les présenta Pinorr.

Sy-wen détailla le dénommé Ulster. Son visage était de pierre, mais ses yeux brillaient de méfiance. Sa main était posée sur la poignée d'une épée pendue à sa ceinture.

— Que faites-vous ici ? demanda-t-il d'une voix coléreuse.

La petite fille, toujours accrochée à la robe du chaman, répondit à la place de Sy-wen.

— Ils sont venus nous tuer, affirma-t-elle joyeusement.

Sy-wen cligna des yeux.

Pinorr tapota la tête de l'enfant.

— Toutes mes excuses, maîtresse des mer'ai, mais Sheeshon est un peu simple d'esprit. Elle ne sait pas toujours ce qu'elle dit.

Sy-wen acquiesça.

— Mais peut-être en sait-elle davantage que vous ne le soupçonnez. Car ce que je m'apprête à vous demander pourrait bien entraîner votre mort.

— De quoi parlez-vous ? aboya le maître de quille.

Un nouveau coup de tonnerre couvrit toutes les paroles qui auraient pu être prononcées par la suite. Le vent et la pluie se déchaînèrent de plus belle.

Pinorr serra l'enfant contre lui pour la protéger. Lorsque les rafales s'apaisèrent quelque peu, il leva les yeux vers Sy-wen et hurla :

— J'ignore si votre dragon peut endurer la tempête à découvert sur le pont, mais nous en sommes incapables. Le pire reste encore à venir. Je suggère que nous poursuivions cette conversation à l'abri.

Sy-wen se mordit la lèvre inférieure. Juchée sur le dos de Ragnar'k, elle ne se sentait guère menacée. En revanche, il lui répugnait de se retrouver enfermée avec les Sanguinaires – même avec Kast à son côté. L'équipage devait compter au moins cinquante marins.

Comme pour pulvériser ses réticences, la foudre frappa le sommet du mât de misaine avec un craquement explosif. Ragnar'k poussa un rugissement furieux. Des éclairs bleus crépitèrent le long du gréement. Sy-wen étudia le ciel. Aucun équipage, si nombreux et si redoutable soit-il, ne pouvait être plus dangereux que la tempête qui approchait à toute allure.

Sy-wen reporta son attention sur Pinorr et ses compagnons. Les yeux plissés du maître de quille faillirent la faire changer d'avis. Cet homme ne lui inspirait pas confiance.

Le chaman reprit la parole.

— Vous n'avez rien à craindre de nous. Je vous offre ma protection, et une totale liberté de mouvement à bord de ce navire. (Il jeta un coup d'œil à Ulster, comme si ses paroles étaient destinées au maître de quille plutôt qu'à Sy-wen.) Personne ne vous fera de mal.

Un tic nerveux agita le coin de l'œil d'Ulster, mais celui-ci ôta la main de son épée et croisa les bras sur sa poitrine.

— Puissent notre foyer et notre quille vous garder en sécurité, dit-il sur un ton dont la froideur démentait la cordialité de la formule.

Satisfait, Pinorr se tourna de nouveau vers Sy-wen. Aussi ne vit-il pas la haine étinceler dans les yeux du jeune maître de quille. La naufrageuse venue du sud n'était apparemment pas la seule tempête qui menaçait ce bateau.

— Venez, dit le chaman en tendant la main. Allons nous mettre à l'abri sur le pont inférieur.

Sy-wen savait qu'elle devait rallier ces gens à sa cause – un exploit qu'elle n'accomplirait jamais depuis le dos d'un dragon. Et puis, elle devinait que l'apparition de Kast ferait beaucoup pour gagner la confiance des marins. Après tout, il était l'un des leurs.

Passant une jambe par-dessus l'encolure de Ragnar'k, Sy-wen se laissa glisser à terre. Ses jambes affaiblies par sa folle chevauchée faillirent céder sous elle comme elle touchait les planches détrempées et glissantes. Pourtant, elle réussit à garder une main sur le dragon. Elle ne voulait pas rompre le contact, pas encore. Elle fit remonter sa main le long du cou de Ragnar'k jusqu'à sa tête massive. Le dragon la renifla.

— *Liée, ton odeur est douce à mes naseaux.*

Sy-wen frotta la crête osseuse entre les narines de Ragnar'k. Le dragon lui effleura la paume de sa langue épaisse et plongea ses yeux étincelants dans ceux de la mer'ai.

— *Je ne veux pas retourner en prison,* songea-t-il tristement, et ses pensées résonnèrent comme un gémissement dans l'esprit de Sy-wen.

Le cœur de la mer'ai saignait pour la majestueuse créature. Ragnar'k avait des plaisirs simples et aucune notion de moralité. Elle l'étreignit avec chaleur.

—Merci de m'avoir emmenée saine et sauve jusqu'ici, chuchota-t-elle. Mais je dois te renvoyer pour l'instant. J'ai besoin de Kast.

—*Ce petit homme faible?* ricana mentalement Ragnar'k. *Je suis bien plus fort que lui.*

—Je sais. Mais toutes les batailles ne peuvent être livrées à coups de griffes et de crocs. Je te rappellerai bientôt, et nous chasserons de nouveau ensemble.

Un sentiment de plaisir et de confiance se répandit en elle.

—*Tu es ma Liée. Vas-y. En attendant, je rêverai de toi… et de poissons. De plein de gros poissons.* Un rire silencieux résonna dans la tête de Sy-wen. Elle sourit au dragon.

—Au revoir, Ragnar'k. Dors bien, mon Lié.

Puis elle ôta sa main des écailles noires trempées et recula de quelques pas.

Comme elle s'y attendait, une fois le contact rompu, Ragnar'k parut se replier sur lui-même. Les marins hoquetèrent et battirent précipitamment en retraite. Très vite, le tourbillon de griffes, de crocs et d'écailles se dissipa, révélant un homme nu debout sur le pont. Le dragon tatoué dans son cou brilla d'une lueur écarlate pendant quelques secondes, puis redevint normal.

L'expression habituellement maussade de Kast s'assombrit encore comme le Sanguinaire tentait de s'orienter. Sy-wen se rapprocha de lui en tentant de ne pas remarquer sa nudité. Le Sanguinaire lui prit la main pendant qu'il étudiait les gens massés sur le pont.

—Tu as trouvé les Dre'rendi, marmonna-t-il, estomaqué.

Sy-wen acquiesça.

—Ils offrent de nous abriter contre la tempête.

Pinorr s'avança, bouche bée et muet de stupéfaction. La petite fille qui l'accompagnait, en revanche, ne semblait pas troublée le moins du monde.

—Papa, le monsieur n'a pas d'habits, lâcha-t-elle sur un ton désinvolte.

— Chut, Sheeshon. (Pinorr s'arrêta face à eux, les yeux rivés sur Kast.) Comment... ? bredouilla-t-il. Comment est-ce possible ?

Sy-wen tenta de lui expliquer.

— Sur l'île de Val'loa, nous avons trouvé...

Mais Kast pressa la main de la jeune fille pour lui intimer le silence. Les deux hommes se fixèrent un moment avant que Kast demande :

— Comment va mon père, Pinorr ?

Surprise, Sy-wen leva les yeux vers Kast. Ainsi, ils se connaissaient !

— Ton père nous a quittés voici trois hivers. (La voix de Pinorr se fit coléreuse.) Il t'a réclamé sur son lit de mort.

Kast garda le silence. Sy-wen sentit sa main trembler dans la sienne. Mais le jeune homme se ressaisit très vite.

— Je... Je l'ignorais.

— Tu n'aurais jamais dû partir, Kast. Quand tu t'es enfui avec ce chaman fou à la poursuite de tes rêves, quelque chose s'est brisé en ton père.

— Et mon petit frère ? Il était censé veiller sur lui.

Avant que Pinorr puisse répondre, le maître de quille s'interposa entre les deux hommes. Il avait battu en retraite contre le bastingage lorsque le dragon s'était transformé. À présent, sa main reposait de nouveau sur la poignée de son épée. Il détailla Kast d'un air mécontent, puis mit les poings sur ses hanches en une attitude de défi.

— Qu'est-ce que tu fiches ici, Kast ?

Un coup de tonnerre éclata au-dessus de leur tête comme la tempête rattrapait enfin le navire.

La pluie dégoulinant le long des arêtes saillantes de son visage, Kast étudia l'homme plus petit qui lui faisait face.

— Alors, Ulster ? Après dix hivers d'absence, c'est comme ça que tu accueilles ton grand frère ?

Assis sur le bord de son lit, Pinorr écoutait le récit de Kast en secouant la tête. Le Sanguinaire et sa protégée s'étaient réfugiés dans la cabine du vieil homme pendant qu'Ulster et le reste de l'équipage calfeutraient le navire contre la tempête. Dans un coin de la pièce, Sheeshon jouait tranquillement avec ses figurines d'os.

La tête penchée sur le côté, Pinorr étudia le tatouage de Kast.

— Donc, ce... Ragnar'k... fait partie de toi maintenant ? Sy-wen peut le conjurer n'importe quand, d'un simple contact ?

Kast acquiesça en continuant à dévorer son repas de pain dur et de ragoût de poisson.

— Les mer'ai souhaitent combiner leur puissance à celle des Dre'rendi pour lancer un assaut sur Val'loa, expliqua-t-il, la bouche pleine. Si nous voulons chasser le Gul'gotha de nos eaux, nous devons aider la sor'cière à atteindre l'ancienne forteresse des mages. (Avec la croûte de son pain, le jeune homme essuya la sauce dans son écuelle – il s'était déjà resservi deux fois.) Il en reste encore ?

Sy-wen, assise à sa gauche et vêtue d'habits secs, poussa sa propre écuelle vers lui.

— Tiens, prends la mienne.

De toute évidence, la jeune amie de Kast ne partageait pas son enthousiasme pour la nourriture des Sanguinaires. Elle s'était contentée de grignoter un morceau de pain. Au moins ses joues avaient-elles repris un peu de couleur depuis qu'elle était au chaud et au sec. Pourtant, elle semblait nerveuse et effrayée. Chaque coup de tonnerre, chaque vague qui s'écrasait sur le pont la faisait sursauter. Pinorr capta son regard et, du menton, indiqua le pont supérieur au-dessus d'eux.

— Ulster est peut-être antipathique, mais l'équipage ne manque pas d'expérience. Nous endurerons la tempête, promit-il.

Sy-wen détourna les yeux.

— Sous la mer, chuchota-t-elle, les tempêtes ne nous atteignent pas. Ce qui se passe en surface n'affecte jamais les léviathans. Nous nous contentons de plonger plus profondément et d'attendre que le calme revienne.

— Ainsi les mer'ai ont-ils toujours agi, acquiesça Pinorr. Et pas seulement face aux colères du ciel. Lorsque le Seigneur Noir est arrivé en Alaséa, ils ont fui cet ouragan-là comme les autres. Et, en protégeant vos arrières, la moitié de notre flotte a été détruite par les forces du Gul'gotha. Des milliers de Dre'rendi ont péri afin que quelques centaines de mer'ai puissent s'échapper. À travers nos légendes et nos chansons, nous nous souvenons de nos morts, et je ne peux pas dire que nous chérissions la mémoire de votre peuple – nos anciens maîtres esclavagistes. Vous aurez du mal à convaincre les autres de se rallier à votre bannière aujourd'hui.

Kast toussa, expulsant une croûte de pain qui s'était coincée en travers de sa gorge.

— Ce ne sont pas les mer'ai qui ont massacré les nôtres. C'est le Gul'gotha – et c'est le Gul'gotha que nous avons l'intention de combattre. Voilà ce que nous devons faire comprendre aux Dre'rendi.

Pinorr s'allongea en appui sur un coude.

— Le Seigneur Noir n'a pas attaqué notre flotte depuis des siècles. Tant que nous restons dans les Récifs Ravagés, ses forces nous laissent en paix. Et tu nous demandes d'exposer de nouveau nos gorges aux crocs de ces monstres ? Pour quoi faire – pour qu'une gamine puisse récupérer un bouquin ? (Pinorr regarda Kast, qui avait enfin repoussé son écuelle.) Je crains que ta quête s'avère infructueuse, Kast. Je doute que le haut maître de quille mette sa flotte à ta disposition.

— Et si je parviens à convaincre Ulster ? Son statut nous aidera peut-être à influencer les autres maîtres de quille.

Pinorr se rembrunit et détourna les yeux.

— Ulster ne t'aidera pas. Il n'est plus le jeune garçon que tu as laissé derrière toi, Kast.

— Que veux-tu dire ?

— Après ton départ, c'est sur lui qu'est retombée la colère de ton père. En tant que seul fils restant et héritier de votre nom, Ulster a dû trimer deux fois plus dur. Ton père l'a poussé sans relâche, et il lui a farci la tête de rêves de gloire. Il n'aurait toléré aucun échec de sa part. À la fin, quelque chose s'est brisé en Ulster. Il est devenu un homme dur, dénué de compassion et porté sur la cruauté facile. Aujourd'hui, ce n'est plus ton frère. Tâche de ne pas l'oublier.

— Je n'arrive pas à y croire, protesta Kast.

Pinorr vit la mer'ai glisser sa petite main dans celle du jeune homme pour le réconforter. De toute évidence, la magie n'était pas le seul lien qui existait entre ces deux-là.

— Je suis désolé, Kast. J'ai fait de mon mieux pour guider Ulster après la mort de ton père, pour lui apprendre à diriger un équipage et un navire. Mais je crains que ce qui s'est brisé en lui ne puisse être réparé. Désormais, il refuse d'écouter mes conseils et retourne contre moi tout le ressentiment qu'il éprouvait à l'égard de ton père.

Pinorr raconta de quelle façon Ulster avait attaqué Sheeshon un peu plus tôt. Lorsqu'il se tut, Kast était rouge de colère.

— Comment mon frère a-t-il pu devenir un tel misérable ?

Pinorr secoua tristement la tête.

— Laisse tomber. C'est fini. Puisque Sheeshon a choisi Ragnar'k comme champion, je doute fort qu'Ulster insiste pour avoir son duel au sang. Il sera ravi d'oublier sa plainte.

— Pour l'instant, dit Kast sur un ton funeste. Mais plus tard ?

— Nous nous préoccuperons de ces eaux agitées lorsque le vent nous aura poussés jusqu'à elles, répliqua Pinorr avec un geste insouciant. Si je t'ai raconté ça, c'est uniquement pour que tu comprennes. Il est très peu probable que les Dre'rendi accèdent à ta requête. Tu auras déjà de la chance s'ils acceptent de t'écouter.

— Mais votre peuple a prêté serment, intervint Sy-wen en désignant le tatouage sur la joue de Pinorr. En échange de votre liberté, vous avez promis de nous servir une dernière fois. Le moment est venu d'honorer votre promesse. Nous réclamons le remboursement de votre dette.

— Vous parlez d'une promesse très ancienne, qui s'est estompée de nos mémoires comme mon tatouage dans mon vieux cou ridé. Elle n'a plus aucune emprise sur nous.

Le feu intérieur de Kast continuait à rougir ses joues.

— Tu te trompes, Pinorr. Les Dre'rendi n'ont pas le choix. (Le jeune homme lui parla de la magie dont l'encre de leurs tatouages était imprégnée, et de la façon dont Sy-wen l'avait plié à ses désirs.) Nos tatouages nous lient aux mer'ai, conclut-il. Si nos anciens maîtres ont besoin de nous, nous serons forcés de les servir. Fais-moi confiance : je suis bien placé pour le savoir.

Les yeux écarquillés, Pinorr passa la main sur le faucon des mers dessiné dans son cou.

— Donc, ils sont prêts à nous réduire de nouveau en esclavage.

— Tel n'est pas notre désir, le détrompa Sy-wen. Je ne pense même pas que ce soit possible. Chaque mer'ai ne peut se lier qu'à un seul Sanguinaire. Étant liée à Kast, je ne puis en commander aucun autre. Par conséquent, jamais nous ne pourrons asservir la totalité de votre peuple : vous êtes dix fois plus nombreux que nous !

— Les mer'ai préfèrent avoir les Dre'rendi comme alliés que comme esclaves, renchérit Kast. Aujourd'hui, ils s'intéressent aussi peu à nous que nous à eux. Ils nous demandent juste d'honorer la promesse de nos ancêtres et de les aider à combattre un adversaire commun. Après quoi, l'ardoise sera effacée, et nos deux peuples pourront se séparer pour de bon.

— Du moins, s'il reste des survivants, marmonna Pinorr, se souvenant de la prophétie de Sheeshon.

Kast se pencha vers le vieil homme.

— Il doit y avoir un moyen de convaincre les nôtres, de faire en sorte qu'ils m'écoutent.

Pinorr soupira et réfléchit à ce qu'il venait d'apprendre. Avec ses yeux flamboyants et son front farouche, Kast ressemblait à son père. La flamme du défunt haut maître de quille brûlait toujours dans l'âme de son fils aîné. Et Pinorr n'avait jamais rien pu refuser à son vieil ami – surtout quand le sang de celui-ci était en feu.

Le chaman se frotta le menton en grommelant :

— Il y en a peut-être un, oui.

Il sentait qu'il était sur le point de trahir son peuple, de le pousser à sa perte. Pourtant, son cœur lui disait de faire confiance à Kast.

— Lequel ?

— Nous aurons besoin du dragon Ragnar'k. Es-tu prêt à t'effacer de nouveau devant lui ?

— S'il le faut.

Pinorr se tourna vers Sy-wen.

— Ce que je vais vous demander est bien pire. (Il lui expliqua ce qu'il attendait d'elle.) Seule votre main peut accomplir ce geste.

La jeune fille écarquilla des yeux horrifiés, mais hocha la tête.

— Vous devez atteindre le vaisseau amiral avant le matin, acheva Pinorr. Sans ça, la flotte se regroupera après la fin de la tempête, et vous devrez affronter tout le conseil des maîtres de quille. Or, beaucoup d'entre eux ressemblent à Ulster et rejetteront immédiatement votre requête. Le haut maître de quille, en revanche, est un homme juste. Si vous réussissez à lui parler seul à seul, il vous écoutera. Montrez-vous convaincants. Faites-lui comprendre la véracité de l'histoire partagée de nos deux peuples, et vous aurez gagné la bataille.

— Et la tempête ? demanda Kast tandis que le grondement du tonnerre se réverbérait à travers les planches du navire, faisant trembler les écuelles sur la table.

— Pour ça, nous devrons nous en remettre aux dieux de la mer, répondit Pinorr.

Sy-wen semblait dubitative.

— Vous placez trop de foi en vos dieux et vos vieilles histoires de dragons. (Elle jeta un coup d'œil à la fillette qui jouait dans un coin ; de la salive coulait du coin flasque de sa bouche.) S'il s'avère que vous vous trompez…

Pinorr se leva.

— Je connais les risques.

Il se dirigea vers Sheeshon et la prit dans ses bras. La fille de son fils leva vers lui un visage radieux.

— Où tu m'emmènes, papa ?

— Tu vas voler, ma chérie. Voler sur le dos d'un dragon.

Ulster était assis dans la cambuse avec Jabib et Gylt. La tempête balançait les lanternes au bout de leur crochet, projetant de longues ombres sur les murs. Le tonnerre grondait en continu ; de temps à autre, une détonation assourdissante faisait vibrer les chopes de kafé tulusien dans les mains des trois hommes. Chaque fois, Gylt rentrait la tête dans les épaules et jetait un coup d'œil inquiet vers le plafond, comme s'il s'attendait à être frappé par la foudre.

— Puissent les dieux de la mer nous protéger, marmonnait-il.

Puis il attendait nerveusement que l'écho se taise.

Ulster n'avait que mépris envers son attitude craintive.

— Les dieux ne protègent pas les imbéciles. Seuls les navires à l'équipage compétent réchapperont de cette tempête.

(Il reporta son attention sur son premier maître.) Qui as-tu assigné au pilotage, Jabib ?

— Biggin, monsieur. Il s'est déjà attaché à la barre. Il se débrouille bien par grosse mer.

— Et Hrendal ?

Jabib secoua la tête.

— C'est un meilleur navigateur, mais il n'a pas l'instinct de Biggin.

Ulster hocha la tête, satisfait par le jugement de son premier maître. Jabib connaissait mieux que lui les forces et les faiblesses de chacun des marins.

— Bien. Le gréement est sécurisé, le pont dégagé… On devrait passer au travers de la tempête sans trop de dommages.

Jabib ne semblait pas aussi confiant.

— Qu'est-ce qui ne va pas ?

— C'est l'équipage, monsieur. J'ai entendu les hommes marmonner. Ils disent que c'est votre querelle avec Pinorr qui a attiré la tempête sur nous. Ils croient que le dragon a été engendré par les cieux pour punir ce navire, et qu'il est dirigé par l'esprit de votre frère mort.

Ulster ricana.

— C'est ridicule. Kast n'est jamais mort. Il s'est juste enfui. Le dragon et la fille font partie de son plan pour réintégrer la flotte, voilà tout. Nous nous occuperons de lui et de sa catin à cheveux verts quand le calme sera revenu.

Jabib haussa les épaules.

— Je ne fais que vous répéter ce que j'ai entendu. Les hommes sont effrayés par l'ampleur de la tempête, et les choses étranges qu'ils ont vues tout à l'heure sur le pont ne font rien pour les rassurer. Les rumeurs vont bon train. Certains parlent même de jeter le chaman à la mer pour apaiser les dieux…

— Ça, ce n'est pas une mauvaise idée, grommela Ulster.

— Mais d'autres envisagent de faire la même chose avec vous et votre frère, révéla Jabib.

Ulster tapa de son poing ganté sur la table.

— Quoi ? Es-tu en train de me dire qu'ils veulent se mutiner ?

— Ce ne sont que des paroles, monsieur. Néanmoins, un petit coup d'éclat ne serait peut-être pas superflu, suggéra Jabib.

Ulster réfléchit.

— Que proposes-tu ?

— Une démonstration de votre amour pour les dieux. (Jabib regarda autour de lui et se pencha vers Ulster.) Un sacrifice... effectué de votre propre main.

— Tu crois vraiment qu'une giclée de sang de chèvre apaisera les langues et les esprits ?

— Non, mais quelque chose de plus symbolique y parviendra peut-être. La gamine du chaman, avec ses délires et sa gueule de travers... Elle met l'équipage mal à l'aise. Mader Geel est la seule qui accepte de la surveiller. (Jabib regarda Ulster d'un air entendu.) Elle ne manquera à personne.

Dans le silence qui suivit, Gylt prit la parole d'une voix éraillée par la peur

— Elle est maudite. Tout le monde le sait, mais personne n'ose le dire devant le chaman Pinorr. On raconte qu'elle est née d'un ventre mort. Il suffit de regarder sa figure à moitié paralysée pour savoir que les dieux l'ont rejetée.

Jabib acquiesça.

— Si vous débarrassez le navire de cette gamine, l'équipage verra combien vous êtes fort, et il saura que vous respectez les dieux. Ça coupera court à toutes les velléités de mutinerie.

Ulster hésita.

— Et Pinorr ?

Jabib se rapprocha encore du maître de quille.

— Pendant une tempête, il y a parfois des accidents, chuchota-t-il avec un sourire en coin.

Kast se faufilait discrètement le long du couloir. Le pont tanguait sous lui, s'efforçant de le déséquilibrer. Mais il avançait souplement sur ses pieds nus. Très vite, il atteignit le garde stationné près de l'écoutille qui conduisait au pont principal. Les nombreux hivers passés en mer avec les pirates de Port Rawl lui avaient tout appris sur l'art de l'assassinat. Sa proie avait d'autant moins de chances de lui échapper qu'elle lui tournait le dos : un œil collé contre le judas, elle observait les premiers assauts de la tempête contre le navire.

De l'autre côté de l'écoutille, les vents hurlaient, tels des âmes torturées. Ils couvrirent le bruit des derniers pas de Kast. Sans hésiter, celui-ci frappa le garde dans le cou avec le tranchant calleux de sa main. L'homme s'écroula à ses pieds. Il le soulagea de son épée, puis rebroussa chemin et fit signe à ses compagnons que la voie était libre.

Les yeux écarquillés par la peur, Sy-wen le rejoignit hâtivement. Pinorr tenait Sheeshon dans ses bras ; le visage du vieil homme était rouge de fatigue et d'anxiété.

— Nous n'avons pas beaucoup de temps, déclara-t-il. Vous devez vous dépêcher.

Kast acquiesça.

— La tempête est féroce. Ne vous éloignez pas.

Pivotant vers l'écoutille, il s'apprêtait à l'ouvrir, mais une bourrasque s'en chargea à sa place et lui arracha le battant des mains. Le vent déchaîné tenta d'aspirer les compagnons par l'ouverture ; Kast dut se planter sur ses jambes écartées et s'agripper au chambranle pour résister à la traction. Seule sa force empêcha les autres d'aller rouler sur le pont.

Derrière lui, accrochée à son bras droit, Sy-wen scruta la tempête en plissant les yeux. Sa joue touchait l'épaule de

Kast, et son souffle était pareil à une traînée de feu dans le cou du Sanguinaire.

—Je... Je ne crois pas en être capable. La pluie... le vent...

—Il le faut, dit simplement Pinorr.

Une énorme vague s'écrasa par-dessus le bastingage à la manière d'un monstre d'écume tourbillonnante. Elle arracha les attaches d'une pile de tonneaux et les éparpilla à travers le pont. Kast fronça les sourcils devant l'insuffisance des précautions prises par les marins. Il attendit que l'eau s'évacue et que le bateau se redresse.

—Maintenant! hurla-t-il.

Et il bondit dehors en tenant fermement la main de Sy-wen.

La pluie aiguillonnée par le vent s'abattit sur eux telle une nuée de grêlons minuscules, bien déterminée à les renverser. Kast plaqua Sy-wen contre sa poitrine et courba le dos pour l'abriter de son mieux. Face aux éléments en furie, la frêle mer'ai risquait d'être soufflée comme un vulgaire fétu de paille.

Pinorr était resté sur le seuil, Sheeshon dans ses bras.

—Dépêchez-vous! les pressa-t-il.

Lorsqu'il eut atteint un espace dégagé, Kast fit pivoter Sy-wen vers lui.

—Appelle le dragon! glapit-il.

Le vent arracha les mots de sa bouche et les emporta au loin.

Sy-wen semblait paralysée par la férocité de la tempête. La foudre dessinait des zigzags éblouissants sous le ventre des nuages noirs, et le tonnerre se répercutait jusque dans les côtes de la jeune fille.

—Nous ne pouvons pas voler par ce...

Malgré sa résistance, Kast lui prit la main et la leva vers sa joue.

—Ragnar'k le peut, affirma-t-il. Lui et moi ne faisons qu'un. Nous n'échouerons pas. Fais-moi confiance. Fais confiance au cœur du dragon.

Sy-wen leva vers lui des yeux humides – et pas seulement à cause de la pluie.

— Je fais confiance à mon Lié, dit-elle, le vent changeant ses paroles en un simple murmure. À mes deux Liés.

Elle plongea son regard dans celui de Kast et, l'espace d'un instant, le tumulte alentour s'évanouit. Ce fut comme s'ils se retrouvaient seuls sur le pont.

Dans le silence qui séparait les grondements du tonnerre, Sy-wen posa sa paume sur la joue de Kast et se pencha vers lui, effleurant l'oreille du Sanguinaire de ses lèvres.

— J'ai besoin de toi.

Et, sur cette invocation, le monde disparut autour de Kast.

Ragnar'k s'éveilla en pleine tempête. Il planta ses griffes argentées dans les planches du pont et rugit à la face du ciel. Sy-wen savait qu'aucune bourrasque, aucune lame de fond ne parviendrait à le déloger.

Le dragon tourna sa tête massive vers la mer'ai juchée sur son dos. Ses yeux rouges étincelèrent.

— *Un nouveau vol?* demanda-t-il mentalement.

— *Oui. Nous devons rejoindre le vaisseau amiral de la flotte,* répondit Sy-wen.

D'une vague de tiédeur, Ragnar'k lui communiqua sa loyauté et sa détermination à la servir. Ses pensées dissipèrent le froid de la tempête. Il s'apprêta à déployer ses ailes.

— *Attends,* ordonna Sy-wen. *Nous devons emmener quelqu'un.*

L'irritation du dragon l'envahit.

— *Seuls les Liés partagent le vent.*

— *Je sais, mais mon besoin est grand et la distance courte*, argua Sy-wen.

Un grondement monta de la poitrine de Ragnar'k – l'équivalent draconique d'un soupir. L'énorme créature replia ses ailes.

Sy-wen leva le bras en direction de l'écoutille, dans l'encadrement de laquelle s'abritaient Pinorr et Sheeshon. D'un geste, elle leur fit signe d'approcher.

Ce fut sans manifester la moindre peur que Pinorr traversa l'espace qui le séparait du dragon. À cause du roulis, il faillit glisser et tomber sur le pont détrempé. Mais, bientôt, il se retrouva accroupi aux pieds du dragon, dont la masse le protégeait contre le plus gros de la tempête.

— Vous arriverez à vous en sortir ? hurla-t-il à Sy-wen.

La mer'ai acquiesça.

— Ragnar'k veillera sur nous deux !

Elle se pencha pour prendre l'enfant que lui tendait Pinorr. Sheeshon sanglotait de frayeur – pas à cause du dragon, mais de la fureur du ciel. Elle observait les éclairs de ses yeux écarquillés. Sy-wen la déposa devant elle sur l'échine de Ragnar'k et l'entoura de ses deux bras.

— Du calme. Tu es en sécurité, lui dit-elle sur un ton apaisant.

Mais, au fond de son cœur, elle n'en était pas si sûre. Les pieds coincés dans les plis de peau du dragon, elle n'aurait que la force de ses bras pour retenir Sheeshon.

La fillette tourna la tête vers elle. De toute évidence, elle faisait de gros efforts pour se montrer courageuse.

— Ton dragon a un drôle de nom, renifla-t-elle.

— C'est vrai, concéda Sy-wen.

— Il va me manger, dit calmement Sheeshon.

Choquée, Sy-wen fixa la fillette tandis que celle-ci se détournait et tapotait gaiement le cou écailleux du dragon. Le contraste entre ses paroles et son geste était si incongru !

— *Je ne la mangerai pas,* déclara Ragnar'k. *Elle est trop petite.*

– *Je sais, mon Lié. Ignore-la. Elle est simple d'esprit.*

Pourtant, Sy-wen frissonna. L'enfant s'était exprimée avec une telle certitude...

Soudain, les nuages bouillonnants relâchèrent leur fardeau. Une averse de grêle s'abattit depuis le ciel noir, martelant le pont avec fracas.

Sy-wen frémit sous la morsure des grêlons. Par-dessus l'épaule du dragon, elle se pencha vers Pinorr qui n'avait pas bougé.

— N'ayez crainte, chaman. J'emmènerai Sheeshon saine et sauve jusqu'au *Cœur de dragon*. Kast et moi réussirons à convaincre le haut maître de quille.

Le visage du vieillard trahissait son angoisse. Mais il se contenta de répondre :

— Vous savez ce que vous avez à faire.

Sy-wen acquiesça et se redressa en pinçant les lèvres. Elle resserra son étreinte sur l'enfant. *Douce Mère, pardonne-moi, mais... Oui, je le sais.*

Pinorr recula, courbé en deux pour se protéger contre la grêle. Il courut vers l'écoutille, agitant un bras en guise d'au revoir.

Sy-wen reporta son attention sur la mer déchaînée.

— *Vole,* ordonna-t-elle au dragon.

Ragnar'k obéit. Comme il dépliait ses ailes, le vent s'engouffra à l'intérieur de celles-ci, tendant brutalement leur membrane. Dès que le dragon rétracta ses griffes, la tempête s'empara de lui et l'emporta par-dessus le bastingage.

Autour du navire jaillissaient des vagues gigantesques, qui se tendaient vers Ragnar'k comme pour l'arracher au ciel et le précipiter dans l'océan. Certaines étaient aussi hautes que des falaises. Mais le dragon prit assez d'altitude pour se maintenir hors de leur portée.

La foudre le poursuivit dans les cieux. Alors qu'il zigzaguait pour éviter les éclairs, Sy-wen envisagea de lui ordonner de plonger pour échapper à la fureur des éléments. Mais le temps pressait. Voler était plus rapide que nager et, surtout, Sheeshon risquait de paniquer sous l'eau. La fillette pourrait facilement se noyer – ce qui était inenvisageable, car la réussite de leur mission reposait sur elle.

Sy-wen continua à tenir fermement l'enfant tremblante. Sheeshon marmonnait quelque chose entre ses dents, quelque chose de rythmique et de répétitif comme une psalmodie… ou une comptine. Le vent emportait la plupart de ses mots, mais quelques bribes de phrase parvenaient parfois aux oreilles de Sy-wen, qui reconstitua le tout dans sa tête.

Dragon de ténèbres, dragon de lumière,
Seul le sang brisera la pierre.
Cœur et os de dragon noir,
Seule la douleur emportera la victoire.

Sy-wen se redressa en réfléchissant. Qu'est-ce que ça signifiait ? Les paroles de la comptine lui picotaient la peau. Comme avec le tatouage de Kast, elle percevait la magie à l'œuvre dans la ritournelle de Sheeshon.

Elle toucha la joue de la fillette pour attirer son attention.

— Qu'est-ce que tu… ?

Soudain, le monde explosa. Le temps se figea. Une douleur brûlante lacéra le flanc gauche de Sy-wen. L'espace d'une durée indéfinissable, la jeune fille se retrouva aveugle et sourde. Quand ses perceptions recommencèrent à fonctionner, un hurlement lui déchira les tympans. Il lui fallut quelques secondes pour réaliser que le son venait de sa propre gorge.

Horrifiée, elle regarda la mer déchaînée se précipiter à leur rencontre. Sous elle, Ragnar'k dégringolait en vrille, sa tête ballottant au bout de son cou flasque.

Sy-wen serrait toujours Sheeshon contre elle. L'enfant dégagea un de ses bras et le tendit vers la gauche. Jetant un coup d'œil dans la direction qu'elle indiquait, Sy-wen vit une déchirure fumante dans l'aile du dragon. *Mère d'en haut, Ragnar'k a dû se faire toucher par la foudre !* D'autres éclairs continuaient à poursuivre la créature blessée, comme pour l'achever.

Sy-wen se concentra.

— *Ragnar'k, réveille-toi ! J'ai besoin de toi !*

Elle sentit quelque chose de très lointain s'agiter légèrement. Projetant ses perceptions, elle tenta de communiquer au dragon l'urgence de la situation.

— *Réveille-toi ! Aide-nous !*

Une pensée diffuse lui parvint.

— *Sy-wen ?*

La jeune fille savait que ce n'était pas le dragon. Mais elle n'avait pas le loisir de s'interroger sur ce miracle.

— *Kast ! Il faut que tu réveilles Ragnar'k !*

Le corps du dragon s'engouffra dans une trouée entre deux gigantesques murs d'eau écumante. L'instinct maintenait ses ailes étendues, lui permettant de planer dans la vallée formée par les vagues hautes comme des collines. Mais, d'ici quelques instants, il heurterait la surface de l'océan.

Sy-wen sentit Kast se démener.

— *Je ne sais pas comment...*

— *Fais le nécessaire ! Sinon, Sheeshon et moi allons mourir !*

Soudain, le dragon fit une embardée. La jeune fille fut presque éjectée de son dos. Handicapée par son aile blessée, l'énorme créature oscilla et tangua dangereusement. Puis son cou aux écailles détrempées se tendit, et sa tête pivota de gauche à droite pour évaluer la situation.

Une tour d'eau malmenée par le vent menaçait de s'écrouler sur eux. Ragnar'k arqua le dos, vira sur son aile valide et lutta pour s'arracher à la trouée.

— *Dépêche-toi !* le pressa Sy-wen, regardant la crête de la vague basculer vers eux.

Des muscles ondulèrent sous elle tandis que les ailes de Ragnar'k bataillaient contre le vent et la pluie. Comme le dragon propulsait son énorme masse vers le ciel, un rugissement de rage monta de sa gueule.

Sy-wen se tordit le cou pour regarder la vague les poursuivre. La lame de fond agaçait et mordillait la queue du dragon.

Puis ce fut terminé. D'une dernière poussée, Ragnar'k s'éleva au-dessus de la vague monstrueuse. Celle-ci s'écrasa en dessous de lui, hurlant sa frustration et manquant le dragon de quelques pouces à peine.

Sy-wen s'affaissa sur la fillette. Elle sanglotait de soulagement.

— On a réussi, hoqueta-t-elle.

D'une main tremblante, elle flatta l'encolure du dragon.

— *Merci, Ragnar'k.*

— *Le dragon n'a pas fait ça tout seul.*

— *Kast ?*

— *Je n'ai pas pu le réveiller.* (Sy-wen perçut l'immense fatigue du Sanguinaire.) *Il était trop sonné par le choc et la douleur. Je n'ai pu accéder qu'à ses pensées les plus basiques – ses instincts. Mais ça a suffi. Pendant que ses réflexes mouvaient son corps, ma volonté l'a piloté.*

— *Comment… ?*

Ragnar'k piqua du nez, puis redressa.

— *Trop dur… de parler comme ça… et de contrôler le dragon en même temps. Surveille la petite.*

Sy-wen adressa des remerciements silencieux à Kast.

Autour d'elle, la fureur de la tempête ne cessait de croître. Les grondements du tonnerre étaient de plus en plus nombreux et rapprochés. Le vent redoubla d'ardeur, forçant Sy-wen à se pencher sur l'encolure de Ragnar'k en abritant Sheeshon sous elle.

Soudain, un vaisseau apparut dans les ténèbres ruisselantes. Doté de trois mâts et d'une proue sculptée en forme de dragon, il se battait si rageusement contre les vagues qu'on l'aurait dit vivant. À la description de Pinorr, Sy-wen le reconnut. C'était le vaisseau amiral de la flotte, le *Cœur de dragon*.

Ragnar'k dut le repérer en même temps qu'elle. Il inclina la tête et son corps suivit, plongeant vers le navire. Sy-wen agrippa la fillette comme le bateau grossissait en contrebas. Cette manœuvre n'avait qu'un lointain rapport avec les plongeons fluides et gracieux que Ragnar'k effectuait quand il contrôlait pleinement son corps. Kast devait batailler pour guider l'énorme masse du dragon. Ses ailes battaient de manière désordonnée pour freiner la descente tout en visant le pont du bateau.

C'était une lutte âpre, à l'issue incertaine. Et le navire ballotté par les vagues faisait un partenaire peu coopératif : son pont tanguait en tous sens, tandis que ses trois mâts fouettaient l'air à la façon de lances menaçantes. Ragnar'k devait virer sans cesse pour suivre le mouvement. Il poussa un rugissement de frustration.

Comme le pont du navire fonçait à leur rencontre, Sy-wen ferma les yeux. Regarder ne servait à rien. Le cœur dans la gorge, elle se plaqua contre l'échine de Ragnar'k, clouant Sheeshon sous elle et s'accrochant de toutes ses forces au cou du dragon.

— *Tu dois réussir, Kast.*

En guise de réponse, il n'y eut qu'un choc violent, qui se répercuta jusque dans la moelle de ses os. Sy-wen lutta pour conserver sa prise, mais en vain. Ses pieds s'arrachèrent des plis de peau de Ragnar'k, et Sheeshon et elle glissèrent le long du cou du dragon. Haletante, elle agita bras et jambes pour tenter de se raccrocher à quelque chose.

Le crissement des griffes de Ragnar'k parut s'étirer à l'infini tandis que le dragon glissait sur le pont mouillé. Sy-wen attendit la collision avec le bastingage, le craquement du bois et le plongeon final.

Mais rien de tout cela ne se produisit.

Ragnar'k s'immobilisa maladroitement sous elle.

Les paupières toujours closes, Sy-wen adressa des remerciements muets à tous les dieux du monde. Lentement, elle ouvrit les yeux. Le bout du museau de Ragnar'k touchait le bastingage. C'était passé près – trop près.

L'énorme créature gisait étendue sur le pont, trop épuisée pour se redresser. De grandes inspirations laborieuses soulevaient sa poitrine, et son souffle fumait dans l'air froid. Derrière elle, Sy-wen avisa les sillons que ses griffes avaient creusés dans le pont. Des morceaux de corne argentée ponctuaient ses traces.

Sheeshon regarda autour d'elle.

— Ce n'est pas le bateau de papa, constata-t-elle avec une pointe de frayeur dans la voix.

Sy-wen lui posa une main sur la joue.

— Tout va bien, Sheeshon, tu seras en sécurité ici jusqu'à ce que ton papa nous rejoigne.

Un bruit mat résonna sur leur gauche comme une écoutille s'ouvrait à la volée. Des marins se ruèrent dehors, brandissant lances et épées. Quand ils virent à quoi ils avaient affaire, ils s'immobilisèrent, les yeux écarquillés d'effroi et d'émerveillement.

Sy-wen savait qu'il valait mieux laisser la parole à Kast. Elle déposa Sheeshon sur le pont.

— Reste près du dragon, lui recommanda-t-elle.

Puis, consciente que tous les regards étaient braqués sur elle, elle se laissa glisser à terre en prenant bien garde à maintenir un contact avec Ragnar'k. Une fois debout sur le pont, elle prit la main de Sheeshon dans la sienne et pivota vers la petite foule qui les observait, bouche bée.

Même la fureur de la tempête ne parvenait pas à chasser les marins. Un homme joua des coudes pour se frayer un chemin parmi les autres. Sy-wen n'en avait encore jamais vu de si grand. Vieux mais encore très musclé, il était presque aussi large que haut. La jeune fille capta quelques murmures parmi la foule – dont un titre qui revenait sans cesse : « haut maître de quille ».

Arrivé au premier rang de la foule, l'homme s'arrêta. Il détailla le dragon prostré et ses deux cavalières. Son expression était sombre et dure ; nulle trace de bienveillance n'adoucissait ses traits, et la méfiance voilait son regard.

Sy-wen déglutit. Oui, Kast saurait mieux qu'elle comment s'adresser à cet homme. La jeune fille fit un pas en avant, rompant le contact avec le dragon et mettant fin à l'enchantement. Elle rentra la tête dans les épaules en prévision du tourbillon à venir – mais rien ne se produisit.

Sy-wen jeta un coup d'œil par-dessus son épaule. Le dragon était toujours affalé sur le pont ruisselant. Seul le nuage de vapeur devant ses naseaux indiquait qu'il était vivant.

Une voix claqua comme un coup de fouet, forçant Sy-wen à reporter son attention sur les marins. Le haut maître de quille la foudroyait d'un regard qui semblait lui promettre mille douleurs.

— Quel genre de démons des tempêtes êtes-vous ?

Ce fut les entrailles rongées par l'angoisse que Pinorr rebroussa chemin vers sa cabine. À présent que son plan était en cours d'exécution, le chaman ne se sentait plus aussi confiant quant à son issue. Trop de choses dépendaient de la véracité de vieilles légendes. S'il se trompait, non seulement les espoirs de Sy-wen et de Kast seraient réduits à néant, mais Sheeshon y laisserait sans doute la vie.

Le tonnerre grondait à ses oreilles ; les lanternes projetaient des ombres démentes sur les murs. Pinorr tendit la main vers la poignée de sa porte. Ce fut alors qu'une brusque accalmie lui sauva la vie. À la faveur du silence momentané, il entendit le raclement d'un talon de botte sur du bois. Cela suffit pour lui faire tourner la tête.

Gylt le trapu se tenait un peu plus loin dans le couloir, les épaules voûtées et une lame souillée à la main. Son attitude furtive et la lueur de culpabilité dans ses yeux disaient assez clairement qu'il voulait du mal à Pinorr. Après avoir scruté le reste du passage, le chaman lui fit face.

—Ainsi, tu es venu commettre un meurtre à la place d'Ulster ? lança-t-il.

Le second maître resta figé à quelques pas de lui, hésitant.

—Tu es prêt à attirer le courroux des dieux de la mer sur toi pour épargner Ulster. C'est très loyal de ta part de te damner à sa place. (Pinorr plissa les yeux ; il commençait à comprendre le plan du jeune maître de quille.) Vous pourrez peut-être berner le reste de l'équipage et lui faire croire à un accident, mais ne crois pas que les dieux de la mer seront dupes. Ils sauront très bien quelle main a manié l'épée. En ce moment même, ils te regardent à travers mes yeux. Ils sondent ton cœur.

Un brusque coup de tonnerre inclina le pont sous leurs pieds. Gylt hoqueta et fit un pas en arrière. Pinorr savait que le second maître était facile à manipuler, surtout quand il avait peur. Il se pencha vers lui.

—Écoute-les ! Ils réclament déjà ton sang.

L'horreur écarquilla les yeux de Gylt, et son épée trembla dans sa main.

—Je... Je n'étais pas censé vous tuer, chaman. Je vous le jure ! J... je devais juste vérifier que vous retourniez bien à votre cabine.

Pinorr fronça les sourcils. Il percevait la sincérité de Gylt.

La porte de sa cabine s'ouvrit à la volée derrière lui. Or, il avait laissé la pièce vide. De toute évidence, il était tombé dans une embuscade. Il n'aurait pas cru Ulster capable de s'abaisser à un acte aussi méprisable – du moins, pas si vite.

Face à Pinorr, une ombre projetée par les lanternes de sa cabine se découpa sur le mur du couloir : un homme brandissant une épée. La lame s'abattit dans son dos.

Pinorr n'eut pas le temps de se retourner, juste de plonger sur le côté en levant un bras. L'arme rata sa poitrine d'un cheveu. La pointe accrocha le tissu bleu de sa robe, et il la vit darder sous son aisselle. À cet instant, ses vieux instincts lui revinrent en masse. Sous sa robe de chaman battait toujours le cœur d'un Sanguinaire. Même s'il avait défait sa tresse de guerrier de nombreux hivers auparavant, une partie de lui n'avait rien oublié.

Pinorr poussa un cri de guerre et baissa le bras d'un coup sec, emprisonnant le plat de la lame contre son torse. Puis il pivota. Comme il s'y attendait, son agresseur avait été légèrement déséquilibré par l'échec de son attaque. Le mouvement lui arracha l'arme des doigts. Sans interrompre sa rotation, Pinorr saisit la poignée de sa main libre. C'était la première fois depuis quarante hivers qu'il touchait une épée.

Il fit face à son agresseur. La rage faisait bouillonner son sang et étrécissait sa vision.

Sur sa gauche, il entendit Gylt bredouiller :

— Vous ne devez pas porter d'arme ! Vous êtes un chaman !

Ignorant les protestations du second maître, Pinorr détailla l'homme qui espérait l'assassiner. Il ne fut guère surpris de reconnaître Jabib – le toutou d'Ulster. Le premier maître voulut dégainer une dague, mais Pinorr fut plus rapide.

L'épée transperça la poitrine de Jabib. Pinorr l'enfonça plus profondément, se rapprochant du premier maître jusqu'à ce que tous deux se retrouvent nez à nez, la poignée de l'arme coincée entre leurs torses. Du sang chaud dégoulina sur la main du chaman.

— Puissent les dieux de la mer donner ton âme à bouffer à leurs vers, cracha Pinorr, tremblant de fureur.

Puis il s'écarta et dégagea l'épée en lui imprimant une rotation.

Jabib hoqueta de douleur et tomba à genoux. Du sang jaillit de sa bouche et se déversa sur le devant de sa chemise.

Avant qu'il puisse s'écrouler tout à fait, Pinorr l'empoigna par les cheveux. Jabib leva un regard horrifié vers lui.

— Je t'envoie rejoindre les dieux sans honneur, dit froidement Pinorr.

Et, d'un coup d'épée, il sectionna sa tresse.

Jabib bascula en avant et s'écrasa sur le pont avec fracas. Déjà, une mare de sang se formait sous lui.

Pinorr fit volte-face, l'épée dans une main et la tresse de Jabib dans l'autre. Livide, Gylt lâcha son arme.

— Vous nous avez maudits ! cria-t-il. Vous vous êtes souillé avec le sang d'un autre !

— Vous vous êtes maudits tout seuls, répliqua le chaman. Les dieux de la mer m'ont averti de votre trahison ; ils m'ont protégé. Ils ont fait taire la tempête pour que je t'entende approcher. Ils ont projeté l'ombre de Jabib sur le mur pour que je puisse esquiver son attaque traîtresse. Par cette nuit de tempête, ils me bénissent afin que je puisse perpétrer leur vengeance à l'égard de ceux qui complotent contre eux

Gylt secoua violemment la tête. Il tomba à genoux devant Pinorr.

— Non, non, gémit-il.

Le vieil homme s'avança et le toisa.

— Si, lâcha-t-il sur un ton aussi impitoyable que la tempête qui faisait rage dehors.

Gylt dut comprendre ce qui l'attendait. Il plongea vers son arme, mais trop tard.

Pinorr abattit son épée avec toute la rage qui imprégnait ses os. Du sang éclaboussa ses avant-bras. Quand il enjamba le corps de Gylt, la tête du second maître ballottait encore.

La tresse de Jabib pendant au bout de son bras, Pinorr s'enfonça dans le ventre du navire. Ça faisait trop longtemps qu'il autorisait la corruption à gangrener l'*Éperon de dragon*. Il en était conscient depuis le début, mais la peur qu'il éprouvait pour Sheeshon avait retenu sa main jusque-là.

À présent, la fille de son fils était partie. Il était temps d'agir. Cette nuit, les courants rassemblaient tous les acteurs de la prophétie. Nul ne pourrait échapper à son destin.

Au matin, les Dre'rendi auraient accepté leur ultime objectif – servir d'arme contre le Gul'gotha – ou ils s'abîmeraient sous les flots.

Au final, le sort de son peuple dépendrait de l'épée maudite d'un chaman et du cœur d'une enfant.

16

Alors que des éclairs zébraient le ciel et que la pluie crépitait rythmiquement sur le pont, Sy-wen fit face au haut maître de quille. La petite foule massée derrière celui-ci était hérissée de lances et d'épées. Mais Sy-wen ignora les autres marins. Tout ce qui comptait, c'était le colosse qui se tenait devant elle. Il était le chef, celui que Kast et elle avaient pour mission de convaincre. Hélas ! rien ne se passait comme Pinorr l'avait prévu. En tant que Sanguinaire, c'est Kast qui aurait dû plaider leur cause – pas elle.

Jetant un coup d'œil au dragon inerte, Sy-wen comprit qu'elle devait modifier leur plan de toute urgence. Mais elle n'arrivait pas à réfléchir clairement. Elle s'inquiétait trop pour Ragnar'k et pour Kast. Que s'était-il passé ? Pourquoi l'enchantement ne s'était-il pas inversé ? À cause de la foudre ? Kast était-il prisonnier à jamais du corps du dragon ? Les implications potentielles faisaient tourner la tête de Sy-wen.

Une petite main serra la sienne. Sheeshon tira sur le bras de la mer'ai.

— Le monsieur est plus costaud que papa, commenta-t-elle en désignant le haut maître de quille.

La fillette trempée frissonnait de tout son corps. Sy-wen la serra contre elle pour lui tenir chaud et pivota.

Malgré les quelques pas qui les séparaient, elle devait se tordre le cou pour dévisager son interlocuteur. L'homme avait des yeux pareils à des éclats d'acier bleuté. Sa longue tresse noire se parait de reflets argentés – signe qu'il commençait à accumuler les hivers. Dans son poing droit, il tenait un harpon à baleine plus haut que lui. Son regard faisait la navette entre Sy-wen et l'énorme dragon noir, qui, malgré son immobilité, lui inspirait une certaine prudence.

— Je répète : quel genre de démons êtes-vous ?

Sy-wen se décida enfin à répondre. Elle ne convaincrait personne en gardant le silence.

— Je ne suis pas un démon, haut maître de quille des Dre'rendi, répondit-elle solennellement, inclinant la tête pour le saluer. Je suis Sy-wen, émissaire des mer'ai. C'est le chaman Pinorr qui m'envoie vous parler.

Les marins étaient trop bien dressés pour intervenir sans y avoir été invités, mais Sy-wen les vit échanger des coups d'œil furtifs. Tout dans leur posture nerveuse trahissait le scepticisme et la colère. Ainsi, Pinorr ne s'était pas trompé en pensant que la mention des mer'ai ne susciterait qu'hostilité chez ses semblables.

Le haut maître de quille mit un moment à réagir. Quand il reprit la parole, sa voix était légèrement éraillée par le choc qu'il venait de recevoir. Mais, très vite, son ton redevint autoritaire.

— As-tu une preuve de ce que tu avances ?

De sa main libre, Sy-wen désigna le dragon.

— Si cela ne vous suffit pas, dit-elle en tirant Sheeshon devant elle, le chaman Pinorr m'a confié sa seule parente.

Pour la première fois, le haut maître de quille parut remarquer l'enfant. Il la détailla en plissant les yeux.

— Je connais cette gamine…

Un autre homme s'avança, contournant le colosse. Il portait la robe bleue des chamans, mais, si Pinorr était plutôt maigre et sec, cet homme-là arborait une ample panse sur laquelle reposait une de ses mains. Il jeta un coup d'œil anxieux au ciel.

—Nous devrions emmener les prisonnières sur le pont inférieur, suggéra-t-il d'une voix qui zézayait légèrement. Je crains que cette accalmie ne soit que momentanée, et que le pire de la tempête reste encore à venir. (Il reporta son attention sur le dragon.) Le vent m'apporte toujours de mauvais augures, ajouta-t-il, l'air effrayé.

Le haut maître de quille acquiesça. Il fit signe à deux gardes, qui s'avancèrent pour encadrer les filles. L'éclat de la foudre se reflétait sur la lame incurvée de leur épée.

—Si vous n'êtes pas des démons, venez avec nous. Racontez-nous ce que vous faites ici et pourquoi mon vieil ami vous envoie.

Ce n'était pas une requête mais un ordre – comme en témoignaient les lames nues des deux gardes. Pourtant, Sy-wen hocha la tête.

—Nous apprécions votre offre de nous mettre à l'abri. (Du menton, elle indiqua Ragnar'k.) Mais ma monture a subi une grave blessure. Je dois d'abord solliciter une faveur.

Le tonnerre se remit à enfler autour d'eux.

—Laquelle ? s'impatienta le haut maître de quille.

—Mon dragon a besoin de soins.

Le colosse désigna l'homme en robe bleue.

—Bilatus est notre guérisseur, mais il exerce son art sur les humains, pas sur les dragons.

Le chaman ventripotent acquiesça vigoureusement, les yeux rivés sur la masse fumante d'écailles noires et de griffes argentées.

—Je ne dispose d'aucun onguent adapté à ce genre de créature. Je risquerais de lui faire plus de mal que de bien.

Le cœur de Sy-wen se serra à l'idée de laisser le dragon évanoui seul sur le pont. Et si une vague l'emportait par-dessus bord ? Elle jeta un coup d'œil à son énorme compagnon. Deux filets de vapeur blanche s'échappaient de ses naseaux, mais ses paupières étaient toujours closes.

Une main se posa sur l'épaule de Sy-wen, la faisant sursauter. C'était le haut maître de quille ; il s'était approché si discrètement qu'elle ne l'avait pas entendu.

— N'aie crainte. Ton dragon est en sécurité, Sy-wen des mer'ai. Je lui offre mon hospitalité comme à vous deux. Jusqu'à ce que cette affaire ait été jugée, aucun de mes hommes n'osera porter la main sur vous. Nous allons attacher ta monture aux mâts et au bastingage avec les cordes les plus solides dont nous disposons. À moins que le bateau coule, il ne lui arrivera rien.

— Merci.

Le haut maître de quille s'approcha du dragon et tendit la main pour le toucher.

— Soyez prudent ! lança Bilatus.

Ignorant son conseil, le colosse posa sa paume sur le pli d'une aile écailleuse et trempée.

— Jamais je n'aurais cru voir une telle merveille un jour.

Il secoua la tête et laissa retomber son bras. Comme il retournait vers ses hommes, Sy-wen crut déceler l'ombre d'un sourire sur son visage.

— Viens, lui dit-il au passage.

Cette fois, la jeune fille obéit. Cet homme lui inspirait une pointe de respect. Elle commençait à comprendre pourquoi Pinorr plaçait une telle foi en lui. Il ne faisait aucun doute que de l'acier coulait dans ses veines – et qu'une curiosité aiguë brillait dans ses yeux.

Sheeshon s'accrochant à elle, Sy-wen emboîta le pas au colosse. Le chaman Bilatus marchait à côté de son chef ; il ne cessait de regarder les deux filles par-dessus son épaule.

La petite procession franchit une écoutille et descendit les quelques marches qui conduisaient au pont inférieur. Arrivé au bout d'un large couloir, le haut maître de quille poussa une porte et pénétra dans une pièce tout en longueur. Des lanternes suspendues au plafond se balançaient au rythme du roulis. Tout l'espace était occupé par des tables et des bancs.

Le colosse fit face à son équipage, qui l'avait suivi jusque-là.

— Vous avez tous un poste et une mission, tonna-t-il. Il est hors de question que mon bateau coule pendant cette tempête à cause d'un ramassis de curieux et de fainéants ! Allez, ouste ! (Il fit signe à un homme séduisant, qui culminait presque aussi haut que lui.) Hunt, tu nous accompagnes.

— Oui, haut maître de quille, répondit le dénommé Hunt, les yeux brillants d'excitation.

Sy-wen remarqua l'air de famille qui existait entre les deux hommes.

— C'est votre fils ? demanda-t-elle.

— Et le premier maître du *Cœur de dragon*, répondit fièrement le haut maître de quille. Venez. Nous allons nous retirer dans ma cabine et parler de tout ceci en privé.

Sy-wen acquiesça. Son hôte l'entraîna dans une pièce spacieuse, à l'atmosphère tiède et douillette. Le long d'un mur se dressaient des étagères recouvertes de parchemins froissés et de livres à la couverture usée, ainsi qu'un bureau sur lequel reposait un gros volume ouvert. De l'autre côté de la cabine, deux fauteuils rembourrés étaient disposés devant un âtre de pierre. Une solide grille de fer forgé empêchait les bûches de s'échapper à la faveur de la tempête.

Le haut maître de quille désigna l'un des fauteuils à Sy-wen. Ravie de pouvoir se rapprocher du feu, la jeune fille accepta son invitation. Elle était glacée jusqu'à la moelle. Ses vêtements dre'rendi, trempés, lui collaient à la peau. Elle regrettait de ne pas avoir gardé son pantalon en peau de requin.

Une fois assise, elle attira Sheeshon sur ses genoux. L'enfant étendit les jambes pour réchauffer la plante de ses pieds nus.

Bilatus se vit offrir le second fauteuil. Le haut maître de quille et son fils restèrent debout, respectivement à gauche et à droite de la cheminée. Côte à côte, leurs similarités étaient encore plus flagrantes : ils avaient le même regard vif, les mêmes petites rides au coin des yeux, la même fossette au menton, les mêmes mâchoires bien dessinées et la même bouche faite pour sourire. Ils poussaient la ressemblance jusqu'à se tenir de la même façon, leurs larges épaules bien droites. Ils inspiraient une confiance instinctive à Sy-wen, qui se laissa aller dans les coussins moelleux avec délice.

— Raconte-nous ton histoire, réclama le haut maître de quille.

La jeune fille se racla la gorge et s'exécuta. Elle annonça aux trois hommes l'assaut imminent sur Val'loa, expliqua comment les forces du Gul'gotha fortifiaient l'île et révéla l'existence d'une sor'cière en qui reposaient les espoirs de tout Alaséa. Elle leur dit tout ce qu'elle avait déjà raconté à Pinorr, omettant juste de mentionner le secret de Kast et du dragon. Elle soupçonnait qu'ils ne la croiraient pas et, pour l'instant, elle avait besoin de toute la confiance qu'elle pouvait leur inspirer.

— Donc, je suis venue vous demander d'engager vos bateaux et vos hommes dans la bataille à nos côtés, conclut-elle.

Le haut maître de quille ne l'avait pas interrompue une seule fois durant son récit. Il mit encore quelques instants à briser son silence.

— Sy-wen des mer'ai, je pense que ton cœur est noble et ta cause juste. Les Dre'rendi n'ont pas d'affection pour le Gul'gotha – mais, en toute honnêteté, ils ne sont pas non plus les amis des mer'ai. Pourquoi nous allier à nos anciens ennemis pour en combattre de nouveaux ? Que nous importe que le Gul'gotha tourmente les ter'restres ?

Sy-wen se redressa dans son fauteuil.

— Le Seigneur Noir ne se satisfera pas de régner uniquement sur la terre. Pour l'instant, son attention est fixée sur la côte, mais dès qu'il sera parvenu à la conquérir, il tournera son regard vers le large – vers vous. Alors, qui restera-t-il pour vous venir en aide ?

— Les Dre'rendi sont un peuple libre. Nous n'avons pas de territoire. Si le Gul'gotha nous chasse, nous partirons. Tant qu'il restera des océans sur lesquels naviguer, nous ne tomberons jamais sous le joug de personne. (Le haut maître de quille jeta un regard entendu à Sy-wen.) Nous ne nous souvenons que trop bien de l'époque où nous nous inclinions devant l'épée d'autrui. Nous avons conquis notre liberté au prix de notre sang, et nous entendons la conserver. Pourquoi devrions-nous prendre part à cette bataille et nous attirer l'inimitié du Gul'gotha ?

— Parce que son inimitié vous est déjà acquise. De son point de vue, tous ceux qui ne le servent pas sont ses adversaires. (Sy-wen déglutit et se lança.) Fuir devant le Gul'gotha, vous appelez ça la « liberté » ? Il vous force à vous déplacer comme du bétail ! Vous laisser faire, c'est de la pure lâcheté !

Bilatus hoqueta. Hunt porta la main à la poignée de son épée. Les joues du haut maître de quille s'empourprèrent. Puis il éclata de rire.

— Au moins, on ne pourra pas t'accuser d'hypocrisie !

Sy-wen rougit.

— Je ne voulais pas vous offenser.

Le haut maître de quille s'esclaffa de plus belle.

— Père, intervint Hunt, furieux. Vas-tu laisser cette donzelle insulter les Dre'rendi de la sorte ?

— « Insulter » ? Elle n'a fait que dire ce qu'elle pensait. J'aimerais que tout le monde soit aussi franc. (Le colosse sourit à Sy-wen.) D'accord. Je vois ce que tu veux dire. Les Dre'rendi devraient naviguer où le vent les porte et non pas où le Gul'gotha le décide. Si nous nous contentons de l'éviter, nous sommes effectivement des lâches.

Cette confession fit s'écarquiller les yeux de Bilatus.

— Les dieux de la mer nous protègent. Nous n'avons pas à craindre le Gul'gotha !

Le haut maître de quille secoua la tête, et toute bonne humeur déserta son visage.

— Ça, c'est parlé en bon chaman. Mais j'ai appris que les dieux de la mer protègent ceux qui se protègent eux-mêmes. (Il tapota son épée.) Telle est notre seule véritable défense.

Sy-wen n'en croyait pas sa chance. Le haut maître de quille était sensible à sa cause.

— Donc, vous allez nous accorder le soutien de vos forces ?

Le colosse l'observa en silence le temps de trois longues inspirations. Puis il lâcha :

— Non.

Sy-wen reçut son refus comme une gifle.

— Mais pourquoi ? couina-t-elle. C'est notre meilleure chance de porter un coup significatif au Seigneur Noir.

— Peut-être, concéda le haut maître de quille. Mais les Dre'rendi ne combattront jamais au côté des mer'ai. La dernière fois que nous avons affronté le Gul'gotha, votre peuple s'est enfui, nous laissant seuls face aux haches et aux crocs de l'ennemi.

— Mais ce n'est pas comme si nous vous avions trahis ! Vous avez spontanément offert de nous aider à nous échapper !

— Néanmoins, ça prouve bien que la lâcheté des mer'ai surpasse de loin la nôtre.

Ce fut au tour de Sy-wen de se hérisser.

— Et votre serment ? (Elle désigna le tatouage du colosse.) Reviendrez-vous sur une promesse librement consentie ? Vous aviez juré de venir à notre aide une dernière fois quand nous le réclamerions !

Le haut maître de quille garda le silence.

Bilatus se chargea de répondre à sa place.

— C'était il y a bien longtemps. Depuis, nous nous sommes mis à vénérer les sept dieux de la mer. Désormais, c'est à eux que nos cœurs et nos esprits sont liés – pas aux mer'ai. Nous ne sommes plus vos esclaves.

Le haut maître de quille secoua lentement la tête.

— Quelque dette que nous ayons eue jadis envers ton peuple, le temps s'est chargé de l'effacer.

Sy-wen aurait voulu lui montrer combien la magie du tatouage demeurait puissante, mais elle s'était déjà liée à Kast et ne pouvait donc pas conjurer le pouvoir du tatouage d'un autre Sanguinaire. Elle soupira. Il ne leur restait qu'une seule chance – le plan suggéré par Pinorr.

Sy-wen baissa les yeux vers Sheeshon, qui s'était assoupie sur ses genoux. Son cœur se serra. Elle avait tant espéré que les choses n'en arrivent pas là ! Si Kast avait été à son côté, peut-être... Secouant la tête, elle leva les yeux vers le haut maître de quille.

— Vous fondez votre position sur les différences entre nos deux peuples – les mer'ai et les Dre'rendi.

Le colosse haussa les épaules.

La voix de Sy-wen se fit plus ferme.

— Je vais vous dévoiler un secret, une chose que même la plupart des mer'ai ignorent. Je l'ai déjà révélé au chaman Pinorr ; c'est pourquoi il m'a confié sa petite-fille – pour prouver non seulement que j'ai son soutien, mais que ce que je m'apprête à vous dire est la stricte vérité.

À la mention de l'autre chaman, Bilatus se redressa légèrement.

Le haut maître de quille plissa les yeux.

— Je t'écoute.

— Nous ne sommes pas deux peuples différents, articula Sy-wen en plantant son regard dans celui du colosse. En réalité, les mer'ai et les Dre'rendi descendent de la même tribu.

Le choc provoqué par cette révélation empêcha la jeune fille de poursuivre. Bilatus fit un bruit grossier avec ses lèvres flasques.

— Impossible.

Sy-wen posa une main sur la tête de Sheeshon endormie.

— Pourtant, la preuve est là.

Le haut maître de quille jeta un coup d'œil à l'enfant, puis reporta son attention sur Sy-wen.

— Je ne vois pas de preuve, juste une gamine attardée avec la figure à moitié paralysée.

— Oh, vous allez en voir une.

Sy-wen serra le poing, espérant qu'elle ne s'avançait pas trop. Tournant la tête vers Hunt, elle désigna Sheeshon.

— Vous pouvez la porter ? lui demanda-t-elle.

Après que son père lui eut signifié son assentiment, le jeune Sanguinaire souleva Sheeshon. L'enfant endormie gémit un peu, puis passa les bras autour de son cou.

Sy-wen se leva.

— Pour vous montrer, je vais avoir besoin d'un peu de sang du dragon.

Bilatus dut s'y reprendre à deux fois pour s'extraire de son fauteuil.

— Comment te proposes-tu de... ?

Sy-wen sortit la longue dague qu'elle portait dans un fourreau de poignet.

— Avec ça.

La soudaine apparition de deux épées croisées contre sa gorge lui fit comprendre l'idiotie de son geste. Sy-wen n'avait même pas eu le temps de voir bouger le haut maître de quille et son fils ; pourtant, la pointe de leur arme reposait dans le creux de ses clavicules. Elle dut déglutir avant d'articuler :

— Je ne vous veux pas de mal. J'ai juste besoin de ce couteau pour tirer le sang de ma monture. (Elle attrapa la dague par sa lame et présenta le manche au haut maître de quille.) Gardez-la, si ça peut vous tranquilliser. Je vous autorise même à entailler le dragon à ma place.

Le colosse la dévisagea, les yeux plissés comme s'il tentait de lire ses véritables intentions. Sy-wen soutint son regard sans ciller, mais la main qui tenait la dague se mit à trembler légèrement.

Enfin, le chef des Dre'rendi baissa son épée et fit signe à son fils de l'imiter.

— Non, Sy-wen des mer'ai. Si quelqu'un doit piquer la créature endormie sur le pont de mon navire, il vaut mieux que ce soit toi.

De nouveau, l'ombre d'un sourire passa sur ses lèvres.

En soupirant, Sy-wen rangea la dague dans son fourreau.

— Je m'excuse de vous avoir fait peur. Je n'ai pas réfléchi avant de dégainer mon arme. Je voulais juste vous montrer ce que je m'apprêtais à faire.

Le haut maître de quille rengaina son épée à son tour.

— Et que t'apprêtes-tu à faire exactement ?

Sy-wen frémit. Après la réaction qu'ils avaient eue en la voyant sortir son couteau, peut-être vaudrait-il mieux ne pas leur exposer la théorie de Pinorr. Mais les trois hommes la regardaient fixement…

Des coups précipités lui épargnèrent la peine de répondre. Bilatus alla ouvrir la porte. Un marin très excité entra, ôtant son chapeau de pluie dégoulinant.

— Haut maître de quille, monsieur ! C'est l'*Éperon de dragon*. On nous a envoyé un signal. La foudre a frappé son mât. On peut voir ses voiles flamber d'ici !

Hunt jeta un coup d'œil à son père.

— C'est le bateau du chaman Pinorr.

Tous les regards se braquèrent de nouveau sur Sy-wen – et pour la centième fois, la jeune fille regretta que Kast ne soit pas avec elle.

Des cris d'alarme résonnaient dans le couloir, mélange de glapissements effrayés et d'ordres aboyés. Pinorr les ignora et continua à longer les étroits couloirs du pont inférieur en direction de la poupe. Les corps de Jabib et de Gylt avaient dû être découverts. Le vieil homme pressa le pas; il savait que s'il ralentissait le feu de son sang s'éteindrait. Or, la nuit n'était ni à la tempérance ni à la sagesse. Seules les flammes pouvaient venir à bout de la gangrène qui infestait le bord.

Soudain, comme si les dieux avaient entendu les pensées de Pinorr, une épaisse fumée s'engouffra dans le couloir par une écoutille ouverte, quelque part derrière lui. Le vieil homme se mit à tousser. Il sentit une odeur de bois brûlé et entendit de nouveaux rugissements. Intrigué, il s'arrêta et se retourna. Au-delà du nuage gris, une écoutille se referma à la volée tandis que retentissaient des appels au secours frénétiques. Et, au-dessus de la tête de Pinorr, un bruit de pas précipités lui signala que les marins fuyaient le mess.

Tout l'équipage semblait sur le pied de guerre. Pinorr humait presque le désespoir de ses camarades sous l'odeur de la fumée. Il y avait un problème – un problème encore plus grave que deux marins assassinés.

Pinorr baissa les yeux vers son épée ensanglantée et la tresse qui pendait dans sa main gauche. Ce branle-bas était-il dû à une nouvelle ruse d'Ulster? S'agissait-il d'une distraction conçue pour occuper les hommes pendant que Jabib et Gylt se débarrassaient du chaman?

Pinorr agrippa son épée un peu plus fort. C'était bon de sentir de nouveau la poignée d'une arme dans sa main. Quelle que soit la raison de cette mobilisation générale, ça ne le concernait plus. Il n'était plus le chaman de l'*Éperon de dragon*, ni même un de ses guerriers. Cette nuit, il était la vengeance divine faite homme – et acier.

Il continua à marcher vers l'unique cabine qui occupait la section avant de la poupe. S'il ne s'était pas trompé au sujet d'Ulster, il trouverait le misérable barricadé dans ses propres quartiers. Ses doigts se crispèrent sur la poignée de son épée. Il allait se délecter de l'expression du maître de quille lorsque celui-ci réaliserait que ses assassins avaient échoué – même si cette vision serait sans doute la dernière. Car, justifiées ou non, Pinorr savait que ses attaques lui coûteraient la vie. Il était interdit au chaman d'un bateau de toucher de l'acier, et faire couler le sang était passible de mort pour lui.

Pourtant, Pinorr connaissait son devoir. Le destin spirituel du navire reposait entre ses mains. Il ne pouvait plus laisser Ulster souiller le pont de l'*Éperon de dragon*.

Enfin, le vieil homme atteignit sa destination. Il s'arrêta devant une large porte bardée et cloutée de fer. Prenant une profonde inspiration, il leva son épée et cogna au battant avec la poignée.

—Je suis au courant pour le feu! aboya une voix à l'intérieur. J'arrive!

Pinorr cligna des yeux. *Le feu? Quel feu?*

Avant qu'il ait pu s'interroger sur ce mystère, la porte s'ouvrit à la volée. Ulster luttait pour enfiler un pourpoint. Il s'immobilisa en découvrant qui se tenait sur le seuil de sa cabine.

L'espace de plusieurs battements de cœur laborieux, aucun des deux hommes ne bougea ni ne pipa mot.

Puis Pinorr jeta la tresse de Jabib sur les bottes d'Ulster. C'était l'offrande d'un guerrier à son chef, le trophée que l'on prélevait sur un cadavre après avoir tué pour protéger un navire. La tresse sanglante gifla les planches telle une algue trempée.

— Je crois que ceci t'appartient, dit froidement Pinorr.

Ulster jeta un coup d'œil à la tresse et reporta très vite son attention sur l'épée du vieil homme. De toute évidence, il était plus choqué de voir un chaman armé qu'inquiet pour son premier maître.

— Qu'as-tu fait, chaman ? demanda-t-il, horrifié.

— Ce que j'aurais dû faire depuis longtemps. J'ai amputé un membre infecté avant que la gangrène puisse s'étendre au reste du navire.

Ulster recula. Dans sa précipitation, il avait oublié de ceindre son fourreau. Celui-ci – et l'épée qu'il contenait – était accroché sur le dossier d'une chaise, au fond de sa cabine.

Pinorr suivit Ulster pas à pas, tandis que les mots enfermés dans son cœur depuis trois hivers se déversaient de sa bouche en cascade.

— J'aimais ton père. Seul son souvenir a retenu ma main si longtemps. C'est le retour de Kast qui m'a fait réaliser combien tu avais peu du sang de ton père dans les veines.

Ulster éclata d'un rire dur.

— Et tu crois que je vais prendre ça comme une insulte ? En vérité, je lui ressemble bien plus que tu ne pourrais l'imaginer. Étais-tu là quand il m'a fouetté au sang après que j'eus perdu un duel à l'épée contre le fils de Zinbathi ? Et la fois où on a bandé mes côtes brisées après une des raclées qu'il m'infligeait régulièrement ? As-tu seulement remarqué les brûlures sur mes bras, celles qui ont pelé et suinté pendant une lune entière ? (À présent, le jeune homme crachait autant de bile que Pinorr.) Le visage des hommes que tu crois connaître change derrière une porte close, chaman. Moi seul ai contemplé la véritable nature de mon père, celle qu'il dissimulait au reste de l'équipage.

Ce mensonge éhonté fit vaciller Pinorr.

— Comment oses-tu souiller la mémoire de ton père !

— Tu as toujours été aveugle, chaman. Tu as peut-être reçu le don de percevoir les humeurs de la mer, mais le cœur de mon père t'était impénétrable. (Ulster plissa les yeux.) À moins que tu aies eu trop peur pour essayer de le sonder. À moins que tu aies soupçonné ce que tu pourrais y voir, mais préféré l'ignorer pour ne pas perdre un chef talentueux.

Pinorr cessa de poursuivre Ulster à travers la cabine. Il aurait bien voulu réfuter ces accusations, mais la dureté avec laquelle son vieil ami traitait son propre fils cadet ne lui avait pas échappé. Toutefois, jamais il n'aurait cru que ça puisse aller si loin.

— Ton frère…, protesta-t-il.

— Kast ? ricana Ulster. Ce bâtard s'est enfui avant le pire, me laissant seul pour affronter le courroux de notre père. (Le feu qui brûlait en lui parut s'éteindre d'un coup, comme une chandelle soufflée par un courant d'air ; ses épaules s'affaissèrent.) Je ne le lui pardonnerai jamais.

Pinorr dut lutter pour ne pas laisser mourir les flammes de sa propre colère.

— Que ton histoire soit vraie ou non, je ne vois pas le rapport avec les brutalités que tu exerces à l'encontre de ma famille.

— Il y en a pourtant un, répliqua Ulster en le regardant dans les yeux. Tu avais le pouvoir d'arrêter mon père. Il t'aurait écouté, Pinorr. (La voix du jeune homme se brisa, puis se durcit de nouveau.) Mais tu as préféré tourner ton regard vers la gloire de l'horizon plutôt que vers le mal qui se tenait près de toi. Alors, ne compte pas sur ma sympathie.

Il pivota pour saisir son épée. Pinorr était si choqué qu'il ne fit rien pour l'en empêcher.

— J'en ai fini de te laisser ignorer la cruauté de mon père, reprit Ulster. (Il dégaina et fit de nouveau face au vieil homme.) Maintenant, tu vas affronter ce qu'il a forgé.

Et sur ces mots, il plongea.

Pinorr eut tout juste le temps de bloquer l'attaque. Par chance, la main d'Ulster était davantage guidée par sa colère que par son adresse. Le chaman recula néanmoins sous l'assaut : son adversaire était beaucoup plus jeune et plus vigoureux que lui. Seul son instinct de guerrier, assoupi pendant tous ces hivers, lui évita de se faire embrocher.

Pinorr se défendit avec l'énergie du désespoir. Le feu qui avait embrasé son sang un peu plus tôt s'était réduit à de simples braises. Comment pouvait-il mépriser ce qu'il avait lui-même contribué à forger par son aveuglement ? Il battit en retraite. Son pied gauche glissa sur la tresse de Jabib, abandonnée par terre. Il partit à la renverse, et son épée lui échappa comme il heurtait rudement le sol.

Ulster le toisa en brandissant son épée. Ses yeux flamboyaient de rage, et il avait le souffle court.

Pinorr se dressa sur les genoux pour attendre sa mort. Le jeune maître de quille planta son regard dans celui du vieil homme.

— Tu aurais dû entendre mes cris, chaman.

Pinorr acquiesça brièvement.

— Tu as raison, Ulster. Je suis désolé.

Ulster tressaillit. Sur son visage, la confusion remplaça la colère, et le bras qui tenait son épée trembla.

Pinorr leva la tête vers lui.

— Mais je ne suis pas ton père, dit-il doucement.

Le jeune homme secoua la tête et s'écarta, les sourcils froncés, le regard troublé.

— Je sais que tu n'es pas mon père !

— Il n'est pas trop tard pour réparer les dégâts qu'il t'a infligés, insista Pinorr. (Tout dans la posture d'Ulster trahissait sa douleur.) Je peux t'aider à guérir.

Alors, Ulster éclata de rire et, écarquillant des yeux fous, braqua son épée sur le chaman.

—Tu crois que tu peux m'aider ? Si tu savais tout, tu me maudirais aussi fort que mon père pendant ses crises de rage.

—Non, contra Pinorr, sincère. (Il voulait absolument atteindre le jeune homme pour sauver, non sa propre vie, mais ce qu'il restait de bon en Ulster.) Me laisseras-tu essayer ?

Ulster baissa légèrement son épée et dévisagea le vieillard en plissant les yeux.

—Sais-tu comment ton fils est mort – le père de Sheeshon ?

Pinorr frémit. Le maître de quille touchait là à une blessure qui ne s'était jamais complètement refermée.

—Il… Il a été tué durant les rixes kurtiennes. D'un coup de hache dans le front.

C'était un souvenir que Pinorr ne voulait pas évoquer. Un pigeon noir lui avait apporté la nouvelle depuis la côte pendant que la mère de Sheeshon était en train d'accoucher. En apprenant la disparition de son époux, la malheureuse avait poussé un hurlement terrible. Quelque chose s'était brisé en elle. Du sang avait inondé ses cuisses. Elle avait succombé peu de temps après, risquant d'entraîner sa fille dans la mort avec elle.

—P… pourquoi me demandes-tu ça, Ulster ?

Le jeune maître de quille se pencha vers Pinorr.

—Parce que la main qui a abattu cette hache sur son crâne était la mienne.

Pinorr écarquilla les yeux.

—Non !

Ulster grimaça.

—Ce fut très facile. Je n'ai même pas eu besoin de réfléchir. Pendant une escarmouche à bord du *Croc brisé*, je me suis retrouvé seul avec ton fils. Il s'est tourné vers moi, le visage éclaboussé de sang, un sourire aux lèvres et les yeux brillants d'excitation. Il avait l'air si fier de lui ! Je n'ai pas pu supporter son arrogance. Alors, je lui ai fendu le crâne. Mais, quand il s'est écroulé, il souriait encore.

L'horreur devait se lire sur les traits de Pinorr.

— Comment… Comment as-tu pu ?

Ulster se pencha vers lui.

— Maintenant que tu connais la vérité, désires-tu toujours me sauver, chaman ? lâcha-t-il sur un ton dédaigneux.

Un grognement de douleur explosa de la bouche de Pinorr. Le vieillard se jeta sur Ulster, déviant sa lame et plaquant le jeune homme à terre. La tête d'Ulster heurta le plancher avec un bruit mat. Sonné, le maître de quille hoqueta et lâcha son épée.

Pinorr n'attendit pas. Il ramassa l'arme et, l'empoignant à deux mains, la plongea dans la poitrine d'Ulster. La lame passa entre les côtes du jeune homme sans rencontrer de résistance. Lorsqu'elle atteignit les planches en dessous, Pinorr poussa encore plus fort, les bras tremblants d'épuisement. Il continua à s'acharner jusqu'à ce que la poignée de l'épée soit enfoncée dans le plexus d'Ulster, et que la cuvette de chair ainsi formée se trouve remplie de sang noir. Puis, incapable d'aller plus loin, il s'écroula sur le corps de son adversaire, tel un amant vidé.

— Comment as-tu pu ? hurla-t-il à l'oreille d'Ulster, la vision brouillée par ses larmes. Il était comme ton frère !

Ulster était en train de s'étrangler avec son propre sang ; pourtant, il lutta pour répondre :

— C'est justement… pour ça que je l'ai tué, chaman. (Ses prunelles se voilèrent.) Il était comme mon frère : aussi heureux, aussi fier. Je ne supportais pas de voir cette lumière dans les yeux d'un autre.

Pinorr tremblait de chagrin et de rage. Son vieux corps secoué de sanglots, il roula à l'écart d'Ulster.

La tête du jeune homme bascula sur le côté.

— Je ne supportais pas de voir ce qu'on m'avait dérobé, articula-t-il de ses lèvres sanglantes. (Sa voix faiblissait, mais son regard vitreux continuait à fixer Pinorr.) Tu aurais dû juger mon père aussi sévèrement que tu me jugeais, moi. Tu aurais dû écouter les cris qu'un jeune garçon poussait derrière une porte close.

Il se tut. Pinorr mit un moment à réaliser qu'il était mort. Tendant une main tremblante, il lui ferma les yeux.

— Tu as raison, Ulster.

Le vieillard se releva lentement et détailla l'homme qu'il venait de tuer. Ses jambes étaient tout engourdies.

— Je pleurerai l'enfant que tu étais autrefois, mais je ne pleurerai pas ce que tu étais devenu. Je ne regretterai pas ta mort.

Pinorr se détourna avec l'impression de n'être qu'une enveloppe de chair creuse et vide. En titubant, il sortit de la cabine. Il referma la porte derrière lui et rebroussa chemin vers le pont principal. Quand on découvrirait les cadavres d'Ulster et de ses seconds, il mettrait leur mort sur le compte d'une mutinerie. Tout le monde le croirait. Personne n'oserait mettre en doute la parole d'un chaman. Personne n'oserait fouiller trop profondément. La cécité, venait d'apprendre Pinorr, était souvent un mal que l'on s'infligeait à soi-même, une protection contre ce que l'on ne voulait pas voir.

Le vieil homme longea les couloirs en essuyant le sang de ses mains sur sa chemise – en frottant rythmiquement ses paumes contre le tissu. Lorsqu'il poussa l'écoutille la plus proche, il trouva le pont principal illuminé par les flammes. Le mât avant brûlait comme une torche dans l'obscurité orageuse. Des marins armés de haches s'efforçaient de l'abattre.

Enfin, le mât bascula dans l'océan, émettant un sifflement furieux et un nuage de vapeur. Puis les vagues engloutirent le bois noirci qui fumait encore. Les hommes et les femmes rassemblés sur le pont poussèrent des vivats. Ils venaient de sauver leur bateau d'une fin certaine, d'amputer le danger qui les menaçait et de le jeter à la mer.

Quelqu'un repéra Pinorr. Mader Geel se dirigea vers lui, ses cheveux grisonnants pleins de cendres.

— Je crois que le plus gros de la tempête est passé. Mais nous avons eu chaud. Le feu a bien failli emporter le navire. Cela dit… C'était une vision glorieuse, grimaça-t-elle. Toutes ces flammes qui bondissaient et qui dansaient sous la pluie…

Pinorr acquiesça lentement.

— Oui. Le mal porte souvent un masque séduisant.

Sy-wen se tenait près du bastingage du *Cœur de dragon*. Sur sa gauche, le haut maître de quille s'entretenait avec son fils. Sur sa droite, Bilatus agrippait la rambarde d'une main aux jointures livides et serrait frileusement le col de sa robe de l'autre. Le vent était toujours aussi mordant, et chaque goutte de pluie piquait la chair nue comme une aiguille.

— On sent la fumée d'ici, déclara Hunt.

Il portait toujours Sheeshon dans ses bras. L'enfant s'accrochait à son cou.

— Du moins ont-ils réussi à éteindre le feu, remarqua le haut maître de quille. (Il se tourna vers un marin.) Ordonne au pilote de changer de cap. Je veux voir dans quel état est l'*Éperon de dragon*.

L'homme acquiesça et s'élança sur les planches détrempées. Par chance, la fureur de la tempête semblait retomber. La foudre ne zébrait plus le ciel qu'à l'horizon, et le rugissement du tonnerre s'estompait peu à peu.

Tournant le dos au vent, Sy-wen vit que Ragnar'k gisait toujours immobile sur le pont. D'épaisses cordes huilées l'attachaient à des taquets et au mât le plus proche. Le cœur de la jeune fille saigna à la vue d'une créature aussi majestueuse ainsi saucissonnée.

Le haut maître de quille surprit son regard.

— Tu as dit tout à l'heure que le sang du dragon nous révélerait la ressemblance entre nos deux peuples ?

— Ce n'est pas juste une ressemblance, marmonna Sy-wen. Les mer'ai et les Dre'rendi ne font qu'une seule et même tribu.

Bilatus souffla :

— Impossible. Regarde-toi, avec tes doigts et tes orteils palmés !

Il secoua la tête, incrédule.

Sy-wen dévisagea les trois hommes.

— J'espérais que vous honoreriez spontanément vos anciennes promesses. Mais le chaman Pinorr avait raison. Il savait que vous douteriez de moi, que je devrais vous montrer une preuve formelle pour vous convaincre.

— De quelle preuve parles-tu, à la fin ? s'impatienta Hunt.

Sy-wen se mordilla les lèvres.

— Une petite démonstration vaut mieux qu'un long discours.

La jeune fille se dirigea vers le dragon évanoui et sortit sa dague de son fourreau de poignet. Elle fit courir sa main libre le long d'une aile repliée, adressant des excuses silencieuses à sa monture – et à l'homme tapi dans le corps de celle-ci. Puis, avant que la peur retienne sa main, elle plongea sa dague dans le flanc de Ragnar'k.

Une légère brûlure piqueta son propre flanc. Sy-wen hoqueta. Mais elle savait que ce n'était qu'une douleur fantôme, un écho des perceptions qu'elle partageait avec le dragon.

Les autres s'étaient placés en demi-cercle derrière elle, à une distance prudente. Seul le haut maître de quille osa faire un pas en avant.

— Tu es blessée ? demanda-t-il sur un ton sincèrement inquiet en voyant la grimace de la jeune fille.

Sy-wen secoua la tête et retira sa dague. Du sang de dragon maculait la lame. En frémissant, elle plaqua la lame sur son flanc. La brûlure s'évanouit rapidement. Alors, la mer'ai pivota face aux autres et brandit son couteau souillé.

— Ton dragon saigne comme un homme. En quoi cela constitue-t-il une preuve ? s'enquit Hunt.

— Ça n'en est pas une, répliqua Sy-wen. Pas en soi.

La confusion se lisait sur le visage des trois hommes.

Sy-wen fut saisie par un froid glacial. Ce que Pinorr lui avait demandé de faire la révoltait. La dague trembla dans sa main ; un peu de sang goutta de la pointe et tomba à ses pieds. Mais la jeune fille savait qu'elle ne pouvait pas se permettre d'hésiter. Trop de choses dépendaient d'elle. Elle leva les yeux vers Hunt.

— Pour ma démonstration, je vais avoir besoin de la petite-fille du chaman Pinorr.

Le premier maître du *Cœur de dragon* jeta un coup d'œil à son père. Celui-ci acquiesça. Avec délicatesse, Hunt décrocha les bras que Sheeshon avait passés autour de son cou. Puis il se dirigea vers Sy-wen et s'agenouilla devant elle, tenant toujours la fillette contre lui.

— À quoi va-t-elle te servir ?

— Le chaman Pinorr l'a envoyée comme preuve de son soutien. (Sy-wen leva sa dague et la planta dans la poitrine de Sheeshon.) Et comme sacrifice.

Un spasme agita le petit corps de la fillette, qui hurla.

Hunt fit un bond en arrière, se relevant et dégageant Sheeshon. Avant que Sy-wen puisse réagir, une épée se plaqua sur sa gorge. La mer'ai lâcha sa dague, qui heurta bruyamment le pont. Son rôle achevé, toute force l'abandonna. Elle se laissa tomber à genoux.

— Je… Je n'ai pas eu le choix.

L'épée du haut maître de quille avait suivi le mouvement.

— Quelle abomination est-ce là ? rugit le colosse. Tu viens nous réclamer une faveur, et tu penses nous rallier à ta cause en tuant une innocente ?

Sy-wen leva la tête, les joues ruisselantes de larmes.

— C'était l'idée du chaman Pinorr.

Elle regarda Hunt déposer prudemment Sheeshon sur le pont. L'enfant était livide, et elle ne bougeait plus. Bilatus s'accroupit près d'elle.

— Tu mens ! aboya le haut maître de quille. Pinorr n'aurait sûrement pas ordonné une chose pareille. Les légendes ont toujours dépeint ton peuple comme cruel, mais jamais je n'aurais soupçonné la profondeur de votre dépravation !

— Père ! appela Hunt. La fillette est vivante !

Le premier maître était agenouillé près de Sheeshon, dont il avait déchiré la chemise. Avec un morceau de tissu, il essuya le sang sur sa poitrine pâle. Dessous, la peau était intacte.

— Il n'y a pas de plaie !

Sy-wen se mit à sangloter de soulagement.

— C'est le sang de dragon.

Bilatus acquiesça.

— Le sang de dragon est réputé pour ses vertus curatives. Mais les Dre'rendi n'ont pas le droit d'utiliser cette substance maudite. C'est l'un de nos plus vieux édits. Les dieux de la mer nous l'interdisent.

Hunt frotta les poignets de l'enfant. Sheeshon gisait toujours inerte devant lui.

— Mais si elle est indemne, pourquoi ne se réveille-t-elle pas ? s'inquiéta-t-il.

Tous les regards se tournèrent vers Sy-wen.

Le haut maître de quille baissa son épée. Il ne la tuerait pas sans lui laisser une chance de s'expliquer, mais ce fut d'une voix toujours brûlante qu'il demanda :

— Qu'as-tu fait ?

— Je vous l'ai déjà dit. C'était le plan du chaman Pinorr. Il savait qu'une lame trempée dans du sang de dragon ne tuerait pas sa petite-fille, que la magie la protégerait contre une blessure mortelle. Mais je ne comprends pas... (Sy-wen désigna l'enfant inerte.) Elle devrait être en pleine forme. J'ignore pourquoi elle ne reprend pas connaissance.

— Qu'était-il censé se passer ? demanda le haut maître de quille.

Sourde à ses paroles, Sy-wen continua à fixer la fillette livide.

— Pinorr a placé trop de confiance dans le récit que se transmettent nos anciens – l'histoire de la naissance de notre peuple. Le premier mer'ai, notre ancêtre, aurait été forgé par un mélange de sang draconique et dre'rendi. À ce jour, la magie draconique est toujours nécessaire pour maintenir notre forme. (Sy-wen écarta ses doigts palmés.) Les mer'ai bannis de l'océan finissent par perdre leurs caractéristiques raciales et par redevenir des hommes ou des femmes ordinaires.

— Je ne comprends pas, protesta Hunt. Où veux-tu en venir ?

Avant que Sy-wen puisse répondre, un hoquet s'échappa de la bouche de Sheeshon. L'enfant s'agita faiblement, levant les bras comme pour repousser une menace invisible. Elle cligna des paupières et ouvrit les yeux.

Hunt l'aida à s'asseoir. Sheeshon regarda les gens qui s'étaient rassemblés autour d'elle, puis baissa les yeux vers sa poitrine. Elle frotta l'endroit où le couteau l'avait frappée.

— Ça chatouille, dit-elle.

Sy-wen poussa un énorme soupir de soulagement.

— Sheeshon ! La Douce Mère en soit remerciée !

La fillette porta une main à son visage.

— Là aussi, ça chatouille.

Elle fit courir ses doigts de son œil gauche jusqu'à ses lèvres. Puis elle eut un sourire ravi… et parfaitement symétrique. Le côté flasque et tombant de sa figure était revenu à la vie – guéri, lui aussi, par le sang du dragon. Sheeshon avait dû sentir la transformation. Elle posa ses mains sur ses joues, les yeux brillants d'émerveillement.

Une brusque rafale balaya le pont. Plus vite encore qu'un oiseau ne bat des ailes, des paupières internes transparentes se refermèrent sur les yeux de Sheeshon pour les protéger contre les piqûres de la pluie.

Sy-wen hoqueta. Elle seule prêtait suffisamment attention au visage de la fillette pour avoir vu ce qui venait de se passer.

— Qu'y a-t-il ? s'enquit le haut maître de quille, notant sa réaction.

Sy-wen se traîna à genoux jusqu'à Sheeshon. Elle était trop choquée pour répondre, trop abasourdie pour espérer.

Hunt fit mine de brandir son épée ; de toute évidence, il craignait que la mer'ai attaque l'enfant une seconde fois. Mais son père lui fit signe de s'écarter.

Lorsqu'elle atteignit Sheeshon, Sy-wen lui prit tendrement la main.

— Pinorr avait raison, chuchota-t-elle.

— Raison à propos de quoi ? demanda le haut maître de quille.

Sy-wen souleva la menotte de l'enfant et lui écarta les doigts. De petites membranes reliaient désormais ceux-ci les uns aux autres.

— Le sang du dragon ! Il a fait d'elle une mer'ai. (Sy-wen pivota vers le colosse.) Voici la preuve de notre héritage commun. La magie draconique peut toujours transformer les Dre'rendi en mer'ai. Nous sommes un seul et même peuple !

— Pas étonnant que les dieux nous interdisent de toucher du sang de dragon, commenta Bilatus, soufflé.

Sy-wen se releva et désigna la fillette, qui jouait avec ses pieds palmés en gloussant.

— Pouvez-vous encore réfuter l'évidence ? Pouvez-vous encore nier que nous sommes frères ?

Le regard du haut maître de quille faisait la navette entre Sheeshon et le dragon.

— Ça… ça pourrait être un subterfuge, dit-il, hésitant.

Sy-wen frémit. Que pouvait-elle faire de plus pour le convaincre ?

Au-dessus d'eux, les nuages s'écartèrent tandis que la tempête s'éloignait de la flotte. La lune apparut, presque aussi brillante que le soleil après la pénombre orageuse. Tous levèrent la tête pour baigner leur visage dans sa lueur argentée.

Soudain, Hunt poussa un gémissement.

Sy-wen et le haut maître de quille pivotèrent. Hunt était toujours à genoux près de Sheeshon, mais la fillette avait posé ses doigts menus sur sa joue, et le faucon des mers tatoué dans la chair du Dre'rendi semblait luire à son contact. De nouveau, Hunt gémit.

Sheeshon marmonna des mots que Sy-wen connaissait bien – ceux du serment de sang.

— J'ai besoin de toi.

Hunt se leva, portant l'enfant dans ses bras.

— Ordonne, et j'obéirai.

Bilatus eut un mouvement de recul.

— C'est le sort de jadis, celui qui lie nos deux peuples !

Hunt se dirigea vers le bastingage. Le haut maître de quille voulut l'intercepter.

— Hunt, que fais-tu ?

— Je dois ramener Sheeshon à son papa, répondit le jeune homme d'une voix voilée par la magie. Elle me l'a demandé.

Sy-wen toucha le bras du haut maître de quille.

— N'essayez pas de l'arrêter. Une fois lié, il n'a pas d'autre choix que d'accomplir sa mission. Quand Sheeshon aura retrouvé le chaman, le sort se brisera, et votre fils sera de nouveau libre. (La jeune fille se souvint de sa propre expérience avec Kast.) Mais, à l'avenir, je suggère que Hunt couvre son tatouage en présence de Sheeshon. Sinon, il passera le plus clair de son temps à satisfaire les caprices de la petite.

Le haut maître de quille acquiesça, perplexe.

— Faites préparer un canot pour Hunt.

La mer était toujours agitée, mais la hauteur et la férocité des vagues avaient beaucoup diminué. Jetant un coup d'œil à tribord, Sy-wen vit que le *Cœur de dragon* avait déjà rejoint l'*Éperon de dragon* à demi ravagé par les flammes. Malgré la distance qui les séparait de l'autre navire, Sy-wen repéra la robe bleue de Pinorr.

Elle reporta son attention sur le haut maître de quille.

— Et maintenant, vous me croyez ?

Le colosse la regarda durement.

— Tu ne me laisses guère le choix.

Sy-wen poussa un soupir de soulagement.

— Donc, vous allez revenir sur votre refus d'aider les mer'ai durant la bataille à venir ?

Le haut maître de quille garda le silence. Du regard, il balaya les nombreux autres navires de sa flotte. Le clair de lune changeait les vagues en argent liquide.

— Nous sommes de la même tribu, dit-il tout bas, d'une voix enrouée par la stupéfaction. Comment pourrais-je tourner le dos à mes frères et sœurs ? Ce n'est pas dans les habitudes des Dre'rendi.

Pivotant vers Sy-wen, il posa une main sur l'épaule de la jeune fille, et ce fut sur un ton solennel qu'il annonça :

— Nous nous joindrons à vous, Sy-wen des mer'ai. Nous honorerons nos anciennes dettes.

Kast se démenait dans les ténèbres pour regagner la lumière. L'éclat aveuglant du soleil lui fit cligner des yeux. Le goût de l'air, l'odeur du vent – combien de temps était-il resté endormi ? Bien plus d'une seule nuit, sentait-il confusément.

Près de l'endroit où il gisait, quelqu'un cria un avertissement. Kast perçut un regain d'activité autour de lui. Grimaçant à cause du bruit, il se dressa sur un coude. Où était-il ? Comme sa vision s'accoutumait à la clarté, il vit qu'il était nu, drapé de cordes trempées mais lâches. Il se dégagea sans peine. Au-dessus de lui, des voiles gonflées ondulaient doucement. Le parfum iodé de la mer acheva de lui éclaircir les idées.

Kast s'assit. Il mit un moment à conjurer son dernier souvenir : le vol suicidaire à travers un ciel orageux, sa lutte désespérée pour contrôler le dragon. La dernière chose dont il se souvenait, c'était d'avoir dégringolé et de s'être écrasé sur le pont du *Cœur de dragon*. Mais… et Sy-wen ?

Comme en réponse à la plus grande peur de son cœur, une porte s'ouvrit non loin de lui. Sy-wen s'avança sur le pont. Une main posée sur sa gorge, elle observa le Sanguinaire. Des sillons d'inquiétude et de fatigue creusaient son visage. Le vent s'empara de sa chevelure et la déploya autour de sa tête, telle une voile verte. Le soulagement faillit suffoquer Kast. Ses yeux se remplirent de larmes. Elle était saine et sauve.

Sy-wen se précipita vers lui.

— Tu es indemne, la Mère en soit remerciée ! s'écria-t-elle.

Et, sans se préoccuper de la nudité du Sanguinaire, elle se jeta dans ses bras.

— Qu… que s'est-il passé ?

Deux autres silhouettes émergèrent par l'écoutille. La première, vêtue d'une robe bleue, était celle de Pinorr. La seconde appartenait à un homme tout aussi âgé et grisonnant que le chaman.

— Maître Edyll ? hoqueta Kast, choqué.

— Vous me raconterez ce que vous voudrez, je ne trouve pas ça naturel de marcher sur des surfaces dures, grommela le vieil homme.

Son pas était incertain, mais, comme il se rapprochait d'eux, Kast vit un sourire amusé sur ses lèvres.

Pinorr étudia le Sanguinaire en penchant la tête d'un côté, puis de l'autre.

— Il semble que vous ayez eu raison, commenta-t-il. Le sang d'un autre dragon a fini par guérir Ragnar'k et par débloquer le sort.

Maître Edyll acquiesça.

— Mais je ne pensais pas que ça prendrait si longtemps.

— « Un autre dragon » ? (Kast fronça les sourcils.) Je ne comprends pas.

Sy-wen se dégagea de son étreinte, mais garda une main posée sur son épaule comme si elle craignait qu'il disparaisse, à l'instar du dragon.

— Ragnar'k et toi étiez blessés. Vous ne vous réveilliez pas. Alors, nous avons administré une pinte de sang du dragon de ma mère, Cérite, à Ragnar'k. Ses plaies ont guéri, mais nous ne parvenions toujours pas à vous atteindre ni à rompre le sort. (La voix de la jeune fille se brisa.) J'ai cru que je t'avais perdu pour toujours. (Elle retomba dans les bras de Kast, mais non sans lui avoir donné un bon coup de poing dans l'épaule.) Ne me refais jamais ça !

Kast la serra très fort contre lui.

— Si les dieux le permettent, je ne te quitterai plus jamais. Mais où sommes-nous, au juste ?

Avec l'aide de Sy-wen, il se mit debout. Quelqu'un lui jeta une couverture ; ce fut tout juste s'il prit la peine de la rattraper. Il était tellement stupéfié par ce qu'il découvrait autour de lui...

Des dizaines de voiles blanches festonnaient l'océan d'un horizon à l'autre. Toute la flotte dre'rendi se trouvait là. C'était déjà assez impressionnant, mais le véritable miracle ne résidait pas là. Entre les navires, des centaines de dragons fendaient les flots, tels des joyaux épars à la surface de l'océan. Et, au loin, le dos bossu de plusieurs léviathans émergeait de l'eau, comme autant d'îles vivantes.

— Nous ne sommes plus qu'à deux jours des Marasmes, commenta doucement Sy-wen. Nous devrions arriver juste à temps pour notre rendez-vous avec la sor'cière.

— Tu as réussi, souffla Kast sans détacher son regard du spectacle inouï qui s'offrait à lui. Tu as réuni nos deux peuples. Les Dre'rendi et les mer'ai.

Sy-wen les enveloppa tous deux de la couverture et se lova contre le jeune homme pour partager sa chaleur.

— Oui, mais ce qui me réjouit le plus, c'est d'avoir réuni ce Dre'rendi-là et cette mer'ai-là.

Kast baissa les yeux vers elle et sourit. À la vue de la passion qui brûlait dans les yeux de la jeune fille, son expression se fit grave. Il se pencha vers elle.

— J'ai besoin de toi, murmura-t-il.

Puis il l'embrassa comme s'il voulait se fondre en elle.

LIVRE QUATRIÈME

LA SARGASSE

17

Elena s'agenouilla dans le foin. Dans la pénombre de la cale, la jument grise ressemblait davantage à un fantôme qu'à une créature de chair et de sang. Après six jours passés en mer, elle était toujours nerveuse et refusait de se laisser approcher par qui que ce soit. Elena lui tendit une tranche de pomme.

— Allez, Brume. Gentille fille, murmura-t-elle sur un ton encourageant.

Mais la jument fit la sourde oreille.

Découragée, Elena se laissa tomber dans la paille. Elle savait pourquoi Brume se méfiait d'elle. Depuis leur séparation, elle avait grandi d'une tête, et sa silhouette avait bien changé. Elle n'était plus l'adolescente qui avait brossé et pansé Brume depuis sa naissance. Ajoutée à l'étrangeté du bateau, sa brusque transformation perturbait la petite jument. Celle-ci paniquait chaque fois qu'Elena s'approchait d'elle. Elle ne reconnaissait même plus son odeur.

Dans le box voisin, le cheval d'Er'ril – l'étalon des steppes au pelage tacheté – soufflait et raclait la paille avec ses sabots. Plus robuste que Brume, il s'était rapidement adapté au roulis. Et il savait que toute pomme refusée par Brume finissait dans sa propre mangeoire. Aussi était-il ravi de voir Elena échouer une fois de plus.

— J'en ai assez pour vous deux, leur lança tristement la jeune femme.

Sa voix fit reculer Brume. Elena soupira. Ça faisait déjà six matins que la petite jument ignorait toutes ses avances. Même si elle comprenait sa réserve, cela la bouleversait. Brume faisait partie de sa famille. Elle était profondément blessée que la jument la rejette. Jusqu'ici, Brume avait toujours été là pour la réconforter quand elle souffrait.

Or, Elena avait plus que jamais besoin de réconfort. La perte d'Er'ril était toujours aussi lancinante que le jour où elle s'était réveillée à bord du navire, avec dans le cœur une douleur qui ternissait l'éclat du soleil et affadissait toute nourriture. Les autres avaient essayé de l'aider, mais ils ne comprenaient pas. Les mots étaient impuissants à soulager Elena. Ses compagnons considéraient Er'ril comme son protecteur, un chevalier qui se résumait à son épée. Ils pensaient qu'elle avait juste perdu une arme – pas un homme qui partageait son cœur.

Et puis, ils étaient tous trop occupés pour lui témoigner une réelle compassion. Flint passait son temps à diriger le navire et à superviser les marins, les guerriers zo'ol à la peau noire. Méric semblait absent depuis l'apparition du faucon de soleil de sa reine. Il détaillait constamment l'horizon, et lorsque Elena sollicitait son attention, il se montrait toujours extrêmement distant avec elle. Même Joach s'intéressait davantage à la magie de son bâton qu'à la souffrance de sa sœur. Seuls Tol'chuk et Mama Freda offraient une véritable chaleur à la jeune femme – mais ils n'appartenaient pas à sa famille.

Si seulement tante My n'était pas partie effectuer sa propre quête… Elena aurait eu grand besoin de l'inébranlable bon sens de la guerrière. Tante My savait toujours quoi dire. Pour la millième fois, Elena se demanda ce que devenaient les autres : Fardale, Mogweed, Kral… À présent qu'Er'ril n'était plus là, il lui semblait que tout le monde l'abandonnait.

Elle regarda tristement Brume.

Un raclement de pieds lui fit tourner la tête. Un homme de petite taille se tenait de l'autre côté de la porte du box. Ses yeux brillaient dans la lumière de l'unique lanterne accrochée à un poteau. Un frisson parcourut Elena, et ses poils se hérissèrent sur ses bras. C'était l'un des pirates zo'ol que leur chef de guilde avait assignés à ce bateau. Torse nu, l'homme ne portait qu'un pantalon court qui lui arrivait aux genoux.

— Je peux vous aider ? demanda Elena sur un ton sec, destiné à masquer sa nervosité.

Les deux chevaux mis à part, elle était seule dans la cale.

Sans qu'elle l'y ait invité, le marin ouvrit la porte du box, entra et referma derrière lui. Elena entendit cliqueter le pêne. Elle se releva très vite, époussetant la paille de ses genoux. Ayant régénéré le pouvoir de ses deux mains – la droite grâce au soleil, la gauche grâce à la lune –, elle n'avait pas grand-chose à craindre de cet homme. Elle effleura sa magie ; cela lui donna la force de redresser les épaules et de faire face à l'intrus.

— V… vous êtes venu changer la paille des chevaux ?

L'hésitation dans sa propre voix lui fit froncer les sourcils.

Le marin tendit une main, paume ouverte vers le haut. Elena recula d'un pas. Brume renâcla.

Elena observa l'homme. Les marins zo'ol comprenaient sa langue, mais ne parlaient que très rarement. Celui-ci se tenait face à elle, immobile, comme s'il attendait quelque chose. Il avait le crâne rasé, à l'exception d'une mèche de cheveux noirs qui partait du haut de sa tête et descendait le long de son dos. Des plumes roses et bleues étaient tressées dedans. Ses yeux avaient le vert profond du jade.

Mais, le plus frappant chez lui, c'étaient les cicatrices pâles qui ornaient la peau sombre de son front. Les quatre Zo'ol du bord arboraient chacun un motif différent, dont eux seuls connaissaient la signification. Fascinée, Elena fixa les scarifications de l'homme. Elles semblaient dessiner le bord d'un soleil pointant à l'horizon, ou peut-être un œil en train de s'ouvrir.

Puis un mouvement attira l'attention de la jeune femme vers le bras levé du marin. Une pomme rouge vif reposait désormais dans la paume du Zo'ol. Elena cligna des yeux. D'où l'avait-il sortie ?

Le visage toujours dénué d'expression, le marin s'avança vers Elena. La jeune femme s'écarta prudemment. Il la dépassa sans lui adresser le moindre coup d'œil et s'approcha de la jument, nerveuse, en sifflotant. Brume racla le foin de son sabot, comme si elle était prête à détaler. Le marin continua à approcher, un peu plus lentement mais sans cesser de siffler. Les oreilles de Brume frémirent, et elle pencha la tête sur le côté, comme si elle écoutait.

Lorsque le marin atteignit la jument, il lui offrit la pomme. Brume renifla le fruit, puis retroussa ses babines épaisses pour le grignoter. Elena eut du mal à en croire ses yeux. Jusque-là, personne n'avait pu approcher la petite jument. Les muscles du cou de Brume se détendirent, et sa queue, qui fouettait nerveusement l'air, adopta un balancement plus paisible.

Le marin gratta la jument entre les yeux. Puis il fit signe à Elena de le rejoindre. La jeune femme hésita – pas parce que le Zo'ol lui faisait peur, mais parce qu'elle craignait d'effrayer Brume. Les sourcils froncés, le marin réitéra son geste.

Elena s'approcha prudemment. Un des yeux de Brume roula dans sa direction, mais la jument ne fit pas mine de bouger. Le marin pivota vers Elena, et, par pure gourmandise, Brume suivit le mouvement. Il déposa la pomme à demi mangée dans la main de la jeune femme, et Brume poursuivit tranquillement son repas. Prenant la main libre d'Elena, il la guida ensuite vers le museau de la jument pour qu'elle le gratte à sa place.

Une fois qu'Elena l'eut remplacé, le Zo'ol recula. La pomme ne fit pas long feu : Brume l'engloutit, trognon compris. Puis la jument renifla les doigts gantés d'Elena, comme si elle en espérait davantage. Elena jeta un coup d'œil au marin. Celui-ci lui fit signe d'ôter son gant.

Elle obtempéra. Les lèvres de Brume lui chatouillèrent la paume, et la jument parut se raidir. Elena se prépara à ce qu'elle détale ; au lieu de quoi, Brume enfouit plus fermement son museau dans sa main. Un doux hennissement monta de sa gorge. Elle se rapprocha d'Elena, frottant sa tête contre la poitrine de la jeune femme. Elle réclamait un câlin.

Des larmes dégoulinant de ses yeux écarquillés, Elena laissa échapper un petit rire. Elle passa ses bras autour du cou de la jument et la serra très fort, une joue plaquée contre son pelage. Brume avait enfin reconnu sa maîtresse. Elle se souvenait d'elle.

En sanglotant, Elena s'accrocha à la jument. Ses jambes coupées par l'émotion la soutenaient à peine. L'odeur de la jument et celle du foin lui emplissaient les narines, et, l'espace d'un moment, elle se retrouva chez elle, dans la ferme de ses parents. Elle caressa Brume et lui chuchota des mots doux, à mi-chemin entre le rire et les larmes. Son cœur saignait toujours de ce qu'elle avait récemment perdu, mais il commençait à guérir un peu. Elle pouvait partager sa douleur avec la jument, se perdre dans la tiédeur de Brume et le souvenir de sa famille, de son foyer.

Elena se tourna vers le marin zo'ol pour le remercier.

Mais le box était vide. L'homme avait disparu.

Accroupi à la proue du navire, Tol'chuk jeta un coup d'œil au soleil qui approchait de son zénith. De l'écume salée éclaboussait l'og're tandis que l'*Étalon pâle* fendait les vagues. Une fois de plus, il leva sa sanguine vers l'horizon. Le cristal reflétait la clarté radieuse du soleil – et pas grand-chose de plus.

Les sourcils froncés, Tol'chuk montra les crocs et se releva, en appui sur l'un de ses longs bras. Il pivota lentement sur lui-même, la sanguine tendue dans sa main libre. Mais le cristal ne fit rien d'autre que continuer à scintiller dans la lumière du jour.

L'ogre se laissa retomber sur le pont et étudia les facettes du Cœur de son peuple. Depuis qu'elle l'avait conduit à Elena, dans le bateau en flammes, la sanguine était inerte, presque morte. Tol'chuk sentait toujours le pouvoir élémental tapi à l'intérieur, à la manière du frémissement de la roche près d'un torrent souterrain. Par le passé, le Cœur l'avait toujours guidé, d'une façon ou d'une autre. Mais, à présent, il demeurait terne et muet.

Faisant rouler le cristal dans ses mains, Tol'chuk pria ses ancêtres de lui envoyer un signe. Pourquoi la pierre s'était-elle tue alors que le danger le cernait de toutes parts ? En secouant la tête, il ouvrit sa sacoche et fit mine d'y ranger le Cœur.

— Je peux voir votre joyau, s'il vous plaît ? lança une voix dans son dos.

Tol'chuk se tordit le cou. La guérisseuse de Port Rawl se tenait derrière lui. Elle s'appuyait lourdement sur une canne. De toute évidence, l'humidité maritime ne faisait pas de bien à ses articulations. La petite femme aux cheveux gris restait généralement dans sa cabine, pelotonnée sous des couvertures chaudes, et ne s'aventurait sur le pont que lorsque le temps était chaud et ensoleillé comme aujourd'hui. Mais, en vérité, son isolement n'était pas aussi grand qu'il y paraissait. Son familier, le tamrink nommé « Tikal », passait le plus clair de son temps à batifoler dans le gréement en narguant les marins avec ses grimaces. Tol'chuk savait que Mama Freda voyait et écoutait par les yeux et les oreilles de la créature.

— Je peux voir votre joyau, s'il vous plaît ? répéta la vieille femme. Juste un instant.

— Ce n'est qu'un caillou pour vous, répondit Tol'chuk avec une pointe d'irritation. Que voulez-vous en faire ?

Mama Freda s'avança, face à lui. Les poils du dos de Tol'chuk se hérissèrent. S'habituerait-il un jour à ce visage sans yeux ? Il reporta son attention sur le tamrink. Celui-ci était perché sur l'épaule de sa maîtresse, sa queue étroitement enroulée autour du cou de la vieille femme. Sa fourrure flamboyante encadrait deux yeux d'un brun profond. Il soutint le regard de l'og're en clignant des paupières.

— Biscuit ? couina-t-il en se récurant l'oreille d'un doigt.

— Chut, Tikal, le réprimanda Mama Freda. Tu as déjà mangé. (Elle reporta son attention sur Tol'chuk.) J'aimerais examiner votre pierre. Je sens une corruption à l'intérieur. En tant que guérisseuse, elle m'attire irrésistiblement.

Tol'chuk hésita, puis tendit le Cœur à la vieille femme. Peut-être découvrirait-elle un moyen de débarrasser la sanguine du ver noir qui la rongeait. Il lui expliqua l'histoire de la pierre et sa propre mission, qui était de guider l'esprit des défunts de sa tribu vers l'au-delà.

— Mais le Cœur a été souillé par une malédiction que nous nommons « le Fléau » – un ver qui emprisonne l'âme des nôtres et la dévore pour se sustenter. J'ai entrepris ce voyage pour trouver un moyen de lever la malédiction en purgeant la pierre du Fléau. Jusqu'à ce que je sauve Elena du bateau en flammes, le Cœur de mon peuple me guidait ; il me disait où je devais aller. Maintenant…

Mama Freda avait écouté en silence, retournant la pierre dans ses mains. Tikal se pencha pour renifler et examiner le cristal.

— « Maintenant » ? demanda la vieille femme.

— Maintenant, elle se tait, acheva Tol'chuk. Elle ne me guide plus.

La vieille femme acquiesça tristement et lui rendit le Cœur.

— Ça ne m'étonne pas.

Tol'chuk leva les yeux. Ses traits se durcirent.

— Que voulez-vous dire ?

Mama Freda lui tapota la cuisse et ne répondit pas tout de suite.

— Je perçois… des traces de force vitale à l'intérieur de votre pierre, lâcha-t-elle enfin. Mais elles sont extrêmement ténues. La corruption – ce que vous appelez le Fléau – remplit presque tout le cristal. (La vieille femme se détourna et secoua la tête.) Je crains que… les esprits de vos défunts soient presque éteints.

— Quoi ?

La main de Tol'chuk se crispa sur la pierre tandis que son cœur se serrait. Soudain, il avait du mal à respirer. Il leva la sanguine et la détailla en écarquillant des yeux incrédules, mais, au fond de lui, il savait que la guérisseuse avait dit vrai. D'une certaine façon, il s'en doutait déjà. C'était la raison pour laquelle il ne cessait de monter sur le pont et de tendre le cristal dans toutes les directions. Les paroles de Mama Freda l'obligèrent à admettre que l'attraction exercée par la pierre avait graduellement faibli au cours de la dernière lune – depuis les événements de Ruissombre. Il ne pouvait plus nier l'évidence.

La puissance du Fléau grandissait.

Tol'chuk scruta les profondeurs du cristal. Son propre père faisait partie des âmes emprisonnées à l'intérieur. Si la vieille femme avait vu juste, il était en train de se faire consumer avec les autres défunts de leur peuple. Bientôt, il ne resterait plus rien de lui.

Mama Freda se tourna de nouveau vers Tol'chuk.

— Je ne pensais pas vous annoncer une nouvelle aussi terrible, dit-elle d'une voix basse, chagrinée.

Tikal tendit une petite patte et toucha la joue de Tol'chuk.

— Biscuit, soupira-t-il sur un ton lugubre. Mauvais biscuit.

Puis il retira sa patte, fourra son pouce dans sa bouche et se lova dans le creux du cou de sa maîtresse.

Mama Freda leva une main vers Tol'chuk, mais quelque chose dans l'expression de l'og're dut l'avertir qu'aucun geste au monde ne pourrait le réconforter.

— Je suis désolée, dit-elle.

Et elle s'éloigna sans rien ajouter.

Tol'chuk demeura sur le pont, courbé au-dessus de sa pierre sous un soleil éclatant. Si les esprits disparaissaient, qui le guiderait désormais ? Il jeta un coup d'œil vers l'horizon. Lui restait-il seulement une raison de poursuivre son voyage ? À quoi bon, puisque le Fléau avait presque triomphé ?

Tol'chuk leva la tête vers le soleil impitoyable. Ses yeux se remplirent de larmes. Son cœur était presque aussi vide que sa pierre. En silence, il maudit la Triade – les trois anciens qui l'avaient chargé de cette mission futile. Né bâtard, souillé par la faute de son ancêtre le Parjure, n'avait-il pas déjà assez souffert ? Devait-il assumer également l'extinction des âmes défuntes de son peuple ?

Tol'chuk leva la sanguine dans la lumière du jour et scruta ses profondeurs obscures. Derrière les facettes scintillantes du cristal, il distinguait la source de tous ses tourments : le ver noir aux lentes reptations.

Poussant un grognement venu de ses entrailles, il serra la pierre jusqu'à ce que les arêtes coupantes lui entaillent la paume. Du sang coula le long de ses griffes et de son bras, éclaboussant le pont humide.

Même si le Cœur de son peuple ne le guidait plus, Tol'chuk ne rebrousserait pas chemin. Il ne parviendrait peut-être pas à sauver l'esprit de ses ancêtres, mais il se promettait une chose : avant de mourir, il trouverait un moyen de détruire le Fléau.

Il le jurait sur son propre sang.

— Nous devrions atteindre les Marasmes demain matin, annonça Flint.

Promenant un regard à la ronde, il étudia le visage de ses compagnons rassemblés autour de la table, dans la petite cambuse. Tous les soirs, ils se réunissaient là pour élaborer des plans et discuter de ce qu'ils feraient le lendemain.

— À ce stade, je pensais que j'aurais reçu des nouvelles de Sy-wen et de Kast. Nous ne pouvons qu'espérer qu'ils sont en route vers le point de rendez-vous avec les navires dre'rendi.

Joach jeta un coup d'œil à sa sœur, assise à sa droite, puis reporta son attention sur Flint.

— Et si les Sanguinaires ne viennent pas ?

— Alors, nous attaquerons Val'loa avec l'aide des seuls mer'ai. (Le vieillard posa ses deux poings sur la table.) Nous ne pouvons pas attendre. Nous devons récupérer le Journal Sanglant avant que le Seigneur Noir lève des forces supplémentaires.

Elena prit la parole.

— Mais seul Er'ril sait… euh, savait où le Grimoire était caché.

— Pas exactement, la détrompa Flint. Tous les membres de la secte d'Hi'fai savaient que le livre se trouve dans les catacombes de la grande crypte, sous la protection d'un sort de glace noire impossible à lever sans la clé adéquate. C'est la nature de cette clé que seul Er'ril connaissait. (Le vieil homme braqua son regard sur le poing de fer posé au milieu de la table.) Mais j'imagine que nous pouvons deviner son secret. Er'ril tenait beaucoup à ce talisman. Sa magie doit être la clé dont nous aurons besoin.

— Vous le pensez, mais vous ne pouvez pas en être sûr, intervint Méric sur un ton dédaigneux depuis l'autre bout de la table. Je suggère d'attendre que l'armada de ma reine arrive de Port-Tempête. Avec les navires de guerre el'phiques…

— Votre reine arrivera trop tard, coupa Flint. Notre meilleure chance de réussir, c'est d'agir vite. Nous ne pouvons pas laisser passer une lune supplémentaire, sans quoi l'ennemi consolidera sa position au point de devenir indélogeable. (Il tapa du poing sur la table.) Que nous ayons le soutien des Sanguinaires ou pas, nous devons attaquer maintenant ou renoncer à jamais.

Assis face à Elena et à Joach, Tol'chuk grogna son approbation. C'était la première fois qu'il s'exprimait ce soir-là.

— Quel est votre plan, frère ?

— Il est très simple. Les mer'ai et leurs dragons assiégeront l'île et distrairont les mages noirs pendant qu'une petite équipe franchira les défenses ennemies en douce. Il existe un accès secret aux catacombes, un passage dont seule ma secte connaissait l'existence. Si les dieux le veulent, il ne sera pas gardé. (Flint dévisagea ses compagnons.) Ce soir, nous devons décider qui nous accompagnera sur l'île, Elena et moi.

— Je ne vois pas pourquoi nous aurions besoin de quiconque d'autre, déclara la jeune femme. Tu me guideras, et ma magie nous protégera. Moins nous serons nombreux, mieux ça vaudra.

— Je viens, déclara brusquement Joach. (Il se tourna vers sa sœur.) Père m'a dit de veiller sur toi, et je ne te laisserai pas t'aventurer dans ce nid de vipères sans mon bâton pour te protéger.

Elena secoua la tête.

— C'est le bâton de Greshym. Le mage noir risque de percevoir sa présence, surtout si tu invoques son pouvoir de ténèbres. Tu attireras les mages à nous comme un aimant de la limaille de fer.

— Je peux le transformer en bâton de sang avant notre départ, argumenta Joach. Et ta magie de sor'cière dissimulera son côté obscur.

Flint vit bien qu'Elena cherchait d'autres arguments pour justifier son refus. Il trancha à sa place.

— Joach devrait nous accompagner. Sa magie nous aidera peut-être à nous frayer un chemin jusqu'au Grimoire ou à nous enfuir après coup. Je n'ose limiter notre arsenal.

— Pour la même raison, je viendrai avec vous, annonça Méric. Je ne laisserai pas la lignée de notre roi s'éteindre avec Elena. Mes pouvoirs de manipulation du vent la garderont en sécurité.

— Tout comme la force de mes bras, ajouta Tol'chuk.

Elena secoua la tête.

— Non. Trop nombreux, nous risquons d'attirer l'attention.

— Quatre gardiens, ça ne sera pas trop, contra doucement Flint.

Il voyait la peur dans les yeux de la jeune femme – non pour sa propre vie, mais pour celle de ses compagnons. Il reconnaissait la lueur de désespoir dans ses prunelles. Elena ne se remettait pas de la mort d'Er'ril.

Flint se frotta les yeux. Que l'homme des plaines soit maudit pour avoir affaibli la sor'cière au moment où sa force était plus nécessaire que jamais. Qu'est-ce qui lui avait pris de défier cette fichue statue ?

En soupirant, le vieil homme se leva, contourna la table et alla s'agenouiller près d'Elena.

— Ce n'est pas à toi que nous offrons nos vies, mais à Alaséa. Tu n'as pas le droit de nous demander de rester assis sur nos épées pendant que d'autres luttent pour nous libérer du joug du Gul'gotha. Quatre, ça ne sera pas trop.

— Et cinq non plus, déclara une voix éraillée par l'âge. (Tous les regards se tournèrent vers Mama Freda, qui se redressa sur sa chaise.) Mes talents de guérisseuse se révéleront peut-être plus utiles que le tranchant d'une épée.

Flint sourit et tapota la main ridée de la vieille femme.

— J'apprécie votre offre, mais je vous ai vue marcher sur le pont avec votre canne. La vitesse sera cruciale à la réussite de cette expédition.

Mama Freda pinça les lèvres.

— Ne me rabaissez pas, petit homme. À bord de ce bateau, je ménage mes forces. Mais parmi mes potions se trouve un élixir qu'utilisent les guerriers de ma jungle natale afin d'augmenter leur endurance et leurs réflexes – une décoction de vigherbe et de ciguë, relevée d'une pincée de fléortie. N'ayez crainte. Grâce à lui, je pourrai vous suivre partout.

Les sourcils froncés, Flint acquiesça. Il se tourna vers Elena.

— Une guérisseuse nous serait bien utile. Elle pourrait sauver la vie d'un des membres de notre équipe.

Elena écarta les bras en un geste de reddition, mais elle était visiblement mécontente.

— Très bien. Qu'elle vienne aussi.

Flint se redressa.

— Cela étant réglé, nous devrions tous prendre une bonne nuit de sommeil. Demain sera une journée décisive.

— Et prions, ajouta Joach en repoussant sa chaise, pour que Sy-wen et Kast aient réussi à trouver les Sanguinaires.

Flint regarda les autres sortir en parlant entre eux à voix basse. Seule Elena refusa de bouger. Elle resta assise à sa place, le dos courbé comme sous le poids d'un immense fardeau. Flint l'étudia en silence.

Enfin, la jeune femme releva la tête.

— Avons-nous déjà perdu ?

— Que veux-tu dire ?

— Les prophéties affirment que c'est Er'ril qui conduira la sor'cière au Grimoire – mais Er'ril n'est plus. Comment pouvons-nous réussir quand tout semble jouer contre nous ces derniers temps ?

Flint s'assit dans le siège vide à côté d'Elena.

— Seuls les imbéciles font une confiance aveugle aux prophéties.

Elena écarquilla les yeux.

Le vieil homme sourit.

— Je sais : ça peut paraître étrange d'entendre ça de la bouche d'un membre de la secte d'Hi'fai. Mais c'est la vérité. La plupart des prophéties ne sont pas ciselées dans du granit. Souvent, elles ne sont que des ombres qui dansent sur les murs d'une caverne, de vagues aperçus de futurs possibles. Possibles, et pas certains. L'avenir est pareil à de la glace. Il a l'air figé, inébranlable ; pourtant, il suffit d'un courant chaud pour qu'il se modifie et commence à s'écouler dans une autre direction. (Flint prit la main d'Elena.) Nous avons toujours le choix. Ce sont nos actions qui forgeront l'avenir, pas les paroles d'un prophète mort depuis des siècles. Seul un imbécile courberait l'échine devant le destin et laisserait la hache du bourreau s'abattre sur sa nuque – et toi, Elena Morin'stal, tu n'es pas une imbécile.

— Mais Er'ril…

— Je sais, petite. C'était mon ami aussi. Mais il a fait son propre choix en décidant d'examiner la statue d'éb'ène. Ne laisse pas son erreur te priver de ton avenir. Tu es assez forte pour te tracer un chemin toute seule.

— Je ne me sens pas si forte que ça, marmonna la jeune femme.

Flint lui prit le menton et la força à soutenir son regard.

— Elena… Il y a au plus profond de ton cœur des choses auxquelles tu es aveugle, mais que d'autres perçoivent. C'est pour ça qu'Er'ril était si attaché à toi. Il ne te considérait pas seulement comme quelqu'un à protéger. (L'expression choquée d'Elena arracha un sourire triste au vieillard.) Pour ceux qui savaient regarder, ses sentiments étaient limpides – tout comme les tiens, jeune demoiselle.

Elena se dégagea.

— Je ne vois pas de quoi…

— Ne nie pas ce que ton cœur hurle si fort. Pour guérir de cette blessure, tu dois d'abord admettre sa profondeur. (Flint tapota la main de la jeune femme et se leva.) Il est tard. Réfléchis à ce que je viens de te dire. C'est le moment de pleurer ce que tu as perdu, de contempler ton chagrin dans toute son ampleur. Alors seulement, ton cœur pourra cicatriser ; alors seulement, tu seras prête à aller de l'avant. Pour forger l'avenir, tu dois regarder devant toi et non derrière.

Elena leva la tête vers le vieil homme. Des larmes brillaient dans ses yeux.

— J'essaierai.

— Je sais que je peux compter sur toi. Comme Er'ril, je perçois ta force intérieure. Tu réussiras.

Sur ces mots, Flint sortit, laissant Elena seule avec son chagrin.

La jeune femme se sentait tout engourdie, comme si son corps ne lui appartenait plus. Les paroles de Flint brûlaient encore dans son esprit. Qu'est-ce qu'Er'ril avait réellement été pour elle ?

Par le passé, Elena avait refusé d'admettre ses sentiments. Même quand la présence du guerrier embrasait son sang – le contact de sa main, la vue de son sourire en coin, la caresse de son souffle sur sa joue –, elle essayait de se convaincre que c'était une réaction puérile, sans importance. Comment pouvait-elle se considérer digne d'un homme qui avait vécu cinq siècles ?

Mais Flint avait raison : elle ne pouvait plus ignorer son propre cœur. Dans le passé, elle avait considéré l'affection que lui inspirait Er'ril comme quasi familiale. Elle s'était leurrée. L'homme des plaines était bien plus qu'un grand frère ou un père de substitution pour elle.

Seule dans la petite pièce, Elena regarda ses sentiments en face pour la première fois.

— Je t'aimais, Er'ril.

Sa voix se brisa en prononçant le nom du disparu. Alors, la jeune femme craqua. Des larmes inondèrent ses joues tandis que de gros sanglots secouaient tout son corps. Elle s'écroula sur la table, se couvrant le visage de ses deux mains gantées.

C'était comme si une digue venait de se rompre en elle. Les émotions qu'Elena avait si soigneusement contenues la submergèrent tout à coup. Chagrin de n'avoir pas prononcé ces mots pendant qu'Er'ril était en vie, honte d'avoir été aussi lâche, colère envers l'homme des plaines qui l'avait quittée trop tôt – et, dominant le tout, une profonde tristesse. Elle pouvait bien l'admettre à présent : en mourant à bord du bateau pirate, Er'ril avait emporté avec lui tous les rêves secrets de son cœur.

Comprenant enfin la nature de la douleur qui enserrait son cœur tel un étau, Elena s'autorisa à pleurer – pas seulement pour Er'ril, mais pour elle. Elle s'enveloppa de ses bras et se balança dans son siège en sanglotant éperdument. Elle ne chercha pas à réprimer ses larmes : pour une fois, elle s'autorisa à être faible.

Comme Elena s'abandonnait à son chagrin, le temps perdit toute signification pour elle. À tâtons, ses doigts se glissèrent dans une poche et en sortirent une lanière rouge, celle dont le guerrier s'était jadis servi pour attacher ses cheveux. Elle la porta à ses lèvres. Une odeur de fumée imprégnait toujours le cuir, mais, sous cette réminiscence de la mort d'Er'ril, Elena captait encore un léger parfum de tourbe et celui, âcre et salé, de la transpiration de l'homme des plaines. Lentement, elle noua la lanière dans sa propre chevelure flamboyante et confectionna une fine tresse avec celle-ci. C'était sa façon de dire au revoir à Er'ril – en silence.

Le moment était venu de libérer le fantôme qui la hantait.

Le cœur toujours meurtri mais désormais en voie de guérison, Elena essuya ses larmes. Elle avait perdu toute notion du temps. Il lui semblait que l'aube devait être proche, mais elle n'en était pas sûre. Petit à petit, elle prit conscience d'une douce musique qui flottait dans les airs et entrait par la porte ouverte derrière elle. Apparemment, cette musique provenait du pont principal. Ses accords mélancoliques parlaient à l'âme d'Elena, un peu comme s'ils faisaient écho à son chagrin.

La jeune femme se redressa sur sa chaise tandis que la mélodie l'enveloppait. Elle connaissait l'instrument qui s'exprimait avec une voix aussi poignante. C'était le luth de Nee'lahn, sculpté dans le bois du dernier arbre des nyphai. Sa chanson rappela à Elena les autres compagnons qui ne se trouvaient plus à ses côtés : Mycelle, Kral, Mogweed et Fardale. Inconsciemment, la jeune femme se leva. La musique l'attirait comme une flamme attire les papillons.

Dans la vibration des cordes et l'écho du bois, Elena entendait le murmure de son amie défunte. Comme tant d'autres, Nee'lahn avait donné sa vie pour ramener la lumière en Alaséa. Ce n'était pourtant pas de mort dont le fantôme de la nyphai parlait à travers son luth. C'étaient des merveilles de la vie, du cycle éternel de la nature – mort, mais aussi résurrection. Joie et tristesse se mêlaient dans sa mélodie.

Elena émergea dans la fraîcheur d'une nuit estivale. Les étoiles étincelaient dans le ciel, et les voiles claquaient lorsqu'une brise capricieuse s'engouffrait brusquement dans leur toile. Le clair de lune nimbait le pont humide d'une lueur argentée. Méric était assis près de la proue, le luth dans les mains. Il jouait le nez en l'air, fixant la lune. À ses pieds, le jeune Tok semblait hypnotisé par la musique de l'el'phe.

Sous les cieux étoilés, le pouvoir des cordes et du bois se trouvait démultiplié. Elena s'abîma en lui avec délectation. Ce rappel de la mort de Nee'lahn aurait dû la chagriner, mais c'était exactement le contraire. La jeune femme sentit ses paupières s'alourdir. Elle laissa la musique apaiser les souffrances de son cœur. La mort n'était pas une fin, chantait le luth, mais un commencement. L'image de graines donnant naissance à une végétation exubérante fleurit dans l'esprit d'Elena.

La musique guida les pieds de la jeune femme vers la proue du bateau. À son approche, Tok marmonna quelque chose, mais sa voix ne put rompre l'enchantement. Elena se trouva bientôt accoudée au bastingage, observant l'océan. Au loin, des arbres spectraux semblaient jaillir des vagues, comme si la musique avait conjuré une forêt en pleine mer. Cette vision fit sourire la jeune femme.

Soudain, le pont trembla sous ses pieds, et une secousse brutale parcourut le bateau. Elena faillit passer par-dessus bord lorsque l'*Étalon pâle* ralentit brusquement. Elle se raccrocha au bastingage avec un hoquet de frayeur.

L'enchantement du luth se brisa lorsque Méric bondit sur ses pieds. L'el'phe rejoignit Elena et scruta l'océan devant eux. Il serrait le luth par sa fragile hampe, le brandissant telle une arme.

Tok apparut de l'autre côté d'Elena.

— Que se passe-t-il ?

Au loin, la forêt spectrale n'avait pas disparu. Elena comprit qu'elle était aussi réelle et tangible que sa propre chair. Elle détailla les grands troncs qui jaillissaient de l'océan. Leurs frondaisons s'agitaient doucement dans la lueur argentée de la lune. Des milliers d'arbres se massaient ainsi à l'horizon. On aurait dit une immense forêt noyée.

Tok escalada la petite rambarde et se pencha par-dessus la grande pour observer les flots sous la quille du navire.

— Regardez ça ! s'exclama-t-il en tendant un doigt vers le bas.

Elena et Méric obtempérèrent.

— Qu'est-ce que c'est ? demanda l'el'phe.

Elena secoua la tête. De chaque côté du bateau, l'eau était envahie par une végétation rouge qui semblait l'étrangler.

— Des algues sargasses, répondit Flint en rejoignant ses amis. Elles sont très denses par ici, et elles emprisonnent la plupart des bateaux qui leur passent dessus. C'est pourquoi peu de marins s'aventurent dans cette région. S'ils ne connaissent pas les canaux sûrs pour la traverser, ils sont perdus.

— Alors, que faisons-nous ici ? s'enquit Méric.

Jetant un coup d'œil par-dessus son épaule, Elena vit que Flint détaillait la forêt spectrale. Il semblait n'avoir pas entendu la question de l'el'phe.

— Droit devant nous s'étend la forêt de sargasses, entonna-t-il d'une voix lointaine. Seuls les inconscients bravent ses profondeurs.

Elena plissa les yeux.

— Où sommes-nous ?

— Dans les Marasmes.

Alors qu'il faisait une pause dans le couloir, Greshym maudit la perte de son vieux bâton pour la millième fois cette nuit-là. Le pouvoir de son nouveau talisman de pol'bois – sur lequel il s'appuyait lourdement – était encore faible. Il avait dû le tremper dans du sang de vierge afin de le consacrer aux arts noirs. Pour l'instant, le bâton ne pouvait contenir que les sorts les plus rudimentaires. L'original, perdu quelque part dans les boyaux inondés de Val'loa, avait été forgé trois siècles durant jusqu'à devenir un instrument redoutable… et une extension de Greshym lui-même. Sa perte affectait profondément le mage, comme si on lui avait coupé un bras ou une jambe.

Pestant contre le destin, le vieillard au dos courbé poursuivit son chemin vers le cœur décrépit de l'Édifice. Il se déplaçait dans les niveaux inférieurs en faisant maints tours et détours. En effet, il ne souhaitait pas que quiconque puisse espionner ses allées et venues nocturnes. Il déployait la plus grande prudence pour dissimuler sa véritable destination à d'éventuels curieux.

Mais il avait l'habitude de ce genre de mascarade. Une lune plus tôt, Shorkan et lui portaient des robes blanches et prétendaient – depuis des siècles – servir la Fraternité qui occupait Val'loa. Cette expérience devrait lui être très utile dans les négociations qu'il s'apprêtait à conduire. Avant le lever du soleil, Greshym avait deux alliés à rencontrer : l'un qui était déjà acquis à sa cause, et l'autre qui aurait besoin d'être convaincu.

Les articulations douloureuses et les tempes bourdonnantes, le vieillard atteignit enfin la double porte barrée qui conduisait au donjon de l'Édifice. Il marqua une pause pour reprendre son souffle et en profita pour étudier le battant métallique.

Du temps où la Fraternité occupait l'île, les cellules étaient rarement utilisées. Parfois, on y enfermait un marmiton saoul en attendant qu'il ait fini de cuver. Mais, depuis que le Praetor avait pris le contrôle, le donjon avait retrouvé sa gloire sanglante d'antan. Shorkan avait capturé tous les frères en robe blanche et les avait entassés dans les cellules. Puis il s'était mis au travail. Les hurlements des prisonniers avaient retenti dans les couloirs obscurs pendant près d'une lune entière. Ceux qui n'avaient pu être changés en malegardes ou pliés à la volonté du Cœur Noir avaient été jetés en pâture à l'engeance du démon ou avaient servi de combustible pour alimenter la création de sorts noirs. Il n'y avait apparemment jamais assez de victimes pour tous les sorts que Shorkan voulait lancer.

En soupirant, Greshym toqua à la porte avec une extrémité de son bâton. Un judas s'ouvrit. Des yeux l'étudièrent. Il ne se donna pas la peine de parler. Les gardes affectés aux postes clés de l'Édifice le connaissaient bien ; il avait fait le nécessaire dans ce sens. Il entendit quelqu'un tourner une clé dans une serrure et soulever des barres. La porte s'ouvrit.

Comme il passait devant le garde, Greshym lui agita une main sous le nez.

— Oublie tous ceux qui sont passés par ici. Personne n'est entré dans le donjon cette nuit.

— Personne n'est entré, répéta le garde d'une voix morne.

Le sort d'influence lui ferait oublier qu'il avait vu Greshym. C'était un enchantement grossier, mais le mage avait déjà travaillé l'esprit des gardes afin qu'une toute petite poussée mentale lui suffise pour obtenir leur obéissance absolue.

Il descendit une volée de marches. Que Shorkan se concentre sur ses plans grandioses. Qu'il s'occupe de rassembler des armées entières, de conjurer des créatures abominables et d'utiliser sa magie noire pour préparer l'arrivée de la sor'cière. Pendant qu'il se désintéressait de lui, Greshym en profitait pour manigancer dans son coin.

Dans quatre jours seulement, la lune serait de nouveau pleine, et le plan pour délier le Journal Sanglant mis à exécution. Il devait réussir avant que cela se produise. Lorsqu'il se trouvait en présence de Shorkan ou de cet odieux gamin, Den'al, il continuait à feindre d'être impatient de détruire le Grimoire. Il s'humectait les lèvres et complotait avec les deux autres. Mais, dans le coin le plus sombre de son cœur, il savait qu'il devait les mettre en échec. Le Grimoire ne devait pas être détruit – pas avant qu'il ait acquis la magie nécessaire pour lui rendre sa jeunesse.

La colère enfla dans la poitrine du vieillard. Le gamin et le Praetor avaient tous deux reçu la bénédiction d'une vitalité éternelle. Aucun d'eux n'était marqué par le passage des ans – contrairement à Greshym. Le mage ne pouvait pas mourir comme un homme ordinaire, mais sa chair se décomposait sur ses os. Il évitait les miroirs pour ne pas devoir contempler sa décrépitude. En vérité, il n'était rien de plus qu'un cadavre ambulant.

Greshym secoua la tête. Seul le Journal Sanglant pouvait remédier à cette injustice. À l'aide du Grimoire maudit et d'un sort qu'il avait appris dans un vieux parchemin, il pourrait restaurer la vigueur de son corps pourrissant. En revanche, si le Grimoire venait à être délié avant qu'il ait pu en faire usage… Tout serait perdu.

Il ne devait pas permettre une telle chose. Et tant pis si cela l'obligeait à trahir les deux autres. Coûte que coûte, il recouvrerait sa jeunesse.

Enfin, Greshym atteignit le bas de l'escalier et repéra sa première proie de la nuit. Un homme mince se tenait sous l'unique lampe de la salle de garde déserte. Ses cheveux bruns qui pendouillaient et sa petite moustache étaient familiers au mage ; en revanche, l'aspect caverneux de son regard lui était tout à fait nouveau. Le pauvre golem n'avait pas eu la vie facile, ces derniers temps.

Greshym entra dans la pièce.

— Rockingham, le salua-t-il. Vous n'avez pas eu de problèmes pour venir jusqu'ici sans vous faire repérer ?

— Non.

Rockingham se dandina nerveusement. Il avait croisé les bras sur sa poitrine, comme si cela pouvait empêcher le Cœur Noir d'avoir vent de la trahison qui se préparait là.

Greshym savait que le golem était l'un des conduits sombres du seigneur de Noircastel. Autrefois, il transportait des créatures abominables dans ses entrailles, mais, aujourd'hui, il servait de calice à un mal encore plus abject. Dans sa poitrine creuse, son cœur avait été remplacé par un morceau d'éb'ène sanctifié à l'aide de la magie du Weir. Ce portail était trop petit pour livrer passage au Seigneur Noir en personne, mais assez large pour que son esprit de ténèbres envahisse Rockingham et espionne par la plaie béante de sa cage thoracique.

— Sommes-nous seuls ? demanda Greshym en désignant du menton la poitrine du golem.

— *Il* n'est pas avec moi pour le moment.

— Bien. Maintenant, dites-moi ce que vous avez rapporté à Shorkan.

Le visage blême de Rockingham pâlit encore d'un ton.

— Vous… Vous aviez promis de me donner un échantillon de ce que je réclamais.

— Quand vous m'aurez dit ce que vous savez. (Greshym se pencha avidement vers le golem ; un trésor très simple lui avait suffi pour acheter sa loyauté.) Qu'avez-vous appris ?

— Les quelques gobelins des mers qui n'ont pas fui après la mort de leur reine ont réussi à suivre le bateau de la sor'cière. Il a fait voile vers le sud de l'Archipel.

— Pour s'enfuir ?

— Je l'ignore. Après avoir contourné les Récifs Ravagés, il a pénétré dans des eaux où même les drak'il redoutent de s'aventurer, des eaux infestées par une végétation flottante.

— Les Marasmes, oui, acquiesça Greshym. Sage décision. Il sera très difficile de le pister à travers la forêt de sargasses. Et les mer'ai et leurs dragons ?

— Nous n'avons aucune nouvelle d'eux.

Le vieillard se rembrunit.

— Si seulement la sor'cière pouvait attaquer avant la pleine lune, grommela-t-il. N'importe quelle distraction serait la bienvenue. (Il reporta son attention sur Rockingham.) Autre chose ?

— Juste une, mais qui devrait beaucoup vous intéresser, répondit le golem.

Greshym plissa les yeux.

— Je vous écoute.

Rockingham tira nerveusement sur sa moustache, mais secoua la tête.

— D'abord, ce que vous m'avez promis.

Le poing de Greshym se crispa sur son bâton. Après qu'il eut perdu le frère d'Elena, Shorkan l'avait privé de tout accès à leur principal flux d'informations. Le vieillard avait donc eu besoin d'une oreille parmi ceux qui complotaient contre la sor'cière. Son ancien compagnon Rockingham remplissait désormais ce rôle. Au début, le golem avait rechigné à partager ce qu'il savait, mais tout homme a un prix – et le sien était ridiculement bas. Greshym avait échangé des informations contre d'autres informations, une transaction parfaitement équitable. Il voulait connaître les mouvements de la sor'cière, et Rockingham voulait qu'il remplisse les trous de sa mémoire. Depuis quelque temps, le golem était assailli par des visions d'un passé qu'il ne se rappelait pas. Cela le perturbait grandement. D'étranges odeurs, des bribes de conversations et autres fragments de souvenirs remontaient telles des bulles à la surface de sa conscience. Il voulait que Greshym lui restitue le reste. Il voulait savoir qui il avait été autrefois.

— Dites-moi, supplia-t-il.

— Je vais vous donner un nouveau morceau de votre passé, mais jusqu'à ce que je tienne le Journal Sanglant dans mes mains, vous ne connaîtrez pas la totalité de votre histoire. Servez-moi fidèlement, et je vous promets que tout deviendra clair.

— Dites-moi quelque chose… N'importe quoi.

Greshym dut réprimer un éclat de rire face à tant de désespoir.

— Je vais vous dire ceci, Rockingham. Ce n'est pas par hasard que le Seigneur Noir vous a envoyé comme émissaire auprès des drak'il. Vous n'êtes pas si différent d'eux que vous pourriez le croire.

La perplexité plissa le front du golem.

— Je ne comprends pas… Je vous demande des réponses, et vous me donnez une devinette.

Greshym haussa les épaules.

—C'est tout ce que vous obtiendrez de moi pour le moment. Apportez-moi des informations qui me conduiront au Journal Sanglant, et je vous raconterai l'histoire de votre vie dans son intégralité. Continuez à m'apporter des rognures, et vous n'aurez que des rognures en échange. (Le vieillard braqua son bâton sur Rockingham.) Maintenant, dites-moi ce que vous avez appris d'autre.

Rockingham parut hésiter.

—Vous n'avez donc pas envie d'élucider le mystère de… Linora ? susurra Greshym.

Ce nom produisit l'effet habituel. Rockingham sursauta. Ses yeux se remplirent de douleur ; ses poings se crispèrent de frustration. Greshym attendit. Il savait que l'emprise de cette femme sur le pauvre idiot n'avait pas faibli avec le temps. L'amour rendait vraiment aveugle. Même lorsque les souvenirs étaient physiquement bloqués, l'émotion subsistait et continuait à transpercer le cœur des hommes de ses épines. Greshym sourit des souffrances de Rockingham.

Finalement, les épaules du golem s'affaissèrent. Il était vaincu.

—Qu'avez-vous appris d'autre ? répéta Greshym. Je ne vous le demanderai pas une troisième fois.

—Shorkan a avancé d'un jour la date où il déliera le Grimoire, révéla Rockingham sur un ton morne.

—Quoi ? s'exclama Greshym, choqué.

Rockingham haussa les épaules.

—En fouillant dans ses vieux bouquins, il a déterminé que les étoiles présenteraient un meilleur alignement le premier jour de la pleine lune.

La vision de Greshym s'obscurcit. Tous ses plans soigneusement échafaudés auraient été réduits à néant s'il n'avait pas eu connaissance de cette information vitale. Un instant, il se demanda si Shorkan soupçonnait sa trahison. Puis sa vision s'éclaircit. Impossible. Shorkan était trop occupé ailleurs pour remarquer le vieux mage au dos courbé. C'était sûrement par négligence, et non par malveillance, qu'il avait omis de le tenir au courant. Un exemple de plus du mépris dans lequel il tenait son compère.

Un jour ou l'autre, Greshym lui apprendrait que, parfois, la cécité tue.

Se tournant vers Rockingham, il le congédia d'un geste. Il lui restait moins d'un jour pour réagir ; il n'avait pas de temps à perdre avec le golem.

— Gardez les oreilles et les yeux ouverts, lui recommanda-t-il. Si vous avez d'autres informations à négocier, vous savez comment me joindre.

Rockingham resta planté devant lui, se tordant les mains comme s'il voulait le supplier de lui en dire davantage. Finalement, il hocha la tête en silence, tourna les talons et disparut dans l'escalier obscur.

Greshym attendit que la porte d'entrée du donjon se referme derrière lui. Puis il pivota vers celle qui conduisait aux cellules. Il lui restait encore un entretien à conduire ce matin-là, un allié à se faire. Il ne s'inquiétait pas beaucoup : comme pour Rockingham, il connaissait le prix de cet homme.

Traversant la salle de garde, Greshym alla ouvrir l'épais battant de chêne. Une puanteur de sang séché et d'excréments assaillit ses narines. Il prit un moment pour ravaler la bile qui montait dans sa gorge. Une fois prêt, il entra dans le donjon proprement dit.

Sur la gauche du passage se découpaient des portes si petites qu'il fallait s'accroupir pour en franchir le seuil. Des gémissements et des sanglots filtraient au travers de certaines d'entre elles. Ici, personne ne dormait jamais. La terreur maintenait les yeux des prisonniers ouverts.

Comme Greshym passait devant une cellule, quelque chose de lourd percuta la porte, et un hurlement inhumain résonna à l'intérieur. La bête avait senti son odeur. Des griffes raclèrent le battant. Difficile de croire que l'occupant de cette cellule avait jadis été un homme. Greshym secoua la tête. Shorkan avait fait beaucoup de progrès.

Le mage s'arrêta devant la porte suivante. Il était arrivé.

Avec un grognement de douleur, il se pencha et fit passer son bâton dans le creux de son bras mutilé pour libérer son unique main. Puis il pointa un doigt vers la serrure et imprima un mouvement de rotation à son poignet. Le loquet s'ouvrit. Greshym sourit. Lui-même n'était pas dépourvu de talents. Poussant la porte avec son bâton, il se traîna à l'intérieur de la cellule.

— Que faites-vous ici ? gronda une voix.

Il se redressa et écarta un rat d'un coup de pied.

— Il semble que l'hospitalité de ton frère laisse à désirer, mon pauvre Er'ril.

L'homme des plaines lui cracha dessus, mais ne put rien faire d'autre. Nu à l'exception d'un pagne souillé, il était enchaîné au mur du fond. Shorkan ne pouvait pas le tuer ; sa présence était cruciale au fonctionnement du sort qui délierait le Grimoire. Mais, jusque-là, le Praetor se moquait bien que son frère souffre. Macérant dans ses propres déjections, couvert d'ecchymoses et empestant l'infection aux endroits où les menottes avaient mordu dans ses chevilles et son poignet, le guerrier jadis si fier semblait enfin vaincu.

Si Shorkan avait ordonné qu'on l'attache, c'était essentiellement pour l'empêcher de se suicider. Il ne pouvait pas laisser une chose pareille se produire – du moins, pas avant que le Journal Sanglant ait été détruit.

Posant son bâton contre le mur, Greshym sortit une dague de sa robe. Pour sa part, il n'était pas tenu à de telles précautions. La mort d'Er'ril protégerait à jamais le Grimoire contre les œuvres de Shorkan. Il vit Er'ril fixer la lame des yeux avec ce qui ressemblait presque à de l'avidité, et se hâta d'étouffer les espoirs du guerrier dans l'œuf.

—Ce n'est pas pour toi, Er'ril. Mort, tu ne me servirais à rien.

—Vous feriez mieux de me tuer tout de suite, dit l'homme des plaines d'une voix rauque. Jamais je ne vous aiderai à délier le Grimoire.

Greshym haussa les sourcils.

—Qui te dit que je le désire ? Voir le Journal Sanglant détruit m'intéresse encore moins que toi. En fait, je suis venu te faire une proposition.

Er'ril plissa des yeux méfiants. Lorsqu'il parla, ses lèvres se fendillèrent, et du sang coula sur son menton.

—Quel genre de proposition, traître ?

—Je t'offre ta liberté. (De sa dague, Greshym désigna la cellule humide.) À moins que tu te sois attaché à tes nouveaux appartements ?

—Ne jouez pas avec moi, immonde vieillard.

—Ce n'est pas une offre en l'air, Er'ril. Je veux m'approprier le Journal Sanglant, et tu es le seul qui connaisse le moyen de déverrouiller le sort qui le protège. C'est aussi simple que ça. Va chercher le Grimoire, donne-le-moi, et je te laisserai partir.

—Pourquoi devrais-je faire confiance à un traître ?

—Parce que je suis ton seul espoir. Dans trois nuits, Shorkan déliera le Journal Sanglant et te tuera dans la foulée. Tu peux en être certain. Qu'as-tu à perdre ? Même si je te trahis, tu ne t'en tireras pas plus mal qu'en refusant ma proposition. Et si je dis vrai, tu seras libre. Il va de soi que j'empêcherai Elena de mettre la main sur le Grimoire, mais tu pourras courir la retrouver. Qui sait ? Un jour, peut-être, je me lasserai du Grimoire et je le lui donnerai. Je ne porte pas le Seigneur Noir dans mon cœur. Que m'importe qu'elle le chasse de ces contrées !

Er'ril fronça les sourcils. Greshym savait que l'homme des plaines répugnait à conclure un marché avec l'ennemi, mais il n'était pas non plus stupide. Risquée ou non, c'était toujours une occasion d'agir. Il avait vécu toute sa vie en guerrier ; comment aurait-il pu refuser l'offre qui lui était faite d'échapper à ses chaînes et de tenter de se battre pour sa cause ? Greshym connaissait déjà sa décision avant que le regard du prisonnier la lui confirme.

— Que proposez-vous ? s'enquit Er'ril, une flamme se rallumant dans son regard.

Greshym sourit. Tout homme avait un prix.

Récupérant son bâton, il détacha un copeau de pol'bois à l'aide de sa dague.

— Laisse-moi te montrer.

18

À l'aube, Elena et les autres se tenaient à la proue du navire, appuyés contre le bastingage. L'*Étalon pâle* dérivait vers la forêt de sargasses, fendant les algues rouges sur son passage. Elena plissa le nez. La végétation marine empestait la saumure et la décomposition, et, plus le bateau s'enfonçait dans les Marasmes, plus la puanteur augmentait. Dans le lointain, au-delà de la ligne des arbres, des goélands et des sternes criaient des mises en garde. « N'approchez pas », semblaient-ils glapir.

Sur l'ordre de Flint, les voiles avaient été arisées. Le vieil homme avait affirmé que les courants marins les propulseraient jusqu'à la forêt. Apparemment, il ne s'était pas trompé. Les algues ralentissaient la progression du bateau, mais Flint connaissait les endroits où elles étaient un peu moins denses. Positionnés tout autour du pont, les Zo'ol se lançaient des instructions dans leur langue natale. Flint, qui pilotait, les écoutait et avait l'air de comprendre. Il modifiait alors légèrement la position de la barre.

Aux alentours, des épaves massives parsemaient l'eau comme autant d'avertissements. Ces mastodontes pourrissants, à demi engloutis par les algues, étaient visibles d'un bout à l'autre de l'horizon. Non loin de l'*Étalon pâle*, le sommet d'un mât émergeait de la végétation rouge. Le lambeau de voile pourrie qui y était encore accroché remua sur le passage des compagnons comme pour implorer qu'on mette un terme à ses souffrances.

— Cet endroit est hanté, grommela Tol'chuk.

Méric acquiesça.

— C'est un cimetière à l'abandon.

Les voix des marins zo'ol se turent à mesure que les arbres grandissaient. Un silence inquiet s'installa à bord. Le soleil levant dissipa la brume spectrale qui planait sur la forêt, permettant aux compagnons de mieux distinguer celle-ci. Les arbres devaient faire deux fois la hauteur des mâts de l'*Étalon pâle*, mais leurs troncs semblaient trop fins pour soutenir leurs épaisses frondaisons.

— Regardez ! s'écria Joach en désignant la masse végétale.

Contrairement aux forêts terrestres, celle-ci arborait des feuilles aux couleurs de soleil couchant, depuis l'orange brûlé jusqu'au mauve pâle. Une brise légère agitait la végétation. Parmi le feuillage se nichaient des fleurs délicates, d'un rouge si sombre qu'elles paraissaient presque noires.

— Ce sont sûrement les fleurs dont Flint nous a parlé, avança Joach. Celles que les Hi'fai cueillaient pour fabriquer de la poudre soporifique.

Elena hocha la tête et continua à scruter la forêt, tandis que le bateau s'engageait dans un étroit chenal. Selon Flint, les grands végétaux qui se dressaient devant eux n'étaient pas exactement des arbres, mais les pousses individuelles de l'énorme masse d'algues rouges, dressées hors de l'eau pour mieux capter la lumière du soleil. Elena les fixa d'un air dubitatif. C'était comme s'ils naviguaient le long d'une rivière aux berges inondées, dont la crue avait englouti les racines des arbres alentour. L'océan semblait aussi lointain que la rémanence d'un rêve. Le monde entier n'était plus qu'arbres et eau.

Comme pour renforcer cette impression, des buttes d'algues rouges saillaient dans le lointain, si nombreuses qu'elles créaient une illusion de terre ferme. Des plantes à fleurs avaient pris racine sur certaines d'entre elles. Une colline plus haute que les autres était couverte de marguerites aux pétales jaunes. Elena aperçut même un petit animal poilu qui filait à travers la végétation, sa queue touffue dressée bien haut. Alors que l'*Étalon pâle* passait devant lui, il escalada rapidement le tronc d'un arbre et disparut dans le feuillage.

— Difficile de croire que nous sommes encore au milieu de l'océan, commenta Joach.

Mama Freda acquiesça.

— Ça me rappelle certaines régions de ma jungle natale, à Yrendl. Les pluies y sont si fréquentes et si torrentielles qu'elles les ont changées en marécage.

— Mais cet endroit est-il sûr ? demanda Méric sur un ton lugubre. On pourrait facilement nous tendre une embuscade au milieu de tous ces arbres. Pourquoi le vieillard a-t-il donné rendez-vous à la mer'ai ici ?

— Il doit avoir ses raisons, répondit Elena.

La voix de Flint s'éleva soudain derrière eux, les faisant sursauter.

— N'ayez crainte. (Attiré par leur conversation, le vieil homme avait abandonné son gouvernail.) Pour ceux qui connaissent bien les Marasmes, il n'est pas de meilleur endroit où dissimuler une force de bonne taille. Ce labyrinthe de canaux, d'algues et d'arbres possède des centaines d'accès et d'issues. Mais, pour ceux qui ne le connaissent pas, il peut être un piège mortel.

— Et vous le connaissez bien ? demanda Tol'chuk.

— Oui. La secte d'Hi'fai a cartographié cette région en détail. Outre la poudre soporifique, c'est une mine de trésors botaniques. (Flint promena un regard à la ronde.)

Mais j'avais une autre raison de choisir cet endroit comme lieu de rendez-vous.

Les autres attendirent une explication qui ne vint pas.

— Laquelle ? finit par s'impatienter Méric.

Flint désigna la forêt d'un large geste.

— Ces arbres vous semblent peut-être identiques à ceux qui poussent sur terre, mais leur apparence est trompeuse. Chacun d'eux provient d'une racine unique – la sargasse. Ce qui vous entoure n'est pas une forêt d'arbres individuels mais une seule et même plante, une immense entité végétale dont les algues rouges que nous avons traversées pour arriver jusqu'ici font également partie.

— « Une entité » ? répéta Elena, perplexe.

Flint acquiesça.

— À sa façon, la sargasse est aussi intelligente que toi ou moi. Mais elle possède un mode de pensée très différent du nôtre. Elle existait déjà avant que quiconque prenne pied sur les rivages d'Alaséa. Elle mesure le temps en siècles comme nous le mesurons en jours. La vie d'un homme ne représente qu'un instant pour elle. Nous ne sommes que des blattes face à cette géante.

— Alors, que sommes-nous venus faire ici ? En quoi cela va-t-il nous aider ?

— Il y a très longtemps, bien avant l'arrivée du Gul'gotha en nos contrées, un moine de l'Ordre vert, frère Lassen, entra en contact avec l'intelligence qui vit ici. Il discuta avec elle. Malheureusement, la forêt réfléchit et s'exprime comme elle vit – en termes d'hivers plutôt que de minutes. À lui seul, l'échange initial de salutations consuma une décennie de la vie de frère Lassen. La conversation tout entière se composa de quatre phrases et s'étala sur six décennies. Pendant tout ce temps, frère Lassen dut rester assis et silencieux au milieu des Marasmes. On lui apportait de la nourriture. Il dormait entre les syllabes de la géante.

Le pauvre bougre mourut en disant au revoir à la sargasse et en la remerciant.

— Et quel était le sujet de cette conversation ? s'enquit Elena. Sûrement quelque chose de très important pour qu'il y consacre sa vie.

Flint secoua tristement la tête.

— Non. La sargasse et lui se sont bornés à discuter du temps qu'il faisait.

Méric ricana.

— Quel gaspillage !

— Peut-être, mais la forêt en a conçu du respect pour cet homme. Il semble qu'elle ait perçu le sacrifice consenti par frère Lassen dans le seul but de lui rendre hommage. Depuis lors, cette région est un sanctuaire pour tous les membres de la Fraternité. La sargasse a appris à devenir plus réactive. Aujourd'hui, elle est davantage à notre écoute ; elle nous protège et nous chérit. Il n'est pas d'endroit plus sûr pour nous en ce monde.

— Comment savez-vous qu'elle nous protégera cette fois encore ?

Flint tendit un doigt vers la poupe.

— Elle a entendu ma prière muette. En ce moment même, elle est en train de dissimuler nos traces à d'éventuels poursuivants.

Elena pivota. Derrière le bateau, le chenal avait disparu. Des arbres et des tapis d'algues bloquaient le chemin que l'*Étalon pâle* venait d'emprunter. Les compagnons étaient désormais cernés par la forêt flottante, comme si celle-ci les avait avalés.

Elena s'enveloppa de ses bras et balaya le paysage du regard, s'efforçant d'assimiler ce qu'elle venait d'entendre. Ainsi, la forêt était une créature douée de raison, qui considérait toute vie humaine comme une vulgaire étincelle. Elena scruta les arbres. Ils semblaient s'étendre à l'infini. La jeune femme était subjuguée par l'immensité et la longévité de la sargasse.

Elle jeta un coup d'œil à son frère. Joach arborait la même expression. Si Flint avait voulu les tranquilliser avec ses révélations, c'était raté.

Rockingham était aussi immobile qu'une statue. À genoux dans l'étude du Praetor, il tentait de se fondre dans le décor tandis que les trois mages discutaient âprement. La tête baissée, il se concentrait sur les motifs rouge et or de l'épais tapis de laine sur lequel il se tenait. Il commençait à avoir une crampe dans les mollets, mais il n'était pas assez fou pour se masser, ni même pour rectifier sa position. Un spasme de douleur n'était rien comparé au fait d'attirer l'attention du Praetor. Aussi restait-il figé, écoutant les trois mages se disputer sur ce qu'ils devaient faire de lui.

Il venait de leur rapporter les nouvelles glanées par ses espions. Le bateau de la sor'cière avait été vu pénétrant dans la forêt de sargasses – une région inhospitalière même pour les gobelins des mers. Les drak'il avaient refusé de l'y suivre.

— Il nous faut d'autres informations, déclara le plus jeune des trois mages d'une voix aiguë et geignarde.

De'nal, un petit garçon aux cheveux couleur de sable, donnait des coups de talon dans les pieds du fauteuil sur lequel il était vautré.

— De'nal a raison, approuva Greshym en grommelant. Nous savons qu'ils ont rendez-vous avec les mer'ai. S'ils parviennent à les rejoindre…

— La sor'cière ne cherche qu'une seule chose, coupa Shorkan sur un ton si glacial que ses mots parurent congeler l'air autour de lui. Elle a besoin du Journal Sanglant. Laissons-la s'agiter et rassembler sa petite bande de fidèles. Je les invite tous à venir se fracasser les os sur nos rochers. Nul ne peut espérer forcer nos défenses. Nous ramasserons le trophée du Cœur Noir parmi les vestiges du carnage, et vivante ou morte, nous conduirons la fille au donjon de Noircastel.

— Depuis toujours, tu places trop de confiance en ton propre pouvoir, protesta Greshym. La sor'cière n'a-t-elle pas déjà prouvé de quelle ruse ses compagnons et elle étaient capables ? Ils ont vaincu une armée de drak'il et de ravageurs démoniaques. Il faudrait être fou pour les sous-estimer !

— Surveille ta langue, vieillard ! aboya Shorkan. Ce n'étaient que des batailles mineures, destinées à ralentir la sor'cière.

Rockingham jeta un regard en coin aux trois mages. Le Praetor toisait Greshym de toute sa hauteur. Lorsqu'il rejeta sa capuche en arrière, de petites flammes de feu obscur dansèrent sur le blanc immaculé de sa robe. Impossible de se méprendre sur sa parenté avec Er'ril : il avait le même visage anguleux et dur, les mêmes yeux gris au regard perçant, les mêmes cheveux aussi noirs qu'une nuit sans lune. Face à sa jeunesse et à sa vigueur, Greshym ressemblait à un mendiant infirme.

Pourtant, le vieux mage tint bon face au courroux du Praetor.

— Et le portail d'éb'ène qu'elle a empêché de parvenir à bon port ?

— C'était un pur coup de chance. Qui aurait pu deviner que la magie du talisman d'Er'ril activerait le portail ?

— Chance ou pas, elle t'a mis en échec.

— Elle ne *nous* a pas mis en échec, elle nous a juste retardés. Nous avons encore tout le temps d'établir le portail du Weir à Gelbourg. Ce n'est qu'une nuisance mineure.

Greshym s'esclaffa.

— « Une nuisance mineure » ? Elle a bien failli éventer le plan ultime du Seigneur Noir !

— Elle et ses compagnons ne réaliseront jamais – du moins, pas avant qu'il soit trop tard.

— Et les autres portails du Weir ? intervint De'nal.

Shorkan parut se ressaisir. Il redressa les épaules, et l'aura de feu obscur qui l'enveloppait s'estompa.

— Les portails du mur du Sud et du mur du Nord sont presque achevés. Une fois que nous aurons neutralisé la sor'cière, soit en la tuant, soit en déliant le Grimoire, plus personne n'aura la force de combattre le Weir.

— Possible. Mais ne tourne pas le dos à cette sor'cière si tu ne veux pas qu'elle te prenne à la gorge, conseilla Greshym.

— Très bien, capitula Shorkan. Que proposes-tu ?

— De l'attaquer avant qu'elle ait pu rassembler ses forces.

— Hors de question. Pour le moment, elle est trop bien protégée. La sargasse honorera la mémoire de frère Lassen en la dissimulant. La traquer dans ce labyrinthe aquatique serait un gaspillage de temps et d'énergie.

— Peut-être pas, contra Greshym.

Shorkan le foudroya du regard. Mais le vieillard poursuivit :

— Nous pourrions envoyer un émissaire capable de s'attirer la sympathie de la forêt – quelqu'un à qui la sargasse fera davantage confiance qu'aux compagnons de la sor'cière. Si elle devenait notre alliée, nous n'aurions aucun mal à enfoncer les défenses ennemies et à capturer la sor'cière.

Greshym jeta un coup d'œil à Rockingham. Le golem, toujours agenouillé sur le tapis, frémit en comprenant les intentions du mage. Le fameux émissaire, ce serait lui. Ses épaules se mirent à trembler. Que complotait encore ce maudit vieillard ?

Shorkan devait se poser la même question.

— Quel est ton plan ?

Greshym parut se délecter de l'attention que lui accordaient soudain les deux autres mages.

— Si nous envoyons notre chien ici présent avec un bâton en guise d'offrande – une preuve de notre affection –, la sargasse l'écoutera peut-être.

— Exprime-toi plus clairement, exigea Shorkan.

Greshym inclina la tête avec une docilité feinte.

— Nous devons apprendre à utiliser les ressources que nos ancêtres se sont donné la peine d'entreposer sur cette île. Parmi les reliques poussiéreuses des bibliothèques de l'Édifice, j'ai trouvé divers objets de valeur plutôt inhabituels.

— Par exemple ? demanda De'nal sur le ton d'un enfant qui réclame une friandise.

— Par exemple, le bâton de frère Lassen, répondit Greshym.

Et il croisa les bras sur sa poitrine, comme si c'était une explication suffisante.

— Donc, tu te proposes d'envoyer ton laquais dans la forêt avec le vieux bâton de frère Lassen en guise de trompette de héraut ?

— La sargasse se souviendra. Elle n'a pas la même notion du temps que nous. Pour elle, les siècles écoulés depuis sa conversation avec le frère vert ne sont qu'une poignée de jours. Elle honorera l'homme qui se présentera à elle muni du bâton de frère Lassen. Elle le servira.

Cette idée semblait plaire à Shorkan. Tournant le dos aux autres, le Praetor releva sa capuche tandis qu'il réfléchissait.

— Ça vaut le coup d'essayer, décida-t-il enfin. Mais notre émissaire aura besoin d'un soutien plus important que celui d'une poignée de gobelins des mers. Si nous tentons de frapper, que ce soit en force. Assez joué avec la sor'cière. Cette fois, il faut mettre le paquet. (Il pivota de nouveau vers les deux autres.) Va chercher le bâton de frère Lassen, ordonna-t-il à De'nal. (Puis il se tourna vers Greshym.) Quant à toi, prépare ton laquais pour son rôle.

Greshym hocha la tête. Tout en se dirigeant vers Rockingham, il demanda :

— Et toi, que vas-tu faire, Shorkan ?

Des flammes noires se remirent à couler le long de la robe du Praetor, tels des ruisselets de feu obscur.

— Je vais assigner à cette mission une légion des skal'tum qui défendent l'île. Nous agirons à la tombée de la nuit.

Un sourire cruel fleurit sur les lèvres de Greshym, mais Rockingham frissonna. Soudain, il avait du mal à respirer. Il redoutait les serviteurs ailés du Seigneur Noir, avec leurs griffes empoisonnées et leurs crocs acérés. La perspective d'être accompagné par une centaine de ces démons l'emplissait d'une terreur sans nom.

Greshym atteignit Rockingham et le poussa avec son bâton.

— Venez. Retirons-nous dans mes appartements.

Rockingham se leva, les jambes engourdies, et suivit le mage d'un pas chancelant.

Les appartements du Praetor occupaient le dernier étage de la tour la plus à l'ouest de l'Édifice. La descente fut longue. Une fois hors de la pièce et dans l'escalier de la tour, Rockingham put de nouveau respirer. De'nal, sur ses petites jambes vigoureuses, avait depuis longtemps disparu dans la pénombre en contrebas, laissant le vieux mage négocier les marches abruptes sans son aide. Seul avec Greshym, Rockingham se sentit enfin libre de parler.

— Qu-quel est votre véritable plan ? Je sens que vous ne leur avez pas tout dit.

— Ne vous préoccupez pas de mes plans, répliqua Greshym d'une voix sifflante. Obéissez-moi, et vous obtiendrez ce que vous désirez. Vous découvrirez votre passé.

— N'y a-t-il rien que vous consentiriez à me dire maintenant ? demanda Rockingham.

Greshym marqua une pause sur le palier suivant. Essoufflé, il s'appuya lourdement sur son bâton.

— Je vais vous accorder une faveur. Une question à laquelle réfléchir, un indice sur votre vie antérieure.

Rockingham savait que le vieux mage voulait l'entendre supplier. Il s'en moquait. Il avait depuis longtemps cessé de se soucier de concepts aussi mineurs que la dignité. Une seule chose l'empêchait de se jeter du haut d'une tour, et c'était la perspective d'élucider le mystère de son passé.

— Je vous en prie, dites-moi ce que vous savez. Je vous en supplie.

Greshym sourit. Après avoir eu affaire au dédaigneux Praetor, voir Rockingham s'humilier devant lui était un baume sur son orgueil blessé.

— Dans ce cas, je vais vous faire un petit cadeau d'adieu. Une énigme sur laquelle vous pourrez méditer pendant votre voyage vers les Marasmes. Nous avions une bonne raison de vous sortir de votre tombe après que la sor'cière vous a eu vaincu la première fois, une idée bien précise en tête lorsque nous avons ranimé votre cadavre et fait de vous notre espion le long de la côte. Toute la question est de savoir laquelle. Qu'est-ce qui nous a poussés à vous utiliser, vous ? Qu'est-ce qui vous rend si spécial ? La réponse est l'une des clés de votre ancienne vie.

Rockingham dut se retenir d'étrangler le vieillard. *Tu parles d'un indice ! Comment veut-il que je résolve sa foutue énigme ?*

Les yeux de Greshym brillaient d'amusement.

— C'est dans la mer que vous trouverez la réponse, Rockingham. La mer est votre indice.

— Qu… que voulez-vous dire ?

Le vieillard tourna les talons et reprit sa descente.

— Venez. Il est déjà presque midi. D'ici le coucher du soleil, vous devez être parti tendre un piège à la sor'cière. (Par-dessus son épaule, il jeta un coup d'œil à Rockingham, qui n'avait pas bougé du palier.) Et qui sait ce que nous ramènerons d'autre dans nos filets ? Parfois, on trouve les choses les plus étranges au fond de l'océan…

La rage couvant dans sa poitrine, Rockingham suivit le mage. Il porta une main à la cicatrice de son sternum. L'ombre corrompue était tapie à la lisière de sa conscience ;

il la sentait. Il laissa retomber sa main. Peu importaient les exactions qu'il avait pu commettre jadis : cette punition était un châtiment bien trop sévère. Aucun homme n'aurait jamais dû subir une telle horreur.

Les pieds en plomb, Rockingham continua à descendre en se faisant une promesse. Avant de quitter ce monde, il connaîtrait la vérité sur son passé. Il saurait pourquoi ce sort affreux lui était échu, et il se vengerait de ceux qui l'y avaient condamné.

Il s'en fit le serment.

À midi, Joach était seul sur le pont principal avec les étranges marins à la peau noire grâce auxquels l'*Étalon pâle* glissait languissamment à travers l'interminable forêt rouge. Ses compagnons étaient tous descendus sur le pont inférieur pour échapper à l'éclat du soleil ou vaquer à leurs occupations individuelles.

Ainsi livré à lui-même, Joach n'avait que ses pensées pour se distraire. Il était assis en tailleur à l'ombre du mât ; ses mains gantées tripotaient nerveusement le bâton posé en travers de ses genoux. Il jeta un coup d'œil aux arbres qui défilaient sur les côtés. Depuis qu'il savait que la sargasse était intelligente, il ne pouvait se défendre contre l'impression que la forêt l'observait. Il s'humecta les lèvres. C'était comme si des milliers d'yeux scrutaient chacun de ses cheveux et chacun des pores de sa peau. Plus le bateau s'enfonçait dans la forêt, plus la sensation empirait. Était-ce la véritable raison pour laquelle les autres s'étaient réfugiés en bas ? Avaient-ils perçu l'incommensurable présence qui les jaugeait ?

Quelque chose toucha l'épaule de Joach. Le jeune homme hoqueta et plongea sur le côté en levant son bâton. Au-dessus de lui, il découvrit le visage d'un des marins zo'ol. La cicatrice pâle qui se détachait sur le front de l'homme avait la forme d'un soleil levant. Le marin ne parut pas remarquer le bâton que Joach brandissait d'un air menaçant. Il se contenta de fixer le jeune homme dans les yeux.

Joach se sentit stupide. Il baissa son arme.

— Désolé. Vous m'avez fait peur.

Le marin hocha la tête et lui fit signe de le suivre vers le bastingage tribord. Joach ne comprenait pas ce qu'il attendait de lui, mais, craignant de l'insulter davantage, il obtempéra.

— Qu'y a-t-il ? demanda-t-il dans un murmure.

Les Zo'ol étaient toujours si silencieux que sa propre voix lui paraissait criarde et grossière par comparaison.

Le marin se tourna vers lui.

— Des yeux nous regardent, articula-t-il avec difficulté.

Joach en eut la chair de poule. Ainsi, les Zo'ol sentaient l'intelligence de la forêt, eux aussi.

— Ce sont les arbres.

Le marin acquiesça.

— Beaucoup d'yeux… Mais un seul cœur. (Il se remit à étudier la forêt.) Il nous observe comme nous l'observons.

— Frère Flint dit que la sargasse ne nous veut pas de mal. Qu'elle se rend à peine compte de notre présence, fit valoir Joach.

Le marin poussa un grognement.

— Elle sait, marmonna-t-il.

Un long silence succéda à cette déclaration. Chacun des deux hommes s'abîma dans ses pensées tandis que la végétation devenait plus dense autour d'eux. Les frondaisons étaient désormais assez touffues pour bloquer le plus gros de la lumière du jour ; elles formaient une immense canopée au-dessus de leur tête, comme si l'*Étalon pâle* flottait dans la pénombre d'un tunnel.

Joach jeta un coup d'œil en biais à son compagnon. Il réalisa que, même s'il se trouvait à bord de l'*Étalon pâle* depuis bien des jours, il ne connaissait toujours pas le nom d'un seul membre de son équipage. D'ordinaire, les Zo'ol mangeaient et passaient leur temps libre ensemble, sans se mêler aux passagers.

Le marin se tourna vers lui.

— Les noms ont du pouvoir, dit-il simplement.

Joach ne put dissimuler sa stupéfaction. C'était comme si l'homme avait lu dans ses pensées.

— Non, affirma le marin en le regardant dans les yeux. (D'un doigt, il suivit le contour de la cicatrice qui se détachait sur la peau sombre de son front.) Je suis un sage de ma tribu. Je ne vois que ce qui est écrit sur le cœur d'un homme. (Il tendit la main et la posa sur la poitrine de Joach.) Je lis ce qui est ici, pas ce que tes pensées obscurcissent.

Joach fronça les sourcils.

— Les émotions. Vous voulez dire que vous percevez les émotions d'autrui.

Le marin haussa les épaules et leva sa main vers le visage de Joach. De l'index, il traça sur le front du jeune homme un symbole identique à celui qu'il arborait lui-même.

— Toi aussi, tu es un sage. Tu as le troisième œil. Je le sens.

Joach s'écarta en se frottant le front. Il sentait encore la trace du doigt du Zo'ol. Il réalisa que la cicatrice de celui-ci ne représentait pas un lever de soleil, mais un œil en train de s'ouvrir.

Le marin continuait à le fixer comme s'il attendait une réponse. Joach s'aperçut qu'il ne pouvait pas nier. Il savait que le Zo'ol verrait au travers de ses mensonges.

— Oui. J'ai un talent… comme vous. Je peux lire la vérité des rêves et discerner le futur.

Le marin acquiesça solennellement et garda le silence pendant quelques secondes. Joach vit ses lèvres remuer comme en une prière muette. Lorsqu'il eut terminé, le Zo'ol releva la tête et écarta les bras.

— Les sages sont tous frères. Ils peuvent partager leur nom. J'aimerais partager le mien avec toi.

Joach inclina la tête.

— Ce serait un honneur.

— Pas un honneur, le détrompa le marin. Une responsabilité. Prendre un nom, c'est accepter un fardeau. (Glissant une main dans sa poche, il en sortit un petit objet.) En échange du poids de mon nom, je t'offre ceci.

Il tendit sa main ouverte. Nichée au creux de sa paume se trouvait une perle noire de la taille d'un œuf de rouge-gorge. Joach hésita à accepter un cadeau aussi précieux, mais le marin poussa sa main vers lui d'un geste brusque, insistant, et il sentit que refuser l'offenserait. Il prit la perle et referma son poing dessus.

— J'accepte ton présent et ton nom, dit-il sur un ton solennel.

Le marin s'inclina.

— Je m'appelle Xin.

À l'instant où il prononçait son nom, la perle parut tiédir dans la main de Joach – mais ce n'était peut-être que la nervosité du jeune homme qui lui jouait des tours. Joach sentit que, pour le Zo'ol, un nom était plus précieux que tous les trésors de l'océan.

Xin se redressa et attendit.

Clignant des yeux, Joach réalisa qu'il devait lui offrir quelque chose en retour. Il tapota ses poches. Vides. Il jeta un coup d'œil à son bâton. Non, il était lié par le sang au talisman de pol'bois ; il ne pouvait pas s'en séparer. Puis il se souvint. Empochant la perle, il porta une main à sa gorge et ôta la dent de dragon pendue à son cou. Sy-wen la lui avait donnée avant de partir en quête des Sanguinaires avec Kast. Il ne pensait pas que l'échange la vexerait. Après tout, c'était une question d'honneur.

Joach tendit la dent de dragon au marin.

— En échange du poids de mon nom, dit-il.

Xin acquiesça et prit le pendentif.

Joach s'inclina comme le Zo'ol l'avait fait.

— Je suis Joach, fils de Morin'stal.

Xin plaça le cordon autour de son cou, baisa la dent de dragon et la laissa retomber. Le morceau d'émail finement ciselé formait un contraste saisissant avec sa peau noire. On aurait dit que sa place avait toujours été là.

— À présent, nous sommes frères, déclara Xin. Chacun de nous porte le nom de l'autre dans son cœur. Les noms ont du pouvoir. Quand un cœur a besoin de l'autre, il doit venir.

Joach tendit la main et serra celle du marin, comprenant qu'ils venaient de prendre un engagement solennel.

— Nous sommes frères, répéta-t-il.

Des éclats de voix retentirent soudain à la proue du navire. Joach et Xin pivotèrent. Un des marins désignait quelque chose en parlant à toute allure dans sa langue tribale. Ils s'élancèrent vers lui.

Arrivé à la proue, Joach comprit la raison de l'agitation du Zo'ol. Droit devant eux, le canal bordé par les arbres débouchait sur une immense étendue d'eau ouverte. Le jeune homme crut d'abord qu'ils avaient traversé toute la forêt et s'apprêtaient à regagner l'océan. Mais il réalisa très vite son erreur. Ces eaux étaient beaucoup trop calmes. Pas une seule vaguelette ne venait troubler leur surface vitreuse. Comme ils se rapprochaient, Joach distingua des arbres enveloppés par la brume, de l'autre côté de cette étendue d'eau immobile.

Ce n'était pas l'océan. C'était un lac intérieur.

L'*Étalon pâle* émergea à découvert. Le canal se referma derrière lui, et, bientôt, il ne resta pas la moindre trouée au milieu des algues rouges, pas le moindre chemin permettant d'atteindre le lac.

Joach sentit qu'ils venaient de pénétrer au cœur de la sargasse.

Près de lui, Xin fit signe à ses congénères de descendre sur le pont inférieur pour aller chercher les autres.

Joach leva les yeux vers le ciel. Après avoir passé le plus gros de la journée dans la pénombre des frondaisons, la lumière du soleil lui paraissait trop vive. Il se sentait exposé, vulnérable. Un nœud d'angoisse se forma dans sa poitrine.

— Quelque chose approche, déclara Xin.

Jetant un coup d'œil au marin, Joach vit que celui-ci aussi détaillait le ciel. Il suivit la direction de son regard. Au début, il ne vit que des nuages effilochés. Puis l'éclat du soleil parut diminuer, et il repéra un petit point sombre sur leur blancheur cotonneuse.

Son bâton réagit immédiatement. Des flammèches noires s'allumèrent tout le long du talisman de pol'bois. Xin posa une main apaisante sur son épaule.

— Je ne sens pas de menace, juste… juste… (Il secoua la tête.) C'est trop loin.

Les autres commençaient à se rassembler sur le pont. Flint se dirigea vers eux, flanqué par Elena. Joach désigna la créature qui décrivait lentement des cercles dans le ciel. Croisant le regard d'Elena, il vit dans les yeux de sa sœur une inquiétude qui reflétait la sienne.

Personne ne pipait mot.

Flint porta une longue-vue à son œil et étudia la créature ailée.

— La Douce Mère en soit remerciée, dit-il, soulagé. C'est le dragon. (Il se tourna vers l'un des Zo'ol.) Allumez le feu de signalisation. Faites-leur savoir que c'est nous.

Elena saisit la manche de chemise du vieil homme.

— C'est vraiment Ragnar'k ?

Flint sourit.

— Et Sy-wen. Ils ont réussi.

Bien que soulagé lui-même, Joach ne pouvait se défaire d'un certain malaise. Tandis que le Zo'ol allumait le feu réclamé par Flint sous les vivats des autres occupants du bord, le jeune homme demeura posté à la proue, observant les arbres qui encerclaient le lac. Xin resta à côté de lui.

— Toi aussi, tu le sens, hein ? demanda Joach en lui glissant un regard en coin.

Xin acquiesça.

— Beaucoup d'yeux nous observent toujours.

Au-dessus de leur tête, un rugissement se réverbéra à travers les cieux ensoleillés. Ragnar'k avait repéré leur feu de signalisation. Joach frémit. On aurait dit le grondement d'une tempête imminente.

— Regardez ! s'exclama Elena, tout excitée.

Joach s'arracha à la contemplation de la forêt pour scruter l'eau. Tout autour de l'*Étalon pâle*, de grosses grappes de bulles troublaient l'immobilité du lac, comme si l'eau s'était mise à bouillir. La main de Joach se crispa sur son bâton. Bientôt, des centaines de têtes écailleuses jaillirent des flots salés. Des dragons aux couleurs de joyaux émergèrent de leur cachette en réponse à l'appel de Ragnar'k. Le lac entier s'emplit de leurs cous sinueux et de leurs colonnes vertébrales saillantes. Perchés sur leur dos, des cavaliers agitèrent la main pour saluer les occupants du bateau.

Ragnar'k piqua vers l'*Étalon pâle.* Un nouveau rugissement de bienvenue jaillit de sa gorge noire. Le dragon vira lentement au-dessus de l'armée rassemblée en contrebas, et la lumière du soleil fit étinceler ses écailles nacrées. C'était une vision merveilleuse. Mais tout comme un visage séduisant peut soudain laisser entrevoir une âme maléfique, Joach aperçut l'horreur tapie derrière cette jubilation. Il s'immobilisa, le cœur pris dans un étau. Xin perçut sa détresse. Il lui toucha le bras, mais Joach ne réagit pas. Il était paralysé par un pressentiment atroce.

— Je lis la peur dans ton cœur, dit Xin.

Joach n'avait pas de mots pour décrire l'angoisse abominable qui lui serrait la gorge. L'espace d'un instant, une image spectrale était apparue devant ses yeux, se superposant à la réalité. Il avait vu le lac virer à l'écarlate, les dragons se tordre dans les affres de l'agonie, les cieux grouiller de démons, l'eau écumer tandis que le carnage se poursuivait. La scène avait disparu en un clin d'œil, le laissant étourdi et désemparé.

Joach ne parvenait plus à faire la distinction entre réalité et fantasmes. L'apparition de Ragnar'k avait-elle déclenché son talent de tisserand ? Cette vision atroce était-elle prémonitoire ? Lorsqu'il dormait sous Val'loa, Ragnar'k était un puits de magie élémentale. Il conservait encore des vestiges de celle-ci – assez pour électriser le sang de Joach sur son passage. Mais, magie élémentale ou pas, le jeune homme se souvenait de son rêve erroné, celui durant lequel il s'était vu combattre Er'ril au sommet d'une tour. Il n'avait plus confiance en ses capacités prophétiques. Désorienté, il porta une main à son front.

— Raconte-moi, mon frère, chuchota Xin. Partage ta peur pour diminuer son emprise.

L'influence apaisante du Zo'ol aida Joach à se ressaisir. D'une voix tremblante, le jeune homme expliqua :

— Je… J'ai vu un massacre. Je crois que nous avons été trahis.

La tête penchée sur le côté, Xin le dévisagea quelques instants. Puis il tendit la main et traça de nouveau le symbole de l'œil ouvert sur le front de Joach.

— Tu es un sage.

Le regard perçant du Zo'ol dissipa la brume qui enveloppait l'esprit de Joach, et le jeune homme perçut soudain la véracité de sa vision. Il se tourna vers leurs compagnons massés contre le bastingage.

— Flint s'est trompé, dit-il d'une voix qui se raffermissait en même temps que sa résolution. Cet endroit est un piège.

Les discussions allaient bon train autour de la table de la cambuse. Une main posée sur celle de Joach, Elena écoutait de toutes ses oreilles.

— Jamais la sargasse ne trahirait un frère, insista Flint.

Face à lui, une grande femme au port de tête majestueux fronça les sourcils. Son mécontentement englobait à la fois Flint et Joach. Sa peau avait la couleur de l'ivoire ; ses longs cheveux raides brillaient comme une cascade de soleil dans la lumière des torches. Elena remarqua la similitude de ses traits avec ceux de Sy-wen – assise non loin de là en compagnie de Kast. Cette femme était la mère de leur amie, ça ne faisait pas le moindre doute.

— J'ai amené la moitié de nos forces dans cette mer d'algues parce que vous m'aviez promis que c'était un endroit sûr. Et maintenant, j'apprends que c'est un piège ! s'emporta-t-elle.

— Rien n'est certain, protesta Flint. Même si la vision de Joach était bien prophétique, un tissage ne montre qu'un futur *possible*. Les chemins de l'avenir sont multiples.

Elena entendit l'exaspération dans la voix du vieil homme. La jubilation qui avait salué l'arrivée des dragons et des mer'ai s'était brutalement évanouie quand Joach s'était précipité pour mettre Flint en garde contre une menace inconnue. Le jeune homme avait décrit sa vision du massacre, et Flint l'avait jugée assez inquiétante pour convoquer une assemblée des chefs afin de discuter de la suite.

En tant que membre du Conseil des anciens, la mère de Sy-wen avait été envoyée dans la forêt d'algues à la tête du corps expéditionnaire mer'ai. Elle représenterait son peuple durant les négociations à venir. Quant aux Sanguinaires, leur dirigeant, le haut maître de quille, avait désigné Kast comme porte-parole. Parce que les navires dre'rendi étaient trop nombreux et trop massifs pour traverser la sargasse, ils avaient jeté l'ancre à la lisière sud des Marasmes pour y attendre leurs alliés. Jusqu'ici, Kast n'était pas intervenu une seule fois dans la discussion. Il s'était contenté d'écouter, le visage pareil à un masque de pierre, pendant que les autres se disputaient.

Les avis étaient partagés. Flint avait suggéré d'attendre jusqu'à ce qu'il puisse étudier la vision de Joach pour juger de sa véracité. Méric avait affirmé que la sécurité d'Elena primait sur tout le reste, et qu'ils devaient quitter la forêt immédiatement. Mais même la prudence de l'el'phe n'avait pas eu l'air de trouver grâce aux yeux de la mer'ai. Celle-ci voulait non seulement partir au plus vite, mais renoncer complètement à leur assaut sur Val'loa. Elena avait l'impression que tous leurs plans soigneusement conçus tombaient en morceaux sous ses yeux.

La jeune femme balaya du regard les visages inquiets et coléreux de ses compagnons. Elle savait que le sort d'Alaséa dépendait de ce qui allait être décidé dans cette pièce. Sans une armée unie à ses côtés, jamais elle n'arracherait le Journal Sanglant aux griffes du Seigneur Noir. Et, sans le Journal Sanglant, Alaséa n'avait aucun espoir.

Elena n'avait pas le choix. Elle devait trouver un moyen d'unir ce groupe.

Kast prit enfin la parole, se raclant la gorge assez bruyamment pour attirer l'attention générale. Comme il ne s'était pas encore exprimé, chacun l'écouta attentivement, espérant que l'avis du Sanguinaire ferait pencher la balance en sa faveur.

Kast se pencha en avant.

— Êtes-vous tous aveugles ? Nous ne devons pas nous cacher ! (Il tourna la tête vers la mère de Sy-wen.) N'avons-nous pas fui devant le Cœur Noir du Gul'gotha pendant des générations ? N'en avez-vous pas assez de courir la queue entre les jambes ? Si nous voulons recouvrer notre liberté, un jour ou l'autre, nous devrons nous battre. Oui, des hommes mourront. Et des dragons aussi. Êtes-vous venus ici en pensant faire une simple promenade de santé ? (Il braqua un doigt vers Joach.)

Ce garçon nous a communiqué un avertissement. Je répète : un « avertissement ». (Il foudroya Flint du regard.) Peu m'importe que sa vision soit vraie ou non. Il nous a mis en garde contre une attaque. Au lieu de le tester, nous devrions nous préparer. Une embuscade ne fonctionne que si ses victimes ne s'y attendent pas. Mais nous sommes prévenus. Nous pouvons arracher les crocs de cette bête et retourner son attaque contre elle. Pourquoi fuir ?

Face à tant de passion, Elena écarquilla les yeux. Elle se retrouva debout sans s'être rendu compte qu'elle s'était levée. Enfin, elle tenait l'allié dont elle avait besoin. Kast avait ouvert une brèche ; à elle de s'y engouffrer. Elle ôta ses gants.

— Kast a raison, dit-elle avant que quiconque puisse prendre la parole. (Elle sentit tous les regards se braquer sur elle.) Si nous fuyons, ce sera en aveugles. Ici, au moins, nous savons ce qui nous attend.

— Et si Joach se trompe ? lança Flint.

Kast se leva à son tour, comme pour soutenir physiquement Elena.

— Et alors ? Nous continuerons comme prévu. Ça ne coûte rien de nous préparer à repousser une attaque.

Flint acquiesça pensivement.

Elena enchaîna.

— Il y a une autre question que personne n'a soulevée, dit-elle en regardant plus particulièrement la mère de Sy-wen.

À en juger par son expression, la mer'ai n'avait guère été influencée par les paroles de Kast. Elena désigna le bâton de pol'bois de son frère.

— Joach a déjà été touché par la magie noire. Et si sa vision elle-même était un piège ?

— Que voulez-vous dire ? demanda l'ancienne sur un ton dédaigneux.

— Et si sa vision nous avait été envoyée par l'ennemi pour nous pousser à abandonner le sanctuaire de la sargasse ? Les serviteurs du Gul'gotha pourraient très bien savoir que nous sommes ici, et tenter de nous déloger en nous envoyant des images de mort.

Joach se leva pour interrompre sa sœur. Elena savait ce qu'il voulait dire : que ses visions venaient du plus profond de lui. Mais ça ne ferait qu'affaiblir ses arguments. D'un regard, elle lui intima le silence, et le jeune homme obéit.

— La vision de Joach ne trace aucun chemin discernable, reprit Elena. La mort peut nous attendre aussi sûrement à l'extérieur qu'à l'intérieur de la forêt. C'est Kast qui propose la voie la plus sensée : procéder comme si on allait nous attaquer. Prendre l'ennemi à son propre piège.

Flint se leva.

— Elena n'a pas tort. Puisque le danger peut surgir de n'importe où, cet endroit est aussi valable qu'un autre pour l'affronter.

La mère de Sy-wen avait pâli, mais elle n'était toujours pas convaincue.

— Il existe un endroit beaucoup plus sûr que celui-ci. Sous les vagues. Dans l'immensité des Profondeurs, le Gul'gotha aura bien du mal à dénicher les mer'ai.

Rouge d'indignation, Sy-wen bondit sur ses pieds.

— Mère ! Vous proposez-vous de fuir une fois encore ! Voudriez-vous que ces braves gens se sacrifient pour nous permettre de sauver notre peau ? Sommes-nous condamnés à répéter notre honteuse histoire ? (Les épaules de la jeune fille tremblaient ; elle agrippa la main de Kast.) Moi, je m'y refuse ! Fuyez si vous voulez, mais je reste !

Le rose – de la colère ou de l'embarras ? – monta aux joues de l'ancienne.

— Nous aussi, nous restons, dit Elena en jetant un coup d'œil à Méric et à Tol'chuk, qui s'étaient également levés.

La guérisseuse de Port Rawl se redressa lentement.

— Si vous restez tous, je suppose que Tikal et moi n'irons pas bien loin.

Seule la mère de Sy-wen était encore assise. Elle ne semblait guère impressionnée par tous ces gens debout qui la toisaient. Elena sentait que la pression ne la ferait pas céder – qu'elle risquait, au contraire, de renforcer sa résistance. De la main, la jeune femme fit signe aux autres de se rasseoir. Des pieds de chaise raclèrent le plancher comme ses compagnons obtempéraient.

Seule Elena demeura debout face à l'ancienne. Elle ne voulait pas perdre le soutien des mer'ai durant la bataille à venir. D'une voix dont le feu s'était évanoui, elle dit doucement :

— J'ai vu mourir mes parents, des oncles, des tantes, des amis. Aussi ai-je le droit de vous demander ceci – de le demander à tous les mer'ai. Joignez-vous à nous. Contemplez la vision de mon frère et faites-la mentir. L'avenir n'est pas gravé dans la pierre. Après cinq siècles de domination, une petite chance se présente à nous de chasser le Gul'gotha de ces rivages. Je vous supplie de ne pas vous dérober aux choix difficiles qui doivent être faits aujourd'hui. Notre liberté future repose entre les pattes de vos dragons. Je vous en prie, ne vous détournez pas.

La mère de Sy-wen l'observa en silence, les lèvres pincées. Lentement, ses traits se détendirent.

— Pour quelqu'un d'aussi jeune, vous parlez avec une grande audace – et peut-être trop de passion. Au fil des ans, j'ai appris que la passion fait commettre bien des erreurs. (Son regard parut se tourner en dedans.) J'ai payé chèrement ces erreurs, et j'en ai tiré la leçon. Désormais, je ne prends plus de décision à la légère.

— Ce n'est pas…, commença Elena.

La mer'ai la fit taire d'un doigt levé.

— Je n'ai pas fini. Outre votre passion, vous plaidez admirablement votre cause. Oserai-je dire que vous seriez de taille à siéger au Conseil des anciens ? (Elle inclina légèrement la tête en direction d'Elena.) Les mer'ai resteront. Nous vous aiderons à tendre ce piège. Il est temps que les dragons jaillissent de l'océan et fassent de nouveau entendre leur voix.

Les genoux d'Elena flageolèrent.

— Merci, murmura-t-elle.

Tous ses compagnons la fixaient. Elle se rendit compte qu'ils attendaient un discours. La veille, Flint lui avait dit qu'ils ne s'étaient pas rassemblés pour elle, mais pour Alaséa. En les dévisageant tour à tour, Elena comprit que le vieil homme s'était trompé. Que cela lui plaise ou non, elle incarnait Alaséa à leurs yeux. Ils étaient bel et bien là pour elle.

— Quand j'étais petite, commença-t-elle comme si elle se parlait à elle-même, mon oncle me racontait des histoires du passé d'Alaséa. Il me décrivait des cités dont les tours enchantées touchaient les nuages, des rues pavées d'or et des terres d'abondance où les créatures de tous horizons cohabitaient en paix. En l'écoutant, je pensais que ça n'était que des légendes, des contes pour enfants. Comment tant de grâce et de beauté auraient-elles pu exister en notre monde ?

Les deux mains posées sur la table, elle balaya l'assemblée du regard. Ses yeux étaient pleins de larmes.

— Mais, aujourd'hui, je contemple cette grâce et cette beauté – et je sais qu'un tel monde est possible.

Avant que quiconque ait pu réagir, la porte de la cambuse s'ouvrit à la volée. Tous sursautèrent. Le jeune Tok fit irruption dans la pièce. Il était suivi de près par un mer'ai torse nu, encore dégoulinant d'eau de mer.

— Je lui ai dit que vous étiez en pleine réunion, mais il apporte des nouvelles urgentes, annonça l'enfant.

Le guerrier mer'ai haletait.

— Quelque chose… dans l'eau, hoqueta-t-il. Ça…

— Bridlyn ! aboya la mère de Sy-wen. Exprime-toi clairement !

L'homme s'accorda quelques instants pour reprendre son souffle ; puis il déglutit.

— Le canal par lequel nous sommes arrivés. Il s'est refermé. Il n'y a pas moyen de battre en retraite.

— De quoi parlez-vous ? demanda Flint.

Ce fut Sy-wen qui répondit.

— Pendant que Ragnar'k et moi survolions le lac, les autres dragons ont nagé sous les algues flottantes. Ils sont remontés à la surface par un passage dissimulé sous le lac.

Bridlyn acquiesça.

— Nous avions posté des sentinelles près de l'entrée du canal, de ce côté-ci. Au crépuscule, les algues ont resserré leur étau, et l'ouverture s'est refermée.

Les sourcils froncés, Flint leva une main.

— Calmez-vous ! Elles ont fait la même chose à notre arrivée. La sargasse dissimule les traces de notre passage, c'est tout.

Bridlyn dévisagea le vieil homme avec des yeux horrifiés.

— Elle a noyé nos deux sentinelles ! Et leurs dragons avec ! Elle les a étranglés !

19

Rockingham se tenait au sommet d'une butte d'algues rouges baignée par le clair de lune. Ses pieds glacés pataugeaient à l'intérieur de ses bottes détrempées, et l'ourlet de sa robe verte dégoulinait d'eau salée. D'une main, il resserra le col autour de son cou. Greshym avait insisté pour qu'il porte ce lourd vêtement – l'uniforme de l'ancienne secte de la Fraternité qui communiait avec la nature. Dans son autre main, il tenait un long bâton blanc dont le sommet s'ornait d'une poignée de feuilles sculptées dans le bois : l'antique bâton de chêne de frère Lassen. Il continua à s'enfoncer dans l'étrange forêt noyée, où les collines et les tapis d'algues flottantes menaçaient de se dérober sous ses pieds à tout instant.

Juste avant le coucher du soleil, un bateau rapide l'avait déposé sans cérémonie à la lisière de la forêt. Là, Rockingham s'était agenouillé pour effectuer les rituels enseignés par Greshym. Il avait imploré la sargasse de l'écouter et de retenir la sorcière et ses compagnons. Même s'il n'avait pas entendu de réponse, il l'avait sentie. Une pression semblable à un courant d'air l'avait balayé, et était restée en suspens quelques instants au-dessus de son bâton. Puis elle s'était évanouie. Et Rockingham avait su que la présence qui l'enveloppait avait compris sa supplique.

Il ne lui restait plus qu'à jouer le rôle du frère vert, et à arpenter cette région humide jusqu'à ce que les skal'tum arrivent de Val'loa. Greshym lui avait dit qu'il devrait suivre les traces de frère Lassen et s'avancer seul dans la forêt, sans la protection d'aucune magie noire. L'utilisation des arts obscurs risquait de noyer les vestiges de l'esprit de Lassen contenus dans le bâton. Pour ne pas se trahir, Rockingham devrait s'abstenir de recourir à ses pouvoirs – du moins, jusqu'à ce qu'il ait gagné la sargasse à leur cause. Ensuite, une fois la sor'cière et ses amis prisonniers des algues, une attaque rondement menée devrait détruire les forces assemblées dans les Marasmes avant même que la forêt réalise qu'elle avait été dupée.

Levant le nez, Rockingham observa les étoiles qui brillaient au travers des frondaisons. Il guettait un signe des skal'tum. La légion avait dû prendre son envol au coucher du soleil. D'ici peu, le ciel s'emplirait d'ailes pâles et membraneuses.

Rockingham reporta son attention sur la forêt et continua à s'enfoncer parmi les algues. À travers le tissu de sa robe, il frotta la longue cicatrice qui lui barrait la poitrine. Le seul avantage de la ruse de Greshym, c'est qu'elle obligeait le Seigneur Noir à demeurer en retrait – à laisser le golem en paix. Mais Rockingham savait que ce répit serait de courte durée. Dès la mascarade achevée, des énergies de ténèbres enfleraient dans sa poitrine. L'inique présence du Cœur Noir ferait éclater sa cage thoracique, et il serait de nouveau submergé par l'immensité du mal auquel il servait de portail.

Des larmes aussi inattendues que surprenantes montèrent aux yeux de Rockingham. Pour l'instant, il s'appartenait plus ou moins. Prenant appui sur son bâton et sur le tronc des arbres alentour, il se frayait un chemin vers les profondeurs de la forêt. Une partie de lui ne voulait rien tant que disparaître dans le calme liquide de cet endroit. Il serait ravi de se noyer dans ces eaux saumâtres. Mais il savait que ça ne serait pas une échappatoire. Il était déjà mort deux fois : la première, de sa propre main, la seconde, en combattant la sor'cière. Et, les deux fois, l'au-delà l'avait rejeté. Le golem tenta de se remémorer la raison de sa première mort. Il se revoyait tombant d'une haute falaise battue par les marées – mais, avant ça, il ne se souvenait de rien.

— Pourquoi ? lança-t-il à la forêt silencieuse. Pourquoi suis-je condamné à ne jamais connaître le repos ?

Il ne reçut aucune réponse.

Maussade, il escalada une colline d'algues entremêlées. Il venait d'atteindre le sommet lorsqu'une vibration parcourut soudain son bâton. De frayeur, il faillit lâcher le talisman. Puis il réalisa où il se trouvait. Devant lui se dressait un petit pilier de granit. C'était ici que, durant des décennies, frère Lassen avait conversé avec la sargasse. Et c'était ici qu'il avait fini par mourir.

Accessoirement, c'était ici que Rockingham était censé attendre les skal'tum.

Frémissant, le golem tenta de se ressaisir. Il regarda le pilier de pierre brute, monument érigé à la mémoire du frère vert. Il savait qu'il devait prononcer quelques mots pour saluer le site et honorer la mémoire du défunt. Debout sur la tombe de frère Lassen, il grommela :

— Tu en as de la chance, espèce de salaud.

De nouveau, le bâton vibra dans sa main. Rockingham sursauta. Contre sa volonté, son bras se leva, tendant le bâton vers la pierre. Lorsque les feuilles sculptées touchèrent le granit dépourvu d'ornements, une explosion projeta Rockingham en arrière. Le golem se raccrocha aux algues pour ne pas dévaler le flanc de la colline. Se redressant sur ses genoux, il vit le bâton en lévitation près du pilier. Une brume blanche, légèrement phosphorescente, suintait de la pierre comme pour envelopper le talisman.

Sous les yeux de Rockingham, le nuage se mit à tourbillonner sur lui-même. Il se compacta jusqu'à ce que la brume semble prendre substance. Sa phosphorescence s'intensifia. Alors, la vapeur et la lumière donnèrent naissance à une silhouette. C'était un homme en robe, qui tenait un bâton dans sa main droite. Malgré sa capuche rabattue, Rockingham l'identifia tout de suite. Greshym lui avait montré des portraits pendant qu'il le préparait pour sa mission.

C'était frère Lassen.

— Qui m'appelle ? demanda l'apparition d'une voix qui semblait provenir de très loin.

Rockingham resta à genoux, figé, incapable de répondre.

Les yeux spectraux se plantèrent dans les siens. L'apparition pointa son bâton vers lui.

— Pourquoi me déranges-tu ?

— Je… Telle n'était pas mon intention. (Rockingham leva les mains en un geste suppliant.) Pardonnez-moi, frère Lassen. J'ignorais que votre esprit résidait ici.

La froideur des yeux du spectre se cristallisa.

— Je ne suis plus seulement frère Lassen. À travers moi, tu t'adresses également à la forêt. Je communie avec la sargasse depuis si longtemps que la frontière entre nous s'est brouillée. Je suis elle, et réciproquement. Nous ne faisons plus qu'un. La forêt me permet de voir le temps tel qu'il est réellement : un océan infini. De mon côté, je lui permets de discerner la beauté des choses les plus brèves, d'apprécier le vol d'un oiseau, de chérir la durée d'une journée, de voir la vie à travers des yeux humains. Chacun de nous fait un cadeau à l'autre – le don de percevoir l'éternel et l'éphémère.

— Je… Je suis désolé. Je ne voulais vous déranger ni l'un ni l'autre.

— Tu n'es pas responsable. (Le spectre souleva le bâton de chêne pour l'examiner.) Je te sens dans le bois. C'est ta douleur qui m'a tiré de mon sommeil. Il est en toi une corruption qui ne saurait franchir ma tombe.

Rockingham frémit, craignant que le frère vert soit sur le point d'éventer la ruse mise au point par les mages noirs. Il redoutait la colère de cette forêt étrange et de ce fantôme plus étrange encore. Mais l'apparition poursuivit calmement :

— N'aie crainte. Bien que je perçoive la corruption en toi, je perçois aussi que ton esprit se rebelle contre elle. C'est une bonne chose – même si, en vérité, ça n'a pas d'importance pour moi. (Son regard brillant se posa de nouveau sur Rockingham.) Ce n'est pas la soif de vengeance qui m'a tiré de ma tombe, ni la perspective d'une guerre imminente. La sargasse et moi ne sommes plus préoccupés par les passions humaines. Ici, le temps est infini. Autour de nous, des cités naissent et des royaumes meurent. Ça fait partie du cycle de la vie. Si je suis venu à toi, c'est parce que nous partageons la même nature.

— Je… Je ne comprends pas, balbutia Rockingham.

— Parce que tu es aveugle. Que tu t'en rendes compte ou non, nous sommes pareils, toi et moi – des esprits prisonniers de la pierre.

— Qu… quoi ?

— Lorsque j'ai abandonné mon corps, le laissant pourrir et alimenter les racines de la sargasse, mon esprit est demeuré ici pour communier avec la forêt. Et, lorsqu'on a érigé un monument à ma mémoire, je me suis lié à la pierre de mon plein gré. (Le spectre indiqua le pilier de granit.) Contrairement à la chair humaine et à la végétation, la pierre ne pourrit pas. Elle ne participe pas au cycle de la vie et de la mort. Un esprit peut résider en elle pour l'éternité.

— Quel rapport avec moi ? demanda très vite Rockingham, avant que la peur le réduise au silence.

— Toi aussi, tu es lié à de la pierre – mais je sens que tu n'y as pas librement consenti, répondit le spectre. Le lien a été forgé contre ta volonté. C'est ta douleur qui m'a tiré de ma tombe.

Rockingham avait du mal à respirer. Pour la première fois depuis bien longtemps, il osa espérer.

— Comment ? Pourquoi ai-je été lié ?

— Ma vision ne porte pas si loin. Je ne suis pas un dieu pour lire dans l'esprit de ton bourreau. Mais je vois l'homme qui se tient devant moi en ce moment. Je vois ton cœur, et je sais qu'il est en pierre : un morceau de roche noire issu des entrailles de la terre.

— De l'éb'ène, grogna Rockingham en portant une main à sa poitrine couturée.

— C'est là que ton esprit est enseveli à jamais.

— N'y a-t-il aucun moyen de me délivrer ?

— Ah… (Le spectre grimaça tristement.) Tu viens de formuler ton vœu le plus cher.

— Pouvez-vous y apporter une réponse ?

— Oui, mais c'est tout ce que je suis en mesure de faire. C'est ce désir, ce besoin qui m'a arraché à mon sommeil. Lorsque j'y aurai répondu, je ne pourrai pas demeurer ici. Je n'appartiens plus à ce monde.

— Comment… ? Que dois-je faire pour me libérer ? demanda Rockingham d'une voix rauque.

Le spectre eut un sourire presque paternel.

— Tu dois mourir. Ton esprit a déjà été séparé de ton corps ; jamais il ne pourra revenir l'habiter. Mais si tu romps le lien qui l'attache à la pierre, il sera libre de gagner l'au-delà.

— Peu m'importe de mourir, affirma Rockingham. Je veux juste échapper à cet enfer.

— Très bien. Pour cela, il te suffit de briser la pierre noire logée dans ta poitrine.

Sur ces mots, le spectre commença à se dissoudre lentement. Ses contours se brouillèrent ; sa silhouette se délita et redevint nuage de vapeur.

Accablé par le désespoir, Rockingham bascula en avant et se retint sur ses bras tendus.

— Mais… l'éb'ène forgée est incassable, gémit-il. Seul le Seigneur Noir en personne peut la briser.

À quatre pattes, il releva la tête comme pour implorer une réponse. Mais le pilier de granit continua à réabsorber la brume blanche. Le bâton de chêne retomba parmi les algues spongieuses.

— S'il vous plaît ! cria Rockingham.

Alors, une voix provenant d'une distance inimaginable murmura :

— Il existe un moyen, mon ami. Seul le temps est inaltérable. Connais-toi toi-même, et un chemin s'ouvrira.

Puis le silence retomba sur la forêt. Seul le pilier de granit demeura, comme pour railler Rockingham. Le golem était passé tout près de résoudre le mystère de son existence, et, une fois de plus, il devait se contenter des énigmes qu'on daignait lui jeter en pâture. Il se redressa. Au clair de lune, les algues qui l'entouraient avaient la couleur du sang séché.

Debout, il fixa le pilier.

— « Connais-toi toi-même, et un chemin s'ouvrira », répéta-t-il amèrement. Un conseil bien inutile pour un homme auquel on a dérobé son passé.

Tournant le dos au monument de granit, il leva les yeux vers le ciel. Greshym avait promis de lui rendre ses souvenirs perdus s'il menait sa mission à bien. *« Détruis la sor'cière, et tu auras ce que tu désires. »*

Rockingham soupira. Si le spectre avait dit vrai, retrouver la mémoire l'aiderait peut-être à libérer son esprit. Il médita cette révélation. Était-ce pour cela qu'on l'avait privé de ses souvenirs : pour le garder prisonnier de la pierre à jamais ? Mais quel mystère de son passé pouvait bien être capable de briser de l'éb'ène ?

Quelque part, enfouis dans un coin verrouillé de sa mémoire, subsistaient un parfum de chèvrefeuille et de doux murmures. C'était comme une rose solitaire poussant dans un champ aride. Rockingham connaissait le nom de cette fleur : *Linora*. Mais il ne lui restait rien d'autre, juste une impression fragile qu'il gardait tout près de son cœur pour la protéger. *Qui était-elle ?* cria-t-il en lui-même.

Rockingham secoua la tête. Se torturer les méninges ne servirait à rien. Il n'existait qu'un moyen de résoudre le mystère.

— Détruis la sor'cière, marmonna-t-il en levant les yeux vers le ciel.

Comme si le firmament l'avait entendu, les étoiles situées au nord s'éteignirent l'une après l'autre, englouties par la tempête qui approchait. Mais ce n'étaient pas des nuages chargés de foudre et de pluie qui se dirigeaient vers Rockingham. Une silhouette ailée se découpa contre le disque phosphorescent de la lune. À sa vue, Rockingham sentit tous les poils de son corps se hérisser.

Les skal'tum arrivaient.

Un craquement résonna sur sa gauche. En pivotant, Rockingham vit des branches se briser et s'écraser sur le sol au moment où une créature massive forçait le passage au travers de la forêt d'algues. Il recula de quelques pas.

Le museau pâle d'un skal'tum jaillit du feuillage. Le monstre siffla, découvrant des crocs étincelants aussi pointus que des aiguilles. Une langue sinueuse lécha ses babines. Ses grandes oreilles frémissantes pivotèrent des deux côtés de son crâne. Puis il se laissa tomber de son perchoir et atterrit lourdement sur la colline, renversant le pilier de granit qui marquait la tombe de frère Lassen et brisant le bâton de chêne sous ses pattes griffues.

Il fit un pas en avant. À travers sa peau translucide, on voyait battre ses deux cœurs noirs. Il marcha sur Rockingham en remuant ses larges ailes. Mais le golem ne se laissa pas intimider.

— Il est temps de laisser tomber nos masques, siffla le skal'tum.

Sa peau brûlante fumait dans l'air humide.

Rockingham haussa les épaules. Il savait qu'ils n'avaient plus besoin de se cacher. La sargasse avait déjà déclaré sa neutralité à travers le spectre de frère Lassen. À partir d'ici, chacun des deux camps se battrait seul.

Rockingham s'avança, ouvrant les bras à l'immonde créature qui avait reçu l'ordre de l'emporter jusqu'au bateau de la sor'cière.

— Allons-y.

— Que d'impatience, siffla le skal'tum en le soulevant de terre. Es-tu donc si pressé de voir couler le sang ?

Comme le monstre déployait ses ailes pour prendre son envol, Rockingham répondit sans hésiter :

— Oui. J'ai soif de mort.

Er'ril me manque plus que jamais, songea Elena.

Seule contre le bastingage de l'*Étalon pâle*, la jeune femme observait la surface immobile du lac baigné par le clair de lune. Ce n'étaient ni l'épée ni la force du guerrier qui lui manquaient – juste sa présence. La façon dont, quand un danger les menaçait, il se tenait à son côté sans dire un mot, mais en lui envoyant une foule de messages. Son odeur lui parlait des plaines de Standi où il était né, tandis que son souffle régulier lui communiquait une puissance sereine et une vigueur sans bornes. À chacun de ses mouvements, le frottement du cuir sur la laine, le raclement des semelles de ses bottes évoquaient un étalon qui teste son mors, prêt à s'élancer à la plus petite traction sur ses rênes.

Elena entendait tout cela et, tandis qu'Er'ril veillait sur elle, une petite partie de l'acier dans lequel son âme semblait trempée se communiquait à la jeune femme. Le guerrier lui donnait la force d'affronter les pires horreurs. Avec Er'ril près d'elle, rien ne lui semblait impossible.

Mais ce temps-là était révolu.

Par-dessus son épaule, Elena jeta un coup d'œil au pont désert. Elle soupira. Er'ril n'était pas le seul de ses compagnons qui manquât à l'appel. En cet instant, elle aurait eu bien besoin du calme granitique de Kral, des lames étincelantes de tante My et de l'immense courage de Fardale. Même la sagesse pragmatique de Mogweed aurait été la bienvenue.

À l'autre bout du bateau, Flint dut percevoir la mélancolie de la jeune femme. Il acheva sa discussion avec les marins zo'ol et se dirigea vers elle. L'un des quatre hommes à la peau noire le suivit.

— Drôles de nouvelles, grommela Flint en s'accoudant au bastingage près d'Elena. Le garde mer'ai, Bridlyn, vient juste de m'avertir que les algues avaient encore bougé. Les canaux qui partent du lac viennent de se rouvrir. La sargasse a desserré son étreinte suffocante sur le lac.

— Pour nous permettre de nous échapper, ou pour permettre à l'ennemi de nous atteindre ? demanda Elena.

Flint secoua la tête.

À la grande surprise d'Elena, ce fut le Zo'ol qui répondit :

— Ni l'un ni l'autre. La forêt ne nous observe plus. Un moment, j'ai senti son dédain. Puis plus rien. Elle se désintéresse de nous.

— Mais pourquoi ?

Le Zo'ol haussa les épaules et se détourna, comme si la question n'avait aucun intérêt pour lui. Du regard, il balaya la surface vitreuse de l'eau. Les dragons et leurs cavaliers avaient battu en retraite dans les profondeurs du lac. Tapis en embuscade, ils attendaient des agresseurs éventuels. Si quelqu'un cherchait à espionner Elena et ses compagnons, il ne verrait que l'*Étalon pâle* dérivant seul au milieu du lac placide.

Elena reporta son attention sur Flint.

— On devrait peut-être en profiter pour partir, non ? C'est une occasion qui ne se…

Le Zo'ol l'interrompit. Sans se retourner, il tendit un doigt vers le ciel, en direction du nord.

— Un fléau approche.

Flint tendit le cou pour scruter l'horizon. À part quelques nuages effilochés qui masquaient les étoiles, le ciel était vide.

— Appelle tous les autres à leur poste ! ordonna Flint au marin.

— Que… ? commença Elena.

Puis elle l'entendit aussi. On aurait dit le vrombissement coléreux d'un bourdon dont on vient de renverser le nid. D'abord lointain, le son ne tarda pas à s'intensifier et à se démultiplier. Quelque chose de vil fonçait vers le lac dans le ciel nocturne.

Elena jeta un coup d'œil à Flint. Le marin zo'ol était parti donner l'alarme. Déjà, ses congénères allumaient des torches de signalisation dans le gréement. Des bruits d'éclaboussures résonnèrent au loin lorsque les sentinelles mer'ai, perchées dans les arbres autour du lac, plongèrent pour alerter le reste de leur armée.

— Ça commence, dit Flint, le nez en l'air.

Elena ôta ses gants en peau d'agneau et les laissa tomber sur le pont. Elle n'en avait plus besoin. À partir de maintenant, il était inutile de dissimuler son héritage. La sor'cière ne voulait plus se cacher.

Le vent apporta un grondement de tambours aux oreilles d'Elena. À peine plus fort qu'un murmure, le martèlement rythmique se réverbéra pourtant dans les os de la jeune femme, la glaçant jusqu'à la moelle et lui donnant envie de détaler. Flint lui agrippa le bras.

— Des Carnassires. Des skal'tum, chuchota-t-il. Ils frappent sur leurs tambours d'os pour semer la panique chez leurs ennemis.

— À ton avis, combien sont-ils ? s'enquit Elena.

Flint tendit l'oreille avant de répondre sur un ton inquiet :

— Au moins une légion.

L'écoutille du pont inférieur s'ouvrit à la volée. Tol'chuk émergea à l'air libre, le Try'sil à la main. Méric et Joach le suivaient de près. Le jeune homme tenait le bâton de pol'bois au creux de son bras. Tout en se dirigeant vers sa sœur, il ôta l'un de ses propres gants avec les dents et le cracha sur le pont. Mais avant qu'il ait pu saisir le talisman de sa main nue, Elena lui toucha le bras.

— Pas encore. Garde ton sang en réserve pour le moment où nous en aurons besoin.

Les flammes dans les yeux de Joach lui disaient que la magie l'appelait, et que celui-ci avait beaucoup de mal à résister.

Joach planta le bâton devant lui en le tenant de sa main toujours gantée. Des flammèches de feu obscur couraient le long du bois, aspirant la tiédeur de la nuit.

— Dois-je d'abord essayer de frapper avec ma magie noire ? demanda le jeune homme en consultant Flint du regard.

— Non, répondit le vieillard. Comme ta vision te l'a montré, ce sont des skal'tum qui approchent. Les frapper avec de la magie noire ne ferait que renforcer leurs protections obscures. Tiens-t'en à ce dont nous avons discuté. Change ton bâton en arme de sang et utilise son pouvoir pour protéger ta sœur. Imprégné de la magie d'Elena, il devrait porter des coups capables de blesser les Carnassires à courte distance.

— Mais comment allons-nous faire pour vaincre toute une armée de ces monstres ?

— Aie confiance en notre plan.

Flint adressa un signe de tête à Elena. La jeune femme avait déjà sorti sa dague de sor'cière en argent. Elle s'entailla légèrement les deux paumes, puis se tourna vers Méric.

— Conjure les vents et plie-les à ta volonté, mais attends le signal de Flint.

L'el'phe acquiesça.

— Je resterai à tes côtés. Aucune de ces abominations ailées ne t'approchera.

Elena lui pressa l'épaule en signe de remerciement. Joach et Méric seraient ses gardes du corps : l'el'phe maintiendrait les skal'tum à distance pendant que Joach les frapperait avec son bâton de sang. Tol'chuk, Flint et les zo'ol manœuvreraient les filets lestés le long du bastingage. Bien qu'immunisés contre la plupart des attaques, les skal'tum demeuraient des créatures mortelles. Ils pouvaient se noyer comme n'importe qui. Cette nuit-là, la meilleure arme de la sor'cière et de ses compagnons ne serait ni la magie ni l'acier, mais l'océan lui-même.

Au-dessus de la tête d'Elena, une petite voix chuchota :

— Tikal, gentil garçon... Veux biscuit...

Elena leva les yeux. Le familier de Mama Freda était perché très haut dans le gréement, suspendu à des cordes et à moitié dissimulé par le pli d'une voile. Lui aussi observait le ciel de ses grands yeux sombres écarquillés. Mama Freda était restée sur le pont inférieur. Avec l'aide de Tok, elle avait transformé la cambuse en hôpital de fortune et commencé à préparer des onguents pour les futurs blessés. Tikal lui servirait d'yeux et d'oreilles à l'extérieur.

— Là ! rugit Tol'chuk près de la poupe. (Il tendit le marteau de guerre n'ain vers le ciel, au nord.) Les étoiles disparaissent !

Tous les regards se tournèrent vers le nuage noir qui balafrait le firmament.

— Douce Mère, gémit Elena.

L'horizon grouillait de monstres. Comment pouvaient-ils espérer survivre à cette nuit ?

— Ne te laisse pas impressionner par leur masse, conseilla Flint. Les batailles ne se jouent pas à grande échelle. Elles se gagnent ou se perdent à la pointe d'une épée, au bout de la trajectoire d'une flèche. Ne te préoccupe que des adversaires qui se trouvent à ta portée. Ignore les autres et laisse la bataille faire rage autour de toi. (Le vieux loup de mer s'écarta d'Elena et haussa la voix.) Tous à vos postes ! La bataille commence !

Il adressa un rapide sourire à la jeune femme. Dans ses yeux brûlait une flamme qui ne devait rien à la magie. Après tant de siècles d'inactivité, la Fraternité était de nouveau sur la brèche. Ce fut d'un pas vif que Flint alla prendre sa place près de Tol'chuk, derrière les filets.

Elena reporta son attention sur Méric. Les yeux de l'el'phe étaient mi-clos, et sa cape ondulait autour de lui malgré l'absence de vent. Sous les yeux de sa protégée, il s'éleva dans les airs, jusqu'à ce que seul le bout de ses pieds touche encore le pont.

— Je suis prêt, annonça-t-il.

Il tendit une main vers les voiles affaissées. Elena sentit la caresse d'un vent vif contre sa joue. Les voiles se gonflèrent, et l'*Étalon pâle* recula face à la horde qui emplissait le ciel. Durant la bataille, Méric manœuvrerait le bateau autour du lac pour le tenir à l'écart du plus gros des affrontements.

Joach toucha l'épaule de sa sœur et lui jeta un regard interrogateur. Elena acquiesça. Le jeune homme empoigna son bâton de sa main nue. Elena vit ses genoux flageoler tandis que le talisman aspirait son sang. De part et d'autre de sa main, le pol'bois sombre vira au blanc immaculé. À chacun des battements de son cœur, la noirceur battait en retraite vers les extrémités du bâton. Des veines rouges pulsaient à l'intérieur du talisman, rattachant celui-ci à son porteur.

Une fois la transformation achevée, Joach se redressa. Son bâton n'était plus un instrument de magie noire, mais une arme de sang soumise à sa volonté. Les lèvres pincées, il le brandit et effectua quelques passes contre un adversaire imaginaire. Le bâton remuait si vite que l'œil d'Elena ne parvenait pas à le suivre. Satisfait, Joach s'interrompit. Son regard croisa celui de sa sœur.

— J'aimerais tellement que papa voie ça, dit-il tout bas.

— Il serait fier de toi, affirma Elena.

Tous deux échangèrent un sourire triste pour leur famille perdue.

Depuis son poste près des filets, Flint fit signe à Elena. La jeune femme déglutit et, se détournant de ses gardes du corps, fit face au nuage de mort ailée qui plongeait vers l'*Étalon pâle.* Des flancs de ténèbres se déployèrent de part et d'autre pour prendre la modeste embarcation en tenaille.

Rengainant sa dague, Elena libéra la magie enfermée dans son cœur. Ses paumes s'embrasèrent. Dans la droite s'épanouirent des flammes ardentes tandis que le bleu glacial de la lune enveloppait la gauche.

— C'est parti !

Elena écarta les bras comme pour étreindre la horde ennemie. Renversant la tête en arrière, elle poussa un hurlement alors que la magie s'arrachait à son squelette même. Elle se sentit soulevée du pont par le jaillissement de son pouvoir. Au-dessus de sa tête, deux lances de feu jumelles – une rouge, une bleue – transpercèrent les ténèbres nocturnes. Là où elles frappèrent, le nuage noir fut déchiqueté. Elena l'avait appris dans les rues de Gelbourg bien longtemps auparavant : les protections innées des skal'tum ne faisaient pas barrage à sa magie sanglante. Tout autour du bateau, des fragments d'obscurité dégringolèrent du ciel et s'écrasèrent dans le lac.

Mais même un assaut aussi ravageur ne pouvait arrêter totalement la horde démoniaque. Les tambours continuèrent à gronder aux oreilles d'Elena ; le vent siffla comme Méric luttait pour maintenir l'*Étalon pâle* hors de portée des créatures, afin de gagner le plus de temps possible.

Soudain, des voiles se déchirèrent. Une vergue se brisa. Méric avait déjà perdu la poursuite. Derrière elle, Elena entendit le bruit sourd de corps massifs heurtant le pont, suivi par des ordres hurlés à pleins poumons. Comme Flint le lui avait conseillé, elle ignora le raffut et se concentra sur la masse des skal'tum toujours en vol. Mais ses cibles étaient loin d'être stupides. Très vite, elles apprirent à esquiver les lances de feu magique.

Du coin de l'œil, Elena remarqua que le pont s'était changé en champ de bataille. Méric avait renoncé à manœuvrer le navire et s'était mis à attaquer les skal'tum : pendant que ceux-ci essayaient de se poser, il leur décochait des rafales pour les projeter à l'eau. Les créatures qui parvenaient quand même à atterrir se retrouvaient très vite prisonnières des filets lestés. Alors, Tol'chuk les faisait passer par-dessus bord et les expédiait dans les profondeurs du lac. Le rugissement de l'og're résonnait à travers le pont, noyant jusqu'au grondement des tambours d'os.

Joach bondissait et tournoyait autour de sa sœur, distribuant la mort avec son bâton. Imprégné de la magie sanglante d'Elena, le talisman pénétrait les sombres protections des skal'tum et leur portait des coups meurtriers. Et la dextérité qu'il lui conférait faisait de Joach un adversaire encore plus redoutable. Mais même la magie et la dextérité pouvaient faillir contre une supériorité numérique écrasante. Elena voyait la blessure profonde qui zébrait l'épaule de son frère. La plaie fumait, sans doute à cause du poison dispensé par les griffes des skal'tum. Joach ne pourrait pas continuer à danser de la sorte pendant très longtemps.

Elena continua pourtant à projeter son pouvoir vers le ciel et à décimer la horde au-dessus d'elle. Elle savait qu'elle ne devait pas abandonner son poste, pas même pour aider son frère – sans quoi, tout serait perdu. Si elle s'interrompait, les créatures ailées submergeraient instantanément le navire. Elle était tout ce qui se dressait entre la horde et l'*Étalon pâle*, et elle en avait conscience.

Enfin, Flint lui donna le signal attendu.

— Maintenant, Elena ! hurla-t-il. Ils sont tous au-dessus du lac !

Avec un soupir de soulagement, Elena s'ouvrit complètement à la sor'cière en elle. Pour l'instant, toutes deux ne devaient faire qu'une. Elle colla ses paumes l'une contre l'autre, mêlant le feu glacial de sa main gauche et le feu sor'cier de sa main droite tandis que femme et sor'cière fusionnaient dans son cœur. De ces deux unions meurtrières, Elena tira son arme ultime : le feu céleste.

Un ouragan fusa d'entre ses paumes. Des bourrasques de feu et des lances de foudre glaciale s'arrachèrent de son corps. Elena hoqueta alors qu'un tourbillon d'énergie jaillissait d'elle pour envelopper la horde ennemie.

De l'autre côté du lac, le rugissement d'un dragon fit écho au hurlement de sa magie. L'éclat du feu céleste était le signal qu'attendaient les mer'ai pour frapper.

Elena tomba à genoux tandis que son pouvoir continuait à fuser vers le ciel. Tout autour d'elle, sur le pont de l'*Étalon pâle*, la bataille redoubla d'intensité. Au-dessus de sa tête, la lune et les étoiles étaient toujours masquées par les ailes de la horde démoniaque. En si grand nombre que périssent les skal'tum, leur flot semblait intarissable.

Tout en les repoussant avec sa magie, Elena pria pour que les mer'ai suffisent. Mais elle ne parvenait pas à oublier la vision apocalyptique de Joach – celle des dragons se noyant dans une mer de sang.

Sy-wen s'accrochait de toutes ses forces au dos de sa monture. Ragnar'k fonçait vers le ventre de la horde en mugissant sa rage. Sur leur droite, une bourrasque de flammes percuta les démons ailés, illuminant l'*Étalon pâle* en contrebas. Le bateau paraissait bien minuscule, sur la surface immobile du lac ; on aurait dit un jouet abandonné dans une flaque. Comment pouvaient-ils protéger une cible aussi vulnérable contre cette horde apparemment infinie ?

— *Il faut passer au-dessus des monstres!* ordonna mentalement Sy-wen à Ragnar'k.

Le dragon rugit son approbation, vira sur une aile et prit de l'altitude.

Bientôt, ils plongèrent au cœur de la horde. Des ailes, des griffes et des crocs les assaillirent de toutes parts. Mais Ragnar'k n'était pas un dragon aquatique ordinaire : il était le dragon de pierre de Val'loa, un puits de magie élémentale. À son réveil, il avait affronté le Praetor en personne ; son rugissement avait soufflé les flammes noires du lieutenant du Gul'gotha, éteignant son feu obscur et le privant de son pouvoir. Sy-wen espérait qu'il en irait de même aujourd'hui.

Ragnar'k attaqua, déchiquetant les skal'tum avec ses griffes argentées et ses crocs pareils à des dagues. Son rugissement neutralisait les protections noires des créatures. Les ailes en lambeaux, celles-ci tombaient en chute libre, hurlant de douleur et luttant vainement pour redresser le cap avant de s'abîmer dans le lac.

L'une d'elles parvint à saisir Sy-wen dans ses pattes. Avant même que la jeune fille puisse appeler à l'aide, Ragnar'k intervint. Il tourna brusquement la tête, brisa la nuque du skal'tum d'un coup de crocs et recracha le monstre désarticulé au milieu du grouillement de ses congénères.

— *Sale goût*, se plaignit-il.

Comme les skal'tum réalisaient le potentiel meurtrier du dragon, le chaos se répandit parmi la horde. Une brèche s'ouvrit, et Ragnar'k plongea dedans. Si puissant soit-il, seul, il ne parviendrait pas à infliger des dégâts significatifs à l'ennemi. Les démons étaient tout simplement trop nombreux. Chaque fois qu'il en tuait un, deux autres prenaient sa place. Mais le plan de Sy-wen n'était pas de lui faire exterminer la horde.

— *Plus haut*, réclama la jeune fille.

D'un puissant battement d'ailes, Ragnar'k s'arracha à la horde. Quelques instants plus tard, il virait au-dessus de celle-ci. Sy-wen jeta un coup d'œil au ciel, savourant la vision des étoiles retrouvées. L'éclat très vif de la lune lui redonna espoir. Mais elle ne devait pas musarder.

Jetant un coup d'œil vers le bas, la jeune fille se prépara à effectuer un nouvel assaut. Le clair de lune se reflétait sur la chair pâle des monstres ; il découpait les ailes et les griffes de la horde qui recouvrait entièrement le lac.

Sy-wen se mordit la lèvre. Leur cause semblait perdue d'avance. Cela ne l'empêcha pas de donner trois coups du plat de la main sur l'échine de Ragnar'k – le signal qu'elle utilisait jadis pour ordonner à Cérite de s'immerger.

Ragnar'k vira sur une aile et plongea vers la mer de créatures répugnantes. Il poussa un rugissement. La horde effrayée céda un peu d'altitude pour échapper à son courroux. Il continua à la harceler, décrivant des cercles au-dessus d'elle pour la forcer à descendre vers la surface placide du lac. Quelques traînards tentèrent de l'attaquer ; leurs corps brisés furent bientôt rejetés dans la masse pâle et grouillante de leurs congénères.

Parfois, Ragnar'k étendait ses griffes argentées pour cueillir un skal'tum au hasard parmi ses frères. Il le taillait en pièces, puis survolait la horde en brandissant sa carcasse sanglante et laissait dégouliner ses humeurs sur le reste des créatures en guise d'avertissement.

Lentement mais sûrement, il rabattait la horde vers la surface du lac. Tel un chien de berger lâché parmi un troupeau de moutons, il guidait les skal'tum en faisant claquer ses mâchoires sur leurs talons. Les monstres finiraient par se retrouver coincés au-dessus de l'eau ; ils n'auraient alors pas d'autre alternative que de se retourner contre lui. Mais, comme l'avait prédit Flint, ils avaient pris l'habitude de se reposer sur leurs protections obscures et de ne craindre personne hormis leur maître. Confrontés à une menace réelle, ils préféraient fuir plutôt que de combattre.

Leur lâcheté causerait leur perte.

Estimant que la surface du lac était assez proche, Sy-wen envoya un dernier message à sa monture.

— *Maintenant!*

Ragnar'k étendit le cou. Un mugissement pareil à une note de trompette jaillit de sa gorge, déchirant la nuit.

À son signal, le lac entier entra en éruption. Des centaines d'énormes têtes reptiliennes jaillirent des profondeurs noires, les mâchoires grandes ouvertes. Contrairement à Ragnar'k, les dragons aquatiques ordinaires n'étaient pas imprégnés de magie, mais ils avaient leurs propres armes : leurs crocs et la mer. D'un bout à l'autre du lac, ils saisirent les pattes et les ailes des skal'tum qui les surplombaient et entraînèrent ceux-ci dans l'eau. Le lac se mua en champ de bataille écumant. Les dragons rugissaient ; les mer'ai hurlaient ; les monstres glapissaient. Bientôt, il devint difficile de dire où s'arrêtait le ciel et où commençait la mer.

Des sections de la horde tentèrent de se soustraire à l'attaque des dragons en reprenant de l'altitude. Mais Ragnar'k les attendait, prêt à les tailler en pièces. Les quelques skal'tum qui parvinrent à franchir son barrage ne furent pas tirés d'affaire pour autant. Ils tentèrent de se regrouper un peu plus haut, mais un geyser de feu en provenance du bateau embrasa le ciel nocturne. Il ne leur restait nulle part où se réfugier. Le lac était un piège sanglant ; un monstrueux dragon noir patrouillait au-dessus de l'eau, et des lances de flammes magiques transperçaient le firmament. La horde n'était pas éradiquée, loin s'en fallait. Les démons restaient assez nombreux pour prendre le bateau, mais la panique et le chaos avaient brisé leurs rangs. Les survivants se détournèrent et filèrent vers les arbres.

Sy-wen observa la déroute de l'armée ennemie sans réagir. Choquée par la débauche de sang, elle ne parvenait pas à se réjouir. Un chœur de hurlements vibrait encore dans l'air. La bataille faisait toujours rage en contrebas. Sy-wen fit descendre Ragnar'k pour aider les mer'ai à achever les skal'tum prisonniers du lac. Elle voyait dériver beaucoup de dragons blessés, dans un état si grave que même le sang de leurs congénères ne pourrait plus rien pour eux. Leurs cavaliers nageaient à côté d'eux pour leur offrir un soupçon de réconfort dans leurs derniers instants. Le clair de lune auquel la horde avait cessé de faire obstacle donnait à la surface de l'eau l'apparence du métal fondu. Le sang des victimes faisait virer la mer au pourpre.

Des larmes montèrent aux yeux de Sy-wen. Le vent de sa course les emporta très vite.

— Oh, Douce Mère ! gémit la jeune fille en découvrant l'étendue du carnage. Tant de victimes…

Tol'chuk projeta la créature frénétique par-dessus le bastingage. Des griffes empoisonnées attaquèrent le filet qui enveloppait le skal'tum – mais trop tard. Le monstre hurlant tomba dans le lac, et les pierres dont le filet était lesté l'entraînèrent aussitôt par le fond.

Ramassant le marteau de guerre n'ain, Tol'chuk se redressa et balaya les environs du regard. Il savait que leur piège avait brisé les rangs des skal'tum, mais il savait aussi que le moment le plus dangereux de la bataille restait à venir. Avant de renoncer, les démons allaient faire une dernière tentative pour s'emparer du bateau.

Tol'chuk jeta un coup d'œil à Flint. Le vieux loup de mer haletait, presque cassé en deux par l'épuisement. De l'autre côté du pont, les quatre Zo'ol avaient magistralement rabattu et emprisonné un autre skal'tum dans leur filet. Tandis qu'il s'emmêlait dans les mailles de chanvre, le monstre poussa un vagissement pitoyable. Plus loin, Joach tenait deux créatures en respect d'un moulinet de son bâton. Méric montait toujours la garde près d'Elena, repoussant les skal'tum à l'aide de ses rafales, mais il faiblissait à vue d'œil. Quant à la sor'cière, elle semblait totalement immergée dans la bataille, le regard fixé sur les cieux et sur son geyser de feu magique.

Flint ramena l'attention de Tol'chuk vers lui en soulevant le bord d'un nouveau filet.

— C'est le dernier, annonça-t-il.

À son expression angoissée, Tol'chuk devina que le vieil homme partageait son avis. Si la bataille tournait en leur faveur, elle n'était pas encore terminée.

Comme pour donner raison aux deux camarades, un rugissement furieux retentit au-dessus de leur tête. Quatre démons enragés s'écrasèrent sur le pont et se séparèrent aussitôt en deux binômes.

— Nous n'avions encore jamais goûté de viande d'og're, siffla l'un de ceux qui faisaient face à Tol'chuk.

Un cri de douleur résonna en provenance de l'endroit où Flint affrontait les deux autres. Tol'chuk vit le vieil homme trébucher, sa jambe gauche lacérée et sanguinolente. Flint continua à agiter son filet, se démenant pour maintenir les créatures à l'écart d'Elena, mais il était clair qu'il ne tiendrait pas beaucoup plus longtemps.

Tol'chuk brandit le Try'sil. Le métal forgé par la foudre brillait comme du sang frais au clair de lune. Le skal'tum qui n'avait encore rien dit détailla le marteau de guerre.

— Ignores-tu donc qu'un simple bâton ne saurait nous faire de mal ?

En rugissant, Tol'chuk bondit et abattit son arme avec toute la force d'un og're. Avant même que le sourire du skal'tum puisse s'estomper, la tête du marteau lui fendit le crâne et s'enfonça dans la matière molle que contenait celui-ci. Des morceaux de cervelle jaillirent. Du sang empoisonné éclaboussa la poitrine de Tol'chuk avec un grésillement. Choqué, l'autre skal'tum s'immobilisa.

Tol'chuk dégagea son arme.

— Ce n'est pas un simple bâton ! protesta-t-il.

Et, en pivotant, il assena un bon coup de marteau dans la figure du monstre restant, qui s'écroula.

Autour de lui, d'autres skal'tum se posaient plus ou moins élégamment sur le pont. C'était la dernière vague, l'assaut final. Tol'chuk se dirigea vers les deux démons qui harcelaient Flint. Ses yeux virèrent au rouge comme un feu naissant lui échauffait le sang. À grands coups de marteau, il se fraya un chemin jusqu'au vieil homme.

Une fois débarrassé de ses deux adversaires, Flint s'appuya sur un des marins zo'ol et prévint Tol'chuk :

— Nous n'avons plus de filets. C'est à toi de maintenir ces monstres à distance.

Pour toute réponse, Tol'chuk poussa un grognement. Il était au-delà des mots. Le *fer'engata* – la soif de sang des og'res – s'était emparé de lui. Brandissant son marteau couvert de sang empoisonné et encore fumant, il traversa le pont en laissant derrière lui un sillage de mort. La culpabilité, la colère, le désespoir suscités par l'extinction prochaine de l'esprit de ses ancêtres alimentaient sa rage et décuplaient sa sauvagerie.

Sans s'en rendre compte, Tol'chuk hurla le cri de guerre de son clan tandis qu'il ouvrait une brèche sanglante dans les rangs ennemis. Un voile écarlate s'abattit devant ses yeux. Un skal'tum lui griffa la poitrine, traçant de longs sillons brûlants dans sa peau épaisse, mais il l'ignora et poursuivit sa marche meurtrière. Nul ne l'empêcherait de se venger.

Il chantait la fureur que lui inspirait la cruauté du destin. *Bâtard, orphelin, engeance maudite du Parjure…* À présent, les skal'tum fuyaient devant lui ; ils bondissaient dans les airs et s'éloignaient à tire-d'aile. Pourtant, Tol'chuk continuait à les massacrer à coups de marteau et de griffes. Puisque son héritage le condamnait, pourquoi continuer à nier ce qu'il était ? Hurlant sa rage et sa soif de sang, il ouvrit son cœur au monstre tapi en lui.

Soudain, une petite silhouette se planta devant l'og're. Tol'chuk frappa, mais l'homme plongea sur le côté. Le Try'sil heurta le pont, et Tol'chuk fut assez surpris pour réaliser qu'il avait failli tuer l'un des Zo'ol.

Une voix venue de sa droite pénétra enfin le brouillard de sa fureur et de son chagrin.

— Tol'chuk, arrête ! (C'était Flint.) Pose ce marteau !

L'og're leva des yeux rougis vers le vieil homme.

Flint se rapprocha en boitillant et en s'appuyant sur un autre Zo'ol. Il ne restait que deux ou trois skal'tum survivants sur le pont, et Joach et Méric s'occupaient d'eux. Flint désigna le marin qui se relevait près de l'endroit où l'impact du marteau avait fait éclater les planches.

— Il a senti que tu étais en train de perdre tout contrôle, de devenir une menace pire encore que les démons. Il a tenté de t'arrêter.

Le Try'sil tomba des doigts gourds de Tol'chuk et s'écrasa avec fracas sur le pont. L'og're tomba à genoux. Ses larmes se mirent à couler, lavant la lueur rouge de ses yeux et éteignant le feu de son sang. Son cœur lui semblait aussi vide que la pierre dans sa sacoche.

Repoussant le Zo'ol, Flint s'approcha de Tol'chuk et s'agenouilla près de lui.

— Ne désespère pas, mon ami. Je sais d'où viennent cette rage et cette douleur. Oui, il y a du mal dans ce monde – mais, crois-en un vieil homme, il ne réside pas en ton cœur.

D'une main griffue, Tol'chuk saisit le poignet de Flint.

— N'en sois pas si sûr.

Alors qu'ils survolaient le lac, un des yeux de Ragnar'k roula vers Sy-wen. Le clair de lune faisait étinceler l'orbe noir. Pourtant, Sy-wen percevait la fatigue grandissante de sa monture. Même la vigueur d'un dragon avait ses limites. Ça faisait une éternité qu'ils livraient escarmouche sur escarmouche, piquant vers les skal'tum qui harcelaient les mer'ai dans le lac, les taillant en pièces et redressant avant de chercher un autre endroit où leur aide serait la bienvenue.

— *Les petits dragons meurent courageusement*, dit Ragnar'k à Sy-wen. Pour une fois, ses pensées étaient dépourvues du mépris qu'il manifestait d'ordinaire envers ses semblables de taille plus modeste. Sy-wen perçut la tristesse qui avait envahi son énorme cœur. Elle se pencha et appuya sa joue sur le cou écailleux du dragon. Elle partageait le chagrin de Ragnar'k.

En contrebas, la bataille s'achevait. Les skal'tum étaient sans défense face à la mer et à la noyade qui les attendait dans ses profondeurs. Les cris de guerre s'évanouissaient, cédant la place aux ordres aboyés par les mer'ai et aux gémissements de douleur des dragons agonisants.

— *Le petit vert est mort courageusement, lui aussi.*

Sy-wen continua à frotter distraitement le cou de Ragnar'k. La dernière phrase du dragon mit quelques instants à pénétrer sa conscience. Alors, son cœur se serra. Elle se redressa très vite.

— *Tu parles de Cérite, le dragon de jade de ma mère ?*

— *Oui. Le vert minuscule avec lequel ma Liée était amie.*

Le souffle de Sy-wen s'étrangla dans sa gorge. *Douce Mère, non !* Cérite et sa mère n'étaient pas censés prendre part à la bataille, juste la diriger et la superviser. Cérite était trop vieux pour se battre. Ragnar'k devait se tromper. Le dragon noir était infiniment courageux, mais il ne brillait pas par son intelligence. Il *devait* se tromper !

— Emmène-moi là où tu as vu le vert minuscule, ordonna Sy-wen d'une voix tremblante.

Ragnar'k lui communiqua l'équivalent mental d'un haussement d'épaules ; puis il vira sur l'aile et survola le carnage en contrebas. Beaucoup de mer'ai levèrent leur visage livide pour regarder passer le grand dragon noir. Quelques-uns agitèrent le bras pour le saluer, mais la plupart étaient aussi hagards que Sy-wen.

Bientôt, Ragnar'k se posa sur le lac, imprimant une légère rotation à ses ailes pour freiner et amortir leur atterrissage. La carcasse d'un skal'tum qui dérivait heurta le genou de Sy-wen, et la jeune fille eut l'impression que le monstre cherchait à la saisir jusque dans la mort. Avec un glapissement de dégoût, elle le repoussa d'un coup de pied.

Ragnar'k se fraya un chemin à travers les eaux sanglantes. Droit devant eux, Sy-wen aperçut la peau verte d'un dragon de jade qui flottait mollement en surface. Sa grosse tête ballottait au bout de son cou inerte. Ce n'était pas Cérite, Sy-wen en était sûre.

Puis la jeune fille aperçut sa mère dans l'eau, de l'autre côté du dragon mort au cou duquel elle s'accrochait. Comme Ragnar'k approchait, l'ancienne leva la tête. Sa froideur habituelle avait cédé la place à un masque de chagrin et de douleur. Ses cheveux trempés pendaient devant son visage. Ses yeux étaient enfoncés dans leurs orbites, pleins d'un désespoir infini.

— Oh, mère, gémit Sy-wen. Non…

— Il… Il a essayé de me protéger.

Le regard de sa mère revint vers le corps de Cérite.

Sy-wen n'arrivait pas à croire que ce dragon mort soit son cher compagnon. Où était passée la gentillesse qu'il irradiait en permanence ? Qu'était devenu l'amour qui brillait doucement dans ses yeux ? Son esprit s'était enfui. Cette masse d'écailles vertes et de chair lacérée n'était pas Cérite. Pourtant, Sy-wen ne pouvait en détacher son regard.

— Un des monstres a réussi à se libérer, expliqua sa mère d'une voix brisée. Il s'est démené sous l'eau. (Elle leva des yeux paniqués vers Sy-wen.) Je n'ai pas eu le temps de m'enfuir. Il s'est jeté sur moi et m'a attaquée sauvagement.

— Mais où était votre garde du corps ? Où était Bridlyn ?

La mère de Sy-wen eut un geste las.

— Parti se battre. Mort. Je n'en sais rien. Il ne restait que Cérite. Il m'a défendue.

De gros sanglots l'empêchèrent de continuer.

— Ça suffit, mère. Nous en discuterons plus tard.

L'ancienne ne parut pas entendre sa fille.

— Mais… ces abominations sont coriaces. Ni les griffes ni les crocs ne parviennent à pénétrer leur peau. Cérite n'a pu que maintenir à distance celle qui m'attaquait. Et, pendant ce temps, la bête lui lacérait le cou. C'était affreux. Il y avait tellement de sang…

Sy-wen voyait que sa mère était pratiquement folle de chagrin et d'horreur.

— Même après que le skal'tum se fut noyé, Cérite s'est accroché à lui, craignant qu'il m'attaque une nouvelle fois. Son sang coulait à flots de ses plaies, mais il refusait de me laisser approcher. Il n'a lâché prise que quand son grand cœur a cédé. (L'ancienne leva vers sa fille des yeux noyés de larmes.) P… pourquoi a-t il fait ça ? J'aurais peut-être pu le sauver. Si seulement j'avais été plus rapide…

Sy-wen dirigea Ragnar'k vers la mer'ai sanglotante.

— Non, vous n'auriez pas pu, la détrompa-t-elle. Cérite vous aimait. Vous le savez. Il est mort pour vous protéger. C'était le choix de son cœur. (Elle tendit la main à sa mère.) Venez. Nous devons retourner au bateau.

— Non. Que quelqu'un d'autre prenne ma place. Je dois rester ici, contra l'ancienne en resserrant son étreinte sur le cou du dragon de jade.

Après avoir perdu leur Lié, certains mer'ai sombraient dans la prostration et l'apathie. Sy-wen ne pouvait autoriser une chose pareille. Il fallait qu'elle éloigne sa mère de Cérite. Une tisane de sommerbe et un bon lit douillet, voilà de quoi sa mère avait besoin. Ça, et l'amour de sa fille.

En silence, Sy-wen demanda à Ragnar'k de s'enfoncer légèrement dans l'eau. Ainsi put-elle atteindre l'épaule de sa mère.

Une grande aile noire souleva la mer'ai effondrée, l'arrachant au corps de son dragon de jade. La mère de Sy-wen se débattit, mais la douleur l'avait rendue aussi faible qu'un nouveau-né. L'aile de Ragnar'k la déposa dans l'étreinte de sa fille.

La retenant, Sy-wen installa sa mère en larmes sur le dos de Ragnar'k, juste devant elle. Jamais elle n'avait réalisé combien l'ancienne était petite et légère – comme si, en plus de la briser, le chagrin l'avait rétrécie et privée de sa substance.

Sy-wen pressa la tête de sa mère contre sa poitrine et la berça doucement.

— Je suis désolée, mère, chuchota-t-elle en balayant du regard le lac à la surface jonchée de morts et de blessés. Pour tout.

Elle ordonna à Ragnar'k de se diriger vers le bateau qui dérivait, solitaire, au milieu du carnage. Des lances de flammes continuaient à jaillir du pont. Perplexe, Sy-wen fronça les sourcils. Contre qui ses amis se battaient-ils encore ?

Ils avaient remporté la bataille aérienne. Sur le pont de l'*Étalon pâle*, Elena tentait d'éteindre sa tempête de feu céleste. Derrière elle, ses compagnons étaient occupés à repousser la dernière poignée de skal'tum qui avaient atterri à bord. Ce n'était plus dans les cieux, mais ici qu'on avait besoin de ses pouvoirs, la jeune femme le sentait.

Tandis qu'elle luttait pour guider sa magie, l'énergie sauvage commença à échapper à son contrôle. La première fois qu'elle avait conjuré le feu céleste, dans les marais de la Faille, Elena n'avait plus que très peu de pouvoir à dépenser. Sitôt allumé, son feu s'était éteint faute de combustible. Mais, à présent, ses réserves étaient presque pleines, et sa magie avait enflé au point de devenir quasi impossible à maîtriser. Elena devait mobiliser les deux moitiés de son esprit – lumière de la femme et ténèbres de la sor'cière – juste pour continuer à la diriger vers le haut.

Et elle savait que ce maigre contrôle était sur le point de voler en éclats. Elle avait beau lutter pour retenir le feu céleste qui ruait et se cabrait tel un mustang sauvage, elle ne pouvait empêcher ses paumes de s'écarter peu à peu. Au lieu de diminuer l'intensité de sa magie, cet écart en amplifia la portée et la rendit absolument impossible à contenir.

Ignorant les cris de ceux qui l'entouraient, Elena banda sa volonté. Comme son feu céleste se répandait, une rafale brisa le sommet d'un des mâts. Celui-ci s'écrasa sur le pont près de la poupe et chut dans le lac, entraînant avec lui deux skal'tum emmêlés dans ses drisses.

Des larmes inondèrent les joues d'Elena – et pas seulement à cause de l'effort terrible qu'elle faisait. Un des marins zo'ol était tombé à la mer avec les deux skal'tum. Elle avait eu le temps de le voir rouler des yeux paniqués avant qu'il soit passé par-dessus bord, un nœud de chanvre autour du cou.

Elena tomba à genoux. Le chagrin sapait le peu de contrôle qu'elle exerçait encore sur sa magie. Des cris d'alarme résonnèrent à travers le pont lorsque les autres sentirent que son feu céleste était sur le point de tailler le bateau en pièces.

Près de son oreille, la voix de Joach aboya :

— Elena, on a gagné ! Arrête !

Qu'est-ce que j'essaie de faire, à ton avis ? L'ouragan de feu céleste avait pris des proportions telles qu'Elena ne parvenait pas à le réabsorber. Son seul espoir, c'était qu'il finisse par s'éteindre de lui-même. Et c'était un espoir futile. Perdue dans l'œil du cyclone, Elena le sentait : le puits de sa magie était encore trop profond. Le bateau serait sûrement détruit avant que la rage du feu céleste s'apaise enfin.

Défaillante, la jeune femme chercha un moyen de réprimer sa magie. Comme en réponse à ses suppliques, elle perçut soudain une présence non loin d'elle. Elle jeta un coup d'œil par-dessus son épaule. Personne. Pourtant, une odeur ténue lui chatouilla les narines – celle de la terre des plaines de Standi. Un bruissement de cuir résonna à ses oreilles. Au loin, elle crut entendre quelqu'un prononcer son nom. *Elena...* C'était la voix d'Er'ril – et son ton était clairement désapprobateur.

Le cœur d'Elena se serra. Elle savait que ça n'était pas un fantôme qui lui rendait visite en cet instant désespéré. Ce n'était qu'un souvenir invoqué par sa mémoire. Parce que sa garde était affaiblie, ses sentiments avaient pu faire surface. Elle avait cru n'être que femme et sor'cière, mais elle réalisa que, durant son voyage, elle était devenue quelque chose de plus. Désormais, Er'ril aussi faisait partie d'elle-même. L'acier avec lequel l'homme des plaines l'avait défendue par le passé n'était pas mort avec lui : il subsistait dans le cœur d'Elena.

La jeune femme se releva. Elle ne devait pas succomber. Elle ne laisserait pas cette étincelle d'Er'ril s'éteindre à jamais parce qu'elle était trop fragile pour l'alimenter. Le seul moyen de préserver le souvenir de l'homme des plaines, c'était de vivre. De nouveau debout, Elena lutta contre sa propre magie avec une passion forgée pour moitié dans l'acier d'Er'ril et pour moitié dans son propre esprit.

Lentement, elle commença à reprendre le contrôle, à rapprocher ses mains l'une de l'autre. L'effort lui arracha un hurlement.

Au-dessus d'elle, le geyser d'énergie se réduisit à une lance meurtrière. Enfin, d'un dernier soubresaut de sa volonté, Elena plaqua ses paumes l'une contre l'autre et entrelaça ses doigts, tarissant le flot de magie. Le feu céleste s'éteignit.

Vidée, la jeune femme s'affaissa. Un des Zo'ol la rattrapa avant qu'elle heurte le pont, et elle contempla la destruction qui l'entourait.

Non loin d'elle, lourdement appuyé sur son bâton au milieu des restes torturés de plusieurs skal'tum, Joach la fixait d'un regard inquiet. Flint traînait derrière lui sa jambe gauche en sang. Tol'chuk soutenait le vieil homme, mais lui non plus n'était pas indemne : de profondes griffures lui balafraient la poitrine. Quant à Méric, il arborait une expression hagarde qui devait beaucoup ressembler à la sienne, imagina Elena.

Une petite voix monta le long de la coque, à tribord.

— Aidez-nous !

Joach se pencha par-dessus le bastingage.

— C'est Sy-wen et Ragnar'k. Ils amènent une blessée.

Il fit signe aux autres de le rejoindre.

Mais Flint ignora le jeune homme. Le nez en l'air, il scrutait le ciel dans lequel les étoiles brillaient de nouveau de mille feux.

— C'est fini.

— Non, chuchota le Zo'ol le plus proche d'Elena, qui ne regardait pas le ciel mais la sombre forêt alentour. Ça ne fait que commencer.

20

Depuis la fourche d'un arbre, Rockingham observait le carnage dont le lac était le théâtre. Son visage n'exprimait aucune émotion. Son lieutenant skal'tum n'était pas aussi calme. Perché sur une branche voisine, il sifflait en enfonçant ses griffes dans l'écorce avec une frustration non déguisée. Il frémissait de rage, mais ses ordres étaient très clairs : il devait rester auprès du golem et suivre ses instructions.

Rockingham jeta un coup d'œil à la créature, qui frémit. Le golem était torse nu, et des volutes de brume noire s'échappaient par la plaie de sa poitrine. Le Seigneur Noir en personne était venu assister à la bataille, et nul n'osait lui désobéir.

Satisfait, Rockingham reporta son attention sur l'armée mourante. L'annihilation de la horde skal'tum ne le touchait pas. Il n'avait aucune affection pour ces créatures. En fait, il aurait voulu les voir toutes mortes. Néanmoins, la brutalité avec laquelle elles se faisaient massacrer aurait dû le choquer ; la vue du lac ensanglanté et des centaines de cadavres qui flottaient à sa surface aurait dû lui donner la nausée. Mais la présence de son maître émoussait tous ses sentiments.

Lorsque le portail de pierre s'ouvrait dans son cœur, l'homme nommé « Rockingham » se réduisait à une minuscule étincelle, perdue dans l'énormité de l'esprit noir qui se déversait hors de l'éb'ène. Il ne contrôlait plus ce qui se passait ni ce qui restait à venir. Les ordres qu'il donnait émanaient de l'obscurité à l'intérieur de sa poitrine, d'un être tapi très loin de là dans les entrailles volcaniques de Noircastel.

Un chuchotement s'éleva de sa plaie brumeuse, un murmure pareil à un poison qui rongeait son équilibre mental.

— Appelle-les.

En acquiesçant, Rockingham leva un bras. Il ne pouvait désobéir au Seigneur Noir.

Tout autour du lac, un bruissement monta depuis la lisière des arbres. Un bon tiers de l'armée skal'tum n'avait pas participé à l'assaut précédent. Le maître avait envoyé le gros de sa horde pour émousser les crocs ennemis. Et sa tactique avait fonctionné. La sor'cière et ses compagnons se retrouveraient sans défense face à la véritable attaque.

— Maintenant, ordonna la voix depuis la cage thoracique de Rockingham.

Le golem referma brusquement sa main levée pour en faire un poing. Des créatures pâles s'élevèrent depuis la cime des arbres, formant une couronne grouillante au-dessus de leurs frondaisons. Le lieutenant de Rockingham lui grimpa dessus et lui saisit les épaules avec ses griffes postérieures. Portant le golem à bout de pattes, il s'envola dans le cliquetis de ses ailes osseuses.

Rockingham survola le lac. Sa horde le flanquait, tel un nuage d'épidémie se propageant au-dessus de l'eau, en direction du bateau solitaire. Il aurait dû éprouver la jubilation de la victoire imminente, la satisfaction d'une vengeance bientôt accomplie. Mais même la stupeur atterrée qui se peignit sur le visage des mer'ai à la vue des skal'tum le laissa totalement froid.

L'attaque fut si brusque et si inattendue qu'elle ne rencontra aucune résistance. Alors que le ciel s'emplissait de nouveau de skal'tum, les dragons et leurs cavaliers plongèrent dans le lac. Tout en piquant vers le bateau, Rockingham regarda des hommes enjamber des carcasses déchiquetées et tenter de se réfugier sur le pont inférieur, comme si une simple écoutille pouvait leur offrir la moindre protection.

Il ne ressentait toujours rien.

Son lieutenant déploya ses ailes pour freiner leur descente et le déposa sans douceur sur le pont principal. Tout autour de lui, des voiles se déchirèrent et des drisses se détachèrent lorsqu'une nuée de skal'tum se percha dans le gréement et sur le bastingage. Seule une petite section du bateau demeura dégagée.

Rockingham reconnaissait quelques-uns des gens qui se massaient devant l'écoutille du pont inférieur. Il y avait là le frère de la sor'cière, brandissant le bâton du mage noir ; l'og're, un marteau de guerre ensanglanté à la main ; l'el'phe, l'air toujours aussi arrogant mais à bout de forces. D'autres lui étaient totalement inconnus : une fille aux cheveux verts, une brute tatouée qui portait une épée encore plus longue que sa tresse noire, et un trio de petits hommes à la peau sombre qui n'avaient que des rames brisées en guise d'armes.

Mais aucun d'eux ne comptait. La véritable cible de Rockingham se tenait à l'abri derrière ses compagnons – même si, en vérité, le golem avait du mal à la reconnaître. Quelle étrange magie avait transformé la gamine des fois précédentes en cette jeune femme à la silhouette voluptueuse et aux traits durs ? Rockingham sentit sa curiosité s'éveiller, mais uniquement par mimétisme avec le Seigneur Noir. Son maître était intrigué.

— Approche, ordonnèrent les ténèbres à la sor'cière. Tu ne peux pas gagner. Livre-toi de ton plein gré, et je laisserai partir les autres.

— Plutôt mourir ! s'exclama Joach.

Involontairement, Rockingham haussa les épaules.

— Si mes créatures doivent arracher la sor'cière à ce bateau, vous supplierez tous pour qu'on vous achève. Je peux dispenser des châtiments bien plus abominables que vos pires cauchemars.

Tandis que les skal'tum poussaient des sifflements ravis, Rockingham sentit le regard des compagnons se braquer sur lui. Il était un parfait exemple de châtiment abominable. La plaie de sa poitrine s'élargit. Il vit les visages qui lui faisaient face blêmir.

Mais la sor'cière se fraya un chemin parmi ses compagnons, repoussant les mains qui tentaient de la retenir.

— Vous vous cachez parmi une horde de charognards ailés, cracha-t-elle. Vous vous tapissez dans la poitrine d'un homme mort. Sortez et affrontez-moi ! Battons-nous et finissons-en !

Son défi fut salué par un son qui ne pouvait être défini que comme la cruauté faite rire. Un flot d'énergie obscure se déversa par la cage thoracique brisée de Rockingham et forma à ses pieds un puits noir duquel montèrent des hurlements.

— Qu'il en soit ainsi ! déclara la voix.

La sor'cière s'avança, écartant les bras et plaquant ses mains l'une contre l'autre. Un geyser de flammes et de glace fusa vers l'endroit où Rockingham se tenait. En temps normal, le golem l'aurait esquivé, mais il était privé de ses instincts, même les plus primaires. Trop rapidement pour que son regard puisse la suivre, l'énergie noire se déploya devant lui, formant un bouclier qui arrêta le flux ravageur.

Au centre de la conflagration, Rockingham vit les flammes et la glace s'écraser sur le champ de force et se tortiller comme des serpents, cherchant un moyen de franchir le barrage. Mais en vain : le bouclier de ténèbres était impénétrable.

La sor'cière poussa un cri de frustration. Son torrent de magie redoubla d'intensité. Le rire du Seigneur Noir ponctua ses efforts futiles.

Soudain, une voix paniquée mais autoritaire s'exclama :

— Elena ! Refrène ta magie ! Il ne cherche qu'à vider tes réserves !

Le geyser se tarit instantanément. Par contrecoup, le bouclier noir disparut.

Rockingham détailla l'homme qui venait de parler. C'était un vieillard grisonnant qui s'appuyait sur une béquille ; sa jambe gauche était bandée de la cheville à la cuisse. Un clou d'argent brillait à l'une de ses oreilles. La douleur creusait des sillons profonds dans son visage, mais Rockingham soupçonnait qu'elle n'était pas entièrement due à son membre blessé.

La sor'cière se tenait devant ses compagnons. Ses mains toujours levées étaient pâles et blanches.

— Trop tard, chuchota-t-elle.

Une froideur glaciale envahit Rockingham. Malgré l'emprise que son maître exerçait sur lui, le golem frissonna. La noirceur de l'énergie massée à ses pieds s'intensifia. Il devina qu'une plus grande partie de l'essence inique du Gul'gotha venait de franchir le portail d'éb'ène situé dans sa poitrine – attirée, sans doute, par le désespoir de la sor'cière et de ses compagnons.

Elena jeta un coup d'œil à la lune gibbeuse.

— Régénère, sor'cière, chuchota le Cœur Noir. Ton feu glacial ne te servira à rien.

La jeune femme ne se le fit pas dire deux fois. Elle leva son bras gauche vers le ciel, et sa main baignée par le clair de lune disparut. Lorsqu'elle baissa le bras quelques instants plus tard, sa main réapparut, de nouveau teintée de rouge. Faisant face à Rockingham, elle lança sur un ton farouche :

— Peu importe. Je mourrai en vous combattant avec chaque parcelle d'acier et de magie qui coule dans mes veines.

Un sifflement amusé monta du puits de ténèbres.

— Ma proposition tient toujours. Soumets-toi, sor'cière, et j'épargnerai tes compagnons.

Rockingham vit la fille hésiter et sa détermination vaciller.

— Il ne reste personne pour te sauver, la pressa la voix, tentant d'abattre ses ultimes défenses.

Alors, une silhouette se fraya un chemin parmi le petit groupe massé devant l'écoutille : celle d'une femme nue, aux cheveux trempés et aux yeux fous. La jeune fille aux cheveux verts tendit une main pour la retenir.

— Mère, non !

Mais la femme se dégagea et se précipita vers Rockingham, les doigts recourbés comme des griffes.

— T… tu as tué Cérite, espèce de monstre !

Rockingham s'immobilisa. La vue de ce visage hystérique et baigné de larmes mit le feu à son esprit, oblitérant tout le reste. Il hoqueta et porta une main à sa poitrine. Quelque chose venait de se briser au plus profond de lui.

Un hurlement de rage s'éleva de sa plaie béante. Mais Rockingham l'ignora. De vieux souvenirs remontaient des profondeurs de sa mémoire, si rapidement et en si grand nombre qu'ils menaçaient de le submerger. Des émotions embrasaient le noyau de son être, balayant jusqu'aux chaînes de ténèbres qui l'emprisonnaient. Une pierre noire de la taille d'un poing jaillit de sa poitrine béante et s'écrasa sur le pont.

Brusquement libéré, Rockingham tituba. Il leva la tête et gémit le nom enfoui dans son cœur depuis si longtemps, le nom de la femme qui venait d'apparaître par l'écoutille.

— *Linora !*

À cet instant, il sentit ses jambes céder sous lui. Il tomba à genoux.

La femme sembla tout aussi choquée que lui. Arrêtée net dans son élan, elle tomba à quatre pattes sur le pont. Son regard braqué sur la poitrine de Rockingham remonta jusqu'au visage du golem. Une illumination dissipa les brumes de sa démence. Elle se redressa sur ses genoux en se couvrant la figure de ses mains.

— Non ! C'est impossible !

La jeune fille aux cheveux verts s'avança.

— Mère ? Tu connais cette créature ?

— C'est ton père, croassa Linora.

Incrédule et horrifiée, Sy-wen recula en levant une main.

— Non !

Kast la prit dans ses bras. La jeune fille se laissa aller dans l'étreinte du Sanguinaire avec gratitude.

— Comment est-ce possible ? cria-t-elle.

Depuis sa plus tendre enfance, elle se représentait le père qu'elle n'avait jamais connu. Elle le voyait aussi grand que Kast et encore plus large d'épaules, mais sans aucune des cicatrices qu'arborait le Sanguinaire. Elle l'imaginait toujours avec un grand sourire et des yeux rieurs. Bref, rien de commun avec ce… cette créature cauchemardesque issue des donjons du Seigneur Noir.

Le golem leva un bras en un geste suppliant.

— Linora ?

Avant qu'il ait pu ajouter quoi que ce soit, un hurlement discordant jaillit de la pierre abandonnée à ses pieds. Le bruit déchira les tympans de Sy-wen et agita les voiles comme une bourrasque. Les skal'tum perchés dans le gréement s'égaillèrent tels des oiseaux effrayés. Battant de leurs grandes ailes pâles, ils s'éloignèrent rapidement dans le ciel nocturne.

Au milieu de ce chaos, Elena s'avança, les yeux rivés sur les créatures qui fuyaient et le poing flamboyant de feu glacial. Flint l'arrêta en lui touchant le bras et en tendant un doigt vers le pont.

— Regarde !

Des éclairs argentés, semblables aux veines qui marbraient le morceau d'éb'ène, crépitaient à la surface de la flaque d'énergie noire autour de la pierre, donnant l'impression que celle-ci était en train de se liquéfier. Sous le regard des compagnons, les ténèbres battirent en retraite dans la pierre jusqu'à ce qu'il n'en reste plus la moindre trace. Personne n'osa approcher du morceau d'éb'ène, et encore moins le ramasser.

— Coupé de son hôte, le Seigneur Noir a fui, commenta Flint.

Reportant son attention sur le golem, Sy-wen remarqua que seuls sa mère et Rockingham n'avaient pas observé la transformation de la pierre. Ils n'avaient d'yeux que l'un pour l'autre.

— Je suis désolé, geignit Rockingham.

Elena fit mine de s'interposer, mais, une fois de plus, Flint la retint.

— Laisse-les. Je ne suis pas un tisserand aussi doué que ton frère, mais je peux sentir quand un fil du destin doit se dévider sans interférence.

Les poings serrés, Elena recula lentement. Sy-wen voyait presque la haine qui irradiait d'elle en vagues. Elle connaissait l'histoire de la sor'cière. Elle savait que Rockingham – son père – avait joué un rôle dans le meurtre de la famille d'Elena.

Sourds à tous ceux qui les entouraient, Linora et Rockingham étaient agenouillés face à face.

— Que t'est-il arrivé ? gémit la mère de Sy-wen.

Elle leva une main vers le visage du golem, mais hésita à le toucher. Rockingham détourna les yeux.

— Tu aurais dû me faire tuer, comme les autres. Je… Je ne méritais pas ta miséricorde.

Linora lui caressa prudemment la joue.

— Je n'aurais pas pu vivre avec ce souvenir. C'est déjà tout juste si j'ai survécu à ton bannissement. Sans Cérite et le bébé… Ton bébé…

Sy-wen réalisa qu'ils parlaient d'elle. Des émotions conflictuelles s'agitaient dans son cœur. Le choc, la colère et la confusion l'empêchaient de faire le tri dans les sentiments que cette révélation provoquait chez elle.

— Il ne peut pas être mon père... C'est impossible...

Cet homme avait tué Cérite! Comment sa mère pouvait-elle le toucher affectueusement?

Comme s'il avait lu dans les pensées de Sy-wen, Kast se pencha vers elle et lui chuchota à l'oreille:

— On ne choisit pas toujours avec qui on partage son sang. Ulster était mon frère, mais nous ne nous ressemblions pas du tout. Même si cette créature est ton père, rien ne t'oblige à l'aimer. Ne l'oublie pas.

Les paroles du Sanguinaire donnèrent à Sy-wen la force de se dégager et de s'approcher des deux silhouettes à genoux. Elle méritait de connaître enfin la vérité.

— Je ne comprends pas, dit-elle sévèrement. Que s'est-il passé, mère?

Linora ne pouvait détacher son regard de Rockingham.

— Nous nous sommes mariés par un beau solstice d'été. Nous avons juré de passer le reste de notre vie ensemble. Mais, un hiver, peu de temps après ta naissance, ton père a tenté de conclure un pacte avec des ter'restres. Il a rompu le code de silence des mer'ai.

Un frémissement de colère passa sur les traits de l'ancienne.

— Je n'ai pas pu m'en empêcher, expliqua Rockingham d'une voix douce. J'étais las de notre isolement. Le monde qui s'étendait au-delà des vagues était si vaste, si varié... Je voulais rapporter ces cadeaux aux mer'ai... à ma fille nouveau-née.

Malgré elle, Sy-wen sentit son cœur réagir aux paroles du golem. Elle aussi, elle avait toujours eu soif de nouveaux horizons, de nouvelles expériences. Elle se souvenait de l'irrésistible attrait que la côte exerçait sur elle jadis, de la façon dont Cérite et elle se sauvaient régulièrement pour explorer l'Archipel. Tenait-elle cet étrange désir de son père?

— Qu'est-ce qui a mal tourné? demanda-t-elle.

Rockingham baissa les yeux et ne répondit pas. Ce fut Linora qui s'en chargea.

— Les ter'restres ne résistèrent pas à l'attrait du sang de dragon. Par pure convoitise, ils se mirent à massacrer nos montures. Notre code était très clair sur le châtiment à appliquer dans ces cas-là. Ton père aurait dû être exécuté. (La voix de la mer'ai se brisa, et des larmes se remirent à couler sur ses joues.) Mais je ne pouvais me résoudre à le voir mourir. En tant qu'ancienne, j'ai imploré les autres membres du Conseil pour qu'il soit seulement banni des Profondeurs, comme au temps jadis.

Rockingham prit la main de Linora entre les siennes.

— Mais cette commutation de peine n'avait rien de miséricordieux. (Il leva les yeux vers Sy-wen.) Au début, j'ai tenté d'accepter ma punition. J'ai arpenté la côte et les îles jusqu'à ce que les membranes de mes doigts et de mes orteils se dessèchent et tombent en morceaux. Bientôt, j'ai su marcher comme n'importe quel ter'restre. Et, au fil du temps, j'ai appris que je pouvais survivre sans les mer'ai. (Reportant son attention sur Linora, il lui baisa les doigts.) Mais je ne pouvais pas survivre sans toi. Tu étais une douleur permanente qui consumait mon cœur. Les vagues de l'océan me chuchotaient ton nom chaque nuit. Le crépitement de la pluie à la surface de l'eau m'apportait les échos de ton rire. J'aurais dû m'éloigner de la côte, mais mon cœur en était prisonnier.

Il s'assit sur ses talons et posa la main de Linora sur ses cuisses. Sa voix se fit rauque.

— Un jour, alors que je contemplais la mer depuis le sommet d'une falaise, la douleur m'a submergé. Incapable de la supporter plus longtemps, j'ai voulu mettre un terme à mon bannissement. (Des larmes ruisselèrent sur ses joues tandis qu'il plongeait son regard dans celui de Linora.) J'ai sauté.

— Tu as essayé de te suicider ? s'exclama Sy-wen, choquée.

En silence, Linora attira Rockingham contre sa poitrine. Le golem éclata en sanglots. Elle le berça jusqu'à ce que les spasmes qui agitaient son corps s'apaisent quelque peu. Hoquetant, Rockingham reprit :

— Mais… en secret, un fléau avait déjà infesté la côte. Il perçut mon désespoir et fut attiré par lui. En mettant un terme à ma propre vie, je m'ouvris à sa corruption. Il m'infligea des tourments inimaginables. Son seul acte miséricordieux fut de préserver dans la pierre mes souvenirs de toi. La douleur avait enfin disparu – et, avec elle, l'homme que tu aimais. Je devins l'ombre de moi-même. Ce que je fis après… (Il se dégagea de l'étreinte de Linora.) Pourras-tu me pardonner un jour ?

La mère de Sy-wen lui tendit de nouveau les bras.

— Je ne peux que t'aimer. C'est le Fléau qui est responsable des crimes que tu as commis, pas toi. (Elle l'embrassa sur les lèvres, puis se recula légèrement.) À présent que je t'ai retrouvé, je ne te laisserai plus jamais repartir.

Cette déclaration ne fit qu'accroître les souffrances de Rockingham.

— Hélas ! C'est impossible, mon amour. Je suis mort. Je le sais. Je le sens dans ma chair. (Du menton, il désigna la pierre qui gisait sur le pont.) Seule la magie de l'ébène me retient encore ici.

— Dans ce cas, nous préserverons cet ignoble talisman, décida Linora.

Rockingham secoua la tête.

— Non. La pierre me lie également au Fléau. Le retour de mes souvenirs a brisé son emprise maudite, mais, tant qu'elle perdurera, le Seigneur Noir pourra toujours me réduire en esclavage. Il faut la détruire. C'est la seule façon pour moi de recouvrer ma liberté.

— Non ! protesta Linora. Je ne le permettrai pas !

Rockingham sourit tristement et lui toucha la joue.

— Veux-tu me garder en vie à n'importe quel prix, comme la dernière fois ?

Sy-wen vit sa mère s'affaisser. Elle s'agenouilla près d'elle et la prit dans ses bras. Linora tremblait de tout son corps.

— Mère, vous savez qu'il a raison.

La décision n'était pas aussi dure à prendre pour elle. Elle ne se faisait pas à l'idée que cet homme était son père. Kast avait raison : à ses yeux, il restait un étranger. Elle leva la tête vers lui.

— Comment devons-nous nous y prendre pour détruire cette pierre ?

— Je l'ignore, avoua Rockingham sur un ton désespéré.

— Moi, je sais !

La voix d'Elena attira tous les regards vers elle. Les yeux de la sor'cière flamboyaient de haine. Pas plus que Sy-wen, elle n'avait été attendrie par les révélations de Rockingham. En lui, elle ne voyait que l'assassin de sa famille. Elle n'aurait aucun scrupule à trancher les liens qui le rattachaient à ce monde. Du menton, elle désigna Tol'chuk et son marteau de guerre.

— Le Try'sil peut détruire l'éb'ène.

Rockingham se leva. De l'espoir plein les yeux, il affronta le courroux de la sor'cière.

— Je ne vois aucun moyen de rentrer dans tes bonnes grâces. Mais, si c'est en ton pouvoir, je te supplie de me libérer.

Sy-wen vit Elena hésiter. Sa haine était-elle assez profonde pour qu'elle refuse d'accorder à Rockingham la faveur même qui la débarrasserait de lui ?

— Il faut faire vite, intervint Flint, qui se tenait à côté de la sor'cière. Les skal'tum ont été effrayés par l'extinction de la présence du Seigneur Noir, mais ils sont déjà en train de se rassembler dans le ciel. À mon avis, ils vont tenter un nouvel assaut.

Rockingham fixait Elena d'un regard implorant.

— Fais ça pour moi, et… si c'est possible, je trouverai un moyen de vous aider à sortir d'ici.

— En nous trahissant une fois de plus ? suggéra froidement Elena.

Blessé, Rockingham baissa les yeux et ne répondit pas.

Sy-wen, qui était toujours agenouillée près de sa mère, se tourna vers la sor'cière.

— Laisse partir mon père, Elena. S'il te plaît. (Pivotant vers Rockingham, elle surprit le regard plein de gratitude du golem.) Comme toi, j'ignore sa véritable nature, mais je connais celle de ma mère. Laisse mourir en paix l'homme qu'elle a épousé par un beau solstice d'été.

Elena observa la mer'ai en hésitant. Puis ses épaules se détendirent. Elle fit signe à Tol'chuk.

— Vas-y.

Rockingham parut rétrécir de soulagement. Linora se dégagea de l'étreinte de sa fille et se leva. En sanglotant, elle prit son époux dans ses bras.

— Laisse-moi te serrer dans mes bras. Je te veux contre moi jusqu'à ton dernier souffle.

Sans un mot, Rockingham lui rendit son étreinte.

Par-dessus l'épaule de sa mère, Sy-wen croisa le regard du golem. Celui-ci lui sourit tristement. Père et fille – deux étrangers. Des larmes montèrent aux yeux de Sy-wen, et ses jambes flageolèrent.

— Père.

Elle gémit ce mot si doucement que seul son cœur l'entendit. De chagrin, elle s'affaissa sur le pont, mais Kast était là pour la rattraper. Il était toujours là.

Avant que Sy-wen puisse s'abandonner à la tiédeur des bras du Sanguinaire, un craquement explosif résonna non loin d'elle. En sursautant, elle jeta un coup d'œil à Tol'chuk. L'og're frappa une deuxième fois, et le marteau de guerre n'ain réduisit le morceau d'éb'ène en poussière.

Sy-wen reporta son attention sur sa mère. Linora serrait toujours Rockingham contre elle, mais, à en juger par la façon dont la tête du golem gisait inerte sur son épaule, la vie l'avait déjà quitté.

— Mère ?

Soudain, Linora frissonna. Un petit nuage scintillant s'échappa de Rockingham et passa au travers de la mer'ai. Celle-ci lâcha le corps de son époux et pivota. La brume se condensa, dessinant une silhouette qui ressemblait vaguement à celle du golem. Le spectre leva une main vers Linora comme pour lui caresser la joue, mais ses doigts étaient dépourvus de substance.

— Adieu, mon amour, chuchota la mer'ai.

Le spectre la regarda encore quelques instants, puis se tourna vers la sor'cière.

Elena se rembrunit. La silhouette brumeuse du golem suffisait à embraser son sang. Du feu glacial dansait autour de son poing imprégné d'énergie ; les flammes bleues masquaient entièrement la marque de la Rose. Comme le regard spectral de Rockingham se focalisait sur elle, les épaules de la jeune femme se mirent à trembler.

Lorsque le fantôme parla, ses mots parurent aussi intangibles que sa silhouette, des chuchotements venus de l'au-delà.

— Merci, dit-il. Il n'est pas d'arguments suffisants pour implorer ton pardon, ni d'actes de contrition capables d'effacer mes crimes. Mais comme je te l'ai promis, je vais chercher un allié pour t'aider durant la bataille à venir.

— Je ne te demande rien, répliqua Elena d'une voix glaciale, sinon de quitter ce monde et de ne jamais y revenir.

Le spectre acquiesça.

— Qu'il en soit ainsi. Mais avant de partir, je vais tout de même appeler l'esprit de cette forêt aquatique et tenter de l'arracher à son éternelle somnolence.

Elena ne comprenait rien à ces absurdités. Elle agita son poing enflammé d'un air menaçant, mais sa main passa au travers de Rockingham sans produire aucun effet.

— Alors, va-t'en, ordonna-t-elle. Cesse de souiller ce pont de ta présence.

Le spectre inclina la tête. Sa silhouette commença à se dissoudre, se délitant en volutes de brume scintillante sur les bords. Puis, sans crier gare, il redevint solide l'espace de quelques secondes.

— Une dernière chose, Elena.

Entendre son nom dans la bouche de l'assassin de ses parents fit frissonner Elena de dégoût.

— Je t'ai dit de ficher le camp, démon, cracha-t-elle.

Mais le spectre insista. Sa voix n'était plus qu'un murmure d'outre-tombe.

— Il faut que tu saches… L'homme des plaines, Er'ril… Il est vivant.

Elena hoqueta. Ses flammes bleues s'intensifièrent et moururent. Une partie d'elle était atterrée. La mort d'Er'ril l'avait presque brisée; elle avait eu besoin de toutes ses forces pour accepter la disparition du guerrier et poursuivre sa quête sans lui. Elle ne supporterait pas de revivre ça. Levant une main, elle tripota machinalement le lien de cuir rouge tressé dans ses cheveux.

— V… vivant?

Le spectre ondula devant elle.

— Il est prisonnier des mages de Val'loa. Dans deux nuits, lorsque la lune sera pleine, ils utiliseront son sang pour délier le Grimoire. Tu dois faire vite.

De nouveau, Rockingham commença à se dissoudre. Elena tendit les deux mains vers lui pour forcer la brume scintillante à conserver sa forme. Il ne devait pas partir, pas avant de lui en avoir dit davantage!

Alors qu'elle s'efforçait de saisir le spectre, sa main droite toujours pâle disparut. Elena retira vivement son bras, comme si elle venait de se piquer. Elle s'attendait à un dernier mauvais tour de la part du golem. Mais, en sortant du nuage, sa main réapparut, désormais nimbée d'une lueur mauve familière.

Elena la leva devant elle. Sa paume et ses doigts étaient aussi dénués de substance que le corps de Rockingham ; elle voyait ses compagnons au travers. Elle avait oublié la leçon de tante Fila. *La lumière spectrale !* La dernière fois qu'elle avait conversé avec sa tante morte, Elena avait déclenché ce même pouvoir en s'aventurant trop près du monde des esprits.

— Le « feu spectral », marmonna-t-elle, nommant la magie dont sa main droite était imprégnée. (Elle leva sa main gauche toujours marquée par le feu glacial et serra ses deux poings.) Esprit et pierre, dit-elle en les collant l'un contre l'autre.

Si Er'ril était toujours en vie, elle ferait écrouler jusqu'à la dernière tour de Val'loa pour le retrouver.

Une voix étranglée ramena son attention vers le pont.

— Elena ?

Baissant les yeux, la jeune femme vit Joach la fixer, bouche bée. Tol'chuk et Méric, qui encadraient son frère, ne semblaient pas moins choqués. Elena regarda autour d'elle. Tout le monde la détaillait d'un air abasourdi.

Joach fit un pas titubant vers sa sœur.

— T… tu n'es plus là. Je vois tes vêtements, mais ton corps a disparu.

Elena baissa les yeux. *Non, pas encore !* Elle se souvenait de la fois précédente où elle avait touché de la lumière spectrale. Sa chair était devenue invisible pour autrui.

Flint s'approcha et se mit à tourner lentement autour d'elle, l'examinant sous toutes les coutures. Simultanément, le vieil homme gardait un œil sur le ciel. La horde des skal'tum s'était rassemblée sur les bords du lac, mais, petit à petit, elle revenait vers le bateau en décrivant des cercles de plus en plus serrés.

— Il vaudrait peut-être mieux que tu te déshabilles, Elena, suggéra Flint. Invisible, tu auras une chance de survivre à cette attaque. (Une note de désespoir perçait dans la voix du vieil homme.) Après coup, tu pourras peut-être rejoindre la flotte dre'rendi au sud d'ici.

— Non ! Je ne resterai pas les bras ballants pendant que vous vous battrez et que vous mourrez !

Elena leva la main et étudia son poing droit intangible. Durant sa première expérience avec le feu spectral, elle avait appris à masquer une dague qu'elle tenait en faisant flamboyer son pouvoir. Et si le contraire était également vrai ? Elle se concentra pour résorber la tache mauve au lieu de l'étendre. Comme elle réduisait la magie de son feu spectral à une minuscule braise vive au centre de sa paume, ses doigts redevinrent solides.

— Je te vois de nouveau, El ! s'exclama Joach.

Elena ignora son frère. Elle ne devait pas rompre sa concentration – pas encore. Les dents serrées, elle lia la source de feu spectral dans sa main et l'enchaîna pour la garder en réserve jusqu'à ce qu'elle soit prête à l'utiliser. Quand elle eut fini, elle leva la tête vers ses compagnons. Elle savait qu'ils pouvaient tous la voir. Les yeux flamboyants, elle soutint leur regard. Si le spectre avait dit vrai, si Er'ril était toujours vivant, elle ne laisserait rien ni personne s'interposer entre elle et l'homme des plaines.

Le grondement sourd des tambours d'os se mua soudain en une cacophonie assourdissante.

— Les skal'tum attaquent ! s'écria Flint depuis le bastingage tribord. Préparez-vous !

Les compagnons ne se le firent pas dire deux fois. Tol'chuk hissa le marteau de guerre n'ain sur son épaule et rejoignit Flint. Joach et Méric se postèrent contre le bastingage opposé. Même Mama Freda avait quitté la cambuse, abandonnant la surveillance de ses élixirs à Tok. Dans ses mains, elle tenait une arme étrange : un tuyau long et fin dans lequel elle introduisit une fléchette garnie de plumes.

— Du poison de la jungle d'Yrendl, expliqua-t-elle. Il tuera même ces immondes créatures si j'arrive à percer leur peau.

Elena ne protesta pas. Ils auraient besoin de toutes les défenses possibles contre la horde. Ils devaient tenir jusqu'à l'aube – le moment où la lumière du soleil levant affaiblirait les protections obscures des démons.

Quelqu'un se racla la gorge. Tournant la tête, Elena découvrit Kast et Sy-wen debout près d'elle.

— Devons-nous conjurer le dragon ? demanda le Sanguinaire.

— À mon signal.

Elena leva le bras. À présent, les skal'tum encerclaient le bateau. Ils volaient bas, mais malheureusement pas assez pour que les dragons survivants puissent les atteindre.

Autour d'Elena, le silence se fit à bord de l'*Étalon pâle*. Seul le grondement des tambours d'os troublait la quiétude nocturne. La jeune femme attendit. Elle voulait que la brusque apparition de Ragnar'k surprenne l'avant-garde ennemie, qu'elle la désorganise l'espace de quelques secondes potentiellement critiques.

Comme elle retenait son souffle, le bras en l'air, Elena frémit à la vue des forces considérables qu'ils devaient affronter. Partout où se portait son regard, des skal'tum piquaient vers leur petit bateau solitaire. C'était une cause désespérée. Même si la jeune femme survivait, combien de ses compagnons perdrait-elle dans la bataille ?

Soudain, un cri de rage jaillit des innombrables gorges démoniaques qui les entouraient.

Elena ne pouvait plus attendre. Que le massacre commence ! Elle fit mine de baisser le bras, mais un des Zo'ol lui saisit le poignet, arrêtant son geste.

— Attendez ! aboya-t-il. (Du menton, il désigna le lac.) Quelque chose d'autre arrive !

Elena se dégagea. Elle avait pourtant cru que la situation ne pouvait plus empirer. Levant les yeux, elle détailla l'avant-garde de la horde ennemie. Les skal'tum ne se trouvaient plus qu'à un jet de pierre du bateau.

Ce fut alors que le monde explosa autour d'eux.

À travers tout le lac, un énorme enchevêtrement d'algues jaillit hors de l'eau. Ses tentacules rouges se tendirent deux fois plus haut que les arbres alentour. Ondulant et se tortillant dans les airs, ils s'emparèrent des skal'tum et les entraînèrent par le fond. Plus près du bateau, des racines pareilles à de gigantesques fouets cinglèrent les démons qui menaçaient de se poser à bord. Quelques créatures parvinrent à gagner le bastingage, mais furent rapidement arrachées à leur perchoir.

Elena contemplait le carnage d'un air abasourdi. L'*Étalon pâle* semblait pris dans un vortex d'ailes pâles et d'algues déchaînées.

— C'est la sargasse ! hurla Flint pour se faire entendre par-dessus les hurlements des démons.

Un skal'tum affolé percuta une voile et s'empêtra dans le gréement. Il se débattit avec l'énergie du désespoir… et ne réussit qu'à tomber à l'eau dans le filet qu'il venait de se confectionner. Nul autre démon ne réussit de meilleur abordage.

La bataille prit fin aussi vite qu'elle avait commencé. Le grouillement d'algues rouges se retira lentement, entraînant les derniers skal'tum avec lui. Aucune des créatures ailées n'avait échappé à sa fureur. Bientôt, les eaux du lac redevinrent claires. Même les corps des dragons morts avaient été emportés.

Trop choqués pour parler, les compagnons regardèrent autour d'eux.

Quelques dragons et leurs cavaliers émergèrent prudemment des profondeurs dans lesquelles ils s'étaient réfugiés un peu plus tôt. La lumière des étoiles et de la lune était assez vive pour qu'Elena distingue l'expression stupéfaite des mer'ai.

À l'exception de ses voiles déchirées mises à part, l'Étalon pâle ne portait pas une seule marque du carnage dont le lac venait d'être le théâtre. Autour de lui, l'eau était redevenue calme et limpide.

— C'est fini, soupira Elena.

Flint se traîna jusqu'à elle.

— Mais pourquoi la sargasse est-elle intervenue ?

Au fond de son cœur, Elena connaissait la réponse. Elle dévisagea tour à tour chacun de ses compagnons. Ils verraient tous le soleil se lever. Elena se détourna et posa ses deux mains sur le bastingage. Des larmes de soulagement jaillirent de ses yeux fatigués. Alors, elle chuchota des mots qu'elle ne se serait jamais cru capable de prononcer, des mots adressés au meurtrier de ses parents.

— Je te pardonne.

Une nuée de points lumineux, pareils à des lucioles un soir de solstice d'été, scintilla à la surface du lac.

Elena sentit une présence près d'elle. Linora l'avait rejointe. La mer'ai posa une main sur son bras.

— Merci, murmura-t-elle.

Les étincelles de lumière spectrale s'éteignirent doucement, jusqu'à ce que seules la lune et les étoiles se reflètent encore à la surface du lac.

LIVRE CINQUIÈME

LES FLUX ET LES REFLUX DE LA GUERRE

21

Er'ril se réveilla dans sa cellule obscure le dernier jour de sa vie. Malgré l'absence de fenêtre par laquelle regarder au dehors, il savait que l'aube était levée : au bout de cinq siècles d'existence, il ressentait le mouvement du soleil jusque dans la moelle de ses os.

Avachi dans ses fers, Er'ril leva la tête. Des rats s'agitaient dans la paille non loin de lui ; ils se disputaient les croûtes moisies de son repas de la veille en poussant des couinements coléreux. Sur les jambes nues du prisonnier, des traces sanglantes indiquaient les endroits où ces mêmes rats avaient exploré son corps endormi et goûté sa chair en prévision de sa mort prochaine.

Il y eut un cri et un tintement de chaînes dans la cellule voisine. Le hurlement étranglé de la folie se répercuta dans le couloir du donjon – et à l'intérieur du crâne d'Er'ril. L'homme des plaines tenta de l'ignorer.

Soudain, un raclement métallique annonça l'ouverture d'une serrure. Des gonds grincèrent. Puis un lourd bruit de pas résonna dans le couloir. Er'ril tendit l'oreille. Les visiteurs étaient au moins quatre, estima-t-il. Trop nombreux pour apporter le gruau matinal.

Se redressant sur sa couche de paille souillée, Er'ril écouta en s'efforçant de deviner leurs intentions. La créature de la cellule voisine s'était tue. Elle savait qu'il valait mieux ne pas attirer l'attention de quiconque s'aventurait en ce lieu maudit. À travers le mortier fissuré des murs, Er'ril n'entendait plus qu'un gémissement étouffé, pareil à celui d'un chien qui s'attend à recevoir une raclée.

Mais la malheureuse n'avait pas de crainte à avoir. Les pas s'arrêtèrent devant la cellule d'Er'ril.

L'homme des plaines tâta rapidement l'écharde de bois plantée dans sa nuque. Elle était toujours à sa place. Ses bourreaux ne lui ayant laissé que son pagne, Er'ril avait décidé que sa propre chair était la meilleure cachette pour le « cadeau » de Greshym. Aussi avait-il enfoncé le minuscule bout de bois sous sa peau, à la limite de l'implantation de ses cheveux, pour l'y récupérer quand il en aurait besoin.

La petite porte s'ouvrit à la volée. Deux hommes vêtus de l'uniforme noir et or des chiens de guerre se glissèrent à l'intérieur. Une torche crépitait dans le poing de l'un d'eux ; sa vive lumière fit cligner les yeux d'Er'ril. Les nouveaux venus détaillèrent le prisonnier en grimaçant.

— Ça sent les gogues là-dedans, commenta le premier.

Son camarade fronça le nez de dégoût. Il n'avait qu'un seul œil ; une cicatrice en zigzag, déjà très ancienne, barrait son autre orbite.

— Faites passer les fers, réclama-t-il. Fichons le camp d'ici avant d'être contaminés.

Un jeu de chaînes et de menottes fut jeté à l'intérieur de la cellule. Le fracas métallique fit déguerpir les rats, qui allèrent se réfugier dans leurs trous. Mais, depuis leur cachette, de petits yeux rouges continuèrent à fixer les gardes et les reliefs de nourriture qu'ils avaient abandonnés dans le foin pour mieux s'enfuir.

Le garde borgne s'approcha d'Er'ril et lui donna un coup de pied dans le tibia.

—Debout. On doit t'emmener aux bains et te récurer. (Il eut un sourire grimaçant.) On dirait que le Praetor a des plans pour toi. (Du menton, il désigna le mur de la cellule mitoyenne, dont l'occupant continuait à gémir.) Peut-être qu'il a besoin d'un nouveau familier.

—Nock, intervint l'autre garde, arrête de l'emmerder et file-moi un coup de main.

En grommelant, le dénommé Nock donna un dernier coup de pied à Er'ril, puis alla prendre une extrémité des fers qui gisait sur le sol. À eux deux, les gardes eurent rapidement entravé les chevilles du prisonnier. Ils lui enroulèrent la chaîne autour de la taille, puis détachèrent son bras du mur et le rattachèrent à l'unique menotte fixée à la chaîne.

Lorsqu'ils l'eurent saucissonné, ils l'entraînèrent hors de sa cellule, toujours vêtu de son seul pagne et légèrement rouge de fièvre. L'air froid du couloir donna la chair de poule à Er'ril. Ses anciens fers avaient laissé de profondes coupures violacées et infectées autour de son poignet et de ses chevilles. Incapable de marcher normalement, il clopina tant bien que mal derrière les deux gardes tandis que deux autres fermaient la marche en le poussant avec la pointe de leur lance quand il ralentissait trop.

Bientôt, Er'ril fut introduit dans une pièce où il faisait meilleur. De la vapeur et une odeur de soude lui piquèrent le nez. Face à lui se dressait une baignoire métallique. On lui ôta ses fers et son pagne, puis on le poussa sans cérémonie dans l'eau chaude. Il retint un cri comme le liquide fumant brûlait ses plaies.

—Lave-toi et habille-toi, ordonna Nock en lui lançant du savon et une brosse. Et magne-toi. On n'a pas toute la matinée.

Les gardes reculèrent et sortirent dans le couloir, mais laissèrent la porte ouverte.

Dans la petite pièce, il n'y avait rien hormis un miroir couvert de buée et un tabouret sur lequel étaient posés des vêtements propres. Er'ril s'abandonna à la chaleur de l'eau, qu'il laissa chasser les vestiges de sa fièvre.

Lorsque sa tête eut cessé de lui faire mal, il commença par nettoyer ses blessures. Les dents serrées, il frotta maladroitement la crasse et la paille sèche incrustées dans ses plaies. Quand l'eau du bain fut rouge de son sang et que les entailles eurent enfin l'air propres, il entreprit d'étriller le reste de son corps.

Tandis que l'eau refroidissait, il laissa ses pensées dériver vers Elena et les autres. Jusque-là, il avait délibérément évité de penser à eux, car cela ne pouvait que le conduire au désespoir. Ses compagnons savaient-ils qu'il était toujours en vie ? Sy-wen avait-elle réussi à rallier les Dre'rendi à leur cause ? Ce soir, ce serait la pleine lune. Les mages noirs allaient essayer de détruire le Grimoire à minuit. S'ils réussissaient, toutes les sor'cières et tous les Sanguinaires du monde ne pourraient plus rien contre eux.

Er'ril se couvrit le visage de sa main – non parce que cette perspective d'avenir l'horrifiait, mais au contraire parce qu'il se sentait étrangement détaché, comme indifférent au sort du Journal Sanglant et d'Alaséa. Il ferait de son mieux pour déjouer le plan des mages noirs, mais, au fond, il ne se préoccupait que d'une seule chose. Son esprit conjura l'image d'Elena parmi la vapeur de son bain. Quoi que puisse devenir le Grimoire, il fallait que la jeune femme vive.

— Si vous avez fini de faire trempette, Votre Altesse, aboya Nock depuis le seuil, vous pourriez peut-être sortir votre cul maigrichon de là.

À l'aide de son unique bras, Er'ril s'extirpa de la baignoire et prit pied sur les dalles glacées. Il se sécha, pansa ses plaies avec les bandages qu'on lui avait fournis, puis enfila maladroitement un pagne de lin, un pantalon de drap gris et une ample chemise blanche. Cela fait, il s'inspecta dans le miroir.

Ses joues étaient décharnées, mangées par une épaisse barbe noire, ses yeux gris, deux flaques noires sur son visage. Mais, s'il devait rencontrer son frère, il ne se présenterait pas devant lui avec cette tête de vaincu. De ses doigts recourbés, il mit un peu d'ordre dans ses cheveux et dans sa barbe. Et, tandis qu'il s'affairait à se rendre présentable, l'acier de ses plaines natales refit surface dans ses prunelles.

Nock et un autre soldat entrèrent. D'un coup de pied, Nock propulsa les fers vers le prisonnier et lui ordonna de les remettre.

Ce fut tout juste si Er'ril l'entendit. L'homme des plaines continuait à s'observer dans le miroir. Il fit courir ses doigts le long de sa nuque. Effleurant l'écharde qui saillait de sa peau, il s'autorisa un instant d'espoir. De la magie noire pour combattre de la magie noire...

— T'es sourd ou quoi ? s'impatienta Nock. Remets ça !

Er'ril fit face au garde. Borgne ou pas, celui-ci lut dans les yeux de l'homme des plaines quelque chose qui le fit blêmir et reculer d'un pas.

— Et que ça saute, couina-t-il en jetant un coup d'œil à son camarade pour quêter son soutien.

Secouant la tête d'un air las, Er'ril se pencha, ramassa les fers et les referma sur ses chevilles. Nock fit signe à son camarade, qui s'avança pour attacher la chaîne et la menotte du prisonnier. Pendant toute l'opération, Er'ril fixa Nock sans ciller. Le garde tenta de soutenir son regard, mais finit par détourner les yeux en grommelant.

Le trajet jusqu'à la Flèche du Praetor, située à l'extrême ouest de l'Édifice, fut très long. Er'ril marchait le dos droit, sans se presser. À présent qu'il était propre et habillé, les gardes ne le poussaient plus avec leur lance, comme s'ils comprenaient qu'un homme nouveau avait émergé des vapeurs du bain – un homme qui, même enchaîné, ne tolérerait pas de telles vexations.

Enfin, ils atteignirent l'escalier en colimaçon. Er'ril soupira : il n'avait pas fait un repas correct depuis fort longtemps, et l'ascension s'annonçait interminable. Sa vieille blessure à la jambe – à l'endroit où un gobelin des roches l'avait griffé, presque un an plus tôt – ne tarda pas à se réveiller. Le temps que le petit groupe atteigne le palier du dernier étage, l'homme des plaines haletait entre ses dents serrées.

Nock se dirigea vers les deux gardes postés devant une énorme double porte en chêne bardé de fer. Avant qu'il ait pu annoncer le prisonnier, les deux battants s'ouvrirent. Les sentinelles ne réagirent même pas ; elles continuèrent à fixer un point droit devant elles. Mais Nock écarquilla son unique œil et s'inclina face à la présence qui semblait émaner de l'ouverture.

Des mots flottèrent hors de la pièce.

— Dites à mon frère qu'il est le bienvenu.

La froideur de la voix démentait la cordialité de l'invitation.

Nock s'écarta, pivota vers Er'ril et lui fit signe d'avancer. L'homme des plaines sentit la pointe d'une lance lui piquer légèrement les reins. Apparemment, les gardes avaient plus hâte que jamais de se débarrasser de lui.

Er'ril n'hésita pas. S'il voulait empêcher la destruction du Grimoire, il devait en passer par là. Sans un coup d'œil pour Nock, il entra dans les appartements de Shorkan.

Un épais tapis étouffa aussitôt le cliquetis de ses fers. Au milieu de la pièce, le jeune mage De'nal était vautré sur une bergère dont il martelait le cadre avec ses talons. Greshym, grimaçant tel un chat qui vient de manger un pigeon, était assis à une petite table en bois de cerisier. Seul Shorkan, toujours vêtu de la robe blanche de l'office qu'il avait usurpé, tournait le dos à Er'ril, indiquant en quel mépris il tenait l'homme des plaines. Il observait la cité engloutie et ses tours de guingois baignées par les premiers rayons du soleil. Au loin, Er'ril aperçut le scintillement bleu de l'océan, et même le relief de quelques îles.

— Ils arrivent toutes voiles dehors, dit Shorkan, comme s'il poursuivait une conversation que son frère venait grossièrement d'interrompre. Les Sanguinaires et la sor'cière seront à nos portes avant la tombée de la nuit.

Er'ril ne put réprimer un sourire. Ainsi, les Dre'rendi s'étaient laissés convaincre de prêter leur puissance à l'assaut contre Val'loa !

Greshym prit la parole.

— Nous avons déjà perdu une légion de skal'tum dans la sargasse. Comment se porte le reste de nos défenses ? (Er'ril surprit le coup d'œil que lui jeta le vieillard, et le frémissement moqueur de ses lèvres.) Tiendront-elles jusqu'à la cérémonie, au lever de la lune ?

Shorkan pivota. Les deux frères se toisèrent, et, un instant, de vieux souvenirs assaillirent Er'ril. Il se revit courant à travers champs, se bagarrant derrière la grange familiale, construisant des fortins de neige dans les plaines balayées par le vent. Puis il croisa le regard de Shorkan, et tout vestige de leur enfance partagée s'évanouit dans un brouillard sanglant. Ces prunelles grises n'abritaient plus rien du frère qu'il avait aimé jadis. Elles ne dissimulaient qu'une présence inhumaine, apparentée à des créatures venimeuses nées de la torture.

Par chance, le Praetor reporta très vite son attention sur Greshym.

— Tu veux savoir si nos défenses tiendront ? Voyons... Il nous reste deux légions de skal'tum sur l'île, une flotte de plusieurs centaines de bâtiments manœuvrés par des berserkers sous le contrôle des ul'jinn, plus un millier de chiens de guerre postés dans les tours périphériques avec des arcs longs et de la poix enflammée. Je ne pense pas que tu doives t'en faire pour ta peau, Greshym, railla-t-il.

—Ah… Mais, puisque notre position est si forte, pourquoi avoir dispersé deux cent n'ains armés de haches à travers l'Édifice ?

—Simple précaution. Je refuse que quiconque vienne perturber le rituel de ce soir dans les catacombes.

Greshym inclina la tête, non sans avoir au préalable jeté un coup d'œil entendu à Er'ril. Il avait poussé le Praetor à réciter la liste des défenses de Val'loa pour le bénéfice du prisonnier – parce qu'il voulait qu'Er'ril connaisse toutes les données de la situation.

De'nal intervint d'une voix aiguë : la voix d'un enfant, mais imprégnée de l'ennui et de la malveillance développés au fil des siècles.

—Et le golem Rockingham ?

—Il n'est plus, répondit Greshym. J'ai senti son enchantement se dissoudre.

De'nal fit la moue.

—Mais je voulais encore jouer avec lui !

—Peu importe, trancha Shorkan. La sor'cière et son armée sont là ; il ne nous servait plus à rien. Il les a retardés assez longtemps pour nous permettre d'organiser nos défenses. À son arrivée, la sor'cière réalisera que cette île est imprenable et, d'ici demain matin, ses soldats iront nourrir les requins. Maintenant, assez parlé d'elle. Nous avons des préparatifs à finir avant le coucher du soleil.

Il se tourna vers Er'ril.

—Il est temps d'inverser les rôles, mon cher frère. Il y a très longtemps, notre sang a lié le Grimoire. Pour le délier, c'est ton sang que le sort réclame cette fois. *Tout* ton sang, malheureusement.

Er'ril haussa les épaules.

Face à une réaction aussi laconique, Shorkan fronça les sourcils.

—Ça ne t'émeut pas plus que ça ? Le poids des siècles

est-il devenu un fardeau si lourd que tu accueilleras la mort à bras ouverts ?

— La mort ne m'effraie pas.

— Et pourquoi ça ?

— Parce qu'il y a un traître parmi vous.

Er'ril vit Greshym frémir. Mais Shorkan ne parut pas remarquer l'appréhension du vieillard.

— Un traître ? Et qui donc ?

Er'ril grimaça.

— Si je te le disais, où serait le plaisir, mon cher frère ?

À bord de l'*Éperon de dragon*, Kast se tenait près de Pinorr qui étudiait l'horizon, les yeux mi-clos. Le jeune homme attendait patiemment, en caressant du bout du doigt le dragon tatoué sur sa joue. Mieux valait ne pas déranger un chaman quand il invoquait son *rajor maga*.

À la poupe du bateau, la flotte dre'rendi se déployait d'un bout à l'autre de l'horizon. Les voiles gonflées de plus d'une centaine de navires ressemblaient aux nuages d'un front orageux. Une quantité équivalente de dragons et de cavaliers mer'ai se mêlait aux bateaux. Un quart d'entre eux avaient péri dans la forêt de sargasses, mais la présence des survivants enflammait l'esprit des Sanguinaires. La veille, ces derniers avaient chanté leur victoire sur les skal'tum jusque fort tard dans la nuit.

Kast reporta son attention sur l'*Éperon de dragon*. Elena et Flint se tenaient non loin de lui. Tête baissée, le vieux loup de mer conversait à voix basse avec le nouveau maître de quille : Hunt, affecté là après la mutinerie survenue durant la tempête. Ulster avait été retrouvé embroché par l'épée de son premier maître. Plus tard, le premier et le second maîtres avaient également été découverts morts. Ils avaient dû se disputer et s'entre-tuer. L'enquête subséquente n'avait mis à jour aucun autre conspirateur.

Même si Ulster n'était plus son frère que de nom, Kast éprouvait un pincement de colère en pensant à sa mort. Son poing se crispa sur la poignée de son épée. Si d'autres gens étaient impliqués dans le meurtre d'Ulster…

Enfin, Pinorr redressa les épaules et se racla la gorge.

— C'est inutile.

Kast fronça les sourcils.

— Ne peux-tu rien lire de ce qui nous attend ?

Pinorr jeta un bref coup d'œil au jeune homme.

— L'océan m'est fermé pour le moment.

Il tendit la main à sa petite-fille, Sheeshon, qui était assise à ses pieds. Occupée à jouer avec ses orteils palmés, l'enfant l'ignora.

Kast ne put s'empêcher de fixer, lui aussi, les pieds de Sheeshon. Il avait encore du mal à appréhender la transformation de la fillette – et la réalité de son héritage partagé avec les mer'ai. Il reporta son attention sur Pinorr.

— Nous ne sommes plus qu'à une demi-journée de voyage de l'Archipel. Le démon retranché au cœur des îles résiste-t-il à tes capacités ?

Pinorr poussa un grognement qui ne signifiait ni oui ni non.

Kast lui posa une main sur le bras.

— Ne culpabilise pas. Si tu n'arrives pas à lire dans le vent, alors personne ne peut le faire. Espérons que les éclaireurs mer'ai nous rapporteront des informations suffisantes.

Il pensa à Sy-wen qui avait regagné le léviathan en compagnie de sa mère. L'énorme créature suivait la flotte de près, et Linora voulait consulter les autres anciens avant la bataille.

Pinorr leva les yeux vers Kast et parut sur le point de dire quelque chose. Mais il se détourna sans avoir ouvert la bouche. Un silence gêné s'installa entre les deux hommes.

Elena s'approcha. Adressant un bref sourire à Kast, elle s'agenouilla près de Sheeshon. Les autres compagnons de la sor'cière étaient restés à bord de l'*Étalon pâle* pendant qu'on réparait le mât et les voiles endommagées de celui-ci. Dès que les îles méridionales de Maunsk et de La Selle de Raib seraient en vue, Elena et Flint iraient les rejoindre. Durant la bataille, ils emmèneraient leur petit sloop vers l'ouest où, selon Flint, un chemin secret leur permettrait d'accéder à Val'loa. Les Sanguinaires et les mer'ai se chargeraient de distraire le gros des forces ennemies pour faciliter leur incursion dans l'Édifice.

Du moins, tel était leur plan. Kast aurait juste voulu que Pinorr puisse les renseigner sur ce qui les attendait. Le soleil grimpait vers son zénith ; ils arriveraient bientôt en vue de Val'loa et de sa cité engloutie.

— Vous ne sentez rien ? demanda Elena au chaman.

Soudain, Sheeshon se leva et agita ses mains palmées.

— Regarde, papa ! Mes mains sont comme des oiseaux !

Pinorr sourit tristement et lui prit les poignets.

— Oui, ma chérie. Allons voir si Mader Geel a fini de préparer notre déjeuner.

La fillette se tortilla dans son étreinte et parvint à dégager un de ses bras. Du doigt, elle désigna l'océan vide en direction du nord.

— Cette île, là-bas… De gros oiseaux tournent autour. Ils sont blancs, ils ont des dents pointues et ils ne sont pas gentils.

Elena et Kast échangèrent un regard.

— Encore des skal'tum, marmonna le jeune homme. (Du menton, il indiqua Sheeshon.) La petite-fille de Pinorr partage son don de *rajor maga*. Comme lui, elle perçoit la magie et les humeurs de la mer. (Il se pencha vers l'enfant.) Tu vois d'autres monstres autour de l'île ?

Sheeshon grimaça comme si elle avait mangé quelque chose d'amer.

— Je n'aime pas cet endroit. Il sent le poisson pourri.

Elle reporta son attention sur ses mains palmées.

Pinorr lui tapota la tête.

— Elle ne comprend pas ce qu'elle voit.

— Mais, au moins, elle voit quelque chose, répliqua Kast en fixant le vieil homme d'un air entendu.

— Le *rajor maga* est un don capricieux.

Le chaman fit mine de s'éloigner, mais Kast le retint en lui touchant l'épaule.

— Ne serais-tu pas en train de nous cacher quelque chose, Pinorr ? Je te trouve bien silencieux depuis la nuit de la tempête. Peut-être crains-tu de nous parler de ce que tu vois ? Si tu as la moindre idée de ce que nous réserve la journée à venir, tu dois nous le dire !

Pinorr souleva Sheeshon dans ses bras.

— L'océan m'est fermé pour le moment. Je te l'ai déjà dit.

— Mais pourquoi ?

— Il vaut mieux que certaines réponses soient tenues secrètes, marmonna le vieil homme en se détournant.

Kast le suivit des yeux tandis qu'il s'éloignait, le dos courbé par un fardeau bien plus grand que le poids de sa petite-fille.

— Ces ombres à l'horizon, lança Elena depuis le bastingage. Est-ce que ce sont des nuages orageux ?

Kast pivota pour étudier la mer et le ciel.

— Non, pas des nuages.

— Quoi, alors ?

— Des îles. Nous avons atteint la lisière sud de l'Archipel.

Flint les rejoignit. Lui aussi avait les yeux rivés sur l'horizon.

— On devrait regagner l'*Étalon pâle*, déclara-t-il. Il est temps de suivre notre propre route.

— Combien de temps avant d'atteindre Val'loa ? s'enquit Elena.

Flint désigna une des ombres au nord-est.

— Nous y sommes déjà.

Depuis le bastingage de l'*Étalon pâle*, Elena observait l'île à l'aide d'une longue-vue. Une brise fraîche s'insinua sous son écharpe de laine et la fit frissonner. Il lui avait fallu presque une année entière pour arriver ici, mais son objectif était enfin en vue : Val'loa. Pourtant, elle ne ressentait aucune jubilation, juste une angoisse glaciale qui lui tordait les entrailles. Comment un endroit si infesté de ténèbres pouvait-il paraître si lumineux dans la clarté du soleil ?

Composée de trois pics, l'île avait plus ou moins la forme d'un fer à cheval. Ses deux bras semblaient se tendre vers Elena pour l'étreindre et lui souhaiter la bienvenue. Grâce à sa longue-vue, la jeune femme distinguait chacune des tours qui jaillissaient de la mer et escaladaient les pentes du pic central. Celui-ci était coiffé par un château massif, semblable à une couronne sur la tête d'un roi. Elena détailla la forteresse. Quelque part derrière son mur d'enceinte reposaient le Journal Sanglant et le sort d'Alaséa.

Mais, tandis que son regard balayait les remparts et les tourelles à demi effondrées, Elena pensait surtout à l'autre trophée que dissimulait cette façade décrépite. *Er'ril*. Si Rockingham avait dit vrai, l'homme des plaines était prisonnier dans le donjon de l'Édifice. À la tombée de la nuit, quand la pleine lune se lèverait, les mages noirs le sacrifieraient pour tenter de délier le Grimoire.

Elena baissa sa longue-vue. Elle ne permettrait pas qu'une telle chose se produise.

Devant elle, les énormes navires des Dre'rendi surplombaient l'*Étalon pâle*, auquel ils donnaient l'air d'une vulgaire coque de noix. Ils emplissaient l'océan de leurs voiles et de leurs proues en forme de dragon. Le soleil avait atteint son zénith, révélant le véritable visage des îles alentour : falaises rouges abruptes et immenses montagnes vertes.

— Je peux regarder ? demanda Joach en tendant la main.

Sans un mot, Elena lui passa la longue-vue. Leurs compagnons s'étaient rassemblés sur le pont, tout autour du bastingage. Bientôt, l'*Étalon pâle* se détacherait du reste de la flotte. Pendant que celle-ci contournerait La Selle de Raib, il mettrait le cap vers l'île de Maunsk, à l'ouest. Flint connaissait l'emplacement d'un portail magique, similaire à l'Arche de l'Archipel, qui leur permettrait d'accéder discrètement à Val'loa, mais il avait refusé d'en révéler davantage.

—Je vois des feux de surveillance dans la plupart des tours à demi submergées qui entourent l'île, annonça Joach. Une centaine, au moins. Ils savent que nous venons.

Flint prit la longue-vue des mains du jeune homme et la colla contre son œil.

—Ils connaissent le moindre de nos mouvements depuis que nous avons pénétré dans ces eaux, et, aujourd'hui, nous allons retourner la situation à notre avantage. La flotte et les mer'ai mobiliseront leur attention. Nous en profiterons pour nous faufiler par la porte de derrière. Avec un peu de chance, nous ressortirons sans même qu'ils nous aient repérés.

—Les og'res ne comptent pas sur la chance, grommela Tol'chuk. Elle peut aussi bien être mauvaise que bonne.

Flint lui tapota le bras.

—C'est pour ça que nous accompagnons Elena. Je n'ai pas plus confiance en le hasard que toi, mon robuste ami.

Méric se tenait non loin d'eux, flanqué par Mama Freda et appuyé sur une canne. L'el'phe se rétablissait à peine des graves blessures subies à Ruissombre ; l'usage intensif de son pouvoir élémental l'avait épuisé, mais dans ses prunelles bleues brûlait un feu plus ardent que jamais.

—Au diable le hasard. Nous faisons courir à Elena un risque inutile. Nous devrions la laisser sous la protection de la flotte et partir chercher le livre nous-mêmes.

Flint secoua la tête.

— Le Grimoire est protégé par un sort de glace noire. Nous aurons probablement besoin du pouvoir de la clé et de la magie d'Elena pour le dégager.

— Je dois y aller, renchérit Elena. Si le Journal Sanglant m'est réellement destiné, c'est à moi de le récupérer.

Méric se rembrunit, mais n'insista pas. Il savait qu'il ne la ferait pas changer d'avis.

Tikal était perché sur l'épaule de sa maîtresse.

— Si vous avez fini d'admirer l'île et de comploter, lança Mama Freda en grattant son familier derrière une oreille, j'ai préparé un élixir qui aiguise les perceptions et maintient la fatigue à distance. Nous devons nous reposer pour être prêts le moment venu.

Flint acquiesça.

— Sagement parlé. Les Zo'ol s'occuperont de la manœuvre. Nous ne tarderons pas à…

Soudain, une gerbe d'eau jaillit du côté tribord de l'*Étalon pâle*. Tous les regards se tournèrent vers l'énorme dragon noir et sa cavalière aux cheveux verts. Recrachant l'embout de son siphon à air, Sy-wen leva un bras pour saluer ses amis.

— Je vous apporte des nouvelles des éclaireurs mer'ai ! Une armada est postée en embuscade de l'autre côté de l'île, et des hordes d'étranges créatures à tentacules sont tapies dans les profondeurs, tout autour de la cité. Les Sanguinaires vont prendre l'île en tenaille pendant que les mer'ai plongeront afin d'affronter les monstres aquatiques.

— Regardez ! s'exclama Joach en tendant un doigt vers l'île.

Les bateaux dre'rendi les plus petits, surnommés chasseurs de requins, étaient déjà partis en avant. Comme ils approchaient de la cité engloutie, chevauchant les vagues toutes voiles dehors, une cascade de braises ardentes se déversa des tours à demi submergées et s'abattit sur eux. Quelques voiles prirent feu. Avant que les marins puissent arroser les flammes, les catapultes perchées au sommet des tours projetèrent une volée de boulets. Les sons portent à la surface de l'océan, si bien que, malgré la distance, Elena et ses compagnons entendirent les impacts et le craquement explosif du bois qui se brisait.

La jeune femme laissa échapper un hoquet de consternation. Mais elle ne fut pas la seule à réagir. Au loin, le reste de la flotte dre'rendi se scinda en deux, et les plus gros navires fondirent sur Val'loa telle une tempête. Ce fut le moment que des bateaux étrangers de tous les types et de toutes les tailles choisirent pour émerger de chaque côté de l'île et engager l'envahisseur.

—Je vous laisse ! cria Sy-wen depuis le dos de son dragon qui fendait les vagues à côté de l'*Étalon pâle*. Ragnar'k et moi allons coordonner l'attaque depuis les airs ! (Sur ces mots, elle fit faire demi-tour à sa monture.) Vous devez y aller ! Maintenant !

—On y va, répondit Flint. Soyez prudents, et guettez notre feu de signalisation au sommet d'une des tours, à l'approche du crépuscule. Si nous parvenons à récupérer le Grimoire, nous aurons besoin qu'on vienne nous chercher.

Sy-wen leva un bras pour signifier qu'elle avait compris.

—Nous sommes au courant. N'ayez crainte, nous guetterons votre signal.

Sur ces mots, les ailes de Ragnar'k se déployèrent et giflèrent l'eau. Le dragon s'arracha à l'océan. Ruisselant, il prit de l'altitude et vira au-dessus de l'*Étalon pâle*, dont les occupants sentirent le souffle de l'air déplacé par ses ailes massives. Puis, le soleil faisant étinceler ses écailles nacrées, il s'éloigna en direction de l'île.

Flint rendit la longue-vue à Elena.

—Nous ne devons pas être pris dans la bataille.

Faisant signe à Tol'chuk de le suivre, il se dirigea vers la barre.

Elena porta de nouveau la longue-vue à son œil. Fascinée et angoissée, elle suivit la trajectoire de Ragnar'k tandis que des cors de guerre mugissaient à bord des navires dre'rendi. L'océan écumait sur le passage des bâtiments massifs dont la proue fendait les vagues à la manière d'une lame. Près de la cité engloutie, la fumée des bateaux en feu souillait l'azur sans nuages tandis que des tentacules pâles émergeaient des profondeurs pour agripper le bastingage des vaisseaux en détresse.

Alors, les dragons aquatiques firent surface pour déchiqueter les étranges céphalopodes. Certains se hissèrent à bord des navires dre'rendi pour en protéger l'équipage. Leurs cavaliers n'étaient pas en reste, abattant les créatures ennemies à grands moulinets d'épée. Pour la première fois depuis une éternité, mer'ai et Sanguinaires luttaient côte à côte.

Près de l'île, un léviathan creva soudain la surface de l'eau. Des mer'ai jaillirent par les innombrables ouvertures de son ventre. Armés d'épées et de dagues, ils se jetèrent dans la bataille qui faisait rage à la lisière de la cité, escaladant les tours à demi englouties pour attaquer leurs occupants. Quelques-uns tombèrent à l'eau, le corps transpercé par une lance, mais d'autres vinrent aussitôt les remplacer.

Horrifiée, Elena se couvrit la bouche tandis que des larmes brouillaient sa vision. Partout où elle braquait sa longue-vue, des hommes et des dragons succombaient. Les mer'ai et les Dre'rendi s'écrasaient sur les défenses ennemies tel le ressac venant mourir sur des brisants.

Quelqu'un prit la longue-vue des mains d'Elena. La jeune femme ne résista pas : elle en avait bien assez vu. Sans l'aide du verre grossissant, la bataille lui paraissait aussi lointaine qu'un cauchemar. Mais la réverbération de l'eau continuait à lui apporter une cacophonie difficile à ignorer : ordres hurlés à pleins poumons, mugissement des cors de guerre, rugissements des dragons blessés.

Joach prit sa sœur par le bras et tenta de l'entraîner. Il remit la longue-vue à l'un des Zo'ol.

— Prends ça, Xin. Surveille la bataille et tiens-nous informés.

— Tant de carnage, marmonna Elena. Tout ça pour un bouquin maudit.

Joach tenta de la raisonner.

— Pas juste pour un bouquin, El. Nos alliés se battent pour la liberté – la leur, mais aussi celle de leurs enfants. Ils versent leur sang et donnent leur vie dans l'espoir d'une aube nouvelle. Une aube que tu es seule capable de leur apporter.

— À partir de quand le prix à payer devient-il trop élevé, même pour la liberté ?

— Ce n'est pas à toi d'en juger. C'est à chacun de le décider en accord avec son cœur.

Jetant un coup d'œil vers l'île autour de laquelle la bataille faisait rage, Elena tenta de sonder son propre cœur. Quel prix était-elle prête à payer pour la liberté d'un autre ? Comme elle se représentait les yeux gris et les angles durs du visage d'Er'ril, la réponse s'imposa à elle.

La jeune femme tourna le dos à la mort qui sévissait à la surface de l'océan.

Certaines libertés valaient n'importe quel prix.

Lorsqu'il ouvrit la porte de sa cabine, Méric fut accueilli par un bruissement d'ailes venant du perchoir dressé près de son lit. Le léger mouvement fit briller encore plus fort le plumage neigeux du faucon de soleil. Sans ciller, deux yeux noirs étudièrent l'el'phe qui entrait dans la pièce. Mais l'oiseau ne s'agita pas davantage. Il connaissait bien Méric : depuis seize hivers, il passait ses journées au-dessus du trône de sa mère la reine.

Sortant un morceau de bœuf séché d'une de ses poches, Méric se dirigea vers le faucon. L'oiseau tourna l'un de ses yeux ronds vers la friandise et secoua dédaigneusement la tête. Méric se rembrunit. Il savait pourtant que le rapace aimait sa viande fraîche et sanguinolente, pas morte et salée.

Fourrant le morceau de bœuf dans sa propre bouche, l'el'phe se dirigea vers le petit coffre sis au pied de son lit. Il devait se préparer pour la bataille à venir. Il passa une main sur son visage couturé de cicatrices. Comme le souvenir des tortures subies menaçait de le submerger, il réprima ces émotions indésirables et endurcit son cœur.

Il ne faillirait pas à son devoir envers sa mère. Celle-ci l'avait envoyé récupérer la dernière descendante du roi des el'phes ; il ne pouvait pas échouer. Il protégerait Elena avec son propre sang si nécessaire. Mentalement, il se représenta la sor'cière. Depuis que sa magie l'avait prématurément changée en jeune femme, il décelait sans peine les signes subtils de son héritage el'phique – dans sa silhouette haute et mince, dans la courbe de ses oreilles, dans la forme en amande de ses yeux. Il ne pouvait se méprendre sur leur ascendance partagée.

Il devait pourtant admettre que son attachement envers Elena n'était plus seulement dû au désir de perpétuer la lignée royale. De nouveau, il tâta les cicatrices de ses joues. Pour avoir personnellement souffert du fléau qui ravageait ces contrées, il savait que la jeune femme se battait pour une juste cause. Durant leur long voyage jusqu'à Val'loa, elle avait prouvé que son cœur était aussi noble que son ascendance, et Méric ne voulait pas non plus faillir à son devoir envers elle. Fort heureusement, pour l'heure, son rôle de protecteur d'Elena servait les deux femmes de sa vie – la reine et la sor'cière. Elena devait survivre, non seulement dans l'intérêt de la lignée royale, mais aussi pour le salut d'Alaséa.

Tout en observant le faucon de soleil qui était l'emblème de sa reine, Méric se demanda néanmoins pendant combien de temps les objectifs des deux femmes convergeraient. Et, s'ils venaient à diverger, quel chemin suivrait-il ?

En soupirant, l'el'phe décida de laisser cette question de côté pour le moment. Il ouvrit le coffre et en sortit une petite pierre. Frottant sa surface froide, il la porta à ses lèvres et souffla dessus. Une lueur radieuse naquit au cœur de la roche.

Satisfait, Méric déposa la pierre des vents sur son lit et saisit un autre objet rangé dans le coffre : un long poignard à la lame très mince. Il effleura le tranchant du bout de l'index, et des étincelles argentées crépitèrent sous son doigt. Comme le faucon de soleil, ce poignard faisait partie de l'héritage de sa maison. C'était une relique plutôt qu'une véritable arme ; Méric espérait néanmoins qu'elle le servirait bien durant la bataille à venir.

Il déposa la dague des glaces près de la pierre. Puis, des deux mains et avec une prudence presque tendre, il sortit le dernier objet que contenait le coffre – la principale raison pour laquelle il avait regagné sa cabine.

Méric cala le luth de Nee'lahn dans son giron. Il étudia les circonvolutions du grain du bois. L'instrument avait été taillé dans le cœur mourant de l'arbre de la nyphai. Avec beaucoup de douceur, les doigts de l'el'phe effleurèrent ses cordes. Le luth émit une note pareille à un soupir, une exhalation de soulagement à la perspective de pouvoir de nouveau s'exprimer. Cédant à ses charmes, Méric joua quelques accords mineurs afin de préparer son cœur à la bataille imminente.

Comme il se laissait bercer par la voix de l'instrument, ses pensées revinrent vers Elena et vers le dilemme qui pourrait bientôt se poser à lui. Pour quoi se battaient la sor'cière et ses compagnons ? Était-ce pour la liberté, ainsi que l'avait affirmé Joach ? Ou pour quelque chose de plus tangible ? Conjurées par la musique du luth, des images du foyer de Méric – le château de Fort-Tempête – s'imposèrent à son esprit. Ces doux souvenirs l'entraînèrent bien loin de la bataille et de la guerre, fût-ce l'espace d'un bref instant.

Soudain, un raclement de semelles arracha l'el'phe à sa rêverie. Le bruit provenait du couloir, juste devant la porte de sa cabine. Méric s'interrompit. Il se leva en silence et, brandissant le luth comme une épée, se dirigea vers la porte. Mais il eut beau écouter, il n'entendit rien. Il percevait pourtant une présence de l'autre côté du battant.

Saisissant la poignée, il ouvrit la porte à la volée. Face à lui, un petit garçon frémit et rentra la tête dans les épaules. Méric mit quelques secondes à reconnaître le jeune Tok. Il baissa son luth.

— Qu'est-ce que tu fiches là, gamin ? N'avions-nous pas convenu de t'envoyer à bord d'un des léviathans ?

— Je… Je me suis caché, bredouilla Tok, penaud. Avec les chevaux.

Méric le fixa sévèrement.

— Mauvaise idée. Tu aurais été bien plus en sécurité sous la mer.

— Je ne voulais pas partir avec les mer'ai, monsieur, se justifia Tok. Je… Je ne connais que vous au monde.

Méric secoua la tête.

— Passager clandestin ou pas, peux-tu m'expliquer pourquoi tu traînais dans ce couloir ?

— L… la musique. (Tok désigna le luth dans la main de l'el'phe.) Je voulais l'écouter. Elle me fait du bien.

Méric se souvint que, chaque fois qu'il jouait, Tok traînait dans ses pattes avec un air presque hypnotisé. Il alla se rasseoir sur son lit en posant l'instrument sur ses genoux.

— Est-ce que la musique te rappelle ton chez toi ?

L'enfant haussa les épaules.

— J'ai jamais eu de chez moi, monsieur.

Méric fronça les sourcils.

— Comment ça ?

Tok se dandina nerveusement sur le seuil, ne sachant pas s'il était invité à entrer ou non.

— J'étais un orphelin des rues de Port Rawl, monsieur. Je me suis engagé comme moussaillon pour gagner ma vie. La mer est le seul foyer que je connaisse.

Méric était incapable d'imaginer ce que ce serait de ne pas connaître son passé, de n'avoir aucun endroit à considérer comme chez lui. Il désigna le coffre.

— Viens t'asseoir.

Les épaules de Tok s'affaissèrent de soulagement. Le petit garçon obtempéra très vite et en silence. Il écarquilla les yeux à la vue du faucon de soleil perché tout près du lit. Mais, presque aussitôt, son regard implorant revint vers le luth.

— Alors, qu'entends-tu dans la musique, Tok ? Qu'est-ce qui t'attire en elle ? demanda Méric.

L'enfant se tortilla, mal à l'aise.

— Elle me fait… chaud en dedans, finit-il par répondre dans un chuchotement. C'est comme si… elle m'emmenait dans un endroit où personne ne se moque de moi ni n'essaie de me frapper. Je ferme les yeux, et, jusque dans mon ventre, je sens… Je sens que j'ai une place quelque part.

Des larmes brillaient dans ses yeux. Embarrassé, Méric reporta son attention sur le luth.

— S'il vous plaît, jouez quelque chose pour moi, supplia Tok. Juste un petit moment.

Méric garda le silence quelques instants. Puis il tendit le luth au petit garçon.

— Il est temps que tu apprennes à jouer par toi-même, Tok.

L'enfant tint l'instrument à bout de bras, l'air horrifié comme s'il s'agissait d'un serpent venimeux.

— Je… Je ne peux pas !

— Pose-le sur tes genoux. Tu m'as vu faire assez souvent.

En déglutissant, Tok s'exécuta.

— Attrape la hampe avec ta main gauche, ordonna Méric. Peu importe comment tu places tes doigts. Maintenant, effleure les cordes avec les ongles de ton autre main.

Tok tremblait, mais il écouta et obéit. Il témoignait au luth un respect confinant à la vénération. Lorsque ses doigts caressèrent les cordes pour la première fois, le son parut le tétaniser. La note s'envola telle une hirondelle effrayée. Le luth de Nee'lahn s'était toujours exprimé avec sa propre voix plutôt qu'à travers le talent de la personne qui en jouait. Tok leva un regard émerveillé vers Méric.

— Vas-y, joue, l'encouragea l'el'phe. Écoute avec ton cœur et laisse la musique mouvoir tes doigts.

— Je ne sais pas...

— Fais-moi confiance, Tok. Et, pour une fois dans ta vie, fais-toi confiance aussi.

L'enfant se mordit la lèvre inférieure et effleura de nouveau les cordes, avec une douceur presque contrite. Mais, bientôt, ses paupières se fermèrent, et il laissa la musique s'emparer de lui. Méric le regarda se transformer de petit vagabond en ange de grâce. À travers lui, la musique jaillissait du bois du luth et se déversait dans le monde.

Méric s'adossa au mur et écouta. Tok jouait sans talent mais avec une passion empreinte d'une solitude poignante. Sa chanson était l'ultime lamentation de la forêt condamnée de Nee'lahn, la plainte d'un enfant auquel on avait dérobé ses origines.

Méric jeta un coup d'œil au faucon sur son perchoir. Dans sa posture raide et son regard hautain, il se vit lui-même – ou plutôt, il vit celui qu'il était en arrivant dans ces contrées. Arrogant, persuadé de son bon droit et de sa supériorité sur les autres. Mais, depuis, il avait changé. Il avait été témoin d'actes incroyablement courageux et immensément lâches. Il avait vu des gueux se comporter avec la noblesse de rois, et des aristocrates ramper dans la boue pour satisfaire leurs instincts les plus vils.

Reportant son attention sur Tok, Méric remarqua les larmes qui inondaient son petit visage tandis que l'enfant conjurait un foyer à jamais hors de son atteinte. Et, soudain, il comprit la chanson du luth. C'était pour ça que ses compagnons et lui devaient se battre – pas pour restaurer l'honneur d'un peuple banni ou préserver une lignée royale, mais pour la paix.

Méric laissa jouer le petit garçon, lui accordant son moment de chaleur et d'espoir. Et, dans sa musique, il puisa lui aussi la sérénité. Il avait trouvé une bonne raison de se battre.

Soudain, le faucon de soleil poussa un glapissement perçant. Méric se redressa, et le précieux luth faillit échapper aux mains surprises de Tok. L'el'phe et l'enfant tournèrent leur regard vers l'oiseau. Celui-ci avait étendu ses ailes, et son plumage neigeux brillait si fort que son éclat blessait les yeux.

— Que se passe-t-il ? s'affola Tok.

Méric se leva d'un bond et tendit un bras vers le faucon.

— Je n'en suis pas certain.

L'oiseau sauta sur le poignet de l'el'phe. Ses griffes lui transpercèrent la peau et se plantèrent dans sa chair. La tête de Méric lui tourna comme des images envahissaient son esprit. Il vit des bateaux chevauchant des vents de tempête, des étraves fendant les nuages. *Douce Mère, pas maintenant !* Il pensait avoir beaucoup plus de temps !

Le faucon perché sur son bras, Méric sortit en trombe. Tok le suivit. L'el'phe se hâta de remonter sur le pont principal. Il n'y trouva que Joach, Flint et les marins zo'ol. Tous restèrent bouche bée à la vue du faucon aux plumes ardentes.

Méric leva son poignet. L'oiseau s'envola, rasant les voiles gonflées du navire et prenant très vite de l'altitude. Méric laissa retomber son bras et scruta l'océan. L'*Étalon pâle* avait déjà dépassé les premières îles de l'Archipel. Ses occupants ne pouvaient plus voir la flotte dre'rendi et la bataille qui faisait rage aux abords de Val'loa ; à peine pouvaient-ils apercevoir une traînée noire à l'est et capter le mugissement étouffé des cors de guerre.

Flint se dirigea vers Méric.

— Qu'est-ce que tu fabriques ? Ce maudit volatile risque de trahir notre position !

Méric regarda le faucon disparaître dans l'éclat du soleil.

— Il vient d'être rappelé. Il semble que d'autres parties soient attirées par cette bataille comme des papillons par une flamme.

— De quoi parles-tu ? s'impatienta Flint.

Méric jeta un coup d'œil au vieux loup de mer.

— Si vous voulez le Journal Sanglant, nous devons nous dépêcher. Les combats ne vont pas tarder à s'intensifier. Ma mère arrive – la reine Tratal !

L'espoir fit hausser les sourcils à Flint.

— Des alliés supplémentaires ne seraient pas de trop. Si nous pouvions prévenir Sy-wen et...

Méric agrippa le bras du vieil homme.

— Tu ne comprends pas ! Elle ne vient pas apporter son soutien à notre cause, mais l'anéantir ! Elle compte détruire Val'loa et tout ce qu'abrite cette île maudite !

Surpris, Flint cligna des yeux.

— Et... elle en a les moyens ?

Méric regarda le vieil homme sans rien dire. Son silence était une réponse assez éloquente.

— Mais... et le Journal Sanglant ? s'inquiéta Flint. Il est destiné à Elena. Pourquoi ta mère chercherait-elle à nous mettre des bâtons dans les roues ?

Méric se renfrogna et se détourna.

— Parce que je le lui ai demandé.

22

Le trio de mages traversait la grande cour de l'Édifice, entraînant Er'ril à sa suite. Deux gardes armés d'épées longues fermaient la marche. Non qu'Er'ril représentât une menace pour quiconque : enchaîné des épaules aux chevilles, il se traînait avec difficulté sur le chemin de pierre blanche, un cliquetis métallique ponctuant chacun de ses pas minuscules.

L'homme des plaines leva le nez vers le ciel très bleu. Après tant de jours passés dans l'obscurité de sa cellule, la vive clarté lui fit plisser les yeux. Le soleil descendait pourtant vers l'ouest, plongeant dans l'ombre les jardins de la cour centrale. Seules les plus hautes branches du koa'kona, l'antique emblème de Val'loa, surplombaient les murs et baignaient encore dans la lumière du jour. Cette vision aurait dû réjouir Er'ril, mais les cris de bataille qui résonnaient à l'extérieur du château la teintaient de désespoir. Les branches ressemblaient aux bras tendus d'un noyé se débattant pour ne pas sombrer.

Pour accentuer l'aspect sinistre de cette image, un groupe de mages en robe noire faisait cercle autour de l'arbre, parmi ses énormes racines noueuses. Dix hommes musclés, appuyés sur le manche de longues haches, se tenaient non loin de là, l'air sombre. Er'ril sentait presque la menace qui émanait d'eux.

Ce n'était pas la seule chose qu'il sentait. De la fumée lui piquait le nez et souillait le ciel tandis que, tout autour de la ville, des tambours grondaient et des cors mugissaient. Parfois, la bataille semblait faire rage aux portes du château ; parfois, les hurlements et le fracas des armes parvenaient étouffés aux oreilles d'Er'ril, comme si la mêlée s'était éloignée. L'homme des plaines savait que ça n'était pas le cas. La mer déformait les sons. En réalité, les combats devaient avoir lieu tout autour de l'île.

Un peu plus tôt, Er'ril avait contemplé l'assaut initial depuis le sommet de la Flèche du Praetor. Il avait vu les navires des Sanguinaires et les dragons des mer'ai engager les forces défensives de Val'loa. Des monstres avaient jailli de l'océan ; des bateaux manœuvrés par des berserkers avaient foncé sur la flotte dre'rendi ; des volées de flèches enflammées et de boulets de catapulte s'étaient abattues sur les dragons et leurs cavaliers. Très vite, les vagues s'étaient teintées de rouge. Les coques noircies des bâtiments incendiés étaient venues s'échouer sur les rivages de l'île. Des cadavres amis ou ennemis flottaient parmi les débris. Quelques-unes des tours de la cité engloutie s'étaient changées en fontaines ardentes lorsque les attaquants avaient mis le feu à l'huile et à la poix qu'elles contenaient. Partout où se portait le regard, l'océan n'était plus que sang et mort.

Pendant tout ce temps, Shorkan était resté planté face à la fenêtre de son étude, observant le carnage en contrebas sans manifester la moindre émotion. Puis, comme réagissant à un signal connu de lui seul, il s'était détourné et avait déclaré le moment venu de descendre dans les catacombes pour effectuer les derniers préparatifs du rituel. Il ne semblait guère intéressé par l'âpre bataille dont Val'loa était le théâtre.

Plus que toute autre chose, c'était cette indifférence qui exaspérait Er'ril. Celui-ci aurait encore préféré que le Praetor se réjouisse à la vue de tant de destruction. L'impassibilité de

Shorkan lui faisait réaliser combien la créature qui habitait la peau de son frère était inhumaine.

Tandis qu'ils traversaient les jardins, Er'ril étudia le dos de Shorkan. La seule réaction qu'il avait réussi à lui soutirer, c'était un regard soupçonneux quand il avait suggéré la présence d'un traître parmi le cercle de ses proches. Mais, comme il avait refusé d'en dire davantage, l'intérêt du Praetor s'était rapidement évanoui.

Néanmoins, Er'ril estimait avoir marqué un point. Même si son pseudo-frère se complaisait dans le rôle du demi-dieu stoïque, il savait qu'une petite partie de l'ancien Shorkan se tapissait encore derrière ce masque de froideur. Oh, rien de noble ou de bon ! Juste les plus bas instincts que son frère avait jadis tenus en laisse.

Lorsque Shorkan était un tout jeune homme, son orgueil et son assurance obscurcissaient parfois son jugement. Il détestait être battu à des jeux de stratégie. Cette rage infantile subsistait toujours sous sa robe blanche. Même si son visage était resté de marbre, Er'ril savait que son esprit et son sang devaient bouillonner de questions. Le guerrier avait planté une graine de suspicion ; il s'en remettait à la méfiance naturelle de son frère pour en faire une pomme de discorde. Un homme occupé à surveiller ceux qui le flanquent se rend vulnérable à une attaque frontale... Du moins Er'ril l'espérait-il.

Le frottement de ses fers irritait ses chevilles blessées ; aussi se réjouit-il d'atteindre enfin l'autre bout de la grande cour. Dans le mur d'enceinte se découpait un portail richement ouvragé, dont les barreaux représentaient les branches d'un rosier. C'était l'entrée des catacombes où, depuis des siècles, on enterrait les frères défunts.

Les tunnels s'enfonçaient profondément dans le cœur volcanique de l'île ; on racontait que la plupart d'entre eux étaient des passages naturels creusés par la lave à l'époque de la formation de Val'loa. Mais le frottement de milliers de pieds avait poli la roche noire jusqu'à ce qu'elle brille, et les premiers artisans de la cité avaient sculpté toutes sortes d'ornements sur les murs et au plafond. Pourtant, derrière ce lustre, Er'ril avait toujours perçu la vibration originelle de la roche brute – comme on sent battre le cœur de son amante en posant la tête sur sa poitrine. Elle lui donnait une impression d'éternité.

Sans doute était-ce la raison pour laquelle la Fraternité avait choisi d'enterrer ses morts en ce lieu. En tout cas, c'était la raison pour laquelle Er'ril y avait enfoui le Journal Sanglant. Dans ces tunnels, le temps semblait n'avoir pas de signification. C'était un endroit parfait pour préserver le passé et protéger l'avenir.

La plainte grinçante de gonds très anciens ramena le guerrier dans le présent. Er'ril cligna des yeux pour chasser ses souvenirs. Si près de l'entrée des catacombes, les souterrains semblaient déjà le soustraire à la marche inflexible du temps.

— Verrouille le portail derrière nous, ordonna Shorkan au garde. Nous ne devons être dérangés sous aucun prétexte.

L'homme acquiesça. Mais, déjà, Shorkan l'avait dépassé et s'enfonçait dans la pénombre. De'nal le suivit, tandis que Greshym fermait la marche derrière Er'ril.

Au-delà du portail, des marches descendaient jusqu'au premier niveau des catacombes. Là étaient enterrés la plupart des frères défunts, dans d'étroites cryptes scellées par des pierres tombales. Deux torches encadraient l'ouverture. De'nal en prit une. Shorkan se contenta de tendre la main ; un globe de feu argenté s'éleva de sa paume et se mit à flotter devant lui tandis qu'il ouvrait la voie.

Les bruits de pas et le cliquetis des chaînes d'Er'ril résonnaient de manière sinistre dans les tunnels. L'ombre des quatre silhouettes dansait sur les murs au rythme du crépitement de la torche.

Greshym réglait son allure sur celle d'Er'ril. Il semblait évident qu'il voulait parler au guerrier sans que les autres l'entendent. Et il semblait tout aussi évident que la fatigue l'empêchait de suivre les deux mages, plus jeunes et plus vigoureux. Lorsque Er'ril lui jeta un coup d'œil par-dessus son épaule, il vit la douleur de ses rhumatismes creuser les traits du vieux mage, et il remarqua que l'unique main de Greshym serrait son bâton à s'en faire blanchir les jointures.

— Tiens-toi prêt, souffla le vieillard dans un murmure plus furtif que celui d'un amant secret.

Er'ril acquiesça en silence.

Le couloir principal formait une large spirale qui s'enfonçait vers le cœur de l'île. D'autres passages le traversaient à intervalles irréguliers.

— Ce serait facile de se perdre là-dedans, chuchota Greshym tandis que l'écart se creusait entre eux et les deux autres mages. Ou de disparaître. Les catacombes n'ont jamais vraiment été cartographiées...

Pas dupe, Er'ril grimaça. Greshym suggérait qu'il pourrait peut-être s'enfuir. Mais, bien entendu, il ne lui en donnerait l'occasion qu'après que l'homme des plaines lui eut remis le Journal Sanglant.

Comme le quatuor poursuivait sa descente, les tombes se firent plus récentes et leurs inscriptions plus lisibles. Bientôt, ils passèrent même devant quelques niches ouvertes en attente de leur futur occupant.

— Penses-y, insista Greshym.

Shorkan les entraîna dans des tunnels si rarement empruntés que la roche y avait conservé sa rugosité naturelle. Les niveaux inférieurs des catacombes étaient envahis par la mer, mais le Praetor n'avait pas l'intention de s'aventurer si bas. Soudain, il quitta le passage principal pour s'engager dans un couloir beaucoup plus étroit. Il se dirigeait sans la moindre hésitation dans ce dédale de cavernes et de souterrains.

Enfin, il pénétra dans une petite grotte ne possédant pas d'autre issue que le tunnel dont il venait d'émerger. Sur les côtés, les parois étaient de roche nue, mais face à lui se dressait un mur de glace noire qui montait du sol jusqu'au plafond. Sa surface semblait onduler, comme si la glace fondait et se solidifiait perpétuellement.

Shorkan s'approcha de l'obstacle. Éclairée par sa sphère argentée, la surface lisse et brillante lui renvoya le reflet des quatre intrus. Il pivota vers ses compagnons, l'air dégoûté.

— Le mage qui a lancé ce sort pour toi était sacrément doué, dit-il à Er'ril. Ça fait des siècles que je m'acharne dessus sans parvenir à le briser.

L'homme des plaines haussa les épaules.

— Il me devait une faveur.

— Ne te moque pas de moi, grinça Shorkan. Pour bâtir ce tombeau, frère Kallon a utilisé son dernier souffle de vie et la magie que te conférait le Grimoire. Il est mort le sort sur les lèvres, emportant son secret dans l'au-delà.

Er'ril éclata de rire.

— Ne sois pas si mélodramatique. Il n'y a pas de secret qui tienne. Frère Kallon était tout simplement meilleur que toi. Tu le sais. Avant que le Grimoire soit forgé, tu n'arrêtais pas de te plaindre de son talent incommensurable, de la façon dont il ne cessait de te damer le pion. C'est pour ça que je me suis adressé à lui quand j'ai pris conscience du danger que représentait le Grimoire.

Shorkan demeura impassible, mais Er'ril remarqua que sa sphère flamboyait de plus belle.

— Frère Kallon était peut-être meilleur autrefois. Mais, durant ces derniers siècles, mon pouvoir a considérablement augmenté.

Er'ril haussa les épaules et, du menton, désigna le mur de glace noire.

— Exact. Mais, visiblement, pas assez pour triompher de frère Kallon. Son sort tient toujours debout, attestant de sa supériorité, et il continue à se rire de toi.

Le masque de stoïcisme de Shorkan vola en éclats. Une fureur sauvage emplit ses yeux ; ses lèvres se retroussèrent en un rictus meurtrier ; son front s'assombrit comme un ciel orageux.

— Cette indignité est sur le point de prendre fin ! Ce soir, je pulvériserai le sort de frère Kallon, et sa mort n'aura servi à rien. Le Grimoire et toi serez détruits au lever de la lune.

Er'ril ne se départit pas de son calme.

— Ça reste à voir, mon cher frère, répondit-il sur un ton entendu. Kallon t'a déjà vaincu par le passé – et il te vaincra encore aujourd'hui.

Les yeux de Shorkan lancèrent des éclairs. Suffocant de rage, il se tourna vers De'nal.

— Sors les couteaux et prépare un cercle de protection !

L'enfant alla déposer sa torche dans un porte-flambeau et revint rapidement vers le centre de la caverne. Accroupi par terre, il sortit deux couteaux des fourreaux qu'il portait le long de ses avant-bras et une longue bougie blanche d'une de ses poches.

Greshym le rejoignit. Il posa son bâton sur le sol et saisit l'un des couteaux. Puis il leva un regard inquiet vers Er'ril. Comme celui-ci demeurait de marbre, il continua à aider De'nal.

D'un geste de sa main minuscule, le petit garçon alluma la bougie et entreprit de tracer un large cercle de cire fondue devant le mur de glace noire. Les mages cherchaient à recréer le décor de la création du Journal Sanglant, réalisa Er'ril.

Tandis que Greshym et De'nal s'affairaient, Shorkan s'approcha de son frère.

— Je réussirai, siffla-t-il. Je vaincrai frère Kallon en détruisant tout ce qu'il cherchait à préserver. Et, ce faisant, je regarderai ton cœur se briser à la vue de tes espoirs réduits en miettes. Je savourerai ta défaite ! (De sa propre manche, il sortit un couteau qu'il montra à Er'ril.) Tu le reconnais ?

Ce fut le tour du guerrier de feindre l'indifférence. Pourtant, son souffle s'étrangla dans sa gorge.

— Le couteau de chasse de père…

Shorkan ricana.

— Tu me l'as donné la nuit où le Grimoire a été forgé, tu t'en souviens ?

Er'ril blêmit. Très longtemps auparavant, il avait prêté le couteau à son frère pour lui permettre de lancer le sort qui lierait le Grimoire. Il l'avait cru perdu à jamais. À l'idée que ce legs de leur père puisse servir une cause si abominable, il sentit sa détermination faiblir.

Shorkan se pencha vers lui.

— Je sais que notre père comptait beaucoup pour toi, Er'ril. Je me délecterai de voir son héritage aider à détruire tout ce qui t'est cher.

Er'ril refusa de se laisser impressionner par la véhémence du monstre qui arborait le visage de son frère. Il lui décocha ces mots comme des flèches :

— Seulement si tu découvres d'abord qui est le traître parmi vous.

Par réflexe, Shorkan jeta un coup d'œil aux deux mages toujours en pleins préparatifs. Er'ril se força à conserver une expression neutre. Ainsi, sa graine de méfiance avait bien été plantée dans un sol fertile. Il haussa la voix. Si Shorkan comptait le déstabiliser en utilisant le couteau de leur père, il n'hésiterait pas à lui rendre la pareille.

— Un traître se tient près de toi, mon frère – dans cette caverne, en ce moment même. Je te le jure sur la tombe et l'âme éternelle de notre père.

Le choc et la stupéfaction s'inscrivirent sur le visage du Praetor. Il restait en lui assez de l'ancien Shorkan pour savoir qu'Er'ril n'aurait jamais fait un serment pareil si ça n'était pas vrai.

— Alors, pourquoi me prévenir ? Quelle ruse est-ce là ?

— Ça n'en est pas une. Je te le dis parce que ça ne te servira à rien de le savoir. Il est trop tard, mon frère. Tu es coincé. Si tu ne démasques pas le traître avant le lever de la lune, il fera échouer ton plan. Et si tu parviens à le détruire, il te manquera un élément clé pour délier le Journal Sanglant. Dans un cas comme dans l'autre, le Grimoire demeurera intact. Tu ne peux pas réussir.

Er'ril se pencha vers Shorkan comme pour retourner le couteau de ses mots dans la plaie.

— Une fois de plus, tu es vaincu par plus fort que toi, mon frère.

Shorkan tremblait de rage.

— Non ! (Il brandit le couteau de leur père et fit mine de l'abattre sur la gorge d'Er'ril.) Tu ne gagneras pas !

— Arrête ! s'exclama Greshym. Shorkan, si tu tues Er'ril, le sort ne fonctionnera jamais. Il ment. Ne l'écoute pas ! Il essaie juste de te pousser à commettre l'irréparable !

La pointe du couteau s'immobilisa dans le creux de la gorge d'Er'ril. Shorkan baissa son arme et fit face aux deux autres mages.

— Non, répliqua-t-il sur un ton glacial. Er'ril dit la vérité. Il y a un traître parmi nous. (Il tendit sa main libre vers Greshym.) Je n'ai menacé Er'ril que pour le démasquer.

Greshym leva un bras pour se protéger, mais Shorkan pivota vers De'nal. Du feu obscur jaillit de sa main et submergea le petit garçon.

— Le silence de De'nal m'a révélé ses véritables intentions. En tuant Er'ril, j'aurais anéanti toutes mes chances de délier le Grimoire. Ton avertissement, Greshym, m'a prouvé ta loyauté.

La magie du Praetor continuait à se déverser de sa main tel un torrent. D'un mouvement du poignet, il en interrompit le flot. De'nal se retrouva ligoté de la tête aux pieds par des cordes de feu obscur, incapable de bouger ou de parler. On aurait dit une mouche prise dans une toile d'araignée.

Shorkan se tourna vers Er'ril.

— Ton plan comporte une faille, mon frère. Je n'ai pas besoin de la coopération de ce traître, juste de son corps vivant. Immobilisé, De'nal pourra quand même jouer son rôle dans le lancement du sort. Et après, je vous tuerai tous les deux. (Il fit un pas vers le guerrier.) Tu vois – au final, c'est toi qui es vaincu.

Er'ril se força à ne pas réagir. Jusque-là, tout se passait exactement comme prévu. Shorkan était tombé dans son piège aussi facilement qu'un lapin aveugle. Pourtant, l'homme des plaines n'osait pas encore espérer. La lune se lèverait bientôt, et il lui restait un dernier acte à jouer.

Elena retrouva les autres sur le pont de l'*Étalon pâle.* Droit devant eux, les immenses falaises de l'île de Maunsk barraient l'horizon, à l'ouest. Les pics jumeaux dissimulaient déjà le soleil. Dans l'ombre des montagnes, c'était comme si le crépuscule venait de tomber. L'océan virait au bleu marine et la végétation s'assombrissait. Seul l'azur du ciel promettait encore tout le temps nécessaire avant le lever de la lune. Pourtant, Elena s'enveloppa de ses bras en réprimant un frisson. Le soir approchait beaucoup trop vite.

Méric vint s'appuyer au bastingage près de la jeune femme.

— Je suis désolé, dit-il sur un ton chagrin.

Incapable de le regarder en face, Elena lui jeta un coup d'œil en biais.

— Pourquoi as-tu fait ça ? Pourquoi as-tu appelé les forces de ta reine ? Je te faisais confiance !

Méric garda le silence un long moment. Lorsqu'il répondit, ce fut d'une voix tendue.

—À Port Rawl, j'ai envoyé un des petits oiseaux de Mama Freda à ma mère, avec un message sollicitant son aide. Je croyais agir pour ta protection. Je ne voulais pas que tu te jettes dans le piège tendu par les mages de Val'loa. Je pensais que, si l'île était détruite, tu renoncerais à jouer ton rôle de sor'cière et mettrais un terme à ta guerre contre le Seigneur Noir. Libérée de cette responsabilité, tu rentrerais à Fort-Tempête pour prendre ta véritable place en ce monde.

—Tu sais très bien que je ne ferai jamais ça, répliqua fermement Elena. Avec ou sans le Grimoire, je continuerai à lutter contre le mal qui ravage Alaséa.

Méric acquiesça.

—Oui, j'ai fini par m'en rendre compte. Après les épreuves subies à Ruissombre, la fuite m'apparaissait comme la meilleure solution. Puis j'ai entendu l'histoire des Dre'rendi et des mer'ai, et j'ai su que je me trompais. Tu ne peux tourner le dos à ce fléau sans perdre une partie de toi, et même si tu le faisais, il continuerait à te poursuivre. (La voix de l'el'phe s'adoucit.) Mais ce n'est pas la seule raison pour laquelle j'ai compris que tu n'abandonnerais pas.

Elena se tourna vers lui et, sur un ton plus dur qu'elle ne l'aurait voulu, demanda :

—Pour quelle autre raison, alors ?

Méric leva des yeux brillants vers elle.

—Quand nous t'avons rejointe, Tol'chuk et moi, j'ai vu combien tu avais changé – et pas seulement de corps. C'était quelque chose de plus profond, quelque chose qui m'a frappé en plein cœur. J'ai enfin vu ce qu'il y avait d'el'phique en toi. Alors, j'ai su que jamais tu ne tournerais le dos à Alaséa, et que je resterais toujours à tes côtés. (Il se détourna.) Je suis désolé, dit-il tout bas. J'aurais dû t'en parler. J'espérais que nous aurions récupéré le Grimoire et décampé avant son arrivée. (Il se remit à scruter le ciel.) Mais si le faucon de soleil s'est envolé, c'est qu'elle n'est pas loin. Ses navires de guerre seront bientôt là.

Elena sentit sa colère retomber quelque peu.

— Combien de temps nous reste-t-il ?

— Peut-être une journée, répondit Méric, penaud. Pas davantage.

— Dans ce cas, ça n'a pas d'importance. D'ici demain matin, ou bien nous aurons quitté l'île avec le Grimoire, ou bien nous serons morts. (Elena posa une main sur l'épaule de l'el'phe.) Ne sois pas si sévère envers toi-même, Méric. Parfois, le fond de notre cœur ne nous apparaît que trop tard. (Elle songea à Er'ril.) Je suis bien placée pour le savoir.

Méric lança un regard reconnaissant à la jeune femme, et ses épaules se redressèrent, comme s'il retrouvait un peu de sa vigueur habituelle. Elena lui toucha le bras en un geste de pardon silencieux, puis pivota pour balayer le pont du regard. Flint et les Zo'ol étaient occupés à manœuvrer l'*Étalon pâle* au travers des dangereux récifs qui encerclaient l'île de Maunsk. Ils se criaient des ordres et procédaient à des ajustements continus de trajectoire.

— El, je peux te parler un instant ?

Joach venait d'émerger par l'écoutille du pont inférieur. Tenant son bâton dans sa main gantée, il se dirigea vers sa sœur.

— Qu'y a-t-il ?

— C'est à propos d'Er'ril.

Elena se retint de frémir. Elle ne voulait pas parler de l'homme des plaines, mais elle ne pouvait pas non plus ignorer l'inquiétude visible de son frère.

— Oui ?

Joach s'immobilisa devant elle. De sa main libre, il caressa le duvet roux qui couvrait désormais ses joues et son menton. Le cœur d'Elena se serra. Ce simple geste lui rappelait tellement leur père ! Bruxton Morin'stal se frottait toujours la barbe quand il avait quelque chose de difficile à dire. Pour la première fois, Elena entrevit chez son frère aîné l'homme qu'il était en train de devenir. Joach n'était plus le jeune garçon de ferme qui courait avec elle dans le verger familial. La force et la sévérité de leur père brillaient désormais dans ses yeux verts.

— Si Er'ril est toujours vivant, il a passé plus d'un quart de lune aux mains des mages noirs.

— Je sais, répliqua sèchement Elena.

Joach soupira.

— Je veux juste dire que… qu'il n'est peut-être plus l'homme que tu as connu. Je suis bien placé pour savoir de quelle façon leur magie peut briser la volonté de quelqu'un et le soumettre à leur volonté.

— Er'ril ne se laissera pas faire, affirma Elena, espérant mettre un terme à cette conversation qui risquait de raviver ses tourments intérieurs.

Mais Joach insista.

— J'espère que tu as raison, El. Je l'espère vraiment. Mais juste au cas où… Si tu le rencontres sur l'île, j'aimerais que tu supposes le pire jusqu'à preuve du contraire.

Elena fixa son frère sans répondre. Il lui demandait de se méfier d'Er'ril. La raison d'Elena savait que c'était la conduite la plus sage à suivre, mais son cœur la poussait à gifler Joach. Jamais Er'ril ne les trahirait !

Joach parut sentir la colère de sa sœur. Sa voix s'adoucit encore.

— Réfléchis, El. D'abord, la statue de la wyverne. Ensuite, la capture d'Er'ril par les mages noirs. C'est comme si tous les éléments de mon rêve se mettaient en place. (Il brandit son bâton, et des flammèches de feu obscur coururent le long du bois.) Peut-être était-ce un véritable tissage.

— Nous en avons déjà discuté avec Flint et Moris. Pourquoi m'en reparles-tu ? Essaies-tu de me faire peur ?

Le regard du jeune homme se durcit.

—Oui, El. J'essaie de te faire peur.

D'un geste furibond, Elena le congédia et fit mine de se détourner. Mais il la saisit par le bras.

—Écoute-moi, chuchota-t-il. Je t'en parle maintenant parce que… parce que… (Il jeta un coup d'œil à la ronde pour s'assurer que personne d'autre ne les écoutait.) Parce qu'à l'instant j'étais en train de me reposer dans ma cabine et… j'ai refait le même rêve. Le même ! La wyverne qui attaquait, l'éclair qui jaillissait de mon bâton, Er'ril qui nous enfermait au sommet de la tour et qui s'approchait de nous avec l'intention de nous tuer…

Elena secoua la tête.

—Non…

Joach lui serra le bras un peu plus fort.

—Au moins, méfie-toi de lui ! C'est tout ce que je te demande.

Et il la lâcha.

Tentant d'échapper à l'avertissement de son frère, Elena faillit partir à la renverse. Ce fut alors qu'un cri retentit à la poupe du bateau. Debout à la barre, Flint tendait un doigt vers l'avant.

—L'entrée de la grotte ! Nous y sommes presque ! Rassemblez vos affaires et tenez-vous prêts à débarquer !

Elena voulut se diriger vers la proue pour observer leur approche, mais Joach l'arrêta.

—El ?

La jeune femme ne put soutenir le regard de son frère.

—Je sais, marmonna-t-elle. Je serai prudente. (Serrant les poings, elle tourna la tête vers le nuage de fumée qui souillait le ciel au-dessus de Val'loa.) Mais, si Er'ril a été corrompu, je le leur ferai payer – tous autant qu'ils sont. Je pulvériserai jusqu'aux fondations de cette île.

Tant de véhémence fit reculer Joach.

Elena ignora la mine consternée de son frère. Même si ça lui faisait mal de l'admettre, elle savait qu'il avait raison. Si Méric pouvait la trahir, pourquoi pas les autres ? Tante Mycelle ne s'était-elle pas enfuie avec Kral et les métamorphes ?

Tout en pivotant, Elena balaya du regard les compagnons qui lui restaient. Sur qui pouvait-elle vraiment compter durant la bataille à venir ? Tol'chuk était focalisé sur ses propres problèmes. Elle connaissait à peine Mama Freda. Même Flint, si sage et si fiable, n'était qu'un être humain ; il pouvait tomber sous le contrôle d'un mage noir comme Joach était tombé sous celui de Greshym. Et son propre frère… Du coin de l'œil, Elena regarda Joach tenir le bâton qui avait tué leurs parents. Quand la magie noire du talisman commencerait-elle à l'affecter ?

Secouant la tête, Elena se détourna. Elle se représenta le visage d'Er'ril, ses yeux gris si calmes. Dans sa poitrine, un petit morceau de son cœur mourut. Elle ne pouvait plus être cette enfant effrayée qui s'en remettait totalement aux autres. Pour mener sa mission à bien, elle devait endurcir son esprit.

Une dernière fois, elle contempla le nuage de fumée qui marquait l'emplacement de Val'loa.

— Je suis désolée, Er'ril.

Joach regarda sa sœur s'éloigner. Il savait que ses paroles l'avaient blessée, mais Elena avait besoin de les entendre. Elle devait être prudente. Même si elle ressemblait à une adulte, Joach la soupçonnait d'être restée une adolescente naïve dans son cœur. Désormais, ce ne serait plus le cas. Son innocence venait de s'envoler. Son corps et son esprit étaient enfin en accord.

Joach déglutit. Un instant, il regretta d'avoir été aussi dur avec elle. Puis il se souvint de la façon dont Greshym l'avait contrôlé jadis, emprisonné dans son propre cerveau – et il sut qu'il avait bien agi. Er'ril pouvait se faire ensor'celer tout aussi facilement que lui. Et, quoi qu'en disent les autres, il avait désormais l'intime conviction que son rêve était un tissage, un aperçu du futur. Il ne pouvait pas faire autrement que d'en parler à sa sœur.

Rasséréné, Joach agrippa son bâton et alla rejoindre les autres près du bastingage. Ensemble, ils regardèrent l'île se rapprocher.

L'*Étalon pâle* contourna Maunsk, et les falaises s'ouvrirent devant eux. Un canal profond conduisait vers le cœur de l'île. Au-dessus de leur tête, les voiles claquèrent quand le bateau vira vers la droite pour s'y engager. Un léger frisson parcourut la coque, indiquant que la quille venait de racler sur un rocher.

— Ne vous inquiétez pas ! lança Flint depuis la barre. Ce sont les derniers récifs !

Et de fait, quelques instants plus tard, l'*Étalon pâle* glissait en douceur entre les parois abruptes du ravin.

Le canal s'incurvait d'abord vers la gauche, puis vers la droite, avant de déboucher sur une large baie. Lorsqu'ils atteignirent celle-ci, Flint ordonna aux Zo'ol d'arriser les voiles. Le bateau ralentit. Joach regarda autour de lui, mais il ne vit aucun quai, aucune jetée à laquelle amarrer leur embarcation. Toute la baie était cernée par des falaises identiques à celles qui bordaient le canal. Vus de là, les deux pics jumeaux semblaient se pencher vers l'*Étalon pâle* et ses occupants.

Les sourcils froncés, Joach se dirigea vers le marin qu'il connaissait le mieux.

— Tu sais où on va, Xin ?

Le Zo'ol noua une écoute, puis se redressa et haussa les épaules.

— Mes hommes et moi devons rester à bord. Le gamin, Tok, nous tiendra compagnie.

— Et nous, où est-ce qu'on va ? insista Joach.

Du menton, Xin désigna l'autre côté de la baie. Une cascade étroite dégringolait depuis les hauteurs et venait s'écraser au pied des falaises dans une grande gerbe d'écume.

— Là-bas, a dit le vieux frère.

— J'ai jeté l'ancre ! cria Flint. Tout le monde sur le pont, et apportez vos affaires ! Nous allons gagner le rivage à la rame.

En se retournant, Joach vit les deux autres Zo'ol défaire la bâche du canot attaché au flanc tribord de l'*Étalon pâle*. Il voulut s'éloigner pour aller chercher son paquetage, mais Xin l'arrêta en lui touchant le bras. Les yeux verts du Zo'ol brillaient légèrement.

— Je perçois la peur et l'inquiétude dans ton cœur, Joach, fils de Morin'stal. (Levant un doigt, il toucha la cicatrice pâle sur son front.) Elles sont nées de quelque chose que tu as vu avec ton œil intérieur.

Joach fronça les sourcils.

— Mon rêve… ?

Mais Xin ignora la question.

— Sache ceci : de la même façon que les yeux ordinaires, l'œil spirituel du sage peut se laisser berner par une illusion. Tu découvres à peine tes pouvoirs. Ne les laisse pas te contrôler. (De l'index, le Zo'ol toucha la poitrine de Joach.) Apprends à regarder aussi avec ça.

Perplexe, Joach ne sut que répondre.

— Je… J'essaierai.

Xin hocha la tête et sortit quelque chose de sa chemise. C'était la dent de dragon que Joach lui avait donnée. Il la serra dans son poing.

— Nous avons échangé nos noms et lié nos cœurs. Ne l'oublie pas. Si jamais tu as besoin de moi, serre la perle noire dans ta main, et je le saurai.

Instinctivement, Joach porta une main à la poche dans laquelle il avait rangé la perle. Était-ce juste une superstition des Zo'ol, ou y avait-il réellement du pouvoir dans leurs échanges rituels de cadeaux ? Dans le doute, Joach acquiesça.

— Je n'oublierai pas.

Satisfait, Xin retourna à ses drisses.

Joach se hâta d'obéir aux ordres de Flint. Bientôt, il rejoignit les autres près du bastingage, son paquetage sur le dos et son bâton à la main. Le canot avait été mis à la mer, dans les eaux calmes contre le flanc tribord du bateau. Une échelle de corde descendait jusqu'à lui. Tol'chuk était déjà en bas ; il tenait l'extrémité flottante de l'échelle pour l'empêcher de bouger.

Flint aida Mama Freda à enjamber le bastingage.

Quelques minutes plus tard, ils étaient tous assis dans le canot. Au signal de Flint, les Zo'ol remontèrent l'échelle. Puis Tok et eux agitèrent le bras en guise d'au revoir tandis que Tol'chuk empoignait les rames. Grâce au large dos et aux bras puissants de l'og're, le canot s'éloigna rapidement de l'*Étalon pâle*.

— Il doit y avoir une petite plage à gauche de la cascade, révéla Flint.

Tol'chuk grogna pour indiquer qu'il avait compris et tira de plus belle sur les rames. Comme ils approchaient de la cascade, le grondement de celle-ci enfla. Les compagnons sentirent même de l'écume leur éclabousser la figure. Par-dessus son épaule, Joach jeta un coup d'œil à l'*Étalon pâle*. Le petit bateau était déjà loin. Joach avait vécu si longtemps à son bord qu'il s'y sentait presque comme chez lui. Il glissa une main dans sa poche pour toucher la perle de Xin, puis reporta son attention droit devant lui.

Tol'chuk infléchit légèrement sa trajectoire. Encore quelques coups de rames et le canot racla le fond. De si près, le rugissement de la cascade était assourdissant. Tol'chuk sauta dans l'eau peu profonde et tira la petite embarcation un peu plus haut sur la plage. Surpris par la puissance musculaire de l'og're, Joach cligna des yeux.

Les compagnons débarquèrent. L'écume de la cascade eut tôt fait de les tremper de la tête aux pieds.

— Suivez-moi ! hurla Flint pour se faire entendre. Restez groupés !

Longeant l'étroite bande de sable et de cailloux, il se dirigea vers la cascade. Il tendit un doigt pour indiquer une brèche entre la falaise et les trombes d'eau qui se déversaient de son sommet. Lorsqu'ils furent assez proches, ses compagnons distinguèrent une caverne qui se découpait dans la pierre. Flint leur fit signe de l'y suivre.

Ils durent se mettre les uns derrière les autres pour se faufiler entre la cascade et la paroi rocheuse. Mais, une fois à l'intérieur, ils purent de nouveau se regrouper. Joach promena un regard à la ronde. La caverne ne faisait que quelques pas de profondeur, et il n'y avait pas le moindre tunnel en vue.

— Où va-t-on maintenant ? cria-t-il pour couvrir le rugissement de la cascade.

Flint sortit le poing de fer d'Er'ril du morceau de peau de phoque dans lequel il l'avait emballé. Il le leva afin que tous puissent le voir.

— Tout comme l'Arche de l'Archipel, ce site est riche en magie élémentale. D'ici, la clé peut nous ouvrir un chemin vers la cité.

Joach scruta la pierre noire de la caverne. Ça paraissait difficile à croire. Mais Flint tendit un doigt vers la cascade.

— C'est par ici. Faites la chaîne.

Histoire de donner l'exemple, le vieil homme tendit sa main libre à Elena. La jeune femme fit mine de la prendre. Il secoua la tête.

— Peau contre peau. Il va falloir que tu enlèves tes gants.

Elena acquiesça et s'exécuta. Dans la pénombre de la

caverne, ses deux mains luisaient comme des rubis. Elle prit celle de Flint et tendit l'autre à Joach.

Encombré par son bâton, le jeune homme fut forcé de coincer le talisman sous les lanières de son paquetage avant d'ôter ses propres gants. Une fois prêt, il prit la main d'Elena. La froideur de sa chair lui donna l'impression de toucher la lune même. Pour rassurer sa sœur, il lui pressa légèrement la paume. Elena lui rendit un sourire forcé, aussi dénué de chaleur que sa main.

Joach se détourna et tendit son autre main à Méric. Bientôt, la chaîne fut complète – Flint à une extrémité et Tol'chuk à l'autre. Le vieux loup de mer hocha la tête.

— Ne vous lâchez surtout pas la main avant que nous soyons passés. Je ne sais pas exactement à quel endroit de l'île nous atterrirons. Seul un maître mage peut manipuler ces clés avec précision. Alors, tenez-vous prêts à tout !

Pivotant face à la cascade, il brandit le poing de fer et s'avança. Comme il approchait du rideau liquide, la surface de celui-ci se fit vitreuse. Puis elle devint aussi limpide que du cristal. De l'autre côté, la baie et l'*Étalon pâle* avaient disparu. Les compagnons ne voyaient que des bâtiments de brique blanche et des tours qui semblaient monter jusqu'aux nuages.

La cité de Val'loa !

Flint les entraîna à travers la cascade comme s'il franchissait un portail ordinaire. Il passa le premier, suivi par Elena et par Joach. Le jeune homme s'attendait à être douché, écrasé par le poids des trombes d'eau. Au lieu de ça, il ne sentit qu'un léger picotement sur sa peau avant de se retrouver une fois de plus sur l'île de Val'loa.

Mais, comme il émergeait à l'air libre, l'illusion de silence se brisa. Ses oreilles furent assaillies par le fracas de la bataille. Joach frémit. De la fumée lui piquait le nez, et le rugissement des dragons mourants se réverbérait sur les pierres cuites par le soleil tout autour de lui.

En un pas, il venait de pénétrer au cœur d'un maelström.

Jetant un coup d'œil derrière lui, Joach vit Tol'chuk émerger du portail à la suite de Mama Freda. Le rideau transparent scintilla et s'évanouit derrière eux.

Ils se tenaient au milieu d'une place quelconque, dans l'un des niveaux supérieurs de la cité. Pas très loin au-dessus d'eux, Joach apercevait les créneaux et les tours de son ancienne prison, l'immense Édifice de Val'loa. À cette vue, son cœur tressaillit. Comment ses compagnons et lui allaient-ils infiltrer cette forteresse massive ? Tandis qu'il la détaillait, Joach eut l'impression que quelque chose clochait. Il mit un moment à réaliser de quoi il s'agissait. En frissonnant, il tendit un doigt.

— L'arbre ! s'écria-t-il. Le koa'kona a disparu !

Les branches mortes du puissant emblème de Val'loa auraient dû s'étendre au-dessus de l'Édifice pour le coiffer telle une couronne. Mais, au-dessus de la cour centrale, il n'y avait plus rien.

Avant que Joach puisse réaliser la portée de cette disparition, une voix aiguë et sifflante s'éleva à l'angle d'une maison décrépite.

— Vous en avez mis du temps !

Joach fit volte-face. Des skal'tum jaillissaient de toutes les rues qui débouchaient sur la place. Derrière les innombrables fenêtres des bâtiments alentour, des visages pâles observaient les intrus, dévoilant leurs crocs effilés en un sourire cruel.

Les compagnons s'étaient jetés tout droit dans une embuscade.

Un démon énorme s'avança. Joach n'en avait encore jamais vu d'aussi gros. La créature déplia ses ailes, renversant un pilier antique qui se brisa en heurtant le sol. Puis elle se pencha vers ses proies.

— Vous ne pourrez vous en prendre qu'à vous si l'attente a aiguisé notre appétit.

Le bras de Sy-wen la brûlait, mais la jeune fille ignora la douleur. Ce n'était pas elle qui avait été blessée : c'était Ragnar'k. Elle jeta un coup d'œil à l'aile droite de sa monture. Ils volaient un peu trop près d'une des tours de la cité quand celle-ci avait soudain explosé dans une gerbe de flammes. La pluie de braises et de débris avait pris le dragon par surprise. Seuls un plongeon et un virage serré les avaient préservés de l'annihilation.

À présent, la membrane de l'aile droite de Ragnar'k s'ornait de cloques sur une large bande. Décrivant une longue courbe, le dragon s'éloigna de la cité afin de rejoindre la flotte dre'rendi. Des archers ennemis lui décochèrent des flèches. Il volait trop haut au-dessus de leurs navires pour que les projectiles puissent l'atteindre, mais pour combien de temps encore ? Son aile blessée faiblissait, et il ne cessait de perdre de l'altitude.

En contrebas, le chaos s'était emparé de la flotte dre'rendi. Les navires de guerre des Sanguinaires se faisaient harceler par une nuée de bateaux plus petits. Tels des rémoras accrochés à des requins, ces derniers s'étaient attachés à leurs flancs au moyen de grappins et d'échelles d'abordage. Une bataille acharnée faisait rage sur les ponts et dans les gréements. Des cris et des ordres résonnaient de toutes parts. Des flèches filaient au-dessus des vagues – certaines enflammées, d'autres empoisonnés.

Tout n'était pourtant pas perdu. Entre les bateaux, l'océan était hostile aux défenseurs de Val'loa. Les mer'ai et leurs montures jaillissaient des flots pour semer la panique parmi eux. Les griffes et les crocs des dragons déchiquetaient bois et chair sans distinction. Partout, des coques prenaient l'eau, et les berserkers qui tombaient à la mer finissaient dans l'estomac des dragons.

Mais même les mer'ai n'étaient pas en sécurité dans leur propre territoire. Des créatures à tentacules s'emparaient des montures et des cavaliers imprudents. Le pire de la bataille sous-marine faisait rage aux abords de la cité engloutie. Un léviathan pareil à une montagne gisait au milieu d'un grouillement de céphalopodes occupés à le tailler en pièces. Leurs tentacules pâles s'acharnaient sur lui ; de loin, on aurait dit qu'il dérivait dans un océan de flammes blanches et clignotantes. Plusieurs dragons luttaient pour le libérer, mais, malgré la distance qui les séparait, Sy-wen voyait bien que le mastodonte ne survivrait pas à ses blessures. Les eaux de Val'loa étaient désormais rouges de sang. Épaves et cadavres bouchaient les étroits canaux de la cité engloutie.

Se secouant pour chasser la douleur, Sy-wen envoya un message mental à Ragnar'k.

— *Il faut absolument regagner le* Cœur de dragon *!*

Le dragon tourna légèrement la tête pour la fixer d'un œil noir cristallin.

— *Je ne te décevrai pas, ma Liée.*

Handicapé par son aile blessée, il donna un coup de reins pour reprendre de l'altitude. Sy-wen se pencha sur son encolure et caressa ses muscles bandés comme pour lui communiquer un peu de sa propre vigueur. Ils devaient rejoindre le haut maître de quille.

— Kast, chuchota Sy-wen. Si tu m'entends, prête ta force à Ragnar'k. J'ai besoin de vous deux.

Elle savait bien que le Sanguinaire n'avait plus conscience de rien quand il cédait sa place au dragon. Mais son cœur brûlait de l'entendre. Épuisée par une journée de vol et de combats, elle s'autorisa à fermer les yeux. Le sifflement du vent dans ses oreilles atténuait le tumulte de la bataille et le transformait en un grondement sourd et indistinct.

— *Kast, entends-moi,* implora-t-elle silencieusement.

Et une réponse lui parvint. Sy-wen n'aurait su dire si elle venait d'elle-même ou du dragon – leurs esprits ne faisaient plus qu'un, lui semblait-il.

—*Je suis là.*

De surprise, la jeune fille rouvrit les yeux.

—*Kast?*

—*Nous sommes là tous les deux, ma Liée.*

C'était la voix mentale de Ragnar'k.

—*Mais... comment est-ce possible?* s'émerveilla Sy-wen.

—*Je crois qu'après que l'éclair eut touché Ragnar'k la frontière entre nous deux s'est brouillée*, répondit Kast. *Désormais, je vois ce qu'il voit, mais un peu comme si c'était un rêve.*

—*Et tu peux me parler?*

—*C'est dur pour Ragnar'k de m'y autoriser. Ça amoindrit le contrôle qu'il exerce sur son propre corps.*

Sy-wen perçut la confirmation silencieuse, presque embarrassée, du dragon. Ragnar'k détestait admettre ses faiblesses.

—*Dans ce cas, nous devons mettre un terme à cette conversation. Ragnar'k va avoir besoin de toutes ses forces pour atteindre le* Cœur de dragon. *Nous devons parler au haut maître de quille.*

—*Je sais. J'ai vu. Ragnar'k ne m'a laissé prendre la parole que pour te redonner du courage. Il voulait que tu saches que, moi aussi, j'étais là. Il a perçu ton désespoir et il a cherché à le soulager, fût-ce à ses propres dépens.*

Sy-wen caressa le flanc de sa monture. Ragnar'k lui renvoya une sensation de chaleur.

— *Vous êtes vraiment mes Liés. Tous les deux.*

—*Je dois y aller. Que les dieux veillent sur vous. La flotte doit être mise au courant de ce que vous savez.*

Sy-wen sentit Kast se retirer. Ragnar'k parut reprendre un peu de vigueur; une chaleur intense émanait de son corps. Il infléchit sa trajectoire vers la bataille en contrebas. Malgré la fumée qui troublait sa vision, il apercevait les trois mâts du *Cœur de dragon* dans le lointain. Le navire amiral demeurait à l'arrière de la flotte dre'rendi, que le haut maître de quille dirigeait à l'aide d'un cor et de pigeons.

Pour l'instant, l'issue de l'affrontement demeurait incertaine. Aucune des deux forces ne voulait céder de terrain. Mais les combattants des ténèbres finiraient par triompher si Sy-wen ne parvenait pas à atteindre le *Cœur de dragon.* Sa reconnaissance des défenses ennemies avait révélé deux éléments cruciaux, des informations qui devaient absolument être communiquées aux Sanguinaires.

D'abord, Ragnar'k avait découvert plusieurs nids de skal'tum dans la cité déserte. Les créatures avaient été difficiles à repérer, car elles fuyaient la lumière du jour. Mais l'odorat aiguisé du dragon avait fini par les débusquer. Sy-wen estimait que deux, sinon trois autres légions entières se tenaient en réserve sur l'île. Elle serra les dents. Dire que ces monstres étaient encore si nombreux ! Elle avait espéré que la bataille dans la sargasse aurait réduit leur nombre de manière plus dramatique.

Agir vite était donc plus nécessaire que jamais. Les Dre'rendi devaient atteindre Val'loa et débarquer avant le coucher du soleil. S'ils parvenaient à prendre pied sur l'île, ils pourraient utiliser les bâtiments décrépits et les tours inclinées pour se protéger contre les skal'tum. En mer, sur le pont découvert de leurs navires, ils seraient trop vulnérables à une attaque des créatures ailées.

Mais la présence de plusieurs légions de skal'tum n'était pas la pire nouvelle que Sy-wen apportait au haut maître de quille. La jeune fille regarda le *Cœur de dragon* se rapprocher. Ils devaient faire vite.

— *Je dois descendre,* dit Ragnar'k. La douleur pulsa plus fort dans le bras droit de Sy-wen. Se maintenir à une telle altitude sapait les forces du dragon, déjà bien entamées par sa blessure et par la fatigue du vol.

—Peu importe, du moment que tu nous amènes à destination. Finis à la nage s'il le faut.

Comme ils plongeaient vers la scène de bataille, celle-ci parut se précipiter vers eux. Bientôt, les ailes de Ragnar'k frôlèrent le sommet des mâts. Ils se trouvaient désormais à portée des flèches ennemies, dont beaucoup visaient le ventre du dragon – mais, par chance, rebondissaient sur ses écailles sans lui faire le moindre mal.

En quelques puissants battements d'ailes, ils dépassèrent le plus gros des deux flottes engagées dans un corps à corps meurtrier et, filant à ras de l'eau, se dirigèrent vers le *Cœur de dragon*.

Ragnar'k dut lutter afin de reprendre le peu d'altitude nécessaire pour franchir le bastingage du navire. Il s'écrasa plus qu'il n'atterrit sur le pont. Ses griffes argentées mordirent dans les planches, et son aile droite blessée percuta un mât. Une lance de douleur transperça le bras de Sy-wen. Enfin, ils s'immobilisèrent.

Tandis que Ragnar'k s'affaissait lourdement, Sy-wen se redressa et appela :

—Du sang de dragon ! Apportez-en tout de suite !

Elle n'osait pas inverser l'enchantement et faire revenir Kast, pas alors que Ragnar'k était aussi mal en point.

Les marins qui avaient détalé pour ne pas se faire écraser par le dragon sortirent de leur cachette. Depuis le pont arrière, le haut maître de quille leur ordonna d'obéir à Sy-wen. Deux d'entre eux firent hâtivement rouler un tonneau vers Ragnar'k.

À présent qu'ils ne volaient plus, Sy-wen captait l'odeur de chair brûlée qui émanait du dragon. Elle lutta pour ravaler sa nausée. L'odeur disait clairement que les dégâts étaient profonds – plus encore que la douleur. Sy-wen jeta un coup d'œil à l'aile droite de Ragnar'k. Là où les débris enflammés avaient touché le dragon, ses écailles noires avaient viré au blanc, et un fluide jaunâtre suintait entre elles. Sy-wen apercevait même du cartilage à travers les tissus déchirés. Douce Mère, elle n'avait pas réalisé que c'était si grave. Comment Ragnar'k avait-il réussi à parcourir une telle distance ?

La réponse ne tarda pas à venir.

— *Pour toi, ma Liée... Je ne pouvais pas te décevoir.*

Sy-wen se pencha en avant et serra très fort le cou de Ragnar'k. Puis elle se redressa. Les deux marins venaient de redresser le tonneau devant le museau du dragon. Le haut maître de quille en personne s'avança, une hache à la main. D'un coup précis, il fendit le couvercle

— Bois !

Ragnar'k ne se le fit pas dire deux fois. L'odeur du sang l'excitait. En Sy-wen, la soif balaya presque la douleur. Ragnar'k inclina la tête et but avidement. Quelques instants plus tard, le tonneau était vide.

Les vertus curatives du sang de dragon firent effet aussitôt. Les pulsations du bras de Sy-wen s'estompèrent comme si quelqu'un venait de jeter un seau d'eau froide sur la brûlure. La jeune fille soupira de soulagement.

Du museau, Ragnar'k repoussa le tonneau.

— Il t'en faut encore ? demanda Sy-wen à voix haute.

— *Non. Ragnar'k est costaud. Le sang d'un minuscule dragon lui a suffi.*

Sy-wen grimaça. Le dragon retrouvait son arrogance coutumière. C'était bon signe.

— Dans ce cas, je dois aller m'entretenir avec mes semblables, mon robuste Lié.

Ragnar'k lui envoya un ricanement méprisant, comme s'il était bien au-dessus de ces préoccupations triviales. Avec un sourire amusé, Sy-wen se laissa glisser à terre. Ses jambes étaient si engourdies par toute une journée de vol qu'elle faillit s'écrouler. Mais elle parvint à se reprendre avec l'aide du haut maître de quille, qui lui tendit les bras pour la soutenir.

— Merci, lui chuchota-t-elle.

La main toujours posée sur le flanc du dragon, elle pivota vers Ragnar'k.

— À présent, repose-toi, mon Lié.

— Reviens vite. (Ragnar'k tourna la tête vers elle et la poussa gentiment du bout du museau.) *Ton odeur me manquera.*

— La tienne aussi, répondit Sy-wen à voix haute en ôtant sa main.

Le haut maître de quille et elle reculèrent tandis que l'enchantement s'inversait. Il y eut une explosion de griffes argentées et d'écailles noires, puis un tourbillon qui se résorba jusqu'à ne laisser qu'un homme nu accroupi sur le pont.

Kast se redressa et fit un pas chancelant. Son bras droit était rouge vif de l'épaule jusqu'au poignet. Mais, alors même que Sy-wen se précipitait vers lui, la brûlure s'estompa et vira au rose. La jeune fille tomba dans les bras du Sanguinaire pendant que le haut maître de quille faisait signe à un marin d'apporter une chemise et un pantalon.

Sy-wen sentit la chaleur de la peau nue de Kast contre sa joue. Elle aurait voulu rester indéfiniment dans ses bras, mais l'urgence de la situation l'en empêchait. Bien trop vite à son goût, elle se dégagea.

— Ton odeur m'a manqué aussi, lui chuchota Kast à l'oreille.

Sy-wen leva les yeux vers lui, et ses joues s'enflammèrent. Kast lui donna un baiser profond. Les genoux de la jeune fille cédèrent sous elle, mais les bras robustes du Sanguinaire étaient là pour la retenir.

Puis un marin s'avança, des vêtements dans les bras. Kast caressa une dernière fois la joue de Sy-wen avant de s'arracher à elle à regret. Tout en enfilant son pantalon, il lança au haut maître de quille :

— Nous devons prévenir le reste de la flotte. Des éléments nouveaux ne vont pas tarder à entrer en jeu ; nous devons être prêts.

— Venez, ordonna le haut maître de quille lorsque Kast fut habillé. Nous allons nous retirer dans ma cabine. J'aimerais que Bilatus entende ce que vous avez à dire.

Kast acquiesça. Il passa un bras autour des épaules de Sy-wen, et, ensemble, les deux jeunes gens suivirent le haut maître de quille sur le pont inférieur. Sy-wen remarqua que la bataille semblait avoir rendu toute sa vigueur au colosse vieillissant ; celui-ci marchait d'un pas presque bondissant, et ses yeux brillaient d'excitation.

Dans sa cabine, ils trouvèrent le chaman ventripotent penché sur des atlas et des cartes. Bilatus releva sa tête chauve. La chaleur de la pièce lui rosissait les joues. Il repoussa sa chaise avec un petit grognement.

— Maître Kast, maîtresse Sy-wen, j'ignorais que vous étiez revenus.

Le haut maître de quille se dirigea vers lui.

— Tu n'as pas entendu le dragon s'écraser sur le pont et les nôtres courir dans tous les sens ?

L'air penaud, Bilatus désigna la table qui disparaissait sous les documents.

— Quand j'ai le nez dans mes livres, le monde pourrait s'écrouler autour de moi sans que je m'en aperçoive.

Le haut maître de quille lui donna une tape bon enfant sur l'épaule.

— Je ne voudrais pas qu'il en soit autrement. Tel est le rôle du chaman. Tu t'occupes de tes parchemins et tu nous laisses manier l'épée.

Il alla se percher sur un tabouret, faisant signe à Kast et à Sy-wen de prendre les deux fauteuils près de l'âtre. Mais sitôt les jeunes gens assis, il se releva d'un bond et se mit à faire les cent pas, comme si son énergie bouillonnante lui interdisait de rester immobile. Sy-wen sentit qu'il brûlait de regagner le pont, de retrouver la fumée et le fracas de la bataille.

—Alors, quelles nouvelles m'apportez-vous ?

Kast jeta un coup d'œil à Sy-wen, qui lui fit signe de répondre. Rapidement, il relata leur découverte des légions de skal'tum tapies dans les ruines de la cité.

—Au coucher du soleil, ils sortiront de leur cachette pour nous attaquer. Nous devons prendre l'île avant qu'ils puissent s'envoler. Nous aurons besoin du couvert des bâtiments pour nous défendre convenablement contre eux.

Pendant que Kast parlait, le haut maître de quille avait ralenti. Lorsqu'il se tut, le colosse s'arrêta. La flamme dans ses yeux avait considérablement diminué.

—Ce sont de bien mauvaises nouvelles, commenta Bilatus depuis la table. Selon vous, pour survivre, nous devons donc concentrer toutes nos forces en un assaut frontal sur le port de Val'loa.

Le haut maître de quille serra les poings.

—Nous devons faire plus que survivre, grogna-t-il. Nous devons gagner. Le Seigneur Noir ne nous laissera pas réchapper d'une semi-victoire. Si nous ne nous emparons pas de cette île, il ne restera plus un seul océan sûr pour les Dre'rendi. (Il se remit à faire les cent pas.) Vous nous avez apporté des informations vitales. Je dois prévenir les autres maîtres de quille et réorganiser nos forces.

Il se dirigea vers la porte, mais Sy-wen l'arrêta.

—Ce n'est pas tout. Nous avons encore quelque chose à vous dire.

Le colosse pivota vers la mer'ai. Ses yeux flamboyaient de plus belle. Sy-wen comprit qu'elle avait affaire à un véritable guerrier, quelqu'un pour qui les mots et la stratégie comptaient bien moins que le tranchant d'une lame.

—Quoi donc ?

Sy-wen déglutit et débita très vite :

— Nous avons pris le risque de survoler la forteresse pour voir si l'ennemi tenait d'autres surprises en réserve. Le grand arbre qui se dressait dans la cour centrale a été abattu ; des hommes étaient en train de débiter ses branches à la hache.

— Et alors ?

Ce fut Kast qui répondit.

— Cet arbre a toujours été un puits d'énergie magique. Je trouve ça louche qu'ils aient décidé de l'abattre justement aujourd'hui.

Sy-wen acquiesça.

— En outre, une jeune fille était enchaînée sur la souche, les membres en étoile. Des mages noirs faisaient cercle autour d'elle, et ils chantaient.

Le feu mourut dans les yeux du haut maître de quille comme celui-ci réalisait où ses interlocuteurs voulaient en venir.

— Ils essaient d'invoquer quelque maléfice pour nous mettre en échec.

— Oui. Il faut donc prendre le port, mais nous tenir prêts à repousser des attaques surprises. Je crains que le pire reste encore à venir, déclara Kast.

Le haut maître de quille hocha la tête, l'air grave. Cette fois, quand il se dirigea vers la porte, ce fut avec plus de hâte que d'excitation.

— Je dois alerter le reste de la flotte.

Il tendait la main vers la poignée lorsque des coups frénétiques retentirent depuis le couloir.

— Monsieur ! Vous devez monter sur le pont ! Il se passe quelque chose !

Le haut maître de quille jeta un coup d'œil à Kast et à Sy-wen par-dessus son épaule. Dans ses yeux, l'inquiétude avait remplacé les flammes. Bilatus et les deux jeunes gens se levèrent pour le suivre. Dans leur précipitation, ils faillirent renverser le Sanguinaire qui était descendu les prévenir.

En émergeant sur le pont, Sy-wen comprit aussitôt de quel côté venait la menace. Tous les marins regardaient l'île et tendaient le doigt vers le nord de celle-ci. Sy-wen se rua vers le bastingage avec les autres.

Un silence pesant était tombé sur le champ de bataille, comme si les belligérants retenaient leur souffle. Au loin, le soleil couchant découpait nettement les contours de Val'loa. Un énorme faisceau noir s'élevait depuis la forteresse qui couronnait le pic central – une colonne de ténèbres qui ne ressemblait nullement à de la fumée. On aurait plutôt dit un feu de signalisation, une lance de lumière maléfique jaillie des profondeurs de quelque abysse infernal.

— Qu'est-ce que c'est ? demanda le haut maître de quille.

Personne ne répondit.

Sous leurs yeux, la colonne s'inclina vers l'ouest comme une tour sur le point de tomber.

— Douce Mère, non, gémit Sy-wen.

Elle devinait que le sinistre pilier avait jailli de la souche du koa'kona, que les derniers vestiges de magie blanche de l'arbre avaient été pervertis afin de lui donner naissance.

Le faisceau obscur continua à basculer vers le soleil couchant.

— Ils ne peuvent pas détenir un tel pouvoir, marmonna Kast, hagard.

Quelques instants plus tard, l'extrémité de la colonne s'épanouit telle une rose répugnante et se mit à déverser sur l'horizon ses ténèbres pareilles à de l'encre. Un crépuscule surnaturel s'abattit sur l'océan. Sy-wen n'avait vu ce genre de lumière qu'une seule fois, lors d'une éclipse de soleil survenue quand elle était enfant. Ce n'était ni la nuit ni le jour, mais une sorte de pénombre qui accablait l'esprit comme la pression des grands fonds accablait le corps.

— Ils nous dérobent le soleil, constata Bilatus. Mais pourquoi ?

Sy-wen le savait. Elle reporta son attention sur l'île.

— Voilà pourquoi, marmonna-t-elle en tendant un doigt.

Kast, Bilatus et le haut maître de quille pivotèrent pour regarder dans la direction qu'elle indiquait. Par-delà les vagues de l'océan, une nouvelle menace venait d'apparaître. Des hordes de créatures ailées s'élevaient au-dessus de la cité, tel un brouillard blême. Et elles se dirigeaient vers la flotte dre'rendi.

— Les skal'tum ont pris leur envol, commenta Sy-wen.

— Dans ce cas, nous arrivons trop tard, dit le haut maître de quille.

23

Au cœur de Val'loa, Elena se tenait au centre d'un maelström de pouvoir. La magie brute chantait dans son sang, mais c'était un air qu'elle connaissait. Sans se laisser troubler, elle pliait les filaments d'énergie à sa volonté, projetant des lances de feu glacial dans toutes les directions. Les flammes bleues qui tourbillonnaient autour d'elle formaient un écran assez dissuasif. Personne n'osait l'approcher.

Dès que les skal'tum avaient révélé leur présence, Elena s'était entaillé les deux mains pour attaquer la première. Ses compagnons avaient suivi son exemple. Pendant qu'elle décochait des rafales de feu glacial, figeant et ralentissant les démons, les autres avaient frappé, chacun à sa façon.

Son bâton déjà changé en arme de sang, Joach suivait avec aisance le rythme de sa sœur. Tout skal'tum congelé par Elena se voyait aussitôt fracassé par le talisman du jeune homme. De son côté, Tol'chuk maniait le Try'sil comme une femme de chambre eût manié un balai. Guidé par Flint, il ouvrait une brèche dans les rangs ennemis.

— Il ne faut pas rester ici ! hurla Flint en faisant tournoyer son épée.

La nuit n'était pas encore tombée, si bien que les skal'tum demeuraient vulnérables aux armes ordinaires. Mais leur force, leur rapidité et leurs griffes empoisonnées en faisaient tout de même des adversaires redoutables.

Mama Freda dansait dans l'ombre de l'og're. Grâce au pouvoir de son élixir, la frêle vieillarde s'était changée en tourbillon meurtrier. Aidée par la vue perçante de son familier, elle bombardait l'ennemi de fléchettes empoisonnées.

Méric se tenait de l'autre côté d'Elena, faisant pendant à la jeune femme avec son propre maelström de pouvoir. Ses bourrasques empêchaient les skal'tum d'attaquer depuis les airs. De puissantes rafales s'emparaient des créatures ailées et les envoyaient heurter les tours voisines ou s'écraser sur la chaussée de pierre.

Pendant que les autres se battaient, Elena étudiait leurs adversaires depuis sa toile de magie. La fureur de leur assaut initial avait pris les skal'tum par surprise. Même si Elena était certaine qu'on les avait prévenus de se méfier d'eux, ils n'avaient encore jamais eu affaire à quiconque capable de leur donner du fil à retordre. Ils avaient probablement compté sur leur nombre pour intimider les intrus.

Leur arrogance allait leur coûter très cher.

La première fois qu'Elena avait frappé avec sa magie, le chef du groupe avait fui, visiblement paniqué. Privés de ses instructions, les autres avaient continué à se battre sans conviction ni coordination, et les compagnons d'Elena n'avaient pas eu trop de mal à les maintenir à distance. Mais l'énorme skal'tum était en train de se ressaisir. Comme le choc initial s'estompait, il se mit à siffler des ordres pour rallier ses forces.

C'était maintenant que ça devenait dangereux. Elena détailla ce qui restait de la horde. Ses compagnons et elle avaient ouvert une trouée de destruction, mais la place grouillait encore de créatures. D'autres attendaient, perchées sur les fenêtres et les corniches des bâtiments alentour. Flanqué par ses subalternes, le chef se dirigea vers le minuscule groupe des intrus.

Si quelque chose ne survenait pas très vite pour renverser la situation, Elena et ses amis allaient se faire submerger.

La jeune femme n'était pas la seule à s'être rendu compte que leur position était désespérée.

— El, siffla Joach. Libère le sort spectral. Disparais et fuis.

Elena savait que, si elle faisait cela, les skal'tum massacreraient ses compagnons.

— Pas encore, répondit-elle.

Elle leva sa main droite, celle dont la Rose lui avait été conférée par la lumière spectrale. Même si elle refusait d'utiliser son éclat pour devenir invisible, il lui restait un autre pouvoir en réserve : celui du feu spectral. Elle n'avait pas encore conjuré la magie des esprits parce qu'elle hésitait sur le meilleur usage à en faire. Mais à présent…

Levant les yeux, Elena croisa le regard du chef de la horde. La grimace de celui-ci s'élargit. Une langue rouge sinueuse darda entre ses crocs et s'enroula sur elle-même, tel un serpent affamé.

Soudain, très haut au-dessus de la place, un pilier de ténèbres jaillit du château qui couronnait le pic central de Val'loa. Tous sentirent la brusque explosion de magie – les hommes comme les démons. On aurait dit que la foudre venait de frapper non loin. Un picotement électrique hérissa les poils d'Elena sur ses avant-bras.

Tous les regards, y compris celui du chef des skal'tum, se tournèrent vers le geyser d'énergie obscure. Lorsque l'énorme créature reporta son attention sur Elena et les autres, une lueur amusée brillait de nouveau dans ses yeux. Elle s'avança, ses griffes postérieures ouvrant des sillons dans la pierre de la chaussée.

Elena savait que c'était sa seule chance. Levant sa main gauche, elle tarit son flot de feu glacial et émergea de son cocon de flammes bleues. Intrigué par ce brusque changement de stratégie, le chef des skal'tum ralentit.

Elena fit un pas vers lui. Les créatures qui le flanquaient se dandinèrent nerveusement. Elena leva sa main droite. Comme elle se concentrait, des flammes argentées jaillirent de sa paume entaillée pour danser le long de chacun de ses doigts.

Le chef des skal'tum parut peu impressionné.

— Toute la magie du monde ne suffira pas à nous arrêter, petite. Tu mourras, et je dévorerai personnellement ton cœur.

— Faux, démon. C'est moi qui dévorerai le tien, répliqua froidement Elena.

Elle tendit le bras. Du feu jaillit de ses doigts, formant des griffes d'énergie argentée qui transpercèrent la poitrine du skal'tum.

Une expression choquée s'inscrivit sur le visage de l'énorme démon. Celui-ci baissa les yeux vers les griffes de flammes plantées dans son torse. Sa peau ne brûlait pas. Renversant la tête en arrière, il éclata de rire.

— Apparemment, ta magie ne peut rien contre moi, s'esclaffa-t-il.

— Encore faux, dit calmement Elena.

Et elle ferma sa main tendue pour en faire un poing.

Un spasme parcourut le skal'tum. Elena ramena vivement son bras en arrière, arrachant l'esprit de la créature à son corps. La carcasse du monstre s'écroula sur la chaussée avec un cliquetis d'ossements. Ne resta debout qu'un fantôme en forme de skal'tum, découpé par la lumière du feu spectral. L'esprit prisonnier se débattit dans la poignée flamboyante de la magie d'Elena.

Les skal'tum les plus proches s'éparpillèrent. Couinements apeurés et bruits de pas précipités résonnèrent tout autour des compagnons. Au-dessus de leur tête, d'autres créatures effrayées s'envolèrent de leur perchoir.

Au bout de quelques instants, l'esprit de leur chef cessa de se débattre. La magie de la sor'cière l'avait plié à sa volonté.

— Propage mon influence, siffla Elena, imitant sa façon de parler.

Elle ouvrit sa main. Des ailes de feu argenté se déployèrent dans le dos de la créature spectrale. Celle-ci pivota et bondit sur son plus proche voisin, plongeant une patte à l'intérieur de sa poitrine pour en arracher son esprit. À présent, deux fantômes animés par le feu d'Elena se tenaient sur la place. Ils se jetèrent sur les autres skal'tum.

Face à cette incompréhensible magie, les créatures privées de chef paniquèrent. Certaines tentèrent d'attaquer, mais furent rapidement éliminées par les compagnons d'Elena. La plupart des autres se contentèrent de fuir. Celles qui hésitèrent trop longtemps succombèrent au feu spectral. Comme avec les ravageurs, la magie d'Elena se propageait dans les rangs adverses ainsi qu'un incendie dans de l'herbe brûlée par le soleil.

Bientôt, la place et les rues environnantes furent jonchées de carcasses de skal'tum. Des éclairs de feu spectral jaillissaient encore dans le lointain, indiquant les endroits où les chiens de chasse d'Elena venaient de rattraper un de leurs frères vivants.

Satisfaite, Elena rappela sa magie avant que les fantômes drainent trop de son pouvoir. Les quelques créatures argentées encore visibles s'évanouirent, telles les flammes de bougies entièrement consumées. Les skal'tum étaient suffisamment affaiblis et éparpillés ; Elena avait moins besoin de son armée spectrale que de conserver des forces pour les autres batailles à venir.

Flint se dirigea vers elle.

— Beau travail. Cette fois, je croyais vraiment qu'on était perdus.

Elena ignora le compliment.

— Comment les skal'tum ont-ils su que le portail s'ouvrirait à cet endroit précis ? s'enquit-elle sur un ton soupçonneux. Je croyais que la destination était aléatoire…

Flint fronça les sourcils.

— Er'ril ayant été capturé, j'imagine que le Seigneur Noir a eu vent de l'existence de notre clé. Il aura tendu un filet magique pour prendre notre portail dans ses rets et nous conduire tout droit vers ce nid de monstres.

Contrariée, Elena leva les yeux vers le ciel. Elle détestait penser qu'Er'ril ait pu les trahir, fût-ce de cette façon. Elle aurait préféré croire que c'était Flint qui les avait délibérément conduits dans un piège.

Tandis qu'elle méditait les paroles du vieil homme, une colonne de ténèbres se mit à dévorer le soleil. Une pénombre malsaine se répandit sur la cité.

— Qu'est-ce que c'est ? demanda Elena.

Flint se gratta la tête.

— Peut-être un moyen d'aider à protéger le reste des skal'tum. D'empêcher la lumière du jour d'affaiblir leurs protections.

Comme pour lui donner raison, plusieurs légions de skal'tum s'envolèrent depuis leurs perchoirs à travers toute la cité. Le nombre des créatures était affolant.

Joach rejoignit sa sœur et Flint.

— Nous ne devrions pas rester à découvert. Je n'ai aucune envie de réitérer cette bataille.

Les autres marmonnèrent leur assentiment.

— L'entrée secrète des catacombes se trouve encore assez loin, révéla Flint. À l'étage supérieur de la cité, juste sous l'Édifice. Je pense que nous avons encore une bonne lieue de marche devant nous. Il faut nous dépêcher.

Il les entraîna à vive allure, leur faisant monter des escaliers et enfiler des ruelles étroites. Le décor urbain qui s'offrait à leurs yeux était à la fois grandiose et mélancolique. Partout se dressaient des statues aussi hautes que des tours. Certaines avaient résisté au passage du temps sans broncher ; d'autres gisaient renversées et en miettes. À un moment, les compagnons durent se faufiler sous les doigts de pierre d'une main massive qui s'était détachée et écrasée sur le sol.

Ils longèrent des zones où la mer s'infiltrait entre les pavés, changeant des quartiers entiers en marécage. Comme ils longeaient un de ces secteurs inondés, ils aperçurent une énorme créature caparaçonnée qui nageait dans l'eau saumâtre envahie par les algues. Songeant au kroc'an rencontré dans les Terres Inondées, Elena frissonna. Les compagnons firent un large détour.

Mais, pour l'essentiel, la cité se composait de maisons et de bâtiments obscurs, abandonnés depuis belle lurette. Le vent s'engouffrait dans les tours vides en gémissant tel un fantôme. Elena avait du mal à imaginer que cet endroit ait été habité jadis. Pourtant, Val'loa avait dû abriter plusieurs centaines de milliers de personnes. Des larmes montèrent aux yeux de la jeune femme. Ça lui faisait mal de voir tout ce que son peuple avait perdu.

Enfin, Flint prit la parole, rompant le charme étrange qui s'était abattu sur le groupe – cette impression que le temps avait suspendu son vol.

— Ça… ça doit être juste devant, haleta le vieil homme, essoufflé par leur longue course à travers la cité. À droite au prochain…

Il venait de tourner au coin d'un bâtiment en forme de tulipe quand il trébucha et s'immobilisa. Ses compagnons le suivaient de trop près pour s'arrêter aussi vite. Ils faillirent tous s'écrouler les uns sur les autres.

Dans la rue perpendiculaire, une escouade de vingt créatures trapues montait la garde. Chacune d'elles portait une armure qui la recouvrait de la tête aux pieds et, bien que d'une taille inférieure à celle de Joach, devait peser aussi lourd que Tol'chuk.

Elena n'eut pas de mal à les identifier.

— Des n'ains.

De toute évidence, les soldats les attendaient : ils avaient baissé la visière de leur casque et tenaient déjà leur hache à la main. Ils laissèrent les intrus approcher sans bouger. Aucun d'eux ne leva fût-ce le petit doigt, comme s'ils étaient eux aussi des sculptures de bronze et d'acier. Elena sentait qu'ils ne paniqueraient pas aussi facilement que leurs alliés ailés. Leur regard froid, qui ne cillait pas, lui disait qu'ils combattraient tous jusqu'à leur dernier souffle. Et, comme les n'ains possédaient deux cœurs, ils seraient difficiles à tuer.

Écartant ses compagnons, Elena s'avança. Elle avait l'intention de conjurer sa magie, mais Flint la retint.

— Non. Ils portent des armures contre-sorts. Tu vois comment elles brillent ?

En observant les n'ains plus attentivement, Elena remarqua le scintillement huileux, aux teintes de l'arc-en-ciel, qui recouvrait leur plastron et leurs jambières. Maintenant que Flint avait attiré son attention sur celles-ci, elle pouvait presque humer la magie qui en émanait.

— « Contre-sorts » ? C'est-à-dire ?

— J'ai lu pas mal de vieux récits de batailles contre des n'ains. Apparemment, leurs armures sont forgées à l'aide de charmes de protection élémentaux. Fais bien attention à ce que tu lances sur elles, Elena. Elles peuvent dissiper la magie ou la retourner à l'envoyeur.

Les sourcils froncés, Elena hésita.

— Où se trouve l'entrée des catacombes ? demanda-t-elle à Flint.

— Au bout de cette rue, répondit le vieil homme.

Elena plissa les yeux. Décidément, les mages noirs semblaient connaître tous leurs déplacements à l'avance. En tant qu'ancien membre de la secte d'Hi'fai, il était tout à fait possible que Greshym se souvienne de cet accès aux catacombes et qu'il ait posté des gardes devant. Pourtant, Elena ne pouvait lutter contre les soupçons qui avaient envahi son esprit.

Sans se retourner, elle sut que ses compagnons attendaient qu'elle agisse. Ils étaient trop peu nombreux pour survivre à une bataille de muscles et d'acier contre une vingtaine de n'ains. Quel autre choix s'offrait à eux ?

Tandis qu'elle étudiait leurs adversaires, Elena se remémora une ancienne leçon, une chose qu'elle avait entendu son père dire à Joach autrefois : certaines batailles se remportent avec de l'intelligence plutôt qu'avec une lame ou avec les poings. Au vu des forces en présence, cette bataille-ci devait faire partie du lot.

Les compagnons n'avaient qu'un seul espoir. Si Elena parvenait à affaiblir la noire détermination de ces gardes, son groupe survivrait peut-être à la confrontation. Pour avoir rencontré Cassa Dar, la jeune femme savait que les n'ains étaient jadis un peuple noble. Seul le contact corrupteur du Seigneur Noir avait empoisonné leur cœur et plié leur esprit à l'inique volonté du Gul'gotha. Le feu spectral d'Elena ne parviendrait peut-être pas à libérer leur âme souillée comme il avait libéré celle des skal'tum, mais quelque chose d'autre détenait le même pouvoir, une chose qui possédait sa propre magie : la mémoire.

Sans quitter les n'ains du regard, Elena appela :

— Tol'chuk, Méric, venez là.

Ses deux compagnons s'avancèrent. Elena toucha l'épaule de Tol'chuk.

— Lève le Try'sil au-dessus de ta tête pour qu'ils puissent le voir.

L'og're obtempéra. Elena reporta alors son attention sur Méric.

— À mon signal, pourras-tu conjurer un éclair qui ira frapper le Try'sil ?

—Oui, mais faute d'une tempête naturelle, il va me falloir quelques instants de préparation.

—Alors, commence tout de suite. (Elena fit un pas vers les gardes et haussa la voix.) Je vous ordonne de déposer les armes. Oseriez-vous faire obstacle à votre propre salut ?

Comme elle s'y attendait, elle ne reçut pas de réponse. Elle fit signe à Tol'chuk de s'avancer.

—Ne reconnaissez-vous pas cette relique ? Avez-vous oublié votre héritage ?

Levant le bras gauche, elle illumina le marteau gravé de runes à l'aide de son feu glacial. L'arme semblait désormais irradier.

Quelques-uns des n'ains du premier rang s'agitèrent ; l'un d'eux baissa même sa hache. Elena savait qu'ils ne pouvaient pas manquer de reconnaître le Try'sil – le marteau de tonnerre de leur peuple, symbole chéri de leur passé. Mais sa vue suffirait-elle à affaiblir l'emprise que le Seigneur Noir exerçait sur eux ? L'apparition de Linora avait brisé les chaînes obscures de Rockingham et libéré le golem. En irait-il de même avec le Try'sil et les gardes n'ains ? Le marteau de guerre était-il un symbole assez puissant ? Et, dans le cas contraire, comment Elena pouvait-elle y remédier ?

Un des gardes se détacha de l'escouade.

—Vous essayez de nous berner avec des illusions, lança-t-il d'une voix dure. Le Try'sil est perdu depuis des siècles.

—Non. En cette nuit, le passé revit.

De son autre main, Elena fit signe à Méric de s'avancer. L'el'phe parut comprendre ce qu'elle attendait de lui. Il contourna la silhouette massive de Tol'chuk, sa magie faisant onduler sa chemise et son large pantalon.

—Forgé par les el'phes, le Try'sil fut offert en cadeau à votre peuple.

Le chef des n'ains recula, les yeux écarquillés derrière sa visière.

— Un chevaucheur de tempêtes !

— Oui. Il en était ainsi autrefois, et il en est ainsi aujourd'hui. Souvenez-vous de qui vous étiez jadis ! Le marteau a le pouvoir de briser l'éb'ène et l'emprise du Seigneur Noir ! Permettez-lui de vous libérer de vos chaînes ! Laissez-nous passer et ouvrez votre cœur à la possibilité que votre royaume retentisse de nouveau du rugissement de vos forges ! Rappelez-vous votre passé !

Elena adressa un signe de tête à Méric. Un éclair s'abattit du ciel crépusculaire et alla frapper la tête du marteau brandi par Tol'chuk. Un grondement de tonnerre se répercuta dans la rue. Éblouie, Elena cligna des yeux tandis que le bruit s'estompait et mourait.

— Doutez-vous encore du pouvoir de la relique de vos ancêtres ?

Plusieurs des n'ains étaient tombés à genoux, mais les autres – dont le chef – restaient debout.

— Comment avez vous… ? Où avez-vous trouvé le Try'sil ? Nous l'avions perdu depuis des siècles.

Elena sentit que si elle parvenait à convaincre le chef, le reste de l'escouade suivrait. Elle baissa la voix, s'efforçant d'extirper la confiance tapie dans un cœur dur comme de la pierre.

— Vous ne l'aviez pas perdu, seulement oublié. L'une des vôtres a veillé sur lui pendant tous ces hivers, en attendant que quelqu'un vienne le chercher pour le ramener chez vous. C'est moi qui ai été désignée. J'ai fait le serment de ramener le Try'sil dans vos contrées natales – et je compte bien tenir parole !

— La pr… prophétie, balbutia le chef des n'ains.

Il baissa sa hache.

— Souvenez-vous, chuchota Elena. Souvenez-vous de qui vous étiez jadis.

Elle fit signe à Tol'chuk, qui lui passa le marteau. Tenant le manche sculpté de runes à deux mains, elle se dirigea vers le chef des n'ains et brandit l'arme devant lui.

— Bien que vos cœurs aient été corrompus par le Gul'gotha et vos mains souillées par le sang des innocents, le Try'sil a le pouvoir de vous purifier.

Le guerrier n'ain leva une main vers le Try'sil. Ses doigts tremblaient, et, l'espace d'un instant, il ne put se résoudre à toucher la relique. Puis il ôta son gant de maille et, très prudemment, tendit l'index vers la tête du marteau. Ce minuscule contact avec l'histoire de son peuple suffit à le terrasser. Il tomba à genoux dans un grand fracas métallique. Arrachant son casque, il leva son visage ridé vers le ciel. Un cri de douleur et de chagrin jaillit de sa gorge, comme s'il expulsait son propre cœur par sa bouche.

Elena recula, lui laissant un peu d'intimité pour affronter son passé perdu. Elle savait qu'aucune démonstration n'était plus nécessaire. Pourtant, elle brandit le marteau au-dessus de sa tête.

— Voici votre salut, chuchota-t-elle aux autres n'ains.

Et, à leur tour, ceux-ci tombèrent à genoux.

Baissant le Try'sil, Elena observa leur chef. Les yeux de celui-ci étaient deux puits de douleur insondable.

— Allez, souffla-t-il d'une voix étranglée. Libérez notre peuple.

Elena hocha la tête.

— Il en sera ainsi.

Tenant toujours le marteau à deux mains, elle fit signe à ses compagnons de la suivre. Comme elle passait lentement entre les n'ains agenouillés, des haches s'écrasèrent sur les pavés, et des mains se tendirent pour toucher l'ultime symbole d'espoir de tout un peuple. Elena autorisa à chacun des soldats cette brève connexion avec leur lointain passé – ce fugace souvenir de leurs contrées natales oubliées.

Puis elle se retrouva de l'autre côté de l'escouade, face à une rue déserte. Flint la rejoignit. Par-dessus son épaule, il jeta un coup d'œil émerveillé aux n'ains.

— Tu nous as fait traverser les flammes grâce à la seule force de ta parole, dit-il.

Elena se détourna.

— La seule force à l'œuvre n'était pas celle de ma parole, mais celle de leur histoire, répliqua-t-elle.

Les autres les rattrapèrent. Elena rendit le marteau à Tol'chuk.

— Et maintenant, où allons-nous ? chuchota Méric.

Flint tendit un doigt.

— Par ici. Nous y sommes presque.

Le vieil homme entraîna ses compagnons vers une ruelle latérale. Comme Joach s'engageait dans cette dernière, il leva la tête vers le ciel et faillit trébucher. Elena suivit la direction de son regard pour voir ce qui l'avait surpris de la sorte.

Deux structures flanquaient l'entrée de la ruelle. Celle de droite était une tour de briques rouge orangé, couleur de soleil couchant, coiffée par un haut parapet. Celle de gauche était l'une des statues massives que l'on pouvait admirer partout dans la cité. Elle représentait une femme en robe, tenant un rameau en fleurs dans une main.

Le regard de Joach croisa celui de sa sœur.

— La Flèche des Défunts, dit le jeune homme en indiquant la tour, et la statue de dame Sylla.

Elena haussa les épaules. Elle ne voyait pas bien quelle importance ça pouvait avoir.

— C'est ici que mon rêve se déroulait, au sommet de la Flèche des Défunts, lui rappela Joach.

Il brandit son bâton de ses mains gantées. Privé du contact de sa peau, le pol'bois avait repris sa teinte sombre habituelle ; il était redevenu un instrument de magie noire.

Elena se souvenait du rêve de Joach et du rôle que le bâton avait joué dans celui-ci – de la façon dont sa magie avait repoussé le monstre ailé et abattu Er'ril.

— Tu en es sûr ? demanda-t-elle.

Joach se contenta d'acquiescer, les yeux rivés au parapet qui culminait à une hauteur vertigineuse.

Flint, qui ne les avait pas entendus, leur fit signe d'avancer jusqu'au fond de la ruelle, où un mur de brique rouge leur barrait le chemin. Le vieil homme se mit à compter les briques depuis le bas et le côté. Elena attendit en frissonnant. C'était comme si le rêve de son frère devenait réalité.

Flint pressa successivement trois briques. Chacune d'entre elles s'enfonça d'un pouce. Quand il appuya sur la dernière, le claquement d'un loquet résonna de l'autre côté du mur. Satisfait, le vieil homme recula d'un pas, posa ses deux paumes sur le mur et poussa. Une section triangulaire pivota sur un axe, révélant l'entrée d'un tunnel sombre. Avec une grimace triomphante, Flint s'effaça pour laisser passer ses compagnons.

— Les catacombes s'enfoncent dans le cœur du mont Orr, le pic sur lequel repose l'Édifice. Ce tunnel est l'un des embranchements du quatrième niveau de la grande spirale. Pour récupérer le Grimoire, nous devons atteindre le dixième niveau.

— Dans ce cas, dépêchons-nous, dit Elena.

Ils se pressèrent tous à l'intérieur, et Flint saisit une torche huilée dans un des porte-flambeaux fixés au mur. Dès qu'il l'eut allumée avec son briquet à silex, il referma la porte en la poussant de l'épaule. Un escalier descendait depuis le minuscule palier.

— Progressez en silence et le plus discrètement possible, ordonna Flint. Il se peut que nous croisions d'autres pièges ou d'autres ennemis placés sur notre chemin pour nous arrêter. Je suggère également que nous laissions quelqu'un en faction ici pour garder cette issue.

Personne ne se porta volontaire. Personne ne voulait abandonner Elena. Aussi la jeune femme fit-elle son choix. Elle toucha l'épaule de Tol'chuk.

— Si les n'ains se ravisent ou si des renforts se lancent à notre poursuite, le Try'sil sera peut-être la seule chose capable de les dissuader.

L'og're acquiesça.

— Je protégerai vos arrières.

La question ainsi réglée, Flint montra à Tol'chuk comment ouvrir et refermer la porte. Puis les compagnons s'engagèrent dans l'escalier. Une centaine de marches les séparaient du niveau inférieur. Pendant toute la descente, nul ne pipa mot.

Le long passage sinueux que leur fit emprunter Flint débouchait sur un couloir beaucoup plus large. Ici, la roche était si bien polie qu'elle brillait ; des pierres tombales et des bas-reliefs ornaient sa surface.

— Le quatrième niveau des catacombes, chuchota Flint en levant sa torche.

Ils continuèrent à suivre le couloir en spirale vers le bas. Mama Freda avait envoyé Tikal en éclaireur pour repérer d'éventuelles embuscades. Mais, privée des yeux de son familier, elle ne pouvait plus se diriger. Méric devait la guider, et ils progressaient beaucoup trop lentement au goût d'Elena. Même si la pénombre qui régnait en surface était mensongère, le véritable crépuscule ne tarderait pas à tomber.

Soudain, Mama Freda siffla et fit arrêter Méric.

— Qu'y a-t-il ? s'enquit Flint en rejoignant la guérisseuse.

— De la lumière, répondit la vieille femme. À travers les yeux de Tikal, je vois une lueur se refléter sur le mur courbe du tunnel, un peu plus loin.

Flint fronça les sourcils.

— Il doit y avoir quelqu'un d'autre dans les parages.

— Vous pouvez demander à Tikal de se rapprocher pour mieux voir ? suggéra Elena.

— Je vais essayer, mais il n'est toujours pas remis de sa frayeur après la bataille de tout à l'heure.

Mama Freda s'adossa au mur. L'effet de son élixir commençait à se dissiper, et elle se fatiguait de plus en plus rapidement.

— Je vois... Je vois un homme. Il est accroupi sur un côté du tunnel. La lumière vient de la petite lanterne qu'il tient.

— Il est seul ? demanda Elena.

— Apparemment, oui.

— Étrange, commenta Flint. À quoi ressemble-t-il ?

— Il porte une robe blanche sale et déchirée ; ses cheveux sont en bataille, comme s'il ne s'était pas lavé depuis des mois.

— Mmmh. La robe blanche le désigne comme l'un de mes frères. Ces catacombes recèlent de nombreux passages secrets et des tas d'alcôves dans lesquelles se dissimuler. S'il a réussi à échapper aux forces du mal jusqu'ici, il pourra peut-être nous fournir de précieuses informations. (Flint se pencha vers Mama Freda.) Vous pouvez demander à Tikal de se montrer ? La réaction de l'homme nous éclairera peut-être sur ses intentions.

— Je vais essayer, marmonna la vieille femme, mais Tikal a peur des inconnus.

Les compagnons attendirent en silence pendant que Mama Freda dirigeait les actions du tamrink à travers le lien qu'ils partageaient. Elena jeta un coup d'œil à son frère, qui arborait une expression inquiète. Elle détailla également Flint, mais ne lut aucune trace de duplicité sur son visage. Pourtant, ils étaient déjà tombés dans deux pièges. S'agissait-il du troisième ?

Soudain, Mama Freda sourit.

— L'homme a l'air relativement normal. Tikal l'a fait sursauter, mais, passée la frayeur initiale, il lui a fait signe d'approcher. (Elle gloussa.) Si dramatiques que soient les circonstances, mon petit ami ne rate jamais une occasion de quémander un biscuit à un inconnu. En ce moment, il est perché sur l'épaule de l'homme, où il grignote une croûte de pain sec.

Joach et Elena échangèrent un regard.

— Il vaut quand même mieux nous méfier, décida Flint. Tâchons d'en découvrir davantage sur cet étrange habitant des catacombes.

Le vieil homme reprit la tête du groupe. Joach le suivit, flanqué par Elena. Méric et Mama Freda fermèrent la marche.

Il ne leur fallut par longtemps pour arriver en vue de la lueur repérée par Tikal. Flint passa sa torche à Méric.

— Laissez-moi y aller seul. Si c'est un piège, je préfère qu'il n'attrape que moi.

Alors que le vieil homme s'éloignait, Elena donna un coup de coude à son frère.

— Va avec lui.

Joach fronça les sourcils, mais quelque chose dans les yeux de sa sœur lui fit ravaler ses protestations. Elena le regarda rattraper Flint. Si le vieillard était un traître, elle ne pouvait pas compter sur son seul témoignage. Les deux hommes disparurent au détour du passage.

Elena retint son souffle. L'attente se prolongea beaucoup trop longtemps. Inquiète, la jeune femme se mordit la lèvre.

Soudain, des bribes de conversation à voix basse lui parvinrent depuis la direction dans laquelle Flint et Joach étaient partis. Elena jeta un coup d'œil à Méric, puis reporta son attention sur le tunnel. Joach réapparut brusquement devant elle. Souriant, il pressa ses compagnons de le suivre.

Elena et les autres obtempérèrent. Une fois la courbe du tunnel franchie, ils découvrirent Flint en train de chuchoter fiévreusement avec un homme en haillons. La robe jadis blanche de l'inconnu avait viré au gris ; sa barbe rousse en bataille peinait à dissimuler ses joues creuses. Par contraste avec son visage mangé par les poils, son crâne était aussi chauve que celui d'un nouveau-né.

— Qui est-ce ? demanda Elena.

— Frère Ewan, répondit Joach dans un murmure excité. C'est un guérisseur. C'est lui qui nous a aidés à soigner Cérite. Quand nous avons quitté l'île, il est resté derrière nous pour voir s'il pouvait aider à la défendre de l'intérieur. Lui aussi appartient à la secte d'Hi'fai, et il connaît tous les passages secrets de l'Édifice. Il se cache dans ce dédale depuis une lune.

Ce fut comme si on venait d'ôter un immense fardeau du cœur d'Elena. Savoir qu'on pouvait survivre à proximité de tant de mal lui rendait quelque espoir. Néanmoins, ce fut avec prudence qu'elle s'approcha de l'inconnu.

Flint lui fit signe.

— Je veux te présenter quelqu'un, un ami qui connaît plusieurs façons d'entrer et de sortir des catacombes.

Frère Ewan se redressa. Il semblait embarrassé par son apparence. D'une main, il tenta de défroisser sa robe pendant que de l'autre il mettait un semblant d'ordre dans sa barbe. Tikal était toujours perché sur son épaule, où il mâchait bruyamment une croûte de pain.

— Alors, voici la fameuse sor'cière...

Elena acquiesça.

— Ravie de vous rencontrer, dit-elle poliment.

Frère Ewan grimaça et fit un pas vers elle. Le mouvement déséquilibra Tikal, qui tenta de se raccrocher à l'une des oreilles du moine. Le sourire de celui-ci s'élargit.

— Désolé, dit-il en réprimant un gloussement, mais je crains que cette petite boule de fourrure ne soit plus la bienvenue.

Il saisit Tikal par la peau du cou et, d'un geste vif, lui brisa la nuque avant de jeter son corps inerte au loin.

Mama Freda hoqueta et s'affaissa dans les bras de Méric.

— Tikal !

La grimace de frère Ewan se fit cruelle.

— À présent, laissez-moi voir cette sor'cière de plus près.

Débarrassé de son fardeau, le moine tendit un bras vers Elena.

La jeune femme était si choquée qu'elle ne chercha pas à se dérober. La mort brutale du tamrink avait engourdi son corps et son esprit. Mais Flint se jeta entre elle et frère Ewan, portant la main à son épée.

Trop tard.

Le moine arracha le devant de sa robe. Des centaines de petites sangsues violettes étaient collées à sa poitrine. Avant que Flint puisse dégainer, il se jeta sur lui et l'enveloppa de ses bras.

Joach empoigna Elena et la tira en arrière. La jeune femme était encore trop sonnée pour réagir.

— C'est un malegarde, El ! Il faut nous enfuir !

Méric entraîna Mama Freda, désormais aveugle et brisée par la mort de son familier, tandis que Joach faisait de même avec Elena. Comme ils reculaient précipitamment, Flint s'écroula. Il pivota sur lui-même, et ses compagnons virent que son visage et son cou étaient couverts de sangsues.

En l'espace d'un seul battement de cœur, les répugnantes créatures enflèrent jusqu'à atteindre la taille d'un poing. Elles ne se contentaient pas d'aspirer le sang de leur victime : on aurait dit qu'elles drainaient sa substance même.

Flint heurta le sol. L'impact délogea quelques-uns des parasites, révélant le blanc de l'os à travers les blessures qu'ils venaient d'infliger au vieillard. Flint lutta pour se débarrasser des autres. Une de ses mains se leva et retomba comme il exhalait son dernier soupir.

La dernière chose que vit Elena fut frère Ewan enjambant le cadavre de Flint. Une nouvelle récolte de sangsues violettes poussait déjà sur le terrain fertile de sa poitrine nue.

Puis Joach entraîna sa sœur au-delà de la courbe du tunnel, et ils se mirent à courir. L'effort dissipa l'emprise paralysante que l'horreur exerçait sur Elena. De nouveau capable de réfléchir, la jeune femme ralentit et s'arrêta. Joach lui tira sur le bras, mais elle laissa échapper un sanglot et le repoussa.

— Va-t'en ! Fuis !

— El ?

Elena leva sa main droite et délia le sort qui verrouillait la lumière spectrale. Une lueur mauve enveloppa sa main. Elena canalisa sa magie vers cette dernière et se concentra pour étendre la lueur. À la façon dont Joach écarquilla les yeux, elle comprit qu'elle avait réussi : elle était devenue invisible.

— Emmène Mama Freda et Méric, ordonna-t-elle. Rejoignez Tol'chuk.

— Tu ne peux pas affronter le malegarde seule, protesta Joach.

Fronçant les sourcils, Elena se déshabilla rapidement.

— Je ne compte pas l'affronter. Nous n'avons pas le temps. Mais je dois vérifier que Flint est bien mort et récupérer la clé pendant que vous entraînerez ce monstre loin de moi. Vous pouvez faire ça ?

Joach acquiesça.

— Quel est ton plan ?

— Je vais retrouver ce maudit bouquin !

Elena se débarrassa de ses derniers vêtements, ne conservant que sa dague de sor'cière. Elle la brandit devant Joach et fit irradier la magie de son poing. Dans les yeux de son frère, elle vit la dague disparaître.

Au bout de quelques instants, Joach regarda des deux côtés du passage.

— El ? appela-t-il sur un ton hésitant.

Elena garda le silence. La peur et la défaite s'inscrivirent sur le visage de son frère. Croyant qu'elle était déjà partie, Joach détailla la pente du tunnel.

— Sois prudente, El, chuchota-t-il. (Et, avant de se détourner, il ajouta :) Je t'aime.

Elena ne fit rien pour réprimer les larmes qui lui montaient aux yeux. De toute façon, il n'y avait personne pour les voir.

Er'ril se tenait entre le mur de glace noire et le cercle de cire des mages. Ses chaînes, désormais attachées à des anneaux métalliques fixés dans le sol, lui interdisaient de faire plus d'un pas dans n'importe quelle direction.

On lui avait ôté sa chemise, et la pointe de la lame de Shorkan – le couteau de chasse de leur père – avait gravé treize runes de pouvoir obscur dans la chair de sa poitrine. Du sang chaud dégoulinait le long de son ventre et imprégnait son pantalon. Mais Er'ril ne se souciait guère de la douleur ; toute son attention était concentrée sur le rituel final qui se déroulait actuellement à l'intérieur du cercle. À demi nu, le bras entravé, il se sentait un tantinet vulnérable. Tous ses espoirs reposaient sur ce qui allait se produire durant les prochaines secondes.

De'nal se tenait dans le cercle, prisonnier de ses liens d'énergie noire. Seuls ses yeux brillaient de terreur et de colère tandis que, comme Er'ril, il observait les préparatifs des deux autres mages, qui semblaient avoir oublié jusqu'à son existence.

— Je sens que le Fanal funeste a déjà été allumé, dit Greshym alors que Shorkan et lui traçaient des symboles sanglants par terre, le long de la bordure intérieure du cercle de protection. Les skal'tum doivent déjà avoir pris leur envol.

— Peu importe, répliqua Shorkan. Avec le nombre de pièges que nous avons tendus autour et à l'intérieur de l'île, nous n'avons aucune raison de craindre les intrus. Au lever de la lune, Val'loa cessera de compter. Elle deviendra le domaine des fantômes et des espoirs perdus. Nous aurons délié le Journal Sanglant et remporté la victoire.

Un instant, le regard de Greshym croisa celui d'Er'ril, puis se détourna. C'était le signal convenu. Er'ril se racla la gorge.

— Tu te trompes, Shorkan. Tu vas échouer – vaincu, une fois de plus, par le sort de frère Kallon.

Shorkan continua à s'affairer sans lui prêter la moindre attention.

— C'est ton sang qui a alimenté ce sort, Er'ril. Et c'est ton sang qui le brisera.

— En es-tu si certain, mon frère ? Moi, je dis qu'il te manque toujours une pièce du puzzle.

— Laquelle ?

— Tu as raison. Le sort nécessite mon sang et une partie de la magie d'éternité conférée par le Grimoire. Il a même absorbé une partie du pouvoir du livre. Mais il a consumé un quatrième élément – ce que tu n'as jamais soupçonné. Cet élément manquant provoquera ta perte.

— Et je suppose que tu vas me révéler sa nature ? railla Shorkan en levant la tête vers l'homme des plaines.

Er'ril plissa les yeux.

— Tu as peut-être démasqué mon complice, dit-il en désignant De'nal du menton. Mais jamais je ne te dévoilerai ce dernier secret – pas même pour sauver la sor'cière.

Shorkan haussa les épaules et se remit à peindre.

— C'est bien ce qu'il me semblait. Dans ce cas, je vais tenter ma chance et advienne que pourra.

— Si tu fais ça, tu mourras sans espoir de retour, affirma Er'ril.

Shorkan eut un geste agacé.

— Ça suffit. Je sens grandir ton désespoir. Tes protestations ne font que confirmer que je suis sur la bonne voie.

Er'ril se rembrunit. Il fallait que Shorkan réagisse, qu'il interrompe ses préparatifs un instant. Greshym avait besoin d'une distraction pour cimenter sa trahison. D'ailleurs, le vieux mage le foudroya du regard. Le temps pressait.

L'esprit d'Er'ril était en ébullition.

— Réfléchis, Shorkan. Étant donné le nombre de fois où tu as vainement tenté de briser ce mur, tu dois t'être rendu compte qu'il y a quelque chose d'inhabituel dans le sort de frère Kallon. Quelque chose qui te tient en échec.

Shorkan fronça les sourcils, mais finit par se lever. Il se dirigea vers Er'ril, tout en gardant le cercle de protection entre eux.

— Alors, dis-moi. À ton avis, qu'est-ce qui manque à mon sort ?

En dépit du mal qui irradiait de Shorkan, Er'ril ne frémit pas. Il devait mobiliser l'attention du monstre qui arborait le visage de son frère. Il n'osait même pas jeter un coup d'œil à Greshym pour voir si celui-ci profitait de l'occasion qui lui était offerte.

— Et que gagnerais-je à te le dire ?

— Je peux faire en sorte que tu survives à cette nuit, insinua Shorkan.

— Et que je passe le reste de ma vie dans ton donjon ? ricana Er'ril.

— Tout dépendra de toi, mon frère. Maintenant…

Soudain, Shorkan fit volte-face. Er'ril reporta son attention sur Greshym. Le vieux mage au dos courbé était toujours à genoux près du bord du cercle.

— Qu'est-ce que tu fiches ? glapit Shorkan. Ce n'est pas la bonne rune !

Pour toute réponse, Greshym se releva en s'appuyant sur son bâton et sortit du cercle. Shorkan fit mine de se jeter sur lui, mais Greshym tendit son bâton à l'intérieur du cercle et tapota la dernière rune qu'il venait de tracer. Le symbole, qui représentait deux serpents enlacés, s'embrasa d'une lueur rouge.

— Si. La rune d'emprisonnement est la bonne rune pour servir *mes* intérêts.

Shorkan interrompit son plongeon tout net avant d'atteindre le bord du cercle. Il tituba en arrière.

— Toi ! fulmina-t-il en regardant Greshym avec une expression aussi sombre qu'un ciel d'orage.

Puis il jeta un coup d'œil à De'nal.

— Oui, le gamin a toujours été le plus loyal de nous deux, grimaça Greshym. Un bon petit chienchien à son maîmaître.

Shorkan fit le tour du cercle à grands pas, comme s'il cherchait une brèche qui lui permettrait de s'échapper.

— Tu connais le sort que j'ai lancé, poursuivit Greshym. Tu vivras tant que tu ne tenteras pas de traverser le cercle de protection.

Shorkan fit face au vieillard de l'autre côté de la mince barrière de cire fondue.

— Pourquoi ?

Greshym se mit à faire le tour du cercle en martelant le sol de son bâton.

— Je ne pouvais pas te laisser détruire le Journal Sanglant. C'est mon seul espoir de rendre leur vitalité à mes pauvres vieux os.

— « Leur vitalité » ? Tu as déjà la vie éternelle ! Que peux-tu bien désirer de plus ?

Ce fut au tour de Greshym de pivoter vers Shorkan en le foudroyant du regard.

— Je vais te dire ce que je peux bien désirer de plus ! Tu le vois dans ton miroir chaque matin. La jeunesse ! À quoi bon l'immortalité si mon corps continue à vieillir et à se décomposer ?

Greshym voulut cracher sur Shorkan, mais sa salive heurta la barrière invisible au-dessus de la cire et s'évapora en grésillant dans les airs.

Le vieillard poursuivit son tour du cercle jusqu'à ce qu'il ait rejoint Er'ril.

— Ton frère et moi avons conclu un marché.

— Tu trahirais le maître pour un prix aussi ridicule ? s'étrangla Shorkan.

— « Le maître » ? (Greshym émit un bruit grossier.) Que m'importent les machinations du Gul'gotha ? C'est toi son favori, pas moi. Quant à ce prix que tu juges ridicule, c'est le moins que je mérite après avoir servi le Monstre Noir aussi longtemps.

— Tu paieras pour ce blasphème, Greshym, gronda Shorkan. J'en fais le serment.

Ignorant le Praetor, Greshym se tourna vers Er'ril.

— Maintenant, pour ce qui est de notre marché…

Calant son bâton au creux de son bras, il tendit la main vers les menottes d'Er'ril. Il remua les doigts ; les menottes s'ouvrirent, et le bras d'Er'ril fut enfin libre.

— J'ignore où tu as caché l'écharde de mon bâton, Er'ril. Mais la magie qu'elle contient est désormais active. Elle déverrouillera les fers de tes pieds, et elle ouvrira toute serrure qui s'interposera entre toi et le salut.

Er'ril voulut porter la main à sa nuque. Greshym lui saisit le poignet.

— Mais d'abord, tu as promis de libérer le Grimoire, lui rappela-t-il. Tu as dit que tu en avais le pouvoir.

Er'ril acquiesça.

— C'est le cas.

Il ignorait si la promesse de Greshym était sincère ou non, mais il avait pris ses propres dispositions pour contrer une éventuelle trahison du mage noir. En vérité, tous deux jouaient un jeu très dangereux.

Er'ril se dirigea vers le mur de glace noire. Une énergie sans âge courait encore à sa surface brillante. Er'ril voyait le reflet de la pièce derrière lui ; il voyait l'expression avide de Greshym et les doigts du vieillard crispés sur son bâton. Il leva sa main vers la barrière magique, mais un brusque mouvement aperçu dans son dos arrêta son geste.

En se retournant, il vit Shorkan se jeter sur De'nal et le renverser. La petite silhouette de l'enfant tomba en travers du cercle de cire. La sanction fut immédiate. Les hurlements de De'nal traversèrent ses liens d'énergie obscure tandis que son corps fluet se tordait sur le brasier. De la fumée et une odeur de chair brûlée envahirent la caverne.

Les liens de De'nal furent très vite rongés par le sort d'emprisonnement. En disparaissant, ils ne révélèrent qu'une coquille calcinée. Pourtant, le petit garçon continua à se débattre. Un cri déchirant jaillit de ses lèvres craquelées et noircies – et mourut avec lui.

Shorkan ne perdit pas de temps. Utilisant le cadavre de De'nal comme un pont, il bondit par-dessus le cercle de cire. Mais, même si la barrière magique était affaiblie à cet endroit, il ne la traversa pas indemne. Un hurlement s'échappa de sa gorge alors qu'il atterrissait en tas de l'autre côté. Sa robe blanche, désormais réduite en cendres, lui collait au corps. Des ampoules jaunes et de larges brûlures recouvraient sa peau. Même ses cheveux et ses sourcils s'étaient consumés, lui donnant l'air aussi décrépit que Greshym.

Mais il était toujours vivant ! Lentement, il se redressa sur ses jambes encore fumantes. Il fit quelques pas titubants vers Er'ril et Greshym qui le regardaient, stupéfaits.

—Je... Je vous arrêterai, croassa-t-il.

Deux jets de feu obscur jaillirent de ses mains brûlées. Greshym leva son bâton pour les bloquer et y parvint de justesse. Er'ril vit le bras du vieillard trembler sous l'impact. Dans sa main, le pol'bois se mit à fumer.

Er'ril s'écarta des combattants autant que le lui permettaient ses chaînes. À présent, son dos nu touchait le mur de glace noire. Il observa l'affrontement avec une expression choquée. Que Shorkan soit toujours capable de conjurer une telle puissance dans son état disait assez clairement la profondeur de la source à laquelle il puisait.

Les doigts d'Er'ril tâtonnèrent dans sa nuque et en extirpèrent l'écharde du bâton de Greshym. Pour aider le vieillard, il devait être libre. Il agita le petit morceau de bois au-dessus des fers qui entravaient ses chevilles, mais rien ne se produisit. Il tenta de l'utiliser comme un outil de crochetage en l'enfonçant dans la serrure. Sans résultat.

Les sourcils froncés, il se releva. L'écharde du bâton ne contenait pas la moindre magie. En lui donnant quelque chose de concret en lequel placer ses espoirs, Greshym s'était bien joué de lui. Er'ril laissa tomber le bout de bois inutile et donna un coup de pied rageur dans ses chaînes.

Non loin de lui, les jets de feu obscur faiblirent et se mirent à crachoter, révélant le fond du puits d'énergie de Shorkan. Les bras du Praetor retombèrent, et le flux s'interrompit. Utilisant les dernières gouttes de son pouvoir, Shorkan ouvrit un portail noir tourbillonnant sous ses pieds et tomba dedans, mais non sans avoir proféré une ultime menace :

— Je... Je me vengerai... de vous deux !

Puis il disparut.

Greshym brandissait toujours son bâton devant lui en une attitude défensive. Lorsqu'il fut certain que Shorkan était bien parti, il s'affaissa brusquement. Son bâton tomba en cendres dans sa main. Er'ril réalisa que Shorkan était passé à un cheveu de vaincre le vieillard. À bout de forces, celui-ci dut s'appuyer contre le mur de glace pour se diriger vers Er'ril.

— Le Grimoire, chuchota-t-il. Nous devons nous dépêcher.

— Où Shorkan est-il allé ?

Greshym secoua la tête.

— Je ne sais pas. Il a dû regagner sa tour. À moins qu'il ait tout simplement fui. Il peut utiliser le portail du Weir qui t'a amené ici pour se transporter à Noircastel.

—« Le portail du Weir » ? répéta Er'ril sans comprendre.

Greshym agita faiblement le bras.

—La statue d'éb'ène, celle qui représente une wyverne. C'est un portail du Weir. Mais ça n'a pas d'importance. Libère le Grimoire !

Er'ril savait qu'il tenait là sa seule chance de soutirer des informations au vieillard. Greshym était faible, et il avait besoin de son aide.

—C'est quoi, le « Weir » ? Et pourquoi transportiez-vous la statue à Gelbourg ?

Le regard de Greshym se fit moins vague. Le mage plissa les yeux d'un air soupçonneux.

—Ça n'a pas d'importance. Libère le Grimoire, répéta-t-il.

—Pas avant que vous ayez répondu à mes questions, répliqua Er'ril, inflexible. Et, comme vous l'avez fait remarquer, le temps presse.

Greshym regarda l'homme des plaines avec colère.

—La réponse que tu réclames découle d'une très longue histoire.

—Contentez-vous de me dire ce que vous savez.

Le vieillard soupira, et son haleine fétide caressa la joue d'Er'ril.

—Comme tu as dû le découvrir au contact des malegardes, un petit morceau d'éb'ène a le pouvoir d'emprisonner et de corrompre les esprits.

—Je sais. Quel rapport avec le Weir et ses portails ?

—C'est compliqué. Lorsque les n'ains commencèrent à extraire l'éb'ène, ils sculptèrent quatre gros morceaux de minerai pur à l'effigie de créatures monstrueuses : un griffon, une manticore, un basilic et une wyverne. Les statues s'avérèrent receler un pouvoir immense : non seulement elles pouvaient emprisonner les esprits, mais dans le cas de personnes riches en magie élémentale, elles pouvaient emprisonner leur corps également. C'est ce qui t'est arrivé.

La magie de ta clé a activé l'éb'ène, et tu as été aspiré dans la dimension obscure du Weir.

—Je ne me souviens de rien de tout ça.

—Le Weir produit toujours cet effet sur les gens, à moins qu'ils aient été préparés et entraînés. Même alors, il représente un danger pour eux. On peut facilement s'y perdre. Personnellement, jamais je ne prendrai le risque de franchir un de ses portails. Mais, après que la statue t'eut aspiré, Shorkan a perçu ta présence dans le Weir, et il a rappelé la wyverne ici, afin qu'elle te livre à nous.

—Pourquoi vouliez-vous la faire conduire à Gelbourg en premier lieu ? demanda Er'ril.

Greshym se rembrunit.

—À cause d'un nouveau plan du Seigneur Noir. Il a ordonné que trois des portails du Weir – le basilic, le griffon et la wyverne – soient envoyés dans différentes régions d'Alaséa. Mais il n'a pas daigné m'expliquer pourquoi. Et personne ne questionne les ordres du Cœur Noir. Shorkan soupçonnait que ç'avait un rapport avec le renforcement du Weir.

—Vous ne cessez de mentionner ce « Weir ». Qu'est-ce que c'est, au juste ?

—À mon avis, même Shorkan serait incapable de répondre à cette question. Tout ce que nous savons, c'est qu'il y a très longtemps quelque chose est tombé au travers d'un des portails et est resté prisonnier du Weir. Mais c'était trop gros pour être contenu par un seul portail. Alors, ça s'est propagé aux quatre, les liant à jamais entre eux et s'emprisonnant jusqu'à la fin des temps.

—Mais ce « Weir », il fait quoi ? insista Er'ril.

Greshym dévisagea le guerrier d'un regard calculateur.

—Cet interrogatoire a assez duré. Je ne répondrai à ta dernière question que si tu me jures de libérer le Grimoire ensuite.

Er'ril fronça les sourcils.

— Fais-moi confiance, la réponse t'intéressera, le pressa Greshym. C'est l'un des secrets les mieux gardés du Seigneur Noir.

Er'ril s'humecta les lèvres. Il savait qu'il ne pourrait pas continuer à faire parler le mage noir pendant très longtemps. Une réponse de plus devrait suffire.

— D'accord. Je jure de libérer le Grimoire. Alors, que fait le Weir ?

Greshym se pencha vers lui.

— C'est le puits de pouvoir du Gul'gotha, son unique source de magie noire.

La gorge d'Er'ril se serra. Il venait d'élucider le mystère dont la solution se dérobait à la Fraternité depuis des siècles : il savait d'où le Seigneur Noir tirait sa puissance. Si seulement la Fraternité l'avait découvert quelques siècles plus tôt, peut-être aurait-elle trouvé un moyen de couper le Gul'gotha de la source de sa magie. Greshym n'avait pas menti. Cette information valait bien le prix du serment d'Er'ril.

— Maintenant, brise le sort et libère le Grimoire, s'impatienta Greshym.

Malgré son excitation, le vieillard était toujours appuyé contre le mur de glace. Il se fatiguait rapidement.

Encore trop sonné pour parler, Er'ril se contenta de hocher la tête. Il pivota vers la barrière magique et, une fois de plus, fit courir sa main dessus. Il ne lui restait qu'à mettre la clé en place. En pivotant, il colla son épaule amputée contre la glace noire et fit face à Greshym.

— J'ai dit à Shorkan que le sort avait nécessité davantage que mon sang et de la magie.

— Oui, je me souviens de ta ruse.

— Ce n'était pas une ruse. Le prix à payer fut élevé. (Er'ril pressa fermement son moignon sur la serrure gelée.) En plus de mon sang, le sort exigeait ma chair.

Une douleur brûlante transperça l'épaule du guerrier tandis que muscles et os retrouvaient leur logement. La glace noire se mit à fondre depuis les murs et le plafond, comme si la barrière se résorbait autour de son point de contact avec Er'ril.

Privé de son appui, Greshym tituba et tomba à genoux. Alors que les derniers vestiges de magie fondaient, il leva des yeux écarquillés vers Er'ril.

— Depuis le début, c'était toi la clé !

Er'ril baissa les yeux vers son épaule. À l'ancien emplacement de son moignon était désormais rattaché un bras de chair et de sang – pas un membre fantôme, mais son propre bras, sacrifié des siècles auparavant pour alimenter le sort de protection du Grimoire. Il le replia sur sa poitrine. Dans sa main, il tenait un ouvrage qu'il n'avait pas revu depuis un demi-millénaire, un volume noir sur la couverture duquel se détachait une rose rouge aux contours soulignés d'or.

— Le Journal Sanglant ! s'exclama Greshym.

Er'ril maintint le Grimoire hors de portée des doigts avides du mage.

— Nous avons conclu un marché ! aboya Greshym. Tu as juré de me le remettre !

— J'ai juré de le libérer, rectifia Er'ril. Et je l'ai fait. (Dans un cliquetis de chaînes, il fit un pas sur le côté et, du bout du pied, expédia vers Greshym le bout de pol'bois qu'il avait laissé tomber un peu plus tôt.) Il n'y a pas de magie là-dedans. Vous avez essayé de me trahir. (Il écrasa l'écharde sous son talon.) Donc, toutes les autres promesses que nous avons pu échanger sont nulles et non avenues.

Greshym lutta pour se redresser, mais, privé de son bâton et affaibli par son combat contre Shorkan, il fut beaucoup trop lent.

Er'ril posa le Grimoire contre sa poitrine ensanglantée, l'écartant encore davantage du vieillard. Au contact du livre, ses plaies se refermèrent, et les ignobles runes tracées à même sa chair disparurent.

— Vous avez oublié que le Journal Sanglant me protégeait – et pas seulement en m'accordant l'immortalité.

Autour des chevilles d'Er'ril, ses fers tombèrent sur le sol avec fracas. Il se débarrassa de ses chaînes et recula. Enfin libre !

Greshym leva un bras, prêt à frapper le guerrier avec ce qui lui restait de magie, mais Er'ril brandit le Grimoire entre eux.

— Je pense que la magie du Journal Sanglant arrêtera vos sorts, mais, si ce n'est pas le cas, avant de m'atteindre vous détruirez votre unique espoir de recouvrer votre jeunesse.

Le vieux mage baissa lentement le bras.

— En outre, je vous suggère fortement de nous laisser le Grimoire. Elena et moi en aurons besoin pour neutraliser le Seigneur Noir. Vous feriez mieux de prier pour que nous réussissions. Après votre trahison d'aujourd'hui, ça m'étonnerait que le Gul'gotha soit bien disposé envers vous.

Greshym blêmit en réalisant qu'Er'ril disait vrai. Les sourcils froncés, il foudroya le guerrier du regard et ouvrit son propre portail. Tout en s'y enfonçant, il cracha un dernier avertissement :

— Ce n'est pas terminé, Er'ril.

Avant que l'homme des plaines puisse répondre, Greshym disparut.

Er'ril détailla le livre qu'il tenait devant lui. Il ne savait pas ce qui le choquait le plus, de la récupération du Journal Sanglant ou de celle de son bras. Un frisson parcourut son dos nu, et ses poils se hérissèrent. Après tant d'années, ça lui faisait bizarre de ne plus être manchot – et, en même temps, ça lui semblait tout à fait naturel. De vieux souvenirs l'assaillirent, comme s'ils avaient été prisonniers de sa chair amputée et lui revenaient en même temps qu'elle. Il se revit faire des balles de foin dans les champs, manier une faux à deux mains, et même étreindre son père pour lui dire au revoir la dernière fois qu'il était parti avec Shorkan. Des souvenirs d'une époque plus simple, d'une vie plus sereine.

Er'ril secoua la tête. Contrairement à son bras manquant, son passé était perdu à jamais pour lui. Aucune magie ne pourrait le lui rendre.

Le regard du guerrier se posa de nouveau sur le Grimoire. Tant de vies détruites pour ce vieux bouquin usé… Il ouvrit la couverture et déchiffra l'unique entrée du journal, les mots qui étaient apparus sur la première page par cette nuit funeste, cinq siècles plus tôt :

« Ainsi le Grimoire fut-il forgé et trempé dans le sang d'un innocent, à minuit dans la vallée de la Lune. Celui qui allait le porter lut les premiers mots. Alors, il pleura son frère et son insouciance perdue. Il ne devait jamais retrouver ni l'un ni l'autre. »

Er'ril referma le livre. Il songea à Shorkan et au chemin long d'un demi-millénaire qui l'avait conduit dans cette caverne. À son commencement aussi, il y avait eu un cercle de cire et le cadavre d'un enfant. Secouant la tête, Er'ril saisit la torche accrochée au mur et se dirigea vers la sortie.

Le Journal Sanglant avait dit vrai.

Elena s'agenouilla près de Flint. Nue à l'exception de sa dague de sor'cière, elle se sentait particulièrement exposée et vulnérable, même si personne ne pouvait la voir. Elle se pencha par-dessus le cadavre en détournant les yeux. Le visage et le cou de Flint étaient ravagés, déformés par des dizaines de cratères exsangues. Elena lui toucha l'épaule.

— Je suis désolée, chuchota-t-elle en ouvrant la sacoche de cuir qu'il portait à la taille.

Elle se faisait l'impression d'être une pilleuse de tombes. De l'intérieur de la sacoche, elle sortit le petit poing métallique qui était la clé de Val'loa. Le fer rouge brillait comme du sang frais dans la lumière de la lanterne abandonnée.

Elena se redressa, le talisman dans une main et sa dague de sor'cière dans l'autre. Elle devait choisir lequel des deux emporter : elle n'était pas encore assez douée pour dissimuler deux objets simultanément. Selon les estimations de Flint, elle aurait besoin de la clé pour libérer le Grimoire, mais elle répugnait à abandonner sa seule arme.

Tandis qu'elle hésitait, un petit bruit la fit sursauter. De frayeur, sa main se crispa sur le manche de sa dague. Elle pivota en brandissant celle-ci. Mais il n'y avait rien derrière elle.

Puis le bruit se répéta. C'était un gémissement si ténu qu'il en devenait presque inaudible. Il se prolongea assez longtemps pour qu'Elena puisse localiser sa source. Au pied du mur, dans l'ombre, gisait le corps inerte de Tikal.

Elena se traîna jusqu'au tamrink. Celui-ci était tombé sur le dos, le cou tordu selon un angle qui n'avait rien de naturel. Alors qu'elle l'observait, Elena vit sa poitrine frêle se soulever et s'abaisser. Elle le toucha du bout de l'index. Tikal gémit. Elena frémit. La petite créature était toujours vivante.

Jetant un coup d'œil à la clé abandonnée sur le sol, Elena songea qu'elle devait se dépêcher, mais la douleur de Tikal lui remuait le cœur. Elle ne savait pas quoi faire.

Un instant, elle envisagea de mettre un terme aux souffrances du tamrink ; elle alla même jusqu'à lever sa dague. Puis elle se ravisa. Elle ne pouvait pas faire ça. Son cœur s'était endurci durant le voyage qui l'avait menée jusqu'à Val'loa, mais il ne s'était pas endurci à ce point. Elle avait vu trop de morts durant les derniers jours pour achever une créature blessée. D'un autre côté, elle ne pouvait pas laisser agoniser Tikal. Le tamrink n'était pas seulement un animal de compagnie : il était les yeux de Mama Freda.

Elena se mordit la lèvre inférieure et prit sa décision.

Avec mille précautions, elle souleva le corps du tamrink. La douceur de sa fourrure la surprit. Comme elle déplaçait Tikal, celui-ci redoubla de gémissements. Elle serra les dents et lui redressa le cou. La voix du tamrink monta dans les aigus. Le bruit fit frémir Elena, mais ne l'empêcha pas de continuer. Pour survivre, il était parfois nécessaire de souffrir. C'était l'une des leçons que la jeune femme avait apprises à ses dépens.

Lorsque le cou de Tikal fut de nouveau droit, Elena berça la petite créature dans ses bras et entailla un de ses doigts minuscules. Puis elle fit de même avec l'un des siens. Elle se souvenait comment faire. Elle ne devait communiquer au blessé qu'une infime quantité de sa magie. Prenant une inspiration pour se calmer, elle pressa le bout de son doigt contre celui de Tikal. Une goutte de son sang devrait suffire.

À l'instant où les deux plaies se touchèrent, les pensées d'Elena et celles du tamrink se mêlèrent brièvement. La jeune femme fusionna avec la créature ; elle sentit la douleur sourde dans son cou et sa conscience voilée. Puis, en un éclair, elle se retrouva ailleurs. Elle courait, trébuchant dans les bras de quelqu'un. Ses articulations lui faisaient mal, et elle ne voyait rien autour d'elle.

Clignant des yeux, Elena retira son index. Elle était de retour dans sa propre peau. Mais elle savait que, l'espace de quelques secondes, elle avait voyagé le long du lien qui unissait Tikal à Mama Freda.

Ce bref contact lui rappela ses devoirs. Ses compagnons fuyaient pour entraîner le malegarde à leurs trousses, et elle perdait son temps à soigner un animal blessé. Elle reposa Tikal par terre. La respiration du tamrink était plus profonde à présent. Ses jambes commençaient à remuer, et un de ses petits bras se leva pour tripoter une de ses oreilles. Elena ne pouvait rien faire de plus. Pour le reste, le tamrink devrait se débrouiller seul.

Elle revint vers le poing de fer et le ramassa. Cette fois, Elena n'eut aucun mal à décider quel objet garder. Posant sa dague près du corps de Flint, elle prit le talisman dans sa main droite. Après avoir senti la terreur de Mama Freda, elle savait qu'elle pouvait affronter ses propres peurs sans sa dague. La clé était plus importante.

Décidée, Elena se redressa. Ce fut alors qu'elle entendit un frottement de semelles. En se retournant, elle réalisa que le bruit venait de plus bas dans les catacombes. Comme pour confirmer ses soupçons, elle vit de la lumière briller dans la courbe descendante du passage. Quelqu'un venait !

Elena se plaqua contre le mur. Elle se représenta toutes sortes de dangers : des skal'tum, des n'ains, des malegardes… Qu'est-ce qui allait encore lui tomber dessus ?

Tandis qu'elle retenait son souffle, la lumière grandit. Bientôt, la flamme d'une torche apparut au détour du tunnel. Elena plissa les yeux pour distinguer son porteur. Celui-ci tenait la torche devant lui, si bien que l'éclat des flammes le dissimulait.

Du moins était-il seul. Néanmoins, Elena retint son souffle, craignant de trahir sa présence à l'ennemi. Mais, lorsqu'elle aperçut enfin le visage du nouvel arrivant, un hoquet lui échappa. Elle ne pouvait se méprendre sur ces cheveux noirs, ce visage aux angles durs, ces yeux gris comme un ciel de tempête. C'était Er'ril !

Elena s'écarta du mur. Bien entendu, le guerrier ne pouvait pas la voir. Son regard était rivé au cadavre que la lumière de sa lanterne venait de lui révéler. Il se précipita vers lui.

Elena leva une main et voulut l'appeler. Ce fut alors qu'Er'ril brandit sa torche plus haut et s'essuya le front de son autre main. La jeune femme recula si précipitamment qu'elle manqua trébucher sur le corps de Flint. Er'ril avait deux bras à présent ! Presque aveuglée par le choc, Elena fit un pas sur le côté pour laisser passer l'homme des plaines.

Lâchant sa torche, Er'ril se laissa tomber à genoux près du cadavre. Il avança des mains hésitantes vers Flint, comme s'il ne pouvait en croire ses yeux. Pour la première fois, Elena vit qu'il tenait quelque chose d'autre dans sa main droite : un livre à la couverture usée. Il le posa par terre. Elena fit un pas en avant.

À la vue de la rose rouge aux contours soulignés d'or, elle écarquilla les yeux et se plaqua une main sur la bouche pour ne pas crier. Le Journal Sanglant ! Elle le reconnaissait d'après la description qu'Er'ril lui en avait faite.

— Flint…

Elena reporta son attention sur le guerrier. Er'ril tourna prudemment la tête de Flint, exposant sa boucle d'oreille en forme d'étoile. Puis il se couvrit le visage d'une main aux doigts maculés de la suie de sa torche.

— Flint, tout ça est ma faute. C'est… C'est moi qui t'ai fait ça.

La culpabilité de l'homme des plaines plongea Elena dans la plus grande confusion. Er'ril semblait sincèrement désolé, mais pourquoi ? En quoi était-il à blâmer pour la mort de Flint ? Et comment se faisait-il qu'il ne soit plus manchot ? Elena se repassa le rêve de Joach dans sa tête : Er'ril, avec ses deux bras, la pourchassait jusqu'en haut d'une tour avec des intentions meurtrières. Oserait-elle lui faire confiance ? Après avoir si longtemps fréquenté Er'ril le manchot, cet homme lui semblait un étranger. Son deuxième bras modifiait toute son apparence physique – d'autant plus qu'il était torse nu.

Elena garda le silence. Elle serait en sécurité tant qu'elle ne dirait rien et ne se montrerait pas. Pour l'instant, elle allait suivre le conseil de Joach et jouer la carte de la prudence.

Sous les yeux de la jeune femme, Er'ril récupéra le Grimoire et se redressa. Le bout de son pied heurta la dague de sor'cière abandonnée sur le sol. Il baissa les yeux. Se penchant pour ramasser l'arme, il la retourna dans ses mains – et, bien entendu, il la reconnut. Il jeta un coup d'œil des deux côtés du passage, comme s'il cherchait une réponse.

— Flint, espèce d'imbécile, tu l'as amenée ici !

Il leva la dague à hauteur de ses yeux, puis la glissa à sa ceinture.

— Elena, dit-il d'une voix rauque. Si tu es ici, je te trouverai.

Ses yeux étincelaient. Elena recula. Jamais encore elle n'avait vu de telles flammes dans le regard d'Er'ril. Par le passé, l'homme des plaines s'était toujours montré chaleureux, prévenant et attentif envers elle. Mais ce feu-là émanait de profondeurs insoupçonnées. Comme le second bras d'Er'ril, c'était quelque chose de tout à fait nouveau – et d'effrayant pour Elena. D'où venait cette soudaine ardeur ? Était-elle naturelle ou non ? Visait-elle à la sauver ou à la tuer ?

Tandis qu'Elena soupesait les paroles d'Er'ril, le guerrier ramassa la lanterne du malegarde. Avec un dernier regard pour Flint, il partit d'un pas vif en direction de la surface.

Elena appuya son front contre la pierre fraîche des catacombes. Puis elle poussa un long soupir et entreprit de suivre ce mystérieux étranger à deux bras. Elle ne renoncerait pas à espérer que l'esprit d'Er'ril soit toujours pur. Elle ne le pouvait pas. D'autant plus qu'il portait le salut de Val'loa : le Journal Sanglant.

24

Pinorr faisait les cent pas dans la cabine du maître de quille. En tant que chaman, tel était son rôle durant une bataille : prier les sept dieux de la mer et se tenir prêt à conseiller le capitaine du bateau. Mais pour lui, c'était un emprisonnement, une torture insupportable.

Au-dessus de sa tête, la bataille faisait rage sur le pont principal de l'*Éperon de dragon*. Des hommes luttaient et mouraient pendant qu'il restait terré sur le pont inférieur. On l'avait informé du crépuscule magique et de l'envol des skal'tum. En cet instant même, il entendait le grondement de leurs tambours d'os et leurs hurlements perçants lorsque l'un d'eux était blessé par un Sanguinaire.

Pinorr serra les poings. Jamais il n'avait ressenti ça, lors des batailles précédentes. Il avait toujours accepté de bonne grâce sa position de chaman. Mais, après le carnage perpétré la nuit de la tempête, il savait désormais que son rôle n'était qu'une mascarade, une insulte envers les dieux. Il n'avait qu'à baisser les yeux pour voir un rappel de son crime. Malgré tout le savon utilisé et tous les efforts déployés, le sang d'Ulster souillait toujours les planches de son ancienne cabine. Une tache brune s'étalait sur le bois à la vue de tous.

Pinorr se couvrit les oreilles de ses poings. C'était déjà assez difficile de rester les bras ballants pendant que d'autres hommes mouraient, mais pourquoi fallait-il qu'il attende ici ? Il aurait dû être dans sa propre cabine avec Sheeshon et Mader Geel. Pour la millième fois, il scruta la large tache sous ses pieds. Quelque châtiment que les dieux souhaitaient lui infliger, il le méritait. Il avait brandi une lame d'acier et il avait pris trois vies. Selon les lois des dieux de la mer, il était maudit à jamais.

Levant les yeux et les bras vers le plafond de la cabine, Pinorr pria :

— Ne punissez pas ce navire ! Mes mains seules ont bafoué vos dons ! Punissez-moi, mais épargnez les autres occupants du bord. Ne leur infligez pas votre malédiction. J'accepterai n'importe quel châtiment, n'importe quelle torture pour purifier l'*Éperon de dragon* !

De brusques coups frappés à la porte de la cabine firent sursauter Pinorr. Baissant les bras, le vieil homme se dépêcha d'aller ouvrir. Il n'eut pas le temps de reculer qu'il faillit prendre le battant dans la figure. Il s'était attendu à voir Hunt, le nouveau maître de quille, mais ce fut Mader Geel qui se rua à l'intérieur.

— Je ne lui ai tourné le dos qu'une seconde, je le jure ! s'exclama la vieille femme, visiblement paniquée.

Pinorr la saisit par les épaules. Elle roulait de grands yeux fous.

— Qu'est-ce qui se passe ? demanda-t-il, le cœur serré dans un étau d'angoisse.

— C'est Sheeshon ! Je me suis approchée du hublot pour jeter un coup d'œil dehors et voir où en était la bataille. Quand je me suis retournée, la porte de la cabine était ouverte et la petite avait disparu !

Pinorr lâcha Mader Geel. Il ne sentait plus ses jambes. Il leva de nouveau les yeux vers le plafond, comme s'il pouvait voir les dieux se rire de lui dans le ciel. *Non, pas ça !* C'était un prix bien trop élevé !

— Chaman ? appela Mader Geel, qui avait perçu son tourment intérieur.

Pinorr baissa les yeux, mais leva les mains et, avec des gestes mécaniques, se mit à tresser ses cheveux blancs. Ses doigts n'avaient pas oublié comment confectionner la coiffure des guerriers.

— Je ne suis plus chaman, lâcha-t-il froidement.

— Quoi ? Qu'est-ce que vous dites ? Qu'est-ce que vous faites ? s'affola Mader Geel.

Elle voulut lui prendre le poignet, mais Pinorr la repoussa.

— Maudits soient les sept dieux, cracha-t-il. J'en ai assez de me plier à tous leurs caprices. S'ils doivent punir quelqu'un, que ce soit moi et non Sheeshon.

— Vous êtes fou ?

Mader Geel recula.

Pinorr acheva sa tresse et se dirigea vers le mur auquel Hunt avait accroché un assortiment d'armes. Il prit celle qui ressemblait le plus à sa favorite d'autrefois, une épée longue à la lame incurvée.

— Non ! protesta Mader Geel. Ne la touchez pas !

Trop tard ! Pinorr empoigna l'épée et la dégagea des crochets sur lesquels elle reposait. Il se tourna vers Mader Geel en brandissant l'arme. La vieille femme tomba à genoux.

— Vous nous condamnez tous !

— Ça, c'est déjà fait. Maintenant, je dois y remédier.

Pinorr se dirigea vers la porte à grandes enjambées.

Dans le couloir, les bruits de bataille étaient encore plus forts. Des ordres hurlés filtraient depuis le pont principal, mêlés de cris de douleur et de rires sifflants. Des bottes martelaient les planches ; des griffes éraflaient le bois.

Pinorr s'élança vers l'escalier. Il ne croisa personne : tous les marins étaient sur le pont.

Enfin, il déboula par l'écoutille en plein dans l'horreur. Malgré la fureur qui le mouvait, il trébucha et s'arrêta. Le pont était jonché de cadavres. Les voiles en lambeaux dégoulinaient de sang, de cervelle et d'autres fluides. Des corps déchiquetés se balançaient dans le gréement. Et toute la scène était baignée par la pénombre surnaturelle qu'on lui avait décrite. Jetant un coup d'œil vers l'ouest, Pinorr vit l'énorme faisceau de ténèbres qui masquait le soleil couchant.

Il secoua la tête. Le monde n'était plus que chaos. Partout où se portait son regard, des hommes et des femmes combattaient les démons ailés, mais, en l'absence de la lumière du jour, les créatures étaient invulnérables. Les marins ne pouvaient que les tenir à distance et les capturer dans des filets qu'ils jetaient ensuite par-dessus bord.

Près de la poupe était perché un dragon aquatique rouge dont les griffes s'enfonçaient profondément dans le pont. Juchée sur son dos, une petite mer'ai criait des ordres aux Sanguinaires qui l'entouraient. Elle les pressait de rabattre les skal'tum vers elle afin que sa monture leur arrache les ailes et les jette à l'eau. Mais, malgré la distance qui les séparait, Pinorr voyait bien que le dragon arborait d'innombrables entailles dues aux griffes et aux crocs des démons. Une vapeur verte s'élevait de ses plaies – la réaction du poison de skal'tum se mêlant à son sang. L'énorme bête ne tiendrait plus très longtemps, et Pinorr soupçonnait que la peur qui écarquillait les yeux de la mer'ai était pour sa monture plutôt que pour elle.

Soudain, la voix tonitruante de Hunt recouvrit le fracas de la bataille.

— Ragnar'k revient ! Sanguinaires, tenez-vous prêts !

D'un bout à l'autre du pont, les marins levèrent le poing pour indiquer qu'ils avaient compris.

Pinorr s'avança pour mieux voir ce qui se passait sur le gaillard d'avant. Près de la proue, Hunt et cinq autres guerriers tenaient en respect un trio de skal'tum. Le visage ensanglanté et les yeux flamboyants, Hunt refusait de laisser son navire tomber entre les mains ennemies. C'était un véritable maître de quille.

Un instant, Pinorr se réjouit d'avoir tué Ulster. Sous le commandement de cet imbécile, l'*Éperon de dragon* aurait déjà été coulé. Les ordres hurlés par Hunt semblaient ragaillardir le cœur et le bras des Sanguinaires. Partout à bord, les hommes et les femmes se battaient férocement.

Derrière le maître de quille, Pinorr repéra les ailes noires de Ragnar'k. Le grand dragon vira vers eux. Il volait bas et vite – trop vite pour se poser à bord. Que fichaient donc Kast et Sy-wen ?

Filant comme une flèche, Ragnar'k rasa le sommet des mâts. Son rugissement balaya le navire. Instinctivement, Pinorr esquiva le bruit pareil à une attaque. Lorsqu'il se redressa, l'équipage était en train de massacrer les skal'tum. La magie contenue dans la voix du dragon avait dissipé les sombres protections des créatures. Haches et épées tranchaient désormais de la chair immunisée contre les lames quelques instants plut tôt. Les hurlements des démons agonisants poursuivirent Ragnar'k dans le ciel crépusculaire.

Pinorr regarda le dragon virer de nouveau et plonger vers un navire voisin pour aider son équipage.

Une voix flûtée lui fit tourner brusquement la tête.

— J'ai besoin de toi !

Sur le gaillard d'avant surélevé, Pinorr vit sa petite-fille contourner un tonneau à quatre pattes et se remettre debout. Sheeshon se dirigea vers l'endroit où Hunt et les autres marins affrontaient toujours le trio de skal'tum.

Après le passage de Ragnar'k, les monstres étaient blessés mais pas encore morts. Le rugissement du dragon s'estompant dans le lointain, leurs protections noires revenaient. Il semblait toutefois que les lames désormais couvertes de leur sang pouvaient les franchir. La bataille n'en restait pas moins rude ; pour chaque skal'tum qui s'écroulait, deux autres apparaissaient.

Sur le gaillard d'avant, un des démons entendit la voix de Sheeshon et tourna sa tête hideuse vers elle. Pinorr se précipita vers l'échelle pour rejoindre sa petite-fille.

Hunt avait également compris le danger; il redoubla d'ardeur pour se débarrasser de ses adversaires. Mais aucun des deux hommes n'arriverait à temps. Sheeshon continuait à avancer vers le skal'tum le plus proche.

— J'ai besoin de toi, cria-t-elle de nouveau à Hunt.

— Sheeshon! Recule! ordonna le maître de quille.

Ses yeux étaient pleins de douleur, mais il ne pouvait rien faire. Un de ses camarades tenta de se désengager pour se porter au secours de l'enfant; il fut abattu par les griffes empoisonnées d'un skal'tum. Il se tordit par terre pendant quelques instants, puis s'immobilisa.

Pinorr avait réussi à monter sur le gaillard d'avant. Sheeshon n'était plus qu'à un pas du monstre. Jamais il ne l'atteindrait à temps. Son regard croisa celui de Hunt. À la vue de l'épée que tenait le vieil homme, le maître de quille écarquilla les yeux. Mais, au lieu de protester comme Mader Geel, il l'encouragea.

— Sauve Sheeshon! rugit-il. Tue tout ce qui se dressera sur ton chemin!

Que le maître de quille le soutienne au lieu de le réprimander aiguillonna Pinorr. Ce fut comme si un gros poids venait d'être ôté de son cœur. Les instincts qu'il avait enfouis depuis si longtemps remontèrent d'un coup à la surface. Il bondit et abattit son épée sur la patte tendue du skal'tum. La lame ricocha sur la peau du monstre sans lui faire le moindre dégât, mais parvint à écarter ses griffes de Sheeshon.

Pinorr plongea à terre. De l'épaule, il heurta sa petite-fille, l'envoyant rouler sur le côté. Il se releva aussitôt. À présent, il se tenait entre Sheeshon et le skal'tum. La créature découvrit ses crocs en une grimace meurtrière.

— Tu veux me priver de ma friandise, petit homme ? siffla-t-elle.

— Jamais tu ne la toucheras, démon ! gronda Pinorr.

Rapide comme l'éclair, le skal'tum frappa. Pinorr eut tout juste le temps de faire un bond en arrière et un mouvement du poignet pour bloquer les griffes du monstre avec sa lame. Déjà, l'autre patte de la créature s'abattait sur sa poitrine.

Pinorr fut forcé de reculer jusqu'à Sheeshon. Toujours à terre, la fillette sanglotait. Le skal'tum frappa de nouveau. Pinorr tissa une toile d'acier étincelant devant lui. Les griffes du démon rebondirent dessus sans le toucher.

Penchant la tête sur le côté, le skal'tum étudia son surprenant adversaire.

— Ainsi, l'ancien aux cheveux blancs se croit encore capable de mordre, mmmh ?

Le feu du cœur de Pinorr se consumait rapidement. Le vieillard était essoufflé, et son bras tremblait. Sentant qu'il faiblissait, le skal'tum se jeta sur lui griffes et crocs en avant. Pinorr fit de son mieux pour le repousser à grands moulinets d'épée, mais il fatiguait de plus en plus.

Une patte franchit ses défenses et lacéra sa robe sur sa poitrine. Puis une autre épée se joignit à la sienne. Pinorr n'eut pas le temps de jeter un coup d'œil à son sauveur, mais il sentit que c'était Hunt.

Dos à Sheeshon, les deux hommes affrontèrent le skal'tum ensemble. Le combat semblait ne jamais devoir se finir.

Soudain, Hunt tonna de nouveau :

— Ragnar'k revient ! Tenez-vous prêts ! (Plus bas, il ajouta :) Courage, vieil homme ! Plus que quelques instants à tenir.

Pinorr fit de son mieux pour obéir au maître de quille. Mais le soulagement d'apprendre que le dragon revenait éteignit les dernières braises de son cœur. Il ralentit.

Puis le rugissement fut sur eux.

— À terre ! rugit Hunt à l'oreille de Pinorr.

Le vieil homme s'exécuta ; de toute façon, ses jambes étaient sur le point de céder sous lui. Il regarda Hunt brandir son épée à deux mains et décapiter le skal'tum. Séparée de ses épaules, la tête du monstre vola au-dessus du pont et retomba dans la mer. Le reste de son corps bascula en arrière tel un arbre abattu.

Sheeshon rampa vers son grand-père. Pinorr lâcha son épée pour la serrer contre lui.

— Papa, dit la fillette en posant la tête sur sa poitrine. Papa, je t'aime.

Profitant d'une brève accalmie dans la bataille, Hunt s'agenouilla près d'eux. Pinorr se redressa.

— Je suis désolé, marmonna-t-il en désignant son épée du menton.

Hunt haussa les épaules.

— Ce n'est pas comme si c'était la première fois que tu reprenais les armes.

Surpris, Pinorr cligna des yeux.

Malgré le sang qui le recouvrait, la flamme de l'autorité transparaissait encore sur le visage de Hunt.

— Tu as rendu un grand service à la flotte en débarrassant l'*Éperon de dragon* d'Ulster.

Pinorr hoqueta.

— Vous saviez ?

— Me prends-tu pour un crétin fini, vieil homme ? grimaça Hunt. Il y avait assez de preuves pour qui était disposé à les voir. Mais la plupart des gens ont préféré ne pas regarder.

La voix de Pinorr se brisa.

— J'ai rompu mon serment. J'ai condamné le navire.

Hunt se redressa légèrement pour garder un œil sur le déroulement de la bataille.

— En ces temps funestes, nous avons besoin de tous les guerriers – chaman ou pas. (Il posa une main sur la poitrine de Pinorr.) Je ne crois pas aux malédictions divines, juste au courage des hommes. C'est dans nos cœurs que réside l'espoir de la flotte. Aujourd'hui, le monde va changer. Que ça se termine bien ou mal, rien ne sera plus jamais pareil.

Pinorr couvrit la main de Hunt avec la sienne.

— Merci.

Hunt hocha la tête et retira sa main. Choqué, il regarda sa paume recouverte de sang.

— Pinorr ?

Le vieil homme baissa les yeux vers Sheeshon, recroquevillée sur ses genoux. Une fleur écarlate déployait ses pétales à travers le tissu de sa robe, au-dessus de son cœur.

— Prenez soin d'elle, Hunt. Si le navire réchappe de cette bataille, les jours à venir seront difficiles pour elle.

Hunt s'accroupit plus bas et toucha l'épaule de Pinorr.

— Je sais. Nous sommes déjà liés. Je pense qu'elle est montée sur le pont parce qu'elle a senti que j'étais en danger. Nous veillerons l'un sur l'autre.

Pinorr serra sa petite-fille contre lui et, dans cette étreinte, il mit l'amour de toute une vie. Puis il plaça la petite main de Sheeshon dans celle de Hunt et leva les yeux vers le jeune maître de quille. En lui, il voyait de la force, du courage et du cœur.

— J'ai fait le bon choix.

Hunt acquiesça et dit sur un ton cérémonieux :

— Tu as bien servi la flotte, chaman Pinorr. Va en paix.

Les joues inondées de larmes, Pinorr tendit la main pour toucher sa petite-fille une dernière fois tandis que la bataille faisait rage autour d'eux.

— Je t'aime, chuchota-t-il comme le poison du skal'tum atteignait son cœur.

Sy-wen se pencha sur le cou de Ragnar'k pour mieux voir les deux flottes déployées en contrebas. Telle de la fumée s'élevant d'une eau bouillante, un fracas métallique ponctué de hurlements montait jusqu'à la mer'ai. Tout autour de Val'loa, des navires coulaient, et des escouades de skal'tum semaient le chaos sur leur passage.

Sy-wen scruta l'île en quête du feu dont lui avait parlé Flint, ou de n'importe quel autre signal indiquant que les compagnons avaient retrouvé le Journal Sanglant. S'ils avaient réussi, Ragnar'k et elle pourraient descendre les récupérer, et la bataille s'achèverait enfin.

Des larmes ruisselaient sur les joues de Sy-wen, mais le vent les séchait aussitôt. La jeune fille ne sentait plus ses doigts engourdis sur la crête écailleuse à laquelle elle s'agrippait. Il lui semblait que cette guerre faisait rage depuis plusieurs jours – et pas juste depuis le début d'un interminable après-midi.

L'assaut des skal'tum avait radicalement infléchi le cours de la bataille. Tous les plans des alliés pour s'emparer de l'île s'étaient trouvés réduits en cendres. À présent, ils luttaient pour leur seule survie. Chaque navire était pareil à une île assiégée. Même si les mer'ai aidaient les Dre'rendi de leur mieux, l'étrange crépuscule rendait les skal'tum pratiquement impossibles à vaincre.

Sy-wen et Ragnar'k n'étaient pas en reste : le dragon plongeait vers les bateaux les plus en difficulté en rugissant pour dissiper les sombres protections des créatures. Mais leur devoir numéro un restait la surveillance des tours de Val'loa. Ils ne protégeaient la flotte qu'en attendant le signal de la sor'cière.

— Par là ! cria Sy-wen.

Mentalement, elle envoya à Ragnar'k une image du bateau concerné. Le dragon acquiesça, vira sur l'aile et entama un plongeon courbe vers un navire aux voiles lacérées et au gréement festonné de skal'tum. Sy-wen lutta contre la pression du vent qui la poussait en arrière. La chaleur corporelle de Ragnar'k la préservait du froid; pourtant, elle frissonnait.

Tandis que le dragon survolait le navire en rugissant, la jeune fille ferma les yeux. Elle ne voulait pas voir le carnage sur le pont: le spectacle de tous ces cadavres lui sapait le moral. L'altitude avait au moins cet avantage qu'elle atténuait les détails les plus macabres.

Comme Ragnar'k achevait son passage, Sy-wen sentit sa gorge la gratter. Le rugissement du dragon devenait de plus en plus rauque. Bientôt, il ne pourrait plus utiliser ce mode d'attaque.

Quelque part au fond de Sy-wen, une voix chuchota:

— *Tant que nous respirons, il y a de l'espoir.*

La jeune fille ouvrit les yeux et se redressa. C'était Kast. Elle ne l'avait pas entendu depuis qu'ils avaient initié la transformation à bord du *Cœur de dragon*.

— Oh, Kast, tous ces morts... Ces hurlements... Ce sang, gémit-elle.

— *Chut. Ragnar'k a eu raison de me laisser remonter à la surface. Ne perds pas courage.*

— *Mais, Kast, nos deux peuples sont en train de se faire massacrer!*

— *Je le vois, mon amour.*

Une chaleur qui n'avait rien à voir avec celle dégagée par le corps du dragon envahit brusquement Sy-wen. Ce fut comme si Kast l'avait entourée de ses bras. Le Sanguinaire cherchait à la conforter alors même que ses propos faisaient tressaillir le cœur de la jeune fille.

— *Ce qui se passe en ce moment... C'est un prix qui devait être payé. Ton peuple comme le mien se sont dérobés trop longtemps. Les mer'ai ont fui dans les Profondeurs; les Dre'rendi sont partis vers le sud sans regarder derrière eux. Pour redevenir nous-mêmes, pour faire rejaillir notre nature profonde, nous avons besoin de cette flamme purificatrice. Nous émergeons d'un exil qui a duré des siècles. Nous avons prêté allégeance au futur d'Alaséa, et nous devons parapher notre serment – fût-ce avec notre propre sang.*

Sy-wen se mit à sangloter.

— Je veux juste que ça s'arrête. D'une façon ou d'une autre, je veux que ça s'arrête.

— *Viens à moi.*

— Quoi ?

— Ferme les yeux et concentre-toi sur moi.

— *Je ne comprends pas…*

— *Contente-toi de le faire. Aie confiance en nous.*

Sy-wen déglutit et fit ce que lui demandait Kast. Les paupières closes, elle projeta vers lui ses pensées, son amour et son chagrin. La chaleur ressentie quelques instants plus tôt s'intensifia. Et, soudain, elle se changea en deux bras passés autour d'elle.

La jeune fille sentit le corps de Kast pressé contre le sien. La frontière entre dragon, mer'ai et Sanguinaire se brouilla. L'espace d'un instant suspendu, tous trois ne firent plus qu'un. Ils n'échangèrent pas un mot. En silence, leurs esprits se réconfortèrent dans une étreinte pleine d'amour.

Puis la voix de Kast résonna de nouveau, comme si le jeune homme avait parlé à l'oreille de Sy-wen en lui chatouillant le cou avec son souffle.

— *C'est pour ça que nous nous battons.*

En guise de réponse, Sy-wen serra Kast et Ragnar'k un peu plus fort. Elle aurait voulu rester ainsi à jamais, mais une pensée rompit la plénitude de l'instant.

— *Quelque chose approche*, rapporta Ragnar'k.

Sy-wen rouvrit les yeux, et le moment prit fin. Elle sentit les bras tièdes se dissoudre autour d'elle et sut que Kast s'était retiré à l'intérieur de Ragnar'k. Le dragon aurait besoin de ses pleines facultés pour affronter cette nouvelle menace.

Ses ailes noires largement étendues, Ragnar'k fit demi-tour. Sy-wen tournait désormais le dos à Val'loa. Le mur de ténèbres liquides souillait toujours le ciel à l'ouest, masquant le soleil couchant. Le faisceau noir continuait à alimenter l'ignoble *construct*.

Sy-wen ne vit pas tout de suite ce qui avait alarmé le dragon. Mais la vue de Ragnar'k était plus perçante que la sienne. Comme le dragon survolait l'arrière de la flotte dre'rendi, la jeune fille aperçut enfin de curieuses anomalies dans le mur de ténèbres. Son esprit mit un moment à appréhender ce qu'elle contemplait. On aurait dit que d'énormes nuages blancs crevaient la barrière. Était-ce un front orageux qui approchait ? Elle devinait que non.

— *Des navires*, déclara Ragnar'k. *Des tas de navires.*

Les sourcils froncés de perplexité, Sy-wen ne comprit tout d'abord pas l'excitation qu'irradiait sa monture. De quels navires parlait Ragnar'k ?

Puis une chose très étrange se produisit. La vision de la mer'ai bascula et devint celle du dragon. Soudain, elle se sentit plus proche de la tempête de quelques lieues. Le mur de ténèbres grandit devant elle. Ce qu'elle avait pris pour des nuages était en réalité des voiles gonflées. Elle secoua la tête. Comment était-ce possible ? Ces navires voguaient dans les airs ! Pourtant, aucun doute n'était permis : les formes qu'elle distinguait sous les voiles étaient bien des mâts et des coques. Avec la vision de Ragnar'k, elle aperçut même de minuscules silhouettes qui s'affairaient sur le pont de ces incroyables vaisseaux volants.

Comme ceux-ci passaient au travers du mur, Sy-wen fut soudain aveuglée. Telle une volée de flèches transperçant un rideau noir, des rayons de soleil jaillirent des ténèbres, marquant l'endroit où chaque navire avait crevé l'obstacle magique. La lumière du jour découpa le contour des vaisseaux volants. Sy-wen dénombra rapidement ceux-ci. L'armada aérienne en comptait vingt ou trente. Le soleil les nimbait d'or et semblait enflammer leurs voiles.

Ragnar'k fonça vers les nouveaux venus. Qui étaient-ils, amis ou ennemis ?

Les navires aériens volaient plus haut que le dragon, au moins un quart de lieue au-dessus de la mer. Comme ils approchaient, Sy-wen vit que leurs quilles étaient faites d'un métal particulier, rouge vif et scintillant. Des étincelles d'énergie argentée dansaient sur toute leur longueur.

Ragnar'k fit irruption au milieu de la stupéfiante flotte. Il fila entre deux navires, conjurant toute sa vitesse au cas où les occupants de ceux-ci l'attaqueraient. Mais nulle flèche ne le pourchassa. Sy-wen eut le temps d'apercevoir un grand homme pâle debout à la proue de chaque bâtiment, les bras tendus vers le ciel crépusculaire. Une chevelure argentée plus longue qu'ils n'étaient hauts flottait derrière eux, tel un étendard.

Tandis que Ragnar'k virait pour faire un autre passage, Sy-wen comprit soudain qui étaient ces gens. Elle ne pouvait se méprendre sur la minceur de leur silhouette, l'éclat de leur chevelure, le bleu étincelant de leurs prunelles. Même si les cheveux de Méric commençaient tout juste à repousser, la ressemblance était indéniable.

Sy-wen se souvint tout à coup que quelqu'un avait mentionné devant elle l'arrivée d'un faucon de soleil, et le fait que le rapace était censé précéder la flotte el'phique. Ragnar'k revint vers l'armada aérienne, planant entre les faisceaux de lumière. L'ardeur du soleil couchant réjouit le cœur de Sy-wen et embrasa son sang. Jamais elle n'aurait pensé que la flotte el'phique les rejoindrait si vite !

Les yeux pleins de larmes, elle intima à Ragnar'k de ralentir. C'était le salut pour lequel elle avait prié toute la journée. Déjà, les navires avaient crevé le rideau de ténèbres. Du regard, Sy-wen suivit les rayons de soleil jusqu'à la flotte dre'rendi. Elle savait que tout skal'tum pris dans leur faisceau se retrouverait vulnérable aux attaques des Sanguinaires.

Ragnar'k redressa et calqua son allure sur celle du vaisseau le plus proche. Sy-wen haussa la voix pour héler les occupants du bord, mais aucun d'eux ne parut l'entendre. Hommes et femmes continuèrent à s'affairer sur le pont. La jeune fille cria de nouveau, sans plus de résultat. Le vent devait emporter sa voix, décida-t-elle.

Quelques-uns des membres d'équipage jetèrent un coup d'œil dans sa direction. Elle leva le poing pour les saluer. À défaut d'autre chose, ils pouvaient au moins la voir. Mais ils l'ignorèrent tout bonnement et retournèrent à leurs occupations.

Les sourcils froncés, Sy-wen ordonna à Ragnar'k d'approcher un autre navire. Le dragon obéit, mais ils n'eurent pas plus de chance que la première fois.

Bientôt, la flotte el'phique et le dragon survolèrent la bataille qui faisait rage à la surface de l'océan. Mais les vaisseaux aériens ne ralentirent pas : ils continuèrent à foncer vers l'île toutes voiles dehors.

Depuis le pont des navires dre'rendi, Sy-wen vit des Sanguinaires lever un visage ébahi vers le ciel. Même les skal'tum marquèrent une pause empreinte de méfiance. Il y eut une accalmie pendant que chacun s'interrogeait sur les intentions de cette troisième force. Mais aucun des démons ne prit le risque de s'envoler pour se renseigner.

Enfin, Sy-wen remarqua que l'un des navires aériens était beaucoup plus gros que les autres – deux fois plus, en fait. Sans doute s'agissait-il du vaisseau amiral. Elle devait attirer l'attention de ses occupants, leur demander d'aider les Dre'rendi assaillis de toutes parts. Le temps pressait. Déjà, les trous du mur de ténèbres se refermaient ainsi que des plaies.

Le temps que Sy-wen approche le vaisseau amiral, l'armada avait atteint Val'loa. Elle se déploya pour encercler l'île. Cinq vaisseaux se détachèrent des autres et s'avancèrent au-dessus de la cité proprement dite, formant un cercle au-dessus de sa citadelle. Quel était donc le but de cette manœuvre ? Un instant, Sy-wen craignait de s'être méprise sur la raison de la présence des el'phes. Peut-être étaient-ils venus en ennemis.

Elle pressa Ragnar'k de suivre le vaisseau amiral, qui s'élevait plus haut que le reste de l'armada. Incapable de monter à la verticale, le dragon dut s'éloigner et revenir en prenant de l'altitude. Le vaisseau amiral flottait désormais au-dessus du cercle formé par les cinq autres navires volants, ce qui le plaçait directement à l'aplomb de la forteresse ennemie.

L'air était rare à cette altitude, et Ragnar'k luttait pour se maintenir à la hauteur du vaisseau amiral. À la proue de celui-ci se dressait non pas un homme, mais une femme. Elle portait une robe longue et ample, coupée dans un tissu si fin qu'on voyait les moindres détails de sa silhouette au travers. L'éclat de ses cheveux argentés ne devait absolument rien au soleil. Elle se tourna vers Sy-wen. Comme son regard croisait celui de la mer'ai par-delà la distance, Sy-wen sentit l'énergie qu'elle irradiait. Cette femme était la foudre incarnée. Ses lèvres remuèrent, et Sy-wen entendit ses paroles aussi clairement que si elle avait été assise près d'elle sur le dos de Ragnar'k.

— Allez-vous-en. Ce n'est plus votre bataille.

Puis l'el'phe se détourna.

— Attendez ! appela Sy-wen.

Mais la femme l'ignora, se contentant de lever un bras en direction du dragon.

Soudain, le ciel se changea en tourbillon autour de Sy-wen et de Ragnar'k. Le dragon lutta pour rester à la hauteur du navire, mais ses ailes semblaient désormais incapables d'attraper le vent. Ils dégringolèrent en spirale.

Sy-wen s'accrochait à Ragnar'k comme une étoile de mer. Elle était sûre qu'ils allaient s'écraser sur l'île. Puis le tourbillon s'évanouit, et les immenses ailes du dragon retrouvèrent leur prise sur les courants aériens. Ils s'arrachèrent à leur spirale et se remirent à voler normalement.

Normalement, mais avec la plus grande prudence. Leur chute les avait amenés parmi les tours des niveaux inférieurs de Val'loa. Contournant la statue inclinée d'un homme qui brandissait une épée, Ragnar'k reprit un peu d'altitude et s'arracha à la cité.

Sy-wen pivota et se tordit le cou pour observer le groupe de vaisseaux aériens. Ragnar'k se mit à décrire un large cercle autour de l'île afin de garder l'armada el'phique en vue, mais il n'osait plus approcher davantage. Et Sy-wen ne l'y incita pas. Elle avait vu les yeux de la femme. Elle avait eu l'impression de regarder à l'intérieur d'un vide glacial. Dans le regard de l'el'phe, elle n'avait senti ni haine ni inimitié, juste une profonde indifférence – comme si Ragnar'k et elle étaient trop insignifiants pour mériter son attention. L'el'phe les avait chassés tel un moucheron importun.

Poursuivant son balayage, Sy-wen vit le crépitement argenté s'intensifier le long de la quille des cinq navires volants. Le métal d'un rouge profond vira à l'écarlate très vif, comme s'il était en train de chauffer. À présent, ce n'était plus des étincelles qui couraient à sa surface, mais de petits éclairs qui dardaient vers l'extérieur, telles des lances zigzagantes.

Ragnar'k passa trop près d'un des navires ; Sy-wen sentit ses cheveux se soulever autour de sa tête, crépitant de traces de pouvoir. Sa monture perçut le danger et s'éloigna aussitôt.

Tandis que le dragon survolait la cité, Sy-wen observa les énergies déchaînées qui allaient et venaient le long de chacune des cinq quilles. Elle devinait que c'était leur pouvoir qui propulsait les grands navires, mais que, pour l'instant, ce pouvoir était dirigé vers un autre but.

Malgré la distance, Sy-wen percevait l'électricité dans l'air. Les quilles des vaisseaux aériens flamboyaient et étincelaient. Les lances de foudre qui en jaillissaient s'abattaient sur la forteresse tels des poignards, mais sans jamais l'atteindre.

Soudain, ce fut comme si tout l'air qui entourait le château avait été aspiré. Sy-wen hoqueta et porta une main à sa gorge. Le long des cinq quilles, des éclairs fusèrent depuis la poupe jusqu'à la proue et s'élancèrent à la verticale pour aller frapper la quille plus épaisse du vaisseau amiral qui les surplombait. Un instant, une étoile à cinq branches dont le vaisseau amiral était le centre embrasa le ciel crépusculaire.

Puis l'étoile s'évanouit en un clin d'œil, et Sy-wen put de nouveau respirer. Les cinq navires battirent en retraite, redescendant et s'écartant de la citadelle tels des amants à bout de forces. Leur quille était redevenue d'un rouge terne. Plus aucune énergie ne crépitait sous leur ventre renflé.

On ne pouvait pas en dire autant du puissant vaisseau amiral. Celui-ci planait toujours au-dessus du château, flamboyant d'énergie argentée. La terreur étreignit le cœur de Sy-wen.

— Que vont-ils… ?

Tout le pouvoir prisonnier de la quille du vaisseau amiral fut libéré d'un coup. Un éclair aussi large qu'une des tours de la citadelle frappa à la verticale. Ragnar'k et Sy-wen furent soufflés en arrière. L'instant d'après, une déflagration les assourdit et les aveugla.

Bien que sonné, Ragnar'k aida Sy-wen à rester sur son dos en resserrant ses plis de peau autour des pieds de la jeune fille tandis qu'ils partaient en vrille. Lorsque le dragon parvint enfin à reprendre le contrôle, ils se trouvaient de nouveau au-dessus de la mer.

— *Ça va, ma Liée ?* s'inquiéta Ragnar'k.

— *Oui, ne t'en fais pas*, répondit Sy-wen.

En vérité, elle était toujours éblouie par la décharge d'énergie. Elle n'arrivait pas à en chasser la rémanence de ses yeux.

Soudain, elle redressa le dos. Non, ce n'était pas l'éclat de la foudre qui lui avait brûlé les prunelles! Se tordant le cou, elle promena un regard à la ronde. Le soleil était revenu!

À l'horizon, les derniers lambeaux du rideau de ténèbres s'évanouissaient, révélant le soleil couchant. Sy-wen pivota vivement. Le faisceau d'énergie noire avait disparu! À sa place, une colonne de fumée s'élevait depuis le centre du château. Les tours semblaient toutes intactes, mais Sy-wen devina que la cour intérieure devait être en ruine.

— Ils ont détruit la source de la barrière noire! se réjouit la mer'ai.

De nombreuses voix firent écho à son exclamation de joie. Le soleil avait reparu et, même s'il était sur le point de se coucher, il rendait les skal'tum vulnérables. Des vivats, des cris de guerre et des rugissements féroces montèrent depuis les bateaux et la gorge des dragons. Le cours de la bataille venait de s'infléchir. La victoire était de nouveau envisageable.

Avec un sourire las, Sy-wen reporta son attention sur l'île et sur l'armada qui flottait à son aplomb. Elle voulait adresser un remerciement muet aux el'phes, mais ce qu'elle vit figea son sourire sur ses lèvres.

Cinq autres navires venaient de se détacher de l'armada pour former un nouveau cercle au-dessous de leur vaisseau amiral. Douce Mère, ils allaient réitérer leur attaque! Les compagnons de Sy-wen se trouvaient quelque part dans le château ou dans les rues de la cité. Si les vaisseaux aériens continuaient à s'acharner de la sorte, toute l'île ne serait bientôt plus qu'une ruine fumante!

Balayant du regard les centaines de tours qui composaient Val'loa, Sy-wen pria pour repérer le signal de la sor'cière. Mais elle ne vit rien d'autre que de la fumée et de la pierre froide.

Ses amis pouvaient être n'importe où. Peut-être avaient-ils déjà été tués. Sy-wen chassa cette dernière pensée. Elle n'abandonnerait pas tout espoir.

Elle leva les yeux vers le vaisseau amiral et la femme glaciale qui se tenait à sa proue.

— Ragnar'k, il faut les arrêter ! cria-t-elle.

La poussière n'était pas encore retombée lorsque Joach se releva. Il secoua la tête pour chasser le rugissement à l'intérieur de son crâne. Par les dieux d'en haut, que s'était-il passé ? Au moment de l'explosion, le jeune homme avait eu la certitude que l'île allait être pulvérisée. Il ne s'était pas attendu à survivre.

Près de lui, Méric se remit debout en grognant. L'el'phe arborait une grosse égratignure sanglante sur le front. Il y porta la main, puis l'ignora pour aider Mama Freda à se redresser.

Faute d'yeux, l'expression de la vieille femme était difficile à déchiffrer. Mais Joach devinait ce qu'elle devait ressentir. Elle s'agrippa au bras de Méric telle une noyée. Joach vit ses lèvres remuer, mais il n'entendit rien à l'exception du rugissement dans ses oreilles. Il secoua la tête une nouvelle fois, et son ouïe revint à la normale avec un sifflement douloureux.

— … passé ? acheva Mama Freda.

Méric regarda des deux côtés du tunnel.

— Je l'ignore. Mais je suppose que c'était de la magie noire.

— Ou une secousse sismique, suggéra la vieille femme sans lâcher le bras de l'el'phe. Les îles volcaniques de la région tremblent souvent.

Méric se contenta de hausser les épaules, mais Joach se réjouit d'entendre la voix de la guérisseuse. C'étaient les premiers mots que celle-ci prononçait depuis que leur groupe avait laissé Elena dans les catacombes. L'explosion avait au moins eu le mérite de l'arracher à la stupeur induite par la perte simultanée de son familier et de sa vision.

Joach se rapprocha de ses compagnons tandis que Méric ramassait la torche qu'il avait laissé tomber. Par chance, elle ne s'était pas éteinte.

— Personnellement, je ne mettrais pas ça sur le compte d'un volcan, déclara Joach. C'était l'œuvre d'une magie quelconque.

Il jeta un coup d'œil dans la direction d'où ses compagnons et lui arrivaient. Aucun signe du malegarde qui les poursuivait. Mais quelle distance le séparait encore d'eux ?

Les pensées de Joach revinrent vers sa sœur. L'explosion était-elle le résultat des efforts d'Elena pour libérer le Grimoire ? Si oui, Elena avait-elle survécu ? Malgré son inquiétude, il fit signe aux autres de continuer.

— Il ne faut pas traîner ici.

Devant eux s'ouvrait le passage latéral qui revenait vers l'escalier en haut duquel Tol'chuk était posté. Méric prit Mama Freda sous son bras et s'y engagea. Ici, les parois étaient rugueuses, mal dépolies. Les compagnons marchaient vite mais sans faire le moindre effort de discrétion. S'ils ne voulaient pas se faire rattraper par le malegarde, ils ne voulaient pas non plus le semer.

Bientôt, l'escalier apparut sur leur gauche. Méric marqua une pause pour laisser Mama Freda reprendre son souffle avant d'attaquer l'abrupte montée.

— Quand nous aurons rejoint Tol'chuk, nous devrons choisir : attendre le malegarde ici ou l'entraîner dehors, dans les rues ?

Joach secoua la tête.

— Pas question de partir alors qu'Elena est toujours quelque part là-dedans.

— De toute façon, il est trop tard, ajouta Mama Freda. Le malegarde est déjà là.

Joach et Méric pivotèrent tous deux vers le tunnel. Le jeune homme brandit son bâton tandis que l'el'phe sortait une longue dague de son fourreau de poignet. Mais, derrière eux, le passage était toujours plongé dans le noir.

— Je ne vois ni torche ni lanterne, chuchota Méric.

— Il se cache dans l'obscurité, répliqua Mama Freda.

Un frisson parcourut l'échine de Joach. Au-delà de la lumière faiblarde de leur torche, le tunnel était un mur de ténèbres. Mais Joach avait entendu dire que la cécité démultipliait les autres sens.

— Vous en êtes sûre ?

La vieille femme se contenta de hocher la tête. Son visage ne trahissait aucune peur. Au contraire, un rictus de colère crispait ses lèvres.

— Il nous écoute en ce moment même.

Joach fit signe à Méric.

— Emmène Mama Freda. Je retiendrai ce monstre pendant que vous irez chercher Tol'chuk et son marteau.

— Tu ne peux pas retenir un malegarde tout seul – pas si longtemps, protesta l'el'phe.

— Il a raison, Joach, dit Mama Freda en se dégageant de l'étreinte de l'el'phe. Je vais rester et me battre à tes côtés.

Joach ravala une réplique mordante. Comment cette vieille aveugle espérait-elle l'aider ? Elle serait une gêne plutôt qu'un soutien.

Méric semblait du même avis. Il jeta un coup d'œil dubitatif par-dessus l'épaule de la guérisseuse. Puis il posa sa torche contre le mur et se tourna vers Mama Freda.

— Si vous tenez à rester avec nous, vous aurez besoin d'une arme. (Il lui tendit sa dague, dont la lame scintillait dans la lumière jaunâtre.) C'est une dague de glace forgée par mes ancêtres, expliqua-t-il. Si vous frappez avec, tâchez de la planter profondément. Elle tranche les os comme du beurre.

Mama Freda prit l'arme si maladroitement qu'elle faillit se couper sur sa lame.

— Merci, dit-elle à Méric. Ce sera parfait.

Et elle fit face au tunnel obscur.

— Pourquoi ne sort-il pas ? demanda Joach.

Mama Freda secoua lentement la tête.

— Il nous espionne dans l'espoir que nous lui révélerons où se trouve Elena.

Comme s'il avait entendu ces mots et compris que sa ruse était éventée, frère Ewan s'avança dans la lumière de leur torche.

— Vous avez bien raison, ma brave femme. Et, avant de tous vous tuer, j'aurai ma réponse. Où avez-vous caché la sor'cière ?

Tenant son bâton devant lui, Joach fit un pas vers le malegarde. Ses lèvres remuèrent en silence, et des flammèches de feu obscur jaillirent sur toute la longueur du talisman.

— Recule ! ordonna-t-il.

Frère Ewan avait baissé le haut de sa robe. Ses bras, sa poitrine et son cou étaient couverts de milliers de minuscules vers violacés, couleur d'ecchymose. Leur corps mince semblait se tendre vers le bâton de Joach, comme si le feu obscur les appelait.

— Jeune homme, je vois que toi aussi tu as été touché par les arts obscurs. Pourquoi veux-tu me combattre alors que tu devrais te joindre à moi ?

Joach agita son bâton devant lui pour empêcher le malegarde d'approcher. Les sangsues ondulèrent pour suivre le mouvement.

— La magie n'est qu'une arme, répliqua froidement Joach. Je la manie ; elle ne me contrôle pas.

Frère Ewan eut un geste insouciant. Quelques sangsues se détachèrent de ses doigts et allèrent heurter le mur de pierre.

— Pure sémantique. Touche les ténèbres, et les ténèbres te touchent aussi. Flint aurait dû te l'apprendre.

Joach pouvait difficilement prétendre le contraire. De fait, Flint l'avait mis en garde contre les risques qu'il prenait en utilisant le pouvoir du bâton. Une pointe d'inquiétude lui piqua le cœur, mais il la mit très vite de côté. Il ne se laisserait pas corrompre. Les sourcils froncés, il foudroya son adversaire du regard.

— Seuls les faibles autorisent les ténèbres à éclipser la lumière en eux comme vous l'avez fait.

Le visage blême de frère Ewan s'empourpra.

— Le maître ne m'a pas vaincu. Il m'a fait un cadeau. (Le malegarde écarta les bras pour mettre en évidence les parasites qui grouillaient sur son torse.) Les sangsues ont toujours été l'instrument des guérisseurs. Mais aucun d'entre nous n'avait jamais été béni par une telle moisson.

D'un pas glissant, Mama Freda vint se placer à droite de Joach, gardant une main sur le mur pour se repérer. Elle tenta de tourner son visage vers le malegarde et n'y parvint pas tout à fait.

— Je suis la seule guérisseuse ici présente, frère Ewan. Vous, vous êtes une maladie.

Elle lança la dague de Méric vers lui. Consciente des limitations de sa cécité, elle n'essaya pas de l'atteindre : elle se contenta de jeter l'arme à ses pieds.

— Mais vous pouvez encore me prouver le contraire, reprit-elle. Amputez la corruption qui vous ronge.

Son geste arracha un sourire à frère Ewan. Le malegarde écarta la dague du pied et agita un index réprobateur.

— Tss tss. Pour une guérisseuse aussi expérimentée, vous venez de faire une terrible erreur de diagnostic. C'est vous qui êtes la maladie et moi qui suis le remède.

Joach recula en réprimant un grognement. Pourquoi la vieille femme avait-elle ainsi gaspillé son unique arme – son ultime défense au cas où Joach et Méric ne parviendraient pas à vaincre le malegarde ? D'un geste de colère, il repoussa la vieille femme derrière lui. Mama Freda ne résista pas.

Frère Ewan s'avança vers eux.

Méric s'interposa entre Joach et le malegarde, si vite que le jeune homme ne le vit même pas bouger. Déjà, sa magie gonflait sa chemise. Il leva une main, et une rafale jaillit du bout de ses doigts.

Frère Ewan ne se départit pas de son sourire. La bourrasque tourbillonnante le frappa sans le faire bouger d'un pouce. Le bas de sa robe claqua derrière lui, et ses sangsues ondulèrent – mais, au lieu d'être arrachées de sa peau, elles grossirent et s'allongèrent. Bientôt, son torse pâle fut drapé de vers plus longs qu'un avant-bras d'homme.

Au centre du tourbillon magique, frère Ewan éclata de rire.

— Vas-y, el'phe, envoie-moi encore un peu de ton pouvoir !

Mama Freda tira la manche de Méric par-derrière.

— Arrêtez ! Je connais bien les malegardes. La magie élémentale alimente leurs ténèbres. Vous ne faites que le rendre plus puissant. Vous devez arrêter !

Méric obtempéra et recula.

Joach prit sa place. Là où la magie élémentale avait échoué, la magie noire pouvait encore prévaloir. Il leva son bâton.

Frère Ewan grimaça et tendit brusquement un bras. Joach bloqua avec son bâton enflammé mais réalisa, trop tard, que c'était exactement ce qu'attendait son adversaire. Frère Ewan saisit l'extrémité du talisman. Ses sangsues se déversèrent le long du bois.

Dégoûté, Joach dégagea vivement son bâton. Il parvint à l'arracher de la main du malegarde, mais pas à déloger les sangsues. Les vers violacés s'accrochaient au pol'bois ; ils se baignaient dans les flammes noires en se tortillant de plaisir. Joach tituba en arrière. Horrifié, il regarda les sangsues grossir encore et atteindre la taille de serpents des jungles tropicales en l'espace d'un battement de cœur.

— Secoue-les ! cria Mama Freda. Tout de suite ! Elles se nourrissent aussi de ta magie !

Joach abattit le talisman sur le mur avec assez de force pour se faire mal à la main. Les sangsues géantes tombèrent enchevêtrées sur la pierre froide – toutes, à l'exception d'une créature tenace qui plongea vers sa main. Une lance de feu remonta le long de son bras. Il tomba à genoux.

Mama Freda et Méric empoignèrent Joach par le col de sa chemise pour le tirer en arrière. Seule la rapidité de leur intervention sauva la vie du jeune homme. Aussi promptes que des vipères, d'autres sangsues rampaient déjà vers lui pour se coller à sa peau. Mais celle qui était collée à sa main ne cessait d'enfler. La brûlure empirait à chaque seconde. La vision de Joach s'obscurcit.

D'un coup de pied, Méric lui arracha le bâton de la main, projetant au loin la sangsue qui y était toujours accrochée. La brûlure s'estompa aussitôt. Mais, en baissant les yeux, Joach vit que son petit doigt, son annulaire et une partie de sa paume avaient disparu. Du sang coulait à gros bouillons de la plaie.

— Bouge ! aboya Méric. Si tu veux vivre, mon garçon, aide-nous !

Joach releva la tête juste à temps pour voir d'autres sangsues prêtes à l'attaquer. Ignorant la douleur de sa main mutilée, il recula à quatre pattes. Méric et Mama Freda l'imitèrent.

Frère Ewan s'avança, maintenant une distance constante entre lui et ses adversaires qui battaient en retraite. Les sangsues tombées à terre le suivirent.

— Pourquoi courir ? susurra-t-il. Dites-moi où se trouve la sor'cière et je vous laisserai vivre – ou gardez le silence et ne vous plaignez pas de l'amertume du remède.

Joach blêmit. Comment repousser ce monstre si leur magie ne pouvait rien contre lui ? Quel espoir de survie leur restait-il ?

Soudain, Mama Freda cessa de fuir. Elle se plaça devant Joach et cracha sur frère Ewan. Elle avait bien visé : sa salive atteignit le malegarde en pleine figure.

Joach se redressa, serrant sa main blessée contre lui.

Frère Ewan s'essuya, et quelques vers violets restèrent accrochés à sa joue. Son rire s'éteignit.

— Vous paierez pour ça, dit-il froidement.

Les sangsues géantes s'agitèrent de plus belle autour de ses chevilles.

Mama Freda resta plantée sans broncher face au malegarde.

— Je n'en ai pas fini.

Joach jeta un coup d'œil en biais à Méric. Une idée venait de lui traverser l'esprit. Mama Freda les avait mis en garde contre la croissance magique des sangsues ; elle l'avait entraîné à l'écart des créatures et venait de cracher sur frère Ewan.

— Mama Freda ?

La vieille femme ignora Joach.

— J'ai encore un cadeau pour vous, frère Ewan. (Elle tendit un doigt vers le malegarde.) La mort !

Les lèvres de frère Ewan s'étirèrent en un rictus grimaçant. Il s'esclaffa et continua à marcher vers ses proies.

Soudain, il s'immobilisa, un pied en l'air. Son sourire céda la place à une expression confuse, et son rire s'étrangla dans sa gorge. Du sang coula de sa bouche. Il bascula en avant et s'écrasa face contre terre sur le sol rocheux. Un spasme le parcourut. Puis il s'immobilisa. Mort. Le manche de la dague de Méric saillait au creux de ses reins. De petites étincelles argentées dansaient autour de la plaie et sur sa peau.

Sous le regard incrédule de Joach, les sangsues se changèrent en caillots de sang fumants.

— Comment… ?

Des questions se bousculaient dans l'esprit de Joach. Leur réponse lui apparut sous la forme d'une petite créature poilue, qui contourna les jambes de frère Ewan et s'élança vers Mama Freda.

— Tikal, gentil garçon, dit la vieille femme avec chaleur.

Elle se pencha pour attraper son familier, qu'elle percha sur son épaule. Tikal enroula sa queue autour du cou de sa maîtresse et lui lécha le cou.

— Biscuit ? demanda-t-il d'une voix éraillée.

Mama Freda lui tapota la tête et le gratta derrière les oreilles.

— Après ce que tu viens de faire, tu mérites tous les biscuits de Port Rawl.

Tikal ferma les yeux et se blottit au creux de l'épaule de la vieille femme en lui serrant très fort le cou.

— Mais… il était mort, balbutia Joach en tendant un doigt vers le tamrink.

Du sang coula de sa main blessée. Il tourna de l'œil et s'écroula.

Mama Freda se précipita vers lui. Elle s'agenouilla en fouillant ses poches, dont elle sortit des bandages et une fiole d'élixir.

— Moi aussi, je pensais qu'il était mort, expliqua-t-elle en prenant la main de Joach pour la panser. Quand j'ai recommencé à recevoir des visions, j'ai cru que j'hallucinais – que mon esprit me jouait des tours en prenant mes désirs pour la réalité. (Elle leva une main pour caresser son familier avec une affection visible.) Je sens la magie qui coule dans ses veines. Quelqu'un l'a soigné.

— Elena ? suggéra faiblement Joach.

— Qui d'autre ? (Mama Freda appliqua un baume apaisant qui calma instantanément la douleur du jeune homme.) Tikal a son odeur sur lui. Elle a dû le trouver quand elle est redescendue dans les catacombes. Sa magie lui a donné assez de force pour survivre et rebrousser chemin vers la sortie. Mais, comme toi, il aura besoin de temps pour guérir.

— Pourquoi ne nous en avez-vous pas parlé ? demanda Méric, qui montait la garde près du corps de frère Ewan.

Mama Freda fit une grimace embarrassée.

— Je n'étais pas sûre que mes visions soient réelles. Je n'en ai eu la certitude que lorsque Tikal a rattrapé le malegarde. À ce moment-là, le démon nous espionnait déjà, alors j'ai gardé le silence. J'espérais que la discrétion de Tikal nous serait utile. (Du menton, elle désigna le manche de la dague.) Et j'ai eu raison.

Joach fixa la vieille femme, les yeux écarquillés. Au fond de lui, il l'avait toujours considérée comme un fardeau. Mais il savait maintenant qu'il n'aurait pas dû la juger sur son apparence. La guérisseuse aveugle venait de lui sauver la vie.

Mama Freda acheva de lui confectionner un pansement bien serré.

— Du sang de dragon mélangé à de la racine d'orme devrait sauver le reste de ta main.

Joach leva le bras. Il avait presque peur de regarder. La vue de sa main mutilée le fit frémir, mais, quand il fléchit ses doigts restants, il n'éprouva nulle douleur. Il n'y avait même pas de sang sur le bandage – comme si sa blessure était vieille de plusieurs mois et non de quelques minutes. En déglutissant, il regarda la vieille femme.

— Merci, Mama Freda. J'ai une dette envers vous. Si vous n'aviez pas…

Une explosion déchira soudain le monde autour d'eux. Soulevés dans les airs, Joach et Mama Freda retombèrent rudement sur le sol. Un nuage de poussière se forma. La pierre du tunnel grogna tandis que la force de la concussion se réverbérait à l'intérieur du crâne de Joach.

Le jeune homme se redressa avant même que le sol ait fini de gronder. Il aida Mama Freda à se remettre debout. Tikal était toujours accroché au cou de sa maîtresse. Plus loin dans le passage, Méric roula à l'écart du corps du malegarde avec une grimace dégoûtée.

Soudain, une silhouette monstrueuse se découpa derrière l'el'phe. Joach ouvrait la bouche pour le prévenir quand une voix rocailleuse et familière demanda :

— Que s'est-il passé ?

Tol'chuk émergea du nuage de poussière en agitant une main devant sa figure. Il jeta un coup d'œil au malegarde et se dirigea vers ses amis.

Joach se redressa et aida Mama Freda à en faire autant.

— Qu'est-ce que tu fiches ici ? Tu étais censé garder la porte.

L'og're balaya la scène du regard avant de répondre. D'un air absent, il tendit un doigt vers le plafond.

— L'île est attaquée par des bateaux qui naviguent dans les nuages. Je suis venu vous chercher avant que le château nous tombe sur la tête. Où est Elena ?

— Partie récupérer le Grimoire. (Joach ramassa son bâton et l'examina en quête de dommages éventuels, mais n'en trouva aucun.) C'est quoi, cette histoire de bateaux volants ?

Méric blêmit et demanda :

— Est-ce que leur quille brillait ?

Tol'chuk acquiesça.

— Et des éclairs dansaient sous leur coque.

Méric poussa un grognement.

— Ce sont les Nuages Orageux – les navires de guerre de mon peuple. Ils sont arrivés plus vite que je ne le pensais. Ils ont dû voir la bataille maritime et penser qu'ils tombaient à pic. Ils ne peuvent pas savoir que nous sommes là.

— Qu'essaient-ils de faire ? s'enquit Joach.

Méric se couvrit le front d'une main.

— Ils veulent détruire l'île. Et, si nous ne les arrêtons pas, ils nous détruiront avec elle.

Joach secoua la tête. Ils avaient survécu aux skal'tum, aux n'ains et à un malegarde, tout ça pour risquer de périr sous les coups d'un de leurs alliés.

— Méric, tu dois trouver un moyen de les arrêter. Emmène Tol'chuk et Mama Freda avec toi. Débrouille-toi pour que ton peuple cesse le feu.

L'el'phe hocha la tête.

— Et toi, que vas-tu faire ?

De son bâton, Joach désigna les profondeurs des catacombes.

— Puisque le malegarde n'est plus un obstacle, je vais partir à la recherche d'Elena. Si tu ne parviens pas à arrêter les navires de guerre de ton peuple, Grimoire ou pas, je dois la faire sortir d'ici.

Méric posa une main sur l'épaule de Joach et la serra très fort.

— Sois prudent. Et fais vite.

Joach lui rendit son étreinte.

— Toi aussi.

Tol'chuk s'avança, flanqué par Mama Freda.

— Méric n'a pas besoin de nous, alors que deux paires d'yeux supplémentaires dans ce dédale t'aideraient à trouver ta sœur plus rapidement.

Joach toucha le bras de l'og're.

— N'aie crainte, Tol'chuk. Je la trouverai. Mais ça ne servira pas à grand-chose si les catacombes s'effondrent sur nous. Va avec Méric. Protège-le contre les dangers qui doivent pulluler à la surface. Il faut absolument qu'il arrête ces navires de guerre. (Le jeune homme se tourna vers Mama Freda.) Et vous, utilisez votre ruse et les yeux de Tikal pour leur dénicher un chemin sûr.

Tol'chuk grommela. Il n'était pas entièrement convaincu ; pourtant, il s'inclina.

— Je ne laisserai pas échouer l'el'phe.

Il se détourna. Mama Freda, en revanche, demeura face à Joach. Elle leva le menton comme pour examiner le jeune homme le long de son nez.

— Tu as une autre raison de tous nous renvoyer. Une raison que tu caches dans ton cœur.

Joach soupira. Il ne pouvait pas mentir à la vieille femme.

— Ma destinée passe par ici, dit-il tout bas. Et c'est un chemin que je dois suivre seul.

Apparemment satisfaite par sa sincérité, Mama Freda hocha la tête et rejoignit les autres.

Bientôt, Joach se retrouva seul dans les catacombes. Le bruit de pas de ses compagnons s'estompa derrière lui tandis que, son bâton à la main, il s'enfonçait dans les entrailles de l'île. Son don de tisserand faisait frémir son sang dans ses veines. Il n'avait pas menti à Mama Freda. Il percevait une culmination de forces, un enchaînement de circonstances qui l'entraînaient irrésistiblement vers une destination – une destinée.

La suite serait entre lui, Elena et un homme des plaines de Standi. Joach revit la tour couleur de soleil couchant, la Flèche des Défunts, et ses doigts se crispèrent sur son bâton.

Durant cette ultime bataille, il ne faillirait pas à ses devoirs envers sa sœur.

25

Elena continuait à suivre Er'ril et sa lanterne. Elle aurait bien voulu que le guerrier presse le pas, mais, après la seconde explosion survenue au dehors, Er'ril était devenu encore plus prudent.

Contrairement à lui, Elena mourait d'envie de s'élancer à l'aveuglette vers la sortie. Son inquiétude pour Joach et les autres mettait le feu aux poudres de sa peur. Ces explosions avaient-elles un rapport avec le malegarde ? Pourtant, elle se força à calquer son allure sur celle d'Er'ril. Elle ne pouvait pas l'abandonner, pas tant qu'il porterait le Journal Sanglant.

Comme elle marchait en prenant bien garde où elle mettait les pieds, Elena se laissa hypnotiser par le jeu des ombres et de la lumière sur les muscles du dos d'Er'ril. Elle avait déjà vu le guerrier torse nu, mais jamais avec deux bras. Au début, elle avait eu du mal à réconcilier son apparence présente avec l'image qu'elle gardait de lui. Elle n'était pas habituée à cette symétrie de sa silhouette.

Son regard se porta vers l'épaule à laquelle était rattaché le bras tout neuf d'Er'ril. Aucune cicatrice ne séparait les deux ; pourtant, la délimitation était nette. Bien que bronzé, le bras l'était beaucoup moins que l'épaule et le reste du dos. La jonction entre l'ancien Er'ril et le nouveau était parfaitement apparente.

Elena s'humecta les lèvres. Sa bouche était toute sèche. Elle mourait d'envie de laisser courir un doigt le long de la ligne de démarcation, de découvrir si cet Er'ril était bien celui qu'on lui avait enlevé. Si seulement il pouvait lui donner une indication claire, quelque chose qui l'autoriserait à se jeter dans ses bras !

La jeune femme frissonna dans l'air froid des catacombes. Ça faisait trop longtemps qu'elle n'avait pas senti la chaleur de la peau d'Er'ril contre sa joue. *Je t'en supplie*, l'implora-t-elle en silence. *Donne-moi un indice sur ce que tu as dans le cœur.*

Elena serra la clé de fer contre sa poitrine. La froideur du métal lui rappela qu'elle devait rester méfiante. Ce n'était pas le moment de baisser sa garde. Mais l'odeur de la transpiration d'Er'ril traînait derrière lui, rappelant à la jeune femme toutes les fois où il l'avait tenue contre lui.

Les jointures d'Elena blanchirent sur la clé. Elle n'était plus une petite fille éblouie par un chevalier. Le sort d'Alaséa dépendait de sa circonspection et de sa maîtrise d'elle-même. Elle devait tenir bon.

Soudain, Er'ril s'immobilisa devant elle.

Perdue dans ses pensées, Elena faillit le percuter. Elle s'arrêta net, si près de lui qu'elle sentit la chaleur de son corps et que sa poitrine nue toucha presque le dos nu du guerrier. Une rougeur remonta depuis ses jambes jusqu'à son visage. L'odeur d'Er'ril satura toutes ses perceptions. Elle se raidit, craignant de bouger et même de respirer, de peur que l'homme des plaines l'entende.

Lentement, Er'ril s'accroupit et s'éloigna, emmenant sa chaleur avec lui. Elena poussa un soupir à la fois soulagé et déçu. Même si personne ne pouvait la voir, elle s'accroupit elle aussi, son instinct la poussant à imiter l'homme des plaines.

Elle repéra la cause de la soudaine prudence d'Er'ril. Un peu plus loin dans le tunnel principal, une lumière clignotante sourdait d'un passage latéral. Elena réalisa que c'était celui qui conduisait à l'escalier secret de Flint. Elle ne s'était pas rendu compte qu'elle avait fait tant de chemin sur les talons d'Er'ril ; ses préoccupations avaient bouleversé sa perception du temps et des distances.

Après en avoir réduit la flamme, Er'ril posa sa lanterne sur le sol et traversa rapidement le tunnel pour aller se blottir dans l'ombre du mur opposé. Passant une main dans son dos, il glissa le Journal Sanglant sous la ceinture de son pantalon, au creux de ses reins, afin de le dissimuler. Puis il empoigna la dague de sor'cière d'Elena et la tint devant lui.

Elena se retrouva momentanément hypnotisée par la rose aux contours dorés qui se détachait sur la couverture du Grimoire. Les pétales de la fleur semblaient presque briller dans la maigre lumière de la lanterne. La jeune femme n'avait qu'à tendre le bras pour s'emparer du Journal Sanglant. Elle avança la main, puis se ravisa et serra le poing. C'était peut-être un piège. Laissant retomber son bras, elle se rapprocha d'Er'ril. Elle allait attendre de voir qui d'autre se trouvait dans les catacombes. Sans le vouloir, Er'ril lui enseignait une leçon très claire : le seul moyen de rester en sécurité, c'était de ne pas se faire voir.

Tout en attendant, Elena écouta la respiration de l'homme des plaines – un loup sur les traces d'un chevreuil. Bientôt, un bruit de bottes s'amplifia dans le passage latéral, et la lumière d'une torche découpa une silhouette. Elena crut d'abord que c'était le malegarde qui rebroussait chemin. Mais, comme la silhouette se rapprochait, elle réalisa que c'était son frère.

De soulagement, elle faillit crier le nom de Joach. Elle se retint : après être restée cachée si longtemps, elle n'allait pas tout gâcher en une seconde. Si elle continuait à observer et à écouter sans révéler sa présence, peut-être découvrirait-elle de quel côté penchait la loyauté d'Er'ril.

Joach s'avança, son bâton à la main. Il n'avait pas conscience qu'un loup le guettait. Er'ril aurait facilement pu le tuer. Au lieu de ça, l'homme des plaines se redressa et sortit de l'ombre. Surpris, Joach fit un bond en arrière.

— Er'ril !

Elena aperçut le bandage qui enveloppait la main droite de son frère. Que lui était-il arrivé ? Et où étaient passés les autres ?

— Joach, que fais-tu ici tout seul ? Cet endroit est dangereux, dit Er'ril en rangeant la dague d'Elena à sa ceinture.

Mais les yeux de Joach semblaient aveugles aux mouvements de l'homme des plaines. Er'ril aurait pu le poignarder sans qu'il réagisse. Son regard faisait la navette entre les deux mains du guerrier.

— Ton… ton bras, balbutia-t-il enfin.

S'arrachant à la stupeur qui le paralysait, il brandit son bâton. Des flammèches noires coururent le long du bois.

Sans se laisser impressionner, Er'ril leva son bras tout neuf.

— N'aie pas peur. C'était la clé qui verrouillait le sort de protection du Journal Sanglant. Il servait à l'alimenter ; quand j'ai dissipé le sort, il m'a été rendu. Maintenant, où est Elena ?

Joach secoua la tête et recula dans le passage latéral. Son regard était voilé, son visage, un masque d'incrédulité. Elena savait que sa vision était obscurcie par son rêve récurrent.

— Jamais je ne te le dirai ! D'abord, le malegarde a tenté de le découvrir – et il a échoué. Maintenant, tu réapparais comme par enchantement. Je ne te laisserai pas approcher Elena !

— Quel malegarde ? aboya Er'ril. De quoi parles-tu, Joach ?

Pour toute réponse, le jeune homme brandit son bâton plus haut. Alors, Er'ril ravala sa colère. Il prit une profonde inspiration et tenta de recommencer à zéro.

— Je sais de quoi ça doit avoir l'air, dit-il, levant les bras en un geste apaisant. C'est pour ça que je t'ai encouragé à nous accompagner. Flint et Moris ont jugé que ton rêve n'était pas un tissage, parce qu'ils croyaient impossible que je récupère mon bras. Ils se trompaient, mais, pour préserver la sécurité du Grimoire, je ne pouvais pas le leur dire. (La voix du guerrier était calme et ferme.) Regarde-moi, Joach. Je ne suis pas corrompu. J'ignore ce qui va se passer maintenant. Mais, crois-moi, je ne veux pas de mal à ta sœur. Je… J'ai beaucoup d'affection pour elle.

Le souffle d'Elena s'étrangla dans sa gorge. Elle ravala un sanglot. Elle mourait d'envie de révéler sa présence, de mettre un terme à cette mascarade, mais la suite pouvait lui révéler si Er'ril était sincère ou non.

Joach baissa légèrement son bâton. Les paroles d'Er'ril avaient dissipé le voile qui troublait son regard.

— Comment puis-je te faire confiance, Er'ril ? Tu sais de quelle façon mon rêve se terminait.

— Les rêves peuvent se tromper – les tissages aussi. Mais je sais que cette réponse ne suffira pas à te convaincre. (Er'ril passa une main derrière son dos.) Ceci y parviendra peut-être.

Méfiant, Joach fit un pas en arrière.

Er'ril sortit le Grimoire de sa ceinture et le présenta au jeune homme.

— Voici le Journal Sanglant.

Joach écarquilla les yeux.

— Il est sous ma responsabilité depuis cinq cents hivers, poursuivit Er'ril. Mais j'aimerais te le confier. Je sens que mon rôle de gardien s'achève ici. Si tu refuses de me laisser approcher ta sœur, porte-lui le Grimoire. (Il s'avança pour déposer le petit volume usé à l'entrée du passage latéral, puis recula.) Soulage-moi de ce fardeau.

Elena fut choquée par ce geste. C'était une preuve irréfutable de la loyauté d'Er'ril. Jamais une créature du Cœur Noir n'aurait renoncé au Grimoire.

La même pensée sembla traverser l'esprit de Joach. Mais, si l'offrande d'Er'ril avait tranquillisé Elena, elle ne fit que raviver les soupçons de son frère. Plissant les yeux, Joach posa sa torche et se rapprocha. Il se planta au-dessus du Grimoire, son bâton levé, et dévisagea Er'ril avec une méfiance non dissimulée. Puis il se pencha lentement, ramassa très vite le livre et fit un bond en arrière pour s'écarter d'Er'ril.

L'homme des plaines n'esquissa pas le moindre geste.

Elena continuait à fixer Er'ril. L'attitude de son frère l'empêchait de se montrer. Même s'il lui paraissait peu probable qu'un serviteur du Seigneur Noir eût volontairement remis le Journal Sanglant à Joach, elle savait que sa seule défense était le sort spectral qui la rendait invisible.

—Apporte-lui le Grimoire, Joach. L'engagement que j'ai pris il y a si longtemps s'achève aujourd'hui. Désormais, Elena n'a plus besoin de moi.

Tandis que l'homme des plaines prononçait ces derniers mots, Elena le contourna prudemment. Dans ses yeux, elle vit un mélange de chagrin et de soulagement. Mais que signifiaient ces émotions ? Elle se tenait face au guerrier, cherchant la réponse sur son visage ; elle n'aurait eu qu'à tendre le bras pour le toucher.

Une larme solitaire roula sur la joue d'Er'ril. Instinctivement, Elena leva la main pour l'essuyer. Son cœur connaissait la vérité. L'homme des plaines n'était pas corrompu.

Ce fut alors que la voix de Joach s'éleva derrière elle.

—Ces pages sont toutes blanches.

Elena laissa retomber sa main et, par-dessus son épaule, jeta un coup d'œil à son frère. Joach tenait le livre d'une main et le feuilletait tant bien que mal. Malgré la distance qui la séparait de lui, Elena voyait que les pages étaient effectivement vierges.

—Ce n'est pas le Journal Sanglant, cracha Joach. C'est une ruse !

En se retournant, Elena vit les yeux d'Er'ril étinceler. Tel un incendie foudroyant, les flammes de sa colère consumèrent le chagrin qui se lisait dans ses prunelles quelques instants plus tôt.

Elena s'écarta d'un pas titubant. Elle se maudit d'avoir été aussi aveugle. Pourquoi n'avait-elle même pas envisagé que le Grimoire puisse être un faux ?

— Ce n'est pas une ruse, mon garçon, dit Er'ril d'une voix rauque.

Joach tenait toujours le livre par sa couverture.

— Et je dois te croire sur parole ? Toi qui sors de mon rêve avec deux bras ?

Er'ril secoua la tête, et, dans ses yeux, les flammes se changèrent en cendres.

— Crois ce que tu veux, Joach. Je ne peux rien faire de plus pour te prouver ma sincérité. (Il rebroussa chemin.) Apporte le Grimoire à Elena, c'est tout ce que je te demande. (Ramassant sa lanterne, il pivota vers la pente ascendante du tunnel principal.) Mon frère est quelque part là-haut. Affaibli. Je vais aller l'affronter, puisque je ne suis plus d'aucune utilité à Elena.

Joach fit un bond en arrière au moment où le guerrier passait devant l'entrée du couloir latéral. Dès qu'Er'ril se fut éloigné, il glissa le livre à l'intérieur de sa chemise, empoigna sa torche et fonça vers l'escalier, comme s'il avait hâte de se soustraire à la menace que l'homme des plaines constituait selon lui.

Mais Elena attendit au croisement. Elle regarda la lumière de la torche de Joach s'estomper dans le passage latéral et celle de la lanterne d'Er'ril disparaître au détour du tunnel principal. Elle était clouée sur place, incapable de choisir une direction. Lequel de ses deux compagnons devait-elle suivre ? Elle pressa la clé métallique contre son ventre, comme pour l'implorer de lui envoyer un signe.

Plus que jamais, elle regrettait l'absence de tante My. Elle aurait eu bien besoin des sages conseils de la guerrière.

Elena fit un pas vers le passage latéral. C'était sans doute la solution la plus sage. Même si le Grimoire était un faux, mieux valait qu'elle rejoigne Joach et les autres. Tante My aurait sûrement approuvé le pragmatisme de cette décision.

Ou pas.

Les pieds d'Elena se figèrent sur le seuil du couloir. Bien longtemps auparavant, à Ruissombre, Mycelle lui avait dit que si une femme, et non un homme, avait été choisie pour porter la bannière de la liberté, c'était pour une bonne raison : parce qu'au final le sort d'Alaséa dépendrait non de la puissance de sa magie, mais de la force de son cœur.

Tandis qu'Elena méditait les paroles de sa tante, les deux sources de lumière s'évanouirent. Les ténèbres se refermèrent sur elle. Dans l'obscurité, elle revit la larme sur la joue d'Er'ril, scintillant comme de l'argent.

Alors, elle se détourna du passage latéral et pivota vers les catacombes. Son esprit cherchait à rationaliser sa décision. Elle devait suivre Er'ril pour vérifier son allégeance. Pourtant, elle n'avait pas besoin de justification. Ses pieds remontaient déjà la pente du tunnel en spirale – de plus en plus vite. Son cœur avait fait son choix. Il ne la laisserait pas s'éloigner d'Er'ril.

Pour l'instant, c'était une raison bien suffisante.

Méric courait devant Tol'chuk et Mama Freda. Autour d'eux, la cité était en proie au chaos. Des colonnes de fumée balafraient l'horizon. Des cris et des glapissements se répercutaient sur les murs de pierre. La citadelle juchée au sommet du mont Orr grondait toujours, tandis que des briques et des pans de murs dégringolaient depuis les hauteurs pour aller s'écraser dans les rues en contrebas. Les navires de guerre au ventre renflé demeuraient suspendus dans le ciel, tournant au-dessus de Val'loa à la manière de charognards. Sous le linceul de fumée, l'odeur âcre de la foudre parfumait l'air ; elle irradiait depuis les vaisseaux aériens et les ruines des deux attaques récentes.

— Ils vont frapper une troisième fois ! cria Tol'chuk à Méric. Encore un coup, et le château s'écroulera !

Méric s'arrêta et leva les yeux au moment où une vingtaine de paires d'ailes frénétiques le survolaient. Encore des skal'tum en déroute. Depuis qu'ils étaient ressortis des catacombes, les compagnons avaient aperçu les lambeaux des légions démoniaques. Paniqués, les skal'tum fuyaient devant l'armada aérienne. Jusqu'ici, aucun d'eux n'avait tenté d'attaquer le trio. Méric les soupçonnait de n'avoir d'yeux que pour ce qui se passait dans le ciel.

Lorsque les skal'tum les eurent dépassés, Méric vit que Tol'chuk ne s'était pas trompé. Cinq autres Nuages Orageux manœuvraient pour former un cercle à l'aplomb du pic. Le *Traque-Soleil*, le vaisseau amiral de sa mère, flottait toujours au-dessus des tours fumantes de la citadelle. À sa vue, Méric frémit. Tout cela était sa faute.

— Il faut aller plus vite ! cria-t-il pour se faire entendre par-dessus le fracas de la bataille.

Tol'chuk le rejoignit. Le visage de l'ogre était pourpre d'épuisement. Il avait porté Mama Freda pendant la plus grande partie du chemin. Il tira le Try'sil du fourreau attaché dans son dos.

— Nous sommes assez près. Trouvons une place découverte et essayons.

Méric secoua la tête.

— Ils ne nous verront jamais. Pas à moins que nous soyons juste sous leur nez.

Tol'chuk désigna les navires aériens qui se mettaient en position.

— C'est maintenant ou jamais.

Méric poussa un gros soupir. Il savait que leurs efforts seraient vains, mais l'og're avait raison. Ils devaient au moins essayer. Ils ne pouvaient pas laisser l'espoir d'Alaséa se faire pulvériser sans tenter de héler la flotte, de demander aux navires de se retirer. Méric scruta le ciel en quête d'une solution, d'un moyen de réparer son erreur. Sa trahison lui faisait mal au cœur.

— Tikal a trouvé une place rectangulaire en haut sur notre gauche, annonça Mama Freda. Nous pourrions y être en quelques secondes.

— Allons-y.

Méric s'élança. Tol'chuk prit la guérisseuse sous l'un de ses bras puissants et suivit l'el'phe. Mama Freda les guida de la voix. Bientôt, ils débouchèrent dans un vaste espace découvert, situé quasiment au pied des falaises sur lesquelles trônait la citadelle. Tol'chuk posa Mama Freda pour que la vieille femme puisse récupérer son familier et se réfugier contre un mur. Puis il rejoignit Méric au centre de la place, que le soleil couchant plongeait déjà dans l'ombre.

— Dépêche-toi.

— Je sais ce que j'ai à faire, l'og're, aboya l'el'phe. (La seconde d'après, son regard s'excusa de sa grossièreté ; Tol'chuk ne faisait qu'exprimer leur inquiétude à tous.) Lève le marteau le plus haut possible. Je vais faire de mon mieux pour que ce soit spectaculaire.

Tol'chuk obtempéra en grognant.

Méric conjura sa magie et appela les vents à lui. Il mélangea courants d'air sec et courants d'air humide, provoquant un crépitement d'énergie né de leur friction. Puis il continua à drainer le pouvoir de l'atmosphère alentour. Grâce aux vaisseaux aériens qui le surplombaient, l'énergie disponible ne manquait pas. Bientôt, ses vêtements ondulèrent et claquèrent autour de lui tandis que des étincelles scintillantes dansaient à la surface du tissu.

— Tiens-toi prêt ! lança-t-il à Tol'chuk. Ne fais pas bouger le marteau !

Les bras levés vers le ciel, il rassembla de l'électricité au bout de ses doigts. Une sphère de foudre brillante apparut entre ses mains écartées et se mit à tourner lentement sur elle-même dans l'ombre de la place. Méric savait toutefois que son éclat serait insuffisant pour attirer l'attention de l'armada. Il lui fallait quelque chose de plus impressionnant.

Il continua à alimenter le *construct* jusqu'à ce que tous ses poils se mettent au garde-à-vous, que son visage et ses bras luisent de sueur et que son corps tremble du pouvoir qu'il contenait. La proximité de la sphère lui brûlait le bout des doigts. Il voulut crier un dernier avertissement, mais il était déjà trop tard.

Il jeta un coup d'œil à Tol'chuk. L'og're soutint son regard.

D'une dernière secousse physique et mentale, Méric projeta la foudre qu'il venait d'accumuler vers le Try'sil. La boule d'énergie percuta le marteau n'ain. Celui-ci avait été forgé par la foudre ; il pouvait encaisser le choc. Se souvenant de ses origines, il hurla à la face du ciel.

Un éclair blanc-bleu éblouissant fusa de la tête du Try'sil vers les vaisseaux aériens. Un craquement de tonnerre résonna à travers la place. Tol'chuk vola en arrière, les bras brûlés jusqu'aux coudes.

Méric aussi fut repoussé, mais, grâce à la protection de ses vents, il parvint à garder l'équilibre. Il regarda l'éclair jaillir entre deux navires de guerre au-dessus de lui.

— Remarquez-le, pria-t-il à voix haute. Baissez les yeux vers nous.

Tol'chuk se redressa en grognant. Mama Freda était déjà près de lui ; elle étalait un baume apaisant sur sa peau noircie et fumante. L'og're parut plus agacé que réconforté par les soins qu'elle lui prodiguait.

— Alors, ça a marché ? demanda-t-il.

Le nez en l'air, Méric observait l'armada. Rien ne laissait croire que son éclair avait été identifié comme un signal. Il était probablement passé inaperçu au milieu de toute la foudre qui crépitait le long des quilles.

— Non, répondit amèrement Méric. Les el'phes sont des créatures de l'air et des nuages. Il faudrait davantage qu'une étincelle pour capter leur attention et leur faire regarder vers la terre.

Tol'chuk se remit péniblement debout.

— Recommençons.

Méric secoua la tête.

— J'ai utilisé presque tout le pouvoir dont je disposais. Il faudrait que je me repose pendant au moins un quart de lune pour réitérer ne fût-ce que ce tour-là.

— Alors, c'est sans espoir.

Les yeux fatigués de l'og're se levèrent vers les cinq Nuages Orageux occupés à former un cercle au-dessus de la citadelle.

— Nous devrions retourner dans les catacombes et essayer de faire sortir les autres, suggéra Méric.

— Nous n'arriverons jamais à…

Un brusque rugissement déchira l'air dans leur dos. Ils firent volte-face juste à temps pour voir une énorme créature ailée contourner une tour et plonger vers eux. La bête rugit de nouveau, étendant devant elle ses pattes noires munies de griffes argentées. Méric, Tol'chuk et Mama Freda détalèrent.

D'un claquement de ses ailes gigantesques, la créature freina sa descente et se posa dans un crissement aigu d'ongles sur de la pierre. Méric aperçut la silhouette minuscule juchée sur son dos.

— Sy-wen !

La frêle mer'ai semblait hagarde et vidée, comme si les horreurs de la journée avaient pompé toute sa substance.

— La Douce Mère soit remerciée ! J'ai vu l'éclair et espéré que c'était votre signal ! (Elle regarda autour d'elle.) Où sont la sor'cière et les autres ?

Méric se précipita vers le dragon. Celui-ci tourna sa grosse tête vers lui et le détailla de ses grands yeux noirs. Mais l'el'phe ne lui accorda pas le moindre regard.

— Je n'ai pas le temps de t'expliquer ! Peux-tu m'emmener jusqu'à ce gros navire, au-dessus du château ?

Sy-wen se rembrunit.

— J'essaie de l'atteindre depuis l'arrivée de l'armada, pour convaincre vos semblables d'arrêter leur attaque. Mais, entre la foudre et les vents de cette maudite femme, je n'y suis pas parvenue.

Méric baissa enfin les yeux vers le dragon.

— Si ta monture m'autorise à grimper sur son dos, je peux nous conduire là-bas.

Sy-wen parut communiquer silencieusement avec l'énorme créature.

— Ragnar'k vous donne sa permission. Mais nous devons nous dépêcher.

Elle fit un signe du menton. Méric regarda dans la direction qu'elle indiquait. Déjà, la quille des cinq Nuages Orageux se chargeait de foudre. Quand il reporta son attention sur Sy-wen, l'el'phe vit que celle-ci lui tendait la main.

— Montez derrière moi.

Remerciant d'un hochement de tête le dragon qui le détaillait toujours avec un dédain visible, Méric prit la main de la mer'ai. Il ne lui fallut que quelques instants pour s'installer sur le dos de Ragnar'k et passer ses bras autour de la taille de Sy-wen. Aussitôt, le dragon déploya ses ailes et poussa sur ses robustes pattes.

— Accrochez-vous bien ! lança Sy-wen.

Puis le monde parut se dérober sous eux. Ragnar'k bondit

dans les airs, faisant claquer ses ailes pour s'arracher aux pavés de la place.

En contrebas, Tol'chuk rugit des vœux de bonne chance dont l'essentiel se perdit tandis que le dragon, encombré par ses deux cavaliers, luttait pour s'élever dans les airs. Arrivé au-dessus des plus hautes tours, il vira vers l'ouest et contourna les falaises qui couronnaient le mont Orr. Les vaisseaux de guerre flottaient à peine plus haut. Méric sentait la foudre qui émanait d'eux.

Ragnar'k décrivit une longue courbe pour prendre encore un peu d'altitude. Lentement, trop lentement, il grimpa dans le ciel. Méric jeta un coup d'œil derrière lui. Les quilles des cinq Nuages Orageux semblaient sur le point d'exploser.

— Vite, gémit Méric.

Ragnar'k dut l'entendre, car il effectua un brusque demi-tour – en penchant dangereusement sur la pointe d'une aile. Méric vit toute la cité et l'océan qui l'entourait, loin en contrebas. Comme Ragnar'k revenait face à l'armada, il capta un courant ascendant très vif qui le propulsa vers le haut telle une flèche. Bientôt, il se retrouva au-dessus de tous les vaisseaux el'phiques à l'exception du *Traque-Soleil*, sur lequel il mit le cap.

Sy-wen se pencha sur le cou du dragon, forçant Méric à suivre le mouvement. Ragnar'k accéléra.

— Fais-nous grimper plus haut que le navire ! cria Méric dans l'oreille de la mer'ai. Je me charge du reste !

Le dragon était désormais assez près du *Traque-Soleil* pour que Méric distingue les membres de l'équipage. À la barre de poupe, il repéra un homme dont la chevelure argentée s'ornait d'une caractéristique mèche cuivrée. C'était son frère aîné, Richald. La grande femme dont avait parlé Sy-wen était toujours plantée à la proue, sa longue chevelure étincelante de pouvoir.

— Mère, chuchota Méric.

La reine Tratal parut l'entendre. Elle jeta un coup d'œil au dragon, mais son expression n'avait rien d'amical. Malgré la distance qui les séparait, Méric vit flamboyer ses yeux. Elle fit dans leur direction un geste clairement irrité. Une bourrasque assaillit Ragnar'k et ses passagers.

— Elle fait ça chaque fois qu'on s'approche ! cria Sy-wen tandis que le dragon luttait férocement pour maintenir sa position.

Méric ôta un de ses bras de la taille de la jeune fille et leva sa paume. Il projeta sa magie à l'encontre de celle de sa mère. La bourrasque faiblit, mais très légèrement. Depuis le dos de Ragnar'k, Méric vit l'expression surprise de la reine Tratal. Il rappela sa magie à lui.

— Vas-y ! ordonna-t-il à Sy-wen.

Ragnar'k profita de cette accalmie pour piquer vers le navire. Comme il rasait le sommet des mâts, Méric lâcha Sy-wen avec son autre bras et se laissa rouler en arrière. Tandis qu'il dégringolait vers le navire, il entendit la mer'ai pousser un cri de surprise.

Les cinq Nuages Orageux libérèrent soudain un flot d'énergie qui dessina une étoile flamboyante sous lui. Méric tombait vers le centre de ce *construct* ardent. Étendant les bras, il poussa sa magie restante vers le bas afin de ralentir et de diriger sa chute. Son corps se redressa à la verticale alors que des voiles et des gréements défilaient de chaque côté de lui.

Il atterrit brutalement sur le pont du *Traque-Soleil*. Une lance de douleur remonta le long de sa jambe droite, qui céda sous lui. Méric tomba à genoux, un morceau d'os brisé lui transperçant la cuisse. Il ravala un cri : il avait de la chance d'être toujours en vie. Mais, quand il releva la tête, son visage était creusé par de profonds sillons de douleur.

Déjà, l'équipage l'encerclait. Un homme se fraya un chemin parmi les autres. Il brandissait une épée longue à la lame très fine, qu'il baissa en apercevant Méric.

— Frère, le salua-t-il avec un calme étonnement.

— Richald.

Méric lui adressa un signe nonchalant du menton, comme si c'était une rencontre ordinaire par une belle journée ensoleillée.

Richald détailla son frère de la tête aux pieds, et son nez se fronça. Brûlé, couvert de cicatrices, et maintenant avec une jambe cassée – Méric savait qu'il ne ressemblait plus guère à un membre de leur royale maison.

— Tu dois arrêter mère, dit-il pendant que son frère le jaugeait. Il ne faut pas qu'elle frappe une nouvelle fois !

Autour d'eux, l'étoile clignota et s'éteignit. Méric sentit que l'énergie était désormais stockée sous la quille du *Traque-Soleil* ; elle faisait trembler le pont sous ses genoux.

La foule des el'phes s'ouvrit devant Méric, et une femme nimbée d'une aura étincelante s'avança vers lui depuis la proue. Sa peau scintillait, et ses yeux brillaient un peu trop fort. Elle s'était liée avec la quille du *Traque-Soleil* et sa charge de pouvoir.

— Pourquoi devrais-je arrêter, mon fils ? demanda-t-elle d'une voix vibrante d'énergie contenue. N'est-ce pas ce que tu m'as demandé ?

Méric tenta de la regarder en face, mais son aura l'éblouissait.

— J'ai eu tort, mère. Le sort de ces gens dépend de ce qui va se passer sur l'île maintenant. Nous ne devons pas interférer.

— Je me moque de ce qu'il adviendra de ces gens, répliqua Tratal.

Méric se racla la gorge.

— Mais moi pas, répondit-il sèchement.

Sa mère agita une main comme pour écarter cette déclaration importune. Des étincelles dansaient le long de ses doigts.

— Tu marches dans la poussière depuis trop longtemps, mon fils.

— C'est vrai. Aussi suis-je le mieux placé pour décider si ces gens valent la peine qu'on les sauve.

Tratal baissa la main, méditant les paroles de son fils.

— Et notre lignée ? insista Méric.

Sa mère pencha la tête sur le côté.

— Comment ça, « notre lignée » ?

— Si vous ne vous souciez pas de ces gens, pensez au moins aux vôtres. En ce moment même, la dernière héritière de notre roi perdu lutte sur Val'loa. Détruisez l'île, et vous détruirez la moitié de l'héritage el'phique avec elle, fit valoir Méric.

La reine Tratal ne parut guère émue. Mais elle tourna les talons et adressa un signe de tête à Richald.

— Que le *Traque-Soleil* se retire. Nous allons décharger notre cargaison dans la mer.

— Non ! Attendez ! cria Méric. Je sais où toute cette énergie sera la mieux employée.

Sa mère lui jeta un coup d'œil par-dessus son épaule, les prunelles flamboyantes.

— Où ça ?

Au lieu de répondre, Méric fit signe à Richald de l'aider à gagner le bastingage. Il étouffa un cri lorsque son frère le releva. Au loin, il vit la silhouette massive de Ragnar'k virer et revenir vers le navire aérien. Quand le dragon fut assez près, Méric agita le bras pour attirer l'attention de Sy-wen. Il lui parla dans le vent afin que la jeune fille puisse l'entendre.

— Conduis-nous à la bataille maritime ! Trouve les pires escarmouches encore en cours ! Il est temps de mettre un terme à ce carnage ! Nous allons utiliser la puissance du *Traque-Soleil* pour anéantir nos agresseurs !

Sy-wen lui fit signe qu'elle avait compris. Alors, Méric s'affaissa contre le bastingage. La douleur de sa jambe brisée et la fatigue de la journée le submergèrent enfin.

Sa mère s'approcha d'un pas glissant.

— Tu te soucies à ce point de ces gens de la terre ? demanda-t-elle avec son détachement habituel.

Méric tourna la tête vers elle, et, cette fois, il ne cilla pas sous son regard étincelant.

— Oui, mère. Je donnerais ma vie pour eux.

La reine Tratal posa une main sur celle de son fils. Elle lui pressa affectueusement les doigts, puis leva son autre bras. À son signal, le *Traque-Soleil* vira de bord pour suivre le dragon.

— Dans ce cas, finissons-en.

Quelque part dans les décombres des rues de Val'loa, Greshym était adossé au mur d'une ancienne distillerie. Son souffle rauque, haletant, sifflait entre ses lèvres pincées de douleur. La création d'un portail si peu de temps après son duel contre Shorkan avait sapé les forces du vieux mage. En tant que créature sustentée par la magie noire, il ne pouvait vider son puits de pouvoir sans s'épuiser aussi sur le plan physique. Et, pour l'heure, il sentait le poids de chacun de ses cinq cents hivers. L'air lui-même lui semblait trop épais à respirer.

Dans l'ombre du bâtiment décrépit, il laissa aller sa tête contre la brique fraîche. Il n'avait pas pu se transporter plus loin que la cité. À l'apogée de ses forces, il aurait pu créer un portail assez puissant pour l'expédier à Noircastel – non qu'il eût osé le faire. Les derniers mots qu'Er'ril lui avait adressés étaient malheureusement vrais. Une fois que Shorkan répandrait la nouvelle de sa trahison, il serait un homme condamné. Tous les molosses de l'enfer se lanceraient à ses trousses.

Greshym leva les yeux vers l'Édifice, qui le surplombait. La seconde attaque des navires aériens avait fait écrouler la tour la plus à l'est – nommée la Flèche Brisée à cause des craquelures de son parapet. À présent, ce n'était plus qu'un amas de pierres noircies. *Il va falloir la rebaptiser « Tas Fumant »*, songea Greshym avec amertume.

— Dommage que ça n'ait pas été la tour de Shorkan, grommela-t-il tout haut.

Si les vaisseaux aériens avaient détruit la Flèche du Praetor, la plupart des problèmes du vieux mage se seraient trouvés résolus. Personne n'aurait jamais appris ce qu'il avait fait dans les catacombes. Décidément, les dieux refusaient de lui sourire ce jour-là. Non seulement ses plans soigneusement échafaudés ne lui avaient pas permis de récupérer le Grimoire, mais ils ne tarderaient pas à provoquer sa perte.

S'écartant du mur, Greshym se remit à descendre l'avenue. Il devait s'échapper de cette île, mais, d'abord, il avait besoin d'une petite infusion de magie pour reconstituer ses réserves. Où pouvait-il bien la prendre ?

Arrivé à l'endroit où la rue bordée de tavernes abandonnées débouchait sur une large place, le vieillard s'accroupit pour guetter des skal'tum. Des immenses légions démoniaques, il ne restait que quelques petits groupes de créatures paniquées, désorganisées. Dans son état de faiblesse, sans même un bâton pour se défendre, Greshym serait une proie facile pour elles. Et, comme il faisait partie des mages noirs qui les avaient envoyées au casse-pipe, il ne pouvait pas s'attendre à la moindre indulgence de leur part.

Prenant bien garde à rester dans la plus épaisse des ombres projetées par le soleil couchant, Greshym franchit l'angle de la place. Il pressait le pas quand il capta une odeur qui fit tressaillir son cœur flétri. De surprise, il trébucha et se retint au mur avec son moignon. Oserait-il espérer ? Son imagination n'était-elle pas en train de lui jouer des tours ?

Après avoir repris son souffle et calmé les battements désordonnés de son cœur, Greshym leva le nez tel un chien de chasse sur une piste. Ses yeux se fermèrent de plaisir lorsqu'il huma de nouveau le piquant dans l'air. S'il n'avait pas été dans un tel état de manque, il aurait facilement pu le rater.

Le vieillard renifla profondément. Il savait ce qu'il sentait. De la magie noire ! Quelque part non loin de lui, quelque chose ou quelqu'un empestait le pouvoir brut. Il pensa à Shorkan et rejeta aussitôt cette possibilité. Non seulement le Praetor éviterait les rues de Val'loa, mais après leur duel, son niveau d'énergie devait être beaucoup plus bas que ce que captait Greshym.

Alors, d'où provenaient ces délectables effluves ?

Ragaillardi, Greshym s'écarta du mur et se mit à suivre la piste olfactive. À chaque croisement, il s'arrêtait pour renifler et localiser la direction de la source de magie. Plus l'odeur s'intensifiait, plus ses vieilles jambes enfilaient rapidement les artères poussiéreuses. Sa vue déjà basse en temps normal ne cessait de décliner, mais il continuait à avancer, irrésistiblement attiré par le parfum du pouvoir. Son nez devint ses yeux et le guida vers la source de magie.

Sa quête le conduisit jusqu'à une étroite ruelle située au niveau supérieur de la cité. Ici, la fumée en provenance de l'Édifice souillait toujours l'atmosphère, mais elle ne pouvait masquer l'odeur piquante de la magie. La source de celle-ci se trouvait dans la rue perpendiculaire. Et elle irradiait un pouvoir bien suffisant pour permettre à Greshym de quitter cette île maudite.

La prudence fit ralentir le vieillard. Plaqué contre le socle carré d'une immense statue, il s'approcha du coin de celui-ci en catimini. Puis il ferma les yeux et se concentra en prenant une inspiration tremblante.

D'abord, il devait découvrir ce qui l'attendait de l'autre côté. Étirant son vieux cou le plus possible, Greshym passa la tête à l'angle. Ce qu'il vit dans la ruelle voisine faillit le faire trébucher hors de sa cachette. Mais il parvint à se rejeter en arrière, levant une main pour réprimer un cri de surprise et de ravissement.

C'était le gamin ! *Son* gamin ! Le frère de la sor'cière ! Comment pouvait-il avoir autant de chance ? Les dieux lui souriaient peut-être, en fin de compte.

L'image aperçue l'espace d'une seconde brûlait toujours dans son esprit. Le gamin était planté au milieu de la rue. Le nez en l'air et l'air pensif, il observait une tour. Mais ce n'était pas là ce qui donnait des palpitations à Greshym. Dans sa main, le frère de la sor'cière tenait un bâton que le vieillard aurait reconnu entre mille. C'était le sien. Il l'avait cru perdu à jamais, mais le gamin avait dû le récupérer.

Fermant les yeux, Greshym se remplit les poumons du parfum de la magie noire dont le pol'bois était imprégné. Il s'humecta les lèvres. Il allait le reprendre. Il allait tout reprendre : son bâton, le gamin et son pouvoir. Mais, pour ça, il lui fallait un plan.

Différents scénarios défilèrent dans son esprit. Il ne pouvait pas bêtement arracher le bâton au gamin : de toute évidence, le talisman s'était lié à lui. Greshym avait vu les flammèches de feu obscur qui dansaient à sa surface. De frustration, il serra le poing. Il avait abandonné son bâton. Pour le récupérer, il fallait que son nouveau propriétaire le lui cède de son plein gré. Mais comment ? Comment pouvait-il inciter le gamin à lui rendre son talisman ?

Le vieillard projeta ses pensées dans la ruelle voisine et grimaça en découvrant que la trame de son sort de manipulation demeurait dans l'esprit du gamin – effilochée, mais toujours présente. Ce petit imbécile ne l'avait jamais fait retirer. D'un autre côté, comment l'aurait-il pu ? Il ne restait plus de mage possédant les compétences nécessaires en Alaséa.

Greshym n'aurait pas de mal à renouer les fils et à réduire de nouveau le gamin en esclavage. Mais même cela ne l'aiderait pas beaucoup. S'emparer du bâton de cette manière équivaudrait à l'arracher des mains de son nouveau propriétaire. Pour que la magie conserve sa force, le talisman devait être transmis librement. Sans ça, il n'était pas plus utile qu'un bâton ordinaire.

Les sourcils froncés et les lèvres pincées, Greshym retournait les pièces du puzzle dans tous les sens. Il devait se dépêcher de peur que d'autres compagnons de la sor'cière rejoignent le gamin. Mais comment pousser celui-ci à lui faire confiance ?

Soudain, telle l'aube surgissant après la plus noire des nuits, la réponse apparut au vieillard. Il ne pouvait pas contraindre le gamin en le réduisant en esclavage, mais il pouvait quand même utiliser les fragments de magie incrustés dans son esprit.

Greshym savait comment procéder. La plus ténue des vibrations magiques suffirait pour actionner ces fils. Il ne pourrait peut-être pas s'en servir pour faire danser le gamin comme une marionnette, mais il pourrait tirer dessus assez fort pour lui manipuler le cœur.

Sa décision prise, Greshym projeta les dernières gouttes de sa magie vers le gamin. Il était si faible que le contrecoup l'ébranla autant que celui d'un sort majeur. Déséquilibré, il trébucha et tomba au croisement des deux ruelles. Il n'eut pas à se forcer pour gémir en heurtant les pavés.

Joach entendit le bruit. Il fit volte-face, les yeux écarquillés. Les flammes qui dansaient sur son bâton s'intensifièrent. Pour Greshym, la magie du talisman était pareille à la chaleur d'un feu au milieu d'une tempête hivernale.

Puis les flammes diminuèrent, et Joach se précipita vers Greshym. Il se laissa tomber à genoux près du vieux mage. Les yeux brillants d'inquiétude, il voulut l'aider à se relever.

— Elena ! s'écria-t-il. Que t'est-il arrivé ? Comment t'es-tu retrouvée ici ?

Greshym sourit en tortillant les fils de son sort pour maintenir l'illusion aux yeux du gamin.

— Je ne sais pas, dit-il faiblement.

Il n'eut besoin de feindre ni l'épuisement, ni la confusion. Il savait que sa voix devait résonner comme celle de la sor'cière aux oreilles de son frère.

— Il ne faut pas rester là, dit Joach en passant une main sous les aisselles du vieillard.

— Tu as raison. Mieux vaut nous cacher.

Greshym autorisa le gamin à le remettre sur pied et à le soutenir pour marcher. Discrètement, ses doigts caressèrent le pol'bois du bâton. *Bientôt*, songea-t-il.

— On dirait que Méric a réussi à convaincre la flotte el'phique de se retirer, annonça Joach. Il faut monter au sommet d'une tour et leur envoyer un signal.

— Pour qu'ils viennent nous chercher ? devina Greshym.

Joach acquiesça et serra le vieillard un peu plus fort contre lui.

— Économise tes forces, El.

Comme ils se traînaient vers la tour qui se dressait de l'autre côté de la ruelle, le regard du gamin croisa celui de Greshym.

— Il semble que nous ne puissions pas échapper à notre destin, grimaça-t-il en désignant la porte du bâtiment. Nous devons monter là-haut.

Perplexe, Greshym se tordit le cou pour observer le parapet qui surplombait la tour. Il fronça les sourcils. Pourquoi le gamin pensait-il qu'ils devaient grimper en haut de la Flèche des Défunts ?

Le cœur lourd de désespoir, Er'ril poussa le portail de fer forgé tout tordu qui marquait l'entrée des catacombes. Face à lui, la cour centrale était jonchée de gravats et envahie par la fumée. De petits feux brûlaient encore, principalement parmi les débris du koa'kona. À la place de l'arbre vénérable, il ne restait plus qu'un cratère noirci dont la vue fit frémir le guerrier.

Mais, comme lui, le koa'kona avait vécu plus longtemps que nécessaire. Tous deux n'étaient que des vestiges antiques et inutiles de la gloire passée d'Alaséa. En libérant le Journal Sanglant, Er'ril avait mis un terme à son devoir ancestral. Le sort de ces contrées reposait désormais sur des épaules bien plus jeunes que les siennes. C'était à Elena et à ses compagnons qu'il appartiendrait de jeter le Seigneur Noir à bas du siège de son pouvoir. Si la prophétie disait vrai, la sor'cière et le Grimoire constituaient le seul espoir d'Alaséa. Er'ril leur prêterait volontiers la force de ses bras, mais, pour ce qui était de la destinée, Elena devrait se débrouiller seule à partir de maintenant.

À cette pensée, le cœur d'Er'ril se serra. Le guerrier se frappa la poitrine du poing. Il aurait bien voulu attribuer cette douleur à la fumée suffocante et à la chaleur qui lui brûlait les poumons, mais il n'était pas dupe. Il en était venu à se considérer comme le chevalier d'Elena, et il savait qu'il ne partagerait plus jamais une telle intimité avec elle. Le Grimoire allait prendre sa place, remplir les fonctions qu'il assumait jusque-là. À compter de ce jour, il serait à peu près aussi utile à la jeune femme que les branches calcinées du koa'kona.

Er'ril fixa son bras retrouvé en jurant intérieurement. Il avait si peu gagné et tant perdu…

En soupirant, il s'exhorta à continuer. Il scruta la cour centrale en quête de dangers ou d'ennemis éventuels. Dans le ciel, il vit un énorme navire volant qui battait en retraite. De la foudre dansait le long de sa quille métallique. Er'ril devina que telle était la source de la destruction alentour. En silence, il remercia ces alliés inconnus. Leur intervention avait permis de briser le contrôle que les mages noirs exerçaient sur l'île. L'Édifice lui-même semblait désormais désert, à l'abandon. Er'ril espérait juste que Shorkan n'avait pas encore disparu.

Laissant derrière lui la pierre fraîche des catacombes, il s'avança dans la cour. Une chaleur infernale l'enveloppa aussitôt, et une pellicule de sueur jaillit sur sa peau nue tandis qu'il détaillait la tour est en ruine. Par les fissures de la maçonnerie, il apercevait les rues de la cité et l'océan au-delà. Des navires rendus minuscules par la distance continuaient à s'affronter autour de l'île. La bataille maritime faisait toujours rage.

Er'ril ne pouvait rien faire d'autre que souhaiter bonne chance aux Dre'rendi et aux mer'ai. Son objectif à lui était bien plus proche. Il fit face à la tour ouest, l'antre de Shorkan. À son sommet, il aperçut une silhouette noire découpée par les derniers rayons du soleil couchant. Il crut d'abord que c'était un monstre vivant. Puis il reconnut la statue d'éb'ène de la wyverne – à en croire Greshym, un des quatre portails du Weir qui ouvraient sur la source de pouvoir du Seigneur Noir.

Er'ril ramassa une épée longue sur le corps carbonisé d'un des gardes des catacombes. Puis il traversa la cour. Même s'il ne trouvait pas Shorkan, il pourrait toujours jeter cette maudite statue à bas de son perchoir. Une chute d'une telle hauteur suffirait peut-être à la briser.

Comme il longeait le bord du cratère fumant au centre de la cour, Er'ril évita plusieurs cadavres en robe qui gisaient sur les dalles couvertes de suie. Des disciples des mages noirs. Il leur jeta un regard sévère.

Soudain, il crut entendre un sanglot étouffé et le bruit de quelque chose heurtant le sol trois ou quatre pas derrière lui. Il fit volte-face dans une posture défensive et scruta la pile de corps. Mais aucun d'eux ne remuait. Il se redressa. Le vent et la pierre effritée devaient jouer des tours à ses oreilles.

Jetant un dernier coup d'œil aux cadavres, Er'ril se détourna et acheva la traversée de la cour d'un pas vif. Il craignait les yeux qui pouvaient le guetter depuis les centaines de fenêtres de l'Édifice, mais aucun cri d'alarme ne s'éleva, et aucune flèche ne lui fut décochée. Bientôt, il poussa une double porte noircie, à demi arrachée à ses gonds, et pénétra dans le château proprement dit.

Elena regarda Er'ril disparaître dans les profondeurs ténébreuses de l'Édifice. Puis elle se releva, frottant le genou qu'elle s'était tordu en trébuchant sur une pierre mal ajustée. Er'ril était passé à un cheveu de la découvrir. Quand il avait fait volte-face, elle s'était figée, tel un lapin paniqué, le visage à une largeur de main d'un des corps calcinés. La puanteur de la chair brûlée imprégnait encore ses narines.

Elena se redressa et fit un pas en avant. Son genou protesta en envoyant des lances de douleur à travers sa cuisse. Elle pouvait encore marcher, mais pas très vite. Elle étudia la masse imposante de l'Édifice, l'antique citadelle de Val'loa. Les fenêtres sombres du bâtiment semblaient la fixer. Même si personne ne pouvait la voir, Elena se sentait exposée.

Elle poussa un soupir. Elle ne pouvait plus suivre l'homme des plaines, pas à la vitesse à laquelle il se déplaçait maintenant. Il devait déjà s'être perdu dans les profondeurs du château. Elle ne le retrouverait jamais. Si seulement elle avait fait plus attention où elle mettait les pieds…

Se mordant la lèvre de douleur, Elena sautilla en arrière. Où Er'ril se rendait-il ? Il avait dit qu'il cherchait son frère. Mais était-ce vrai ? Elena détailla la tour qui avait paru capter l'attention de l'homme des plaines. Les derniers rayons du couchant nimbaient son parapet d'or. Et à son sommet se dressait une silhouette noire familière : celle de la wyverne.

Tandis qu'Elena observait la statue d'éb'ène, une petite brise la fit frissonner. Elle s'enveloppa de ses bras comme pour comprimer l'angoisse qui venait de naître dans sa poitrine. Même si elle ne connaissait toujours pas les véritables intentions d'Er'ril, elle avait peur pour lui.

Des larmes montèrent aux yeux d'Elena, brouillant sa vision. Une fois déjà, elle avait failli perdre Er'ril à cause de la magie noire de la statue. Elle ne voulait pas revivre ça. Ses blessures étaient encore trop fraîches. Elle scruta la tour en quête d'un signe de l'homme des plaines, un indice susceptible de la guider.

— Sois prudent, Er'ril, chuchota-t-elle alors que les vents sifflaient autour d'elle dans la cour. Reviens-moi vite.

Dans les couloirs déserts de l'Édifice, Er'ril accéléra. Il connaissait bien ce château et le chemin le plus court pour rejoindre la Flèche du Praetor. Ses pieds le conduisaient rapidement vers son but tandis qu'il attisait le feu de son cœur. S'il se battait contre son frère, il ne devrait pas laisser le désespoir l'affaiblir ou le faire hésiter. La magie noire de Shorkan était à son plus bas ; Er'ril tenait sans doute une occasion unique de débarrasser Alaséa du mal qui avait revêtu l'apparence de son frère.

L'homme des plaines montait les marches quatre à quatre et enfilait les couloirs au pas de course. Bientôt, il attaqua l'ascension de l'escalier de la tour. Il ralentit juste assez pour apercevoir le paysage par les meurtrières et surveiller le déroulement de la bataille. Le soleil s'était couché derrière l'horizon, embrasant le ciel à l'ouest. Dans l'océan, les navires continuaient à s'affronter.

Er'ril avait presque atteint le sommet de l'escalier en colimaçon quand un éclair attira son regard et immobilisa ses pieds. Qu'est-ce que c'était ? Dehors, le crépuscule tombait. Dans la pénombre grandissante, Er'ril regarda des lances de foudre jaillir du plus gros vaisseau aérien pour frapper les navires ennemis et les nuées de skal'tum. Le vaisseau glissait languissamment dans les airs, semant la destruction et laissant un sillage de mort derrière sa quille. Un grondement de tonnerre l'accompagnait tandis qu'il survolait le champ de bataille.

Remerciant encore ces alliés inconnus, Er'ril s'autorisa à imaginer une victoire. Le fardeau de son cœur s'allégea quelque peu. Il monta les marches avec une vigueur renouvelée et atteignit bientôt le sommet de la tour. La porte des appartements du Praetor était grande ouverte. Er'ril ralentit, et sa main se crispa sur la poignée de son épée. Ça semblait trop facile pour qu'il ne se méfie pas.

Il franchit prudemment le seuil. L'étude de Shorkan était vide, la cheminée froide. Brandissant son épée devant lui, Er'ril passa dans les pièces voisines. La petite chambre et la salle de bains étaient vides elles aussi. Il sentit qu'elles n'avaient pas été utilisées depuis longtemps. En fin de compte, Shorkan n'était peut-être pas revenu ici.

Sa visite achevée, Er'ril revint dans l'étude. Planté au milieu du tapis chatoyant, il regarda autour de lui et tendit l'oreille, guettant le moindre signe susceptible d'indiquer que le mage noir était passé par là.

Il le vit et l'entendit en même temps. À ras du sol, un pan de tapisserie frémissait avec un murmure semblable à celui des ailes d'un oiseau. Er'ril s'en approcha le plus discrètement possible. De la pointe de son épée, il écarta le rideau de soie.

Derrière la tapisserie se dressait une petite porte de chêne entrebâillée. Par l'interstice, Er'ril sentit une odeur d'iode et de fumée. Il poussa le battant. Un escalier baigné par la lumière du couchant montait jusqu'à une trappe découpée dans le plafond.

Er'ril savait où conduisait cette trappe. Son cœur se mit à battre plus fort dans ses oreilles. N'osant pas ouvrir complètement la porte de peur de faire grincer les gonds, il se faufila par l'ouverture.

Il grimpa les marches une par une, en regardant bien où il mettait les pieds. Arrivé à la verticale de la trappe, il s'accroupit et retint son souffle un moment. Le ciel s'étendait au-dessus de sa tête. Faisant rouler son épée dans sa main droite, Er'ril saisit de la gauche la dague qu'il portait à sa ceinture. Puis il bondit par l'ouverture, roula sur lui-même et se releva dans l'élan.

Il se trouvait sur le toit de la tour. Gravement brûlé, Shorkan se tenait contre le parapet face à lui. Les rayons du soleil couchant caressaient encore le sommet de la Flèche du Praetor, la baignant d'une lueur dorée et soulignant les contours de la statue d'éb'ène perchée derrière Shorkan. Au-dessus de la tête du mage noir, les yeux de rubis de la wyverne étincelaient, et ses ailes se déployaient comme si elle était sur le point de s'envoler.

Lorsque Shorkan parla, ce fut avec un calme que n'entachait aucune peur.

—Nous nous rencontrons une dernière fois, mon frère.

Er'ril brandit ses deux armes d'un air menaçant.

—Fais-moi confiance: ce sera bien la dernière, gronda-t-il.

Shorkan ne jeta qu'un coup d'œil indifférent à l'épée et à la dague du guerrier. En revanche, il parut intrigué par ses deux bras.

—Ainsi, tel était le secret du mur de glace noire, le fameux élément manquant. De la chair. (Il secoua la tête.) Jamais je n'aurais cru que le vieux frère Kallon accepterait un tel sacrifice de ta part. Pas étonnant que son sort m'ait tenu en échec aussi longtemps.

Er'ril contourna la trappe tout en gardant un œil méfiant sur la wyverne.

—Que comptes-tu faire avec le portail du Weir, Shorkan? À quelle fin le Seigneur Noir espère-t-il employer les autres statues?

Shorkan haussa les sourcils.

—Tiens, tiens. Quelqu'un a mouchardé, à ce qu'on dirait. Mais les questions auxquelles tu cherches des réponses sont bien au-delà de ta compréhension.

—Selon Greshym, elles sont également bien au-delà de la tienne, répliqua Er'ril.

La colère fit flamboyer les yeux de Shorkan.

— Parce que tu es mon frère, je vais te donner une réponse – de quoi t'empêcher de dormir la nuit. (De la main, il désigna la statue.) Les portails du Weir sont plus dangereux pour Alaséa que le Cœur Noir lui-même. Tu te trompes d'ennemi, Er'ril. Tu te trompes depuis le début.

— Tu mens. Greshym m'a déjà expliqué que le Weir était la source de pouvoir du Seigneur Noir.

Shorkan secoua la tête.

— Tant d'ignorance… Ça me fait vraiment de la peine. Est-ce contre ce minuscule fragment d'information que tu as échangé le Grimoire ? Si oui, Greshym l'a acheté à bon prix. Mais il paiera pour sa trahison.

— Le livre n'est pas entre les mains de Greshym, dit Er'ril, levant son épée plus haut. En ce moment même, il est en route vers la sor'cière.

Un tic nerveux agita la peau noircie autour de l'œil droit de Shorkan.

— Alors, où est Greshym ?

— Il s'est enfui.

Shorkan fixa l'épée d'Er'ril, dont la lame étincelait dans les derniers rayons du soleil. Le guerrier ne se trouvait plus qu'à quelques pas de lui.

— Dans ce cas, mon frère, tu m'excuseras, mais je dois en faire autant.

Avant qu'Er'ril ait pu réagir, Shorkan passa une main derrière lui et toucha la wyverne. Un crépitement de feu obscur jaillit autour de ses doigts. La pierre de la statue se fit ombre, engloutissant la lumière dorée du couchant. Shorkan recula entre les ailes de la wyverne et disparut dans le puits de ténèbres.

— Au revoir, mon frère.

Er'ril plongea vers le mage, mais fut repoussé en arrière par une force brutale. Seul le parapet l'empêcha de tomber dans le vide et d'aller s'écraser sur les pavés plusieurs dizaines de mètres en contrebas. Sa tête heurta la pierre avec un bruit mat. Ignorant l'étourdissement et la douleur de son crâne meurtri, il se releva d'un bond. Il regarda autour de lui, mais le sommet de la tour était désert. Son frère et la wyverne avaient disparu.

Er'ril se dirigea vers l'autre bord du parapet et scruta le ciel. Le soleil éclairait encore les plus hauts bâtiments de la cité. Où était donc passé Shorkan ?

Soudain, une tache noire comme de l'encre apparut à une portée de flèche seulement du côté ouest de la tour. C'était la wyverne. Bien vivante, elle volait vers les toits dorés de la cité en contrebas. À présent, Er'ril comprenait comment il était arrivé sur l'île. La seule pensée de s'être fait avaler et d'avoir été transporté par ces ténèbres lui donna la nausée.

— Sois maudit, Shorkan ! s'écria-t-il.

Comme si son frère l'avait entendu, la wyverne vira brusquement et revint vers l'Édifice – ou plutôt, vers l'une des autres tours qui se dressaient aux abords de celui-ci. Er'ril plissa les yeux pour voir ce qu'elle visait. Ce fut alors qu'il repéra les deux petites silhouettes adossées à un parapet. Malgré la distance, il reconnut immédiatement le bâton de pol'bois et le garçon aux cheveux roux qui le tenait.

Joach.

À l'instant où Er'ril identifiait le frère d'Elena, il éprouva une étrange distorsion de sa vision. C'était le rêve de Joach. Il avait cru qu'en suivant un chemin différent de celui du jeune homme, il pourrait détourner le cours du destin. Visiblement, il s'était trompé.

Er'ril reporta son attention sur la deuxième silhouette. D'après la description que Joach avait faite de son tissage, ce devait être Elena. Mais, tandis qu'il l'étudiait, son cœur lui remonta dans la gorge. Ce n'était pas une femme qui se tenait à côté de Joach : c'était un homme au dos courbé. La lumière du crépuscule se reflétait sur son crâne chauve. Par-dessus tout le reste, ce fut à sa robe noire qu'Er'ril l'identifia.

— Greshym !

Les jambes du guerrier mollirent sous lui comme il se rappelait qu'il avait laissé le Grimoire à Joach. Qu'est-ce que le frère d'Elena faisait avec Greshym ? Était-il un traître depuis le début ?

Er'ril s'écarta du parapet en titubant. Il fit volte-face et plongea vers la trappe. Quelque chose clochait affreusement. Il devait arrêter Joach et Greshym !

Il traversa l'étude de Shorkan en trombe et dévala l'escalier de la tour. Il savait que le sort de Val'loa dépendait de sa rapidité, mais il se souvenait également de la façon dont le rêve de Joach s'achevait : il était condamné à périr dans un brasier de feu obscur.

Pourtant, il accéléra.

De toute évidence, la destinée n'en avait pas encore fini avec lui.

Dans la cour de l'Édifice, Elena serrait sa gorge d'une main. Quelques instants plus tôt, une déflagration assourdie avait attiré son regard vers le sommet de la tour ouest, juste à temps pour qu'elle voie la statue de la wyverne disparaître de son perchoir. Puis le monstre avait reparu, volant en cercles au-delà de l'enceinte du château.

Qu'avait fait Er'ril ? Était-ce son œuvre ?

Le cœur dans la gorge, Elena ne put s'empêcher de penser au rêve de Joach. Son frère était certain qu'il s'agissait d'une vision prémonitoire – un tissage. Et, d'après sa description, tout commençait par l'attaque d'une ténébreuse créature ailée.

Elena regarda la wyverne virer sur une aile. Le rêve de Joach était en train de se réaliser. D'une façon ou d'une autre, Er'ril avait libéré la bête. Intentionnellement ou par accident ? Elena n'avait aucun moyen de le savoir. Tout ce dont elle était certaine, c'est que le cauchemar de son frère s'apprêtait à devenir réalité.

La jeune femme battit en retraite vers l'entrée des catacombes. Elle ne pouvait plus attendre. Elle savait où était sa place. Le destin l'appelait à jouer son rôle en haut de la Flèche des Défunts. Elle devait rejoindre Joach.

Dans le ciel, la wyverne ouvrit son bec noir en un cri silencieux et plongea au-delà du mur d'enceinte de l'Édifice, disparaissant à la vue d'Elena.

Ça commençait maintenant.

Elena se détourna et s'élança aussi vite que son genou blessé l'y autorisait. Même si Er'ril se trouvait quelque part dans le château, derrière elle, elle savait qu'elle ne l'abandonnait pas. D'une certaine façon, elle courait vers lui. Ils étaient destinés à se retrouver au sommet de la tour voisine, et Elena ne manquerait pas ce rendez-vous !

Le rêve de Joach défilait en continu dans sa tête. Elle savait comment il se terminait : par le meurtre d'Er'ril. Serrant son poing sur la clé de fer, Elena accéléra. Si leur sort était scellé dans du granit, elle briserait la pierre avec sa propre magie. Elle ne laisserait pas Er'ril se faire tuer si son cœur était toujours pur – elle s'en faisait le serment.

Mais, malgré sa détermination, une petite partie d'ellemême tremblait de frayeur. Comment pourrait-elle en être sûre ? Comment faisait-on pour sonder le cœur d'autrui ?

Elena mit ses doutes de côté. Elle trouverait un moyen.

26

Joach se tenait debout contre le parapet de la Flèche des Défunts, dans le flamboiement du soleil couchant. À l'ouest, le ciel brûlait encore tandis que l'astre du jour s'abîmait derrière l'horizon.

Le panorama qui s'étendait au pied de la tour serrait le cœur de Joach. Au-delà de la cité, une ombre épaisse recouvrait l'océan, telle une promesse de nuit à venir. Des navires el'phiques voguaient dans les airs tout autour de l'île. Parfois, un éclair déchirait la pénombre et se reflétait sur les vagues, illuminant les coques et les voiles de la flotte dre'rendi l'espace d'un instant.

Méric avait réussi. Il avait détourné l'assaut de son peuple contre Val'loa et l'avait redirigé vers la bataille maritime. Sur l'eau, la victoire était proche. Mais qu'en était-il sur terre ?

Cette question mit un brusque frein à l'allégresse de Joach. En se détournant du panorama, le jeune homme surprit le regard de sa sœur fixé sur lui – ou, plus exactement, sur son bâton. Il savait à quoi pensait Elena. Selon son rêve, c'était le talisman de pol'bois qui allait la protéger au sommet de la tour. Il appartenait à Joach de veiller sur la sécurité de sa sœur.

Malgré ses mains écarlates, Elena était visiblement trop faible pour se défendre toute seule. L'ascension de la tour l'avait achevée. Jamais encore Joach n'avait vu sa sœur dans cet état.

Il n'avait guère réussi à la faire parler en chemin. Elena avait refusé de lui raconter ce qui s'était passé après leur séparation. Sans doute quelque chose d'horrible, qu'elle était encore trop choquée pour évoquer. Néanmoins, il avait une dernière question à lui poser.

— Il nous faut un signal, dit-il en se rapprochant d'elle. Crois-tu qu'il te reste assez de magie pour en envoyer un à Ragnar'k ?

La mention du dragon arracha Elena à sa rêverie.

— Non, plus maintenant, répondit la jeune femme en agitant une main molle. Mais ton bâton, peut-être…

— Je n'ose pas gaspiller son pouvoir, contra Joach. Je t'ai raconté mon rêve.

Une expression confuse passa sur le visage d'Elena. Elle tendit faiblement la main.

— Laisse-moi essayer.

Joach écarta le talisman de pol'bois.

— Ce que tu peux être têtue, El ! Tu sais que c'est à moi de porter ce fardeau.

Il secoua la tête, impressionné par le courage et l'abnégation de sa sœur. C'était la quatrième fois qu'Elena tentait de le soulager de cette responsabilité. Mais il refusait de la laisser se sacrifier. C'était sa destinée.

Tenant le bâton dans sa main bandée, Joach le caressa avec son autre main gantée. À son contact, la magie du talisman remonta à la surface, et des flammèches noires coururent le long du bois. Il devait être prêt. De nouveau, il scruta le ciel. Toujours pas le moindre signe de la créature ténébreuse.

Du coin de l'œil, Joach vit Elena le regarder manipuler le bâton. Les yeux de sa sœur brillaient de colère et d'impuissance. Après avoir détenu tant de pouvoir, elle ne pouvait se résigner à l'inéluctabilité du destin.

—Je sais ce qui te préoccupe, El, dit Joach pour tenter de la distraire. (Il lui jeta un bref coup d'œil.) C'est Er'ril. Je sais combien tu voudrais qu'il soit encore pur. Mais je l'ai rencontré.

Elena sursauta.

—Je suis désolé. Je ne voulais pas t'en parler. Tu étais déjà épuisée ; j'espérais qu'il ne serait pas nécessaire d'ajouter du chagrin à ta fatigue. Mais peut-être vaut-il mieux que tu saches. Er'ril a été corrompu. Désormais, il sert les mages noirs. (Joach pivota face à sa sœur.) Alors, quand je le tuerai, ne pleure pas. L'Er'ril que tu connaissais préférerait mourir que de te faire du mal. Il doit en être ainsi.

—« Er'ril » ? Tu as rencontré Er'ril ?

—Oui. (Joach détestait entendre autant d'espoir dans la voix de sa sœur.) Et il a deux bras, ajouta-t-il un peu plus bas. Il a même essayé de me rouler en me donnant une copie du Journal Sanglant. Il pensait qu'une vulgaire contrefaçon suffirait à me convaincre de sa bonne foi.

Elena fit un pas chancelant vers son frère.

—Le Grimoire… ?

Joach tapota sa chemise à l'endroit où il avait dissimulé le petit volume usé.

La main d'Elena se tendit. Au même moment, un cri aigu déchira le ciel. Joach fit volte-face, poussant sa sœur derrière lui. Elena tomba lourdement sur son séant, et un juron s'échappa de ses lèvres.

Joach n'eut pas le temps de s'excuser. Une monstrueuse ombre noire venait de jaillir de derrière la citadelle voisine. Il plongea son regard dans les yeux de rubis de son ennemie.

—C'est maintenant que tout commence… et que tout finit, dit-il en s'écartant d'Elena, qui se traînait vers lui à quatre pattes.

Ce n'était pas la bataille de sa sœur. Brandissant le bâton au-dessus de sa tête, Joach conjura toute l'intensité de sa magie.

— Viens mourir ! hurla-t-il pour défier la bête. Je ne te laisserai pas approcher Elena !

Comme l'ombre piquait vers eux, il réalisa que c'était bien une wyverne – une wyverne au bec noir et crochu, aux yeux écarlates et aux ailes garnies de plumes aussi tranchantes que des rasoirs. Pourtant, il ne frémit ni ne recula. Pointant une extrémité de son bâton sur la créature, il récita l'incantation de son rêve.

À chaque syllabe, ses lèvres devenaient un peu plus froides. Des nervures de givre se répandaient à travers son sang chaud, filant vers le bois qu'il tenait dans sa main gantée. Lorsque le dernier mot tomba de sa bouche, un rayon d'énergie noire jaillit du bout de son bâton. Un globe incendiaire ! Des étincelles dansaient le long de cette lance de ténèbres.

La vue de tant de pouvoir fit grimacer Joach. Personne ne ferait de mal à sa sœur. Il l'avait promis à leur père. Il n'échouerait pas !

Le globe incendiaire frappa la wyverne en pleine poitrine, l'arrêtant net dans son plongeon et la maintenant en suspens au-dessus de la tour. Le cri aigu de la créature se mua en un gémissement d'agonie presque humain. Empalée sur la lance de Joach, la wyverne se tordit. Puis elle commença à perdre sa substance. Ses contours se brouillèrent tandis que le globe incendiaire la dévorait.

Joach partit d'un rire dur. Il sentait que sa magie était sur le point de vaincre la wyverne, comme il aurait senti l'électricité d'un orage sur le point d'éclater. Ses lèvres s'étirèrent en une grimace si large qu'elle en devenait presque douloureuse. Jamais encore il n'avait éprouvé pareille puissance.

Puis quelque chose se brisa dans la créature au-dessus de lui. En un clin d'œil, la wyverne redevint pierre. Et, comme n'importe quelle pierre, elle dégringola vers les rues en contrebas.

Joach se rua vers le parapet pour contempler le résultat de son travail.

— Meurs, démon ! glapit-il en observant la chute de la wyverne.

Mais le monstre gardait encore un tour en réserve. Juste avant qu'il s'écrase sur les pavés, un éclair illumina brièvement le pied de la tour, et la statue disparut.

En reculant, Joach leva son bâton et scruta le ciel alentour, mais il n'y discerna aucune menace. Au fond de lui, il savait que la wyverne ne reviendrait pas, qu'elle s'était transportée très loin de Val'loa. Mais surtout, dans son rêve, elle n'était pas revenue à l'attaque après qu'il l'eut repoussée.

— Joach ?

Elena était toujours accroupie dans l'ombre du parapet. Joach entendit le soulagement dans sa voix, mais il leva une main pour la faire taire. Ce n'était pas terminé. Un protagoniste devait encore faire son apparition.

Joach pivota face à la porte de la tour en faisant tournoyer son bâton. Un sourire triomphant aux lèvres et le cœur glacé par la magie à laquelle il venait de goûter, il attendit.

— Viens à moi, Er'ril.

Elena se tenait immobile au sommet de l'interminable escalier de la Flèche des Défunts. Une main au-dessus de la poignée de la porte qui conduisait sur le toit, elle s'efforçait de rassembler son courage et de se préparer au pire.

Pendant qu'elle montait les marches en courant, des bruits de bataille lui étaient parvenus depuis le toit, la faisant redoubler de vitesse. Elle voulait se précipiter au-dehors pour affronter la créature qui attaquait son frère. Mais, alors qu'elle gravissait les derniers étages, le vacarme s'était brusquement tu. Et, au-delà de la porte, elle n'entendait rien. La prudence la faisait hésiter de nouveau.

Selon le rêve de Joach, elle aurait dû se trouver près de son frère pendant l'attaque de la wyverne. Qu'est-ce qui avait bien pu changer ? Sa main se posa sur la poignée métallique. Il n'y avait qu'un seul moyen de le découvrir.

Elena allait pousser la porte quand un bruit de pas précipités résonna depuis le bas de la tour. Retirant sa main, elle jeta un coup d'œil dans le puits obscur formé par l'escalier en colimaçon. Elle n'avait ni torche ni lanterne ; seules quelques meurtrières avaient éclairé son ascension.

Elena s'écarta de la porte et redescendit de quelques marches, tentant de percer la pénombre du regard. Mais son cœur savait déjà qui approchait. Plaquée contre le mur, elle attendit Er'ril en retenant son souffle et en serrant la clé de fer contre sa poitrine.

Le guerrier jaillit des ténèbres en contrebas telle une tempête déchaînée. Dans sa main droite, il tenait une épée longue. Il respirait bruyamment, les dents serrées. Ses yeux brillaient de colère ; les muscles de ses bras et de son torse semblaient sur le point d'exploser de puissance contenue. Sa rage intérieure le rendait presque incandescent.

Elena tenta de se fondre dans le mur, mais Er'ril était aveugle à tout ce qui n'était pas la porte au-dessus de lui. Même sans son sort, il ne l'aurait probablement pas vue. Il passa devant elle en trombe – si vite que la chaleur de son corps la frappa comme une gifle.

Parvenu au sommet des marches, il s'arrêta. Elena fit un pas vers lui. Il porta la poignée de son épée à son front, utilisant le contact de l'acier pour se rafraîchir. Elena se rapprocha encore. Derrière la colère du guerrier, elle voyait de la douleur. Er'ril baissa son épée et prit une profonde inspiration. Ses yeux dirent à la jeune femme tout ce qu'elle avait besoin de savoir. Il avait conscience que la mort l'attendait derrière cette porte, mais qu'il devait quand même y aller.

Un poing crispé sur son épée, il saisit la poignée avec sa main libre.

— Sois maudit, Joach ! Je te tuerai pour avoir trahi ta sœur !

Elena s'immobilisa, choquée. Il voulait tuer Joach !

Er'ril dut sentir la présence de la jeune femme. Il jeta un coup d'œil perplexe par-dessus son épaule. Puis, secouant la tête, il ouvrit la porte à la volée.

Après avoir passé si longtemps dans la pénombre de l'escalier, Elena fut éblouie par l'éclat du ciel crépusculaire. Er'ril leva un bras pour se protéger les yeux et s'avança sur le toit de la tour. Elle le suivit, se faufilant derrière lui et venant se placer sur sa gauche.

— Je t'attendais, Er'ril ! clama une voix.

Elena cligna des yeux pour éclaircir sa vision. Son frère se tenait quelques pas plus loin. Dans sa main mutilée, il brandissait le bâton de pol'bois. Mais ce ne fut pas son attitude agressive qui arracha un hoquet à la jeune femme. Derrière Joach, contre le parapet, elle avait aperçu la silhouette accroupie du mage Greshym.

Par chance, l'exclamation coléreuse d'Er'ril couvrit le hoquet d'Elena.

— Joach, espèce de traître ! gronda le guerrier en refermant et en verrouillant la porte derrière lui. Tu trahirais ta sœur pour plus de pouvoir !

Ces mots n'eurent que peu d'effet sur Joach. Le jeune homme affichait un calme d'autant plus étrange qu'il avait un mage noir dans le dos. Il tendit sa main libre vers Greshym en un geste d'avertissement.

— Ne t'en mêle pas, El. Ça doit arriver.

Il fit tournoyer son bâton, et Elena sentit la flambée de pouvoir obscur. Presque malgré elle, elle jeta un coup d'œil au mage noir. Ses yeux s'écarquillèrent. Soudain, elle comprenait l'illusion tapie derrière le rêve de Joach. Elle bondit entre Er'ril et son frère à l'instant où ils frappaient.

L'épée d'Er'ril lui transperça le dos au moment où la lance de globe incendiaire de Joach l'atteignait entre les seins. Elle poussa un hurlement de douleur comme la lame lui raclait les côtes. Des os se brisèrent. Mais ce ne fut rien comparé à l'abominable brûlure de la magie noire. La peau d'Elena se racornit ; ses seins furent réduits en cendres.

Son sort spectral se dissipa, et elle vit l'horreur dans les yeux de Joach alors qu'elle réapparaissait devant lui. Le faisceau d'énergie obscure s'évanouit instantanément. Son frère se précipita vers elle.

Mais il était déjà trop tard. Elena s'affaissa dans les bras d'Er'ril. L'homme des plaines tomba à genoux – non sous le poids du corps de la jeune femme, mais sous celui de sa propre consternation. Il la berça contre lui.

— Oh, Elena, non… (Jamais elle ne lui avait entendu cette voix-là ; on aurait dit un petit garçon perdu.) Qu'ai-je fait ?

Elle leva les yeux vers lui.

— Ce… C'était mon choix, Er'ril. Laisse-moi en porter la responsabilité.

Malgré la douleur qui l'aveuglait presque, elle tendit une main vers l'homme des plaines et essuya une larme qui ne se trouvait pas sur sa joue. Er'ril était encore trop choqué pour pleurer, mais Elena se souvenait de la larme qu'elle avait vue briller sur sa joue au croisement des catacombes. Elle avait tout de suite su que cette larme était pour elle. À présent, elle voulait l'effacer.

Er'ril se pencha vers elle.

— Je ne peux pas vivre avec ça, sanglota-t-il. Pas après tant d'hivers. Pas après… après…

Joach les interrompit.

— Elena ?

La jeune femme tourna la tête vers son frère. Celui-ci se tenait à un pas d'elle, les yeux écarquillés. Elle connaissait cette expression. Joach ne comprenait plus du tout ce qui lui arrivait. Son regard glissa vers le mage noir accroupi derrière lui.

— C'est une ruse, siffla Greshym. Ils essaient de te duper, Joach ! Tu sais bien que je suis ta sœur ! Ils cherchent juste à te prendre le Grimoire !

Joach s'écarta des deux Elena, son regard au bord de la panique passant de l'une à l'autre.

— Le Journal Sanglant ?

— Oui, cracha Greshym. Donne-le-moi ! Je l'utiliserai pour dissiper l'illusion.

Elena toussa.

— J… Joach, voulut-elle protester.

Mais elle n'en eut pas la force.

Er'ril, lui, l'avait encore. La jeune femme le sentit bouger sous elle.

— Ne l'écoute pas. C'est Greshym qui se tient derrière toi, Joach. C'est lui qui a revêtu l'apparence de ta sœur. C'est lui qui veut s'emparer du Grimoire.

Joach continuait à reculer en brandissant son bâton devant lui.

— Je ne sais pas qui je dois croire.

Elena connaissait un argument susceptible de convaincre son frère. Elle tendit une main vers lui.

— Souviens-toi, Joach. Le… Le bâton…

Elena fit mine de se redresser, mais l'effort eut raison d'elle. Des ténèbres jaillirent depuis le bord de son champ de vision et la submergèrent. Elle s'affaissa dans les bras d'Er'ril et entendit le guerrier pousser un cri de douleur. Elle lutta contre la marée de ténèbres pour revenir vers lui, mais le courant était trop fort. Il l'emporta.

Joach regarda le corps nu et calciné s'affaisser dans les bras d'Er'ril. Ça ne pouvait pas être sa sœur. Il ne pouvait pas avoir tué Elena. De plus en plus perdu, il reporta son attention sur l'autre jeune femme, celle qui était accroupie derrière lui. Elle portait le même pantalon et la même tunique légère que sa sœur quand ils étaient arrivés sur l'île. Donc, ce devait être la vraie Elena, non ?

Mais l'Elena qu'il venait de frapper avait eu l'air si sincère ! Elle l'avait imploré du regard – avec une expression qu'il avait très souvent vue sur le visage de sa sœur par le passé. « *Souviens-toi* », avait-elle dit. Mais se souvenir de quoi ? De quelque chose qu'ils avaient vécu ensemble ? D'un détail qu'ils étaient les seuls à connaître ?

Er'ril sanglotait au-dessus du corps ravagé de la deuxième Elena. Joach fronça les sourcils. La poitrine de la jeune femme se soulevait et s'abaissait encore, mais sa respiration était de plus en plus laborieuse et superficielle. Elle ne tarderait pas à s'éteindre.

Joach se tourna vers la première Elena.

— Si tu es vraiment ma sœur, dis-moi pourquoi, en guise de punition, j'ai dû nettoyer la grange de notre ferme tous les matins pendant une lune entière.

Elena eut un sourire triste.

— Faut-il vraiment que tu me testes ? Mais étant donné l'infâme subterfuge utilisé par nos ennemis, je suppose que je peux comprendre. La réponse à ta question, c'est que tu avais donné de la tourte aux myrtilles à Pisteur.

Les épaules crispées du jeune homme s'affaissèrent de soulagement. Il sourit à Elena. Donc, il avait raison depuis le début : c'était sa véritable sœur. Jetant un coup d'œil à la femme agonisante, il se réjouit que ça ne soit pas Elena. Il ne savait pas s'il aurait survécu à la culpabilité d'avoir tué sa propre sœur.

Puis Er'ril aboya :

— Réponds-lui, Greshym !

Joach pivota vers le guerrier en levant son bâton.

— Cesse ton petit jeu, homme des plaines ! Elena vient de me donner la bonne réponse.

Er'ril se rembrunit.

—Le mage noir joue de ton esprit comme d'un instrument. Il n'a rien dit du tout. Il t'a juste fait croire que tu venais d'entendre la bonne réponse. (Du menton, il désigna l'Elena agonisante.) C'est elle, ta sœur. Pas ce monstre. Et elle est en train de mourir. Si tu l'aimes, apporte-moi le Grimoire. Il reste peut-être encore une chance de la sauver.

—Ne fais pas ça, Joach ! s'écria la première Elena. Il essaie de te duper !

Les questions qui tournaient en rond dans la tête de Joach lui donnaient le vertige. Qui devait-il croire ? Si Er'ril lui voulait du mal, pourquoi tenait-il toujours la fille blessée ? Rien de tout cela n'avait de sens. Joach agrippa son bâton à deux mains. Comment pouvait-il démêler la vérité du mensonge ?

Er'ril leva vers lui des yeux non plus coléreux, mais implorants.

—Elle n'en a plus pour longtemps, Joach. Tu dois te décider.

—Mais, dans mon rêve…, marmonna le jeune homme.

—Les rêves sont difficiles à interpréter, et les tissages le sont plus encore. Tu t'es vu en train de défendre Elena ; en réalité, c'était ce mage noir qui avait pris l'apparence de ta sœur. Méfie-toi des illusions : même dans tes rêves, tu n'es pas à l'abri d'elles.

Joach médita les paroles d'Er'ril. L'argument de l'homme des plaines lui semblait familier, et il le frappait en plein cœur. N'avait-il pas reçu un conseil similaire récemment ? Mais de qui ? Puis il se souvint. Lâchant le bâton de sa main blessée, il fouilla dans la poche de son pantalon. Elle était toujours là.

Joach retira la main de sa poche. Dépliant ses doigts, il regarda la grosse perle noire nichée au creux de sa paume – celle que Xin lui avait donnée. Le sage zo'ol avait promis que son pouvoir leur permettrait de communiquer en cas de besoin. Refermant le poing sur son trésor, Joach appela son ami.

—Xin !

Rien ne se produisit.

Le jeune homme rouvrit sa main et fixa la perle inerte. Qu'il était naïf…

Puis des paroles s'élevèrent depuis l'obscurité de la perle.

—Joach, fils de Morin'stal, je sens une tempête en ton cœur.

Les mots se bousculèrent pour franchir ses lèvres.

—Xin, mon rêve… Je n'arrive pas à distinguer la vérité du mensonge.

—Joach, que fais-tu ? interrompit la première Elena.

Sans lui prêter attention, le jeune homme écouta la réponse de Xin.

—Je ne peux pas t'aider d'ici. Mais ton cœur, lui, en est capable.

—Comment dois-je faire ?

—Ignore ce que ta tête te dit. Écoute avec ton cœur. C'est là que réside toute vérité.

Sans piper mot, Joach rangea la perle dans sa poche. Comment pouvait-il suivre un conseil qu'il ne comprenait pas ? Il jeta un coup d'œil à la première Elena. Son visage, sa voix, ses attitudes – tout en elle sonnait vrai. Elle lui rappelait la ferme de son enfance, toutes les choses qu'il avait chéries et perdues. C'était bien la sœur de son passé. Il ne pouvait pas en douter.

Joach pivota vers la fille mourante. Que ressentait-il pour elle ? Il regarda au-delà de son corps ravagé. Par ses paroles et ses actes, elle avait prouvé son courage et sa générosité. Elle avait également montré un amour assez grand pour pardonner son propre meurtre. Cette femme-là, Joach la connaissait à peine. Elle n'appartenait pas à son passé.

Alors, toute la vérité apparut au jeune homme, l'aveuglant presque de sa clarté.

Xin avait raison. Dans les bras d'Er'ril gisait non pas la sœur de son passé, mais celle de son présent. L'autre Elena était l'incarnation, familière et rassurante, des vieux souvenirs collectés dans sa mémoire. En vérité, Joach ne savait presque rien de la femme que sa sœur était devenue durant leur long voyage. Il la considérait toujours comme sa cadette, une gamine qu'il devait protéger. Mais il se trompait. Elena n'était plus une simple fille de ferme. La quasi-inconnue qui agonisait dans les bras d'Er'ril était sa véritable sœur.

Pourtant, Joach avait besoin d'une certitude. Baissant les yeux vers son bâton, il se remémora les dernières paroles de l'Elena blessée : « Souviens-toi… Le bâton… ». Une fois de plus, sa sœur l'avait surpassé. Malgré sa douleur et la mort toute proche, elle lui avait donné la clé de la vérité.

Joach leva les yeux vers l'Elena indemne. Si Er'ril disait vrai, il s'agissait en réalité de Greshym, le mage noir qui l'avait tourmenté pendant près de six lunes, réduit en esclavage et avili de la pire des façons. Il fut tenté d'utiliser son bâton pour tuer le vieillard, mais, après avoir blessé Elena, il ne pouvait se résoudre à conjurer de nouveau la magie noire. Il n'aspirait plus qu'à se débarrasser de l'ignoble talisman.

Mais, avant ça, le bâton avait un dernier service à lui rendre.

En pivotant, Joach lança le talisman à la prétendue Elena. La jeune femme tendit un bras avide pour le rattraper. Elle posa une de ses extrémités sur le sol, et, malgré son déguisement, Joach vit de quelle façon le bâton la complétait – comme un troisième membre.

— C'est bien, Joach, dit la fausse Elena sur un ton encourageant. Je savais que tu ne te laisserais pas berner par la ruse d'Er'ril. Maintenant, donne-moi le Journal Sanglant.

Joach sortit le Grimoire de sa chemise.

— Er'ril…

L'homme des plaines leva un regard désespéré vers lui. Il ne dit pas un mot. De toute évidence, il se croyait vaincu.

Joach lui lança le livre.

— Sauve ma sœur si tu peux.

Les yeux écarquillés de surprise, Er'ril rattrapa adroitement le Grimoire.

Alors, Greshym jura et dissipa son illusion. Les traits d'Elena s'évanouirent, révélant le visage ridé et la silhouette voûtée du vieux mage. Son regard vitreux passa d'Er'ril à Joach tandis que ce dernier s'approchait de lui.

— Comment... ?

— Elena ne peut pas manier le bâton. Il semble que leurs deux magies – la noire et la sanglante – se repoussent l'une l'autre.

En grimaçant, Greshym leva son bâton et le braqua sur la poitrine de Joach. Du feu obscur jaillit le long du pol'bois.

— Ta clairvoyance va te coûter la vie.

Au lieu d'esquiver, Joach se rapprocha encore. Lorsqu'il ne fut plus qu'à une longueur de bras du talisman, il ôta son gant en peau de daim et empoigna l'extrémité du bâton de sa main nue.

Greshym éclata de rire.

— Tu es devenu bien téméraire, mon garçon. Tu oses me défier en duel de magie noire ?

À l'instant où les doigts de Joach se refermèrent sur le bâton, son sang pénétra le pol'bois. Celui-ci pâlit autour de sa main. La tache blanche s'étendit, éteignant le feu obscur sur son passage.

— Ce n'est pas avec de la magie noire que je compte vous affronter, répliqua Joach d'une voix glaciale. C'est avec mon propre sang.

Les yeux écarquillés de stupéfaction, Greshym regarda son bâton changer de couleur. Ses doigts crochus se crispèrent sur l'autre extrémité du talisman. Les flammes noires grandirent et s'épaissirent, venant se jeter contre la tache pâle, telle une lame de fond.

Joach concéda un peu de terrain, mais pas beaucoup.

Pouvoir blanc et magie noire s'affrontèrent au milieu du bâton. Afin de contenir le feu obscur, Joach continua à alimenter le pol'bois avide. Les veines rouges habituelles grandirent en taille et en nombre à la surface pâle du bâton. Bientôt, elles se transformèrent en épais torrents.

Les battements du cœur de Joach grondaient à ses oreilles comme le tonnerre. Sa vision s'étrécit à un simple point. Son univers entier se réduisit au bâton. Le talisman était à la fois son corps et son esprit.

À l'autre extrémité du bâton, Greshym ne semblait guère plus vaillant. De la sueur dégoulinait sur son visage, et sa respiration devenait de plus en plus haletante.

Joach savait que l'un d'eux ne tarderait pas à céder. Ou bien il s'évanouirait pour avoir perdu trop de sang, ou bien Greshym s'effondrerait d'épuisement.

Ce qui se produisit en réalité les surprit autant l'un que l'autre. Sans crier gare, le bâton explosa entre eux dans une nuée d'échardes.

Joach et le mage noir titubèrent en arrière. Visage et main constellés de petits éclats de bois, ils se détaillèrent avec méfiance. Le bâton avait disparu. Il n'en restait que des fragments pas plus gros que des brindilles, éparpillés sur le sol entre eux.

Greshym s'écarta du parapet. L'explosion de magie noire provoquée par la destruction du talisman l'avait ragaillardi, mais il chancelait encore un peu. Il cracha dans la direction de Joach.

— Tu me paieras ça, mon garçon. Nous nous retrouverons.

Sur ces mots, il agita une main. Un portail apparut derrière lui. Il franchit le seuil à reculons et disparut.

Joach s'affaissa, vidé de son sang et de ses forces.

Soudain, Er'ril fut près de lui. Le jeune homme ne put même pas lever la tête. Il se contenta de jeter un coup d'œil vers l'endroit où Elena gisait sur la pierre.

— Je suis désolé, marmonna-t-il.

D'une voix bourrue mais non dénuée de compassion, Er'ril répliqua :

— Nous avons tous les deux son sang sur les mains, Joach. Nous sommes tous les deux tombés dans le piège de notre peur d'être trahis. (Passant un bras autour des épaules du jeune homme, il l'entraîna vers Elena.) Il est temps de mettre le passé de côté. Pour avoir une chance de sauver ta sœur, nous devons agir vite. Et nous devons agir ensemble.

Alors, Joach leva les yeux et soutint le regard du guerrier sans frémir.

— Que dois-je faire ?

Avec l'aide de Joach, Er'ril étendit Elena sur une fine couverture prélevée dans le paquetage du jeune homme. Le soleil s'était couché et la lune commençait à se lever, mais la pierre du toit conservait encore la chaleur de la journée. Sous la lumière des étoiles, la chair nue d'Elena semblait sculptée dans de l'ivoire. Elle était si pâle... Le cercle brûlé au milieu de sa poitrine évoquait l'un des portails des mages noirs.

Er'ril toucha la joue de la jeune femme. Elle était glacée. Son souffle devenait si ténu que le guerrier se surprenait à retenir le sien entre deux mouvements de sa poitrine. Elle aurait déjà dû mourir, mais sa magie la sustentait. Er'ril jeta un coup d'œil à ses mains. De sa Rose écarlate, il ne subsistait que de légères traces rosâtres – les dernières gouttes de son pouvoir. Lorsque celles-ci se consumeraient à leur tour, Elena mourrait.

— Et maintenant ? s'enquit Joach.

Er'ril inspecta le travail du jeune homme. Suivant ses instructions, Joach avait déchiré sa propre chemise pour panser la blessure dans le dos d'Elena. Avec un peu de chance, le tissu arrêterait le flux du sang. Er'ril n'arrivait pas à croire que sa propre épée avait transpercé Elena. Il ne pouvait détacher ses yeux de la plaie.

— Er'ril ? appela Joach en lui touchant le bras.

L'homme des plaines se redressa et secoua la tête. Ressasser sa culpabilité n'aiderait pas Elena, et le temps pressait.

— On est prêts, lâcha-t-il d'une voix rauque. Attrape la clé.

À genoux, il se rapprocha d'Elena et déposa le Journal Sanglant sur sa poitrine, au-dessus du cercle de chair calcinée. La rose aux contours dorés brillait dans la lueur grandissante de la lune.

Joach ramassa le petit poing de fer qui gisait sur le sol et le tendit à Er'ril. Mais le guerrier fit un signe de dénégation.

— À partir de maintenant, je ne dois toucher ni le livre ni la clé.

— On essaie de faire quoi, au juste ? voulut savoir Joach.

Mais sa question s'acheva dans un sanglot. Sa détermination s'effritait rapidement. Er'ril ne pouvait l'en blâmer : ses mains étaient couvertes du sang de sa sœur, et une odeur de chair brûlée planait dans l'air, lui rappelant ce qu'ils avaient fait à la jeune femme.

— Je vais tenter de t'expliquer. (Er'ril fit signe à Joach de s'agenouiller de l'autre côté d'Elena.) Quand nous avons forgé le Grimoire, le sort est resté inachevé. De'nal n'a jamais imprégné le livre de son esprit. Mais la présence de Shorkan et de Greshym a suffi à embraser la magie et à me lier au Grimoire. À ce jour, il continue à me soigner et à me sustenter. Si nous parvenons à lui transmettre l'esprit de De'nal, nous ferons redémarrer le sort – et, cette fois, quand il prendra fin, il faudra que le Journal Sanglant soit lié non plus à moi, mais à Elena. Ainsi, il pourra la guérir et la protéger à son tour.

Joach acquiesça, mais le doute et la peur voilaient son regard. Il examina la clé.

— Et l'esprit de De'nal est prisonnier de ce poing de fer ?

— Pas prisonnier : réfugié dedans, corrigea Er'ril. De'nal en a fait don librement.

— Qu'est-ce que je dois en faire ?

— Contente-toi de le poser sur le Grimoire. Si le sort se déclenche, il y aura un éclair de lumière blanche, et le livre s'ouvrira tout seul. Chacun de nous devra alors prendre un des bras d'Elena et guider ses mains pour qu'elle referme le Grimoire. Aucun de nous deux ne doit toucher le livre. C'est primordial.

Joach se pencha vers le corps inerte de sa sœur et, d'une main tremblante, plaça le minuscule poing de fer sur la couverture du Journal Sanglant. Le talisman s'obstina à rouler jusqu'à ce qu'il trouve une position adéquate pour le caler. Quand il eut terminé, il se redressa.

— Et maintenant ?

— Maintenant, on attend.

Le temps s'écoula avec une lenteur qui les mit à la torture. Ils ne pouvaient que regarder la poitrine d'Elena se soulever et s'abaisser de plus en plus faiblement. Er'ril vit Joach fixer les mains de sa sœur. À présent, elles étaient aussi pâles que ses bras. Aucun des deux compagnons ne fit de commentaire.

Tandis qu'ils attendaient, la lune ronde et brillante poursuivit son ascension. Lorsqu'elle eut franchi le parapet de la tour et que sa lumière tomba tout droit sur le Grimoire, le poing de fer s'ouvrit lentement, telle une rose nocturne déployant ses pétales.

Joach jeta un coup d'œil à Er'ril et retint son souffle. L'homme des plaines se surprit à faire de même, tant il craignait de perturber le déroulement du sort.

Bientôt, le poing de fer fut complètement ouvert et reposa paume vers le bas sur la rose aux contours rehaussés d'or. Er'ril se souvint que, très longtemps auparavant, les trois mages avaient posé leur main sur la couverture du livre de la même façon. Il lui sembla presque entendre le murmure lointain d'une incantation – non pas une, mais trois voix mélangées.

Les vents forcirent autour de la Flèche des Défunts. Le Grimoire trembla légèrement.

Sous les yeux d'Er'ril, le poing commença à se dissoudre, à se fondre dans le livre. Les vents forcirent encore ; le tremblement du Grimoire s'accentua, et l'incantation se fit plus distincte. Par-dessus le corps d'Elena, Er'ril croisa le regard de Joach et lui ordonna silencieusement de se tenir prêt. Comme s'il avait entendu, le jeune homme eut un hochement de tête presque imperceptible. Tous deux craignaient de bouger, de peur de rompre l'enchantement.

Bientôt, la clé ne fut plus qu'un vague contour, une main spectrale. Puis elle disparut complètement. Du petit poing de fer, il ne demeura pas la moindre trace. De'nal avait fusionné avec le Grimoire.

Les vents moururent. Et le livre demeura inerte sur la poitrine d'Elena. Er'ril se rembrunit. Que se passait-il ? Ou plutôt, pourquoi ne se passait-il rien ? L'homme des plaines continua à attendre, mais en vain.

Joach relâcha son souffle dans un gémissement désespéré.

Alors, comme s'il n'avait attendu que ce signal, le Grimoire bondit soudain de la poitrine d'Elena et se mit à flotter à une largeur de main au-dessus de sa peau noircie. Joach en tomba à la renverse.

— Douce Mère !

La couverture du livre s'ouvrit brusquement, révélant ses pages vierges. Une boule de lumière blanche fusa du parchemin et alla se perdre très haut dans le ciel nocturne. Er'ril détourna les yeux pour ne pas être aveuglé. Il aurait juré qu'elle allait continuer sur sa lancée jusqu'à la lune.

Sous les genoux du guerrier, la tour trembla.

— Er'ril ? appela Joach sur un ton apeuré.

— Maintenant, Joach ! ordonna sèchement l'homme des plaines. Attrape le poignet de ta sœur et pose sa main sur la couverture du livre.

Il fit une démonstration avec le bras droit d'Elena pendant que Joach l'imitait avec le gauche. Tous deux glissèrent les mains de la jeune femme sous le Grimoire, paumes vers le haut.

— À trois, on lui fait refermer le livre. Et on s'écarte en vitesse. Compris ?

Er'ril se souvenait de la dernière fois où il avait participé au lancement de ce sort. L'énergie dégagée l'avait fait voler à travers la pièce.

Joach acquiesça. Er'ril compta, et, à trois, ils refermèrent le Journal Sanglant en utilisant les mains d'Elena. Puis ils plongèrent sur le côté. Ils furent bien inspirés : la déflagration qui suivit déchira la nuit. Er'ril fut projeté contre la porte de la tour tandis que Joach allait s'écraser contre le parapet. Le jeune homme finit à plat ventre sur le sol, les bras repliés au-dessus de la tête.

Mais Er'ril ne chercha pas à se protéger le visage. Se redressant sur un coude, il vit Elena s'élever dans les airs. Le corps inerte de la sor'cière demeura suspendu au-dessus du toit. Entre ses paumes, Elena tenait toujours le Grimoire qui, telle une étoile tombée du ciel nocturne, la baignait d'une radiance étincelante. À une telle hauteur, elle devait être visible depuis toute l'île et les eaux environnantes.

— Joach, regarde !

Lentement, le jeune homme leva d'abord la tête, puis le reste de son corps. Il s'assit sur les dalles pour contempler sa sœur.

Le corps d'Elena tournait lentement dans la glorieuse lumière. Er'ril vit la jeune femme s'agiter. Une de ses mains se détacha du livre pour frotter son visage, comme si elle s'éveillait d'une simple sieste.

Lentement, le Grimoire réabsorba la radiance.

Les jambes d'Elena s'abaissèrent jusqu'à ce que ses pieds touchent le toit de la tour. La jeune femme se redressa, serrant le livre sur sa poitrine d'un air émerveillé. Ses yeux écarquillés reflétaient la lueur résiduelle du Journal Sanglant. Ils étaient tellement vivants! Même ses cheveux ressemblaient à un rideau de feu dans son dos. Jamais Er'ril ne l'avait vue aussi belle.

Elena se tourna vers l'homme des plaines. Ses lèvres s'incurvèrent en un doux sourire. Elle leva le livre en le tenant des deux mains. La rose aux contours dorés flamboyait encore, mais son éclat s'estompait lui aussi.

—Le Journal Sanglant.

Er'ril croisa les bras sur sa poitrine et inclina légèrement la tête: le geste par lequel un homme lige saluait jadis le mage qu'il servait.

—La sor'cière et le Grimoire sont enfin réunis.

Malgré sa posture cérémonieuse, le guerrier ne put réprimer un large sourire. Et il fut ravi de voir qu'il en allait de même pour Elena.

Comme la jeune femme baissait le livre, le sourire d'Er'ril s'évanouit. Le cercle de peau noircie était toujours là, entre ses seins. Suivant le regard du guerrier, Elena baissa les yeux vers sa poitrine. Les sourcils froncés, elle toucha sa brûlure. Celle-ci se décomposa sous ses doigts, révélant de la peau pâle et parfaite en dessous.

—Je suis guérie, souffla Elena, stupéfaite.

—À partir de maintenant, le Grimoire te protégera, dit Er'ril doucement.

Il ne parvint pas tout à fait à dissimuler son regret. Des émotions mélangées s'agitaient en son cœur. Même s'il l'avait pu, il n'aurait rien changé, mais il savait qu'à compter de cet instant Elena n'aurait plus besoin de lui. L'hommage qu'il venait de lui rendre était aussi un au revoir. Elena allait cesser de vieillir tandis que lui-même recommencerait. La transmission du Grimoire sonnait le glas de son immortalité.

Comme Joach s'avançait pour offrir une couverture à sa sœur, Er'ril leva ses mains devant lui. Il observa ses os et ses veines saillantes. Déjà, il sentait le poids des saisons s'abattre sur lui.

Ce fut à peine s'il prêta l'oreille aux excuses et aux pardons murmurés qu'échangeaient Elena et Joach. Des larmes brillaient sur les joues des deux jeunes gens. Joach serra sa sœur très fort contre lui. Il avait besoin de guérir autant qu'elle – et Er'ril savait qu'il y parviendrait, mais que ça prendrait du temps.

Le guerrier baissa ses mains. Du temps. Désormais, le sien n'était plus illimité. Il allait vieillir et mourir comme n'importe quel autre homme. Au bout de cinq cents hivers, il n'avait pas le droit de déplorer la reprise de l'inévitable marche du temps. Mais, comme il fixait Elena, la jeune femme lui rendit son regard et lui sourit au clair de lune.

Et, pour une fois, Er'ril souhaita que le temps s'arrête.

Elena se dégagea de l'étreinte de Joach et lui tendit le Grimoire. Puis elle saisit la fine couverture drapée sur ses épaules et l'enroula autour de sa poitrine, coinçant une extrémité sous l'autre pour s'en faire une toge. Après avoir couru à travers Val'loa nue comme un ver, ce geste pudique lui paraissait un peu ridicule. Mais, maintenant que le feu de l'action se réduisait à des braises mourantes, elle percevait l'embarras d'Er'ril et de Joach à la vue de son corps nu.

Quand elle eut fini, son frère voulut lui rendre le Grimoire, mais elle secoua la tête.

— Tu peux le garder encore un moment ?

— Tu es sûre ? demanda le jeune homme sur un ton dubitatif, tenant le livre à bout de bras comme si c'était un serpent venimeux.

— J'ai confiance en toi, Joach, répondit Elena avec un petit rire.

Son frère lui rendit son sourire. Il étudia la couverture du Grimoire.

— Quand penses-tu que nous devrions l'ouvrir ?

— Plus tard. Un autre jour. (Elena avait eu assez de magie et de surprises pour toute une vie, voire deux.) On devrait attendre d'être tous réunis. Les autres méritent de partager ce moment.

Joach acquiesça et fourra prudemment le livre sous son bras. Puis il se dirigea vers le parapet pour observer la fin de la bataille en contrebas. Elena l'imita. Les mages noirs disparus, les défenseurs de l'île s'enfuyaient sur tous les fronts. Les alliés faisaient plus le ménage qu'ils ne se battaient. Au lever du soleil, la guerre des Îles serait terminée.

Tournant le dos au panorama, Elena fit face à Er'ril. Le guerrier scrutait le ciel et les rues de la cité en quête d'une nouvelle menace. Éternellement protecteur... Sans sa chemise, il ressemblait à une statue de bronze au clair de lune.

Elena le rejoignit. Un instant, elle demeura silencieuse près de lui. Puis elle souffla :

— Er'ril...

— Mmmh.

L'homme des plaines continua à monter la garde sans se retourner.

Elena toucha son épaule nue. Elle fit ce qu'elle avait voulu faire dans les catacombes pendant qu'elle le suivait. Du bout des doigts, elle traça la démarcation de bronzage à la jointure de son bras restauré, à l'endroit où le nouvel Er'ril se fondait avec l'ancien. Elle savait que leur relation ne serait plus jamais la même. Er'ril avait accompli sa mission, et elle sentait qu'à l'avenir le pouvoir du Grimoire s'interposerait entre eux. Cette pensée faisait saigner son cœur. N'y avait-il pas un moyen de garder le nouvel Er'ril sans perdre l'ancien ?

À son contact, l'homme des plaines frémit. Elena baissa le bras et lui prit le poignet. Doucement, elle le fit pivoter vers elle.

— Elena ?

— Chut, lui intima-t-elle.

Prenant son poignet gauche dans son autre main, elle examina ses deux paumes ainsi qu'une chiromancienne pendant une fête de village. L'ancien Er'ril et le nouveau. Mais rien ne les différenciait. Qui était-il vraiment ?

D'une torsion des poignets, l'homme des plaines saisit les mains d'Elena.

— Je… J'ai cru t'avoir perdue.

— Et réciproquement.

Elle se pencha vers lui, les yeux pleins de larmes.

En bon protecteur, Er'ril fit remonter ses mains le long des bras nus d'Elena et serra la jeune femme contre lui, l'enveloppant de sa chaleur comme pour lui faire un bouclier contre les horreurs de la journée. Elena se laissa aller contre sa large poitrine. Lorsque sa joue toucha la peau nue du guerrier, celui-ci se raidit. Puis elle le sentit se détendre. La statue de bronze redevenait homme. Ils s'étreignirent en silence. Chacun d'eux savait qu'ils ne cherchaient pas seulement à se réconforter, mais aucun des deux ne voulait en parler de peur de gâcher ce moment.

Elena s'abandonna à la chaleur de l'homme des plaines, et elle sut que la réponse à sa question se trouvait là. Deux bras l'encerclaient complètement. Elle ne pouvait dire où finissait l'un et où commençait l'autre. Dans cette étreinte, il n'y avait pas d'ancien ni de nouvel Er'ril. Il n'y avait qu'un homme. Et elle ne le perdrait pas – pas même à cause de la promesse d'immortalité du Grimoire.

Er'ril la serra un peu plus fort. Toute idée de guerre, toute notion de sor'cellerie déserta l'esprit d'Elena tandis qu'elle écoutait les battements de son cœur. Le temps ralentit et s'arrêta. Les étoiles interrompirent leur danse éternelle ; la lune se figea dans le ciel nocturne. Et, pour la première fois depuis qu'elle avait quitté le verger de sa famille, Elena se sentit chez elle.

Soudain, un rugissement s'éleva derrière eux, brisant la sérénité du moment. Er'ril et Elena pivotèrent sans se lâcher. Une monstrueuse forme noire venait de jaillir des niveaux inférieurs de la cité pour survoler la tour.

De l'autre côté du toit, Joach fit face à Er'ril et à sa sœur, les yeux brillants d'excitation.

— Ce sont Sy-wen et Ragnar'k ! La lumière du Grimoire a dû les attirer !

À regret, Er'ril et Elena s'écartèrent l'un de l'autre. Le monde extérieur les rappelait à lui par la gorge puissante d'un dragon. Mais avant que le guerrier se détourne, Elena lui toucha le menton pour l'arrêter. Elle se pencha vers lui et déposa un baiser sur sa joue, à l'endroit où une larme solitaire avait brillé un peu plus tôt.

— Merci, dit-elle.

Ensemble, ils regardèrent le dragon décrire un cercle au-dessus d'eux. À présent que cette guerre était finie, les pensées d'Elena se tournaient vers ceux de ses amis qui ne pouvaient partager leur victoire : Mycelle, Kral, Mogweed et Fardale. Où étaient-ils, que faisaient-ils en cette nuit ?

Elena observa les étoiles, priant pour qu'ils aillent bien.

Tandis que les dernières lueurs du couchant s'estompaient à l'ouest, Mycelle guida son hongre dans l'ultime lacet de la passe de montagne. Les autres membres de son groupe étaient drapés le long du sentier derrière elle, avançant avec lenteur sur la pierre humide.

La passe des Larmes avait été ainsi baptisée à cause des gouttelettes luisantes dont les cataractes du Miroir éclaboussaient les rochers alentour. Le grondement du fleuve accompagnait les voyageurs depuis trois jours et trois nuits. Mycelle finissait par en avoir mal aux dents. Même le paka'golo s'agitait, décrivant des cercles autour de son poignet comme s'il cherchait à s'échapper. Pour le calmer, la guerrière le caressa du bout du doigt tandis que Grisson négociait prudemment les pièges du terrain rocailleux.

Plus loin, la forêt des contrées du Couchant s'étendait d'un bout à l'autre de l'horizon, tel un océan vert infini. Si inquiétantes que puissent paraître ses sombres profondeurs, Mycelle se réjouit quand même de la voir. Non seulement elle avait hâte de troquer le vacarme de la passe des Larmes contre la quiétude de la forêt, mais ces bois avaient jadis été son foyer. Leurs frondaisons abritaient maintes créatures étranges parmi lesquelles son propre peuple, les si'lura.

Levant une main, Mycelle se concentra pour faire fondre sa chair. Ses doigts s'étirèrent et se tordirent au clair de lune, tels les tentacules végétaux d'une plante grimpante. Depuis qu'elle avait recouvré ses capacités de métamorphe, la guerrière se sentait de nouveau proche de son peuple, et la perspective de regagner bientôt son foyer sylvestre apaisait son cœur.

Mais les retrouvailles avec son clan devraient attendre. D'abord, elle devait tenir sa promesse et aider Tyrus dans son combat contre le Sinistre. Elle ne considérerait son serment comme honoré et sa dette comme payée que lorsqu'ils auraient repris Château Mryl. Rendant à sa main sa forme initiale, Mycelle baissa le bras.

Dès qu'elle eut atteint l'endroit où le sol redevenait plat, la guerrière talonna son cheval, qui partit vers les bois au petit trot. Même si la nuit était déjà tombée, elle refusait de dresser une fois de plus le camp à portée d'ouïe de ces chutes tonitruantes.

Fardale tenait compagnie à Mycelle en tête du groupe ; il se faufilait entre les cailloux et parmi les broussailles, telle une ombre. Un peu plus loin, Mogweed chevauchait à côté du prince Tyrus. Kral et le trio de Dro protégeaient leurs arrières. Les compagnons ne parlaient plus guère depuis qu'ils avaient commencé à longer le Miroir. Ils étaient sur la route depuis longtemps ; chacun d'eux se sentait meurtri et épuisé.

Leur patience arrivait à bout et leur caractère s'aigrissait un peu plus chaque jour.

Sauf celui du prince Tyrus. L'ancien pirate ne semblait guère affecté par leur long voyage. En ce moment même, Mycelle entendait son rire résonner derrière elle, un peu plus haut sur la piste. Les rigueurs qui sapaient le moral des autres semblaient le revigorer. Sa bonne humeur grandissait à chaque lieue qui le rapprochait de son foyer ancestral : Château Mryl, au-dessus du mur du Nord.

Les sourcils froncés, Mycelle fit claquer ses rênes pour que Grisson accélère. Le hongre contourna un pan de falaise, et ce fut comme si elle pénétrait dans un autre monde – un monde de chuchotements et de bruits étouffés. Le rire de Tyrus et le rugissement des chutes furent instantanément assourdis. Mycelle s'affaissa de soulagement. Elle laissa Grisson ralentir pour adopter une allure de promenade. Fardale partit en éclaireur de son côté, lui offrant un rare moment de solitude.

Mycelle encouragea Grisson à suivre la lisière de la forêt. Ici, les chênes et les aulnes prédominaient – mélange d'arbres des montagnes et des vallées, parmi lesquels on apercevait même quelques érables. La guerrière prit une profonde inspiration, se remplissant les poumons des odeurs de la forêt : tourbe et feuilles, écorce et mousse. Comme elle inhalait, ses paupières se fermèrent. Des souvenirs d'enfance remontèrent à la surface, et des larmes ruisselèrent sur ses joues. Surprise par la violence de sa réaction, elle renifla et s'essuya les yeux.

Soudain, une petite musique s'éleva quelque part devant elle. Le son mit un moment à atteindre sa conscience. Il semblait s'adresser à son cœur plus qu'à son esprit. Comme attirées par son chagrin, les notes s'entortillaient autour de la douleur de son âme. Mycelle pencha la tête sur le côté. Cette musique était-elle réelle, ou émanait-elle de ses vieux souvenirs d'enfance ? Tandis que la guerrière était tout ouïe, elle crut reconnaître la mélodie mélancolique. Mais où l'avait-elle déjà entendue ?

Grisson continua à longer la forêt, et la réponse apparut à Mycelle au détour suivant du chemin. Au cœur d'un petit bosquet, le clair de lune découpait la silhouette de l'interprète. Enveloppé d'une cape aux teintes multiples, celui-ci se tenait aussi immobile que les arbres alentour. Seule la douce voix qui émanait des ombres de sa capuche empêchait de le prendre pour une statue.

Mycelle connaissait cette apparition. Pour l'avoir déjà rencontrée une fois – sur la route de Port Rawl, dans la forêt qui bordait la côte –, elle savait que sa cape ne dissimulait ni un homme ni une femme, mais un spectre ou un esprit. Lentement, elle se laissa glisser à terre et fit signe à Grisson de ne pas bouger. Elle ne voulait pas effrayer l'apparition : elle avait trop envie de découvrir pourquoi celle-ci la hantait.

Comme Mycelle se faufilait dans le bosquet éclairé par la lune, la silhouette pivota vers elle avec un bruissement de feuilles. Elle garda la tête inclinée, mais un de ses bras se tendit vers la guerrière et l'invita à approcher.

Obtempérant, Mycelle vit que sa cape était en réalité un complexe patchwork de feuilles printanières et automnales. Même sa main en était gantée. Impossible d'entrevoir la moindre parcelle de peau. Mais Mycelle savait qu'il n'y avait rien à voir : les feuilles ne formaient qu'une coquille vide.

Soudain, un gémissement sourd s'éleva derrière Mycelle. Jetant un coup d'œil par-dessus son épaule, la guerrière découvrit Fardale planté à la lisière du bosquet. Les grands yeux ambrés du loup brillaient d'une lumière intérieure.

Puis la chanson se tut. Mycelle tourna très vite la tête, craignant que Fardale ait fait fuir l'apparition. Mais l'interprète était toujours planté au milieu du bosquet. Bien que silencieux, il tendait la main vers Mycelle, paume vers le haut comme pour quémander une pièce.

Ne sachant trop que faire, Mycelle pivota pour demander à Fardale d'aller chercher les autres. Le loup gémissait de plus en plus bizarrement. Il se mit à agiter la queue. Alors, Mycelle le fixa dans les yeux et lui ouvrit son esprit. Elle l'implora de lui dire ce que ses perceptions lupines lui révélaient. Peut-être avait-il une idée de la raison pour laquelle ce fantôme s'entêtait à la suivre…

En guise de réponse, Mycelle ne reçut qu'une image mentale : *un gland noir*. Elle cligna des yeux, se souvenant de la semence de chêne qu'elle avait trouvée dans la pile de feuilles après sa première rencontre avec l'interprète. Le loup essayait-il de lui dire que l'apparition voulait le récupérer ? Les sourcils froncés, Mycelle reporta son attention sur l'interprète. Celui-ci n'avait pas bougé ; il tendait toujours la main vers elle.

Le gémissement de Fardale s'intensifia.

Mycelle recula vers son cheval sans quitter l'apparition des yeux.

— Va chercher les autres, ordonna-t-elle au loup.

Fardale hésita, puis tourna les talons et détala.

Mycelle plongea une main dans son paquetage. Comment Fardale et l'apparition savaient-ils qu'elle n'avait pas jeté le gland ? Elle avait failli le faire à plusieurs reprises, mais, chaque fois, le minuscule bourgeon vert qui perçait sous son chapeau l'avait arrêtée. C'était une chose vivante ; elle ne pouvait pas l'abandonner dans la poussière ou parmi des détritus.

Mais où était passée cette maudite graine maintenant qu'elle en avait besoin ?

Tout en farfouillant, Mycelle ne cessait de jeter des coups d'œil à la mystérieuse silhouette. Celle-ci n'avait pas bougé d'un pouce.

Enfin, dans une des poches latérales de son paquetage, les doigts de la guerrière trouvèrent un petit objet dur et étrangement tiède. Au même moment, ses compagnons déboulèrent sur le chemin. Elle tendit sa main libre pour leur faire signe de s'arrêter et de mettre pied à terre.

Quand ils l'eurent rejointe, elle les entraîna vers le bosquet.

— Qui est-ce ? demanda Kral de sa voix trop rocailleuse pour parvenir à chuchoter.

Mycelle secoua la tête et fit un pas en avant. Dès qu'elle fut assez près, elle déposa le gland dans la paume drapée de feuilles. Sa surface brune et lisse étincela au clair de lune.

La voix choquée de Mogweed s'éleva derrière Mycelle.

— C'est le gland que j'ai donné à Elena ! Celui que j'avais ramassé dans la forêt aux a… araignées.

Les doigts de l'interprète se refermèrent sur le fruit. Il porta son poing à sa gorge en inclinant la tête. Il se remit à chanter – mais, à présent, des traces d'espoir frémissaient dans ses accords mélancoliques.

Personne ne bougea.

Sous les yeux des compagnons, une douce lueur enveloppa la silhouette qui continuait à chanter. En y regardant de plus près, Mycelle vit que ça n'était pas sa cape qui brillait, mais quelque chose à l'intérieur de celle-ci : la lumière provenait des interstices entre les feuilles, comme une flamme aperçue au loin parmi les troncs d'une forêt.

— Que se passe-t-il ? demanda Tyrus sur un ton brusque.

Mycelle lui intima le silence.

La mélodie se fit plus forte et plus riche, moins éthérée. La lueur s'intensifia et devint presque aveuglante. Mycelle leva une main pour se protéger les yeux. Puis, en un battement de cœur, la chanson s'acheva, et la lumière s'évanouit.

Quand l'éblouissement de Mycelle se dissipa, la guerrière vit que l'apparition était toujours plantée au milieu du bosquet, à la manière d'une sculpture de feuilles.

Soudain, une rafale souffla entre les arbres. La silhouette frissonna, comme si elle avait froid. Ce simple mouvement fit tomber sa cape par terre. Les feuilles s'éparpillèrent ; la brise les souleva et en emporta quelques-unes. Mais, cette fois, l'interprète ne disparut pas.

Une femme à la beauté très naturelle se tenait parmi les feuilles mortes. Au clair de lune, sa peau avait la couleur de la crème. Une longue chevelure couleur de miel tiède dissimulait pudiquement son visage et son buste.

Son poing était toujours posé contre sa gorge. Lentement, elle baissa le bras et ouvrit sa main. Dans sa paume, le gland n'était plus qu'une coquille vide, fendue en deux. Elle le lâcha sur le sol jonché de feuilles, puis leva la tête vers les compagnons. Dans la lumière des étoiles, ses yeux étaient d'un violet profond.

Mogweed toussa et recula en titubant.

— Nee'lahn !

27

Deux nuits plus tard, Elena se tenait devant une glace en pied, les sourcils froncés. En vue de la célébration de leur victoire, on l'avait habillée comme une poupée. Ses cheveux avaient été tressés et relevés au sommet de son crâne ; seules quelques boucles rousses avaient été autorisées à pendre pour encadrer ses clous d'oreille en diamant. Elle portait une robe de velours vert pâle avec une large ceinture d'un vert plus soutenu et des gants assortis. La jupe était si longue qu'elle touchait le tapis et dissimulait complètement ses pantoufles d'argent ornées d'une rose de soie.

Derrière elle, deux femmes minces comme des roseaux la détaillaient en faisant la moue. Leurs cheveux argentés avaient depuis longtemps viré au gris. C'étaient les deux tantes de Méric – et les responsables de cette spectaculaire transformation.

— C'est le mieux que je puisse faire avec les moyens du bord, lâcha Ashmin sur un ton clairement insatisfait.

Carolène eut un léger sourire.

— Tu es trop dure, ma sœur. Il faut la voir bouger.

L'el'phe agita les doigts en direction d'Elena. Une petite brise souffla à travers la pièce, faisant onduler la robe de la jeune femme autour de ses jambes.

— Tu vois ? Cette robe est faite pour bouger.

Ashmin poussa un gros soupir.

— Si nous étions à Fort-Tempête…

— Bien entendu, je rougirais de honte d'offrir une tenue pareille fût-ce à une vulgaire servante, acheva Carolène à la place de sa sœur.

Ashmin se tapota le menton de l'index et inclina légèrement la tête.

— On devrait peut-être lui faire réessayer la rose pâle.

Avant qu'Elena ait pu hurler, des coups frappés à la porte interrompirent les deux vieilles femmes.

— Elena ! appela une voix masculine. (C'était Joach.) Tout le monde t'attend dans le hall depuis… quinze jours environ. On m'a envoyé te chercher.

Elena remercia silencieusement la Douce Mère.

— J'arrive tout de suite !

Elle foudroya ses deux bourreaux femelles du regard comme pour les mettre au défi de protester.

Ashmin leva les bras au ciel.

— Tant pis ! Il faudra bien que ça suffise.

Carolène prit la main de sa sœur.

— Elle est ravissante. Tu as fait des merveilles.

Exaspérée, Elena se dirigea vers la porte. Elle voulait courir, mais sa robe et ses pantoufles ne lui autorisaient que de petits pas glissés. Comme elle tendait la main vers la poignée, Ashmin la prit de vitesse. La rapidité surnaturelle de l'el'phe lui fit froncer les sourcils.

Ashmin ouvrit grand la porte – non par courtoisie ou par respect envers la noble ascendance d'Elena, mais pour des raisons d'ordre pratique.

— Vous ne devez pas tacher ces gants. Gardez les mains croisées sous votre poitrine comme nous vous l'avons montré. Vous êtes une princesse el'phique, mon enfant.

Elena se rembrunit, mais obtempéra. Le ton de la vieille femme était trop maternel pour qu'elle l'ignore.

Joach s'avança sur le seuil de la pièce. Bouche bée, il détailla sa sœur depuis l'ourlet de sa robe jusqu'au sommet de son chignon sophistiqué.

— Tu es magnifique !

Le compliment eût été plus flatteur s'il l'avait délivré sur un ton moins incrédule. Pourtant, Elena lui sourit.

— Et je vois qu'on t'a suffisamment étrillé pour faire apparaître un homme sous ta crasse habituelle, le taquina-t-elle.

Après tout, elle était bel et bien une princesse.

Joach redressa fièrement les épaules, prenant la pose pour mettre sa tenue en valeur. Ses cheveux d'ordinaire en bataille avaient été démêlés et gominés. La petite barbe brun-roux qu'il laissait pousser avait été soigneusement taillée. Si Elena ne l'avait pas connu, elle aurait pu le prendre pour le fils de quelque riche noble. Son pantalon était d'un vert si foncé qu'il semblait presque aussi noir que ses bottes. Une chemise d'argent filé était rentrée dans son épaisse ceinture de cuir. Par-dessus le tout, il portait un pourpoint vert sans manches.

Elena secoua la tête. De toute évidence, les tantes de Méric avaient eu leur mot à dire quant au choix des vêtements de Joach. Si son frère devait l'escorter, il fallait absolument que leurs tenues ne jurent pas.

Ashmin s'inclina avec raideur.

— Mon prince, dit-elle sur un ton cérémonieux mais non dénué de chaleur. Vous êtes fort séduisant. Ma nièce sera enchantée.

Joach lui rendit sa courbette, puis prit le bras d'Elena.

— Merci, mesdames. Mais nos invités nous attendent.

Il entraîna sa sœur dans le couloir.

Lorsqu'ils furent à bonne distance de la chambre, Elena se pencha et chuchota à l'oreille de son frère :

— Qu'as-tu bien pu faire pour que dame Ashmin te parle poliment ? Et pourquoi a-t-elle mentionné sa nièce ?

Joach eut un sourire légèrement crispé.

— Depuis qu'elles ont réalisé qu'étant ton frère j'avais moi aussi le sang de leur roi perdu dans les veines, toutes les mères el'phes avec une fille à marier défilent dans mes appartements.

Compatissante, Elena lui pressa le bras.

— Je suis désolée, Joach. Au moins ne suis-je plus la seule dépositaire de la moitié de leur héritage. (Elle grimaça.) Crois-moi, je suis ravie de partager ce fardeau avec toi.

— Merci beaucoup, sœurette, grinça Joach.

Bientôt – trop tôt à leur goût –, ils atteignirent la double porte qui donnait sur l'un des nombreux halls de l'Édifice. Celui-ci avait été choisi pour la cérémonie parce que la fumée et le carnage l'avaient épargné. On ne pouvait pas en dire autant du reste du château. De nombreuses lunes seraient nécessaires pour réparer fût-ce un dixième des dégâts.

Elena soupira en songeant à la quantité de travail qui les attendait encore. Mais, une fois terminé, ça en vaudrait vraiment la peine. Ils feraient de l'île un bastion contre le Gul'gotha. Pour la première fois en cinq siècles, Val'loa redeviendrait un symbole d'espoir. Et ils s'arrangeraient pour qu'elle le reste.

Trois forces montaient la garde en permanence autour de l'île. L'océan était surveillé d'en dessous par les cavaliers mer'ai qui fouillaient et interrogeaient l'équipage de tout navire en approche. Plus près de Val'loa, les survivants de la flotte dre'rendi chevauchaient les vagues en patrouilles armées, défiant quiconque de braver la puissance de leur proue. Au-dessus de la cité, l'armada el'phique arpentait les nuages et surveillait les cieux en quête de menaces aériennes. Pour l'instant, l'île était en sécurité.

La nouvelle de la victoire s'était rapidement propagée. Des bateaux originaires de maintes contrées arrivaient pour enquêter. Elena avait entendu dire qu'un navire marchand de la lointaine jungle d'Yrendl – le royaume natal de Mama Freda – avait jeté l'ancre dans le port pour échanger des informations avec les alliés. Le capitaine avait eu vent de la résurrection de Val'loa, et il était venu voir de ses propres yeux.

Au château, des hommes et des femmes travaillaient depuis deux jours et deux nuits pour préparer les festivités : un banquet au cours duquel ils célébreraient leur victoire en levant leurs chopes et leurs voix. Elena avait un rôle bien particulier à tenir. Au lever de la lune, elle ouvrirait le Journal Sanglant pour la première fois et lirait les mots inscrits à l'intérieur. Sa magie était censée animer le livre aux pages vierges, mais cela restait encore à prouver. Les théories d'Er'ril se fondaient sur les paroles de prophètes morts depuis longtemps. Qui pouvait dire si ça fonctionnerait ou non ?

Comme la double porte du hall s'ouvrait devant elle, l'angoisse étreignit soudain le cœur d'Elena. Qu'est-ce que le Grimoire allait bien pouvoir leur révéler ? La gorge de la jeune femme se serra, l'empêchant de respirer correctement tandis que de la musique déferlait sur elle depuis l'immense pièce. Au loin, elle entendit quelqu'un les annoncer, Joach et elle.

Des applaudissements mesurés saluèrent leur apparition. Joach entraîna Elena à l'intérieur. La jeune femme se sentit aussitôt suffoquée par la masse des convives. Bras dessus bras dessous, son frère et elle enfilèrent une étroite allée entre des tables chargées de vins et de bière, de fromages et de pain aux herbes. Un festin bien plus somptueux restait encore à venir.

Enfin, ils débouchèrent dans un espace central délimité par quatre longues tables d'acajou poli. Chacune d'entre elles était occupée par les représentants d'une des factions venues en aide à la sor'cière durant la guerre des Îles.

Elena adressa un signe de tête à Méric, assis près de sa mère à la table de droite. Son frère aîné, le hautain Richald, avait pris place de l'autre côté de la reine Tratal. Un instant,

Elena soutint le regard de la souveraine el'phe. La femme aux cheveux argentés inclina très légèrement la tête. Ce n'était pas un salut amical : juste un signe de reconnaissance entre personnes de sang royal. Elena reporta son attention sur Méric et lui sourit chaleureusement, le remerciant en silence d'avoir sauvé Val'loa en obtenant l'aide des navires de guerre de son peuple.

Puis elle se tourna vers la table beaucoup plus bruyante qui se dressait sur sa gauche. Kast et Sy-wen étaient assis en compagnie d'un groupe de Sanguinaires déjà passablement éméchés. Elena reconnut un de leurs camarades, un colosse prénommé Hunt qui était venu au château pour représenter la flotte dre'rendi. Son père, le haut maître de quille, avait été grièvement blessé durant la bataille ; il se reposait dans l'infirmerie de Mama Freda. Sy-wen et Kast sourirent à Elena. La jeune femme remarqua qu'ils se tenaient la main, et qu'être ensemble semblait leur procurer davantage de plaisir que les festivités proprement dites.

Tandis que Joach l'entraînait vers le centre de l'espace dégagé, Elena nota le faible nombre de convives autour de la table qui lui faisait face. Difficile de convaincre les mer'ai de séjourner sur terre, fût-ce pour un somptueux banquet. Parmi leur délégation, Elena ne reconnut qu'une seule personne. Elle salua Linora de la tête. La présence de l'ancienne la surprenait. Elle avait entendu dire que Linora pleurait toujours la mort de son dragon et celle de son époux. Mais, à voir la façon dont la mer'ai ne cessait de jeter des coups d'œil à Sy-wen, Elena devinait pourquoi Linora avait pris sur elle. Malgré le chagrin qui voilait son regard, elle se réjouissait de voir sa fille découvrir l'amour. Elena la laissa à cet îlot de bonheur au milieu d'un océan de malheur.

Comme Elena pivotait vers la dernière table, un immense sourire fleurit sur ses lèvres, et des larmes lui montèrent aux yeux tandis qu'elle saluait ses amis. Assis au centre, Tol'chuk surplombait tous les autres. Quelqu'un avait réussi à lui faire enfiler de beaux atours qui lui seyaient fort mal. Il semblait prêt à les arracher d'un instant à l'autre, mais, pour le moment, il se contenait. Lorsque son regard croisa celui d'Elena, il leva les yeux au ciel puis grimaça en exposant ses crocs. D'un geste discret, Elena indiqua la robe dans laquelle elle était engoncée – une façon de dire à l'og're qu'elle partageait son inconfort. Ils échangèrent un sourire amusé.

Mama Freda avait pris place à côté de Tol'chuk. Au centre de la table, son tamrink était accroupi sur une roue de fromage qu'il picorait allégrement. Tok et les trois marins zo'ol se trouvaient de l'autre côté de l'og're. Le petit garçon ouvrait de grands yeux émerveillés. Elena les remercia tous quatre d'un signe de tête. Après la bataille, ils avaient conduit l'*Étalon pâle* jusqu'à Val'loa et installé Brume dans une écurie de fortune près des quais. Chaque matin, Elena rendait visite à sa petite jument et lui apportait un morceau de pomme séchée. Brume semblait ravie d'avoir retrouvé la terre ferme sous ses sabots.

Elena longea la table. À la vue des sièges inoccupés et des couverts qui ne serviraient pas, son sourire s'effaça, et ses larmes se mirent à couler. Deux places avaient été préparées pour Flint et Moris en hommage à leur sacrifice. Ce château avait jadis été leur foyer ; ils avaient donné leur vie pour le remettre entre les mains d'Elena et de ses compagnons. Ravalant un sanglot, la jeune femme se détourna des chaises vides.

Alors qu'elle essuyait ses larmes du dos de sa main, elle vit une dernière silhouette s'avancer depuis l'allée opposée. Er'ril tenait le Journal Sanglant, mais ses mains auraient aussi bien pu être vides : Elena ne voyait que lui. Ses cheveux, brossés comme ceux d'un étalon après une folle cavalcade, brillaient d'une lueur bleutée évoquant le plumage d'un corbeau. Son visage rouge de la chaleur du hall semblait refléter la lueur du couchant. Sous un pourpoint du noir le plus profond, il portait une chemise gris argenté assortie à ses yeux. Comme il se dirigeait vers elle, Elena admira la façon dont la soie glissait sur les muscles de ses épaules et de ses bras. Même cette tenue élégante ne parvenait pas à masquer sa puissance physique, l'énergie brute qui l'animait.

Parvenu face à Elena, Er'ril s'agenouilla brusquement et lui tendit le Grimoire. La rose aux contours d'or brillait sur la couverture.

— Accepte ce qui te revient de droit, Elena.

La jeune femme prit le livre, puis la main de celui qui le lui offrait. Elle força Er'ril à se relever.

— Seulement si tu jures de rester près de moi pour toujours, Er'ril. Jadis, un mage avait besoin d'un homme lige pour veiller sur son honnêteté et préserver son humilité. (Elle le regarda dans les yeux.) Sois mon homme lige.

Choqué, Er'ril se figea, comme si elle l'avait giflé.

— T… tu ne sais pas ce que tu me demandes, répliqua-t-il d'une voix tendue.

Elena lui toucha la main.

— Je crois que si.

Er'ril la fixa en silence, hésitant à répondre. Elena comprit alors qu'il allait refuser. Il avait déjà sacrifié cinq siècles de son existence. Il avait bien mérité sa liberté. Quel droit avait-elle de lui demander de rester ? Elle ouvrit la bouche pour retirer son offre, mais à cet instant, Er'ril mit un genou en terre. Il lui prit la main et la tint entre ses deux paumes.

— Mon cœur t'a déjà prêté serment il y a bien longtemps. Si tu veux de moi, je resterai à tes côtés pour toujours.

De nouveau, les yeux d'Elena se remplirent de larmes. Elle tira sur les bras d'Er'ril.

— Relève-toi, mon homme lige.

Le guerrier obtempéra et se plaça à sa droite.

Elena vit que tous les regards étaient braqués sur elle. Levant le Grimoire, elle fit un pas en avant. Elle n'avait déjà que trop retardé ce moment. Si Er'ril était assez fort pour se lier à elle une fois de plus, le moins qu'elle puisse faire, c'était d'assumer ses propres responsabilités.

L'angoisse qu'elle avait ressentie en entrant dans le hall s'était envolée. Avec Er'ril à ses côtés, elle pouvait affronter n'importe quoi – fût-ce le Journal Sanglant. Lentement, elle ôta ses gants verts, révélant ses deux mains ensanglantées par la Rose. Ses paumes brillaient presque dans la lumière des torches. À cette vue, un murmure s'éleva de la foule.

Ignorant les spectateurs, Elena baissa les yeux vers le Grimoire. Elle sentait le pouvoir du livre chauffer ses doigts nus, tel un charbon tiède. Avant que sa détermination s'envole, elle ouvrit la couverture ornée d'une rose.

Elena hoqueta et tituba en arrière. Dans ses mains, le charbon tiède du Grimoire venait de se muer en braise ardente. Pourtant, elle ne le lâcha pas. Elle connaissait cette douleur : c'était la même que lorsqu'elle avait empoigné le bâton de Joach. Elle sentit la magie sanglante s'attacher à ses paumes pour abreuver le livre. Mais elle tint bon. Elle devinait que rompre le contact avec le Grimoire entraînerait un désastre. Des larmes ruisselèrent sur ses joues.

— Elena ?

Inquiet, Er'ril se rapprocha d'elle.

— Non, éructa la jeune femme. Recule !

À ces mots, une lumière blanche aveuglante jaillit des pages ouvertes, lui brûlant les yeux et l'esprit. Elle disparut aussi vite qu'elle était apparue, emportant la douleur avec elle. Elena cligna des paupières pour chasser l'éblouissement. Dans ses mains, le Grimoire devint un baume apaisant. Soulagée, la jeune femme se redressa et baissa les yeux.

Ce qu'elle vit à l'intérieur du Journal Sanglant la surprit tant qu'elle faillit le laisser tomber. Er'ril lui toucha l'épaule, puis se pencha pour regarder ce qui l'avait fait sursauter. Elena entendit le guerrier prendre une inspiration sifflante.

Espérant qu'il pourrait lui fournir une explication, elle demanda :

— Er'ril, où sont les pages ?

Entre les couvertures usées, il n'y avait pas de livre : il y avait un autre monde. Le Grimoire ouvert s'était changé en fenêtre vers un panorama de trous noirs, de denses amas d'étoiles et de nuages de gaz aux couleurs de l'arc-en-ciel.

Soudain, une silhouette intangible, faite de lumière brumeuse, jaillit de cette fenêtre pour prendre pied dans le monde d'Elena.

Tout autour de la pièce, des chaises s'écrasèrent sur le sol lorsque les convives bondirent sur leurs pieds. Certains sortirent leurs armes, mais aucun n'osa approcher. Er'ril tira Elena en arrière.

Indifférente à leur panique, la silhouette se posa calmement sur le sol de marbre. À l'intérieur de ses contours tourbillonnait une lueur rémanente de la lune et des étoiles. Lentement, la brume se contracta et se solidifia. Des bras et des jambes se dessinèrent, brûlant du même feu qui avait souligné la rose sur la couverture du Grimoire. La lueur s'intensifia jusqu'à ce que les observateurs puissent distinguer des traits.

La brume scintillante se changea en une statue de pierre de lune. Avant même qu'elle ait fini de se matérialiser, Elena reconnut l'expression sévère de l'apparition. L'angoisse qui lui étreignait le cœur s'envola. Tout lui était familier chez cette femme : les lèvres minces, perpétuellement pincées, le petit nez à la pointe relevée, les cheveux coiffés en une tresse austère pour ne pas tomber devant la figure de leur propriétaire pendant que celle-ci préparait la pâte à pain.

— Tante Fila ? appela Elena.

Après toutes ces bizarreries, elle se réjouissait de revoir un visage connu.

Puis l'apparition jaillie du livre parla, et toute impression de familiarité s'évanouit. Sa voix glaciale résonnait comme si elle provenait d'un plan d'existence lointain. Derrière ses mots, des étoiles mouraient et des mondes tombaient en poussière. De la même façon que Greshym s'était dissimulé sous le visage d'Elena quelques jours plus tôt, une entité encore plus immense et plus étrange se dissimulait sous le visage de tante Fila.

—Nous sommes Cho, entonna l'apparition, penchant la tête sur le côté et étudiant Elena comme un oiseau eût examiné l'araignée dont il envisageait de faire son dîner. Le vide a été ouvert… (Du menton, elle désigna le Grimoire dans les mains de la jeune femme.) Et le pont sacrifié.

Son autre main indiqua sa propre silhouette.

Elena porta un poing à sa gorge.

—Qui êtes-vous ? Qu'avez-vous fait de Fila ?

L'apparition inclina la tête.

—Nous sommes Cho. Nous sommes Fila, répondit-elle comme si c'était une explication suffisante. (Puis elle eut l'air de tendre l'oreille pour écouter une voix lointaine.) Nous comprenons.

Elena devina que cette dernière phrase ne lui était pas destinée. Tandis que, flanquée d'Er'ril, elle observait l'apparition, celle-ci parut se détendre, un peu comme si quelque chose de tiède venait de pénétrer la pierre de lune.

Quand elle reprit la parole, Elena sut que, cette fois, c'était bien sa tante morte. Le sourire las de Fila réapparut. La vieille femme la détailla du regard.

—Elena, ma chérie, tu as beaucoup grandi depuis notre dernière conversation. Mais tu me raconteras comment c'est arrivé une autre fois. Pour l'instant, je dois faire vite. Te soigner l'autre jour a consumé le plus gros du pouvoir de cette lune.

Elena secoua la tête, tentant de mettre de l'ordre dans les mille questions qui se bousculaient à l'intérieur de sa tête.

—Que… Qui était l'autre… personne qui m'a parlé avant toi ?

Comme d'habitude, tante Fila perçut sa confusion. Elle leva une main.

— Calme-toi. Même moi, je ne suis pas en mesure de tout t'expliquer pour le moment. Néanmoins, je peux répondre à ta question. Cho est l'entité qui t'a accordé ton don de sor'cellerie. Elle ne possède ni forme ni substance. Elle est lumière et énergie, magie et pouvoir. Tout comme nous vivons en ce monde, elle vit dans l'espace qui sépare les étoiles et voyage parmi elles.

Elena écarquilla les yeux.

— Je te donnerai davantage de détails plus tard, ma chérie. Pour l'instant, je dois être brève. Sache que le Journal Sanglant est ton seul moyen de comprendre Cho et de communiquer avec elle. Mon esprit sert de pont entre cette entité et le livre ; Cho l'emprunte pour voyager depuis les étoiles jusqu'à toi. Mais ce lien possède des limites, des règles que tu devras observer.

— Lesquelles ?

— D'abord, tu as embrasé le Grimoire à la pleine lune. Désormais, le chemin ne pourra donc être ouvert que durant l'une des trois nuits du cycle où la lune est la plus mûre. Les autres nuits et pendant la journée, le Journal Sanglant demeurera un simple puits d'énergie. Il te protégera et te guérira, mais jusqu'à un certain point seulement. Son pouvoir n'est pas illimité. Même par une nuit de pleine lune, une grosse dépense d'énergie est nécessaire pour maintenir la connexion. Nous avons utilisé l'essentiel de l'énergie de ce cycle afin de te soigner ; c'est pourquoi nous sommes forcées d'être brèves en attendant le prochain. Durant les cycles à venir, Cho et moi profiterons des trois nuits de pleine lune pour te former et t'entraîner en prévision de la suite.

— C'est-à-dire ?

— Pour l'instant, contente-toi de te reposer. Tu as déjà beaucoup accompli. Profite des lunes d'automne et d'hiver pour consolider cette première avancée sur le terrain du Seigneur Noir. Tu en auras besoin.

— Mais que se passera-t-il ensuite ? Quand irons-nous à Noircastel pour affronter le Gul'gotha ?

Tante Fila balaya du regard les forces assemblées dans le hall. Elena sentit qu'elle omettait beaucoup de choses, en partie à cause des nombreuses personnes qui l'écoutaient.

— Qu'y a-t-il, tante Fila ? Que ne me dis-tu pas ?

— Il est encore bien des choses que je ne comprends pas. Cho vient juste de se joindre à moi, et sa nature est si étrangère à la mienne que j'ai du mal à tout démêler. Surtout quand elle pense à Chi.

Er'ril fit un pas en avant.

— Vous voulez dire, « au » Chi ? Qu'avez-vous appris à ce sujet ? s'enquit-il sur un ton dur.

Tante Fila plissa les yeux et se gratta pensivement derrière une oreille.

— Tout est assez confus. D'abord, il semble qu'il ne s'agisse pas « du » Chi – autrement dit, d'une énergie ou d'un élément indéterminé –, mais « de » Chi, une entité du même type que Cho. Apparemment, tous deux sont liés d'une manière que je ne m'explique pas encore. Leur relation est presque familiale, comme celle d'un frère et d'une sœur ou d'un mari et d'une femme… Et en même temps, ils sont opposés l'un à l'autre comme le blanc et le noir, le jour et la nuit. C'est très étrange. (Fila secoua la tête.) Tout ce dont je suis certaine, c'est que Cho est revenue en ce monde pour retrouver Chi. Et qu'il lui a fallu cinq cents de nos hivers après avoir perçu sa disparition pour arriver jusqu'ici.

Er'ril se rembrunit.

— Alors, elle a fait beaucoup de chemin pour rien, commenta-t-il aigrement. Chi a disparu.

— Non, Er'ril. Cho ne m'a laissé aucun doute à ce sujet : Chi n'est jamais parti. Il est toujours là, quelque part. C'est pour cette raison que Cho est revenue et qu'elle a fait don de ce pouvoir à Elena. Elle a forgé la sor'cière pour être son instrument en ce monde – son bras, sa guerrière – tandis que le Journal Sanglant lui servait d'yeux et d'oreilles. (L'aura lumineuse de tante Fila s'intensifia.) Tel est le véritable dessein d'Elena : non pas combattre le Seigneur Noir, mais retrouver Chi !

Perplexe, Elena secoua la tête.

—Je ne comprends pas. Comment... ?

Mais, avant qu'elle puisse l'interroger davantage, la silhouette de tante Fila commença à se dissoudre.

—Je ne puis rester plus longtemps. La connexion est faible, et elle le restera jusqu'à la fin de ce cycle. (L'apparition tendit les mains vers Elena.) Tu as bien travaillé, mon enfant. Repose-toi jusqu'à la prochaine lune. Nous reparlerons à ce moment-là.

Le spectre se changea en brume que le Journal Sanglant réabsorba. La phosphorescence enveloppa le Grimoire, masquant le panorama céleste. Comme elle s'estompait, Elena se retrouva en train de fixer des pages vierges. Elle referma le livre aux coins éraflés. Même la rose qui ornait la couverture était redevenue terne : une simple fleur embossée dont les dorures s'effritaient sur les bords.

Elena se tourna vers Er'ril. L'homme des plaines avait pâli.

—Comment sommes-nous censés trouver Chi ? chuchota-t-elle.

Er'ril secoua la tête.

—On y réfléchira plus tard. (D'un large geste, il indiqua la foule.) Pour l'instant, on fait la fête.

Les ménestrels engagés pour l'occasion tirèrent quelques notes hésitantes de leurs instruments.

Elena fronça les sourcils. Elle ne souhaitait rien tant qu'être seule. Trop de choses s'étaient produites qu'elle devait maintenant digérer. Pourtant, elle prit le bras d'Er'ril. Une fois de plus, le devoir l'appelait.

Bien après minuit, Er'ril sortit du grand hall et s'engagea dans le couloir bondé en quête d'Elena. La jeune femme s'était éclipsée pendant qu'il portait un toast, mais il devinait où elle avait dû aller. Après une interminable ribambelle de plats, la température du hall était devenue étouffante. Le temps qu'on apporte le dessert, Er'ril avait remarqué combien sa protégée était rouge et mélancolique. Sans doute était-elle sortie prendre l'air.

Il poussa les portes rénovées de la cour centrale. La soirée était tiède, mais, succédant à la foule et à la moiteur du grand hall, l'air nocturne semblait plaisamment frais. Er'ril scruta la pénombre. Même si le plus gros des décombres avait été déblayé, de nombreuses lunes s'écouleraient avant que la cour et le reste de l'Édifice retrouvent un semblant de leur beauté antérieure.

Dans un coin éclairé par des torches, un quatuor de ménestrels jouait en sourdine. Parce que la puanteur résiduelle de la fumée rappelait trop cruellement la bataille, une seule personne était sortie les écouter. Er'ril s'approcha du spectateur solitaire, dont la silhouette massive évoquait un rocher tombé depuis les remparts du château. L'og're ne se retourna pas à son approche, mais il lança distraitement :

— Si tu cherches Elena, elle est là-haut.

Il tendit un bras vers la tour située la plus à l'ouest. Dans sa main griffue, il tenait le Cœur de son peuple. La pierre brillait comme une rose de cristal fanée au clair de lune.

Tol'chuk baissa le bras et, sans la lâcher, reposa la pierre dans son giron. Ses épaules voûtées trahissaient sa mélancolie. Er'ril connaissait la source de sa détresse. Toutes les victoires des jours précédents – la fin de la guerre, la récupération du Grimoire et la reconquête de l'île – n'avaient pas rapproché l'og're de son unique objectif: débarrasser la sanguine du Fléau qui consumait l'esprit des défunts de son peuple.

— Tol'chuk?

L'og're continua résolument à lui tourner le dos.

— Ça va aller. Mais elle, elle a besoin de toi, Er'ril. Va la voir.

Er'ril leva les yeux vers le parapet de la tour. Très loin au-dessus de lui, le clair de lune soulignait une silhouette mince accoudée à la rambarde de pierre.

— Elle ne devrait pas être là-haut toute seule.

— Tu n'as pas besoin d'une excuse, tu sais, grogna Tol'chuk.

Er'ril cligna des yeux.

— Hein?

Mi-amusé mi-exaspéré, Tol'chuk se contenta de secouer la tête.

— Les humains! soupira-t-il. (Puis il agita un bras.) File!

Er'ril s'éloignait déjà. Il devait s'assurer qu'Elena allait bien. Rebroussant chemin, il rentra dans le château et se dirigea vers la tour ouest.

Tandis qu'il gravissait le vertigineux escalier, l'homme des plaines repensa à la dernière fois où Elena et lui s'étaient trouvés ensemble au sommet d'une tour. Il se souvint de l'étreinte qu'ils avaient partagée et se maudit pour sa faiblesse. Jamais il n'aurait dû se laisser submerger par ses émotions. Il toucha la poignée de son épée d'argent, nichée dans un fourreau filigrané tout neuf. Voilà tout ce qu'il aurait dû être pour Elena: son homme lige. Il était temps de déterrer les sentiments indésirables qui avaient pris racine en son cœur. C'étaient de mauvaises herbes qui saperaient ses forces et sa capacité à protéger Elena. Oui, il devait être l'épée de la sor'cière, rien de plus.

Plein d'une détermination nouvelle, Er'ril poursuivit son ascension. Derrière la porte secrète des appartements de

Shorkan, il trouva la trappe ouverte. Il marqua une pause avant de sortir à l'air libre. Une brise fraîche s'engouffrait par l'ouverture. À cette hauteur, le vent ne charriait plus ni fumée, ni aucune autre réminiscence de la guerre. L'homme des plaines laissa son souffle lui caresser le visage, le purifier. Une fois prêt à affronter Elena, il grimpa les dernières marches.

La jeune femme ne l'avait pas entendu approcher. Dos à lui, elle observait le ciel nocturne. Le clair de lune la nimbait d'un halo argenté, et la lumière des étoiles dansait sur sa robe. Mais l'éclat des astres pâlissait en comparaison de la tristesse et de la solitude qu'exsudait Elena. Er'ril en eut le souffle coupé.

Sa gorge se serra. En cet instant, il sut qu'il ne se contenterait jamais d'être l'épée d'Elena. Il voulait être sa lune et ses étoiles, son soleil et son océan. Il voulait être tout pour elle. Et, tandis qu'il la fixait d'un regard émerveillé, il comprit qu'il devait verrouiller ces désirs dans son cœur. Le poids du monde reposait déjà sur les frêles épaules d'Elena. Il ne pouvait pas l'accabler davantage.

Mais il ne pouvait pas non plus continuer à se voiler la face. Il était amoureux d'elle ; c'était aussi simple que ça. Il ne lui parlerait jamais de ses sentiments les plus profonds, mais il s'efforcerait d'être davantage pour elle que son épée, son homme lige. Il ferait de son mieux pour la protéger, fût-ce contre le désespoir qui émanait d'elle en ce moment.

Toujours vêtue de ses beaux atours, Elena se tenait au sommet de la tour jadis appelée « Flèche du Praetor », et désormais rebaptisée « Épée de la Sor'cière » en hommage à l'unique occupante du dernier étage. Au-dessus d'elle, des navires el'phiques glissaient silencieusement dans le ciel, masquant les étoiles sur leur passage. La lune avait entamé sa descente. Minuit n'était plus qu'un lointain souvenir.

Pourtant, des bruits de célébration continuaient à monter depuis les rues et le château en contrebas. Toute la cité faisait la fête, et elle continuerait jusqu'à l'aube. Elena prêta l'oreille au joyeux brouhaha : les coups rythmiques frappés sur un tambour, la délicate mélodie d'une lyre, les chansons paillardes braillées par des hommes qui se réjouissaient d'être toujours en vie. Mais, en dessous, elle percevait un courant de chagrin, pareil à des sanglots étouffés dans la voix des noceurs.

Ses devoirs accomplis, Elena s'était retiré dans ses appartements aussitôt que possible, emmenant le Journal Sanglant avec elle. Elle avait besoin d'être seule pour réfléchir à l'histoire de Fila et aux deux esprits jumeaux, Cho et Chi, dont la destinée s'entremêlait avec la sienne. Mais ça faisait beaucoup de choses pour une seule nuit. Elena secoua la tête. Elle allait juste suivre le conseil de sa tante et se reposer en attendant la prochaine pleine lune. Avec un peu de chance, elle en apprendrait davantage à ce moment-là.

Baissant les yeux vers le Journal Sanglant, elle suivit du bout du doigt le contour de la rose qui ornait sa couverture. Tant de vies avaient été sacrifiées pour ce talisman…

— Elena ? lança une voix dans son dos.

La jeune femme fit volte-face. Er'ril se tenait derrière elle. Depuis combien de temps était-il là ? Il portait toujours sa tenue de banquet, mais une lumière nouvelle brillait dans ses yeux – un éclat qu'Elena aurait été bien en peine de nommer. La brise qui soufflait en haut de la tour jouait avec ses cheveux, faisant voler quelques mèches devant sa figure.

— Je suis navré de te déranger, dit l'homme des plaines à voix basse. Mais Tol'chuk t'a aperçue depuis la cour centrale. Ce n'est pas une bonne idée de t'exposer ainsi, seule et en pleine nuit. (Il se rapprocha d'elle.) En tant qu'homme lige, je dois toujours t'accompagner quand tu sors.

Elena soupira et se détourna. Elle leva les yeux vers les étoiles.

— Ne peut-on jamais avoir un moment normal, Er'ril ? demanda-t-elle amèrement. Écoute. Il y a de la musique, et la nuit est belle. Faut-il toujours agir comme si on était sur le point de nous attaquer ? N'ai-je pas le droit, l'espace de quelques minutes, d'oublier que je suis une sor'cière et que le sort d'Alaséa dépend de la direction où je vais porter mes pas ?

En se retournant, elle vit qu'Er'ril l'observait d'un air sévère. L'homme des plaines n'était qu'acier et solidité, et, sous son regard, Elena se sentit comme une gamine capricieuse. Quel droit avait-elle de se plaindre quand tant d'autres avaient perdu beaucoup plus qu'elle ? Elle baissa les yeux.

— Désolée.

Pour toute réponse, Er'ril s'avança et lui tendit un bras. Perplexe, elle le dévisagea.

— Me feras-tu l'honneur de m'accorder cette danse ? chuchota l'homme des plaines.

Elena ne parvint pas à dissimuler sa surprise. Ce fut alors qu'elle entendit un air familier s'élever depuis la cour centrale. Les ménestrels jouaient une chanson de ses hautes terres natales. Un sourire releva les coins de la bouche d'Er'ril comme l'homme des plaines reconnaissait le morceau à son tour.

— Apparemment, Tol'chuk a perçu ton abattement, lui aussi.

Er'ril se rapprocha d'Elena en lui ouvrant les bras. La jeune femme rougit. La brise nocturne lui apportait l'odeur tiède et familière du guerrier. Avant qu'elle ait pu se dérober, Er'ril lui prit la main et l'attira doucement contre lui.

Ils se mirent à bouger sur la musique. Leurs premiers pas furent hésitants, mais ils ne tardèrent pas à trouver leur rythme et à synchroniser leurs mouvements. Leurs pas devinrent plus rapides, plus joyeux. Elena autorisa son cavalier à la guider. Posée dans ses reins, la main d'Er'ril la brûlait presque tandis que l'homme des plaines la mettait, lui semblait-il, au défi de le suivre. Alors qu'il la faisait tournoyer sans crier gare, un petit rire s'échappa des lèvres d'Elena. La jeune femme en fut la première surprise.

— Pour une sor'cière consciente que le sort d'Alaséa dépend de la direction où elle va porter ses pas, je te trouve le pied bien léger, grimaça Er'ril.

Cette fois, Elena éclata de rire dans ses bras. Et elle ne parvint pas à s'arrêter. Ils continuèrent à virevolter au sommet de la tour, dans la clarté bienveillante des étoiles. Le monde disparut au-delà du parapet. Il n'y avait plus qu'eux, la musique et la lune.

Puis, après une dernière pirouette qui les laissa tous deux à bout de souffle, la musique ralentit et devint plus languissante – mais non moins passionnée. Le rire d'Elena mourut sur ses lèvres. Er'ril la tenait toujours, mais elle le sentait raide et gêné. Il fit mine de se dégager. Elle resserra son étreinte sur lui. Elle ne voulait pas qu'il s'écarte d'elle, pas cette fois. Er'ril finit par céder et par se rapprocher.

Comme la musique enflait, Elena porta une main à son chignon et ôta les épingles qui retenaient son abondante chevelure. Elle secoua la tête, et ses boucles rousses cascadèrent dans son dos. Pour cette nuit, elle ne voulait plus être une sor'cière ni un messie. Elle laissa tous ces rôles tomber par terre avec les épingles. Elle voulait juste être une femme.

Er'ril la serra contre lui, et, lentement, ils se mirent à onduler au rythme de la musique qui montait depuis la cour. Elena ne se rendit pas compte qu'elle commença à pleurer. Er'ril resta silencieux : aucun mot n'aurait pu l'aider. Il se contenta de la presser sur son cœur pendant que les notes égrenaient le passage des heures.

Tandis qu'Er'ril et Elena dansent vers l'aube, je dois achever cette partie de mon histoire. La guerre des Îles a été remportée ; il est l'heure pour Alaséa de guérir et de se préparer aux jours de ténèbres à venir – et, croyez-moi, ces jours viendront.

Aussi, accordez à nos amis un moment de paix bien méritée. Choisissez-vous un partenaire. Déambulez dans les rues. Levez une chope de bière pour trinquer à leur victoire et joignez-vous aux festivités. Car elles ne dureront pas longtemps. Bientôt, les molosses du Cœur Noir seront débarrassés de leurs entraves d'éb'ène, libres de ravager ces contrées.

Alors, les dieux eux-mêmes apprendront à hurler.

BRAGELONNE – MILADY, C'EST AUSSI LE CLUB :

Pour recevoir la lettre de Bragelonne – Milady annonçant nos parutions et participer à des rencontres exclusives avec les auteurs et les illustrateurs, rien de plus facile !

Faites-nous parvenir vos noms et coordonnées complètes, ainsi que votre date de naissance, à l'adresse suivante :

Vous y trouverez toutes les nouveautés, les couvertures, les biographies des auteurs et des illustrateurs, et même des textes inédits, des interviews, des liens vers d'autres sites de Fantasy et de SF, un forum et bien d'autres surprises !

Achevé d'imprimer en décembre 2010 par Hérissey à Évreux (Eure)
N° d'impression : 115546 - Dépôt légal : janvier 2011

Imprimé en France
81120208-2